Ingrid Bardel

HEYNE BÜCHER

Fantasy

Herausgegeben von Friedel Wahren

Elizabeth Hand

DIE MONDGÖTTIN ERWACHT

Roman

Deutsche Erstausgabe

WILHELM HEYNE VERLAG
MÜNCHEN

HEYNE SCIENCE FICTION & FANTASY
Band 06/5626

Titel der Originalausgabe
WAKING THE MOON
Übersetzung aus dem Amerikanischen von
NORBERT STÖBE
Das Umschlagbild malte
JEAN-YVES KERVEVAN

Umwelthinweis:
Dieses Buch wurde auf chlor- und säurefreiem Papier gedruckt.

Redaktion: F. Stanya

Erstausgabe bei HarperPrism, an imprint of HarperPaperback.
A Division of HarperCollins Publishers, New York

Umschlaggestaltung: Atelier Ingrid Schütz, München
Technische Betreuung: M. Spinola
Satz: Schaber Satz- und Datentechnik, Wels
Druck und Bindung: Ebner Ulm

ISBN 3-453-11930-4

Inhalt

Diese Dinge hätten eh' nicht lang gedauert.
Dies sagt mir
die Erfahrung der Jahre. Doch das Schicksal traf
mit einiger Eile ein und setzte ihnen ein Ende.
Das schöne Leben war kurz.
Doch wie stark waren die Parfüms,
wie prächtig das Bett, in dem wir lagen,
uns zu erfreuen an unseren Leibern.

Ein Echo dieser Zeit der Freude,
ein Echo jener Tage wehte mich an,
ein Überrest des Feuers unsrer beider Jugend;
und wieder nahm ich einen Brief zur Hand,
und las und las darin, bis es dunkel war.

Und Melancholie, ich trat auf den Balkon –
nach draußen, um wenigstens auf andre Gedanken
zu kommen
durch den Anblick der Stadt, die ich liebte,
ein wenig Bewegung auf der Straße und in den
Läden.

C. P. CAVAFY, ›Am Abend‹,
nach einer Übersetzung von Rae Dalven

Für Oscar John Long,
Freund und Reisender,
mit aller Liebe

Wären all die jungen Männer Hasen im Gebirg
Nähmen all die hübschen Maiden Gewehre und gingen auf die Jagd.

Wären all die jungen Männer Fische im Wasser
So stellten ihnen die hübschen Maiden alsbald nach.

Wüchsen all die jungen Männer wie Binsen
Nähmen die hübschen Maiden Sicheln und machten sich ans Mähen.

Mailied

Prolog

Sie wurde nie gefunden. Es blieb keine Spur von ihr zurück: keine Kleidungsstücke, kein Schmuck, keine Knochen oder Zähne oder Locken kastanienbraunen Haars. Keine Lunula. Vielleicht ist das der Grund, warum ich nie richtig um Angelica getrauert habe. Ach, *beklagt* habe ich sie natürlich schon, mit der hoffnungslosen Verzweiflung, die man sich für die verlorene Jugend bewahrt, für zunichte gewordene Hoffnungen oder den Verlust eines Glieds. Genauso habe ich Angelica beweint; anders als damals, als ich außer mir war wegen Olivers Tod. Ich verspürte nicht einmal die gedämpfte Seelenpein, die ich all die verlorenen Jahre über in Dr. Dvorkins Gartenhaus empfunden habe.

Im Grunde war es ein kleiner Kummer; wieso eigentlich hätte ich Angelica ihr endgültiges Verschwinden eher glauben sollen als einem Sturm oder Hurrikan? Die Wolken ziehen vorbei, der Himmel wird klar; aber es bleiben zerstörte Häuser und geknickte Bäume zurück, die Dünen weichen dem Meer. Und jedesmal, wenn man eine Dunkelheit am Horizont erblickt, wenn sich der Abendhimmel grün färbt, verspürt man eine Verengung in der Brust.

Sie war schön, genau wie Oliver; sie war wunderschön. Und sie war freundlich, intelligent und lustig, die Art Freundin, die man sich erträumt. Die Art Freundin, die *ich* mir erträumt habe, und irgendwie hat sie mich gefunden, genau wie zuvor Oliver. Wenn sie eine Naturgewalt war, so war sie doch auch ein

Mensch; zumindest bis zum Ende. Wieso sollte ich glauben, daß sie verschwunden ist?

Aber sie *ist* verschwunden, und mir bleibt so wenig zur Erinnerung. Wenn ich nur mehr über meine Freunde niedergeschrieben oder etwas mit meinen nahezu leeren College-Notizbüchern angefangen hätte. Wenn ich nur Fotos gemacht oder Olivers seltsame Krakelbilder und die anmutigen kalligraphischen Notizen mit ihrem schwachen Moschusduft nach Sandelholz und Orangen aufbewahrt hätte, die Angelica immer an meiner Zimmertür in Rossetti Hall befestigt hat.

Aber ich habe nichts von Oliver und Angelica behalten, kein einziges richtiges Foto, keinen Brief und keine Zeichnung. Nur ein schwarzweißes Polaroidfoto, das Oliver mir kurz nach unserer ersten Begegnung gab und auf dem man seinen Schuh – dessen ziemlich abgenutzte schwarze Kappe – und einen Teil des nackten Knöchels sieht; das Foto und die Seeigellampe, die Angelica mir einmal zu Weihnachten geschenkt hat.

Das ist alles. Obwohl ich mehr von ihnen in meinem Gedächtnis bewahre, als sie je ahnen konnten. Vielleicht reicht das auch schon.

Teil Eins

Abschied

1. KAPITEL

Das Zeichen

Über Magie, Hexerei und Religion lernte ich sie kennen. In dem Zauberwald, den die Göttliche darstellte, war dies ein passender Ort, das Gehölz des Magiers, wo Balthazar Warnick an seinem Pult präsidierte und zu jeder Vorlesung mit einer handbemalten Seidenkrawatte und einem dreiteiligen Kammgarnanzug von Fergus Corméillean bekleidet erschien – obwohl nur sieben von uns Studenten anwesend waren und die mürrischen Heizkörper zischten, als ob der schwarze Winter an den bunten Glasfenstern nagte und nicht der schwüle Altweibersommer der Stadt.

Ich hatte ganz hinten im Raum Platz genommen. Es war mein erster Vorlesungstag, mein erster offizieller Tag an der Göttlichen. Ich war am Freitag zuvor angekommen und befolgte lediglich die ›Dringende Empfehlung‹ im Einführungshandbuch – ein schlankes Bändchen, von der Universität auf dem schweren cremefarbenen Papier gedruckt, dessen Aussehen einem Schriftstück das geistige Gewicht von Pergament verlieh.

> Studienanfängern wird *dringend* empfohlen, sich in der am 1. September 1975 beginnenden Woche an der Universität einzufinden. In dieser Zeit werden für Studenten wie für interessierte Eltern Orientierungs- und Einführungskurse angeboten.

Oben auf jeder Seite starrte einem das Universitätswappen entgegen, ein drohend aufgerichteter Greif und ein roter Pelikan, der sich die Brust aufriß, um seine Jungen zu füttern. Darunter stand das Motto …

Vita, sine literis, mors est.
Das Leben ohne Bildung ist der Tod.

… und der Name der Lehranstalt in schwungvollen goldenen, blauen und karminroten Lettern.

Die Universität der Erzengel und des Heiligen Johannes des Göttlichen.

Genannt ›Die Göttliche‹, wie ich in den ersten paar Stunden nach meiner Ankunft erfuhr. *Uni*, nannte sie meine Mutter, als sie nach der fünfstündigen Fahrt in meinem Zimmer im Wohnheim stand, umgeben von vollgestopften Kartons, und sagte: »Also, ich wünsche dir viel Glück an der Uni, Katie.«

Die Fahrt hatte lange gedauert und war heiß und bedrückend gewesen, denn jetzt, wo sie mit ansehen mußten, wie das letzte ihrer sechs Kinder flügge wurde, schwankten meine Mutter und mein Vater ständig zwischen Hochgefühl und Niedergeschlagenheit. Meine Eltern hatten aus Liebe geheiratet, ein High-School-Pärchen aus Astoria, Queens. Bei meiner Mutter war der Akzent noch zu hören – zwar nur schwach, aber dennoch ein schriller Mißklang in Anbetracht des zarten Gesichts unter den feuerroten Locken. Meine Mutter war eine irische Schönheit der alten Schule. Nicht so mein Vater, der barfuß – er hatte große, ungewöhnlich häßliche Füße – einen Meter fünfundneunzig maß und – obgleich Absolvent von Saint Bonaventure und Fordham und Inhaber einer recht hohen Stellung bei IBM – eher wie Victor McLaglen als wie Jack Kennedy wirkte. Meine beiden Schwestern waren die Schönheiten, meine drei Brüder die Rebellen, obgleich später, als Erwachsene, erfolgreich.

Und ich? Ich war die Intelligente, die Einzelgängerin, die glücklose Rebellin und um viele Jahre jüngste. Katherine Sweeney Cassidy, benannt nach Katherine Sweeney, meiner Großmutter mütterlicherseits; mit den grauen Augen meiner Mutter und den Füßen meines Vaters, Katie für die Familie, aber für die Welt jetzt Sweeney. Sweeney für die Göttliche.

Als wir mein Gepäck ins Wohnheim gebracht hatten, speisten wir im örtlichen Holiday Inn, wo weitaus fröhlichere Familien lautstark Neuankömmlinge begrüßten und wo unsere Bedienung außer uns jeden Gast mit Namen zu kennen schien, hastig und ungemütlich zu Mittag. Anschließend brachen meine Eltern gleich wieder auf. Jahre später gestand mir meine Mutter, daß ihnen zu schwer ums Herz gewesen sei, um länger zu bleiben, doch das wußte ich damals nicht. Sie küßten mich, mein Vater roch immer noch leicht nach Ketchup, und dann stiegen sie in den blauen Volvo-Kombi, der sie wieder nach Norden bringen würde. Ich winkte, während sich der Wagen mit nervöser Hast in den Verkehrsstrom auf der North Capitol Street einreihte. Dann strich ich mir mit feuchten Händen über den geblümten kastanienbraunen Rock, den mir meine Mutter am Vorabend aufs Bett gelegt hatte (eigens für den Anlaß bei Lord & Taylor gekauft und nur einmal und nie wieder getragen) und ging langsam zurück zum Wohnheim.

Dies war das erste Mal, daß mir der Gedanke kam, eine glückliche Kindheit könnte auch Nachteile haben. Wo ich auch hinschaute, alle wußten, wohin sie gehörten. Langhaarige, braungebrannte Mädchen in bauschigen Sommerkleidern, die lang ausgestreckt auf dem Rasen schwarze Zigaretten rauchten. Langhaarige Jungen, die mit viel Geklirr grüne Flaschen aus einer Kühlbox holten und sich gegenseitig in selbstsicherem, munterem Ton zuprosteten. In einiger Entfernung, im Schatten des riesigen, barocken Schreins, schritten sommerlich weiß gekleidete Nonnen mit zurückgeworfenem Kopf einher; in ihren Sonnenbrillen spiegelte sich funkelnd das Licht. Ein massiger Mann mit einer Jarmulka auf dem Kopf stand auf der geschwungenen Treppe, die wie aus einem Buch von Dr. Seuss spiralförmig von einem der Flügel des Schreins hinunterführte. Während ich hinschaute, nahm er die Jarmulka ab und tätschelte sich damit geistesabwesend die Wangen. Die Hitze war drückend. Die von der North Capitol Street herüberwehenden öligen Auspuffdünste wetteiferten mit dem Duft der Rosen, die auf dem Gelände der Göttlichen ebenso üppig wuchsen wie in einem Park. Mein Rock hing mir schlaff um die Knie, meine langärmlige Baumwollbluse fühlte sich so schwer und feucht an wie nasse Wolle. Als ich mich über den Gehweg zur Rossetti Hall schleppte, stieß ich mit einem Jungen in einem Dashiki-Hemd zusammen.

»Oh … tut mir leid …«, murmelte er, ohne mir auch nur einen Blick zu gönnen, und eilte über den Rasen, der Rossetti Hall umgab, davon. Unter einem der kunstvollen Fenster mit den rautenförmigen Scheiben blieb er stehen und brüllte: »LINNNN-DDDDAA!« Über mir wurden Fenster aufgerissen. Braungebrannte, lachende Gesichter schauten herunter.

»Ach, Stephen«, rief ein blondes Mädchen träge. »Sei doch still.«

Niemand nahm auch nur die geringste Notiz von mir. Die Klamotten brannten mir auf der Haut. Ich schaute weg, rannte die Treppe hoch und hinein in Rossetti Hall.

Irgendwie überstand ich das erste Wochenende. Mein Zimmer erwies sich als überraschend tröstliches Refugium, es war kühl und ruhig, und ich hatte es ganz für mich allein. Wie alle Gebäude der Göttlichen war auch Rossetti Hall ein großes Bauwerk im gotischen Stil, überrankt von wildem Wein und angefüllt mit dem süßen Duft von Glyzinenblüten. Zu Füßen seiner Mauern wandelte ein sonderbares Gemenge von Nonnen, Rabbis, Sikhs, Mönchen und anderen Menschen weitaus zweifelhafterer spiritueller Herkunft: Hare Krishnas, ernsthafte Moonies, Hexen- und Druidennovizen. Die Wirkung war auf eine unheimliche Weise mittelalterlich, wurde allerdings gemildert durch die farbigen Einsprengsel der kleinen, aber lautstarken Schar von Studienanfängern, welche die letzten angeschlagenen Formen der Exaltiertheit der Sechziger hochhielten. Ich war mir unangenehm deutlich bewußt, wie trist ich aussah und mich fühlte.

Mein Zimmer lag an einem langen Korridor, und selbst in diesen letzten Wochen, bevor der Herbst sein Phantomgold über die Stadt ergoß, war es darin so kühl und still wie in einem Eisschrank. Mit gesenktem Blick schritt ich langsam über den Flur und versuchte, das eigenartige Bodenmosaik zu entziffern. Die Fliesen bildeten seltsame Muster in verblichenen Kinderzimmerfarben; Entchengelb, Bübchenblau, ein häßliches medizinisches Rosa. Die Wände zeigten ein blasses Grün, das die Jahre besser überstanden hatte, der Putz war zu einem angenehmen Pfefferminzgrün verblaßt, mit cremefarbenen und schokoladenbraunen Furchen, wo sich Risse gebildet hatten. In den ersten paar Tagen verbrachte ich viel Zeit auf diesem Korridor und wartete darauf, daß jemand Hallo zu mir sagen und mich auf sein Zimmer einladen würde. Doch es blieb merkwürdig ruhig. Ich war vollkommen allein, mein Heimweh war so schmerzhaft, als hätte man mir einen Dolchstoß versetzt. Warum hatte ich bloß keine Zimmergenossin gewollt? Schlimmer noch, trotz der ›Dringenden Empfehlung‹ im Orientierungshandbuch schien es mir, als sei ich mehrere Tage zu früh eingetroffen. Die einzigen anderen Bewohner auf diesem Korridor waren drei Mädchen aus dem Iran, entfernte Verwandte des Schahs, die im ersten Semester Maschinenbau studierten. Sie brachten die Tage damit zu, sich gegenseitig das lange schwarze Haar zu bürsten und zu flechten, während sie abends das einzige Münztelefon der Etage mit Beschlag belegten und über die Grausamkeit ihrer Eltern, die sie hierhergeschickt hatten, jammerten und schimpften.

Ich wünschte, ich hätte mich ebenfalls dem Luxus eines solchen Kummers überlassen können. Rief ich jedoch meine Eltern an, so versicherte ich ihnen, die Uni sei prima, meine erste Vorlesung finde am Dienstag statt, bis zu den Herbstferien sei es gar nicht mehr so lange, wirklich nicht, alles sei *prima*. Dann reichte ich den Hörer an die Iranerinnen weiter und ging wieder auf mein Zimmer.

»Mist«, sagte ich und warf mich in einen Sessel.

Das Zimmer war lang und schmal, die alten Möbel rochen nach Zitrone und Kalk. Ich legte Rock und Bluse ab und stand zitternd da, während ich mich zu erinnern versuchte, in welcher Tasche meine Sachen waren. Dann holte ich eine zerrissene Jeans hervor und ein schwarzes T-Shirt, beförderte den Rock mit einem Fußtritt unter das Bett und machte mich daran, mein Reich zu erkunden.

Am Ende des Zimmers leuchtete ein großes, überwölbtes Fenster weißlichblau im Licht der Nachmittagssonne. Ich trat über ein Gewirr aus Stereokabeln hinweg und schaute hinaus. Die in der Mitte unterteilten Fensterscheiben bestanden aus dickem, geriffeltem Glas. Die Fensterflügel ließen sich mit einer verzierten schmiedeeisernen Kurbel öffnen, die beim ersten Versuch störrisch quietschte, bis ich den Schnappriegel löste. Das Fenster öffnete sich ganz allmählich. Luft, die so schwer und dick und süß wie Zuckersirup war, strömte ins Zimmer. Ich beugte mich vor und stützte die Hände auf den breiten Sims aus Granit.

Mein Zimmer ging nach Osten hinaus und bot

Ausblick auf den sogenannten Streifen, die langgestreckte, baumbestandene Rasenfläche, die sich mitten durch den Campus zog. Der ganze Campus lag vor mir ausgebreitet wie ein riesiges Brettspiel in Gold, Grün und Marmor. Archaische graue Gebäude und große, ausladende Ulmen wirkten im Spätsommerlicht wie ein durchscheinender Wandteppich. Den Horizont begrenzte ein massiger, baumbestandener Hügel, durch dessen grünes Laubdach wie die Spitze eines Observatoriums oder einer alten Tempelruine die bleiche Kuppel eines weiteren Gebäudes brach. Unter den Bäumen parkten Touristenbusse in mehreren Reihen. Unmittelbar unter meinem Fenster lagerten die Studenten, die ich beim Hineingehen gesehen hatte, immer noch auf dem Rasen und reichten Joints herum, während bellende Hunde sich zwischen ihnen wälzten. Über allem ragte der Schrein auf, die brütende, im Hitzedunst flirrende Sphinx. Die ganze Szenerie hatte die unwirkliche Aura einer kolorierten Postkarte von der Weltausstellung. Der Gedanke, daß ich einfach hätte nach draußen gehen und dazugehören können, kam mir gar nicht erst.

Aber ich konnte mir einen besseren Ausblick verschaffen. Ich vergewisserte mich, daß das Fenster so weit wie möglich geöffnet war. Dann schwang ich mich auf den Sims. Einen kritischen Moment lang kauerte ich dort wie ein Wasserspeier, bis ich das Gleichgewicht wiederfand und mich an eine Seite des Fensters hinhockte. Irgend etwas Spitzes und Kantiges drückte gegen meinen Rücken. Ich rutschte hin und her, bis ich einigermaßen bequem saß, dann beugte ich mich vor und blickte durchs Fenster in mein Zimmer hinein.

An der gegenüberliegenden Wand hing ein Spiegel. Er zeigte mein Spiegelbild, eine magere Gestalt wie ein unter Glas eingesperrter Kobold. Lange Arme in verblichener Baumwolle, nackte Knöchel und Füße, denen man ansah, wie unmodisch blaß ich war. Lange Arme mit schmalen, knochigen Gelenken, große Hände, große Füße, abgebissene Fingernägel. Schlaffes, schulterlanges schwarzes Haar, glatt und fein wie bei einem Kind. Ein breites, milchweißes Koboldgesicht, charakterisiert vor allem durch die großen, blaßgrauen Augen und die Stupsnase, ein paar Sommersprossen und eine kleine Lücke zwischen den vorderen Schneidezähnen. *Eine irische Seemannsbraut*, so hatte mich mein Englischlehrer an der High-School mal genannt. Ich mochte die Beschreibung. Mit achtzehn stellte ich mir vor, ich sei die geistige Tochter von Brendan Behan und Flann O'Brien, eine tüchtige Trinkerin, die gerne melancholische Verse zitierte. An der Stelle, wo mein Bruder mir bei einem Streit um Matchbox-Autos als Kind die Nase gebrochen hatte, war sie kaum merklich zur Seite gebogen.

»He!«

Ich drehte mich um und sah nach unten. Zwei Jungen, die miteinander Frisbee spielten, winkten zu mir hoch. Mit einer Hand hielt ich mich am Fensterrahmen fest, mit der anderen winkte ich zurück.

»Komm runter!« rief der eine. Ich schüttelte den Kopf und schrie: »Später!«

In ihrer Nähe ließ sich ein Mädchen, das gerade in einer Zeitschrift las, auf die Seite fallen, beschattete sich die Augen, bis es mich gesichtet hatte, winkte dann matt und schaute wieder weg. Die Jungen lachten, schleuderten den Frisbee hin und her und liefen mit federnden Schritten über den Rasen.

Also waren sie doch freundlich; es bestand noch Hoffnung. Ich blieb den Rest des Nachmittags über dort sitzen, hielt das Gesicht in die Sonne, träumte von meinen Vorlesungen und versuchte auszurechnen, wie viele Tage es noch bis zum Columbus Day waren.

Allmählich setzte mir jedoch die Hitze zu. Außerdem taten mir die Schultern weh, was immer es sein mochte, wogegen ich mich gelehnt hatte. Ich streckte mich, darauf bedacht, nicht hinunterzufallen, und kletterte wieder ins Zimmer. In der Fensteröffnung hielt ich inne und verrenkte mir den Hals, um zu sehen, warum diese verdammte Wand so unbequem war.

Da war ein Engel. Nein – *zwei* Engel. Je einer auf jeder Seite des Fensters. Sie wirkten so lebensecht, daß ich zusammenzuckte und gegen die Glasscheibe in meinem Rücken stieß. Einen panischen Augenblick lang meinte ich zu fallen; dann hielt ich mich am Fensterrahmen fest und fand das Gleichgewicht wieder. Nach einer Weile beruhigte ich mich.

Das sind doch bloß Engel, dachte ich, *steinerne Engel.* Gar nichts Ungewöhnliches in Anbetracht der besonderen spirituellen Geschichte der Göttlichen. Ich hatte sie eben bloß nicht bemerkt. Ich wedelte mir mit dem Oberteil des T-Shirts Kühlung zu. Dann schaute ich noch einmal hin.

Überall waren Engel. Sie schienen jedes einzelne Fenster von Rossetti Hall zu flankieren, mit angelegten Flügeln, die langen Beine und Leiber so aufrecht und glatt wie Säulen. Ich hatte mich gegen das spitze Ende eines Flügels gelehnt, dessen Federn aufgebauscht waren wie ein Wellenkamm. Die langen, schlanken Hände der Engel nahmen unterschiedliche Haltungen ein – fromm, ermahnend, drohend, beschwichtigend –, ihre Gesichter waren heiter, die Augen geschlossen, die Münder lächelten nicht und waren zu einem dünnen Strich zusammengepreßt.

Das Erstaunliche an ihnen war die Tatsache, daß sie nackt waren und keine Genitalien hatten. Ihre Schenkel bildeten ein umgekehrtes V und warfen pechschwarze Schatten an die Wand. Mit ausgestreckter Hand konnte ich gerade eben ein Granitbein berühren, die Kurve, wo ein Sehnenstrang sich zu einem

Knie ausbeulte; die winzigen Details der Muskeln und Gesichtszüge waren so liebevoll ausgeführt, daß sie aus dem wirklichen Leben stammen mußten. Die Engel wirkten nicht kastriert oder kindlich und erweckten auch nicht den Eindruck, ihnen würde etwas fehlen. Sie wirkten so, als *sollten* sie so aussehen; als wären sie von Natur aus androgyn. Wirkliche Engel, in Stein verwandelt.

Und als ich in das Gesicht des einen Engels emporblickte, der mein Zimmer bewachte, hatte ich den Eindruck, es müsse eine bestimmte Absicht dahinterstehen, daß der Künstler ihn mit geschlossenen Augen dargestellt hatte: daß es furchtbar sein müsse, von einem dieser Wesen angeschaut zu werden.

Auf einmal war mir kalt. Die blinden Gesichter waren dorthin gewandt, wo die Schatten des Schreins nun allmählich über den Streifen krochen. Ein krampfhaftes Zittern schüttelte mich, und mir wurde klar, daß ich wohl einen Sonnenbrand hatte. Ich kletterte wieder nach drinnen, wühlte in meinen Sachen, bis ich ein altes graues Sweatshirt gefunden hatte, und zog es an. Es war nach fünf. Ich konnte im Speisesaal etwas essen, und vielleicht würde ich dort ja auch Gesellschaft finden.

Am gleichen Nachmittag, am Nachmittag von Sweeney Cassidys Eintreffen in der Göttlichen, erreichte Balthazar Warnick die Kunde vom Zeichen.

Er befand sich gerade in seinem Arbeitszimmer in Orphic Lodge, dem Schlupfwinkel der *Benandantis* in den Blue Ridge Mountains, schlürfte einen Brandy und unternahm den halbherzigen Versuch, das kleine Planetarium instandzusetzen, das in einem der zahlreichen Fenstererker stand, welche die eine Seite des Zimmers säumten. Draußen peitschte der Regen gegen Giebel und Gauben, und die Äste großer Eichenbäume schlugen bedrohlich gegen Dachschindeln und alte Bleiglasfenster. Im Laufe der Nacht hatte es sich eingeregnet. Zwar war das Spätsommergewitter bereits weitergezogen, doch draußen heulte der Wind, und immer wieder gingen Schauer auf das Türmchen des Arbeitszimmers nieder.

»Also«, sagte Balthazar leise. Der ständige Lärm erschwerte die Konzentration, doch nahm ihn seine Aufgabe nicht übermäßig in Anspruch. Blinzelnd rückte er die Brille zurecht und fixierte das Instrument. »Nun, denn.«

Zwischen seinen langen Fingern wirkte das Planetarium mit den Messingbeschlägen und den emaillierten Darstellungen der Planeten, die an funkelnden Drähten von ihren Umlaufbahnen herabhingen und alle um das große goldene Abbild der Sonne kreisten, wie übertriebener Christbaumschmuck. Rot, gelb, grün, orange, weiß, blau, violett, schwarz. Daumen und Zeigefinger schlossen sich um die winzige kreiselnde Smaragdperle und drückten zu, bis es ihm heiß unter den Fingerkuppen wurde.

Und wo ist die Welt, welche die Benandanti *bewohnen*? dachte er, und Balthazars faltenloses Gesicht verdüsterte sich. Wo war die Welt, in der Balthazar selbst lebte, mit ihren ständigen Versammlungen und der darauf folgenden Abgeschiedenheit, mit ihren endlosen Tagen und Stunden und Jahrzehnten des *Wartens?* Ohne nachzudenken, drückte er die Finger noch fester zusammen. Rauchwolken und funkelnde Feuerzungen stiegen aus der kleinen Samaragdkugel empor. Der grüne Planet, der dritte von der Sonne aus, stand in Flammen. Balthazars umwölkte Miene entspannte sich plötzlich. Er beugte sich über das Planetarium und pustete die winzigen Flammen aus. Die kleine Kugel kühlte sich ab, die glatte, grüne Oberfläche war unversehrt und ohne Brandspuren. Seufzend stellte Balthazar das Planetarium wieder auf sein Messinggestell und schaute aus dem Fenster.

Weit unten, dort, wo auf dem Helstrom Mountain das Sommerhaus hockte, war der Agastronga River über die Ufer getreten. Über dem Gebirgszug im Westen brachen die Wolken jedoch allmählich auf. Am östlichen Horizont machte Balthazar einen schwachen goldenen Schein aus, der kundtat, daß dort die Sonne immer noch schien. In der Hauptstadt war es heute gewiß unerträglich heiß, zumindest solange, bis das Unwetter weiterzog und es sich abkühlte. Bei dem Gedanken zuckte er zusammen. Wie herbeigerufen durch diese kleine Bewegung, klopfte es an der Tür.

»Ja, Kirsten!« rief Balthazar. »Treten Sie ein.« Er schaute noch kurz aus dem Fenster, dann drehte er sich um. »Ja, meine Liebe?«

Die Haushälterin von Orphic Lodge kam ins Zimmer, in der Hand ein flatterndes Blatt Papier. Balthazar sank der Mut.

»Verzeihen Sie, Professor Warnick. Eine telefonische Nachricht.«

Kirsten ging zum Fenster und nahm das Silbertablett mit den Resten von Balthazars Mittagessen: saurer Hering, Cornichons und ein paar Scheiben Pumpernickel. Sie reichte ihm den Zettel, nahm seinen immer noch halbvollen Cognacschwenker und stellte ihn auf das Tablett. »Francis X. Connelly hat angerufen. Ich habe die Nachricht notiert.«

»Oh!« Balthazar nickte. Er nahm die Brille ab und bemühte sich blinzelnd, Kirstens krakelige europäische Handschrift zu entziffern.

Freitag, den 20. August, 13 Uhr 30

Sagen Sie Professor Warnick, er möchte sofort herkommen und sich mit mir auf der Treppe vor dem Schrein treffen. Sagen Sie ihm, es hat sich ein Zeichen gezeigt.

Francis X. Connelly

Balthazar fuhr zusammen, als eine Böe die Fensterflügel erzittern ließ.

Sagen Sie ihm, es hat sich ein Zeichen gezeigt.

Er rollte das Papier zu einem kleinen Röhrchen zusammen und legte es behutsam auf das Essenstablett. Versonnen schaute er in den Regen hinaus. »Ich glaube, dann breche ich auf.«

Die Haushälterin nahm den zusammengerollten Zettel und steckte ihn in die Schürzentasche. »Sind Sie zum Abendessen wieder zurück, Professor?«

Ein Zeichen. Balthazar spürte, wie sich sein Herzschlag leicht beschleunigte. Er klimperte mit dem Schlüsselbund in der Hosentasche. Kirsten wiederholte ihre Frage.

»Zum Abendessen? Wohl kaum. Ich meine, ich glaube nicht – jedenfalls dann nicht, falls Francis wirklich … falls in der Göttlichen wirklich etwas vor sich geht.«

Kirsten kniff die blauen Augen ein wenig zusammen. »Ich mache *kalve frikadeller*«, sagte sie, das Tablett weit vorgestreckt, als befände sich eine rituelle Opfergabe darauf. Balthazar dachte an die Köpfe gewisser Heiliger und lächelte schwach. »Kalbfleisch und *chokoladebudding*.«

Sein Lieblingsdessert. Balthazar nickte gerührt. »Ja. Gut, ich werde versuchen, bis zum Abendessen zurück zu sein.« Er nahm das Glas mit dem Cognac, leerte es langsam und stellte es wieder aufs Tablett. »Ich danke Ihnen, Kirsten. Das Essen war wie immer ausgezeichnet. Ich … ich rufe Sie später an, sobald ich Näheres weiß.«

Die Tür fiel ächzend hinter ihr ins Schloß. Kirstens schwere Schritte entfernten sich über den Korridor. Balthazar holte den Schlüsselbund aus der Tasche und blickte zu dem Planetarium auf dem Messinggestell hinüber.

»Nun denn«, sagte er, und seine Stimme klang dünn und besorgt. »*Nun denn*«, wiederholte er und schritt durch den Raum.

Auf dieser Seite des Arbeitszimmers war zwischen den Bücherregalen eine kleine Tür eingelassen. Sie war aus dem Holz der Bergesche gearbeitet und so blank poliert, daß das Holz die Farbe blassen Biers angenommen hatte. In der Tür befand sich ein kleines altmodisches Schlüsselloch. Der Türsturz, bestehend aus anmutigen Jugendstilarabesken, war mit Goldfarbe bemalt, die im Laufe der Zeit fast vollständig abgeblättert war, und wurde gekrönt von schnörkeligen, nahezu unleserlichen karminroten Lettern.

Omnia Bona Bonis.

Alles ist gut den Guten. Das Motto der Benandanti.

Balthazar legte eine Hand auf das Holz. Einen Moment lang blickte er über die Schulter sehnsüchtig zu der Tür, die auf den Korridor führte. Sein Wagen stand noch vor dem Haus. Er würde fast vier Stunden brauchen, um nach Washington zurückzufahren, aber bis dahin wäre Francis mit seiner Geduld längst am Ende und wieder auf sein Zimmer gestürmt.

Oder – was wahrscheinlicher war – er würde aus dieser kleinen Eschenholztür gestürzt kommen und Balthazar gewaltsam mit sich schleppen. Bei diesem Gedanken seufzte Balthazar. Mit einer raschen Bewegung steckte er den Schlüssel ins Schlüsselloch und drehte ihn herum. Die Tür erbebte, dann sprang sie auf.

Dahinter war nichts. Nicht das düstere Innere eines Wandschranks; kein kühler, feuchter Himmel mit grünlicher Bewölkung. Nur eine formlose Leere, weder dunkel noch hell, sondern etwas *anderes*, kalt und zerrissen von einem hohen, schrillen Heulen.

Ein Zeichen.

Ohne aufzusehen, trat Balthazar in die Leere hinein. Sein Fuß senkte sich durch leere Luft, und etwas in seiner Brust verkrampfte sich, als er spürte, wie er nach vorne taumelte. Das letzte, was er von fern hörte, war, wie der Wind die Tür hinter ihm zuschlug.

Am obersten Absatz der Haupttreppe des Schreins wartete Francis Xavier Connelly genauso ungeduldig, wie Balthazar es sich vorgestellt hatte, auf das Erscheinen seines Mentors. Unter ihm ergoß sich die tägliche Touristenflut aus einem schier endlosen Strom von Bussen, die Frauen fächelten sich mit gefalteten Stadtplänen und Broschüren Kühlung zu, die Männer lockerten ihre Krawatten und Manschetten und blickten sich sehnsüchtig nach den klimatisierten Fahrzeugen um. Die Besucher warfen sich immer noch in Schale, wenn sie den Schrein besuchten, wenngleich manche nicht weiter als bis zum Andenkenladen kamen.

Francis, der zu ihnen hinuntersah, schnaubte verärgert und sah auf die Uhr. Kurz vor zwei. Jemand stieß gegen seinen Ellbogen und entschuldigte sich mit schriller Stimme. Als Francis wieder hinunterschaute, erblickte er eine Gruppe von Touristen mit gräßlich anzusehenden Kameras, die sich vergeblich bemühten, das weitverteilte Ensemble der Kuppeln, Minarette und Glockentürme aufzunehmen, das den Schrein ausmachte.

Sie wissen nicht einmal die Hälfte, dachte er. Niemand würde jemals auch nur einen Bruchteil dessen erfahren, was um und hinter – und über und unter – der Universität der Erzengel und des Heiligen Johannes des Göttlichen und des Schreins, der in ihrer Mitte lag, vor sich ging.

»Beeilen Sie sich, Balthazar«, flüsterte er.

Er wandte sich um und blickte zur langen, weißen Zufahrtsstraße hinüber, die von der North Capitol Street zum Parkplatz des Schreins führte. In der Nähe der Einfahrt lag ein kleiner Schuppen aus Sperrholz und blauem Kunststoff. Ein Bus der Gray Line Tours bog gerade von der North Capitol ab und fuhr schwankend, eine Auspuffahne hinter sich herziehend, am Schuppen vorbei. Als sich der Qualm gelegt hatte, sah man einen schlanken, dunkelhaarigen Mann auf dem Gehsteig vor dem Schuppen stehen, der sich hustend in die Hände schlug.

»Wird allmählich auch Zeit«, murmelte Francis vor sich hin. Er wippte auf den Fersen zurück und wühlte in den Taschen nach einer Zigarette. »Allerhöchste Zeit.«

Auf dem Parkplatz schöpfte Balthazar Warnick wieder Atem. Stöhnend glättete er die Vorderseite seines bereits durchgeschwitzten Hemds, dann überquerte er den Parkplatz und wandte sich zur Treppe.

»Balthazar! Dann hat Ihnen Kirsten also die Nachricht übermittelt.« Francis Harvard-Yards Stimme gellte Balthazar auf den letzten Metern entgegen. »Ich habe mir schon Sorgen gemacht…«

»Ja-a!« keuchte Balthazar. Er blieb stehen und tupfte sich das Gesicht mit dem Taschentuch ab, schnappte nach Luft und setzte hinzu: »Tut mir leid, daß es so lange gedauert hat. Es ist so verdammt *heiß*…«

Francis nickte und spähte gereizt in die dunstige Luft, als erwartete er noch das Eintreffen einer interessanteren Person, die womöglich mit dem Helikopter kam. Balthazar sah mit einem gequälten Lächeln zu ihm auf. Sein Protégé war ungewöhnlich, geradezu lächerlich groß, grobknochig, hielt sich krumm und hatte etwas Hochmütiges an sich, das Balthazar an gewisse Kamelarten denken ließ. Wie Balthazar war er fürchterlich kurzsichtig, gleichzeitig aber zu eitel, um eine Brille zu tragen. Daher spähte Francis ständig ungeduldig ins Leere und beklagte sich über unaufmerksame Zuhörer. Die Zigarette zuckte zwischen seinen nervösen Fingern, deren Nägel bis aufs Fleisch abgebissen waren. Er war einer der jüngsten der *Benandanti* und Balthazars meistversprechender Schützling – abgesehen von der Archäologin Magda Kurtz, die vor fast einem Jahrzehnt an der Göttlichen eingetroffen war und längst anderswo an ihrer Karriere arbeitete. Allerdings hielt Magda sich jetzt den Sommer über wieder als Gastdozentin an der Göttlichen auf, und Francis war überhaupt niemals fortgegangen.

»Es ist *immer* heiß«, murmelte Francis, als wäre das Balthazars Schuld. »Die Diplomaten, die hierher versetzt wurden, bekamen immer Erschwerniszulagen.«

Balthazar lächelte. Als Studienanfänger war Francis Balthazars Favorit gewesen und hatte wie Martha Archäologie studiert, wenngleich Francis seiner ursprünglichen Liebe zur griechischen Klassik und Mykene stets treu geblieben und nie in die trüberen Gefilde des alten Europa abgeschweift war.

»Jedenfalls ist es nicht die Hitze, die einem so zusetzt«, fügte Francis hinzu. »Sondern die Feuchtigkeit.«

Balthazar nickte seufzend. Er war nicht nur der Vorsitzende der berühmten Anthropologischen Fakultät der Göttlichen, zu seinen offiziellen Titeln gehörten auch der des Rektors des Thaddeus College und der des 144. Empfängers des Umhangs der Lebenden Flamme der Gjnarra aus Transbaikalien in der Wüste Gobi, ein Titel, der weniger ehrenhaft war, als manche seiner Kollegen im Explorer Club meinen mochten.

Außerdem war er natürlich auch der Vorsitzende der *Benandanti* an der Göttlichen. Seine Aufgabe bestand darin, eine gewisse Form von Aufsicht auszuüben und unablässig nach einem Feind Ausschau zu halten, der niemals einzutreffen schien. Nach einem Feind, den es vielleicht gar nicht mehr gab. Balthazar gefiel nicht alles an seiner Aufgabe, aber in mancherlei Hinsicht ähnelten die *Benandanti* dem Militär. Häufig wurde man in eine Stellung hineingeboren, und war man erst einmal indoktriniert, dann war man ein Leben lang gebunden und wahrscheinlich noch darüber hinaus. Die letzten sechs Jahre über war Francis sein Familienersatz gewesen: ein deprimierender Gedanke.

Francis genehmigte sich noch einen hastigen Zug an der Zigarette. »Danke, daß Sie gekommen sind, Balthazar«, sagte er. Zum erstenmal lächelte er. »Aber warten Sie nur, Ihnen werden noch die Augen übergehen!« Er drehte sich um und blickte mit strahlendem Gesicht zum ausladenden Schrein empor. »Das ist unglaublich, Balthazar, unglaublich ...«

Balthazar schüttelte den Kopf und folgte Francis' Blick. »Also, vielleicht sollten Sie es mir besser zeigen«, sagte er milde.

Über ihnen ragte das Herz der Universität auf – der Schrein der Erzengel und des Heiligen Johannes des Göttlichen. Ein märchenhafter byzantinischer Prachtbau, nach fast zweihundert Jahren Bauzeit zu Anfang des zwanzigsten Jahrhunderts fertiggestellt. Minarette und Mosaike und gotische Strebepfeiler aus Sandstein, mit Zinnen versehene Brustwehren und Wendeltreppen, die vor türlosen Mauern endeten; und alles überragt von einer Kuppel aus Gold und Lapislazuli, die dem Firmament seine eigene vergoldete Landkarte des Himmels zurückwarf. Sieben verschiedene Architekten hatten grundverschiedene Aspekte des Schreins entworfen und gebaut. Im Innern befanden sich nicht weniger als siebenundfünfzig Kapellen, einige davon nicht größer als eine Besenkammer, andere so groß wie Kegelbahnen, Heiligen unterschiedlichen Rangs und unterschiedlicher Heiligkeitsgrade geweiht. Unter dem Dach wimmelte es derart von Gespenstern, daß man in den Stunden vor dem Morgengrauen im Kirchenschiff ihr hohles Geflüster vernahm. In der Krypta in der Nähe der Katakomben weinten Statuen regelmäßig Blut, und in den düsteren Winkeln erblickten begierige Teenager, die sich von ihrer Gruppe absetzten, des öfteren Victor Capobianco, bekannt als *Damnatus*, der Verfluchte Bischof, der auf dem Granitboden kniete und unter Tränen die Stationen des Kreuzwegs anrief. Francis' Zeichen mußte schon recht originell sein, um sich dieser kleinen Untersuchung als würdig zu erweisen.

Einen Moment lang verweilte Balthazars Blick auf der steinernen Triade über dem Eingang. Unreife Erstsemester hatten die Dreiergruppe ›The Supremes‹ getauft. Tatsächlich stellten sie Michael, Gabriel und Raphael dar, die Erzengel, welche die Göttliche bewachten. Balthazar wartete, für den Fall, daß sie eine Botschaft für ihn hätten, doch da war nichts.

»Kommen Sie!« Francis zupfte Balthazar am Ellbogen und geleitete ihn an einer lärmenden Gruppe von Nonnen vorbei. »Das müssen Sie sich ansehen.«

Es war, als träte man von einem Bahnsteig der U-Bahn in die geheimnisvolle Sphäre einer unermeßlichen Höhle. »Ich habe es in der Tahor-Kapelle gesehen«, sagte Francis. Seine Stimme war wie immer zu laut und dröhnte dermaßen, daß sich mehrere Touristen nach ihm umdrehten. Balthazar folgte ihm durch eines der breiten Seitenschiffe, von einer der regenbogenfarbenen Lichtinseln, die sich von den Bleiglasfenstern auf den Boden ergossen, zur nächsten. Überall schimmerten Reihen von Kerzen, halb verdeckt von knienden Gestalten. Im Vorbeigehen vernahm Balthazar leises Weinen und geflüsterte Anrufungen.

Heiliger Johannes, bitte für uns. Heilige Blaise, bitte für uns. Heilige Lucia, bitte für uns …

Balthazar zögerte kurz bei einer kleinen Kapelle mit einer einzelnen tropfenden Bußkerze darin, während Francis daran vorbeirannte. In einer Nische stand eine bemalte Statue, das Gipsgewand mit Staub bedeckt: das Bildnis einer jungen Frau, die ein goldenes Tablett in Händen hielt, von dem vorwurfsvoll ein Paar Augäpfel hochschauten. Einen Moment lang starrte Balthazar die herausgerissenen Augäpfel an, dann eilte er weiter.

Welkende Blumen, gestiftet von wohlhabenden Ehemaligen und den dankbaren Nutznießern erfolgreich verlaufener Bypassoperationen füllten andere Nischen mit exotischeren Bildnissen aus Marmor, Glas und Holz, aus Stahl, Gips und gewöhnlichem Kunststoff. Der Hauptaltar war als ein funkelnder Vorhang aus Gold und Silber zu erkennen, der sich viel weiter vorne kräuselte. Balthazar folgte Francis eine schmale Treppe hinunter, immer im Kreis herum, bis sie schließlich auf einen trüb beleuchteten Innenhof gelangten. Wohin man auch schaute, überall öffneten sich hohe Steinbögen auf weitere Gänge oder Kapellen. Einige waren durch Eisengitter abgesperrt, andere wurden von noch mehr Statuen oder hin und wieder auch einer geräuschvollen Klimaanlage bewacht.

»Wir sind gleich da«, rief Francis. »*Hier* geht's lang …«

Balthazar hoffte, daß sich niemand in der Tahor-Kapelle aufhielt; und Gott sei Dank war sie tatsächlich leer. Sie traten hinein, Francis zog das Eisengitter zu, das als Tür diente, holte obendrein das Schild mit der Aufschrift KAPELLE GESCHLOSSEN hervor und stellte es hinter die abweisenden Zacken und Stäbe. Dann fischte er einen Schlüssel aus der Tasche und schloß das Tor hinter ihnen zu.

»Okay«, meinte Francis. »Okay, okay.«

Ihm versagte die Stimme, und er blickte sich besorgt nach Balthazar um. »Es ist… na ja, ich war heute morgen hier, und da hab ich's gesehen, aber… also, ich hoffe…«

Balthazar winkte ab. »Keine Bange, Francis.« Er lächelte erwartungsvoll und neigte den Kopf. »Bitte… zeigen Sie es mir…«

Die Tahor-Kapelle war ein kleiner, L-förmiger Raum mit Wänden aus schwarzem, golden und blaßblau geädertem Marmor. Durch kleine Schächte in der Decke fiel Licht herein, doch vor allem trugen die dicken weißen Kerzen zur Beleuchtung bei, die auf tiefroten Glasständern zu Dutzenden vor einem schmalen Steinaltar flackerten. Ein schwacher, würziger Geruch lag in der Luft, wie von verschmorter Muskatnuß. Balthazar schauderte unwillkürlich.

»Heute morgen war es noch da«, wiederholte Francis, als sie sich dem Altar näherten. »Mein Gott, hoffentlich…«

Auf dem Steinaltar stand die berühmte Statue der Kapelle, die sogenannte ›Schwarze Madonna‹ von Tahor, die man vor fünf Jahrhunderten in einer anatolischen Höhle gefunden hatte. Sie war mehr als tausend Jahre alt, die Zentralfigur war so dunkel und glänzend wie eine Aubergine. Vom Kopf strahlte ein goldener Heiligenschein aus. Vor der Holzfigur waren Rosenkränze aufgehäuft, die Francis behutsam fortnahm; die klimpernden Ketten hingen von seinen Fingern. Dann umfaßte er mit äußerster Vorsicht die Figur und rückte sie beiseite.

»Hm«, machte Balthazar. Er fragte sich, wie Francis überhaupt darauf gekommen war, die Figur beiseite zu rücken. Das war natürlich verboten, und ein solcher Versuch würde normalerweise mit der unverzüglichen Dispensierung bestraft werden, es sei denn, es handelte sich um einen *Benandanti*. »Francis, muß das wirklich …«

Ehe er den Satz beenden konnte, packte ihn Francis und zerrte ihn näher heran.

»Balthazar. *Sehen Sie nur …*«

In dem Altar befand sich eine Figur von der Größe und der ungefähren Form eines Daumens. Mattschwarz und schwach schimmernd, wirkte sie wie aus Stein gemeißelt, doch sie war es nicht; sie bestand aus versteinertem Holz, so glatt wie ein Brocken polierten Quarzes. Man hatte sie zum gleichen Zeitpunkt und am gleichen Ort entdeckt wie die Schwarze Madonna, und ihre Bedeutung war den *Benandanti* von Anfang an klar gewesen. Jahrhundertelang hatte man sie erst in Ravenna und später dann in Avebury verwahrt, in einem der zahlreichen Lager für seltene und geheimnisvolle Gegenstände. Frisch geweihte *Benandanti* gaben häufig ihrer Verwunderung über den scheinbar nachlässigen Umgang mit solchen Artefakten Ausdruck. Die *Benandanti* hatten jedoch viele solcher Geheimnisse. Und, wie Balthazar einmal zu Francis gesagt hatte: »Diese Dinge können schon für sich selber sorgen.«

Die Figur stellte eine Frau dar. An der primitiven Machart ließ sich erkennen, wie alt sie war. Ein augenloses, mundloses Gesicht; zwei auf der Spitze stehende Dreiecke als Brüste; ein Schlitz, um die Vulva anzudeuten. Das Bildnis einer Göttin, ebenso kostbar wie die Venus von Willendorf oder die Aphrodite von Paphos. Die *Benandanti* nannten sie Venus von Tahor.

»Sehen Sie nur!« rief Francis. In dem flackernden Licht warf die Venus einen gespenstischen Schatten über den Altar. Balthazar holte seine Brille aus der Brusttasche. Eine ganze Weile behielt er sie in der Hand, als wollte er nicht wahrhaben, was sie ihm enthüllen mochte; endlich setzte er die Brille auf. Neben ihm deutete Francis auf die Figur. *»Balthazar!«*

Balthazar nickte, sprechen konnte er nicht. Er hatte die Venus schon einmal gesehen, hatte sie sogar angefaßt, weil es wunderbar war, etwas zu berühren, das zwanzigtausend Jahre alt war. Doch jetzt scheute er vor einer Berührung zurück.

Aus den Brüsten der Venus von Tahor und aus der Kerbe zwischen ihren massigen Beinen sprossen Schößlinge hervor: so leuchtend wie die ersten Hyazinthentriebe, die den kalten Erdboden durchstießen. Das Ende eines jeden Triebes leuchtete in einem tiefen Purpur; dort saßen winzige Blütenblätter, schlank und zart wie Wimpern. Vor Balthazars und Francis' Augen bewegten sich die winzigen Blüten, so sachte, daß man meinen konnte, die Bewegung sei auf ihren Atem zurückzuführen. Und dann war die Luft auf einmal von Moschusduft durchdrungen, von einem ganz schwachen Duft nach Sandelholz und Orangen.

»Francis«, flüsterte Balthazar. »Haben Sie… was haben Sie…«

Der junge Mann schüttelte den Kopf und trat zurück. »Heute morgen war das noch nicht«, sagte er mit zitternder Stimme. »Ich meine, dieser Geruch…«

Hinter ihnen schallte es dumpf, so laut, daß sie beide zusammenfuhren.

»Wann wird hier geöffnet? Ehrwürden… Ehrwürden…?«

Balthazar wandte sich um und erblickte eine junge Frau in Schwesterntracht, die durch das verschlossene Tor zu ihnen hereinspähte.

»Verdammt noch mal«, japste Francis, doch Balthazar trat rasch hinter ihn, rückte die Madonnenfigur wieder an Ort und Stelle und schob den Rosenkranzhaufen davor.

»Ja – einen Augenblick, wir kommen gleich raus!« rief er und schob Francis vor sich her. Kurz bevor sie das Tor erreicht hatten, blickte Balthazar sich zum

Altar um. Dann holte er mit einem entschuldigenden Lächeln die Schlüssel hervor und schloß das Tor auf.

»Reinigungsarbeiten«, erklärte er und ließ die junge Frau an sich vorbei. Sie nickte, wischte sich mit einem Papiertaschentuch über die Augen und trat in die Kapelle. Kurz darauf hörten sie, wie sie auf der Bank vor dem Altar niederkniete.

»Nun?«

Sie schritten rasch aus und wurden erst langsamer, als sie den Hauptkorridor erreicht hatten. Balthazar blieb an einem Durchgang stehen und lehnte sich an die Wand, wischte sich über die Stirn und versuchte, sein klopfendes Herz zur Ruhe kommen zu lassen.

»Ist das nun ein Zeichen, oder ist es keins?« fragte Francis leise und drängend. »Ich meine wirklich, das kann man einfach nicht abstreiten – es ist ein Zeichen, ein *wirkliches* Zeichen! Wenn Sie das den anderen zeigen, werden sie einsehen, daß …«

Balthazar atmete tief durch, dann nickte er. »Ja. Natürlich: es ist ein Zeichen, Sie hatten recht, Francis. Kein Zweifel, es gibt überhaupt keinen Zweifel.«

»Genau!« rief Francis im Brustton tiefster Erleichterung aus. Er tätschelte seine Hemdtasche und nickte zu einem Plakat hin, das verkündete, die Cafeteria sei ab sofort wieder geöffnet. »Also, es tut sich etwas, ich meine, so lange war nichts, und jetzt auf einmal ein Zeichen, *das* kann niemand abstreiten …«

Balthazar atmete seufzend aus und schüttelte den Kopf. »Nein, Francis, natürlich nicht, nein …«

»Aber – Balthazar, was hat es zu *bedeuten?*«

Der Korridor mündete in einen weiteren Gang. Balthazar verspürte ein vertrautes dumpfes Pochen hinter den Schläfen und nahm in den Augenwinkeln das verschwommene Blitzen wahr, das stets einer Migräne vorausging. Er biß sich auf die Lippen.

»Alles mögliche«, meinte er leise und rieb sich die Schläfen. »Es könnte alles mögliche bedeuten.«

Francis neigte den Kopf und flüsterte verschwörerisch: »Aber wir werden es erfahren, nicht wahr?« fragte er. »Was es bedeutet? Was nun geschehen wird?«

»Wir werden es erfahren«, antwortete Balthazar und nahm eine winzige Tablette aus dem gravierten silbernen Pillendöschen, das er in der Brusttasche bei sich trug, »wenn SIE – oder wer auch immer – glaubt, wir seien dafür bereit.«

Schweigend schlossen sie sich der Schlange vor der Cafeteria an.

Die Göttliche erwies sich in jeder Hinsicht als seltsamer, als ich erwartet hatte. Der Speisesaal selbst war schon ein bemerkenswerter Ort, auch wieder so ein graues, efeuüberranktes Gebäude im gotischen Stil, mit Reihen von Wasserspeiern, die von Brüstungen, Türmchen und Balkonen herunterstarrten. Im Nîmes des vierzehnten Jahrhunderts wäre das Gebäude nicht aufgefallen; die Wasserspeier waren von denselben Meistern geschaffen worden, die jahrelang an der Nationalkathedrale gearbeitet hatten. Bedauerlicherweise ging es im Innern weltlicher zu. Ich suchte mir einen Tisch in einer düsteren Ecke, gegenüber der Kaffeemaschine. Ich setzte mich und aß hastig, verlegen, weil ich allein war, aber auch eingeschüchtert von den anderen Studenten, die mich hätten in ein Gespräch verwickeln können. Als ich fertig war, floh ich auf mein Zimmer.

Draußen war die Sonne hinter dem Schrein versunken. Es war meine erste Nacht in der Stadt; meine erste Nacht in der Fremde. Der Himmel war prachtvoll anzusehen, indigo, violett und golden, und in der Luft lag eine Wärme und Süße, die ich am Gaumen schmeckte, verbrannter Honig und Auspuffdünste, alles aufgeladen mit dem feuchten Versprechen eines Gewitters. Ich schritt langsam durch die Mall, die städtische Parkanlage, allein bis auf zwei Kapuzengestalten, die ich die Kastanienalleen unterhalb des Ostturms des Schreins entlangschlendern sah. Schließlich blieb ich auf einem kleinen Hügel stehen, wo eine einzelne Eiche sanft bewegte Schatten auf den Rasen warf.

Vom Glockenturm des Schreins vernahm man die ersten tiefen Töne des Glockenspiels, das die Stunde schlug. Ich drehte mich um und sah in der Ferne die Kuppeln und Türme des Capitols im Zwielicht schimmern, knochenfarben, unheimlich; und dahinter noch unheimlichere Gebäude, die mit ihren Säulengängen und marmornen Torbogen alle in dem Dunst aus grüner und violetter Dunkelheit zu verschmelzen schienen, die über sie kam wie der Schlaf. Stadt der Bäume hatte jemand sie vor langer Zeit mal getauft; und als ich zu den weit entfernten Gebäuden und grüngegürteten Straßen hinüberschaute, tat mein Herz plötzlich und unerwartet einen Satz, als hätte es jemand angestupst.

In diesem Augenblick spürte ich etwas, das sich als wahr erwiesen hat. Eine erste Stadt ist wie ein erster Liebhaber, und das war meine Stadt. Ich hatte von dem Verkehr gelesen, von der Armut, den Unruhen; von Menschen, die in Verschlägen hausten, von den Irren am Dupont Circle und den verbitterten Kriegsveteranen im Lafayette Park.

Doch nichts davon hatte mich auf den Rest vorbereitet. Auf die tropische Hitze und die Schwüle, die mir so fremd vorkamen, daß ich meinte, mein nördliches Blut sei zu dünn und meine grauen Augen seien zu blaß, um den grellen Sonnenschein zu ertragen. Und auf die purpurbeladene, von trockenen Blitzen durchzuckte Dämmerung; den schwachen und uralten Schimmer der Marmorgebäude.

Und überall, überall die Bäume. Lorbeer, Kirschbäume und Weißeichen, Prinzeßbäume, Weißbuchen und Kastanien, Götterbäume und kleine, blühende Holzapfelbäume, und der Duft der Magnolien, der sich mit dem Geruch brennenden Papiers und dem weichen, weißen Staub der Straßen mischte. Trotz all der kleinen schäbigen Büros, der abgebrannten Ladenfronten und der verfallenden Lagerhäuser, die sich in Discos und verrufene Höhlen verwandelten und bald den Underground der Stadt bilden würden, besaß sie dennoch eine eigentümlich fiebrige Schönheit, weniger quälend als gequält. Ebenso wie Delphi oder Jerusalem oder Ur war sie ein heiliger Ort: ihre Götter hatten bloß noch keinen Anspruch darauf erhoben, das war alles. Und an jenem ersten Abend sah ich all dies zum ersten Mal. Dennoch wußte ich mit jener seltsamen Gewißheit, die ich nur einige Male im Leben verspürt habe – als ich Oliver kennenlernte und Jahre später, als ich das erste Mal Dylan sah –, daß sich mein Leben unwiderruflich ändern würde, wenn ich aus dem Schatten der Bäume träte und zurück in mein Zimmer ginge. Ich erinnerte mich an die Worte des Poeten eines anderen Orts …

Du wirst keine neuen Länder finden, du wirst keine anderen Meere finden.
Die Stadt wird dir folgen. Du wirst die gleichen Straßen durchstreifen. Und du wirst in irgendeiner Nachbarschaft altern;
und du wirst in den gleichen Häusern ergrauen.
Stets wirst du in dieser Stadt eintreffen. Hoffe nicht auf eine andere …

Im Augenblick aber wünschte ich mir gar nichts anderes, nichts als die Sterne, die durch den violetten Smog hindurchschimmerten, und das leise, nachhallende Gelächter, das mir in den Ohren klang, während ich zuschaute, wie der Schrein in Dunkelheit fiel, und während die ersten zaghaften Rufe von Studenten und Grillen erschallten, die Nacht zu begrüßen.

Ich kehrte zurück auf mein Zimmer, belebt, nicht länger von Angst und Einsamkeit gepeinigt. Ich kaufte mir im *Rathskellar* zwei Bier, trug die Pappbecher zum Wohnheim und trank auf dem Bett. Dann zog ich meine durchgeschwitzten Klamotten aus und deckte mich mit einer der neuen Baumwolldecken zu, die meine Mutter für mich gekauft hatte. Ich schlief beinahe augenblicklich ein. Ich hatte mir keinen Wecker hingestellt, daher wußte ich nicht, wie spät es war, als ich schwitzend und fürchterlich durstig mitten in der Nacht aufwachte. Benommen setzte ich mich auf; dann erstarrte ich.

Jemand war bei mir im Zimmer. Zwei Gestalten – ich sah sie bei der Tür stehen, große, schwarze Gestalten mit gesenkten Köpfen und ungewöhnlich langen Armen, die wie bei einer Gottesanbeterin zur Brust erhoben waren. Anscheinend hatten sie sich hingehockt. Dennoch waren sie immer noch groß, zu groß, um auch nur entfernt menschlich zu wirken. Sie hatten über mich geredet, ihre Stimmen hatten mich geweckt. Jetzt schwiegen sie.

Ich war zu verängstigt, um mich zu rühren, ich preßte nur die Decke an die Brust und bemühte mich, nicht zu atmen. Das Fenster hinter mir stand offen – ich spürte den warmen, feuchten Lufthauch und hörte in der Ferne ein Donnern –, doch ich wußte, daß ich es vor dem Schlafengehen geschlossen hatte. Die beiden Gestalten neben der Tür regten sich nicht. Ich kniff die Augen zusammen, aus Angst, sie könnten merken, daß ich wach war, und sich von dem gespiegelten Sternenlicht in meinen Pupillen veranlaßt sehen, mit diesen schrecklichen Armen nach mir zu greifen. Sie sprachen noch immer nicht, standen nur reglos da, beobachtend und wartend.

Stundenlang lag ich stocksteif da, während mein Atem immer rauher und flacher ging, da ich nach wie vor kaum Luft zu holen wagte. Bis mir auf einmal klar wurde, daß ich irgendwie eingeschlafen sein mußte. Ich setzte mich keuchend auf, die Decke glitt mir aus den Fingern.

Die Gestalten waren weg. Weg, weg, weg; das Fenster war geschlossen, der Schnappriegel genau so, wie ich ihn am Abend vorgelegt hatte. Von irgendwoher kam der Geruch nach frischem Kaffee und das muntere Plärren eines Radios. Das nächtliche Gewitter hatte sich verzogen; die Sonne setzte bereits die Kuppel des Schreins in Flammen. Natürlich hatte ich geträumt. Meine erste Nacht allein, zuviel Bier, nicht genug gegessen. Ich fröstelte, dann stand ich ganz langsam auf, die Decke immer noch an die Brust gepreßt. Meine Füße hatten kaum den kalten Boden berührt, da erstarrte ich.

Unter dem Fenster bewegte sich etwas. Ich biß mir auf die Lippen und wußte im selben Augenblick, daß es genauso war, wie ich gedacht hatte: alles war anders geworden, nichts würde mehr wie vorher sein. Auf den grauen Bodenfliesen lag eine einzelne Feder, so lang wie mein Unterarm und so rot wie Blut. Die flauschigen Flaumhärchen unten am Kiel zitterten, als hauchte jemand sie an. Von einem lautlosen Lufthauch getragen, wanderte die Feder ganz langsam über den Boden, bis sie kühl und scharf wie eine Klinge an meinem nackten Fuß zur Ruhe kam.

2. KAPITEL

Die Beschwörung des Naphaïm

In einem Turmzimmer auf der anderen Seite des Campus saß am selben Abend die erwähnte Archäologin Magda Kurtz mit untergeschlagenen Beinen auf einem abgenutzten Orientteppich, dessen uraltes Pasquar-Muster als *Die Drei Kinder* bekannt war. Das Zimmer befand sich in einem Gebäude, das Gastforschern vorbehalten war. Magda, deren Einladung als Professorin für europäische Archäologie sich auf den Sommer beschränkte, wollte übermorgen abreisen. Aus den finsteren Winkeln des Turms warfen ihre wenigen Habseligkeiten – überwiegend Bücher und Unmengen von Dissertationen – Schatten über den Boden. Der Geruch nach versengtem Haar überlagerte den Duft von Wachs, verstaubter Wolle und Magdas Parfüm Joy.

Sie war noch immer eine junge Frau, auch wenn Sweeney Cassidy da anderer Meinung gewesen wäre. Sie hatte dunkle, nachdenkliche Augen, einen verbitterten Zug um den Mund und ein energisches Kinn. Das braune, graugesträhnte Haar trug sie als Ponyfrisur. Sie war unmodisch gekleidet, mit einer weiten, schwarzen Leinenhose und einer Betsey-Johnson-Bluse, die einmal der letzte Schrei gewesen war, als Magda ihr Studium begonnen hatte, mittlerweile aber ausgebleicht war und ein wenig schäbig wirkte. Auffälliger war Magdas Halsschmuck: ein halbmondförmiger Anhänger aus getriebenem Silber. An der breitesten Stelle war ein Dreischenkel eingraviert, der aus drei ineinandergreifenden Monden bestand. Der Anhänger war hervorragend gearbeitet, im keltischen Stil, wie er von den Kunstschmieden der europäischen Bronzezeit bevorzugt worden war. Die Mondbögen bildeten miteinander ein abstraktes Muster weiterer Halbmonde, die je nach Lichteinfall kleiner oder größer wirkten. In dem Anhänger war eine Lücke, ein Loch, in das ein weiterer, kleinerer Bogen gepaßt hätte. Begräbnisstätten wurden jedoch häufig ausgeraubt oder verwüstet, entweder von Grabräubern oder enterbten Verwandten, oder von raffgierigen Priestern.

Der Halsschmuck war eine *Lunula*, geweiht der Mondgöttin Othiym. Magda wußte lediglich von einer Handvoll ähnlicher Schmuckstücke, die je gefunden worden waren – eines, nur ein Fragment, hatte ihre Mentorin entdeckt, und nun gehörte es zu den Beständen des Nationalmuseums. Magdas Schmuckstück war ein Gegenstand großer Macht, zumal in den Händen einer *Benandanti*, wie sie eine war. Wäre es vollständig gewesen und hätte nicht der geschwungene Mittelteil gefehlt, wäre es unvorstellbar mächtig gewesen.

Magda wußte, wo sich das fehlende Stück befand, hatte aber schon vor längerer Zeit beschlossen, es in Ruhe zu lassen. Ihre Mentorin von der Westküste, die große June Harrington, hatte bei einer ihrer frühen Ausgrabungen das Fragment einer Lunula gefunden und es (zu ihrem späteren Bedauern) dem Nationalmuseum für Naturgeschichte gestiftet. Sie erzählte Magda, daß sie es viele Jahre später im Museumsarchiv gesehen hätte, ein Lichtsplitter in einer verstaubten Vitrine.

»Ich denke oft daran«, hatte June geseufzt, während sich ihre knochigen Hände auf dem Schoß öffneten und wieder schlossen. »Ich hätte es damals wiederhaben können, weißt du. Ich hätte es einfach *nehmen* können, niemand hätte was gemerkt.

Aber ich hab's nicht getan. Und ich habe es nie wiedergesehen.«

Magda zeigte June Harrington ihre Lunula nicht. Sie zeigte sie auch nicht Balthazar Warnick, der für sie bei den *Benandanti* gebürgt hatte, oder sonst irgend jemandem. Hätten die *Benandanti* gewußt, daß sie ihr gehörte, hätten sie aller Wahrscheinlichkeit nach versucht, sie ihr abzunehmen. Doch bis jetzt hatte niemand sie deswegen behelligt. Die Lunula – und deren Herrin – sorgten für ihren Schutz.

»In hoc signo spes mea.«

Magda hatte leise gesprochen, und dabei streichelte sie über den Rand des silbernen Anhängers auf ihrer Brust.

»Othiym, Anat, Innana, Kybele, Kali, Artemis, Athene, Hekate, Potnia, Othiym. In hoc signo vinces.« In diesem Zeichen liegt meine Hoffnung, in diesem Zeichen sollst du siegen. *»In hoc signo spes mea: Othiym. Haïyo Othiym Lunarsa.«*

Vor einigen Jahren war Magda als erste Frau zum Studium an der Göttlichen zugelassen worden. Sie war eine der wenigen weiblichen *Benandanti.* Seitdem hatte sie in aller Stille eine außerordentliche Karriere gemacht. Eine frühe Anstellung am University College Berkeley, mehrere bedeutende archäologische Funde, ein paar Alibiauftritte bei morgendlichen Talk-Shows. Sie hatte ein zweibändiges Werk verfaßt, das mittlerweile als Standardwerk galt: *Töchter der untergehenden Sonne – Die attische Mysterientradition in Anatolien,* das ihre Mentorin, die bedeutende Kennerin der Antike June Harrington, als ›absolut unentbehrlich‹ bezeichnet hatte. Diesen Sommer über hatten die Vorlesungen von Professor Kurtz bei Studienanfängern und Doktoranden gleichermaßen Anklang gefunden, und sie hatte kurz in Erwägung gezogen, noch bis zum Beginn des Herbstsemesters zu bleiben. Um die neuen Studenten zu begutachten und um zu entscheiden, ob sie etwas taugten.

Doch dann hatte sie vom Zeichen erfahren – erst heute morgen, was ihr wenig Zeit ließ, über ihre nächsten Schritte nachzudenken. Denn obwohl Magda auf eine langwährende Verbindung zu den *Benandanti* und zur Göttlichen zurückblicken konnte, lagen ihre gegenwärtigen Loyalitäten woanders.

Sie kniete auf der groben Wolle des Pasquar-Teppichs. Vor ihr standen ein runder Kupferteller und ein kleines Cloisonné-Kästchen voller Streichhölzer mit goldfarbenen Spitzen. Neben dem Kästchen funkelte eine kleine, mit Wasser gefüllte Silberschale. Martha teilte ganz behutsam eine einzelne Strähne von ihrem Haar und riß sie sich aus. Sie betrachtete sie, dann legte sie die Strähne auf das Wasser in der Silberschale. Mit zusammengekniffenen Lippen und geschlossenen Augen setzte sie sich zurück. Nach einer Weile beugte sie sich vor.

Auf dem Kupferteller lag ein in Zeitungspapier eingewickelter Gegenstand. Sie packte ihn aus und ließ das Zeitungspapier als unordentlichen Haufen zu Boden flattern, bis sie einen etwas kleineren, mit Stoff umhüllten Gegenstand in der Hand hielt. Magda verzog das Gesicht und löste die Schnüre aus verrottetem Leinen. Ein neuer Geruch verdrängte den Gestank des verbrannten Haars: der Geruch von Verwesung, aber auch von Gewürzen, scharfem Pfeffer und Salz sowie das Zitronenaroma des Eisenkrauts. Magda schob die Verpackung beiseite, sorgsam darauf bedacht, daß das Zeitungspapier nicht den Kerzen in den schweren Messingständern zu nahe kam. Dann legte sie den Lohn ihrer Mühe auf den Kupferteller.

Es war eine Hand. Etwa um ein Viertel kleiner als ihre eigene, mumifiziert und blaßgrün von Schimmel, das Fleisch runzlig und mit orange-weißen Schimmelflecken übersät. Man hatte sie in Wachs getaucht, doch das war größtenteils gesprungen oder hatte sich auf dem vertrockneten Fleisch in einen öligen Schaum verwandelt. Die Hand lag auf dem Teller, die Finger krallenartig gebogen wie die erstarrten Gliedmaßen einer toten Tarantel, die Fingernägel von pelzigem Schimmel überzogen. Magda wischte sich die Hände an einem kleinen Handtuch ab und schaute die Hand voller Abscheu an.

»Nun gut.« Sie griff hinter sich nach einer Kerze. Mit einem der goldköpfigen Streichhölzer zündete sie sie an, dann berührte sie damit ganz langsam jeden einzelnen Finger der toten Hand. Bläuliche Flammen schossen daraus hervor. Schwarzer Rauch, dick wie ein Seil, stieg von den Fingerspitzen auf und setzte sich auf dem Boden ab. Der Raum füllte sich mit dem widerlichen Gestank verdorbenen Fleisches. Magda hielt die Luft an. Nach einer Weile begannen die Finger mit schwacher gelber Flamme zu brennen.

»Ja«, flüsterte Magda. Sie wandte sich verhalten hustend ab und blies die Kerze aus. Die Ruhmreiche Hand brannte mit stetiger, giftiger Flamme, die Zungen leckten über die Fingerspitzen. Als der Rauch den Teppich berührte, blieb davon ein dunkler Fleck zurück, wie von ranzigem Fett.

Magda wandte sich zu der Silberschale mit der Haarsträhne um und murmelte etwas. Das Haar begann sich zu bewegen. Magda Kurtz murmelte auf die gleiche rasche, nahezu gedankenlose Weise weiter vor sich hin; ihre Augen hatten sich vor lauter Konzentration jedoch zu Schlitzen verengt.

Auf dem Wasser bildeten sich allmählich Muster. Schwach ausgeprägte Linien, die sich stumpfrot und schwarz von der silbrigen Oberfläche abhoben. Nach einer Weile zeichnete sich ein Bild ab. Kleckse aus Licht und Schatten, die bald die Umrisse eines Gesichts annahmen: des Gesichts eines Jünglings.

Magda verstummte. Lange Zeit betrachtete sie das Bild, mit zusammengepreßten Lippen. Dann hauchte sie auf das Wasser. Das Gesicht löste sich in wolkiges Wellengekräusel auf. Die Ruhmreiche Hand gab ein knisterndes Geräusch von sich, als sich an einer Fingerspitze ein Tropfen bildete, der in einem schmierigen Qualmwölkchen verbrannte. Magda wandte den Blick und sprach endlich weiter.

Diesmal klangen ihre Worte anders, dennoch bewegte sich das Haar als Reaktion auf ihre Stimme. Es wurde dicker, bis es ein sich ringelnder Fadenwurm hätte sein können oder eine angeschwollene Larve. Das Wasser brodelte und warf Blasen, und auf einmal war es wieder unbewegt.

In Sekundenschnelle erschien ein zweites Gesicht: das Gesicht einer jungen Frau mit großen, mandelförmigen Augen undefinierbarer Farbe, doch war es unbestreitbar ein wunderschönes Mädchen. Magda blickte das Bild versonnen an. Schließlich nickte sie und flüsterte: »Das habe ich mir gedacht.«

Sie hielt ihre Hand über die Schüssel und tauchte einen Finger ins Wasser. Das Haar krümmte sich wie ein Wurm am Haken, dann verwandelte es sich mit einem leisen Zischen in eine weiße Rauchsäule.

»So«, sagte Magda.

Das also bedeutete das Zeichen. Beinahe hätte sie beim Gedanken an ihren alten Freund und Mentor Balthazar Warnick laut aufgelacht. »Alles umsonst…«

Jahrtausendelang hatten die *Benandanti* gewacht und auf das Erwachen ihres alten Feindes gewartet. Auf ein Wiedererstarken der alten Lebensweise, der alten Gottheiten; halb in der Hoffnung, daß es, wenn sich das Zeichen schließlich zeigte, nicht IHRE Rückkehr ankündigen würde, sondern die Ankunft eines Meisters, eines Helden, die Zweite Heraufkunft eines Großen Guten Menschen. *Omnia bona fides.*

Doch war es das, was der abscheuliche Francis X. Connelly in der Tahor-Kapelle erblickt hatte?

Martha lachte laut auf. Sie hatte mit eigenen Augen gesehen, was die Zukunft bringen würde. Nicht eine Person, sondern zwei. Keinen Helden der *Benandanti* – keinen Politiker oder Diplomaten, nicht einmal einen entschlossenen Professor der Altertumswissenschaften –, sondern zwei *Halbwüchsige.* Einen jungen Mann und eine Frau – eher einen Jungen und ein Mädchen –, ganz und gar nicht das, was die *Benandanti* erwartet hatten.

Und auch nicht ganz das, was Magda erwartet hatte.

Sie runzelte die Stirn. Der Junge hatte sie überrascht. Und dennoch war das Zeichen unmißverständlich gewesen. Sie hatte sein Gesicht in der Schüssel geschaut, ebenso deutlich wie das Bild des Mädchens. Jetzt mußte sie nur noch in Erfahrung bringen, wer die beiden waren.

Magda sah auf die Uhr. Schon nach Mitternacht. Sie reckte sich, dann kauerte sie sich vor die Ruhmreiche Hand. Die Flammen waren bis zum ersten Knöchel eines jeden Fingers heruntergebrannt. Schmelzendes Fett floß in dunklen Rinnsalen daran herunter und sammelte sich auf der verschrumpelten Handfläche. Magda verzog das Gesicht. Mit lauter, ungeduldiger Stimme begann sie zu sprechen, als riefe sie ein Tier herbei.

»Eisheth. Eisheth. Eisheth.«

Beim Sprechen richtete sie sich allmählich aus der Hocke auf und straffte sich, bis sie mit ausgebreiteten Armen dastand. Ein letztes Mal sprach sie den Namen aus, dann trat sie einen Schritt zurück.

»Eisheth.«

Unmittelbar vor ihr richtete sich in der Dunkelheit eine ihr ähnliche Gestalt auf, die Arme ausgebreitet und den Rücken ihr zugewandt. Doch diese Gestalt war ein Schatten voller Licht. Immer heller wurde sie, bis die Gesichtszüge und Körperumrisse derart strahlten, daß Magda die Augen bedecken mußte. Ihre Arme prickelten von der Hitze. Als sie meinte, sie müßten zu brennen anfangen, wurde das Strahlen schwächer. Die Gestalt vor ihr überragte sie um einen Kopf. Magda schnappte nach Luft, wie jedesmal. Das schulterlange schwarze Lockenhaar wirkte wie aus Marmor gehauen, die Schwingen auf dem Rücken waren wie die Klingen eines Klappmessers angelegt.

»Eisheth«, flüsterte Magda rauh. »Eisheth, sieh mich an.«

Die Gestalt drehte sich um.

»Ah!«

Fast wurde ihr übel vor Wut und Enttäuschung über ihre Schwäche, und doch konnte sie den Aufschrei nicht unterdrücken. Die Gestalt nickte. Magda trat unwillkürlich vor, die Hände halb flehentlich, halb zur Umarmung erhoben. Doch dann beherrschte sie sich. Die Gestalt blickte sie weiterhin an, mit kalten, gelben Augen, so unverwandt wie ein Tiger. Magda atmete mehrmals tief durch.

»Eisheth … ich danke dir …«

Die Gestalt neigte den Kopf und lächelte. Sie hätte ein Mann sein können, abgesehen von der femininen Rundung des Mundes, den weichgeschwungenen Wangenknochen und der durchtriebenen Art, wie sie Magda anschaute, abschätzend, von Frau zu Frau. Ihre Haut war goldfarben, nicht braungebrannt oder gerötet, sondern von einem reinen, blassen Goldton, eher die Farbe edlen Marmors als die von Metall. Sie war nackt, und man sah die Muskeln so deutlich, als wären sie auf die Haut gezeichnet. Knospende Brüste mit rosigen Warzen formten den Busen eines jungen Mädchens. Der Schoß war unbehaart, das Glied angeschwollen und aufgerichtet; anders hatte sie es noch nie gesehen.

Magda rang sich ein Lächeln ab und blickte der Gestalt kühn in die Augen. In ihrer Vorstellung war Eisheth ein *Er*, trotz der Brüste und des koketten Lächelns, wobei sie wiederum manch andere der Naphaïm trotz ihrer unübersehbar maskulinen Attribute oder des gänzlichen Fehlens von weiblichen Genitalien als Frauen wahrnahm.

»Ja?« Der Naphaïm sprach sie niemals mit Namen an. »Ich bin da.«

Seine Stimme ließ Magda erschauern, gefangen zwischen abgrundtiefem Entsetzen und einem völlig hoffnungslosen Begehren. Es war die Stimme eines Jungen vor dem Stimmbruch, lieblich und dennoch erfüllt von männlicher Kraft. Magda krampfte die Hände ineinander und deutete auf die Silberschale am Boden.

»Vor einigen Minuten habe ich im Wasser zwei Gesichter geschaut. Einen jungen Mann und eine Frau. Ich möchte ihre Namen wissen.«

Beim Sprechen wuchs ihre Zuversicht. Sie blickte auf die Ruhmreiche Hand hinunter. Der kleine Finger, ein verschrumpelter grauer Stummel, war bereits verbrannt, und nun verkohlte das Fleisch des Handtellers. Rasch sprach sie weiter: »Ich … ich konnte sie nicht klar erkennen. Und ich kenne ihre Namen nicht. Ich möchte, daß du mir sagst, wer sie sind.«

Der Naphaïm schaute sie an und lächelte. Die Schwingen auf seinem Rücken raschelten. »Das vergangene Jahr und das davor und auch all die anderen Jahre: ihr, die ihr wacht, haltet stets nach einem Zeichen Ausschau, doch es bleibt aus.«

Aufflackernde Verzweiflung kroch der Frau über den Rücken. Sie schüttelte den Kopf. »Ich gehöre nicht mehr zu denen, die wachen, Eisheth. Ich diene jetzt jemand anderem. Und es hat tatsächlich ein Zeichen gegeben. Ich möchte die Namen derer wissen, die ich im Wasser geschaut habe.«

Eisheths Lächeln wurde zu einem Grinsen. Er hatte sehr große, weiße Zähne, und die Zunge dazwischen war spitz wie die einer Natter. »Und deine Herrin kennt ihre Namen nicht?«

»Meine Herrin … meine Herrin ist … Sie ist nicht so aufmerksam wie du, Eisheth.« Magdas Verzweiflung steigerte sich zu Panik, während ihr Tonfall schmeichelnder wurde. »Sie schläft, aber vielleicht kann mir das Mädchen dabei helfen, sie aufzuwecken, falls …«

Falls ich das Mädchen vor den Benandanti *finde.*

Eisheth lachte. Bei dem Geräusch erbebten die Wände, und die Kerzenflammen loderten empor, bis sie einen Feuerring um die beiden Gestalten bildeten. Er nahm ihre Hand in die seine und trat einen Schritt vor. Magda schauderte. Sie zwang sich, zu ihm aufzusehen, und keuchte: »Die Namen, Eisheth! Oder ich entlasse dich und rufe jemand anderen …«

»Ahhh. Wie schade«, murmelte er spöttisch. Langsam zog er die Hand zurück. »Wie du willst.«

Er schaute auf die Silberschale hinunter, als könnte er außer den sich kräuselnden Reflektionen des Kerzenscheins und der Schatten noch etwas anderes darin erkennen. Nach einer Weile nannte er einen Namen und dann noch einen zweiten. Er blickte Magda an und neigte den Kopf.

»Möchtest du noch mehr von mir wissen?« Seine Jungenstimme klang unschuldig, beinahe traurig. »Oder willst du mich schon entlassen?«

Magda stockte der Atem. »Es reicht. *Geh weg …*«

Rasch sprach sie den Rest der Beschwörungsformel. Eisheth neigte den Kopf, die schwarzen Locken ergossen sich über seine Schultern. Von den Schwingen kräuselte Rauch empor. Dann fing sein ganzer Körper lautlos Feuer. Magda taumelte zurück und schirmte ihr Gesicht mit der Hand ab. Als sie die Hand wieder wegnahm, war der Naphaïm verschwunden. Sie atmete bebend durch, senkte den

Blick und sah, daß die Finger der Ruhmreichen Hand verbrannt waren. Über der zusammengefallenen Handfläche brannte eine einzelne Flamme, bräunlich wie getrocknetes Blut.

Sie kniete ein letztes Mal vor dem Kupferteller nieder. Erregt flüsterte sie eine Reihe von Worten – Griechisch, Lateinisch, Altnordisch und für alle Fälle auch Englisch. Ein simpler Zauberspruch, um die Verbindung zu denen, die sie geschaut hatte, zu kappen.

Denn das Mädchen konnte man mit an Sicherheit grenzender Wahrscheinlichkeit dazu bringen, der zu dienen, der auch Magda diente. Mit dem Jungen verhielt es sich anders. Und beide standen miteinander in Verbindung, das hatte Magda gesehen.

Mögen sie doch nur auseinandergerissen werden!

Und daher sagte Magda den Zauberspruch auf. Es war ein alter Spruch – Magda fand die traditionellen Formeln reizvoll und auch nützlich –, der nur selten versagte. Im richtigen Augenblick flüsterte sie den Namen des Jungen. Sollte *er* die Hauptlast der Gefahr tragen, die durch Magdas Einmischung in die Arbeit der *Benandanti* entstehen mochte. Ihre Herrin würde schon dafür sorgen, daß alles übrige ablief wie gewünscht.

»*… uia Othiym psinother theropsin nopsither nephthomaoth …*«

Nachdem Magda geendet hatte, erhob sie sich seufzend. Sie trat ans Fenster und nahm einen weißen Porzellankrug vom Sims, ging zur Ruhmreichen Hand zurück und schüttete etwas Milch darüber. Die Ruhmreiche Hand zischte, und ein saurer, dumpfiger Geruch stieg davon auf, dann schoß mit einem durchdringenden Pfeifen Dampf aus den Poren.

»So«, sagte Magda. Sie lächelte erleichtert. So einfach und auch ein wenig ernüchternd, wenn man bedachte, daß winzige Handlungen wie diese die große und alte Fehde über so viele tausend Jahre hinweg aufrechterhalten hatten. Munter summend schritt sie durchs Zimmer und pustete eine Kerze nach der anderen aus. Bevor sie sich den *Benandanti* angeschlossen und sie dann verraten hatte, war sie selbst eine vielversprechende Studentin an der Göttlichen gewesen. Bei dem Gedanken an die beiden attraktiven jungen Leute, die das Leben noch vor sich hatten, empfand sie schmerzliche Wehmut. Mit einem letzten *Pfff* wie bei einem Kuß blies sie die letzte Kerze aus. Dann sammelte sie das Papier auf und verließ das Zimmer, um die Nacht in der Wohnung eines Freundes zu verbringen.

Was die Kerzen, die Schale und die versengten Überreste der Ruhmreichen Hand betraf – nun, die Angestellten der Göttlichen waren es gewohnt, derartige Dinge wegzuräumen.

3. KAPITEL

Oliver und Angelica

Ich weiß nicht mehr, was mir durch den Kopf ging, als ich mich zur ersten Vorlesung ankleidete. Vermutlich war ich in Gedanken beim September in New York, wenn die Luft schon von wahrer Herbstkälte durchdrungen ist. Vielleicht beschritten meine Gedanken aber auch schon magische Wege, angeregt durch den furchtbaren Traum von den Engeln in meinem Zimmer und der unheimlichen und rätselhaften Realität der langen, karminroten Feder. Ich hatte sie sorgfältig in Papier eingeschlagen und ganz unten im Rucksack verstaut. In Anbetracht der draußen herrschenden drückenden Hitze verließ ich mein Zimmer aus unerfindlichen Gründen höchst unpassend gekleidet. Ich trug eine schwarze Samthose, die ich in die kniehohen schwarzen Lederstiefel gestopft hatte, dazu ein weißes baumwollenes Hemd und eine schwarzseidene Herrenweste, sehr alt und mit stumpf gewordenen Silberknöpfen. Als ich die Mall zur Hälfte hinter mir hatte, klebte mir das Hemd bereits feucht am Rücken. An meinem linken Knöchel pochte hartnäckig eine Blase. Die Sonne schlug mir wie mit Fäusten gegen die Wangen, und eine Zeitlang überlegte ich, ob ich nicht lieber zurückgehen und mich umziehen oder sogar wieder ins Bett legen sollte.

Doch dann sah ich den Jungen, der mir tags zuvor zugewunken hatte, über den Parkplatz schlendern, bepackt mit einem Rucksack, aus dem ein Frisbee herausschaute. Als er mich sah, winkte er lächelnd zu mir herüber.

Ein Zeichen, dachte ich. Ich hielt ständig Ausschau nach Zeichen. Und so ging ich weiter.

Die Archäologische Fakultät lag am anderen Ende des Campus. Heute ist dieser Teil der Göttlichen bebaut und wurde an das Bramwell Center für Studien zu Funktionsstörungen übergeben. Damals jedoch standen dort größtenteils Bäume, dürre Robinien und Sumachbüsche, mit dem widerlichen Bodenbelag aus Glasscherben und zerfetzten Zeitungen, wie man ihn in städtischen Parks eben findet.

Ich folgte einem schmalen, gewundenen Weg. Der tropische Glanz, der der Stadt gestern angehaftet hatte, war verschwunden, weggebrannt von der unerbittlichen Sonne. Es roch schwach nach Müll. Ich wischte mir übers Gesicht und japste vor Erleichterung, als ich endlich mein Ziel erblickte, das aus dem dampfenden Sumach stieg wie Atlantis aus dem Meer.

Ich näherte mich ihm langsam: einem alten Gebäude, das aus so mächtigen Granitblöcken erbaut war, daß man meinen mochte, sie stammten von einem vergessenen Menhir. Auf der Treppe lungerten lässig einige Studenten herum. Sie besaßen die frische Herzlichkeit, die, wie ich bald herausfinden sollte, für Archäologiestudenten typisch war – braungebrannt und sommersprossig, das Haar von der Sonne gebleicht, steckten sie in robusten Stiefeln und Arbeitsanzügen voll roter Schlammflecken. Als ich vorbeiging, lächelten sie, sagten jedoch nichts. In der Samthose und den Nuttenstiefeln kam ich mir aufgetakelt vor. Am Eingang blieb ich stehen, um Atem zu schöpfen. Sie gönnten mir nicht einmal einen Blick, als ich hineinging.

Edgar Hall war wie alle anderen Gebäude der Göttlichen. Kühl und alt und still, selbst die lautesten Stimmen wurden auf den langen, hohen Gängen mit ihrem wäßrigen Licht gedämpft. Ich fand meinen

Hörsaal im zweiten Stock, die Tür war angelehnt, im Spalt steckte ein zerfleddertes Lehrbuch. Wie auch mein Zimmer in Rossetti Hall hatte der Raum hohe, überwölbte Fenster, wenngleich diese hier Füllungen aus Bleiglas hatten, das wenig anregende geometrische Muster bildete, blau, gelb, rot, blau, gelb, rot. Nach dem weichen grünen Licht des Korridors taten mir die grellen Farben in den Augen weh. Eine Weile stand ich schüchtern da, verlegen wegen meiner Kleidung. Ich stupste das Buch an, das die Tür offenhielt. Der Buchrücken knisterte leise, und mehrere lose Seiten glitten zu Boden.

Kinderopfer in Edessa. Eine Studie über rituellen Kindsmord. Ich stieß die Seiten mit dem Fuß beiseite. Als ich den Raum betrat, wandten sich vorne vier Gesichter nach mir um, dann schauten sie wieder auf die Runeninschrift an der Tafel.

MAGIE, ZAUBEREI & RELIGION
PROF. BALTHAZAR WARNICK

Neben der Tafel stand ein ungewöhnlich kleines Holzpult, und davor sortierte ein schmächtiger Mann seine Papiere. Außer ihm und den vier Studenten schien niemand da zu sein. Etwa dreißig Stühle waren in versetzten Reihen angeordnet. Auf einem saß jemand, den Kopf so tief über das Pult geneigt, daß ich nur eine Unmenge langen, glatten schwarzen Haares sah und den geschwungenen Nacken mit einer weißen halbmondförmigen Aussparung in der braungebrannten Haut. Ich hatte noch nie im Leben vorne in einem Seminarraum gesessen, wollte aber auch nicht inmitten all der leeren Stühle allein sein. Daher setzte ich mich auf einen freien Stuhl in der Nähe der schwarzhaarigen Erscheinung, die nicht aufsah. Ich griff in meinen Rucksack, wühlte zwischen Papiertaschentüchern, klecksenden Kugelschreibern und drei neuen, bereits mit Tinte bekleckssten Schreibheften. Plötzlich stieß ich gegen etwas Scharfes: es war, als führe ich mit den Fingern über eine Rasierklinge.

Die Feder.

Ich riß die Hand zurück und wühlte tiefer im Rucksack, dann holte ich ein schweres Buch hervor. Es klappte auf, und ich sah mit geheucheltem Interesse auf die geöffneten Seiten hinunter. Eine zerfledderte Ausgabe von *Finnegans Wake*, die ich stets mit mir herumschleppte, ohne jemals darin zu lesen. Im Raum wurde es allmählich wärmer, und die anderen Studenten tuschelten miteinander, während ich schwitzte und meinen Blick scharfzustellen versuchte.

O, O, her fairy setalite! Casting such shadows to Persia's blind! The man in the street can see the coming event. Photoflashing it far too wide. It will be known through all Urania soon.

»Hal*loo!*«

Ich wandte den Kopf. Die Erscheinung hatte sich bewegt. Ich sah fließendes pechschwarzes Haar über sehr viel Weiß – weißes Hemd, weite weiße Hose, schwarze Schnabelschuhe ohne Socken – und große, rissige Hände, die das Haar aus einem braungebrannten Gesicht strichen. Als ich den Blick senkte, merkte ich, daß die Hose nicht richtig weiß war, sondern im Laufe der Zeit die Farbe von Knochen angenommen hatte. Die Hände waren groß und nervös. Als er sich endlich das Haar zurückgestrichen hatte, machte er sich über eine Brille mit häßlicher schwarzer Plastikfassung her und rammte sie in ein Raubvogelgesicht zurück.

Ich zuckte zusammen. Irgend etwas – das Haar, der anmutig geschwungene Hals oder vielleicht auch nur die auffällige Aufmachung – hatten mir den Eindruck vermittelt, es handele sich um ein Mädchen.

Doch das stimmte nicht. Es war ein junger Mann. Argwöhnisch blickte er hinter sich, dann wieder nach vorn, dann zu mir. Er sah mich so durchdringend an, daß mir unbehaglich wurde. Dann stand er auf, schaute sich nervös um und setzte sich auf den Stuhl neben mich. Als seine Hosenbeine hochrutschten, kamen darunter muskulöse Waden zum Vorschein, vorne blaß, hinten braungebrannt und vollkommen unbehaart. Später erzählte er mir, er habe sich die Beine rasiert, um die Aerodynamik beim Radfahren zu verbessern. In diesem Augenblick mußte ich jedoch an die geschlechtslosen Engel denken, die blicklos von den Brüstungen von Rossetti Hall herunterschauten. Er roch nach Schweiß und Sonne und Sonnenöl.

»Also dann.«

Er hatte eine nette Stimme, mit der knappen Aussprache, wie sie auf der Preparatory School üblich war, mit einem ganz leichten Anklang an den Akzent der britischen Oberschicht. Plötzlich bekam ich Herzklopfen. Ich schlug mein Buch zu und wollte es gerade im Rucksack verstauen, als er sich über das Pult beugte und zu mir hochschaute. Seine Augen waren von einem durchdringenden Meerblau und wirkten angesichts der braungebrannten Wangen erstaunlich hell. Er hatte ein energisches Kinn und eine schmale Nase, die ganz leicht nach oben zeigte. Die Art von stattlichem und dennoch zartem Gesicht, wie man es bei Filmstars findet, die dem Untergang geweiht sind, etwa James Dean oder Rudolph Valentino. Die Brille hingegen war billig, sehr schmutzig und wirkte fehl am Platz. Als gehörte sie zu einer plumpen Verkleidung, Cary Grant als wichtigtuerischer Professor, oder als handelte es sich um ein lächerliches Bühnenutensil – *setz die auf, dann merkt keiner, daß du Superman bist!* Er schob sie sich schwungvoll die Nase hoch. Dann nahm er mir *Fin-*

negans Wake aus der Hand, schaute sich den Titel an und legte das Buch wieder aufs Pult. Er sah mich mit schiefgelegtem Kopf an und fragte: »*Was* ist der Unterschied zwischen einem Raben und einem Schreibtisch?«

Er war der hübscheste Junge, den ich je gesehen hatte.

Ich rieb mir über den Nasenrücken und sah weg.

Was ist der Unterschied zwischen einem Raben und einem Schreibtisch?

Das war natürlich die Frage, die der Hutmacher Alice im Wunderland gestellt hatte. Ich wußte das, weil ich diesen Sommer eine Kinderaufführung des Stückes geleitet hatte. Und nun saß dieser Junge da, als wäre es das geheime Losungswort, und wartete darauf, daß ich etwas darauf entgegnete. Mir fiel die Feder im Rucksack ein. Ich dachte an die nächtlichen Gestalten in meinem Zimmer, an die Engel, die mein Fenster flankierten. Ich schauderte.

Irgend etwas sehr Seltsames ging vor. Irgendeine Art von Test, eine rätselhafte Weihe, auf die ich nicht vorbereitet war. Ich krampfte die Finger um den Rand des Pults und hob den Kopf.

Er sah mich immer noch unverwandt an. Und auf einmal wünschte ich mir aus ganzem Herzen, daß er mich mochte. Daß er mich weiter so ansah: mit erhobenen Brauen, die Andeutung eines Lächelns um die Lippen – jedoch nicht spöttisch, sondern zärtlich, ermutigend, als wollte er sagen: *Na los doch, du kennst die Antwort!*

Und das Verrückte dabei war, ich kannte sie tatsächlich.

»Du solltest dir mal die Haare schneiden lassen.«

Die Andeutung eines Lächelns verschwand. Er nahm die Brille ab und musterte mich streng. Er wirkte bestürzt, aber auch verwirrt. Aller Glanz war aus seinem wunderschönen Gesicht gewichen, so wie das Blau einer Kornblume verblaßt, wenn man sie pflückt.

Mir sank der Mut. Irgend etwas war falsch gelaufen, das sah ich in seinem Gesicht. Er hatte nicht damit gerechnet, daß ich die Antwort kannte – woher sollte er auch? Und dennoch …

»Du hast recht«, sagte er. Er verschränkte die Hände auf dem Pult und runzelte die Stirn. Ich kam mir idiotisch und wie fünfzehn vor, als wartete ich darauf, daß man mir sagte, ich wäre in einer Prüfung durchgefallen. Daran ließ sich jedoch nichts ändern. Vielleicht lag es auch bloß an meinem Heimweh, an der Angst, daß ich womöglich nie wieder einen Freund gewinnen würde. Daß ich niemals die richtigen Klamotten tragen oder das Richtige sagen würde. Trotzdem hatte ich irgendwie das Gefühl, alles hinge davon ab, ob er mich mochte oder nicht.

Eine Zeitlang hörte ich nur die leise Unterhaltung der anderen Studenten, das Geräusch von Kugelschreibern auf Papier. Dann reichte er mir unvermittelt die Hand und lächelte.

»Oliver Wilde Crawford.«

Ich blickte in diese meerblauen Augen und nickte langsam. Sein Zweifel hatte sich ebenso plötzlich verflüchtigt, wie er aufgetaucht war. Es war, als wären wir zusammen aufgewachsen, hätten an Sommerabenden Räuber und Gendarm gespielt, wären als Kinder einander versprochen worden. Ich starrte ihn an, bis er mich anstupste.

»Sweeney«, sagte ich. Ich ergriff seine ausgestreckte Hand. Auf die Hemdmanschette war mit blauer Kugelschreibertinte eine Uhr gezeichnet, die auf vier stand. Stets Zeit zum Tee. »Sweeney Cassidy.«

»Aha.« Oliver ließ sich auf dem Stuhl zurückfallen. Er kniff die Augen zusammen. »Sweeney. Wo du herkommst, muß es sehr kalt sein. Maine?«

Ich schüttelte den Kopf. »New York. Wieso?«

Er zog eine imaginäre Linie von meinen samtbekleideten Knien zu seinen Schuhen hinunter. »In meinem Zimmer war es kalt«, meinte ich abwehrend.

»Klar war es das.« Er nickte, zupfte am Kragen seines Oxfordhemds. »Ich bin mit dem Fahrrad von Newford hergefahren«, fuhr er fort. Er redete so schnell, daß ich mich vorbeugen mußte, um alles mitzubekommen. »Ein 103 Vega, hab meine zwölfsaitige Gitarre dagegen eingetauscht – eine 1964er Gibson, die mit den marmorartigen Bakelitverzierungen um den Bund. Dieser Typ von den Thirteenth Floor Elevators hatte auch so eine. Der Rest kommt mit dem Auto nach. Ich bin erst gestern abend hier angekommen, hab drei Tage gebraucht, ohne die Klamotten zu wechseln, gewaschen hab ich sie heute morgen.«

Er streckte den Arm aus, und ich berührte die Manschette über der Kugelschreiberuhr. Sie war feucht, aber mir blieb kaum die Zeit, es zu fühlen, da riß er die Hand auch schon wieder zurück, strich sich das Haar aus den Augen und redete weiter.

»New York also. Aus Manhattan? Mit einem Umweg über die Hochschule für Schauspielkunst? Oder über die Filmakademie, wo du einen Film von Truffaut gesehen hast und ...«

Er schlug mit der flachen Hand auf meinen Stiefel. »... und da bist du nun, Iphigenie im Nordwesten, unser eigenes Voilà! Und du hörst dir Warnicks Vorlesung an«, fügte er zustimmend hinzu und rückte seine Brille zurecht. »Hast du schon die Präkolumbianer gesehen?«

Ich blinzelte. Ich schwitzte so stark, daß es mich wunderte, daß sich zu meinen Füßen noch keine Pfütze gebildet hatte. »Die Präkolumbianer?«

»In Dumbarton Oaks. Wir können sie uns heute nachmittag anschauen. Um zwei wird geöffnet.« Er schaute auf sein Handgelenk. »Kannst du dir ein Fahrrad leihen? Oder wir fahren mit der Linie 63.«

Hinter meinen Schläfen summte es, ein brummendes Geräusch, das sich in meinem Schädel und über mein Rückgrat ausbreitete. Ich fühlte mich benommen; jedenfalls verstand ich kein Wort, während Oliver zu glauben schien, er führe eine ganz normale Unterhaltung.

»Mit dem Bus«, sagte ich.

Oliver nickte. »Okay«, meinte er erfreut. »Sweeney, hm? Waren heute nacht Spottdrosseln vor deinem Fenster, in der Nähe des Klosters des Heiligen Herzens? O heiliger Kopf, umzingelt?« Er legte den Kopf schief und sah mich mit funkelnden Augen an.

Ich erwiderte seinen Blick und nickte, als hätte ich eine Ahnung, wovon er eigentlich redete. Wäre er nicht so unglaublich schön gewesen, hätte man meinen können, er sei verrückt. Oliver besaß jedoch – unter anderem – die besondere Gabe, einen glauben zu machen, man sei *selbst* schuld, wenn man ihn nicht verstand, wenn man verwirrt war (was bei mir häufig vorkam) oder sich auch nur langweilte.

»Tom O'Bedlam«, sagte er und trat leicht gegen meinen Stuhl, als forderte er mich damit auf, an dem Spaß teilzuhaben. »Du weißt schon. Der düstere Orion und der Hund draußen vor deinem Fenster, während deine Eltern sich unten stritten. Breite die Flügel aus und flieg davon. ›Sweeney unter den Nachtigallen.‹«

Ich schluckte und blätterte in *Finnegans Wake*. Das war ja schlimmer als eine mündliche Prüfung. Doch dann vernahm ich von draußen leisen Vogelgesang: wie gerufen, eine Spottdrossel, die zu ungewohnter Tageszeit ein Ständchen gab. Und auf einmal wußte ich, wovon er redete.

»Dumbarton Oaks«, sagte ich. »Laß uns hinfahren und einen Besuch abstatten.« Es war die einzige Zeile von Eliot, an die ich mich erinnerte.

Oliver nickte aufgeregt. »Genau!« Er nahm die

Brille ab und wirbelte sie an einem Bügel herum. »Vorher müssen wir aber was essen …«

Er plapperte noch mehr verworrenes Zeug daher, von blauen Spiegeln und Georgetown und Zahlen, 330 und sechs-null-fünf, aber war das nun eine Zeitangabe, eine Buslinie oder eine Adresse? Ich bekam zum erstenmal einen von Olivers seltsamen Monologen mit, die zu etwa gleichen Teilen aus Literaturzitaten und persönlichen Anspielungen bestanden und mit zungenbrecherischer Geschwindigkeit in seiner Prep-School-Stimme vorgetragen wurden, akzentuiert von dramatischen Zupfern an Haar und Brille. Ich zwirbelte meinerseits nervös an einer Haarsträhne und nickte in einem fort. *Ich* besitze die Gabe, so dreinzuschauen und so daherzureden, als wüßte ich mehr, als tatsächlich der Fall ist.

Oliver war alles egal. Oliver redete einfach weiter, dieses Idiotengrinsen im Gesicht, das ausdrückte, sein Leben lang habe er noch keinen kennengelernt, der ihn nicht mochte.

»… dann schauen wir beim Blue Mirror rein, lohnt kaum die Fahrt, spar dir dein Kleingeld lieber für die Rockola im Gunchers und ein paar Zigaretten, übrigens ausgezeichnete Jugendstilarchitektur …«

Hinter uns hallten Schritte über den Korridor, dann brach das Geräusch ab. Als ich von Oliver zur Tür schaute, stand jemand darin, zögernd und vom Narrenlicht aus den Fenstern des Seminarraums golden, rot und grün übergossen.

Und *nun?* dachte ich.

Es war ein Mädchen. Natürlich eine von Dr. Warnicks Studentinnen – falls diese Bezeichnung auf eine Madonna von Piero della Francesca paßte, die in einem Bauernkleid von Bloomingdale's, mit hochhackigen Fiorucci-Sandalen und einem Trainingsbeutel zur Vorlesung erschien und hinter sich eine Parfümwolke herzog, die nach Sandelholz und Orangen duftete. Sie spähte mißtrauisch in den Seminarraum und schaute umher, bis ihr Blick auf Oliver und mich fiel. Ihre Brauen hoben sich in einer anmutigen Darstellung von Unglauben.

»Ist das Professor Warnicks Kurs?«

Sie hatte eine wundervoll kehlige Stimme mit einem leichten Vibrato. Oliver verstummte. Ich hörte die Studenten in den vorderen Reihen miteinander tuscheln.

»Balthazar S. Warnick. Das stimmt.« Oliver hatte sich wieder gefaßt und deutete auf den leeren Platz neben sich. Das Mädchen lächelte, ein hinreißendes Lächeln, bei dem man sich unwillkürlich glücklich schätzte, seiner teilhaftig zu werden. Ich schaute zu Oliver und bemerkte, daß er tatsächlich errötete, mit seiner Brille herumspielte und das Mädchen entgeistert anstarrte.

Und auf einmal stürzte das ganze kalte Elend wieder auf mich ein. Denn natürlich war *sie* diejenige, welche die Frage auf Olivers absurde Eröffnungsfrage kennen sollte. *Sie* war es, die er kennenlernen sollte – nicht ich. *Keinesfalls* ich. Seinem Gesichtsausdruck nach zu schließen, schien er reichlich genervt zu sein. Er sah weg, schob sich die Brille die Nase hoch. »Äh – willst du dich nicht setzen?« fragte er und klopfte zögernd auf den leeren Stuhl.

Das Mädchen starrte Oliver an. Ihre Augen wurden schmal, und ihr Gesicht nahm einen seltsamen Ausdruck an. Eine Mischung aus Besorgnis und Sehnsucht, aber auch mit einer Art von mühsam unterdrücktem Hochmut darin, als erwarte sie, von einem Bediensteten zum Stuhl geleitet zu werden. Als hätte sie ebenfalls jemand anderen erwartet. Bei einer Frau meines Alters wirkte der Ausdruck beunruhigend. Ich wünschte, ich hätte vorne Platz genommen oder wäre gar nicht erst zur Vorlesung erschienen.

Ihr Blick huschte von Oliver zum Stuhl neben ihm und dann zu mir. Ich ertappte mich dabei, daß ich ihren Blick erwiderte. Eine Katze darf doch wohl eine Königin anstarren, oder? Eine Zeitlang hielten ihre Augen die meinen fest, strahlende Augen, flaschengrün und mandelförmig, mit langen, geschwungenen Wimpern von einem ebenso unwahrscheinlichen Dunkelgrün wie die Iris. Vorne war die gedämpfte Unterhaltung verstummt.

»Tja-a«, meinte das Mädchen leise. Sie nahm die Tasche auf die andere Schulter und trat in den Raum. Dann machte sie zu meiner Überraschung auf dem Absatz kehrt und ließ sich auf den freien Stuhl neben mir fallen.

Auf den Stuhl neben *mir*.

»Ich bin Angelica di Rienzi«, sagte sie und lächelte.

»*Wow!*« Ein explosives Flüstern in der vorderen Reihe. »Daddy, kannst du mir nicht *so eine* kaufen?«

Sie glich einer präraphaelitischen Venus. Diese großen, mandelförmigen Augen, die Wangenknochen so hoch und scharf, daß man sich die Lippen aufschneiden würde, würde man versuchen, sie zu küssen. Ein breiter, geschwungener Mund, mit blaßlila Lipgloss sorgfältig geformt und koloriert, verbarg makellos weiße Zähne und einen ganz schwach ausgeprägten Überbiß. Ihr Haar war ein gorgonenhaftes Gewirr bronzefarbener Locken, das sie mit einem dicken, purpurfarbenen Samtband lose zurückgebunden hatte und das ihr halb den Rücken hinunterhing. Zwischen weichen Strähnen funkelten goldene Ohrringe mit eingelassenen Amethystperlen, und auch die elegante goldene Halskette schmückte ein tränenförmiger Amethyst. Sie trug ein fließendes Baumwollkleid mit kurzen, gerafften Ärmeln und einem runden Ausschnitt, von dessen Oberteil kleine violette Seidenbänder herunterbaumelten. Der typische Hippie-Look, und jede andere, die sich so gekleidet hätte – zum Beispiel ich – hätte damit kindisch oder bestenfalls mädchenhaft gewirkt.

Nicht jedoch Angelica di Rienzi. Angelica wirkte *hoheitsvoll*. Wie soll ich den Eindruck beschreiben, den ihr Erscheinen im Seminarraum hervorrief? In einem Seminarraum der Göttlichen zwar, aber dennoch ein Seminarraum, in dem es nach Kreide und Zigaretten roch, nach Bohnerwachs und ernsthafter Angst. Es war, als hätte man einen Pfau auf einem Rasenfleck in New Rochelle erblickt; als hätte man jemanden in einem Hauptbahnhof das *Magnificat* singen hören. Keiner konnte sie anschauen, ohne den Eindruck zu gewinnen, das Leben werde ihr gewähren, was immer sie sich wünschte. Nicht einmal Oliver. Nicht einmal ich.

Sie neigte den Kopf. »Und du bist …?«

»Sweeney«, krächzte ich. »Sweeney Cassidy.«

»Angelica.« Oliver wiederholte langsam ihren Namen, wobei er unbewußt Angelicas theatralische Aussprache nachäffte. Er rückte sein Pult und seinen Stuhl näher an sie heran und reichte ihr die Hand. »Oliver Wilde Crawford.«

Angelica nickte anmutig. Sie holte ein Notizbuch aus der Tasche und ließ diese auf den Boden gleiten, dann ergriff sie mit einem sinnverwirrenden Lächeln seine Hand.

In der vorderen Reihe kicherte jemand. Als ich mich umdrehte, sah ich einen untersetzten jungen Mann mit verspiegelter Sonnenbrille, der Angelica ausdruckslos anstarrte, in der Hand eine Zigarette. Ich erhaschte einen Blick auf dunkle Augen und ein stattliches, breites Gesicht mit asiatischen Zügen. Dann wandte er sich betont langsam wieder ab.

»Bist du mit *dem* Wilde verwandt?« fragte Angelica Oliver. Ihr unschuldiger smaragdener Blick veranlaßte mich, den Präkolumbianern insgeheim Lebewohl zu sagen.

»Ah, ja. ›*Der alte Sodomit*‹«, sagte er und schenkte ihr sein durchtriebenes Lächeln. »Tatsächlich war Vyvyan – Vyvyan, sein Sohn …«

In diesem Moment räusperte sich Professor Warnick.

»Guten Morgen, meine Damen und Herren. Willkommen an der Universität der Erzengel und des Heiligen Johannes des Göttlichen.«

Einer der Studenten antwortete laut: »Guten *Morgen*!« und jemand lachte. Professor Warnick setzte ein verkniffenes Lächeln auf, das an ein zähnebleckendes Wiesel erinnerte, und schaute auf die Blätter in seiner Hand. Er war ein winziger Mann, sein etwas längeres schwarzes Haar war durchsetzt mit grauen Strähnen, doch er hatte ein jugendliches, rosiges Gesicht und blaue Augen, die beinahe drohend unter dichten schwarzen Brauen hervorfunkelten. Er schien sich am Pult wohl zu fühlen, obwohl seine Kleidung ebenso schlecht zum Wetter paßte wie meine: ein modischer, maßgeschneiderter Anzug aus pechschwarzem Kammgarn, cremefarbenes Hemd und eine breite, purpurfarben und giftgrün gemusterte Wollkrawatte. Das Pult, an dem er lehnte, war eigens für ihn angefertigt worden. Die Messingbeschläge waren in prachtvoll glänzendes Holz eingelassen – Eberesche, wie ich später erfuhr, und alte, aus Aylesbury importierte Eiche –, und es stand auf polierten Laufrollen, die furchtbar quietschten, wenn man es von einem Seminarraum zum nächsten rollte. Es war etwa einen Meter zwanzig hoch, und Professor Warnick war vielleicht dreißig Zentimeter größer.

»Ähem.« Er blickte zu uns herüber. »Würde es dem Unheimlichen Trio etwas ausmachen, zu uns aufzurücken …?«

Die anderen Studenten kicherten. Ich sammelte beschämt meine Sachen ein. Oliver erhob sich geräuschvoll von seinem Stuhl und faßte mich am Ellbogen, wobei er an mir vorbei auf Angelica schaute. Sie starrte Professor Warnick an, dann schenkte sie ihm ein schwaches Lächeln. Sein kühler Blick blieb unverändert, während Oliver mich durch das Labyrinth der unbesetzten Stühle nach vorne geleitete, Angelica im Schlepptau hinterdrein.

»Reicht das, Sir?« fragte Oliver. Er verharrte neben drei Stühlen und legte den Kopf schief. Professor Warnick lächelte.

»Ausgezeichnet«, murmelte er und begann, Fotokopien auszuteilen.

Wir setzten uns. Oliver schaute Angelica an und flüsterte: »Hast du was zu schreiben? Und etwas Papier?«

Sie wühlte in ihrer Tasche, holte einen goldenen Kugelschreiber hervor und bemühte sich, lautlos ein Blatt aus einem ihrer jungfräulichen Notizbücher herauszureißen. Professor Warnick sah auf, als sie es Oliver hastig hinüberreichte. Er machte sich unverzüglich daran, comicartige Figuren an den Rand zu zeichnen. Ich schaute wieder zu Angelica. Sie hatte ein Notizbuch mit marmoriertem Einband und Vorsatzblatt aufgeschlagen und malte mit einem Rapidographen elegante, pfauenblaue Lettern auf die erste Seite. Ich sah auf meinen zerfledderten Schreibblock und mein Schreibgerät; ein klecksender Bic Kugelschreiber, schwarze Tinte, keine Verschlußkappe. Ich beschloß, mir keine Notizen zu machen.

Professor Warnick hatte eine seltsame Unterrichtsmethode. Er begann damit, daß er andere Methoden zur Vermittlung des vorgegebenen Themas abtat ...

»Die Anthropologie ist eine ausgezeichnete Methode, so weit sie reicht, und das ist nicht sehr weit, da diese Disziplin ebenso alt ist wie *Der Goldene Zweig*. Und Sie werden feststellen, daß die Archäologie eher noch problematischer ist. Ah! werden Sie jetzt denken, wie soll das gehen, da doch die Archäologie immerhin materielle Zeugnisse in Händen hält und es nur an uns liegt, das Beweismittel richtig zu deuten! Aber ich frage Sie, wer von Ihnen, der sich schon einmal mit einem wahrhaft alten Artefakt aus einer vollkommen unbekannten Kultur konfrontiert sah, hatte auch nur die leiseste Ahnung, *was es bedeutete?*«

Professor Warnicks klarer Tenor erfüllte die abgestandene Luft im Raum. Von den Studenten kam kein Mucks. Nur von Olivers Pult vernahm man ein leises Schaben und Quietschen, da er unablässig weiterzeichnete. Professor Warnick ließ nun seinen Blick über die Schar seiner Studenten schweifen. Dann brachte er von irgendwoher einen Gegenstand (er wirkte zu groß, als daß er in seine Tasche gepaßt haben könnte) zum Vorschein, der aus einem starren, senkrechten Metallstab mit Querstreben bestand, an denen mehrere schmale Metallstreifen hingen. Wenngleich gesäubert und auf einen warmen Bronzeton poliert, wirkte er dennoch fleckig, abgenutzt und unbestreitbar uralt.

»Was ist das?« fragte er. Als niemand antwortete, zeigte er auf den untersetzten Asiaten in der vordersten Reihe. »Mister…«, er verrenkte sich den Hals, um einen Computerausdruck mit den Namen der Kursteilnehmer abzulesen, »…José Malabar?«

Mr. José Malabar nahm die Sonnenbrille ab, blinzelte und berührte einen der herabhängenden Streifen.

»Oh, oh, oh«, schalt ihn Professor Warnick. »Bitte nicht anfassen. Rasch!«

»Ein Stachelstock?«

Allgemeines Gelächter. Das Mädchen neben José Malabar schlug ›Lockenwickler‹ vor. Professor Warnick stolzierte mit raschen, kleinen Schritten durch den Raum, den Stab einer Fackel gleich erhoben. Schließlich blieb er stehen und drehte sich wie ein Tänzer vollständig herum. Ich hatte Angst, er könnte mich drannehmen. Aber nein, er öffnete gerade den Mund, als wollte er etwas sagen und den wahren Verwendungszweck dieses Spielzeugs enthüllen, als …

»Das ist ein Sistrum«, sagte Oliver, ohne den Kopf zu heben. Die Brille in gefährlicher Lage auf der äußersten Nasenspitze balancierend, kritzelte er unablässig weiter aufs Papier. Angelica holte scharf Luft und sah mich an. Ich ließ mich auf dem Stuhl tiefer rutschen und beobachtete Professor Warnick.

»Das *stimmt*«, meinte Professor Warnick leise. »Und was ist ein *Sistrum*, Mister Crawford?«

»Ein ägyptisches Musikinstrument, das im Kult der Isis Verwendung fand.« Oliver kniff die Augen zusammen. »Vierte Dynastie, glaube ich.«

»Ha!« rief Professor Warnick. *»Dritte!«*

Er hielt das Instrument hoch und schüttelte es. Ein durchdringendes Klimpern ertönte, als ließe jemand Nägel auf eine Glasscheibe fallen. Mir prickelte die Kopfhaut. Das Geräusch verklang, doch einen Augenblick lang meinte ich etwas anderes zu vernehmen. Ein anderes Geräusch, wie das ferne Zirpen von Zikaden in hohem Gras, heiß und bebend und ängstlich.

Dann hörte es auf. Ich hob den Kopf und stellte zu meinem Kummer fest, daß ich gähnte und daß mich Professor Warnick mit einem seltsamen Lächeln musterte.

»Ich sehe Sie alle am Mittwoch wieder«, sagte er und trippelte wieder nach vorn. »Bitte lesen Sie bis dahin *Der Goldene Esel* – beklagen Sie sich nicht, Sie werden feststellen, das geht ganz schnell! In der Übersetzung von Adlington, ich glaube, die müßte in der Buchhandlung mittlerweile vorrätig sein. Ach …«

Er sah von den Papierstapeln, dem Sistrum und dem unteren Zipfel seiner Krawatte hoch und blickte in eine rissige lederne Aktentasche. »Ich sollte noch erwähnen, daß heute abend für die Molyneux-Stipendiaten in Garvey House ein Empfang stattfindet. Um…«

Er schaute wieder auf das zwischen seinen Fingern raschelnde Papier. »Ach, ich weiß es nicht. Um sieben, glaube ich. Sind irgendwelche Molyneux-Stipendiaten anwesend?«

Die Studenten hielten in ihrem fluchtartigen Rückzug zur Tür inne. Ich stand unsicher zwischen Oliver, der sich gerade aufrappelte, und Angelica, die sorgfältig *Goldener Esel, Übers. Adlington* in ihr Notizbuch eintrug.

»Keiner?« fragte Professor Warnick. Er ließ den Blick durch den Raum schweifen. »Mister Crawford? Ihre Freundinnen?«

Angelica sah auf, dann hob sie langsam die Hand. José Malabar tat es ihr vorne nach.

Und Oliver desgleichen.

»Ah«, meinte Professor Warnick und machte sich wieder daran, seine Sachen aufzusammeln.

Draußen auf dem Gang wollte ich mir José Malabar genauer anschauen, doch der eilte davon, mit einer Zigarette spielend.

»Was sollte das mit den Molyneux-Stipendiaten?« überlegte ich laut, doch Oliver war bereits vorbeigehastet. Angelica blieb mitten auf dem Gang stehen und blickte angestrengt in einen Terminkalender mit burgunderfarbenem Ledereinband.

»Mist«, meinte sie. »Kannst du mir sagen, was da steht? Heißt das jetzt 102 oder 202 Reardon?«

Ich deutete die Druckbuchstaben als 102. Angelica nickte zerstreut und wühlte in ihrer Umhängetasche, bis sie eine Brille gefunden hatte. »Das kommt von den Kontaktlinsen«, erklärte sie, hielt sich die Brille vor die Augen und starrte auf ihre winzige Handschrift. »Seitdem ich diese neuen getönten Linsen habe, kann ich nichts mehr lesen. Okay. 102. Du hast recht.«

Getönte Kontaktlinsen! Das erklärte zumindest ihre Augen. Angelica lächelte mich an und schloß die Tasche. »Danke, Sweeney. Er ist ein bißchen seltsam, findest du nicht?«

Ich nahm erst an, sie habe Professor Warnick gemeint, doch dann sah ich, daß sie zu Oliver hinüberschaute, der vor uns an der Wand lehnte. »Einen Kaffee?« rief er und schnippte mit den Fingern.

Angelica schüttelte den Kopf. »Ich habe in Reardon eine Vorlesung.«

»Wir begleiten dich.« Oliver wartete, bis wir zu ihm aufgeschlossen hatten. »Sweeney sieht jedenfalls so aus, als würde sie jeden Moment einschlafen.«

»Ich kann nicht – ich hab Geschichte des Mittelalters ...«

Oliver grinste selbstgefällig. »Ich auch: Kinderkram. Der Ursprung der Zivilisation, die Bekehrung Konstantins. Pseudo-Ambrosius und die Häresie des Avicenna. Hab die Mitschrift von einem Typ von meiner Etage, der die Vorlesung letztes Jahr gehört hat. Wir können morgen alles nachlesen.«

Ich lachte, doch dann merkte ich, daß es ihm ernst war. »A-also ...«

Hinter uns hallten Schritte durch den Gang. Der Geruch von parfümiertem Pfeifentabak stieg mir in die Nase. »So! Sie sind also die diesjährigen Stipendiaten.«

Es war Professor Warnick. Er ging mit kleinen, zackigen Schritten neben uns her, seine blauen Augen funkelten. »Sie natürlich, Angelica.«

Angelica warf mir einen merkwürdigen, fast entschuldigenden Blick zu, dann nickte sie.

Professor Warnick lächelte. »Und Sie?« Er blickte Oliver, der die Fersen zusammenschlug und sich verneigte, mit gerunzelten Brauen an. »Was für eine blödsinnige Frage! Ein weiterer Sproß des Crawford-Clans. Und Sie?« Er sah mich schelmisch an.

»N-nein …«

»*Nein?*« Aus seinem Tonfall sprach abgrundtiefe Enttäuschung. Ich wurde rot, setzte zu einer gestammelten Entschuldigung an, hielt mich aber zurück.

Denn von irgendwoher ertönte wieder das dröhnende Geräusch, das ein Echo des reizlosen Sistrums zu sein schien. Einen Moment lang schien der Korridor zu vibrieren, als befänden wir uns alle im Innern einer riesigen Trommel, die jemand angeschlagen hatte. Dann wieder Stille. Ich schaute in Professor Warnicks helle, wache Augen, und er erwiderte meinen Blick voll Mitgefühl und möglicherweise Erleichterung.

»Ich verstehe«, sagte er leise. »Nun, ich glaube, *Der Goldene Esel* wird Ihnen gefallen, und *ich* freue mich darauf, Sie am Mittwoch wiederzusehen.« Ein spöttisches Lächeln, als er zum Abschied den Kopf neigte. »Und einige von Ihnen sehe ich ja heute abend beim Empfang.«

Wir sahen ihm nach und beobachteten, wie seine Silhouette immer kleiner und gnomenhafter wurde, während er sich dem Ende des Ganges näherte. Unvermittelt verschwand er, und wir blieben um Worte verlegen zurück.

»Also«, sagte Angelica schließlich, »ich will nicht zu spät kommen.«

Wir polterten schweigend die Treppe hinunter. Ich fühlte mich überwältigt und ein wenig erschüttert. Zunächst traute ich mich nicht, etwas zu sagen, doch dann begann die Hitze wie eine Droge zu wirken. Erleichterung, Heiterkeit und Angst überwältigten mich: als wäre ich soeben einem furchtbaren Unheil entronnen.

»Mein Gott«, sagte ich, als wir endlich in den hellen Sonnenschein hinaustraten. »Bilde ich mir das bloß ein, oder war das wirklich der seltsamste Kurs, den ich je erlebt habe?«

Angelica und Oliver sahen mich eigentümlich an. »Wahrscheinlich nicht«, schob ich nach und verstummte.

Der Campus war seit gestern abend zum Leben erwacht. Überall liefen Studenten und genug anachronistisch gekleidete Gestalten herum, daß es für eine Bibelverfilmung gereicht hätte. Unterwegs machte Oliver uns auf interessante Dinge aufmerksam.

»Holländische Ulmen, gepflanzt im Jahre 1689 von Goodman Prater und Arthur Simons. Abgesehen vom siebten Fairway des hinteren Spielfelds in Winged Foot sind sie überall sonst in den Vereinigten Staaten an Mehltau eingegangen.«

Oder: »Das ist Bruder Taylor Messingthwaite. Er war ethischer Berater beim Manhattan-Projekt, lehrt konfuzianische Ethik und Probleme des modernen Christentums für Fortgeschrittene. Bekam letztes Jahr fünfhunderttausend Dollar Förderung von Pemslip.«

Oder: »Das ist die *Ma-es-Sáma*-Moschee. Irgendein Scheich hat eine Million Dollar dafür gestiftet, daher haben islamische Studenten hier einen Platz zum Beten. Sonst darf niemand rein. Darunter befindet sich ein zwanzig Meter großes Wasserbecken.«

Oder: »Der Wilde Bill! Wohnt auf meiner Etage, züchtet psilocybinhaltige Pilze in einem Terrarium und betreibt zusammen mit Martin Sedgewick eine Haschischölproduktion – hallo, *Bill!*«

Angelica lachte über seine Bemerkungen. Ich schwieg. Von der Anstrengung, mein inneres Gleichgewicht zu wahren, hatte ich Kopfschmerzen bekommen. Außerdem fand ich, es sei ein schlechtes Omen, schon am ersten Tag die Vorlesung zu schwänzen. Von der Hitze verschwamm mir die Sicht. Meine Samthose fühlte sich an, als hätte man sie in heißes Wachs getaucht. In der Ferne schienen die emporstrebenden Türme des Schreins eine langersehnte Küste anzukündigen. Das alles machte mich ganz wirr im Kopf. Es war kein Schwindel, eher eine freudlose Benommenheit, als hätte ich die Haustür meines Elternhauses geöffnet, und vor mir läge ein winddurchtoster Abgrund.

»Reardon Hall. Entworfen von Emmet Thorson, dem Pädophilen – nach der Fertigstellung hat er sich im Foyer erhängt«, erklärte Oliver, als wir uns einem kleinen Gebäude im palladianischen Stil näherten. »Derselbe Architekt, der auch Rossetti Hall ...«

»Was ist ein Molyneux-Stipendiat?«

Oliver blieb stehen, mit einem Schnabelschuh auf dem Bordstein, mit der schmutzigen Spitze des anderen im Gras herumwühlend. Er schaute mich verblüfft an.

»Oder ist das etwa geheim?« fuhr ich fort. »Soll ich nicht danach fragen?«

Oliver und Angelica wechselten einen Blick. Nach einer Weile sagte Angelica: »Also, kann man so sagen. Man ... man muß sich einer Art Prüfung unterziehen, bevor man hier zugelassen wird.«

»Aber ich wurde nie – ich meine, *mich* hat niemand gefragt. Glaub ich jedenfalls. Ist das vielleicht so eine Art Begabtenprüfung?«

Oliver spitzte die Lippen. »Wenn man es nicht allzu genau nimmt, kann man es so ausdrücken.«

Ich bemühte mich, nicht gereizt zu klingen. »Also, was soll das Ganze? Ich meine, Warnick hat doch in der Vorlesung davon gesprochen. Also kann es gar kein Geheimnis sein.«

»Das ist es auch nicht«, meinte Angelica bedächtig. Der warme Wind spielte mit ihrem Lockenschopf. Sie strich sich das Haar aus dem Gesicht, wandte sich seufzend um und schaute zur klassizistischen Fassade von Reardon Hall hinüber. »Teilweise ist es wie eine Erbschaft, ein Vermächtnis – wie wenn dein Vater hier studiert hätte. Es ist eher wie – na ja, wie bei ›Schädel und Knochen‹. Hast du davon schon mal gehört? Von dieser Verbindung in Yale?«

»Klar. Wenn man Mitglied ist und jemand fragt einen danach, muß man den Raum verlassen.«

»Genau. Es ist eher *so* eine Art Geheimnis ...«

»Aber weshalb werdet ihr dann geprüft?«

Angelica lächelte gequält und zuckte die Achseln. Die Studenten, die in der Nähe auf der Treppe von Reardon Hall herumlümmelten, begannen ihre Bücher und Rucksäcke aufzusammeln, drückten Zigaretten aus oder steckten sich neue an. »Ich muß los. Du wohnst in Rossetti, nicht wahr? Ich hab deinen Namen auf einer Belegungsliste gesehen. Mein Zimmer ist im dritten Stock. Hast du Lust, mit mir zu Abend zu essen?«

»Hab ich. Aber ...«

»Der Empfang ist um sieben«, sagte Oliver. Er zog den Kopf ein und gab zustimmende Laute von sich, als drei weißgekleidete Mönche an uns vorbeieilten. »Falls wir getrennt werden, treffen wir uns alle dort.«

Angelica lachte – ein erstaunlich lautes und herzhaftes Lachen, das man von einer so sorgfältig gestylten Schönheit nicht erwartet hätte. Sie drohte mir mit dem Zeigefinger und sagte: »Also, Sweeney, dann passen wir am besten auf, daß wir *nicht* getrennt werden. Ich warte vor dem Speisesaal auf dich ...«

Sie wandte sich ab und eilte mit gesenktem Kopf davon, so daß ich nur noch ihre Locken sah.

»Los, komm«, sagte Oliver. Er blickte Angelica mit einem gierigen Ausdruck nach, klang jedoch erleichtert. »Der Kaffee in der Cafeteria des Schreins ist ziemlich gut. Dann besuchen wir Dumbarton Oaks.«

»Ich will bloß mal nachsehen, ob ich meine Geldbörse dabeihabe ...«

Oliver zog einen Packen Geldscheine aus der Hemdtasche. »Mach dir deswegen keine Sorgen.«

Er wirbelte herum wie der Puck in einer Theateraufführung und setzte hinzu: »Laß dir wegen dieser Sache mit dem Stipendium keine grauen Haare wachsen. Alles bloß Tradition. Ehemaligenkram. Alte Studentenverbindungen, du weißt schon. Eine Ehemaligenverbindung wie so viele – bloß daß es sehr *alte* Ehemalige sind, das ist alles. Komm heut abend und sieh selbst, okay?«

Seine blauen Augen blickten sehr ernst, beinahe flehentlich. Ich lächelte dankbar und nickte.

»Klar«, sagte ich und fächelte mir mit dem Vorderteil des Hemds Kühlung zu. »Der Boß befiehlt.«

Oliver grinste und setzte rückwärts gehend und heftig gestikulierend zu einem weiteren Vortrag über den beklagenswerten Zustand der städtischen holländischen Ulmen an. Ich war so davon in Anspruch genommen, ihm zuzuschauen, daß ich die beiden Gestalten, die uns vom Gehsteig aus beobachteten, beinahe nicht bemerkt hätte. Ein kleiner Mann ganz in Schwarz und hinter ihm ein auffallend großer Mann in einem knöchellangen Monsignorencape, dessen Kapuze so fest um das Gesicht zusammengebunden war, daß man davon nur das bösartige Funkeln der großen, aufmerksamen Augen wahrnahm.

4. KAPITEL

Die Lunula

Magda hatte die Lunula bei ihrer ersten Grabung gefunden – nicht bei ihrem ersten archäologischen Beutezug, aber bei der ersten Grabung, die sie geleitet hatte. Es war kein Zufall, daß dies die erste Grabung war, bei der sie nicht nach den Bestimmungen der *Benandanti* verfahren war. Damals war sie sechsundzwanzig gewesen, im Abschlußjahr am University College Berkeley und schwer beschäftigt mit ihrer Promotion und den Arbeiten, welche die Grundlage bildeten für ihr einige Jahre später erschienenes Werk *Töchter der untergehenden Sonne*. Sie wurde zwar vom UC Berkeley finanziell unterstützt, der größte Teil des Geldes aber stammte von einem wohlhabenden Mäzen namens Michael Haring.

Er war leitender Angestellter bei einem amerikanischen Automobilkonzern: zweiundvierzig Jahre alt, Harvardabsolvent, unverheiratet. Magda lernte ihn an der Göttlichen kennen, bei einem Empfang zu seinen Ehren. Michael Haring gehörte den *Benandanti* an, wenngleich er eher in der Industrie zu Hause war als in den vergeistigten Gefilden der Universität. Gleichwohl hatte er mehrere Expeditionen unterstützt und die Renovierung des Lesesaals in der Colum-Bibliothek finanziert. Er sammelte neolithische Kunst, mit Vorliebe die kleinen bronzenen Tierfiguren, die man in keltischen Grabanlagen fand. Außerdem sammelte er junge Frauen, mit einer besonderen Schwäche für die dunkelhaarigen Typen von der Ivy League, die ihn an seine Jugendträume von einer Karriere auf dem Gebiet der Antike erinnerten.

»Das ist er?« Magda war noch jung genug, um sich von jemandem beeindrucken zu lassen, der auf der Titelseite des *Time Magazine* abgebildet gewesen war. »Michael Haring?«

Der Mann neben ihr nickte. »Sicher ist er das. Im Lesesaal hat man eine kleine Plakette mit seinem Namen angebracht. Aber er hätte auch das ganze Gebäude renovieren lassen können, verdammt noch mal.«

»Sehr witzig.« Magda ließ den Mann stehen und nippte nachdenklich an ihrem Tanqueray mit Tonic.

Seit fast zwei Jahren war sie auf der Suche nach Unterstützung für eine Grabung im Norden Estaviens. Man hatte ihr kleinere Summen von der Göttlichen und dem University College von Los Angeles und sogar ein winziges Stipendium der National Science Foundation zugesagt. Aber sowohl ihre Förderer an der Göttlichen als auch in der UCLA-Abteilung für europäische Archäologie waren der Ansicht, das geplante Unternehmen, bei dem es um einen Ort ging, der mit einem unbedeutenderen europäischen Göttinnenkult in Verbindung stand, sei nicht wichtig genug.

»Warum fahren Sie nicht mit Harold Mosreich nach Yaxchilán?« So hatte Balthazar Warnicks Vorschlag gelautet. »Er glaubt, eine der dortigen Stelen stünde mit der Hauptpyramide von Chichén Itzá in Verbindung. Außerdem wird er von einem Filmteam von National Geographic begleitet – Sie wissen schon, das ›Abenteuer Mayas‹ oder etwas in der Art.«

Magda schüttelte den Kopf. »Die Mayas sind mittlerweile überstrapaziert. Das ist etwas *Neues*, Balthazar«, meinte sie leidenschaftlich. »Das wissen wir doch beide. Warum unterstützen Sie mich nicht?«

Balthazar war seit ihrem ersten Semester ihr Berater. Schon damals hatte sie sich gefragt, was jemand wie Balthazar Warnick – ein weltberühmter Gelehrter auf dem Gebiet der Altertumsforschung, der Mann, der für die Katalogisierung der Widdecombe-Sammlung kykladischer Kunst am Metropolitan Museum verantwortlich war – bei einer Einführung in die Anthropologie verloren hatte, selbst an einem Ort wie der Göttlichen. *Besonders* an einem Ort wie der Göttlichen.

Als er sie für die *Benandanti* angeworben hatte, war ihr das natürlich klargeworden. Seitdem hatten sie und Balthazar mehr als einmal die Köpfe zusammengesteckt, erst kürzlich wieder wegen ihrer Entscheidung, von der Göttlichen zum UC überzuwechseln.

»Das ist nicht der richtige Platz für eine Wissenschaftlerin Ihres Ranges.« Balthazar hob niemals die Stimme, aber den Mund hatte er fest zusammengepreßt, während er in einem Stapel Fotos blätterte, die neueste Sendung von Chichén Itzá. »Kalifornien! Mein Gott, Magda, man braucht doch das Land nur zu kippen, und alles, was lose ist, rollt nach Kalifornien! Dort gibt es doch nichts als Kiffer, Surfer und rebellierende Studenten. Wie wollen Sie da überhaupt etwas schaffen?«

Sie war weggegangen. Sie hatte Balthazar nie gesagt, daß der Reiz von Berkeley – teilweise der Reiz der ganzen Westküste – gerade auf der Unvoreingenommenheit beruhte, die Balthazar und viele der *Benandanti* fälschlicherweise für Scharlatanerie oder schlimmstenfalls für eine Bedrohung ihrer eingefahrenen Gleise hielten. Trotzdem stand sie auch weiterhin mit ihrem alten Mentor auf freundschaftlichem Fuß. Und blieb aktives Mitglied der *Benandanti*, auch als ihre Arbeit sich von dem entfernte, was diese für wichtig erachteten.

Das, was sie für unwichtig hielten, waren die stetig an Gewicht zunehmenden Hinweise auf eine matrilineare Kultur im alten Europa, auf die Magda und vor ihr June Harrington gestoßen waren. Balthazar hatte zumindest die Höflichkeit besessen, die Vorabdrucke ihrer Artikel für die Zeitschrift *Antiquities* zu lesen, war jedoch nicht der Ansicht, Magdas Theorien seien es wert, weitere Nachforschungen anzustellen.

»Das sind kleine Fische, Magda.« Er wandte sich um und schaute aus dem Fenster seines Büros, dorthin, wo die blaue Kuppel des Schreins in der Sonne funkelte. »Sicher, irgendwas werden Sie dort finden, aber das führt nirgendwo hin. Ich meine, schauen Sie sich doch bloß mal Catal Hüyük an: das ist eine dieser Kultstätten, wo eine Göttin verehrt wurde, eine große sogar, aber viel läßt sich nicht daraus schließen, meinen Sie nicht?«

Magda hatte zugehört und mit dem Fuß Kreuze auf den teuren Perserteppich gezeichnet.

Es läßt sich nur nichts daraus schließen, womit Sie *etwas anfangen könnten*, dachte sie wütend. Sie hatte nicht erwartet, daß er ihre Meinung teilen würde. Balthazar war hinter weitaus größeren Fischen her, als ihr mit ihren bescheidenen Untersuchungen ins Netz gegangen waren. Die *Benandanti* hatten Grabungen in Jerusalem, Luxor und auf Sardinien finanziert; in Karbala im Irak und in Katta-Kurgan in der Nähe von Samarkand; im Niger und in Jamshedpur und im Hentiyn-Gebirge in der Mongolei. Jeder Ort, an dem die *Benandanti* je einen Tempel oder eine Kathedrale aus Lehm, Gold oder Marmor errichtet hatten, war geeignet für ein Wiederaufleben des Kults. Desgleichen jeder Ort, an dem einmal ihr uralter Feind verehrt worden war: Athen, Knossos, Ur.

Eine kleine Flußgöttin vom Balkan, im Einflußbereich der Sowjets, war nicht unbedingt die mächtige und rachsüchtige Gottheit, gegen die sie als Wächter eingesetzt worden waren. Daher gab es auch keine finanzielle Unterstützung für Magdas Projekt.

Zum Glück gab es zumindest einen Menschen, der bereit war, ihre Vorschläge in Erwägung zu ziehen.

»Der ist aber hübsch.« Sie schenkte ihrem Gastgeber ein strahlendes Lächeln. Es war einige Tage nach dem Empfang für Michael Haring, einige Tage nachdem Magda eine Einladung in Harings Haus in Georgetown ergattert hatte. »Das ist ein Helmschmuck, erstes Jahrhundert vor Christus.«

Michael Haring wendete die Figur in der Hand. Ein kleiner Bronzeeber, nicht länger als sein Mittelfinger, das Rückgrat ein kunstvoll gearbeitetes Muster von Wirbeln, die in winzigen geschnäbelten Kranichköpfen endeten. Er stieß einen leisen Pfiff aus. »Das ist wirklich erstaunlich. Wo haben Sie den gefunden, Magda?«

»Das war June Harrington. Sie hat ihn mir vor ein paar Jahren zum Geburtstag geschenkt.«

»Und der stammt von dem von Ihnen vorgeschlagenen Grabungsort?«

Sie nickte. »Das American Museum hat 1923 eine Expedition dorthin geschickt, unter der Leitung von June und ihrem ersten Ehemann, Lowell Ackroyd. Sie hat mir ihre Arbeitsnotizen und ein paar Fotos überlassen, die sie dort aufgenommen hat. Sie sind nicht sonderlich gut – die Fotos, meine ich, ihre Notizen sind hervorragend –, aber ich bin mir sicher, Michael, ich bin mir sicher! June schreibt, sie habe drei Begräbnisstätten entdeckt, mit Hinweisen auf rituelle Tieropfer, und das da …«

Sie deutete auf die Bronzefigur. »… *das da* stammt von der letzten Fundstätte, die sie entdeckt haben, Elf-A. In den nahegelegenen Tälern gibt es Hinweise auf hochentwickelte Siedlungen der Bronzezeit – wir sprechen hier von Kollektivbestattungen, Grabkammern mit detaillierten Wandzeichnungen, Heizung mittels Thermalquellen, vielleicht sogar von einer Art Linearschrift auf Tonscherben. Das ganze Tal ist eine potentielle Goldgrube. Die umliegende Heide ist ziemlich sumpfig, was bedeutet, daß wir beste Aussichten auf guterhaltene Funde haben.«

Michael nickte und spielte mit dem Bronzeeber. »Warum wurde die Grabung eingestellt?«

»Wintereinbruch. Im Winter wird das Tal vollkommen unpassierbar. Das erste Unwetter gab es Anfang Oktober; June, Lowell und die Mannschaft kamen gerade noch heraus, ehe der Schnee den Paß blockiert hat.«

»Ich verstehe.« Michael legte den Eber behutsam in sein Nest aus vergilbtem Zeitungspapier zurück. Er griff nach der Flasche Bordeaux, die daneben stand, und hob eine Braue. »Darf ich nachschenken?«

»Ja, danke. Der Wein ist wundervoll.« Magda hielt ihm ihr Glas hin, lächelte strahlend und hoffte, er würde nicht bemerken, wie nervös sie war. »So!« Sie prostete ihm zu und ließ den ersten köstlichen Schluck die Kehle hinuntergleiten. »Was meinen Sie?«

Michael Haring blickte im Wohnzimmer umher. Überall standen Vitrinen herum, manche an der Wand, andere schwebten wie große Kristallüster inmitten der großzügigen Sitzlandschaft aus schwarzen Ledermöbeln und weißem Zottelteppich. Die Vitrinen waren mit Figuren gefüllt, die der auf dem Tisch ähnelten, mit silbernen Torques, Schnabelmasken, geflügelten Bronzerüstungen, Spangen mit Intarsien aus Knochen, Silber und grob polierten Steinen. Er ließ den Blick darüber hinwegschweifen, nicht stolz, sondern mit einer gewissen Nachdenklichkeit, die seinen dunklen Augen einen wehmütigen Ausdruck verlieh. Jede Menge Kunst der Eisenzeit in Form von Artefakten und Metallwerkzeug; fast alles auf dem Schwarzmarkt erstanden, abgezweigt aus Originalbeständen in Großbritannien, der Tschechoslowakei, der Türkei und Griechenland. Derzeit lag er gerade mit der Botschaft eines kleinen osteuropäischen Landes im Streit um das Eigentum an seinem wertvollsten Schatz: der mumifizierte Kopf eines Mannes aus der Bronzezeit, den man in einem Torfmoor gefunden hatte und der nun in einer hohen Glasvitrine ausgestellt war, die an einen hochkant stehenden Sarg erinnerte.

»Ich glaube«, meinte er bedächtig und betrachtete den teefarbenen Kopf in der Vitrine, »ich *glaube*, was Sie da vorhaben, könnte sehr spannend werden, Miss Magda. Für uns beide.« Er wandte sich um und legte ihr die Hand auf den Oberschenkel.

Sechs Monate später befanden sich Magda und ihre Mannschaft in Çaril Kytur. Die Ausgrabungsstätte lag in einem gottverlassenen Winkel im Norden Estaviens, tief in den Psalgÿuk-Bergen – hohe, nadelscharfe Spitzen aus Quarz und Flint, die in den bleiernen Himmel aufragten, an dem sich nur selten die Sonne zeigte. Wie auf einem Kupferstich von Dürer, der die Hölle darstellte, dachte Magda, oder wie in Murnaus *Nosferatu*. Der Baumbestand beschränkte sich auf verkümmerte, verkrüppelte Kiefern und Erlen, deren Wurzeln in der dünnen, sauren Humusschicht nach Halt suchten.

Es war Ende Juli. In den drei Tagen, die Magda und ihre Begleiter brauchten, um von der estavischen Hauptstadt nach Çaril Kytur zu gelangen, begegneten sie lediglich zwei anderen Fahrzeugen: einem leeren Intourist-Bus mit Moskauer Kennzeichen und einem uralten grauen Kleinlaster, auf dessen Ladefläche Holzkisten gestapelt waren, mit lebenden Hühnern und Enten, deren Füße mit roter Schnur zusammengebunden waren. Während der zermürbenden Fahrt wünschte sich Magda, sie hätte wenigstens Janine zu Hause in Washington gelassen.

»Das entspricht *nicht* den Erwartungen, die mein Fakultätsberater bei mir geweckt hat«, verkündete Janine nach der zweiten Nacht im Jeep. »Ich dachte, ich könnte mein Russisch verbessern, aber *hier* ist ja niemand.«

»Tja, jetzt kleben wir aufeinander«, meinte Magda grimmig. »Wenn eine von uns aussteigen will, muß sie notgedrungen laufen.«

Niemand rührte sich. Wenige Stunden später hatten sie ihr Ziel erreicht.

»Oh, Mann«, japste Nicky D'Amato, auch einer der drei von der Göttlichen, die für das Unternehmen angeheuert hatten. »Sind Sie sicher, daß Sie sich nicht auf der Landkarte verguckt haben?«

Magda seufzte. »Ganz sicher.«

Sie taumelten aus dem Jeep und blickten in das Tal von Çaril Kytur hinunter, einen langen, schmalen Graben mit einem Zickzackmuster von Wasserläufen, die das ausgedehnte Sumpfgebiet im Süden speisten. Es war eine deprimierende Gegend. Die Felsen mausgrau, mit Flechten und Moos überwachsen; die wenigen Bäume vor dem Wind geduckt, der durch eine Lücke zwischen den Bergen im Norden herunterpfiff. Lowell Ackroyds Theorie zufolge war während einer der kürzeren Eiszeiten eine Gruppe paläolithischer Jäger hier gestrandet, hatte überlebt und die alte Siedlung gegründet, die heute Çaril Kytur genannt wurde, Bauch des Mondes. Allerdings war nur schwer nachvollziehbar, warum jemand ausgerechnet hier hatte leben wollen. Die umliegenden Berge waren nur dünn besiedelt, überwiegend von Schäfern, die auf den kahlen Hängen und in den gemäßigteren Tälern ein kärgliches Auskommen fanden. Magda hatte gedacht, die Einheimischen würden hocherfreut sein, ihr mageres Einkommen mit dem Geld, das sie bei der Grabung hätten verdienen können, aufzubessern, doch das war nicht der Fall.

»Er sagt, er hat kein Interesse.« George Wyford, der dritte der drei Studenten, die Magda von Washington bis hierher begleitet hatten, schüttelte den Kopf. Sie saßen vor Magdas Zelt – Magda, George, Nicky und Janine –, die ganze Çaril-Kytur-Mannschaft. Der Himmel war grau und wirkte wie enthäutet. Ein kalter Wind blies vom Gebirgspaß im Norden herunter und wehte Regenschauer über das Lager. Magda schauderte in ihrem dicken Islandpullover und fragte sich, wie sie bloß auf den Gedanken gekommen war, diese Unternehmung sei besser als Yucatán. »Er meint, das ganze Tal sei *stantikic't* …«

»Was? Hier soll es spuken?« fiel ihm Janine spöttisch ins Wort.

George hockte im Schneidersitz vor dem fauchenden Lagerfeuer und zündete sich eine Zigarette an. »Nein«, sagte er und schnippte das Streichholz in die Flammen. George hatte in Georgetown slawische Sprachen als Hauptfach belegt und hoffte, linguistische Verbindungen zwischen den Estaviern von Psalgÿuk und der benachbarten Cuclterinyi-Kultur der Transsylvanischen Alpen und der des noch moderneren Kreta zu entdecken. »*Isch'raval*, das hieße, es spukt. *Stantikic't* bedeutet eher *mit einem Makel behaftet*.«

»Aber sie kommen nicht. Das willst du uns damit doch sagen, oder? Daß wir das ganze Personal sind …« Nicky blickte seine drei Gefährten vorwurfsvoll an, dann hob er einen Stein hoch und schleuderte ihn auf den Jeep. »Scheiße, ich wußte doch, daß wir erst hätten anrufen sollen.«

»Anrufen?« Magda lachte unwillkürlich auf. »Herrgott noch mal, Nick, bis zum nächsten Telefon sind es siebzig Meilen!« Sie stand auf, rieb sich die Hände und machte im Geiste eine Bestandsaufnahme. »Hört mal, wir brauchen niemanden sonst, wirklich nicht. Wir beginnen gleich mit dem Schacht Elf-A. Den hatte June gerade geöffnet, als sie abreisen mußten. Dort wurde der Eberschmuck gefunden …«

(der mittlerweile zu Michael Harings Sammlung gehörte)

»... und soviel Arbeit wie bei einer ganz neuen Grabung ist es nicht. Wir sollten eigentlich auch allein damit fertig werden.«

Janine und Nicky warfen ihr grimmige Blicke zu, doch George war bereits zum provisorischen Schuppen unterwegs, in dem sie das Werkzeug verstaut hatten. »Also dann«, sagte Magda und ging ihm nach.

Sie benötigten vier Tage, um sich auch nur durch den Schutt und die Erde hindurchzugraben, die sich über der alten Grabungsstätte angesammelt hatten. Als sie die Erde und das modernde Gestrüpp jedoch erst einmal fortgeschafft hatten, erwies sich die Grabungsstätte, die June Harrington Elf-A getauft hatte, als erstaunlich gut erhalten. Fast fünfzig Jahre war es her, seit das erste Team des American Museum den Begräbnisschacht gesichert hatte. Als sie die erste Ebene erreichten, stellten Magda und ihre Studenten jedoch fest, daß die von Lowell Ackroyd angebrachten Holzbohlen die Erdwände der Grabkammer immer noch abstützten.

»Mir wär's lieber, wenn wir ein paar neue Balken anbringen würden«, meinte George mit einem mißtrauischen Blick auf die durchhängenden Bohlen.

»Sonst klettere ich da nicht runter«, erklärte Janine kategorisch, in die düstere Tiefe der Grube hinabspähend.

Magda nickte und nahm Janine die Schaufel aus der Hand. »Dann können Sie mit Nick schon mal Bäume fällen.«

Nach Ablauf der ersten Woche hatten sie ein zweites Gerüst innerhalb des ersten errichtet, und die ganze wacklige Vorrichtung reichte sechs Meter tief in die Erde. Neugier und Geldgier hatten bei den Bewohnern des nächstgelegenen Dorfes die Oberhand gewonnen. Nun verfügte Magda über ein halbes Dutzend Arbeitskräfte, die mithalfen, Eimer voller Erde und Kies hochzuziehen. Janine schleppte die Eimer zu einem System von Schlagnetzen und Sieben und suchte im Schutt nach allem, was näheren Aufschluß über den Schacht hätte geben können. Bislang hatten sie Tonscherben gefunden und ein paar Knochen, die wahrscheinlich von einem Hund stammten, jedoch nichts von Bedeutung – keine Grabbeigaben, keine menschlichen Überreste, nichts, was gerechtfertigt hätte, noch wesentlich mehr Zeit und Mühe auf den Schacht zu verwenden.

»Ich *weiß*, daß das eine Bestattungsgrube ist«, meinte Magda dickköpfig. Sie hockte wackelig auf einer Leiter, die in den weichen, sumpfigen Boden am Grund der Grube eingesunken war, und trank ihren morgendlichen Aufguß aus einem eingedellten Zinnbecher. Mit einer Grimasse spähte sie in den trüben Inhalt des Bechers, ein Gebräu aus gemahlenen Roten Beten, die Antwort der Einheimischen auf den Kaffee. »Mein Gott, schmeckt das widerlich – kein Wunder, daß die alle so griesgrämig sind.«

»Um das zu beweisen, braucht man mehr als ein paar Hundeknochen und einen kleinen Bronzeeber«, erwiderte George milde ein paar Leiterstufen weiter unten. »Chasar« – Chasar war der Sprecher der Einheimischen – »Chasar meint, das Loch sei *fancr'ted* – unheilig, wissen Sie, profan. Kein *heiliger* Ort ...«

»Es könnte aber auch bedeuten, daß der Ort aus vorchristlicher Zeit stammt, was offenbar der Fall ist«, entgegnete Magda. »Und wenn die Einheimischen sich *daran* noch vage erinnern, dann werden sie ihn für unheilig halten, das heißt heidnisch, was gleichbedeutend mit schlechtem Juju ist. *Unheilig*«, setzte sie mit Nachdruck hinzu.

»Ach, was! Das könnte auch eine Abfallgrube gewesen sein, und jemand hat den alten Eber hier reingeschmissen ...« George schlug mit der Hand gegen die Wand, was eine Miniaturlawine aus Kieseln und Dreck zum Boden des Schachtes hinunterrieseln ließ.

»Oder er ist aus irgendeiner neolithischen Tasche gefallen …«

»Muß das sein?« rief Nicky vom Schachtboden inmitten des Steinhagels hoch und schwang drohend die Schaufel. Er hatte Gummistiefel an, trug einen völlig nutzlosen Schutzhelm sowjetischer Fertigung und war von Kopf bis Fuß verdreckt. »Verdammt noch mal, George!«

»Tut mir leid, Mann.« George wedelte entschuldigend mit der Hand und verlagerte sein Gewicht auf der Leiter. »Aber das geht jetzt schon über eine Woche so, Magda – ich glaube wirklich, wir sollten die Grabung abbrechen und statt dessen den Erdhügel im Sumpf untersuchen. Vielleicht stoßen wir dort auf menschliche Überreste, und die Chancen, daß sie gut erhalten sind, stünden erheblich besser …«

»Noch einen Tag«, sagte Magda. Sie und George stritten sich deswegen jetzt schon seit fast einer Woche. »June war der Meinung, dies sei eine Begräbnisstätte, und sie kann sich doch unmöglich …«

»June ist *senil*, Magda! Das ist fünfzig Jahre her; damals glaubte man auch noch an den Mann von *Piltdown* …«

»Noch einen Tag«, meinte Magda dickköpfig. Ohne hinzuschauen, drehte sie den Becher um und goß den Inhalt aus. »Okay? Bloß noch …«

»Verdammt noch mal, Magda!« brüllte Nicky von unten.

George und Magda brachen in Gelächter aus. Magda schüttelte sich das Haar aus dem Gesicht und lächelte. »Lassen Sie sich das eine Warnung sein, Wayford.«

»Schon gut, schon gut«, sagte George und grinste. Die Leiter schwankte, als er wieder nach oben kletterte. »Noch einen Tag.«

In dieser Nacht fand sie keinen Schlaf. Teilweise deshalb, weil sie Harringtons Grabungsstätte nicht aufgeben wollte. George hatte natürlich recht. Der Schacht Elf-A hatte kaum Informationen erbracht – und überhaupt nichts Bemerkenswertes. Der Erdhügel am sumpfigen Talende mochte durchaus interessanteres Material enthalten, und es bestand immer die Hoffnung, menschliche oder tierische Überreste zu finden, die sich im Morast erhalten hatten.

»Scheiße«, fluchte Magda laut. Sie lag in ihrem Zelt, die Arme unter dem Kopf verschränkt, und starrte an die Decke. Draußen war fast Vollmond. Der abgewetzte grüne Stoff schimmerte, so daß Magda das Gefühl hatte, sie triebe in einem phosphoreszierenden Meer, während die kühle Brise den Duft der kleinen, nachtblühenden Steingewächse mit sich führte, der einzigen Blumen, die im Tal wuchsen.

Noch einen Tag.

June Harrington mußte einen Grund gehabt haben, an die Bedeutung dieses Grabungsortes zu glauben, noch etwas anderes als einen kleinen Bronzeeber und ein paar Hundeknochen. Natürlich war es das Fragment der Lunula: ein verdammt kleines Ding, um sein Lebenswerk darauf zu gründen, und mittlerweile im Museum verschwunden. Magda wünschte, sie hätte ihre Mentorin eingehender befragt, aber June war sich so sicher gewesen, ihre normalerweise zurückhaltenden Notizen klangen so überschwenglich:

> *... Gestern entdeckte ich in Elf-A ein Artefakt aus getriebenem Silber, einen mondförmigen Anhänger, so groß wie mein kleiner Finger. Das ist natürlich nur ein fragmentarisches Überbleibsel dessen, was einmal eine weitläufige Begräbnisstätte gewesen sein muß; doch der Ausführung des Anhängers nach zu schließen, stammte er nicht aus der Gegend, sondern vom Kretischen Meer. Es besteht eine deutliche Ähnlichkeit zwischen den eingeprägten Zeichen und den*

Berichten von den Figuren, die in den sogenannten ›Verschwundenen Ring des Minos‹ eingraviert gewesen sein sollen – dieser mondförmige Talisman könnte sehr wohl die Authentizität des verschwundenen Rings beweisen, wenn man ihn nur wiederfände! Bin ziemlich außer mir vor Erregung und versuche, nicht zuviel in dieses einzelne Fundstück hineinzudeuten, aber Lowell stimmt mit mir darin überein, daß das Tal mit hoher Wahrscheinlichkeit Inachos geweiht war; das heißt, Leucothea oder der Weißen Göttin, die wiederum eine Vorgängerin der Großen Göttin der alten Minoer war. Was natürlich meine Theorie bestätigen würde, daß es Handelsverbindungen zwischen dem hethitischen und dem minoischen Kulturkreis gab. Und Harold Sternham (Gott segne ihn; zu Anfang hielt ich ihn für einen alten Stockfisch, aber inzwischen bin ich froh, daß er die Schirmherrschaft übernommen hat!), der liebe Harold hat vielleicht recht mit seiner Ansicht, daß die untergeordnete minoische Nymphe, die von den Einheimischen Othiym genannt wurde und die mit dem gleichnamigen Fluß in Beziehung steht, der hier einmal geflossen ist, mit der Ino oder Inachos genannten Flußgottheit verwandt ist, die auf Kreta verehrt wurde …

Zu diesem Eintrag gab es einen seltsamen Zusatz. Seltsam deshalb, weil June ihre ersten Eindrücke nur selten überarbeitete – sie war es gewohnt, recht zu behalten. Und daher hatte sich Magda auch gewundert, daß etwas an den Rand gekritzelt war, eine Anmerkung, die offenbar Jahrzehnte nach dem ursprünglichen Eintrag hinzugefügt worden war.

Ich hätte das mondförmige Fragment niemals von der Fundstätte entfernen sollen. Der dunkle Aspekt der antiken Muttergöttin ist in unserer Zivilisation noch nicht wieder aufgetaucht.

Und dann noch die Worte:

Nein: Sie lebt.

Magda zuckte zusammen, als die Zeltleinwand unter einer Böe flatterte und die Befestigungsleinen summten. Von der Türklappe wirbelte Staub empor.

»Verdammt noch mal«, sagte sie laut und kroch aus dem Schlafsack.

Die Nachtluft traf sie wie der Klöppel einer Glocke, brachte das Blut in ihrem Kopf zum Singen und löste ein schmerzhaftes Pochen in den Ohren aus. Sie fröstelte in ihrem dicken Pullover und drückte sich die Taschenlampe an die Brust, als könnte deren blasser Strahl ihr Wärme spenden. Vor Georges Zelt zögerte sie. Trotz des tosenden Windes hörte sie ihn atmen, laut und regelmäßig wie ein Metronom. Eine Weile stand sie da, als wartete sie darauf, daß er aufstünde und zu ihr herauskäme. Aber natürlich wachte er nicht auf, rührte sich nicht einmal. Sie wandte sich ab.

Auf Zehenspitzen schlich sie zwischen den anderen Zelten hindurch, wobei das lose Geröll, das den Talboden bedeckte, unter ihren Arbeitsstiefeln nach allen Seiten spritzte. Als sie an Janines schäbigem Sears-Roebuck-Zelt mit dem auffällig rotgestreiften Vorzelt und ihren zum Trocknen aufgehängten Socken vorbeikam, blieb sie abermals stehen.

»Janine?« rief Magda leise, mit schiefgelegtem Kopf. »Nicky?«

Sie sah niemanden: nur die Schatten der Zelte und Steine, unnatürlich groß und schwarz im strahlenden Mondschein. Aber sie *hörte* etwas, ein leises Geräusch wie von den Schritten winziger Füße oder wie von prasselndem Regen. Sie wartete, hielt den Atem an; das Geräusch erstarb jedoch nicht mit der Böe. Schließlich trat sie noch einen Schritt vor. Und verharrte.

»Oh! ... geht weg, *nein ...!*«

Es war, als wäre sie mit einem Wirbelwind zusammengeprallt. Um sie herum fielen Blätter, Hunderte von Blättern; graugrün im kalten Licht, in einer schwirrenden Explosion von Dreck und staubigem Laub vom Boden emporgewirbelt. Magda schrie auf und schlug nach den umherwirbelnden, fallenden Blättern, die über ihre Wangen streiften und überall umherflatterten, sich in ihrem Haar verfingen und zwischen ihren Fingern hindurchglitten. Es roch nach feuchter Erde, ein Geruch wie von bitterer Schokolade. Als sie mit der flachen Hand gegen eines der Blätter schlug, kam es zu einer feuchten Explosion, als hätte sie eine faulige Frucht zerdrückt.

»Mein Gott! – äh ... geht weg!«

Sie taumelte nach vorn, wild um sich schlagend und wimmernd, während die Blätter den Boden mit einem sich kräuselnden Teppich bedeckten. Einen Moment lang war die Luft unbewegt. Dann stiegen die Blätter zu ihrem Entsetzen abermals vom Geröllboden in die Luft, flatternd und raschelnd, und schlugen mit ihren zarten Stielen und zerfetzten Wedeln gegen sie wie kleine Lebewesen, die an ihrer Jeans hochkletterten und sich in ihren Pullover verkrallten.

Und auf einmal wußte Magda, was das war – keine Blätter, sondern Insekten, Hunderte, Tausende von Insekten –, die Flügel zerknittert und gesprenkelt wie dürres Laub, Beine und Körper so langgestreckt, daß sie Zweigen ähnelten. Sie waren überall und verdeckten den Mond. Magda wurde übel vom bitteren Schokoladengeruch. Die Insekten, die sich an ihre Jeans klammerten, hemmten sie in ihrer Bewegungsfreiheit; sie fühlte, wie etwas über ihren Hals streifte, wie kleine Beinchen sachte über ihre Wange trippelten.

»Verdammt noch mal!« schrie sie und floh.

Sie rannte ein paar Meter weit und schwenkte

die Taschenlampe wie einen Baseballschläger. Dann mußte sie stehenbleiben, außer Atem, die Hände schützend vors Gesicht geschlagen. Ihre Wange fühlte sich naß an. Nach Luft schnappend, ließ sie die Hände sinken.

»Was ist denn nun schon wieder?«

Die Insekten waren verschwunden. Magda war so erschrocken, daß sie abermals aufschrie und zurücksprang. Dann faßte sie sich und drehte sich langsam um sich selbst, hielt die Taschenlampe mit ausgestrecktem Arm vor sich und leuchtete sich von oben bis unten ab.

Nichts. Auf dem Pullover, auf der Jeans, auf ihrem Gesicht: nichts. Als sie sich umschaute, sah sie nur den leeren Kies vor Janines Zelt. Ein einzelnes Blatt wirbelte unter dem Vorzelt hindurch und verschwand. Außer dem fernen Rauschen des Windes im Gezweig war kein Laut zu vernehmen. Magdas Zelt stand allein für sich. Ihre auf einem provisorischen Dreibein zum Trocknen aufgehängten dreckverschmierten Rugbyhemden und Jeans bewegten sich wie ihr eigener Schatten im Wind.

Magda atmete bebend aus. Vielleicht hatte sie das alles auch nur geträumt. Dann aber strich sie verstohlen über ihren Pullover und berührte ein winziges Beinchen, das sich in der groben Wolle verfangen hatte. Als sie sich vom Lager entfernte, stieg ihr der kräftige Geruch von bitterer Schokolade in die Nase.

Nach einer Weile ließ das Zittern nach. Ihr Herzschlag beruhigte sich, ihre Hand, welche die Taschenlampe umklammerte, entspannte sich, und sie lächelte sogar schwach, als sie sich vorstellte, was June Harrington *dazu* gesagt haben würde.

Heute nacht wurden wir bei Vollmond von einem Schwarm Insekten heimgesucht, Phasmida luridium. *Harold meinte, am Berg Ida seien sie der Bie-*

nengottheit Melissa geweiht, und Darstellungen dieser Insekten seien auf Gefäßen aus den sogenannten Dark Ages gefunden worden …

Sie ging weiter, ohne auf die Richtung zu achten, allein darauf bedacht, sich zu beruhigen und sich genügend Einzelheiten des Schwarms ins Gedächtnis einzuprägen, damit sie George am Morgen überzeugend Bericht erstatten konnte. Und so kam es, daß sie über einen Stein stolperte, überrascht aufsah und feststellte, daß sie zur Grabungsstätte Elf-A unterwegs war.

»Hm«, murmelte sie und lachte.

Der Himmel war klar, muschelfarben und nahezu sternenlos. Der Mond war über den Ostrand des Tales aufgestiegen. Dort, wo sein Schein auf Çaril Kytur fiel, sah es so aus, als habe jemand das Tal mit einem Kreidestreifen überzogen. Magda machte die Taschenlampe aus und legte den Kopf in den Nacken, bis sie den runden, vollen Mond sah. Als sie den Blick abwandte, verweilten perlmuttartige Lichttupfer in ihrem Gesichtsfeld. Der Wind säuselte die Kanäle hinunter, die er in den zerklüfteten Steilfelsen fand. Ein frischer, eisiger Geruch wie von Regen auf sauberem Fels stieg Magda in die Nase und spülte den bitteren Geruch des Insektenschwarms mit sich fort. Magda schob fröstelnd die Hände in die Ärmel ihres Pullovers.

Es mußte weit nach Mitternacht sein; die kalte, substanzlose Stunde, in der die gefürchteten *Keren* des alten Griechenland sich frei zwischen ihrer dunklen Heimatwelt und der der Menschen bewegten. Magda lächelte wieder und dachte an June Harrington und ihre ständigen Versuche, die Schreckgespenster, Dämonen und Harpyien zu katalogisieren, all die alptraumhaften Phantome, welche die Vergangenheit heimgesucht hatten. Das Erlebnis mit den Blattinsekten hätte ihr bestimmt gefallen. Magda schüttelte wehmütig den Kopf. Dreißig Meter vor ihr ragte das wacklige Gerüst von Elf-A aus der kahlen Landschaft.

»Also gut.« Ihre Stimme schwankte, daher wiederholte sie die Worte noch einmal lauter. »Rauchen wir eine Zigarette.«

Sie wühlte in den Taschen ihrer Jeans nach der von Cellophanpapier umhüllten Zigarettenschachtel, die Chasar ihr vor ein paar Tagen mitgebracht hatte. Sie hatte ihm ein halbes Dutzend ihrer Old Golds für dreimal soviel einheimische Glimmstengel gegeben – kurze, handgerollte Zigarillos, versetzt mit weichen, bernsteinfarbenen Bröckchen türkischen Haschischs. Sie zündete sich einen an und rauchte langsam, stützte sich mit einer Hand auf den Stamm eines verkrüppelten Baums und betrachtete die Schatten im vor ihr ausgebreiteten mondlichtübergossenen Tal.

Es war seltsam, wie sehr sich ein Ort bei Mondschein veränderte. Es war nicht nur der normale Unterschied zwischen Tag und Nacht oder zwischen Nacht und Vollmond. Es war unheimlicher als das, unheimlicher und beunruhigender. Und das Haschisch und die Erinnerung an den Insektenschwarm machten natürlich alles noch eindringlicher.

Magda fröstelte und nahm einen tiefen Zug. In dem Maße, wie der Mond höher stieg, traten die kreidigen Umrisse der Dinge schärfer hervor, bis Steine, verdorrte Bäume und nackter Fels in oktoberhaftem Glanz erstrahlten. In den Mulden bedeckte das Geröll die dünne Erdschicht mit einem blaßgelben Teppich. Über Elf-A hing der Mond, gelassen wie eine reife Birne. Im verborgenen rief ein Bulbul, die perlende Stimme so unwirklich schön wie Nachtgewächse.

»Wow«, japste Magda. Vor ihren Augen hing eine Qualmwolke. »Das ist einfach zuviel.«

Der leidenschaftliche Gesang des Bulbuls schwoll an und ab und wieder an. Süßlicher Tabakgeruch hüllte alles ein, und Magda erlebte einen so aufwühlend rauschhaften Augenblick, daß sie sich unwillkürlich fragte, ob sie sich nicht zu weit vom Lager und von Çaril Kytur entfernt habe und ob sie nicht in ein anderes Land geraten sei, in eine Traumlandschaft.

Doch das war Blödsinn; es kam nur vom Hasch. Sie zog ein letztes Mal an der Zigarette und schleuderte sie ins Dunkel. Dann ging sie zu Elf-A hinüber.

Selbst durch die dicken Sohlen der Arbeitsstiefel hindurch fühlte sie die Steine und Dornen. Sie hatte keine Ahnung, wie spät es war. Dem Mond nach zu schließen waren es wahrscheinlich nur noch ein oder zwei Stunden bis Anbruch der Morgendämmerung. Sie überlegte, ob sie sich wieder hinlegen sollte, verspürte aber trotz des Haschischs keine Müdigkeit – die Angst, das Adrenalin und das Staunen hatten die Müdigkeit aus ihrem Körper verscheucht. Sie schaute niedergeschlagen auf die Planen, mit denen die Grabungsstätte abgedeckt war.

Noch einen Tag.

Bei der Vorstellung, die Stätte aufzugeben, empfand sie ein schmerzhaftes Gefühl von Schuld und Enttäuschung. Schuldgefühle gegenüber June Harrington – Magda hatte ihr versprochen, die Grabung abzuschließen, die ihre Mentorin vor so langer Zeit begonnen hatte. Und Enttäuschung, weil sie George im Grunde recht gab. Es war von vornherein aussichtslos gewesen. Das Ganze war wieder mal so eine schlecht organisierte, unvollendete Grabung, wie damals, als die Archäologen sich auf den *Goldenen Zweig* und Träume von Troja verließen anstatt auf Dendrologen und radioaktive Isotopen. Magda seufzte und trat an den Rand der Grube.

Die Grube sah nicht anders aus als am Nachmittag. Dieselben steindurchsetzten Erdhaufen flankierten den Eingang zur Grabung. Nickys rotes Flanellhemd hing immer noch an einer Schaufel, die in einem Kieshaufen steckte. Janines Tragkörbe und Schlagnetze waren immer noch dort, wo sie sie abgelegt hatte, zusammen mit sorgfältig sortierten und beschrifteten Kisten voller Knochen und Tonscherben. Eine leere Flasche des Einheimischengebräus lehnte an einem anderen Stapel von Janines akkurat geordneten Scherben.

Rot Punkt A. Rot Punkt C. Zickzackmuster. Hundeknochen. Auerochs? Ungew.

Das alles war so unschuldig und nichtssagend wie ein verlassener Sandkasten und ebenso interessant.

»Verdammt noch mal«, flüsterte Magda. Sie dachte an June Harrington und den Bronzeeber, an das Fragment der Lunula, das längst im Museum verschwunden war. An das eine Trugbild, auf das June so große Hoffnungen gesetzt hatte. Dann kletterte sie in die Grube.

Als sie sich auf die Leiter hinunterließ, erbebte diese. Lautlos verfluchte Magda Chasar und die Kooperative, bei der sie sich die Ausrüstung hatten besorgen müssen. Es war eine alte Leiter, die aus gutem Grund nicht mehr in Gebrauch gewesen war. Nun spürte Magda, wie sich das weiche Holz unter ihren Füßen durchbog und laut knackte, als sie sich zur nächsten Sprosse hinunterließ. Lose Erde und Steine flogen ihr bei ihrem Abstieg ins Gesicht, und einmal drohte die ganze Wand ins Rutschen zu kommen. Magda stellte sich vor, wie es wäre, unter einer Tonne Erde und Nickys Flanellhemd begraben zu werden. Mehrere Minuten lang hielt sie die Taschenlampe mit den Zähnen fest und vertraute darauf, daß sie wohlbehalten nach unten gelangen würde. Doch schließlich ruhte ihr Fuß sicher auf etwas Weichem, aber dennoch Verläßlichem. Keuchend trat Magda auf den Boden der Grube.

Es war, als befände sie sich auf dem Grund eines

Grabes. Weit über ihr öffnete sich ein schartiges, violettes Loch in die Nacht. Darum herum lag ein schwacher Schimmer, wo der Mondschein die Umrisse von Holzbrettern und aufgehäuften Steinen hervortreten ließ, die eine grobe Stützmauer bildeten. Im Schacht selbst war es, abgesehen vom schwachen Schein der Taschenlampe, allerdings stockdunkel. Magda trat vor und stolperte über einen Zinkeimer, der laut schepperte. Sie hob die Taschenlampe und lehnte sich an die Erdwand, darauf bedacht, nicht gegen das System der Balken und Träger zu stoßen, die das gesamte alte Gerüst am Einsturz hinderten.

Bei Tag war Elf-A feucht, düster und wenig beeindruckend. Bei Nacht war es durch und durch unheimlich. Magda hätte sich wegen des Erdgeruchs des Schachtes beinahe übergeben; es war nicht nur die Erde, sondern der schwere Schimmelgeruch Jahrtausende währenden Zerfalls, Überreste einer Zeit, als man Büsche, Blätter und faules Holz, die verwesenden Körper von all den Hunden und Rindern, deren Überbleibsel sie bereits ausgegraben hatten, und Gott weiß was für Tiere sonst noch geopfert oder einfach in den Schacht gestoßen hatte, ehe man die Grube aufgab. Magda umfaßte die Taschenlampe fester. Sie hustete und hielt sich den Ärmel vor Nase und Mund.

Bis jetzt hatte sie es noch nicht bemerkt, doch dem Boden des Schachtes schien ein widerlicher Verwesungsgeruch anzuhaften. Eigentlich konnte das nicht sein, und sie hätte lediglich den kräftigen, relativ harmlosen Geruch von modernden Pflanzenteilen wahrnehmen sollen. Aber dieser Geruch war furchtbar, als wäre irgendein Tier, ein Eichhörnchen etwa, eine Ratte oder eine Wühlmaus in die Grube gefallen und verweste nun dort. Magda schnitt eine Grimasse und spähte aufmerksam auf den Boden. Der Strahl der Taschenlampe enthüllte nichts, lediglich das übliche Gemenge aus Steinen, Wurzelwerk und kiesigem rötlichen Sand, das die unterste Schicht der Ausgrabung bildete.

Sie ging den Boden des Schachtes ab. Fünf Schritte nach Norden, fünf Schritte nach Süden, sechs Schritte nach Osten und Westen. In einem zerbeulten roten Plastikeimer hatte jemand mehrere große Steine mit gleichmäßig geschärften Rändern aufgehäuft. Vielleicht ein Hinweis auf irgendeine Art von Werkzeugherstellung oder – was wahrscheinlicher war – nichts weiter als Pedolithe, natürlich vorkommende Steine, die den Eindruck erweckten, von Menschenhand bearbeitet worden zu sein. Magda ging neben dem Eimer in die Hocke, nahm ein paar Steine heraus und betrachtete sie im wäßrigen Schein der Taschenlampe. Einer hatte scharfe Ränder, wie sie bei gespalteten Steinen vorkamen, doch das hier war Feldspat – ungeeignet zur Werkzeugherstellung, einfach nur die Art Stein, die beim Zerbrechen des öfteren dieses besondere Muster ergab. Magda schleuderte ihn angewidert quer durch die Grube und zuckte zusammen, als von der Aufschlagstelle Dreck auf sie herunterrieselte.

»Ach, Mist. Das ist reine Zeitverschwendung.«

Die Erdwände verschluckten ihre Stimme, verliehen ihr einen dünnen, kindlichen Klang. Der Verwesungsgestank war so stark, daß sie durch den Mund atmete. Auf einmal fühlte sie sich erschöpft. Sie richtete sich auf und lehnte sich seufzend wieder mit dem Rücken an die Wand. Ihre Hochstimmung war verflogen. Die seltsamen Dinge, die sie erlebt oder zu erleben gemeint hatte, erschienen ihr auf einmal auf peinliche Weise gewöhnlich. Die Art Erlebnisse, die einer leichtsinnigen Grabungsleiterin eben zustoßen mochten, wenn sie die Art Person war, die sich mitten in der Nacht bekiffte und an einem so gottverlassenen Ort umherwanderte. Insekten, Mondschein und üble Gerüche, das war alles.

Sie verdrehte den Kopf und schaute den Schacht empor. Weit über ihr war der Himmel von Violett zu einem rosigen Grau erblaßt. Der Mondschein, der alles mit einem märchenhaften Goldton übergossen hatte, war verschwunden. In einer Stunde würde die Sonne aufgehen. Morgen um diese Zeit würde man die Grabungsstelle aufgegeben haben, zum zweitenmal in diesem Jahrhundert und wahrscheinlich für immer.

Bei dieser Vorstellung wallte der Ärger in Magda hoch: Ärger auf George, Nicky und Janine, weil sie nicht daran hatten glauben wollen, daß in Elf-A etwas von historischem Wert zu finden war; Ärger auf June Harrington, weil sie sie dazu ermutigt hatte, daran zu glauben. Der Strahl der Taschenlampe flackerte unruhig – nach diesem Mondscheinausflug würde das verdammte Ding neue Batterien brauchen. Sie dachte an Balthazar Warnicks hartnäckiges Drängen, diesen verrückten Plan aufzugeben und sich Harold Mosreich in Mexiko anzuschließen. In diesem Augenblick hätte sie auf der Spitze der Hauptpyramide von Chichén Itzá sitzen und den Sonnenaufgang erwarten können.

Zum Teufel mit June Harrington!

Magda trat heftig gegen den sandigen Boden. Ihr Stiefel stieß gegen einen Stein. Mit plötzlicher Wut trat sie abermals danach, so heftig, daß der Stein davonflog. Mit erstaunlicher Wucht prallte er gegen einen der Stützbalken an der gegenüberliegenden Wand. Es ertönte ein leises, hohles *Kloing*. Dann kippte der Balken mit hypnotisierender Langsamkeit nach vorn, und mit ihm die ganze Erdwand. Elf-A war im Begriff einzustürzen.

Magda sah entsetzt mit an, wie das Holz zersplitterte, wie die verrosteten Splinte sich ächzend lösten. Von den umliegenden Wänden rieselten Erde und Steine herab, nicht als Lawine, sondern eigentümlich verlangsamt, wie über einen Berghang schwappende Lava. Erde wie dunkler Schaum brodelte auf dem Boden, kleine Steine und Kiesbrocken flogen umher. Magda schrie auf und versuchte, das Gesicht zu schützen. Balken brachen in Zeitlupe entzwei und wurden von Erde bedeckt. Stück um Stück verschwand der sandige Boden. Man vernahm ein murmelndes Geräusch, als werde in einem angrenzenden Raum geredet. Als Magda sich den Hals verrenkte und nach oben blickte, sah sie, daß weitere Stützbalken sich in den Schacht hineinwölbten. Sie atmete stoßweise; sie hatte das Gefühl, die Erde füllte bereits ihre Lunge aus und drückte lähmend auf ihre Brust. Zu spät versuchte sie die Leiter hochzuklettern, die dahinterliegende Wand erbebte wie sumpfiger Boden. Als sie den Mund öffnete und um Hilfe rufen wollte, spritzte Erde auf ihre Zunge wie Regen. Tränen der Wut und der Angst traten ihr in die Augen, als sie sich wieder hinhockte und auf die vorstürzende Wand starrte.

Mit ausgestreckten Armen hätte sie sie berühren können, ein fester Damm aus Dunkelheit, der das wenige verbliebene Licht auslöschte. Der Verwesungsgestank war überwältigend. Ihr Mund war voller Sand, der Fuß, den sie verzweifelt aus dem sich bewegenden Untergrund zu ziehen versuchte, war verschüttet.

Aufhören, aufhören, o bitte …

Und dann hörte der Erdrutsch ebenso plötzlich auf, wie er begonnen hatte. Keinen Meter von der Stelle entfernt, wo sie hockte, erhob sich ein dunkler, sanft gerundeter Erdhügel, der bis zur anderen Schachtseite reichte. Das murmelnde Hintergrundgeräusch verstummte. Magda wartete und wagte kaum zu atmen. Dann stand sie ganz langsam auf und hob die halb vergrabene Taschenlampe hoch. Sie schaltete sie ein und richtete den schwachen Strahl auf die gegenüberliegende Wand.

Es war, als blickte sie in einen leeren Brunnen. Wo eben noch Bohlen und Stützbalken gewesen waren, befand sich nun ein großes Loch, durch das ein Jeep hindurchgepaßt hätte. Eine feuchte Brise wehte aus der Öffnung. Der erstickende Verwesungsgestank hatte sich verflüchtigt. Magda hatte keine Zeit, sich zu überlegen, was die Brise bedeuten mochte oder wo der anfängliche Verwesungsgestank hergekommen war. Ehe sie kehrtmachen und die Leiter hochklettern konnte, fiel ein letzter großer Erdklumpen herunter, wie ein großes, mit einem Messer abgeschnittenes Stück Kuchen. Als er auf dem Boden auftraf, gaffte Magda mit offenem Mund die Wand an.

Inmitten der erstarrten Lawine aus Erde und Stein hing ein Skelett. Vollständig erhalten lag es zusammengerollt auf der Seite, Rippen, Oberarmknochen, Oberschenkelknochen in zarten Sepia- und Weißtönen vereinigt. Obwohl seit dem fast lautlosen Erdrutsch erst Sekunden vergangen waren, war Magda dennoch sogleich klar, daß die Haltung des Skeletts kein Zufall war. Es handelte sich um die sorgfältig arrangierte Haltung, die sie auf den Fotos zahlloser Bestattungen gesehen hatte, angefangen von den berühmten Nekropolen von Shanidar bis zu Dutzenden von keltischen Gräbern in Großbritannien und Westeuropa, genau die gleiche Haltung: der Körper sorgfältig auf die Seite gelegt, die Beine angezogen, die Arme vor der Brust verschränkt, als hielten sie etwas fest.

In diesem Fall hielten sie tatsächlich etwas fest: einen Schädel. Das lange, geschwungene Rückgrat endete über den Schultern in verkrümmten Wirbeln, die wie große Elfenbeinperlen aussahen. Der Schädel fehlte. Enthauptet – der Rand des ersten Halswirbels war säuberlich abgetrennt. Magda leuchtete den Brustkasten ab, und da lag er, eine blasse Kugel, umfangen von Finger- und dürren Unterarmknochen.

Als der Strahl der Taschenlampe über die Augenhöhlen schwenkte, leuchteten diese düster auf.

»Allmächtiger«, keuchte Magda, und Tränen traten ihr in die Augen. »June hatte recht. Sie hatte *recht.*«

Halb watete, halb ruderte sie durch Erde und Steine, ungeachtet der Gefahr. Von der Stelle, wo die Sonne aufgehen würde, sickerte genug Licht herein, so daß sie alles klar und deutlich erkennen konnte. Eingekerbte und zerschmetterte Wirbel wie Kreidestücke. Am dürren Handgelenk ein Bronzereif mit einem Muster aus Kurvenlinien und Punkten. Ein rostrotes Pulver – roter Ocker – auf mehreren Rippen, das die Erde färbte wie Blut. Irgend etwas glitzerte am Schädel, und dort, wo goldene und silberne Metallstücke im Laufe des Verwesungsprozesses in den Brustkasten hinuntergefallen waren, bemerkte Magda ein Funkeln. Als sie in das Loch links neben der eingestürzten Wand blickte, erspähte sie weitere Knochen und einen ganz schwachen Schimmer.

Noch mehr Artefakte. Als sie zurücktrat, hatte sie solches Herzklopfen, daß sie meinte, sie würde in Ohnmacht fallen. Sie schaute wieder zum Skelett. Nichts, kein alter Gold- oder Bronzeschatz wäre für sie wertvoller gewesen als diese menschliche Gestalt. Sie ließ ihren Tränen freien Lauf.

»Großer Gott. June, June, June.«

Aus irgendeinem Grund hatte es dem Gewicht der Jahrtausende standgehalten. Vielleicht hatte der allmählich aus dem Tal zurückweichende Fluß Othyim das Skelett mit einer schützenden sumpfigen Hülle umgeben, bevor das rauhere Wetter der Neuzeit von Çaril Kytur Besitz ergriffen hatte. Oder vielleicht verhielt es sich so, wie June Harrington einmal gesagt hatte:

»Sie kümmern sich um ihre Leute, weißt du. Ganz gleich, wieviel Zeit vergeht – sie schlafen nicht, und sie vergessen nicht.«

June hatte von den *Benandanti* gesprochen, doch Magda hatte die Anekdote bei ihren eigenen Studenten in bezug auf die erstaunlich guterhaltene Grabung von Shanidar verwandt.

»Sie schlafen nicht …«

Der hier hatte nicht geschlafen, als man ihn getötet hatte. Oder vielleicht doch. Vielleicht würde sie unter den Tonscherben und Schmuckstücken einen Ritualbecher finden, einen Kessel, an dessen Rand noch Pollen hafteten, chemische Spuren von Psilocybinsporen oder *Papaver rhoeas*, Kornrade. Sie streckte die Hand aus und strich mit zitternden Fingern über die zerbrechlich wirkenden Rippenbögen. Halb erwartete sie, daß die Knochen unter ihrer Berührung zu Staub zerfallen würden, doch das taten sie nicht. Sie fühlten sich kühl und fest an wie poliertes Holz, die spröde Oberfläche war weicher als erwartet, wie das samtige Geweih eines einjährigen Hirsches. Wenn sie den Knochen anschlug, würde er bestimmt lieblich klingen, wie eine Glocke.

Es war jetzt so hell, daß sie die Taschenlampe ausschaltete und in einen weichen Erdhügel steckte. Sie drehte sich um und fuhr liebevoll mit beiden Händen über den langen Oberschenkelknochen, ertastete mit den Fingerspitzen einen Höcker, eine Knochenverletzung am oberen Rand des Hüftbeins, das in der silbrigen Morgendämmerung sanft schimmerte. Nicht nur eine Bestattung, sondern eine Opferbestattung: ein Ritualmord, der etwa dreitausend Jahre zurücklag. Ein bedeutender, *bedeutender* Fund.

June Harrington wäre Genugtuung widerfahren. Michael Haring würde für seine kleine Investition entschädigt werden. Und Magda wäre eine gemachte Frau.

Irgendwo in der Höhe schmetterte eine Grasmücke ein dünnes Liedchen. Sie sollte sich aufmachen und die anderen wecken, Kameras, Notizbücher und den

Gips herunterschaffen, irgendwelche Sandsäcke, um den Schacht abzustützen, damit er nicht noch mehr in sich zusammenfiel. Automatisch prägte sie sich all die Dinge ein, die sie später niederschreiben würde. Die geringe Breite des Beckens deutete auf einen Mann hin. Die sauberen Ränder des beschädigten Wirbels ließen vermuten, daß man für die Opferung eine sehr scharfe Klinge verwendet hatte. Eine gebrochene Rippe war unregelmäßig verheilt; vielleicht handelte es sich um einen Krieger. Die Zähne waren in erstaunlich gutem Zustand, was auf gute Nahrung schließen ließ. Wahrscheinlich recht jung nach heutigen Maßstäben, etwa achtzehn Jahre alt. Am auffallendsten die Positionierung des Schädels: sorgfältig von den Händen umfangen, so daß er nach außen blickte, mit aufmerksamen, wartenden, leeren Augen…

Noch nie hatte sie von einem Opferritual gelesen, das diesem auch nur im entferntesten ähnelte. Sie dachte an Georges linguistische Forschungen, die auf bislang unbewiesene Verbindungen mit der Ägäis hindeuteten. Zusammen mit dem Skelett würde dieser Fund seiner Arbeit und all den Stunden, die Magda darauf verwandt hatte, die Theorien ihres Mentors zu bestätigen, Gewicht verleihen. Das Durcheinander der zusammen mit dem Opfer bestatteten Gegenstände wäre vielleicht ein schlüssiger Beleg für Junes Theorien hinsichtlich des Vorhandenseins matrilinearer Kulturen in Mitteleuropa, ein unbestreitbarer Beweis für Menschenopfer, dargebracht einer Mondgöttin.

Magda atmete tief durch. Sie preßte die geballten Fäuste an die Brust, um das Zittern ihrer Hände zu unterbinden. Das war nicht bloß irgendein Fund, von dem in *Archaeology* oder *Science* berichtet werden würde. Neben Artikeln über Frauen, die ihre BHs verbrannten, oder jemanden wie Valerie Solanas, die auf Andy Warhol geschossen hatte. Dies hier bedeutete einen Artikel in der Times und eine Erwähnung in den Nachrichten, eine frühe Berufung und vielleicht sogar ein eigenes Filmteam …

Sie atmete seufzend aus und zwang sich widerwillig, sich um das Naheliegende zu kümmern. Es bestand die Gefahr, daß der ganze Schacht einstürzte. Am besten prägte sie sich möglichst viele Einzelheiten ein und machte dann, daß sie hinauskam. Sie überlegte, ob sie ein paar Schmuckstücke für Michael Haring an sich nehmen sollte. Schließlich hatte sie auf einen solchen Fund gehofft; das war der Grund, warum Haring die gewaltigen Kosten für die ganze Odyssee übernommen hatte.

Doch diesmal siegte die Wissenschaftlerin in Magda Kurtz über den bloßen Ehrgeiz. Wenn sie etwas veränderte, wären alle weiteren Spekulationen hinsichtlich der Bedeutung von Çaril Kytur fragwürdig. Es bliebe immer noch Zeit genug, ein paar kostbare Spielzeuge für ihren Mäzen abzuzweigen; vielleicht am Nachmittag, wenn die anderen die Grabung absicherten, oder sogar noch eher. Sie lächelte und wollte sich zum Skelett umwenden.

Ehe sie dazu kam, fiel ihr Blick auf einen kleinen Erdhügel. Die graubraune, körnige Erhebung war leicht zu übersehen gewesen. Doch nun stieß Magda einen leisen Pfiff aus. In dem Erdhaufen steckten Dutzende von kleinen Statuetten aus Knochen, Elfenbein, Stein und Ton. Nicht größer als ein Knöchel oder ein Zeigefinger, wenngleich Magda auch einen armlangen Zylinder aus dunkelgrünem Stein erspähte. Die meisten Statuetten waren simpel gestaltet, anhängerförmig, mit kleinen Vorsprüngen, die Arme, Beine und Brüste darstellten; andere wiederum waren kunstvoller gearbeitet und stellten eine extravagant gekleidete Frau mit wehenden Gewändern und Kopfschmuck dar.

»Nein«, flüsterte Magda.

Die Statuetten stellten eine Göttin dar. Es mochte etwa hundert davon geben, Jahrtausende der Verehrung umspannend; von Lascaux bis zum Parthenon, von der Venus von Willendorf bis zu Persephone. Magdas Hand schwebte über ihnen, und beinahe fühlte sie die von ihnen aufsteigende Hitze, die Staub und Erde in Asche verwandelte, während die Flammen über modellierten Azurit und geschnitzte Knochen leckten.

Ach, June, wenn du das nur sehen könntest! Sie schaute zu Boden, speicherte alles im Kopf und betete, daß alles gutgehen möge, bis sie George und Nicky mit Schaufeln und Sandsäcken hier heruntergeschickt hatte.

Langsam wandte sie sich von den Statuetten ab und wieder dem menschlichen Skelett zu. Sie bückte sich, um die Knochen eingehender zu betrachten. Der Leichnam war mit rotem Ocker bemalt worden, genau wie in Shanidar. Oder vielleicht hatte man ihn auch zum Verwesen sich selbst überlassen und von Geiern abnagen lassen – in Anatolien hatte man alte Darstellungen eines solchen Rituals gefunden –, und man hatte die Knochen dann in einer weiteren Zeremonie bemalt. Magda fuhr mit dem Finger sanft über den runden Rand eines Wirbels, der mit gemahlenem Mineral bestäubt war. Lehm und hydratisiertes Eisenoxid, dunkelrot, nahezu braun. Man würde das Pigment analysieren müssen, um festzustellen, ob es aus der Gegend stammte. Sie malte ein kleines X auf ihr Handgelenk und schaute zu, wie der Ocker in ihre Haut einsickerte, wie altes, getrocknetes Blut. Erstaunlich. Sich vorzustellen, daß ein solches Ritual Zehntausende von Jahren überdauert hatte, von den Neandertalern bis zu den frühen Kelten! Diese Vorstellung erregte sie und verursachte ihr einen leichten Schwindel. Es war wie bei richtig gutem LSD, die ganze Nacht hatte etwas von einem schrecklichen und wunderbaren Trip.

Doch dann vernahm sie von irgendwoher ein dumpfes Geräusch. Sie schaute hoch. Jemand im Lager stand gerade auf. Wahrscheinlich George. Er trank gerne seinen Ersatzkaffee, während er die Feldaufzeichnungen vom vorigen Tag durchging, und er traute es niemandem sonst zu, den widerspenstigen kleinen Spirituskocher in Gang zu bringen. Sie machte den Mund auf und hätte beinahe gerufen, doch dann besann sie sich. Statt dessen beugte sie sich abermals über das Skelett.

Wie hatte man es ausgerichtet? Die Leichname, die man in keltischen Gräbern in Lindow und Gornay gefunden hatte, hatten nach Osten gewiesen. Magda blickte zur kleinen, rosigen Schachtmündung hoch. Unter Berücksichtigung der Tatsache, daß die Wand plötzlich eingestürzt war, sah es so aus, als habe das Gesicht des Leichnams ursprünglich nach Osten gewiesen. Zur aufgehenden Sonne, genau wie bei den Begräbnisstätten von Shanidar.

Oder zum aufgehenden Mond.

»Der Mond.« Sie hatte laut gesprochen und biß sich auf die Lippen.

Othyim, eine unbedeutende Mondgöttin mit möglichen Verbindungen zu den großen weiblichen Gottheiten von Knossos, Böotien und Nippur in Mesopotamien …

Der Mond. Als sie die Hand hob, um sich das Haar aus den Augen zu streichen, stieg ihr der süße Haschischduft in die Nase, der noch an ihren Fingern haftete. Mit plötzlicher Klarheit erinnerte sie sich an ihren Spaziergang, an den gespenstischen Mondschein und die schwärmenden Insekten. Es kam ihr so vor, als hätte dies alles nur dazu gedient, sie hierherzuführen. Einen Augenblick lang spürte sie wieder den eisigen Hauch, der aus der hinter ihr liegenden Öffnung wehte, eine Kälte, in der sogar ihre Gedanken zu erstarren schienen; doch dieses Gefühl schüttelte sie rasch ab. Sie betrachtete den geopferten Toten ein letztes Mal, wie er die Arme über dem Brustkasten verschränkt hatte, den Schädel umfangend, als wäre dieser eine Wahrsagekugel.

Und nun nahm sie auf der glatten Schädeloberfläche zum erstenmal ein Funkeln wahr. Im Dunkeln hatte sie es übersehen, doch nun übergoß es die Morgendämmerung mit einem rosigen Schein. Es hing in einem schimmernden Bogen von der vorspringenden Stirn, wie eine Sichel oder ein grinsender Silbermund. Magda beugte sich vor, bis sie es berühren konnte, und fuhr ganz sachte mit den Fingerspitzen darüber, als liebkoste sie das pure Nichts.

Doch es war da. Es war real. Unter ihren Händen spürte sie Metall, so kalt, als hätte sie die Hände in Eiswasser getaucht, als hätte sie einen elektrischen Schlag bekommen. Schiere Energie stürzte auf sie ein und ließ sie zurückfahren. Mit einem Aufschrei streckte Magda abermals die Hand aus, doch diesmal ganz behutsam: besessen von dem Gedanken, es zu berühren, es festzuhalten. Sie wollte nichts weiter, als es zu besitzen.

Auf der Stirn des Schädels funkelte ein Halbmond aus purem Licht, so strahlend, daß sie die Augen beschatten mußte. Als sie die Hand senkte, sah sie es ganz deutlich: eine Spange aus glattem Silber, geformt wie ein kleiner Mond. An der breitesten Stelle war ein Dreischenkel aus drei Monden eingraviert, deren sich gegenseitig überschneidende Sicheln ein Muster bildeten, das ebenso atemberaubend schön wie schlicht war. Dort, wo die Monde ineinandergriffen, befand sich eine kleine, halbmondförmige Perforation, eine grinsende Öffnung. Ganz schwache Linien zeigten an, wo sie einmal mit Gold in Berührung gestanden hatte.

Ein Opferamulett, vergraben als eine Gabe an die

Mondgöttin. Ein Talisman, der das Opfer zu seiner wartenden ewigen Herrin geleiten sollte.

Eine Lunula.

Magda wagte kaum zu atmen. Im Laufe der Jahrhunderte hatte man nicht mehr als eine Handvoll davon entdeckt. Zwei im Tempel der Artemis in Brauron in Attika, wo die *Arktoi* getanzt hatten, der Jagdgöttin geweihte Bärenjungfrauen. Eine in einem etruskischen Grab, wo das Amulett zweifellos als Kuriosität aus noch älteren Zeiten überdauert hatte. Ein oder zwei waren über das Römische Imperium verteilt gewesen und befanden sich nun im Gewahrsam des Vatikans.

Und dann war da natürlich noch das Fragment, das June selbst entdeckt und dem Nationalmuseum übergeben hatte. Mit zitternden Fingern berührte Magda das halbmondförmige Loch in dem Anhänger. Das mußte es sein: das ursprüngliche Amulett, aus dem Junes Lunula stammte, der Halsschmuck, aus dem das fehlende Fragment vor Jahrtausenden verlorengegangen oder gestohlen worden war. Ihr stockte der Atem. Michael Haring würde ein Vermögen dafür geben; zahllose Museen und Sammler würden ein Vermögen dafür geben …

Magda verdrängte diese Gedanken und konzentrierte sich wieder ganz auf die Lunula. Als sie das Schmuckstück vom Schädel abnahm, verfing sich die Spange an einer abgerundeten Knochenplatte. Behutsam machte Magda sie los und drehte sie langsam in den Fingern, bis die Sonne darauf fiel. Die eingeritzten Linien der ineinandergreifenden Figuren changierten dabei von Schwarz nach Silber. Die Halbmonde schienen sich vor ihren Augen von glänzenden Spindeln zu prallen Himmelskörpern zu entfalten, Neumond, Halbmond, Vollmond, der fehlende Halbmond ein bitterer schwarzer Mund, der sich ins Dunkel krümmte.

»Magda!« Sie zuckte zusammen, und die Lunula schwang zurück und traf ihr Handgelenk. Als sie auf ihre Hand schaute, bemerkte sie eine Rötung, so schwach wie eine alte Narbe. »Magda! Mein Feuerzeug geht nicht mehr, ich brauche ein paar Streichhölzer …«

In der schimmernden Schachtmündung tauchte Georges Silhouette auf, sein langes Haar ein krauser Heiligenschein.

»Hey! Hab ich mir gedacht, daß Sie da unten sind. Haben Sie Streichhölzer?«

Magda blickte in Panik zu ihm hoch. Sie umfaßte die Lunula fester und trat einen Schritt zurück, wobei ihre Füße in die weiche herabgefallene Erde einsanken. »George«, flüsterte sie.

»Konnten's wohl nicht mehr erwarten, wie?« rief er munter. Er schwang die Beine über den Rand des Schachts und tastete mit dem Fuß herum, bis er die oberste Leitersprosse gefunden hatte. »Der letzte Tag hat sechsunddreißig Stunden, was?«

Sie beobachtete, wie er langsam zu ihr herunterkam. Ein dunkler Regen von Kieseln und Erdbrocken begleitete seinen Abstieg. »Hey, Sie sollten besser aufpassen, wissen Sie? Ich meine, wenn Sie mitten in der Nacht alleine hier runterklettern. Das ganze Ding könnte einstürzen.«

Sie preßte den Rücken an die Schachtwandung. Panik brodelte in ihr. Sie würde sie ihm zeigen, ihnen allen; aber jetzt schon, jetzt schon? Ein paar Schritte von ihr entfernt lag das Skelett unter einem Muster aus Licht und Schatten da. Die Lunula in ihrer Hand war ein flammender Bogen, ein Stern, eine Sichel. Sie drückte sie an die Brust und hob das Gesicht George entgegen, der mitten auf der Leiter stand. Er wandte den Kopf hin und her und versuchte, im Halbdunkel etwas zu erkennen. Als er sie abermals anrief, klang seine Stimme gedämpft und unsicher.

»Magda?«

Er hätte nicht hier sein sollen.

Dieser Gedanke war ein weiterer flammender Bogen. Er hätte nicht hier sein sollen. Es war falsch, es war unheilig, *stantikic't*. Nicht bloß mit einem Makel behaftet, sondern verboten. Die Erdwand drückte gegen ihren Rücken, ein feuchtes, umhüllendes Gewicht. Sie fühlte das Brennen der Lunula durch den Pullover und das T-Shirt hindurch, ein Geruch nach glühendheißem Metall und ein roher, roter Schmerz, denn der Halbmond schnitt ihr in die Hände und versengte ihre Finger, bis nur noch geschwärzte Knochen die beiden Mondspitzen umklammert hielten und an ihre Brust drückten. Der Schachtboden war von Qualm erfüllt, von Rauch und dem gequälten Klang ihrer Stimme, als sie aufschrie. Der Schmerz, als die Lunula sie brandmarkte, mit ihrem grinsenden lebendigen Mund ihr Mal in Magdas Brust einprägte, ein runzliges Stück halbmondförmigen Narbengewebes und nur wenig Blut, war unerträglich.

»Magda?«

Sie schlug die Augen auf, und da stand er. Sein krauses Haar war nachlässig mit einem Lederriemen zurückgebunden, und er trug ein fleckiges rotes T-Shirt und Jeans. Besorgt schaute er sie an, während er von der Leiter heruntertrat und auf dem aufgewühlten Boden einen sicheren Stand suchte. Mit sich brachte er den Duft frischer Luft, eines neuen Morgens und kalter Asche, und einen schwachen Geruch nach Regen.

»Magda? Alles in Ordnung? Sie wirken etwas …«

Sie wollte vor ihm zurückweichen, konnte jedoch nicht weiter, denn da war bloß Dunkelheit um sie herum und Erde. George aber merkte nichts. Er schien sie gar nicht mehr zu beachten. Er sog scharf die Luft ein. Seine Augen hinter der Edelstahlbrille weiteten sich. Ganz langsam hob er die Hand und deutete auf den bleichen Knochenhaufen im Dunkeln. Ehe sie etwas sagen oder unternehmen konnte, rief er verblüfft:

»Was, zum Teufel, ist denn das? Magda, was haben Sie da *gefunden*, das ist ja, das ist …«

Othyim.

Sie wußte nicht, ob sie den Namen laut ausgesprochen oder nur gedacht hatte. Aber irgend etwas hatte sie wohl gesagt oder getan. Denn George erstarrte, die Hand zum Skelett ausgestreckt, und wandte den Kopf nach ihr um.

»Magda?«

Sie *war* ein Mond, ein Stern, eine Sichel. Ein Funkeln war in der Dunkelheit des Schachtes, als sie die Lunula schwang, einen quecksilbernen Streifen, der die feuchte Luft durchteilte. Sie fühlte ihr Gewicht in der Hand, ein fester Trost wie von einem runden, glatten Stein, und sie fühlte, wie leicht sie Georges Kehle durchschnitt. Wie ein vom Frühlingsregen angeschwollener Fluß, der aus seinem starren Gefängnis hervorbrach und sich einen Weg durch felsigen Boden bahnte; es war so leicht, sie zog die Hand zurück und schlug abermals nach ihm, und diesmal vernahm sie ein leises *Plopp*, als die Lunula seine Luftröhre durchtrennte.

»Maaaa …«

Seine Stimme war wie die eines Kindes, leise, wimmernd, und der Laut erstarb in einem Zischen, als Luft aus seiner Kehle drang. Er taumelte und fiel vor ihren Füßen nieder, und sie schaute zu, wie das Blut in einem hellen, leuchtenden Strom aus dem dunklen Spalt hervorschoß, den die Lunula ihm beigebracht hatte. Ihre Hand verharrte in der Schwebe, der silberne Halbmond ein Auge, das in den Schacht hineinspähte. An der gebogenen Schneide sammelte sich das Blut in kleinen, schwarzen Perlen. Die Perlen tanzten wie Wasser auf einer Kochplatte und verschmolzen miteinander, bis sie verschwanden und nur noch zarte, weiße Rauchfahnen übrigblieben. Ein metallischer Geruch lag in der Luft. Magdas Zunge war geschwollen und trocken, sie hatte einen eisenartigen Geschmack im Mund, wie von abblätterndem Rost oder als hafte getrocknetes Blut an ihrem Gaumen. Sie würgte und kippte vornüber.

Als sie wieder zu sich kam, lag sie mit dem Gesicht in weicher Erde. Dreck und Steine drückten gegen ihre Lippen. Ihr Haar war schmutzverklebt. Sie stützte sich hustend auf die Ellbogen. Mit der rechten Hand umklammerte sie weiterhin die Lunula, jetzt ein bleiernes Stück Metall, aller Pracht verlustig gegangen; auf ihren Händen aber zeichnete sich immer noch die zarte rote Kreuzschraffur frischer Narben ab, und gegenüber dem Herzen spürte sie immer noch einen dumpfen Schmerz, als habe ihr jemand einen Faustschlag versetzt.

Sie richtete sich auf, klopfte sich den Dreck ab und blickte sich nach der Taschenlampe um. Erst jetzt sah sie George Wayford. Er lag auf der Seite, grotesk verrenkt und wie ein Embryo zusammengerollt: die Arme vor der Brust zusammengekrümmt, die Beine zum Bauch hochgezogen.

»George?«

Sie beugte sich über den Leichnam und streckte die Finger aus, bis sie die geschwungene Mundpartie berührten. Behutsam legte sie ihm die Hand unters Kinn und drehte seinen Kopf herum, bis sie die Wunde sehen konnte, so sauber und glatt, als hätte man sie ihm mit einem Rasiermesser beigebracht. Das Blut hatte sein T-Shirt in ein steifes, karminrotes Laken verwandelt, das schwere Falten bildete wie Lava oder Eis; das Fleisch an der Kehle aber war glatt und weiß, nahezu durchscheinend. Sie wunderte sich über die konzentrischen Ringe im Innern der Wunde, Fleisch, Knorpel und Sehnen. Sie wollte sie berühren, zuckte dann jedoch zurück. Aus den Augenwinkeln hatte sie seine Augen erspäht, stumpf und mit Erde bespritzt. Er war so hingefallen, daß sich die Brille in sein Gesicht gedrückt hatte, und Magda sah das feine Netzwerk der Risse, die vom gesprungenen Glas wie zwei Zwillingsspinnennetze ausgingen.

»Mein *Gott!*«

Sie erhob sich taumelnd, wischte sich die Hände an den Beinen ab. Sie wandte sich um und rannte die paar Schritte zur Leiter, dann blieb sie stehen und versuchte, sich zu beruhigen, um nicht das Bewußtsein zu verlieren. Sie kletterte auf die Leiter, dann schaute sie sich um.

Im Halbdunkel lagen zwei Körper, nur wenige Schritte voneinander entfernt und in nahezu gleicher Haltung. Sie waren wie zwei Schnappschüsse aus einer Zeitraffersequenz, die einen Verwesungsprozeß darstellte: vorher und nachher, nicht lange nachher. Es würde einen Festschmaus und Musik geben, jubelndes Wehklagen seitens der Schwestern, Ehefrauen und Mütter; doch dann würden die Mistkäfer kommen und die Würmer und die Geier mit den elfenbeinfarbenen Schnäbeln und glatthäutige Knaben mit Armen voller Narzissen und Händen voll roten Staubs, den sie in die Knochen einrieben …

Nein.

Sie wimmerte. Das war ja Wahnsinn; sie war verrückt geworden; das kam vom Hasch oder von etwas Schlimmerem, von irgendeinem halluzinogenen Gift, das all die Jahre über in ihrem Gehirn überdauert hatte. *LSD ist irre, Tod den Bullen!* Doch während sie die brüchige Leiter umklammert hielt, hörte sie etwas, ein leises Ächzen, das rasch lauter und lauter wurde, das die Kammer ausfüllte, als ergösse sich aus der Höhe eine Sturzflut schwarzen Wassers. Erst als etwas ihre Wange streifte, schaute sie hoch und sah, daß der Lichtkreis an der Schachtmündung ausgelöscht war, daß Schattenzungen heftig über die Wände leckten, während überall Geröll und verrostetes Werkzeug herunterfiel. Elf-A stürzte ein.

»Nein!«

Ihre Stimme wurde verschluckt, sie aber kletterte nach oben, wobei die Leiter gegen die Erdwand federte, während große Brocken verfestigter Erde ins Rutschen gerieten und zu beiden Seiten in die Tiefe stürzten. Sie sah nur noch den Schacht über sich und die weitentfernte Öffnung, ein kleiner, erloschener Mond. Sie wollte schreien, aber ihr Mund war voll Erde; dennoch kletterte sie weiter, kämpfte sie sich nach oben, bis sie endlich am Ende der Leiter angelangt war; keine weiteren Sprossen, keine Dunkelheit mehr, nur grasbewachsene Erde, Licht und Luft. Sie krabbelte aus der Grube und wälzte sich von ihr fort, ohne auf ihre zerrissene Kleidung zu achten oder auf die schmerzende Stelle an ihrem rechten Arm, der ihr vorkam, als sei er zwischen Hammer und Amboß geraten. Hinter ihr schwoll ein rumpelndes Grollen an, so laut, daß sie am ganzen Leib erbebte. Dann unvermittelt Stille.

Sie lag am Boden und weinte leise vor sich hin. Das Echo der letzten Explosionswelle erstarb. Sie hörte jetzt andere Geräusche – Nickys Rufe, Janine, die ihren Namen mit schriller, panikerfüllter Stimme schrie. Als sie sich die Dreckkruste und den Pflanzenmoder vom Gesicht abwischen wollte, berührte sie klebriges Blut.

»Magda! Mein Gott, Magda, was ist passiert, wo ist George, *wo ist George?*«

Nicky half ihr auf die Beine. »Magda? Verstehen Sie mich? *Magda?*«

Sie stieß ihn weg, eilte an der hysterischen Janine vorbei und blickte sich wild auf dem Grabungsgelände um.

Die Grabung war verschwunden. Alles, was an

Arbeit von Menschenhand erinnerte, war verschwunden. Nur noch eine große Einbuchtung war davon übrig, eine Art Bodensenke, die mit frischer Erde und Steinen bedeckt war. Aus der weichen Erde ragten zwei kleine Holzknäufe wie Finger oder Hörner: das Ende von Chasars Leiter. Magda starrte sie mit ungläubigem Erstaunen an. Das war alles, was von Elf-A übriggeblieben war.

»… waren Sie da unten? Verdammt noch mal, Magda, ich kann einfach nicht *glauben*, daß Sie da unten waren!« Jetzt war Nicky hysterisch, und seine Stimme schraubte sich kreischend in die Höhe, während er um die Grabung herumlief und vergeblich nach einem Abstieg suchte, nach einem Zugang, einem Luftkanal, nach irgend etwas. »George! Kannst du mich hören? George …«

»Natürlich kann er dich nicht hören«, sagte Magda dumpf. Sie wandte sich in die Richtung, wo die Sonne über dem Horizont stand, die violetten Ränder der Berge reliefartig vom dünnen, goldenen Licht abgehoben.

»Wir müssen Hilfe holen – mit dem Jeep, ins Dorf fahren, damit ihn jemand ausgräbt …«

Sie nickte schweigend, während Janine unablässig weiterbrüllte und Nicky sie anschrie: als könne er durch seine Wut irgend etwas ungeschehen machen. Nach einer Weile ließ sie sich von den beiden jedoch zum Jeep geleiten und auf den Rücksitz schieben, wo sie sich auf einem Stapel Sackleinwand niederlegte. Sie unterdrückte einen Schrei, als das Fahrzeug einen Satz nach vorne machte und über Steine und Schlaglöcher hinwegsetzte, während Janines Stimme verzweifelt in die kühle Morgenluft hinaus erscholl.

»Wir holen Chasar, um diese Zeit ist er immer da, warum haben wir eigentlich kein Funkgerät, verdammt noch mal …«

Um nicht zu schreien, biß Magda sich auf die Lippen. Sie wußte, daß man George niemals finden würde. Chasar würde den Job nicht übernehmen, und auch niemand sonst. Daß sie ihn mit Nicky und Janine zusammen ausgrub, war völlig ausgeschlossen. Die Grabung in Çaril Kytur war beendet. In tausend Jahren würde jemand George neben dem anderen Skelett liegend vorfinden und sich über die seltsame Symmetrie wundern, zwei Opfer in identischer Haltung, die seit Jahrtausenden in dieser verlassenen Gegend von Europa begraben waren.

Bei dieser Vorstellung brach Magda abermals in Tränen aus. Die Schmerzen in ihrer Brust wurden mit jedem bebenden Atemzug schlimmer. Sie drehte sich auf die Seite, immer noch weinend, und zog die Hände hoch. Sie packte den feuchten, schweren Pullover und knetete die Wolle, als könnte sie der Schmerzen dadurch Herr werden.

Und dann auf einmal fühlte sie sie, kalt und scharf wie Glas. Die beiden Enden des Halbmonds waren gegen sie gedrückt worden, mit solcher Kraft, daß sie die dicke Wolle des Pullovers und das T-Shirt durchtrennt und sich dann in ihre rechte Brust gebohrt hatten. Magda schloß die Augen. Sie fuhr über den Rand der Lunula, betastete das kühle, scharfe Silber an ihrer Haut und die Wölbung der Brust, eine feste, schmerzende Masse. Sie rechnete damit, sich zu schneiden, doch das geschah nicht; die Lunula lag da wie etwas, das man ihr eingepflanzt hatte, benäßt von ihrem Blut und darauf wartend, Früchte zu tragen.

Lange Zeit lag sie mit geschlossenen Augen da. Der Jeep stotterte, klapperte und verschluckte gnädigerweise Janines Stimme. Magda fragte sich benommen, ob sie ohnmächtig werden würde, doch dafür hatte sie wohl zu große Schmerzen. Ihr ganzer Leib schimmerte vor Schmerzen.

Irgendwann hielt sie es nicht mehr aus. Sie zog sich ein wenig hoch, stemmte die Füße gegen den Boden und bemühte sich, nicht den Halt zu verlieren, als der Jeep sich gefährlich in die Kurve legte. Mit beiden Händen packte sie den Rand der Lunula und zog sie mit einem erstickten Aufschrei heraus. Der Schmerz explodierte in ihr, doch weder Janine noch Nicky hörten ihr Schreien durch den Motorenlärm. Der Jeep machte aufbrüllend einen Satz und begann den gefährlichen Abstieg zur Talmündung. Magda preßte die Hand auf die Brust, versuchte die Blutung zu stillen. Die Wunde blutete stark – das T-Shirt war durchtränkt, der Pullover tiefrot vom Ausschnitt bis zum Ärmel –, aber sie wußte, daß alles wieder in Ordnung kommen würde. Sie zog die Hand zurück, die Finger verschmiert mit Blut und Dreck, und wandte den Kopf, um zu Çaril Kytur hinunterzuschauen.

Über dem Tal lag schimmernder Nebel, der die scharfen Silhouetten der Felsen und verkrüppelten Bäume milderte. Flüchtig erblickte sie das alte Flußbett, die schattenhaften Umrisse von Palästen und Tempeln, die sich am Ufer erhoben. Dann war das Bild wieder verschwunden, hatte sich im grellen Sonnenschein verflüchtigt. Magda wandte sich ab, blinzelnd in der schmerzhaften Helle, und schaute an, was sie in Händen hielt.

Es war noch immer da; es war wirklich. Sie hatte sich geirrt – außer Chasars Leiter hatte noch etwas den Einsturz von Elf-A überdauert. Als sie die Hand hob, verklang das Dröhnen des Motors, und mit ihm das dumpfe Stimmengesumm ihrer Mitfahrer. Ein dünner Sonnenstrahl fiel auf den Rücksitz. Es roch nach Regen. Ganz leise, wie aus weitester Ferne, vernahm sie den hohen, klagenden Ruf eines Bulbuls, der nach einem Unterschlupf für den Tag Ausschau hielt. Magda neigte den Kopf und hob langsam die Hand vors Gesicht.

Auf ihrer geröteten Handfläche leuchtete die Lunula. Die Sonne entzündete die mit Gravuren geschmückte Oberfläche, so daß Magda all die Monde auf einmal sah, den Neumond, Halbmond, Vollmond, und innerhalb der Lichtbögen die Konturen eines Gesichts, die Augen geschlossen und den Mund halb zur Morgendämmerung geöffnet, auf Wangen, Lippen und Kinn schimmerndes Blut: Artemis, Durga, Kybele, Hekate, Inachos, Kali, Hel …

Die Große Mutter, Geliebte und Mörderin Ihres getreuen Sohns.

Othyim Lunarsa. Die Frau im Mond.

5. KAPITEL

Der Klang von Knochen und Flöten

In Dumbarton Oaks kamen wir nie an.

»Eigentlich«, meinte Oliver über einem dampfenden Kaffee, »glaube ich, daß dort Montag und Dienstag geschlossen ist.«

Ich neigte meine Tasse, bis ich mein Gesicht darin gespiegelt sah. »Macht nichts. Ich weiß sowieso nicht, wo ich ein Fahrrad hernehmen sollte.«

Die Vorlesung zur Geschichte des Mittelalters hatte angefangen und geendet, dann die Einführung in die Archäologie, gefolgt von Olivers Drama der griechischen Frühzeit und meiner Philosophie 101. Wir hatten uns aus unserer Nische in der Cafeteria des Schreins nur hervorgerührt, um die beiden zerbeulten Thermoskannen auf dem Beistelltischchen an der Wand auffüllen zu lassen. Oliver interessierte sich sehr für den endlosen Strom vorbeidefilierender Touristenschwärme.

»Guck dir die bloß mal an«, sagte er, mit der Nasenspitze auf eine Gruppe grauhaariger Frauen deutend. »Klatschen sich den Teller voll, weil man für den Preis soviel essen kann, wie man will, aber aufessen werden sie's nicht, nur den Salat. Paß mal auf.«

Zehn Minuten später brachen die Frauen auf. Oliver sprang von seinem Platz auf und näherte sich unauffällig der betreffenden Nische. Kurz darauf kehrte er mit zwei schwerbeladenen Tabletts zurück.

»Siehst du?« meinte er triumphierend und stellte eins vor mich hin. »Du magst doch Shrimps auf kreolische Art? Sind nicht mal angerührt.«

Ich starrte auf das Tablett. Die Shrimps wirkten tatsächlich unberührt. Lediglich aus einem Keks war mäklerisch ein Stück herausgebissen, und ein Lippenstiftschmier am Wasserglas bewies, daß Oliver die Tabletts nicht etwa selbst vollgepackt hatte. Von dem Anblick wurde mir übel.

»Äh – nein, danke«, sagte ich und stand auf. »Noch Kaffee?«

Oliver schüttelte den Kopf. Er holte einen kleinen Gegenstand aus der Hosentasche, etwa so lang wie sein Zeigefinger und auch ähnlich geformt. Als er ihn hochhielt, sah ich, daß es ein kleines Taschenmesser aus poliertem Silber war, das beinahe schwarz wirkte. An einer Seite befand sich ein elegantes Monogramm: die Buchstaben OFOW in kunstvollen Schnörkeln. Als Oliver das Messer aufschnappen ließ, kam eine funkelnde Klinge zum Vorschein, als spränge eine Elritze aus dunklem Wasser hervor. Er spießte ein zu stark gegartes dreieckiges Stück Fleisch auf. »Möchtest du mal die Leber probieren?«

Er verputzte drei Portionen. Ich brachte es nicht über mich, etwas zu essen, und war so nervös, daß ich solange Kaffee trank, bis ich Ohrensausen bekam. Aber das war mir egal. Ich fühlte mich wie jemand, der gerade aufgewacht war und dem, noch ehe er die Augen aufmacht, einfällt, daß die Sommerferien gerade erst begonnen haben. Da saß ich nun, zum erstenmal in meinem Leben ganz auf mich allein gestellt, umgeben von all den gotischen Mysterien der Göttlichen, die es zu erforschen, und einer ganzen Stadt, die es zu entdecken galt. Die quälende Einsamkeit der ersten Tage begann sich zu verflüchtigen, doch das war es nicht, was mich so schwindelig und benommen machte.

Es war Oliver.

Er war so wunderschön, so seltsam und so vollkommen unbefangen. Wäre ich älter gewesen, hätte ich ihn wegen seiner übermütigen Geziertheit und seinem Prep-School-Jargon unerträglich gefunden; aber jemandem wie ihm war ich bisher noch nicht begegnet. Er rauchte selbstgedrehte Zigaretten aus getrockneten englischen Blumen, die so süß wie Regen dufteten. Er behauptete, aus geheimen Quellen über den Waffenschmuggel der IRA und militärische Experimente mit LSD informiert zu sein. Er zeigte mir eine kleine Narbe an seiner rechten Hand, neben dem kleinen Finger, wo man ihm unmittelbar nach der Geburt einen nutzlosen sechsten Finger amputiert habe. Und dann war da noch seine Schönheit und daß er mir das Gefühl vermittelte, an seinen Geheimnissen teilzuhaben. Vor allem aber lag es daran, daß er mich ganz selbstverständlich als seine Vertraute zu betrachten schien, als jemanden, der ihn in jeder Beziehung verstand.

»Da«, sagte er, als er die letzte Portion Leber verdrückt hatte. Er nahm meine Hand, legte mir ein säuberlich gefaltetes Papierdreieck hinein und schloß meine Finger darum. Ich faltete das Papier auseinander: es war das Blatt, das Angelica ihm in der Vorlesung gegeben hatte, mittlerweile bedeckt mit krakeligen Zeichnungen.

»Hey!« Ich glättete das Papier auf dem Tisch. »Die sind wirklich *gut*.«

Es waren lustige, ziemlich tiefsinnige Karikaturen von Oliver, Angelica und mir, zusammen mit Professor Warnick als Nijinsky-Faun, der mit dem hocherhobenen Sistrum im Vordergrund herumtanzte, während aus seinen kleinen Hörnern Funken sprühten.

Oliver grinste. »Der *Goldene Esel* wird dir gefallen«, sagte er und kippte auf dem Stuhl zurück.

»Eigentlich hab ich ihn schon gelesen.« Das hatte ich keineswegs, aber bis morgen würde ich ihn gelesen haben.

»A-ha.« Olivers Stuhl kippte mit einem dumpfen Schlag nach vorn. »Das habe ich mir gedacht«, sagte er leise, dann erzählte er mir seine Geschichte.

Er stammte aus Newport, aus einer sehr alten, wohlhabenden Familie, deren Wurzeln in County Meath in Irland lagen. Oliver behauptete, irgendeine Person in einer Erzählung von Fitzgerald ginge auf seinen Großvater zurück, und Booth Tarkington habe *The Magnificent Ambersons* nach dem tragischen Tod von Olivers Urgroßtante geschrieben. Seine Eltern seien berühmte (und sagenhaft reiche) Anthropologen und lebten mittlerweile getrennt.

»Sozusagen«, meinte Oliver. »Mom lebt in einem transportablen Wohnhaus und beschäftigt sich mit ihrer Töpferei. Dad wohnt wegen dem America's Cup noch im Haupthaus.«

Oliver war der jüngste von sechs Brüdern. Die beiden ältesten hatten sich freiwillig nach Vietnam gemeldet. Osgood war dort gefallen. Vance war als Junkie zurückgekehrt und lebte nun in San Francisco. Ein anderer Bruder, Leopold, war ein bekannter Frauendarsteller in London. Cooper spielte in Newport in Jazzclubs Klavier; Waldo war buddhistischer Mönch geworden.

Somit blieb noch Oliver übrig.

»Und was tust *du* hier?«

Er zuckte die Achseln. »Ich bin ein Erbe. Wir Crawfords haben alle die Göttliche besucht. Ich hatte wirklich keine Wahl. Das war seit langem beschlossene Sache. Ich habe die Fairchild Abbey besucht…«

Eine Privatschule in Northeast Kingdom in Vermont, geführt von einer obskuren Bruderschaft. *Keine* Jesuiten, wie Oliver rasch erklärte; und auch keine Benediktiner.

Ich lachte. »Was bleibt dann noch übrig? Kapuziner? Franziskaner? Katharer?«

»Nein.« Er blickte mich so finster an, daß ich beschämt in meine Kaffeetasse schaute.

»Heute abend werden wahrscheinlich welche hier sein«, sagte er nach einer Weile und seufzte. »Bei dem verdammten Empfang, meine ich.«

Ich wartete darauf, daß er weiterredete. Als er jedoch schwieg, atmete ich tief durch und fragte: »Also, was hat es nun damit auf sich? Mit den Molyneux-Stipendiaten, meine ich?«

Oliver blickte bloß wieder an die Decke. Als ich hochschaute, bemerkte ich auf den Akustikplatten ein Muster von erstarrten Wackelpetern, das an aneinandergelegte Mah-Jongg-Steine erinnerte. Ich beschloß, das Gesicht zu wahren, indem ich frischen Kaffee holte. Doch dann …

»Sie sind Magier«, sagte er, als ich meinen Stuhl zurückschob.

»Was sind sie?«

»Magier.«

Einen Moment lang bekam ich die ganze Kraft seiner Augen ab: so unglaublich strahlend und herausfordernd war sein Blick, daß er fast wahnsinnig wirkte. Bevor ich etwas sagen konnte, sah er auf sein Handgelenk.

»O je! Vier Uhr, Zeit zum Tee!« Er erhob sich eilig.

»Aber es ist … Ich meine, es kann doch höchstens erst drei sein …«

Oliver stürzte den Rest seines Kaffees hinunter und hielt sein Handgelenk so, daß ich die dort aufgemalte Armbanduhr sehen konnte. »Der Wilde Bill … das Psilocybin wird geerntet … hab ihn gestern abend bezahlt … muß unbedingt zum Wohnheim zurück. Bis um sieben …«

Ich sah ihm nach, als er über den Mittelgang davonging und zerstreut zu einem Tisch mit Typen in

Verbindungs-T-Shirts hinüberwinkte. Auf der verstaubten Uhr an der Wand darüber war es kurz vor vier.

»Mist!« Ich nahm meinen Rucksack. Wenn ich mich beeilte, würde ich die letzte Vorlesung des Tages vielleicht noch mitbekommen.

Als ich schließlich wieder zu meinem Zimmer kam, klebte an der Tür eine Nachricht von Angelica, in eleganten, pfauenblauen Lettern.

> Sweeney –
> Wir essen früh zu Abend, aber ohne Dich wäre es öde! Wir treffen uns am Eingang!
>
> Angelica

Ich hielt mir den Zettel ans Gesicht und schnupperte den holzigen Duft von Sandelholz und ein süßes Aroma wie von Mandarinen. Ich trat ins Zimmer und kleidete mich um, warf die Samthose und das schweißnasse Hemd auf den Boden und schlüpfte in ein T-Shirt und schwarze Jeans. Ich zog die Schnürstiefel aus und überlegte, ob ich Turnschuhe anziehen sollte, dann entschied ich mich für meine alten, abgenutzten Cowboystiefel. Sie waren aus schwarzem Rindsleder, mit verblaßten karminroten Nähten und spitz zulaufenden Stahlkappen, die immer noch dazu taugten, Löcher in eine Lehmmauer zu treten. Ich schlüpfte hinein und polterte die Treppe hinunter.

Angelica erwartete mich vor dem Speisesaal, in Begleitung eines anderen Mädchens. Ich war enttäuscht, daß wir nicht allein zu Abend essen würden.

»Sweeney! Kennst du Annie Harmon? Sie ist meine Zimmergenossin und studiert Musik …«

»Nein. Hallo …«

Annie hielt mir ihre kleine, schwitzige Hand hin. »Nett, dich kennenzulernen. Hübsche Stiefel.«

Ihre kehlige Stimme paßte überhaupt nicht zu ihrer Erscheinung: dieses kleine Mädchen hatte die müde alte Stimme einer Hure. Sie reichte mir bloß bis ans Kinn, eine magere Gestalt in einer alten grünen Arbeitshose, mit einem mottenzerfressenen Flanellhemd und sehr kleinen roten Tennisschuhen. Ihr dünnes braunes Haar war kurz geschnitten und stand über der Stirn in wirren Locken hoch. Neben Angelica mit ihrem Paradiesvogelhaar, dem exquisiten Make-up und den teuren Klamotten wirkte Annie Harmon wie eine neugierige Wachtel. Aber sie hatte wunderschöne, wehmütige Augen, tiefbraun mit einem Stich ins Violette, und ich war mir sicher, daß sie keine getönten Kontaktlinsen trug.

»Danke«, sagte ich. »Nett, *dich* kennenzulernen.«

Annie nickte ernst. »Sehr erfreut.«

Wir betraten den pseudomittelalterlichen Speisesaal, Annie und ich zuerst. Angelica folgte hinterdrein, lächelnd und anderen Studenten zunickend. Ich kam mir vor wie bei einer Prozession, als bahnten wir der Königin den Weg. Angelica trug ein enges schwarzes Kleid, das unmittelbar über den Knien endete und dessen Ausschnitt mit offenherziger schwarzer Spitze abgedeckt war, und sie hatte die Umhängetasche gegen eine kleine, rautenförmige Handtasche ausgewechselt, die mit Perlen aus Bernstein und Lapislazuli besetzt war.

»Ziemlich aufgedonnert fürs Abendessen, hm?« meinte Annie und wies mit dem Daumen auf ihre Zimmergenossin.

»Den ersten Eindruck macht man nur einmal«, meinte Angelica geziert. Sie stieß dieses unglaubliche Lachen aus und deutete auf etwas Dampfendes auf einer Warmhaltetheke. »Was soll denn *das* sein?«

Wir fanden einen freien Tisch in einer Ecke. Angelica war in sich gekehrt, stocherte im Salat und nippte Eiswasser. Ich war so müde, daß ich froh war, Annie die ganze Unterhaltung überlassen zu können. Sie plapperte in einem fort mit ihrer kehligen Stimme daher und verzehrte alles, was wir übrigließen.

»Meine erste Bewerbung wurde also abgelehnt«, sagte sie, nahm die Kruste von meiner Apfelpastete und steckte sie sich in den Mund. »Daher hab ich's noch mal im Frühjahr probiert. Wieder nichts. Aber dann hab ich's noch mal im Juli probiert, und *Bin*-go! Beim dritten Mal mußte es ja einfach klappen, und ich wurde angenommen.«

Angelica lächelte stolz, als wäre das ausschließlich ihr Verdienst. Wahrscheinlich war es das auch.

Wir brachen auf, als die Glocken des Schreins ein Viertel vor sieben schlugen, ein leises Läuten vor dem Hintergrund des klappernden Geschirrs und der angeregten Unterhaltungen. Diesmal ging Angelica voran, und es drehten sich mehr Köpfe nach ihr um als beim Hineingehen. Einige Leute riefen sie mit Namen an. Sie lächelte und winkte, blieb aber nicht stehen.

»Am besten gewöhnst du dich dran.« Annie stupste mich an. »Mit Angelica zusammen zu sein, ist ein erstaunliches Experiment. Ich brauche bloß irgendwo mit ihr aufzutauchen, und – *Wosch!* – schon bin ich unsichtbar.«

Draußen war der schwüle Nachmittag in einen leuchtenden Abend übergegangen. Der Himmel hatte die Farbe klaren blauen Firnisses angenommen. Ein paar unnatürlich helle Sterne trotzten dem gelbstichigen Licht der Campusbeleuchtung. Wir gingen schweigend dahin, und Annies Turnschuhe schlurften geräuschvoll durch das feuchte Gras. Es roch nach Matsch, Marihuanazigaretten und Rosen. Es war so warm, daß es mir so vorkam, als hätte ich keine Haut; als flösse das Blut aus meinen Adern unmittelbar ins sanfte blaue Licht hinaus. In der Ferne vernahm man Schlagzeuggetrommel aus einer Stereoanlage, Melodieinstrumente und Gesang hatte die Hitze fortgeschmolzen. Engel schauten von den Steinfassaden der Wohnheime und Lehrgebäude auf uns herab, und eine Gruppe Mönche in weißen Sommergewändern schlenderte über den grünen Rasen und schaute schweigend und dennoch irgendwie leutselig ein paar Studenten zu, die Frisbee und Hackeysack spielten. Vom Minarett der *Ma-es-Sáma*-Moschee erscholl ein klagender Ruf, und in den Ulmen gurrten die Tauben, die sich dort zur Abendruhe begeben hatten. Alles war unglaublich schön und wundersam. Wir näherten uns Reardon Hall und den hohen weißen Säulengängen der Colum Bibliothek und wechselten schließlich auf den Parkweg über.

»Dann hast du also mit Oliver zu Mittag gegessen, wie?« fragte Annie. Sie blieb stehen und zog die Turnschuhe aus, grub die nackten Zehen in den Rasen.

»Ja«, sagte ich. »Wie kommst du darauf?«

Annie zeigte auf Angelica. Ich schüttelte den Kopf. »Ich meine, woher kennst du Oliver?«

»Oliver? Ach, Oliver kennt doch *jeder*.« Annie gähnte und wischte sich eine Schweißperle von der Oberlippe. »Ich meine, sieh ihn dir doch bloß mal an. Das ist doch der Schwarm des ganzen ersten Semesters. Jemand aus meinem Kompositionsseminar hat ihn gestern abend zusammen mit Maxwell Rheining im Vigilant gesehen.«

»Und wer ist das? Was ist das Vigilant?«

Annie schaute Angelica an, die jedoch schwieg. »Das ist eine Schwulenbar im Südosten«, meinte Annie schließlich. »Max Rheining ist dieses Semester festangestellter Musiker am Pater Theater. Wenn du ihn siehst, würdest du ihn gleich erkennen.«

»Eine Transvestitenbar«, verbesserte Angelica sie. »Auf einem Hausboot am Potomac. Rheining arbeitet häufiger für New Yorker Bühnen. Er ist ziemlich bekannt.«

Ich bemühte mich, unbeeindruckt zu erscheinen. »Und Oliver kennt ihn also? Ich dachte, er wäre gestern erst angekommen.«

»Oliver ist ein ausgesprochen umtriebiger junger Mann«, sagte Annie.

»Und woher wißt *ihr* dann über das alles Bescheid?« beharrte ich.

Angelica schenkte mir ein verschmitztes Lächeln. »Merkst du jetzt, was dir entgeht, wenn du die Vorlesungen schwänzt?«

Annie lachte. Ich steckte die Hände in die Hosentaschen und blickte zum Schrein hinüber.

»Oh.« Auf einmal fühlte ich mich innerlich leer. »Na ja, ist bestimmt eine tolle Sache.«

»So, Sweeney.« Angelica rückte sich die Ohrringe zurecht und glättete das Oberteil ihres Kleids.

»Worüber hast du dich mit Oliver beim Essen unterhalten?« Ihr Ton war beiläufig, doch ihre Augen hefteten sich wie zwei Scheinwerfer auf mich.

»Ich weiß nicht. Über alles mögliche. Wo er aufgewachsen ist, halt sowas.«

»Das war alles?« Angelicas Augen weiteten sich noch mehr, und ihre Stimme hob sich zu einem schulmädchenhaften Quieken. »Sonst nichts? Er hat sich nicht nach *mir* erkundigt?«

»Ich glaube nicht.« Allmählich wurde ich sauer. Ich starrte zum Schrein hinüber und versuchte, mir eine Entschuldigung zurechtzulegen, um die beiden verlassen zu können. Ich hatte meinen Rucksack mit sämtlichen Büchern im Zimmer gelassen, daher konnte ich die Bibliothek kaum als Vorwand nehmen. Allerdings war mir auch nicht danach, allein zum Wohnheim zurückzugehen. Bevor ich etwas sagen konnte, mischte sich Annies heisere Stimme ein.

»Also, ich laß mir den Spaß ja nur ungern entgehen, aber ich muß mal ein bißchen arbeiten.« Sie blickte

Angelica mit hochgezogener Braue an. »Kommst du heut abend heim?«

»Eh sì, bella.«

»Okay.« Annie stand auf einem Bein, die Arme ausgebreitet wie ein auffliegender Vogel. »Ich wünschte, ich könnte dich zu diesem *pah-tay* begleiten, Angel, aber ...«

»O Mann ...« Ich blickte voller Abscheu auf mein T-Shirt, die schwarze Jeans und die dreckverkrusteten Cowboystiefel. »Den Empfang habe ich ja ganz vergessen! *So* kann ich da aber nicht hingehen ...«

Annie verharrte mitten im Flug und sah mich seltsam an. »Aber du kannst da sowieso nicht hin. Du gehörst doch nicht dazu, oder?«

»Wie?«

»Du bist kein Molyneux-Stipendiat.« Sie schaute erwartungsvoll zu Angelica und dann wieder zu mir; als könnte ich mich in den dazwischenliegenden Sekunden in jemand anderen verwandelt haben. »Nee ...«

Ich spürte, wie ich errötete. Vom Schrein erklangen die ersten Töne des Glockenspiels. »Ich werde nicht ...«

»Natürlich kann sie mitkommen«, meinte Angelica in beiläufigem Ton. »Sie ist mein *Gast;* ich meine, ich werde doch wohl einen Gast mitbringen dürfen, oder?«

Annie schniefte. »Da hast du mir aber was anderes erzählt ...«

»Das ist etwas anderes, Annie.« Obwohl Angelica lächelte, lag doch eine sanfte Drohung in ihrer Stimme: *Fang bloß keinen Streit an.* »Sweeney, Oliver und ich sind im gleichen Kurs.«

Annie wollte protestieren, dann zuckte sie die Achseln und schaute weg. »Wie du meinst, Angel.«

Damit war das Thema abgeschlossen. Mit einem zufriedenen Lächeln wandte Angelica sich zum

Schrein um; der gewaltige byzantinische Prachtbau hob sich scharf vom eindunkelnden Himmel ab, über der Kuppel standen ein paar vereinzelte Sterne. Auf einmal brach das ganze Gebäude in Flammen aus, als würde es von einem unsichtbaren Gegner im Tiefflug angegriffen. Ich schnappte nach Luft, und Annies Hand schoß vor, um mich zu beruhigen.

»Hey! Entspann dich, Mädchen – das ist doch bloß eine Lightshow …«

Das war es tatsächlich, doch so etwas hatte ich noch nicht gesehen. Es gab Scheinwerfer, Flutlichter, goldene, silberne und blaue Strahlen aus verborgenen Nischen. Die Glocke im Turm schlug siebenmal.

Bong. Bong. Bong …

Ich blickte mit wachsendem Unbehagen hinüber. Ich hatte das Gefühl, jeder, dem ich begegnete, spiele ein seltsames Spiel mit mir, von dessen Regeln mir niemand etwas erzählt hatte. Als ich jedoch Annie ansah, schärfte sich meine Besorgnis zu einer Klinge, die tief in mich eindrang. Denn Annie starrte Angelica an, und ihre Augen leuchteten vor Angst.

»Mußt du wirklich hingehen?« flüsterte sie. »Mußt du, Angelica?«

Angelica schien sie nicht gehört zu haben. »*Mußt* du?« wiederholte Annie.

Und jetzt geriet ich aus der Fassung. »Hey, Annie – alles in Ordnung?« Als ich sie berühren wollte, schüttelte sie mich ab.

»*Ich* habe jedenfalls noch nie gehört, daß dort Gäste zugelassen wären«, sagte sie kühl.

»Ach, kommt schon!« Angelica deutete mit dramatischer Gebärde zum hellerleuchteten Schrein hinüber. »Das ist für uns! Ich meine, für den Empfang – für uns alle, für die Ehemaligen und überhaupt. Das machen sie bei jedem Jahresfest der Ehemaligen …«

»Und wenn wir beim Hockey gewonnen haben«, fauchte Annie. »Jetzt mach aber mal halblang,

Angel.« Sie wirbelte auf den Fersen herum. »Bring sie bitte um Mitternacht nach Hause, ja, Sweeney? Ich möchte nicht, daß sie mich im Morgengrauen weckt.«

»*Ciao*, Annie!« rief Angelica.

»Tschau, tschau, tschau«, echote Annie und stapfte zur Bibliothek hinüber.

»Die Lichteffekte sind wirklich für uns«, meinte Angelica, als wir dem Schrein den Rücken zuwandten und uns in Bewegung setzten. Der Nachhall des Glockenspiels hing noch in der schwülen Luft. »Das kostet tausend Dollar pro Nacht. Der Empfang wird *toll* werden.«

Ich seufzte. »Ich weiß nicht, Angelica. Ich hab soviel zu arbeiten, und …« Ich deutete auf mein T-Shirt und schlurfte mit den Stiefeln durchs Gras. »Ich weiß wirklich nicht, ob mir danach ist.«

Angelica faßte mich bei der Hand. Sie zog mich hinter sich her auf eine schmale Zufahrt, die zu einem baumbestandenen Hügel führte, auf dem ein einzelnes Kuppelgebäude in der Dunkelheit schimmerte. Der Wind führte den süßen Moschusduft ihres Parfüms mit sich, ein Geruch nach Sandelholz und Orangen. »Ach Gott, Sweeney, komm schon! Und mach dir keine Sorgen, du siehst gut aus, ausgesprochen *lässig*. Außerdem«, setzte sie mit ihrem eigentümlich klaren Lachen hinzu, »wird dir schon niemand zu nahe treten. Ich begleite dich ja.«

Garvey Hall lag am anderen Ende des Campus, auf der Anhöhe, die als ›Grabhügel‹ bezeichnet wurde. Die geborstene Betonstraße schlängelte sich durch Weißeichen und ein Gewirr von Sumachsträuchern, durch deren Blätterwerk der trübe gelbe Schein von alten metallenen Laternenpfosten fiel. Wir sahen ein paar andere Leute, die sich den Weg hinaufschleppten – Paare mittleren Alters in Abendkleidern; Studenten in preiswertem Festtagsputz, bekleidet mit fleckigem Samt und Seide; eine großgewachsene Schwarze in kunstvoller afrikanischer Stammestracht. Ein junger Mann in einem verstaubten Smoking schaute zweimal hin, als er Angelica sah, und drehte sich sogar nach ihr um, so daß er gegen einen Baum stieß. Angelica tat so, als habe sie es nicht bemerkt, doch als wir um eine Biegung kamen, brach sie in Gelächter aus.

»Bei denen bestimmt wirklich der Schwanz das Denken, findest du nicht?«

»Bei dem hat er jedenfalls den Gang bestimmt.«

Sie kicherte, neigte den Kopf und schaute mich mit geschürzten Lippen an.

»Darf ich?« fragte sie und strich mir sanft das Haar von den Schläfen. »Weißt du, Sweeney, du solltest dir die Haare schneiden lassen.« Von ihrer Berührung bekam ich eine Gänsehaut. »Wirklich. Du hast so wunderschöne Augen, die würden besser zur Geltung kommen, wenn du kürzeres Haar hättest. Wenn du möchtest, mache ich das für dich.«

Ich lachte verlegen. »Na ja, mal sehen. Vielleicht am Wochenende. Ich denk mal drüber nach.«

Angelica sah mich weiter an, mit einem durchdringenden und dennoch irgendwie falschen Blick. Ich schaute weg und sagte schließlich lahm: »Hör mal, wegen dieser Party – ich komme mir bloß ein bißchen falsch gekleidet vor, das ist alles.«

»Ich hab dir doch gesagt, du bist mein Gast.« Ihre Stimme nahm den gleichen Tonfall an wie eben bei Annie: ungeduldig, unterschwellig drohend. »Also, Sweeney – kommst du nun mit oder nicht?«

Sie packte mich, nicht grob, aber doch mit deutlichem Nachdruck. *»Kommst du mit?«*

Ich schluckte, machte mich aber nicht los. Wenige Zentimeter vor meinem Gesicht waren ihre großen Augen, die im schwefligen Licht die Farbe von Topas angenommen hatten. Ich straffte mich, leistete ihr

Widerstand. Hätte sie mich losgelassen, wäre ich bestimmt hingefallen.

»Kommst du mit?«

Ihre Worte hingen in der Luft. Doch dann vernahm ich einen anderen Laut, das leise, klimpernde Echo eines berstenden Glasharmoniums, dessen spröde Klänge sich im Verhallen mit Angelicas Stimme verbanden.

»Kommst du mit?«

Sie ließ mir die Wahl, bot mir eine Art Übereinkunft an. Genau wie Olivers Eröffnungsfrage war dies eine Art Test – doch *worauf* bezog sich dieser Test?

Das Klimpern wurde lauter. Als Kontrapunkt dazu erhob sich ein anderer Laut, das bebende Seufzen des Windes in verdorrtem Unkraut. Angelicas Griff wurde fester, und sie zog mich an sich, bis ihre Körperwärme mich einhüllte. Ihr Parfüm war überall, moschusartig und süß. Das Geräusch ihres Atems nahm der Wind mit sich fort.

»Sweeney«, flüsterte sie. »Kommst du mit?«

Ich wollte etwas erwidern, fühlte mich aber zu schläfrig, um zu sprechen, zu schläfrig, um etwas anderes zu tun, als mich ihrer Umarmung hinzugeben. Der Kopf sank mir zurück, bis ich zum Himmel hochschaute, an dem der Nachschein des Sonnenuntergangs mittlerweile verblaßt war und der das leuchtende Purpur von Hyazinthen angenommen hatte. Der Mond war aufgegangen – eine schmale Sichel mit einem silbrigen Rand von Wolken, die sich an seinen geschwungenen Zacken zusammenballten, und daneben ein einzelner bleicher Stern. Die Laternen verliehen allem eine seltsame Sepiatönung. Der Mond und das fallende Laub und selbst unsere Schatten wirkten wie ausgestreut auf der verblaßten, staubigen Oberfläche einer alten Fotografie – alles, mit Ausnahme von Angelica.

Sie war so viel strahlender und *wirklicher* als alles

andere. Ich fühlte ihre Arme, die sie um mich geschlungen hatte, fühlte ihr Haar, das an meine Wange geweht wurde, und roch ihr Parfüm, das sich mit dem Geruch modernden Laubs und feuchter Erde mischte. Das Rauschen des Windes in den Bäumen schwoll an, der Geruch nach Sandelholz und Orangen stieg mir in die Nase, bis alles miteinander verschwamm: der Mond, der durch mein Gesichtsfeld zog, Angelicas warmer Atem, der sanfte Druck ihrer Hände und die Schönheit und Fremdartigkeit der Göttlichen verbanden sich miteinander und überwältigten mich, während sich die Nacht um uns herabsenkte.

Kommst du mit?

Ich schloß die Augen. Auf der Zunge schmeckte ich eine erdige Süße, und fast meinte ich, Holzrauch zu riechen, den Geruch brennenden Laubs. Ich schlug die Augen auf und lächelte, wandte halb den Kopf, um Angelica ins Gesicht zu schauen. Ich spürte ihre Nähe ebenso deutlich wie die Kälte des Winds.

Doch ich erblickte nicht Angelica. Was ich erblickte, ließ mir den Atem stocken.

Da war eine Frau im Mond. Ich sah sie so deutlich, als wäre sie mein eigenes Spiegelbild. Ein Gesicht voller Gelassenheit, mit den alterslosen Zügen einer toltekischen Skulptur – üppige Lippen, lange, mandelförmige Augen, hohe, gerundete Wangenknochen. Ihre Augen waren halb geschlossen, und ihr Mund wiederholte den Schwung der Mondsichel, die auf ihrer Stirn funkelte. Milchiges Licht überschwemmte sie, so daß mir war, als schaute ich ein Gesicht in tiefem Wasser an, eine zerbrochene Karyatide, die darauf wartete, aus der Tiefe emporgeholt zu werden. Das Gesicht war wunderschön, doch was seine Schönheit ausmachte, war die vollkommene Ruhe, das überwältigende Gefühl, daß in Äonen sie allein sich niemals dem Fluch und dem Wüten der Zeit, der

Lust und des Todes gebeugt hatte. Ich hatte das Gefühl, ich könnte sie ewig so anschauen und mich in Stein und Asche verwandeln, ohne daß es mir etwas ausmachen würde.

Doch dann verwandelte sich die Frau. Zunächst ihr Haar, dessen wolkige Fülle sich in Dunkelheit auflöste, bis nur noch ein paar helle Strähnen übrig waren. Dann verhärteten sich die runden Konturen ihres Gesichts. Der Mund wurde schmal und verkniffen. Unter der Oberlippe ragte eine Zahnreihe hervor – weiße Zähne, funkelnd wie Eis, unnatürlich lang und nadelscharf. Ganz langsam teilte sich der Mund zu einem Lächeln. Hinter der Zahnreihe lag eine bedrohliche Dunkelheit, wie ich noch keine gesehen hatte: sternenlos, formlos, ohne den leisesten Lichtschimmer darin.

Und dann begann der Mond zu brennen, nicht hell, sondern in Form von stumpfroten Wolken, die darüber anschwollen, als hätte man den Mond auf einen kokelnden Scheiterhaufen gestellt. Entsetzt sah ich mit an, wie die blutroten Wolken größer wurden und schließlich zu einem giftig-schwarzen Dunst zerbarsten. Der zarte Mondbogen brach in sich zusammen. Dort, wo er eben noch geleuchtet hatte, war auf einmal – nichts mehr, nur das riesige Gesicht mit den geschlossenen Augen und der seufzende Wind.

Ich zitterte wie im Krampf. Ich fühlte, wie mir das Blut in den Schläfen pochte, fühlte Angelicas Arme, die sie um mich geschlungen hatte, kalt und ebenso unnachgiebig wie Eisen, und hörte ihren Atem. Mein Gesichtsfeld aber wurde ausgefüllt von dem furchtbaren Gesicht, das den ganzen Himmel einnahm: Augen wie verkohlte Löcher, der Mund eine tosende Leere. Mein Entsetzen war so tief, so scharf und rein und kalt, daß es beinahe lustvoll war. Eine Zeitlang war alles so still, daß ich meinte, wir könnten auf ewig so verharren, erstarrt unter diesem unnahbaren, schlafenden Gesicht. Und dann schlug es die Augen auf.

Ich schrie auf; zumindest versuchte ich es. Angelica packte mich jedoch so fest, daß ich keinen Laut hervorbrachte. Über uns schwebte das Gorgonenhaupt, riesig, gierig und geduldig. Abermals verbrannte der Mond seine Stirn mit einem harten, silbernen Schein. Sein Haar floß über den Himmel, sein Mund klaffte immer weiter auf, bis ich meinte, er wolle uns verschlucken. Am furchtbarsten waren jedoch die Augen.

Denn das waren keine Gorgonenaugen. Als sich die schweren Lider hoben, erblickte ich statt dessen in diesem schrecklichen weißen Gesicht warme Augen, blau und strahlend wie das Herz des Sommers. Von dem Anblick bekam ich weiche Knie. Selbst Angelica schnappte nach Luft. Sie ließ mich los, und ich fiel weinend zu Boden.

Den Gorgonenblick hätte ich ertragen, hätte geschaudert und mich gegen eine alptraumhafte Vision von Hekate, Kali oder Kirke zur Wehr gesetzt. Dies aber war unerträglich.

Denn das war meine *Mutter*. Das waren *ihre* Sommeraugen, die auf mich heruntergeblickt hatten, wenn sie mich morgens weckte, mich von der Schule abholte und als sie sich vor Rossetti Hall von mir verabschiedet hatte. Gleichzeitig erblickte ich dort aber auch Angelica. Angelica, wie ich sie zum erstenmal im Eingang des stickigen Seminarraumes gesehen hatte, Angelica, wie sie zum Schrein hinübergeschaut hatte, als er in Flammen ausgebrochen war. Ich weinte, überwältigt von einer so ursprünglichen, tiefen Sehnsucht, wie ich sie noch nie verspürt hatte.

Und die Frau im Mond schaute auf mich herunter. Auch ihre Augen schwammen von Tränen, ihre Wimpern senkten sich, während ihr Mund immer größer und größer wurde, bis ich meinte, in SIE hineinzustürzen. Um mich herum waren Hitze und Feuer, der Geruch von verbranntem Holz und Stoff und Asche. Mein Haar brannte, meine Kleidung zerfiel zu Asche, und meine Hände verwandelten sich in brutzelnde Knochen, während ich laut weinend nach IHR zu greifen versuchte. Denn SIE war meine Mutter. SIE flüsterte meinen Namen, den einzigen Namen, den meine Mutter mir gegenüber je gebraucht hatte, noch während SIE mich verschlang…

»*Katie… Katie… Katie…*«

…und in IHRER lodernden Umarmung zischten die Tränen auf meinen Wangen, mein Haar und meine Haut waren bloßer Rauch…

»…Sweeney! Sweeney – *bitte!*«

Vor mir hockte Angelica. Ihr Gesicht wirkte im Licht der Straßenlaternen grünlich. Ich hustete, wedelte mir unsichtbaren Rauch aus den Augen. »Schon gut, schon gut. Aber, Angelica – hast du… hast du das gesehen?«

Ihre Augen weiteten sich, und sie schüttelte den Kopf. »Ich dachte, du hättest einen *Anfall*«, sagte sie. »Du bist doch… na ja, du bist doch nicht etwa Epileptikerin oder so was?«

Ich starrte sie ungläubig an. »Nein, ich bin *keine* Epileptikerin. Hast du nicht – ich meine, Angelica, *was zum Teufel war das?*«

Angelica gab keine Antwort. Der Nachthimmel war wolkenlos, zumindest über dem Gespinst aus Hitze und Rauch, das über uns hing wie das Gespenst eines anderen, älteren Orts.

»Was war was?« fragte Angelica leise. »Ich meine… du hast… na ja, du warst ein bißchen weggetreten.«

Ich schaute sie von der Seite an: ihr bleiches Gesicht, die Art, wie sie von mir wegsah und dann wieder zu mir hin, mit einem Blick, der wie ein flacher Kiesel über kaltes Wasser hüpfte.

Ein bißchen weggetreten.

Sie log. *Irgend etwas* war geschehen, aber bloß was? Wer konnte das sagen? Ich konnte es nicht; aber Angelica vielleicht auch nicht. Ich atmete tief durch und zwang mich, wieder zum Himmel emporzusehen, zu dem Gesicht, das ich eben dort erblickt hatte, zu dem Mond, der wie ein Spiegelbild meiner tiefsten Ängste und Sehnsüchte gewesen war.

Es war verschwunden. Ach, der Mond war noch da, das ja, aber nicht *Die Mondin:* bloß ein weißlicher Schemen über den Bäumen. Da waren keine Sterne, keine Augen; nur diese bleiche Narbe im verletzten Himmel. Vor meinen Augen ergriff ein dicker brauner Dunst davon Besitz, langsam, aber unaufhaltsam, bis auch der Mond verschwunden war. An der Stelle, wo er eben noch gewesen war, drang vor dem Hintergrund der dräuenden Finsternis matter Feuerschein aus einem Wolkenfetzen hervor.

»Nein«, flüsterte ich. Als ich Angelica anschaute, merkte ich, daß sie mich beobachtete, aufmerksam und ohne eine Spur von Angst. Sie öffnete den Mund, und einen Augenblick lang dachte ich, sie wolle mir eine Erklärung geben oder sich zumindest entschuldigen. Doch dann sah sie bloß wieder weg.

Gleich darauf sprach sie mich leise an, flehentlicher als zuvor. Sie zog mich an sich, legte mir die Hände auf die Schultern und flüsterte: »Möchtest du immer noch mitkommen?«

Ich schwieg und schaute mit geschlossenen Augen zum Himmel empor, lauschte und wunderte mich, wie ich jemals hatte meinen können, nachts sei es still. Ferner Verkehrslärm, weitentferntes Gelächter und in größerer Nähe Stimmen und klagendes Sirenengeheul, das im Blätterrauschen unterging.

Und abermals spürte ich die leise, unheimliche Musik, ich spürte sie wirklich eher, als daß ich sie hörte – ein tiefer, wilder Klang, der durch mich hindurchsummte und meine Brust zum Schwingen brachte, als wäre ich eine Trommel. Ich zitterte, vor Angst und vor Erwartung und Sehnsucht. Das ganze Hochgefühl und all die Ungewißheit der letzten Tage verdichteten sich zu einem einzigen Gedanken, zu einem kleinen, kalten Kern, der eines Tages bersten und die Erklärung für das, was da vor sich ging, freigeben mochte. Ich hatte einen Blick erhascht auf das, was hinter alledem stecken mochte, eine Eingebung, die mir sagte: *Ja, da geht wirklich irgend etwas vor*, und *Ja, du kannst jetzt noch aufhören, wenn du Angst hast*, und *Ja, das ist wirklich nicht mehr dein Leben*.

Denn in meinem Leben sprach mich der Mond nicht mit meinem Namen an. Ich hatte keine nächtlichen Engelserscheinungen, die ihre Federn auf dem Boden zurückließen. Keine übernatürlich schönen Jungen und Mädchen bemühten sich um meine Freundschaft, und ich hörte keine ferne Musik wie von Knochen und Flöten. In meinem Leben hätte ich Angelicas Hände sanft von meinen Schultern genommen, dann hätte ich kehrtgemacht und wäre den Grabhügel hinuntergestapft. Ich hätte entweder meine Eltern angerufen oder wäre auf mein Zimmer gegangen, um zu lernen, oder ich hätte neue Freundschaften geschlossen, mit anderen Außenseitern wie Annie und ich, die man irrtümlich in die Göttliche aufgenommen hatte.

Doch das war nicht mehr mein Leben. Das wußte ich. Denn ich nickte bloß und hob die Hände, bis sie sich um Angelicas Hände schlossen.

»Ja«, flüsterte ich, und meine Finger umkrampften ihre Handgelenke. Der Klang von Knochen und Flöten erstarb, als sich uns über den Weg Gelächter näherte. »Ich komme mit, Angelica. Natürlich komme ich mit, das weißt du doch.«

6. KAPITEL

Der Empfang

Garvey Hall war eine Villa im italienischen Stil, mit einem Kuppeldach, erbaut in der Mitte des achtzehnten Jahrhunderts, mit spiralförmig gewundenen Säulen und krummen Zedern, die sich an die rissigen Wände drängten.

»Schau dir das an.« Angelica seufzte verzückt. »Das kommt mir vor wie eine Szene aus *Les Enfants du Paradis*.«

Ich fand, es sah eher aus wie eine LSD-Erscheinung, doch Angelica hielt sich nicht damit auf, über Architektur zu diskutieren. Statt dessen eilte sie an etwa einem Dutzend Leuten vorbei, die auf dem Vorplatz herumstanden, hinein in die überfüllte Vorhalle.

Ich zögerte. Drinnen sah ich nur Zigarettenqualm, Scharlachrot und Gold, mit schwarzen und weißen Einsprengseln darin, dort, wo smokingbekleidete Männer beieinanderstanden und die Köpfe zusammensteckten.

Da kann ich nicht reingehen, dachte ich. Angelica war jedoch schon drin, sie lächelte und nickte. Daher beeilte ich mich, zu ihr aufzuschließen. Meine Stiefelabsätze klackerten laut über den Parkettboden. Ich erwartete, daß mich jemand aufhalten, mich zur Rede stellen, meine Einladung würde sehen wollen.

Annie hatte offenbar recht gehabt, als sie gemeint hatte, in Angelicas Nähe werde man unsichtbar. Niemand schien mich zu bemerken.

»Tu einfach so, als würdest du dazugehören«, flüsterte Angelica mir zu, als ich an einem betagten

Monsignore vorbeipolterte, der sich gerade mit einem jungen Mann in einem Kilt unterhielt.

»Ja, *klar*«, murmelte ich, doch Angelica grinste bloß. Der Monsignore zuckte verärgert zurück, als wir uns mit den Ellbogen einen Weg bahnten, doch als er sah, daß Angelica ihn erhaben anlächelte, strahlte er.

»Hallo, meine Liebe«, murmelte er. Der Junge im Kilt musterte sie abschätzend, dann wandte er sich wieder seinem Gesprächspartner zu. Wir gingen weiter.

Es war ein gewaltiger runder Raum, mit Wänden und Säulen aus falschem Marmor, Parkettboden und einem Fries von Phantasiegestalten, der sich am Rand der hohen Kuppeldecke entlangzog. Von irgendwoher ertönten die lieblichen Melodien eines Streichquartetts. Es gab keine Klimaanlage, und die Hitze und die Feuchtigkeit wurden noch verstärkt vom Qualm. Ich hatte das Gefühl, durch einen warmen, grauen Teich zu waten, davongeschwemmt von den Strömungen teuren Pfeifentabaks und den Ausdünstungen etwa siebzehn verschiedener exotischer Zigarettensorten, darunter die Aromen von Gewürznelke, Kampfer und offenbar auch Haschisch. Jedermann lächelte Angelica zu, ein paar begrüßten sie auch mit Namen. Einige Leute lächelten sogar *mich* an. Ich erwiderte ihr Lächeln und bemühte mich, meinen ganzen Charme und all meine Ausstrahlung in die Zähne zu legen, damit sie nicht meine Kleidung bemerkten.

Nach Oliver hielt ich vergeblich Ausschau. Mir fiel ein, was er über die Molyneux-Stipendiaten gesagt hatte …

»Was sind sie?«

»Sie sind Magier …«

Dies hier wirkte jedoch eher wie eine Versammlung sehr reicher, exzentrischer Ehemaliger und einiger verlegener Studienanfänger und Fakultätsangehöriger. Und was immer die Molyneux-Stipendiaten auch sein mochten, den Begriff *Abendkleidung* legten sie jedenfalls recht weitherzig aus. Ich sah Smokings jeglichen Alters sowie konventionelle Anzüge, Abendkleider, perlenverzierte Miniröcke, Stammestrachten, Kimonos, samtene Jarmulkas und alle möglichen Arten von geistlichen Gewändern, unter anderem auch eine Frau mit einem Kardinalsbirett und Dalmatika. Allerdings sah ich niemanden mit einem blauen T-Shirt und in die abgetragenen Cowboystiefel gestopften schwarzen Röhrenjeans.

»Ich komme um vor Durst«, verkündete Angelica. Sie blieb stehen, strich sich das Kleid über den Schenkeln glatt und spähte durch den Qualm. »Komm mit…«

Die Bar war ein langes Ding aus Mahagoni und Messing, das von einem Kreuzfahrtschiff der zwanziger Jahre hätte stammen können. Dahinter schenkte eine Phalanx gehetzter Erstsemester in schlechtsitzenden weißen Jacketts Drinks ein und entkorkte Champagnerflaschen. Ich besorgte mir einen Wodka Tonic; Angelica entschied sich für ein Flötenglas mit Mineralwasser. Dann gingen wir zum Ende der Bar und sicherten uns ein Fleckchen an der Wand. Angelica lehnte sich zurück, so daß ihr das Kleid die Beine hochrutschte, die Strümpfe und die hochhackigen Schuhe pechschwarz vor dem Hintergrund der cremefarbenen Marmorbemalung. Ich stellte mich neben sie und kippte den Wodka Tonic hinunter.

»Nette Gesellschaft«, sagte ich, die Eiswürfel zermalmend. »Glaubst du, daß Oliver kommt?«

Angelica hob die Schultern, doch mir fiel auf, wie ihr Blick durch den Raum hin und her huschte. Ich überlegte gerade, ob ich mir noch einen Drink holen sollte, als ich eine einzelne untersetzte Gestalt ausmachte, die Zigarette rauchend an einem mittelalterlich aussehenden Wandteppich lehnte.

»Hey! Das ist doch der Typ aus Warnicks Vorlesung – wie heißt er gleich noch…«

Angelica wandte sich rasch um, dann nickte sie enttäuscht. »Ach, *der*. José Malabar. Bei der Einführung hat er sich bei mir mächtig ins Zeug gelegt. Er ist Pendler, lebt in D.C. bei seinen Eltern.«

»Und *der* ist Molyneux-Stipendiat?«

»Ja – genau wie einer seiner Brüder. Hat Englisch als Hauptfach. Schreibt Gedichte. Ein paar hat er mir gezeigt.«

Ich klimperte mit dem letzten Eiswürfel in meinem Glas. »Taugen sie was?«

Angelica schnitt eine Grimasse. »Nicht mein Fall. Aber ganz okay.«

Ich schaute wieder zu dem dunklen Typ hinüber. Er nickte und hob grüßend die Zigarette.

»Also, ich hole mir noch einen Drink«, sagte ich. »Soll ich dir was mitbringen?«

»Später vielleicht. Ich geh dann selbst.«

An der Bar lächelte ich verlegen die Studenten an, welche die Getränke einschenkten.

»Kennst du die?« fragte einer und zeigte mit dem Daumen auf Angelica.

Ich nahm meinen Wodka Tonic und stürzte ihn fast in einem einzigen Zug hinunter. »Klar.«

»Hm.« Er starrte bewundernd zu Angelica hinüber, dann schenkte er mir ein strahlendes Lächeln. »Da bist du ja mit 'nem richtigen Prachtexemplar befreundet, Schwester. Nimm dir noch einen.« Ich tauschte das leere Glas gegen ein volles aus und entfernte mich. Angelica war in die Mitte des Raumes geschwebt und hatte sich in eine Unterhaltung mit einem weißhaarigen Mann vertieft, der ihr Großvater hätte sein können. Ich drehte mich um und ging zu der gobelingeschmückten Wand.

»Hallo«, sagte ich. José Malabar wirkte verblüfft. »Du bist José. Du gehst auch in Warnicks Vorlesung, stimmt's?«

Er nahm einen tiefen Zug von der Zigarette und beäugte mich mißtrauisch. Er war in meinem Alter, kräftig gebaut und hatte olivfarbene Haut, dunkles, glattes Haar, das ihm über die Ohren fiel, und kleine, mandelförmige Augen. Er trug einen alten schwarzen Anzug über einem offenen weißen Hemd voller Brandlöcher und Aschestaub.

»Joe«, antwortete er schließlich leise. Seinen Akzent konnte ich nicht einordnen. »Baby Joe.«

»Baby Joe.« Ich nickte und hob das Glas. »Ich bin Sweeney Cassidy.«

Er starrte mich durch eine graue Qualmwolke hindurch an. »Yeah«, sagte er schließlich. »Sweeney. Ich kenne dich. Du hast dich doch heute morgen von der Schönen und dem Tier abschleppen lassen.« Er brach in Gelächter aus, ein kindliches, schnaufendes Gekicher, und streckte die Hand nach meinem Glas aus. Ich lächelte verlegen und gab es ihm. Er nahm einen Schluck und prostete mir spöttisch zu. »Was machst du denn hier?«

»Ich bin mit Angelica gekommen.«

»Hm.« Baby Joe runzelte die Stirn, dann kippte er den Rest meines Drinks hinunter. »Yeah, die kenne ich auch. Die ist in Ordnung. Aber du bist keine von *denen*.«

»Wen meinst du damit?«

Baby Joes Tonfall war spöttisch. »Du weißt schon. Die *Benandanti. Brujos*.«

»Nein.« Ich blickte mich unbehaglich um, dann stellte ich das leere Glas auf den Boden. »Ich meine, ich glaube nicht. Heute habe ich das erste Mal von denen gehört.«

»Das ist gut.« Er ließ seine Zigarette fallen. »Ich kann sie nämlich nicht ausstehen.«

Er sah zu Boden und wartete, bis die Zigarette ein kleines, schwarzes Loch in das Holz gebrannt hatte; dann drückte er sie mit einem schmutzigen, hochgeschlossenen Turnschuh aus, der mit Isolierband geschnürt war. Die Turnschuhe paßten zu dem formlosen Anzug, der trotz seines kräftigen Körperbaus sackartig an ihm herunterhing. Am Revers hatte er einen kleinen roten Anstecker. Ich las blinzelnd die winzigen Buchstaben.

ES GEHT DICH EINEN SCHEISSDRECK AN,
WAS HIER STEHT.

Ich lachte, doch Baby Joes Miene blieb rätselhaft verschlossen. Er klopfte eine neue Zigarette aus seiner Packung, dann begann er übertrieben langsam zu sprechen.

»Ich will dir mal was sagen, Sweeney Cassidy.« Er redete so laut, daß sich mehrere Leute zu uns umdrehten. »Du hast hier nichts verloren. Dieser Stipendiatenscheiß ist gefährlich, *di ba?*«

Ich lief vor Verlegenheit rot an und schaute auf meine Stiefelkappen hinunter, doch Baby Joe schien die Blicke der anderen zu genießen.

»Du und deine Barbiepuppe dort drüben, ihr meint, das wär so ein Studentenspaß, aber in Wirklichkeit werdet ihr aufs Kreuz gelegt.«

Er hielt inne und starrte zwei ältere Frauen, die mit gerunzelter Stirn zu uns herschauten, unverschämt an. »IHR – WERDET – HIER – AUFS – KREUZ – GELEGT.«

Die Frauen wandten sich angewidert ab. Baby Joe lächelte, dann schaute er mich an und setzte hinzu: »Und unser Freund Oliver? *Talagang sirang ulo* – ein verrücktes Arschloch! Demnächst wird er noch einen Einkaufswagen über die Vierzehnte Straße schieben. Der ist verrückt, seine ganze Familie ist verrückt. Mein Bruder hat mit seinem Bruder hier studiert, Walter hieß er …«

»Waldo.«

»Egal. Er war durchgedreht, total hinüber, *di ba*? Wollte einen Lehrer vergiften, der ihn hat durchfallen lassen. Mit Rattengift. Einmal hat er meinen Bruder mit einem Pfeil angeschossen.«

»Aber jetzt ist er buddhistischer Mönch.«

»Das paßt. Diese Typen« – er deutete geringschätzig auf die gutgekleidete Menge um uns herum – »diese Typen haben meinen Bruder schon vor Jahren drangekriegt, *di ba*? Als wir noch in Manila lebten, war meine Mutter eine *bruja,* eine... Hebamme und... na ja, sie machte auch noch andere Sachen... aber dann bekam sie Krach mit dem Chauffeur von Präsident Marcos, und dann wurde es schwer für uns. Mein Vater ist an *bangungot* gestorben – weißt du, was das ist? Schlechter Zauber, Mädchen, ganz schlimm – und wir mußten Manila verlassen, gleich das ganze beschissene Land. Mein Onkel lebt in D.C., und so sind wir hier gelandet, aber dann kam er irgendwie mit *denen hier* in Verbindung, und meine Mom ist voll auf diese Kacke abgefahren. Und mein Bruder Nestor, den halten sie für einen *brujo,* sie machen irgendwelche Prüfungen mit ihm, und irgendwann kriegt er dann ein Stipendium.«

Er schüttelte den Kopf und kicherte vor sich hin. »›Religiöse Studien.‹ Aber das ist nun mal der einzige Weg ans College, *di ba,* wer wird denn da nein sagen?«

Ich nickte, als wäre das alles vollkommen normal. »Und was macht dein Bruder jetzt?«

»Er spielt in dieser Band, Euthanasia. Hin und wieder treten sie im Atlantis auf.« Er seufzte. »Ich bin bloß deshalb hier, weil ich ein volles Stipendium kriege. *Niemand* gibt Dichtern ein Stipendium.«

Er hob nachdenklich den Blick. »Und was machst du hier, *hija?* Wie kommt es, daß du bei den beiden gelandet bist?«

Ich zuckte die Achseln und scharrte mit der metallenen Stiefelkappe über den Boden. »Ich weiß nicht. Sie haben mich in Warnicks Vorlesung angesprochen.«

»Hm. *Angesprochen.*«

Baby Joe machte ein angewidertes Gesicht, als handelte es sich um eine klar zu durchschauende abgekartete Sache. Doch er sagte nichts mehr, schaute bloß mit verschleiertem Blick durch den Raum.

Ich verstummte. Ich starrte auf meine Füße und überlegte, ob ich den Abend abschreiben und mich davonstehlen sollte. Wem ich auch begegnete, allen schien klar zu sein, daß ich nicht auf diesen Empfang gehörte; daß ich nicht zu Angelica gehörte und wahrscheinlich auch nicht auf die Göttliche. Nach den drei Wodka Tonic fühlte ich mich weinerlich und deprimiert. Ich dachte an meine Eltern, daran, wieviel es sie kostete, mich hierher zu schicken, wieviel sie sparen würden, wenn ich nach Hause zurückkehrte und zur SUNY Purchase überwechselte. Ich dachte an die Vorlesungen, die ich versäumt hatte, und an den *Goldenen Esel*, den ich nicht las.

»Mist«, sagte ich leise. Ich schaute hoch, in der Hoffnung, ich würde Angelica sehen oder vielleicht sogar Oliver. Doch da war bloß Baby Joe, rauchend und vor sich hin brütend wie ein Nebendarsteller in einem schlechten französischen Film. Angelica war anscheinend verschwunden, und Oliver würde wohl nicht mehr kommen.

Daher wandte ich mich wieder der Party zu, die ohne mich ablief; und auf einmal erblickte ich Professor Warnick. Inmitten all der Extravaganz wirkte er lächerlich klein und fade mit seinem perlgrauen Anzug und der gestreiften Krawatte. Das dunkle Haar hatte er zurückgekämmt. Er betrachtete die Menge mit undurchdringlicher Miene, die blauen Augen schauten wachsam, aber gelassen.

Doch wovon sich meine Nackenhaare aufrichteten,

das war der ungewöhnlich große Mann, den ich am Morgen kurz vor Reardon Hall gesehen hatte. Jetzt trug er statt des einfachen Capes Gewänder, die an eine unheimliche Liturgie erinnerten. Die Purpurfarbe des Stoffs war so tief und satt, daß er beinahe schwarz wirkte, jedoch mit einem Glanz, der das Licht auffing und als phosphoreszierenden Schimmer zurückwarf. Die Gewänder umwogten seine ausgemergelte Gestalt, Ärmel und Saum waren mit goldenen Schnüren, Kordeln und Troddeln besetzt. Es hätte lächerlich wirken sollen, *die Herzogin von Malfi meets Star Trek*; doch das tat es nicht. Es wirkte erschreckkend.

»Hey, Baby Joe«, krächzte ich.

Als sich die Gestalt umdrehte, blieben mir die Worte im Halse stecken. Das kapuzenverhüllte Gesicht bewegte sich ruckartig hin und her, als nähme ein blinder Jagdhund Witterung auf, und ich wich an die Wand zurück. Ich erinnerte mich an die Gestalten, die ich in der Nacht zuvor in meinem Zimmer gesehen hatte. Dieser Mann hätte eine von ihnen sein können, doch er wirkte noch erschreckender, denn außer mir nahm keiner Notiz von ihm. Er war gut drei Köpfe größer als Professor Warnick – abgezehrt, mit hin und her pendelndem Kopf, die Gewänder wie Laken im Wind.

»Baby Joe«, zischte ich, doch Baby Joe hörte mich nicht. Er schaute geistesabwesend in den Raum und nickte im Takt einer Musik, die er allein hörte. Die Zigarette in seiner Hand war erloschen. Ich wollte ihn berühren, hielt dann aber inne.

Das war verrückt. Entweder lag es am Wodka oder an meinen Nerven oder einfach an schlechten Schwingungen, daß ich mich so verhielt, als hätte ich den Verstand verloren oder zumindest den Teil davon, der mir hätte sagen können, wie ich mich auf einer Party, in die ich zufällig hineingeplatzt war, verhalten sollte. Ich atmete tief durch und zwang mich hochzuschauen.

Professor Warnick und sein Begleiter waren verschwunden. Ihren Platz nahm jetzt eine Gruppe lärmender Erstsemester ein, die anscheinend geradewegs von einer feuchtfröhlichen Veranstaltung gekommen waren. Ich schaute umher, denn irgendwo mußte die große, ausgemergelte Gestalt doch sein; aber sie war verschwunden. Als wäre sie nie dagewesen.

Meine Angst verwandelte sich in trunkene Langeweile. Ich beobachtete die lachenden Studenten und kämpfte gegen meinen Neid und meinen Kopfschmerz an. Schließlich wandte ich mich zu Baby Joe um und sagte: »Dann wohnst du also in D.C.?«

»Häh?« Baby Joe zuckte zusammen, schaute überrascht auf seine erloschene Zigarette, dann blickte er mißtrauisch in die Menge. »Hey, *hija* – ist das nicht Barbie? Dort drüben bei der berühmten Professorin?«

Ich drehte mich um und erblickte Angelicas schimmerndes, kastanienbraunes Haar, das für einen Moment auf Wogen aus schwarzen Krawatten und Seide zu schwimmen schien. Sie unterhielt sich angeregt mit einer Frau, die sich ständig über die Schulter umsah und Angelica bedeutete, näher zu treten.

»Die da?«

Baby Joe nickte. »Yeah – die Archäologin, weißt du. Ihren Namen habe ich vergessen.«

Ich schaute mir die berühmte Professorin genauer an. Sie mochte in den Vierzigern sein, hatte braunes Haar und war auf eine spröde Art sexy. Nicht unbedingt hübsch, aber *interessant*, mit ausdrucksvollen dunklen Augen, einem Mary Quant-Haarschnitt und wahrscheinlich dem gleichen glänzenden Lippenstift, den sie schon während des Studiums bevorzugt hatte. Ein wenig seltsam, aber die Art Aufzug, die eine Archäologin für Abendkleidung halten mochte.

Wer immer sie war, so aufgeregt hatte ich Angelica den ganzen Tag nicht erlebt. Ich überlegte, ob ich zu ihnen hinübergehen sollte, doch als ein weiterer Schub Partygäste vorbeigeschwemmt wurde, verlor ich sie aus den Augen.

»Noch einen Drink, *hija?*« Baby Joe zupfte an seinem Hemd, als wollte er darauf hinweisen, daß es an der Stelle mit schwarzem Faden ausgebessert worden war. »Sweeney? Du siehst aus, als könntest du einen vertragen.«

»Ja, ich glaub schon. Danke.«

Er wandte sich zur Bar, zögerte aber und starrte mein T-Shirt und meine Stiefel an. »Ein blaues Hurra. Scheiße noch mal. *Di ba*, okay, vielleicht kommst du ja klar.«

Ich begleitete ihn, und diesmal nahm ich die Zigarette, die er mir anbot, dankbar an und bestellte obendrein noch zwei Wodka Tonic.

Magda Kurtz, die berühmte Professorin für Europäische Archäologie, war heute gegen besseres Wissen erschienen. Sie hatte den Flug zur Westküste stornieren müssen, ein teurer Luxus, und jetzt würde sie nicht genügend Schlaf bekommen, was immer ärgerlich war.

Vor allem aber war es gefährlich. Den ganzen Sommer über hatte sie mit den *Benandanti* Verstecken gespielt und war wie die abtrünnige Studentin, als die sie sich immer noch fühlte, auf Zehenspitzen in der Göttlichen herumgeschlichen. Während ihre eigenen Studenten sie wie die Prophetin eines neuen Zeitalters behandelten, waren die anderen Lehrkräfte zurückhaltender. Bestenfalls distanziert, wie Balthazar Warnick – warum waren die meisten Lehrkräfte an der Göttlichen eigentlich immer noch *Männer?* Man hätte doch meinen sollen, ihre Bemühungen hätten einen größeren Erfolg gezeitigt! – und schlimmstenfalls arrogant, hochmütig oder auch einfach nur neidisch auf ihre Arbeit. Ganz anders als in Berkeley, wo ihre Theorien bereits Teil des allgemeinen Lehrplans waren.

Andererseits war die Göttliche immer schon so gewesen – in vielerlei Hinsicht ihrer Zeit weit voraus, in anderer vollkommen mittelalterlich. Zumal die anthropologische Fakultät schien sich seit ihrem Weggang kaum verändert zu haben. Bisweilen kam es ihr so vor, als habe sie sich seit Malinowskis Zeiten nicht mehr verändert.

Einen großen Teil der Schuld daran trug natürlich Balthazar. Er hatte ihre Berufung für das Sommersemester nicht nur gebilligt, die Einladung ging sogar auf ihn zurück, doch was ihn dazu bewogen hatte, war Magda unklar. Als sich ihr die Möglichkeit zur Rückkehr jedoch erst einmal geboten hatte, war sie überrascht gewesen, wie stark ihre Gefühle für diesen Ort waren, wie sehr sie sich wünschte, wieder hier zu sein, und sei es mitten im Sommer.

Und so war Magda hierhergekommen. Seit der verhängnisvollen Expedition nach Çaril Kytur war sie nicht mehr hiergewesen. Daher kam es auch, daß alle ständig darauf Bezug nahmen, auch Magda selbst. Wie die *Washington Post* es in der Meldung über ihre Rückkehr formuliert hatte:

»... die verhängnisvolle Expedition nach Çaril Kytur, von der Magda Kurtz wie der Phönix aus der Asche mit ihren bahnbrechenden Theorien über die matriarchalischen Kulturen des alten Europa zurückkehrte.«

Die Studenten der Göttlichen verehrten sie. Professor Kurtz mit ihrem spröden, recht drolligen Vortragsstil. Und natürlich ihre Theorien, ihre Bücher – die preiswerte Taschenbuchausgabe von *Die Töchter der untergehenden Sonne* war kürzlich auf dem Campus zu einem Bestseller avanciert. Und die legendären Partys, die sie in ihrem Turmzimmer auf dem Campus veranstaltete, wo eine Handvoll Auserwählter Magdas uralte elfenbeinerne Opiumpfeife mit den winzigen lächelnden, bösartig blickenden Löwen darauf herumreichten und Opium rauchten – *Richtiges Opium! aus Nepal! Sie war* einfach großartig! – und wo sie zu später Stunde einen (und manchmal auch zwei) der hübscheren Erstsemester diskret in das kleine Hinterzimmer geleitete, während der Rest ihrer Bewunderer zur Tür gebracht wurde. O ja: Professor Kurtz war berühmt.

Dabei war sie sich jedoch stets bewußt, wie sie von den anderen, den älteren Mitgliedern der *Benandanti* angesehen wurde. Nicht unbedingt als Verräterin. Vor Magda Kurtz hatte es sicherlich schon andere gegeben, die der Göttlichen den Rücken gekehrt hatten, um die Arbeit der *Benandanti* in der Regierung, in der Kunst oder sogar an anderen Unterrichtsstätten fortzuführen. Magdas Arbeit hatte jedoch eine alte, eine uralte Fehde wiederaufleben lassen, vielleicht die älteste überhaupt.

Daher hatte sie sich den Sommer über an ihre Studenten und an das Turmzimmer gehalten. Ihre kleinen Romanzen und Beschwörungen, die außergewöhnliche Bibliothek der Göttlichen und natürlich all die anderen Annehmlichkeiten der Stadt auf dem Hügel hatten ihr dabei geholfen, sich die Zeit zu vertreiben. Den anderen Fakultätsangehörigen, besonders Balthazar Warnick, war sie nach Möglichkeit aus dem Weg gegangen; leicht gewesen war es allerdings nicht. So wie jedesmal hatte sie festgestellt, daß sie in den Bann des kleinen Balthazar geriet, in den Bann seiner speziellen Mischung aus Wehmut, Melancholie und scharfem Verstand.

Ich hätte mich in ihn verlieben können, dachte sie, mittlerweile selbst wehmütig geworden, während sie am Champagner nippte und sich geistesabwesend im überfüllten Empfangssaal von Garvey Hall umschaute. *Es hätte alles ganz anders kommen können, es hätte …*

Aber im Grunde konnte es gar nicht anders sein als so, wie es nun war.

»Wir dienen jetzt verschiedenen Tempeln. Verschiedenen Tempeln, verschiedenen Göttern«, hatte Balthazar vor ein paar Wochen zu ihr gesagt, bei einem Lunch in den sonnendurchfluteten oberen Räumen des Old Ebbitt Grill. Dies war eines von Magdas Lieblingslokalen in der Stadt. Balthazar hatte sie dorthin eingeladen, als sie sich gerade kennengelernt hatten, die schüchterne Studentin und der alterslose Mentor, und hatte ein Clyde's Omelett – mit Speck, Spinat und saurer Sahne – und *Kir* in einem Kelchglas für sie bestellt. Es war das raffinierteste Gericht gewesen, das sie je verzehrt hatte, und das erste Mal, daß sie aus einem Weinglas getrunken hatte.

»Verschiedenen Göttern«, wiederholte er in traurigem Ton.

Draußen schlich der Nachmittagsverkehr vorbei und näherte sich gemächlich dem Old Executive Office Building und dem Weißen Haus. Magda nippte am *Kir*. Balthazar blickte sie unverwandt mit seinen durchdringenden hellblauen Augen an.

»Vielleicht war das schon immer so«, setzte er hinzu.

Magda tat so, als habe sie ihn nicht verstanden, und antwortete ausweichend: »Ach, das ist doch immer der gleiche alte Elfenbeinturm, Balthazar, das wissen Sie doch! Und Sie werden sehen, ich hatte auf der ganzen Linie recht. Nicht mehr lange, und jeder Student der Göttlichen kennt die *Tristes Tropiques* und *Über die Grammatik der …*«

Balthazar schnitt eine Grimasse, und Martha lachte. »Na ja, ich bin Ihnen trotzdem sehr dankbar dafür, daß Sie mich diesen Sommer hier haben unterrichten lassen, Balthazar.«

Er lächelte. »Wer könnte schon der reizenden und brillanten Magda Kurtz widerstehen?«

»Paul de Man haben Sie abgelehnt.«

»Sie sehen erheblich besser aus.«

Magda schaute ihn belustigt an, doch dann sah sie, daß Balthazars Augen umwölkt waren, daß ihr Blau nach Grau verlief.

»Das ist doch nur eine *Theorie*, Balthazar. Eine andere Sichtweise.«

»Theorien können gefährlich sein«, sagte Balthazar. Er hatte in beiläufigem Ton gesprochen, seine Augen aber waren so kalt und tückisch wie reißendes Wasser. »Denken Sie nur mal an Rousseau und die Romantik.«

»Der Gedanke daran bringt mich um den Schlaf«, meinte Magda lachend; sein Blick aber hatte lange auf ihr geruht, wie ein böser Frost.

Bei der Erinnerung daran schauderte sie, faßte sich aber gleich wieder, als sie von einem vorbeikommenden Pärchen gegrüßt wurde. Es war anstrengend, so zu tun, als sei man eine von diesen Molyneux-Stipendiaten, die es sich im Elfenbeinturm gutgehen ließen. Sie wußte, daß es Gerede gegeben hatte. In den Reihen der *Benandanti* gab es immerzu Gerede. In ihrer langen Geschichte wimmelte es nur so von Verschwörern, von unverfrorenen, unauffälligen oder gefährlichen Verschwörern, aber sie waren stets *vorhanden*. In dieser Beziehung ähnelten die *Benandanti* dem Vatikan, nur daß sie erheblich älter waren. Wie die Inquisitoren des Mittelalters hatten sie ihre eigenen Methoden, man stellte Ermittlungen und Nachforschungen an, es gab Prüfer und Katechisten, Spione, Zuträger und Untersuchungskommissionen. Intrigen alter Männer – der *ältesten* der alten Männer –, und sie klatschten und tratschten wie alte Weiber. Frauen hatten unter dem Gerede stets am meisten zu leiden, dachte Magda verbittert. Sie kannte keine hinterhältigeren und tratschsüchtigeren Gruppen als die der katholischen Priester und der *Benandanti*. Und keinen geeigneteren Ort dafür als die Göttliche (oder den Vatikan).

Im Gegensatz zum Vatikan hinterließen die *Benandanti* jedoch keinerlei Aufzeichnungen. Die meisten ihrer Kataster und Urkundenregister waren mit den Bibliotheken von Alexandria untergegangen, und im Anschluß daran waren die *Benandanti* zu einer nomadischen Sekte geworden. Sie pflegten ihre stete Wachsamkeit hinter den marmornen Lichtgaden der Ewigen Stadt und der Kaaba von Mekka; vom Pavillon des Maharadschas von Varanasi, vom apulischen achteckigen Castel del Monte und vorübergehend sogar vom alten Karten- und Lesezimmer im vierten Stock von Harrods aus. Erst mit der Kolonisierung der amerikanischen Kontinente fanden die *Benandanti* eine dauerhafte Heimstatt, einen Ort, an dem sich all die weisen alten Männer der indoeuropäischen Steppen niederlassen konnten, um noch älter und weiser zu werden und um von den staubigen Vorlesungsräumen der Göttlichen aus ihre Schützlinge dabei zu beobachten, wie sie ihren Weg in der schönen neuen Welt machten.

Und nun, da ein unstrittiges Zeichen erschienen war, würden die Angehörigen der Göttlichen noch wachsamer gegenüber Verrätern sein. Magda berührte unwillkürlich das Amulett, das sie um den Hals trug.

In hoc signo vinces. Othyim Lunarsa, Othyim, Anat, Innana, Othyim evohe! Othyim haïyo.

Die alten Sprachen vermischten sich darin, doch Magda kannte sie alle. *In diesem Zeichen werden wir siegen, Othyim. Wir werden frohlocken! Wir loben dich.*

Am Abend zuvor hatte sie eine große Dummheit

begangen, als sie die verbrauchte Ruhmreiche Hand mitsamt den anderen Überresten ihrer Beschwörung offen hatte liegenlassen. So war das eben, wenn man mit den Naphaïm herumspielte – man fühlte sich unbesiegbar, und solange man über dem Inferno schwebte, vergaß man leicht, daß man jederzeit abstürzen und verbrennen konnte. Sie tastete über den glatten Rand des silbernen Halbmonds, während ihr der Refrain immer noch durch den Kopf ging, ohne daß es ihr ganz bewußt gewesen wäre.

Othyim, Anat, Innana …

Aber sie sollte ihre Gedanken besser hüten – besonders hier –, sie mit Unsinn oder hochtrabendem pseudogeistigen Geplapper verschleiern. Sie schloß die Augen und rief sich einen von Georges albernen Versen in Erinnerung, die er auf dem endlosen Flug nach Estavien geschmiedet hatte:

Magda ist ja so gemein
Als tät sie eine Ramapithece sein.
Sitzt sie bei uns und redet Stuß
Ist sie Australopithecus.

Als jemand sie am Ellbogen berührte, zuckte sie zusammen. Einer ihrer Studenten, der eine Flasche Heineken dabei hatte und sie besorgt anschaute.

»Alles in Ordnung, Professor Kurtz? Möchten Sie vielleicht ein Bier?«

Sie lächelte und schüttelte den Kopf. »Nein, danke. Morgen früh geht mein Flug.«

Er nickte mitfühlend. »Klar, Mann, kann ich mir denken. Der Jetlag. Trinken Sie was, das hilft.«

Sie verzog das Gesicht. »Um sieben Uhr morgens? Wohl besser nicht.«

Er grinste und ging leicht schwankend davon.

Magda nahm noch einen Schluck vom Champagner. All diese betrunkenen Jugendlichen, die es vorzogen, Heineken zu trinken, obwohl es Veuve Cliquot und Tattinger Brut gab, wenn man nur danach verlangte. Sie seufzte.

Natürlich war sie heute abend wegen der Kids hierhergekommen. Wohl wissend, daß es leichtsinnig war, wohl wissend, daß Balthazar oder der um ihn herumscharwenzelnde Francis ihr gefährliche Fragen stellen könnten – trotzdem hatte sie der Versuchung nicht widerstehen können, leibhaftig eines oder beide der Gesichter zu sehen, die sie am Abend zuvor in ihrem Zimmer geschaut hatte. Sie fragte sich, ob die *Benandanti* bereits herausgefunden hatten, wer die beiden waren, diese beiden Unschuldigen, die zu Schachfiguren im neuesten Scharmützel zwischen uralten Feinden ausersehen waren. Sie konnte sich nicht vorstellen, daß Balthazar nichts wußte, und sei es nur deshalb, weil sie Balthazar keine Wissenslücke zutraute.

Sie trank den Rest des Champagners und reichte das leere Glas einem vorbeikommenden Hilfskellner. Im Laufe der Jahre hatte sie Dutzenden Empfängen wie diesem beigewohnt, und einige davon waren weitaus seltsamer gewesen. *Benandanti* in Abendkleidung, die sich in einem verfallenen Lagerhaus am Potomac versammelt hatten; ein siebzehngängiges Dinner, serviert von unbekleideten jungen Frauen; *Benandanti,* die sich in Dumbarton Oaks mit Karrierediplomaten und balinesischen Hierodulen mischten. Sie hatte miterlebt, wie sich Michael Harings Verwirrung in Ehrfurcht verwandelte, als er in der Bibliothek des College der Heiligen Vespuccia an der Göttlichen zum erstenmal die Sammlung von Kesseln aus der Eisenzeit erblickt hatte. Sie hatte Balthazar Warnick durch die Tür des Reliquienschränkchens im Schrein schreiten und dann zwischen den mit Blumen übersäten Monumenten auf der Inselnekropole von San Michele in Venedig verschwinden sehen. Verglichen mit manchen dieser Zusammenkünfte war der jährliche Empfang für die Molyneux-Stipendiaten nichts weiter als eine bessere Geselligkeit.

Heute abend war Magda jedoch unbehaglich zumute. Vielleicht deshalb, weil sie wußte, daß die beiden Unschuldigen, die sie am Abend zuvor geschaut hatte, irgendwo in der Nähe waren, bereit, Kontakt zu schließen und sich zu entflammen. Oder vielleicht fühlte sie sich auch ein wenig schuldbewußt, weil sie zwei arme Narren dazu verurteilt hatte, in den daraus folgenden Flächenbrand hineinzumarschieren. Sie atmete tief durch und betastete wieder den Anhänger.

Othyim haïyo.

Das war ebenfalls gefährlich. Aber sie fühlte sich immer stärker, wenn sie ihn trug, und häufig tat sie es trotz der damit einhergehenden Gefahr. Einige der Gäste könnten ihn als das erkennen, was es war: eine wahre, eine echte Lunula, der alten europäischen Gottheit geweiht, die in den nördlichen Ländern *Kalma* hieß, ›Leichenfresserin‹, und in Griechenland die Weiße Göttin; in Sumer Lamasthu, ›Tochter des Himmels‹, und in gewissen abgelegenen Tälern des Balkans Othyim Lunarsa, ›Zähne des Mondes‹. Geweiht der Gottheit, die sowohl Mutter als auch Zerstörerin war, deren Atem ein Pesthauch war, die an ihrem Busen Schlangen nährte und die Kinder verschlang. Die Gottheit, auf der sich Magdas Ruhm gründete.

Denn das Ende der Expedition nach Çaril Kytur war für Magda keine Katastrophe gewesen. Georges Tod war natürlich eine Tragödie gewesen, allerdings nur eine kleinere. Es hatte eine Untersuchung gegeben, und die trauernde Familie hatte gerichtliche Konsequenzen verlangt, doch am Ende war es gekommen wie in Magdas Lieblingshexagramm aus dem I Ging: Kui, *Der Gegensatz* aber auch *In kleinen*

Sachen Heil. Michael Haring war enttäuscht gewesen, daß sie keine geschmuggelten Artefakte mitgebracht hatte, doch dann hatte er bei einem anderen Archäologen Trost gefunden.

Im Verlauf der Nachforschungen und angesichts der laufenden Verfahren und des drohenden Schadens für ihren Ruf hatte Balthazar Warnick sich nicht der Bemerkung enthalten, er habe es ihr ja gesagt. Dennoch hatte Magda in der ganzen Angelegenheit einen erstaunlich kühlen Kopf bewahrt. Ihre Kollegen schrieben das Unglück den allgemein widrigen Umständen zu, ein weiterer Grund, den von der Sowjetunion kontrollierten Balkan wie die Pest zu meiden.

Und irgendwann hatte sich die Aufregung wieder gelegt. George Wayfords Familie gab sich mit einem in seinem Namen gestifteten Stipendium zufrieden. Und Magda schrieb den bahnbrechenden Artikel, der in *Antiquities* veröffentlicht wurde, und die Monographie, auf deren Fundament die *Töchter der untergehenden Sonne* aufbaute. Aus dem Unglück, das eigentlich eine Katastrophe für ihre Karriere hätte bedeuten sollen, ging Magda nicht nur unbeschadet, sondern sogar triumphierend hervor.

Einige ihrer Kollegen merkten an, daß offenbar niemand die ganze Geschichte kenne; und damit hatten sie natürlich recht. Denn Magda erzählte niemandem von der Lunula. Weder Haring noch Balthazar Warnick, nicht einmal June Harrington.

Du bist der geheime Mund der Welt
Du bist das unausgesprochene Wort
Othyim Lunarsa, haïyo.

Auf die gescheiterte Expedition folgten lange Monate, in denen sie ihren geheimen Schatz untersuchte. Sie tauschte ihre trüb beleuchtete Lesenische im Magazin der Colum-Bibliothek gegen einen alten Holzschreibtisch in den oberen Gefilden des Museums für Naturgeschichte ein, dann suchte sie das naturhistorische Museum in New York auf. Schließlich flog sie nach London, um zwei Wochen in den staubigen, kühlen Tiefen des British Museum zu recherchieren. Im Anschluß daran verbrachte sie eine Woche mit dem Besuch von Privatsammlungen in Schottland, einschließlich eines Aufenthalts im Dalkeith Palace vor Edinburgh, wo sie die legendären Schädel der Herzöge von Buccleuchs sah.

Was sie dort erfuhr, führte sie nach Athen. In einem Café im Schatten der Akropolis traf sie sich mit Christos Eugenides, einem bedeutenden Archäologen, der mit Michael Haring befreundet war und dessen Verwicklung in den Schwarzmarkthandel zwischen den Anrainerstatten der Ägäis und dem Rest der Welt den *Benandanti* seit langem bekannt war.

»Die sind gut, sie sollten Sie einmal probieren.« Christos spießte einen mit Saugnäpfen besetzten Stern von der Größe und Form einer matten Münze auf. »Babytintenfisch. Köstlich. Oder das *bekri meze* – das würde Ihnen bestimmt auch schmecken.«

Magdas Lächeln war eher eine Grimasse. Von der Sonne, der Hitze, dem Ortswechsel und dem anstrengenden Reisen hatte sie hartnäckige Kopfschmerzen. Sie fühlte sich fiebrig und benommen. Der Geruch nach Olivenöl und gebratenem Fisch verursachte ihr Übelkeit. Daher nippte sie entschlossen und stetig an einem Glas mit *tsipouro* als Allheilmittel.

»Nein, danke. Michael meinte, Sie könnten mir vielleicht mehr über einen Gegenstand sagen, den ich gefunden habe …«

Sie fühlte, wie das Getränk ihre Kehle hinunterrann, trotz der drückenden Hitze so kühl wie eine Klinge. Sie schob ihren Blusenkragen auseinander und legte die Finger auf den glatten Rand des Halbmonds. Christos Eugenides beugte sich vor.

»Ah – *ah.*« Seine Stimme schraubte sich in die Höhe, als habe man ihn getreten.

»Dann kennen Sie das also.«

Christos Eugenides hatte sich bereits in seinen Plastikstuhl zurückgezogen. »Auf diesem Gebiet kenne ich mich nicht aus«, sagte er kurz angebunden. »Ich bedaure sehr. Da muß ein Mißverständnis vorliegen …«

»Michael hat gemeint, Sie würden sich mit Kykladenidolen auskennen …«

»Das hat mit den Kykladen nicht das geringste zu tun.«

»… und mit anderen Dingen.«

Er holte einen Geldschein und mehrere Münzen aus der Tasche und legte sie auf die marmorne Tischplatte. »Ich habe um sechs eine geschäftliche Verabredung in der Universität. Es tut mir wirklich leid, daß ich Ihnen nicht weiterhelfen konnte.« Er erhob sich.

»Können Sie mir dann vielleicht jemand anderen empfehlen?« Die Lunula verschwand wieder unter ihrer Bluse. »Ich habe einen weiten Weg hinter mir …«

»Die Museumsbibliothek ist sicherlich hervorragend …«

»Ich habe *genug* gelesen. Ich möchte mit jemandem reden, der so etwas schon mal gesehen hat …«

»So jemanden gibt es nicht.«

Sie wartete darauf, daß er weiterspräche, doch er schwieg, starrte nur gebannt auf ihren Hals. Trotz seines Tonfalls und seiner Worte schien er noch nicht gehen zu wollen. Nach einer Weile wandte er das Gesicht der endlosen Parade der Autos zu, dem sandfarbenen Schatten des über ihnen aufragenden Burgbergs. Auspuffgase mischten sich mit dem Gestank von Bratfisch, und Magda hob das Glas und atmete den scharfen Geruch des *tsipouro* ein. Eine Zeitlang standen sie schweigend da, bis Christos irgendwann seufzte.

»Spyridon Marinatos.«

»Wer?«

»Spyridon Marinatos. In Akrotiri auf Thera – das heißt, auf Santorin. Er gräbt eine Stadt an der Südküste der Insel aus, unterhalb des Dorfes Akrotiri. Die Stadt stammt aus der Bronzezeit ...«

Seine Stimme verlor sich im Tosen des Verkehrs und in der munteren Bouzouki-Musik, die aus irgendeinem Radio plärrte.

»Marinatos?« Magda kritzelte den Namen schnell in ihr zerfleddertes Notizbuch. »Spiro Marinatos?«

Christos schüttelte ganz sachte den Kopf, als vernähme er eine fernere Musik. »Spyridon. *Nea Kameni*«, sagte er leise.

»Nea – was?«

»*Nea Kameni.* ›Das neue verbrannte Land‹. Das ist eine sagenumwobene Stadt, die ähnlich wie Pompeji oder Herculaneum bei dem großen Ausbruch um 1450 v. Chr. unter Vulkanasche begraben wurde. Er glaubt, es handele sich dabei um die Hauptstadt der untergegangenen minoischen Kultur.«

Für einen Augenblick erstarb das Brüllen und Tosen des Verkehrs und das Rauschen des Winds. Seine nächsten Worte klangen unnatürlich laut in der jähen Stille. »Er glaubt, er habe Atlantis entdeckt.«

Magda legte den Kugelschreiber weg und massierte sich die pochenden Schläfen. »Oh, *bitte* ...«

Christos Eugenides warf ihr einen bösen Blick zu. »Das stimmt durchaus, Miss Kurtz. Der Ort ist Tausende von Jahren alt und, das können Sie mir glauben, aufschlußreicher als alles, was Sie je gesehen haben. Dieser archäologische Fund ist bedeutender als die Entdeckung Pompejis oder des Grabes von Tutenchamun.«

Er hielt inne, während sein Blick auf ihrem Hals verweilte, dann setzte er hinzu: »Ich glaube, Sie sind sich der Tatsache bewußt, daß die minoische Kultur sehr viel mit der Verehrung der großen Göttin zu tun hat. Vielleicht ist das sogar die älteste Kultur des ganzen Mittelmeerraums. Und wir wissen so gut wie nichts darüber.«

Beim Wort *Göttin* bekam Magda einen trockenen Mund. »Na-natürlich weiß ich das«, sagte sie und stürzte den Rest *tsipouro* hinunter. Der scharfe Tresterschnaps verbrannte ihr die Kehle. »Ja, natürlich – und dieser Marinatos würde mit mir sprechen wollen? Gibt es eine Flugverbindung nach Santorin?«

Christos Eugenides schüttelte den Kopf. »Ich weiß nicht, ob er mit Ihnen sprechen wird, Miss Kurtz. Es tut mir aufrichtig leid.« Als er auf den Gehsteig trat, zögerte er jedoch und sagte dann: »Santorin – das ist nicht der richtige Name. Auf griechisch nennt man es Thera.«

Er ging rasch zur nächsten Straßenecke davon, und seine letzten Worte hingen in der schwülen Luft, bis der Wind und der Staub sie verschluckten.

Thera: Angst.

Sie war nicht zu der Insel gereist. Statt dessen war sie auf ihr Zimmer in der billigen *pensione* zurückgekehrt, die sie in Monastiraki entdeckt hatte, dem alten türkischen Viertel in der Nähe der antiken Agora. Dort trank sie noch eine Flasche *tsipouro* und bemühte sich vergeblich, in dem uralten Radio englischsprachige Nachrichten ausfindig zu machen. Sie wußte, daß ihr das Trinken nicht bekam. Sie fühlte sich krank, verwirrt und erschöpft und war bereit, die ganze verrückte Suche nach Informationen über das gestohlene Artefakt aufzugeben. Am liebsten wäre sie noch am selben Abend aufgebrochen, aber ihr Flug ging erst in zwei Tagen, und eine Umbuchung konnte sie sich nicht leisten.

»Ach, verdammt!«

Aufstöhnend ließ sie sich auf die Matratze niederfallen, wobei sie einen Stapel Bücher und Papiere unter sich begrub. Die Laken waren feucht und stanken nach Mottenspray. Ihre Notizen sahen ebenso mitgenommen und verloren aus, wie Magda sich fühlte. Sie griff nach dem *tsipouro.*

»Einen Schluck vertrag ich noch«, sagte sie und runzelte die Stirn. Die Flasche war leer. Sie konnte sich nicht erinnern, sie leergetrunken zu haben. »Na ja, reicht ja wohl auch.«

Magda ließ die Flasche auf den rissigen Betonboden fallen. Sie zerschellte mit zufriedenstellendem Geklirr. »Gottverdammte Zeitverschwendung!« fluchte Magda.

Aus dem Nebenzimmer dröhnte unablässiges Schlagzeuggetöse. Derselbe Song, dasselbe Band wiederholte sich in einem fort, bis sie die Musik im Rückgrat spürte, während sie sich auf dem übelriechenden Bett wälzte und vergeblich einzuschlafen versuchte. Ihr Nachbar sang den Text mit heiserer, energischer Stimme mit.

Bestimmt, Sie lebt in allem, was Sie kennt
Und ganz von selbst erstarkt in dir Gewißheit
Und wenn Sie geht, bleibt Sie in dir zurück.

Sie lebt in ihrer eigenen Zeit.

»Verdammt noch mal!« schrie sie, doch ihre Worte gingen im Lärm unter. »Stell das ab!«

Schlagzeuggetöse und eine Ausblendung, dann fing der Song von neuem an. Magda massierte sich stöhnend die Schläfen.

»Oh, Peter, *bitte.*«

Sie hatte ihn vor zwei Tagen bei ihrer Ankunft kennengelernt, ein junger Hippie, der sich für ein Jahr hatte von Swathmore beurlauben lassen. Im Grunde ein reizender Junge, der jedesmal bekifft war, wenn sie ihm begegnete, und im Takt irgendeiner Musik mit dem Kopf nickte – ob real oder eingebildet, darauf kam es offenbar nicht an. Aber sie hielt es einfach nicht mehr aus.

Immerzu hörst du Sie sprechen
Sie ist ständig in deinem Ohr
Ihre Stimme bringt etwas in dir zum Klingen
Hör auf Ihre Worte
Ihre Zeit kennt weder Vergangenheit noch Zukunft
Sie lebt alles, was Sie sieht
Ihre Zeit ist Teil von Ihr
Und in jedem Atemzug, den Sie tut.

Magda taumelte auf den Korridor, dessen fleckige Wände mit toten Silberfischchen und verblaßten blauen Handabdrücken übersät waren, Talismane gegen Keren, die Geister der Toten. Aus einem kleinen, zurückgesetzten Fenster kam gedämpfter Verkehrslärm. Als Magda gegen die Tür ihres Zimmernachbarn hämmerte, machte die billige Türfüllung den Eindruck, sie werde jeden Moment nachgeben.

»Peter!«

Die Tür schwang unvermittelt nach innen auf. Musik und Qualm strömten auf den Korridor, der Geruch von Schweiß und brennendem Wachs. Und da war ihr Nachbar, schläfrig blinzelnd, den Baumwollkimono über der Brust zusammengerafft.

»Peter«, wiederholte sie mit erhobener Stimme, um sich in dem Getöse verständlich zu machen. »Könntest du das vielleicht ein bißchen leiser stellen? Mir … mir ist nicht gut.«

Er blickte sie forschend an, dann trat er ins Zimmer zurück. Sie erhaschte einen Blick auf einen kleinen Kassettenrecorder auf einem Haufen Dashiki-Hemden und ausgefransten Jeans. In einer Ecke schwenkte ein kleiner, altmodischer Ventilator lustlos hin und her, hin und her. Peter hatte die Matratze auf den Boden gelegt und eine indische Batikdecke in grellen Rot- und Orangetönen darübergebreitet. Als er zur Matratze kam, blieb er stehen und trat mit einem schmutzigen, nackten Fuß beiläufig dagegen. Er machte keine Anstalten, die Musik leiser zu stellen.

»Peter?«

Er war jung, neunzehn oder zwanzig. Noch so jung, daß sich an seinem Kinn gerade erst ein zarter Goldflaum gebildet hatte, obwohl er sich seit Tagen oder sogar Wochen nicht mehr rasiert hatte. Mager, aber breitschultrig, mit langem, ungewaschenem blonden Haar, das ihm bis auf den Rücken fiel. Wo der Kimono aufklaffte, sah sie seine unbehaarte, braungebrannte Brust und die sanfte Rundung seiner schmalen Hüften, den vorstehenden Rand des Bekkenknochens und einen weißen Fleck, wo die Sonne nicht hingekommen war. Er nickte und legte den Kopf schief.

»Hey, Magda«, sagte er mit breitem Akzent und in honigsüßem Ton. »Wie geht's?« Er legte die Stirn in Falten. »Äh, du solltest vielleicht besser reinkommen.«

Sie machte einen Schritt in seine Richtung, dann, als der warme Luftstrom des Ventilators sie an den Beinen kitzelte, blieb sie stehen.

Kein Wunder, daß er sie anstarrte: sie war halbnackt aus dem Zimmer gestürmt. Ihre Jeans lagen noch immer dort, wo sie sie nach ihrer enttäuschenden Begegnung mit Eugenides fallen gelassen hatte. Sie war lediglich mit einer Bluse und weißer Baumwollunterwäsche bekleidet.

»Oh, verdammt!« Sie faßte sich unsinnigerweise an den Ausschnitt und wollte wieder gehen, doch Peter war bereits an der Tür, schaute hinaus und schloß sie dann mit übertriebener Ritterlichkeit.

»Hey, kein Problem«, sagte er, dann, Wunder, o

Wunder, stellte er den Kassettenrecorder leiser. Ohne zu ihr hinzuschauen, warf er ihr ein Dashiki-Hemd zu. »Hast du Lust, high zu werden?«

High? Ohne eine Möglichkeit, nach Thera zu gelangen, ohne jede Aussicht, mehr über die Lunula zu erfahren, mit nur noch dreiundfünfzig Dollar und einer American Express Card in der Tasche, auf die sie keinen Kredit mehr bekam?

»*Nein* …« Sie schlüpfte in das Hemd, dann lachte sie. »Ach, was soll's. Klar, warum nicht.«

Das Hemd reichte ihr fast bis zu den Knien. Ein starker Geruch nach Jasminräucherstäbchen ging davon aus. »Sieht hübsch aus«, sagte Peter. Er setzte sich mit untergeschlagenen Beinen auf die Matratze und zog eine kleine Achatpfeife unter einem zerknautschten Kissen hervor. »Hier …«

Sie rauchten schweigend. Peter nickte im Takt der leisen Musik mit dem Kopf, die kleine blaue Kerzenflamme flackerte jedesmal, wenn der Luftstrom des Ventilators sie traf. Nach einer Weile legte Peter die Pfeife weg.

»Ist auf dem Band nur dieser eine Song?« Ihre Stimme klang heiser, ihre Zunge fühlte sich dick und süß an, als hätte sie Marmelade gegessen.

Er nickte, seine Augen waren schmale Schlitze. »Yeah. Ist er nicht toll?«

»Die ersten paar Millionen Mal ja.«

Er lächelte und klopfte sich im Rhythmus der Musik auf die Schenkel. Magda saß ihm gegenüber, und der Kopfschmerz pochte noch sanft irgendwo unter dem leisen Summen des Haschischs. Sie war so müde, sie hätte aufstehen und gehen, sich für das Haschisch bedanken sollen. Sie dachte daran, sich zu bewegen, streckte vielleicht sogar ein Bein zum Rand der Matratze aus; doch als sie hochschaute, sah sie, daß Peter sie anstarrte, seine Augen im Kerzenschein wie Goldmünzen.

»Das ist sehr schön.« Er rückte näher, bis er vor ihr kniete. Er legte ihr eine Hand auf die Schulter und berührte sie sanft am Hals. Sie spürte dort das Gewicht der Lunula, die sich im Rhythmus ihres Herzschlags hob und senkte. »*Du* bist sehr schön.«

Wieder lachte sie leise auf. »Ja, klar«, murmelte sie, entzog sich ihm jedoch nicht.

»Nein, wirklich, ich mein's ernst.« Mit einer Hand streichelte er ihr Brustbein unter dem Halbmond; mit der anderen strich er ihr das Haar aus dem Gesicht. »Das bist du wirklich. Du siehst aus wie eine...« Er schüttelte den Kopf und vollführte eine weitausholende Geste.

Sie spürte, wie sie errötete: in ihrem ganzen Leben hatte man ihr etwa dreimal gesagt, sie sei schön. Peters braune Augen blickten strahlend, aber auch ein wenig überrascht, als hätten ihn seine eigenen Worte verwirrt. Er legte ihr die flache Hand auf die Wange und schaute sie mit halbgeöffneten Lippen und zusammengekniffenen Augen an, als versuchte er sich an etwas zu erinnern, zum Beispiel daran, wo er sich befand oder wer er war, wie sie in sein Zimmer gekommen war. Magda erwiderte seinen Blick. Ihr Atem ging jetzt schneller, und sie hatte Herzklopfen. Das flackernde Licht, das wechselhafte Schatten auf den vor ihr knienden Jungen warf, hatte etwas an sich – als blickte sie durch ein Gespinst aus Wolken und Nebel aus großer Höhe auf ihn hinunter und als zerschellten weit, weit unten in der Tiefe blaue Wogen an den Klippen. Als sie die Augen schloß, wurde das Bild noch klarer; ein kahler Berggipfel, wo sich kleine, purpurrote Blumen ans Gestein klammerten, mit sternförmigen Blütenblättern an einem schlaffen Stengel, der im Wind nickte. Ihr Duft war überwältigend süß, der Geruch von Hyazinthen. Am Rande der Steilfelsen schlugen Flammen aus einer rußgeschwärzten Kohlenpfanne. Die Luft war voller

Geräusche; schneidender Wind, Möwenschreie und der klagende Ruf eines Ibis. Magda vernahm Stimmen, leise Musik und Trommeln. Ihre nackte Haut brannte von Sonne und Salzwasser, und sie schnupperte Brandgeruch, einen stechenden, organischen Geruch. Weder Wachs noch Haschisch, sondern etwas anderes: Schafgarbestengel, Kretischer Diptam, zerstampfte Lorbeerblätter; und dies alles mischte sich mit dem Moschusduft von Peters Schweiß, dem schwachen Jasminduft seines Haars und der herangewehten Süße der Hyazinthen. Er war ihr jetzt so nah, daß sie seinen warmen Atem an der Haut spürte, am Hals. Fast so warm wie der metallene Halbmond an ihrer Brust, während hinter ihnen Flammen emporloderten. Sie schlug die Augen auf. Peters Gesicht, nur wenige Zentimeter von ihr entfernt, war gerötet, die Augen hatte er halb geschlossen, als träumte er dies alles: die Musik, Griechenland und auch Magda.

Sie lebt …

Magda schüttelte den Kopf und versuchte, das graue, goldene und blaue Leuchten am Rande ihres Gesichtsfelds fortzublinzeln. *Was in aller Welt ist das?* Alles außer dem Jungen nahm sie jedoch nur verschwommen wahr. Er war unglaublich schön, das Haar hatte er gelöst, Hals, Gesicht und Augen hatten sich in Gold verwandelt, sein Kimono hatte sich geöffnet, und sie sah seine Haut, glatt, von der Farbe kostbaren Öls. Wie ein *kouros* aus Bronze, wie eine der geweihten Statuen, die man aus der Ägäis emporgeholt hatte, den leeren Blick auf einen Punkt in unergründlicher Ferne gerichtet. Er knöpfte ihr die Bluse auf, umfaßte ihre Brüste, sein Gewicht preßte die Lunula in ihr Fleisch, als er sie küßte.

Sie …

Sie drückte ihn auf die Matratze nieder und zog ihm das Gewand aus, bis er nackt vor ihr lag. Lange Zeit betrachtete sie ihn, streichelte über die Oberseite seiner Schenkel, fuhr über die langgeschwungene Kurve der Hüfte, umfaßte dann seine Hinterbacken mit beiden Händen, senkte den Kopf und nahm sein angeschwollenes Glied in den Mund. Es schmeckte salzig und bitter; sie roch das Meer und spürte den kalten Wind an ihrem Rücken, seine Hände wurden heiß wie Metall, als er stöhnend ihre Brüste knetete. Ein paar bittere Tropfen brannten auf ihrer Zunge. Sie zog sich rasch zurück, bevor er kommen konnte. Er stöhnte lauter; sie setzte sich rittlings auf ihn, nahm sein Glied in die Hände.

»Oh … hör nicht auf …«

Seine Stimme überschlug sich, als sei er noch im Stimmbruch, und der Blick seiner Augen war nicht mehr sanft, sondern flehend, nahezu verzweifelt. Sie lächelte, ein dünnes Lächeln, und nahm sein Glied in sich auf.

Es ging ihm zu schnell, sie hörte ihn betteln, sie möge langsamer machen, achtete aber nicht darauf. Sie kratzte ihm über die Brust, ihre Nägel fügten ihm rote Striemen zu, während sie ihn fester in sich hineinzog. Blut sickerte unter dem Brustkasten hervor; sie führte den Finger an den Mund und saugte daran, dann beugte sie sich vor und küßte ihn. Er stöhnte und versuchte, sie zu packen, sie aber richtete sich wieder auf, hielt ihn in sich fest.

Als sie kam, keuchte sie und stieß heftig den Atem aus. Sie hörte, wie er aufschrie, ein hoher, dünner Laut, den der Wind mit sich forttrug, spürte sein schwaches Pulsieren und wie er unter ihr erschauerte, als sie sich ihm entzog. Das Hämmern in ihrem Kopf war so stark, daß alles andere darin unterging.

»Gott … ach, Gott«, murmelte Peter, still neben ihr liegend. »Das war Wahnsinn …«

Da war ein Geräusch. Ein schwebendes Echo, wie von einst gehörten Stimmen, weit entfernt und undeutlich. Ihre Knie sanken in die Matratze ein, und bis auf den silbernen Halbmond an ihrer Brust war sie nackt. Zwei Strahlen Kerzenschein funkelten darauf, golden und rot. Die Stimmen wurden lauter.

Strabloe hathaneatidas druei tanaous kolabreusomena
Kirkotokous athroize te mani Grogopa Gnathoi ruseis itaoa

Die Bedeutung der Worte war ihr so klar, als könne sie sie vor sich in der Luft lesen. Sie hatte sie immer schon gekannt, hatte sie hundertmal, tausendmal gehört.

Versammle deine unsterblichen Söhne, bereite sie vor auf deine leidenschaftliche Umarmung
Läutere Kirkes Kinder unter dem bindenden Mond
Enthülle ihnen dein furchtbares Antlitz, unverletzliche Göttin, deine unerbittlichen Zähne.

Die Stimmen gingen unter im Rauschen des Windes und des Meeres. Magda schüttelte den Kopf, versuchte sich zu erinnern, wo sie war, warum ihre Knie sich in blanken Erdboden gruben und nicht in Stoff. Sie roch die schweren, abgestandenen Gerüche aus Peters Zimmer, Räucherstäbchen, Sperma und ungewaschene Kleidung, und sie sah eine kleine blaue Flamme unter einer spiralförmig gewundenen Rauchfahne. Die Umrisse von Wänden, Boden und Decke verschwammen jedoch, verloren sich in einem dichter werdenden Nebel. Dann verschwanden Sonne und Kerzenflamme. Um sie herum war es stockdunkel, abgesehen von einem dünnen Silberfaden, der sich über den Himmel zog, und der bleichen Gestalt des vor ihr befindlichen *kouros*. In ihren Händen fühlte sie das Gewicht der Lunula, die nicht mehr warm war, sondern eiskalt. Als Magda sie über den Kopf zog, schnitt Metall schmerzhaft in ihre Haut, und sie verspürte einen ziehenden Schmerz, als die Lunula über ihre Schläfe kratzte.

Dann war sie frei. Magda hielt das leuchtende Spiegelbild des hoch über ihr brennenden Neumonds in Händen. Das Antlitz von Kybele, *Brimo Hagne,* die Schreckliche Reine. Den schlafenden Mond, die fastende Göttin: Othyim. Sie fühlte, daß jemand sie anschaute, sah Augen in der Finsternis. Jedoch nicht Peters Augen.

Nein: *IHRE* Augen, kalt, strahlend und voller Sehnsucht. SIE war da, stand vor Magda auf dem Berggipfel, der Mond auf IHRER Stirn ein flammender Bogen, IHR Mund zu einem Lächeln verzogen. Magda sah die weißen Zähne und die ausgestreckten Hände, als wollte SIE Magda an die Brust ziehen; IHRE Brüste waren jedoch verschrumpelt und eingesunken wie die eines Affen, die Hände abgemagert bis auf die Knochen. Aus IHREM Mund strömte eine so unermeßliche Schwärze, daß Magda ganz schwindelig wurde; ehe sie jedoch ohnmächtig wurde, packte sie irgend etwas, sie fühlte, wie unnachgiebige Finger an ihren Armen zerrten und daß ihr ein kalter, fauler Atmen wie stinkendes Wasser in die Nase stieg. Magda öffnete die Augen, und SIE war immer noch da, gewaltiger und erschreckender als alles, was Magda je gesehen hatte.

»Nein!« schrie Magda; doch noch während sie sich der Umklammerung zu entwinden suchte, spürte sie, wie sie sich verneigte, während ihr Geist *Verehrung! Verehrung!* schrie.

Und dann war SIE verschwunden. Magda schnappte nach Luft, blinzelte und hob schützend die Hände, da sie erwartete, das monströse Gesicht zu sehen. Statt dessen erblickte sie den Jungen, der sich einen Arm übers Gesicht gelegt hatte, so daß seine Augen bedeckt waren. Sein Hals war bleich, glatt, mit einem winzigen Adamsapfel unter dem kindlichen Gesicht. Sein Atem ging regelmäßig. Ein schmaler Streifen Mondlicht ergoß sich über seinen Mund. Er regte sich, murmelte etwas, dann lag er wieder still. Magda hob wortlos die Lunula, und zwar so, daß die gebogene, funkelnde Klinge nach außen wies, dann stürzte sie nach vorn.

Lange Zeit später erwachte sie. Sie lag auf der Matratze, die Lunula immer noch in der Hand. Im Zimmer war es dunkel. Aus dem bläulichen Lichtstreifen, der unter der Tür hindurchfiel, schloß sie, daß es Morgen war. Ein widerlicher Geruch nach Exkrementen, Gallenflüssigkeit und Blut lag in der Luft. Am scharfen Rand der Lunula war Blut, das noch immer feucht war, und Blut klebte auch an den ersten drei Fingern ihrer rechten Hand. Auf ihren Knien lag das zerknautschte Hemd, das er ihr gegeben hatte. Als sie den Stoff berührte, raschelte er, als wäre er gestärkt. Irgend etwas Weiches zog an ihren Fingern, und als sie hinuntersah, erblickte sie einen langen, verfilzten Strang blonden Haars, der an einem Ende mit einer schwärzlichen Masse verbunden war. Fliegen stiegen davon auf, schraubten sich träge summend empor wie das verweilende Gespenst des Drogengeplappers des Jungen und verschwanden.

Sie hob langsam den Kopf. Ein Stück weit vor ihr lag Peters Leichnam ausgestreckt auf der Matratze. Sein Kopf hing schlaff nach hinten; er war fast vollständig vom Hals abgetrennt. Sein Körper war so weiß, als wäre er erfroren. Sie hatte noch nie einen so reinweißen Leib gesehen, wie eine Skulptur aus Quarz oder Kristall. Seine Hände hatten sich zu steifen Klauen verkrampft. Das Haar war ihm ins Gesicht gefallen, so daß sie eigentlich nur seinen Mund sah;

die Lippen hatten sich von den Zähnen zurückgezogen. Einer seiner Schneidezähne fehlte.

»Aaahhhhh…«

Aufstöhnend wich sie vor dem Leichnam zurück. Als sie gegen die Tür stieß, schrie sie leise auf, schlug sich die Hand über den Mund. Sie stand lange da und starrte ins Leere. Schließlich blickte sie auf die Lunula hinunter, die sie in Händen hielt.

Im trüben Licht erschien sie beinahe schwarz. Die Stellen mit getrocknetem Blut wirkten wie Scharten im weichen Metall. Vor ihren Augen begann das Blut auf dem Silber zu leuchten. Das Metall wurde heiß, so heiß, daß sie aufschrie, doch gerade in dem Augenblick, als sie die Lunula fallen lassen wollte, kühlte sich der Halbmond ab, so rasch wie ein heißer Schürhaken, den man in den Schnee gesteckt hatte. Erhabene Linien hatten sich auf dem glatten Silber gebildet, die Kurven und Ausbuchtungen der Monde leuchteten so stark, als wären sie geschmolzen. Magda meinte, die Lunula werde jeden Moment zu tropfen anfangen und den Boden mit geschmolzenem Metall bespritzen.

Doch dann verblaßten die Linien, aus Rot wurde erst Schwarz, dann Grau. Die Oberfläche der Lunula schimmerte wie zuvor, so rein und glatt, als wäre sie neu gegossen worden.

Magda wartete noch über eine Stunde, ehe sie das Zimmer verließ. Als sie hinausschlüpfte, sah sie niemand. Auch dann nicht, als sie ins verdreckte Badezimmer am Ende des Korridors stürmte, um sich zu waschen. Und auch nicht, als sie am nächsten Tag aufbrach, den Matchbeutel vollgestopft mit Büchern und Kleidern, ein kleines, in Zeitungspapier gewickeltes Bündel unter dem Arm. Sie hatte ihr Zimmer im voraus bezahlt; sie konnte jederzeit aufbrechen, wenn sie ihr Zimmer nur bis Freitag räumte. Die Zwischenzeit hatte sie zusammengerollt auf der

Matratze verbracht, fiebernd, fast im Delirium, auf das Geräusch von Schritten wartend, die niemals kamen. Als sie schließlich aufbrach, verließ sie eilig die *pensione*. Sie überquerte mehrere Straßen, bis sie zu einer menschenleeren Gasse gelangte. Ohne anzuhalten und ohne auch nur zu zögern, warf sie Peters blutgetränktes Hemd in den Rinnstein.

Ihr Flug ging planmäßig von Athen ab. Während die Zollbeamten zwanzig Minuten lang ihre Tasche kontrollierten und das Modell einer Wasseruhr beschlagnahmten, die sie in einem Laden in der Nähe der antiken Agora gekauft hatte, schenkten sie dem Halbmond, den sie bleich und schimmernd wie eine Träne um den Hals trug, keine Beachtung.

»Entschuldigung – oh!«

Als jemand gegen sie stieß, zuckte Magda zusammen. Sie senkte den Kopf und ließ die Lunula in den Seidenfalten ihres Kleides verschwinden.

»Ah! Professor Kurtz! Wie schade, daß wir Sie schon wieder verlieren, Magda.«

Es war Harold Mosreich, der mit seiner Arbeit in Yucatán einen solchen Erfolg gehabt hatte, daß er nun ordentlicher Professor für Zentralamerikanische Archäologie an der Göttlichen war. Sein Lächeln war aufrichtig zerknirscht: entweder weil er sie angerempelt hatte, oder weil sie fortging, das konnte sie nicht sagen. Magda lächelte, beugte sich vor und küßte ihn auf die Wange, wobei ihr ein schwacher Geruch nach Talkum und Lilac Vegetal in die Nase stieg.

»Ach, Harold. Sie sind der einzige, der das bedauert.«

Er schüttelte den Kopf. »Keineswegs. Erst gestern habe ich Balthazar Warnick sagen hören, wie leid es ihm täte, daß Sie uns schon wieder verlassen.«

»Schon wieder?«

Bei der Erwähnung von Balthazars Namen war ihr

kalt geworden. Sie dachte an den Naphaïm in ihrem Zimmer; an die Gesichter, die sie in der Silberschale erblickt hatte, an den Jungen und das Mädchen, die zu suchen sie hergekommen war. Sie stammelte: »Eigentlich wollte ich schon früher aufbrechen, aber ich bin ein paar Tage länger geblieben. Um noch ein paar Dinge zu erledigen. Sie wissen schon …«

Sie verstummte. Sie wünschte, sie hätte sich noch einen Drink besorgt oder einen Cocktailhappen, irgend etwas, um sich daran festzuhalten und Harold davon abzulenken, daß er ihr ins Gesicht schaute. Die Lunula war wie ein glühendes Brandzeichen an ihrem Hals. Wieso war sie nur so dumm gewesen, sie hier zu tragen?

»Oh. Na ja, vielleicht hat er dann bedauert, daß Sie nicht schon eher fortgegangen sind.«

Sie sah ihn scharf an, doch Harolds Miene war ohne Ironie. Er blickte zu einer Gruppe weißgekleideter Nonnen hinüber, die den Personaleingang verstellten.

»Die werden doch wohl nicht alle gemeinsam auf die Toilette gehen wollen, was meinen Sie?« fragte er. Als Magda die Brauen hob, fuhr er fort: »Es ist nämlich so, daß Balthazar nachdrücklich darum gebeten hat, die oberen Etagen heute zu meiden – dieser Teil sollte eigentlich abgesperrt sein, aber schließlich brauchen wir die Toilette bei der Küche, und – na ja, das dürfte Sie wohl kaum interessieren.«

Er nahm ihre Hand und schüttelte sie herzlich. »Viel Glück, Magda. Ich wünsche Ihnen einen guten Rückflug.«

»Danke, Harold.«

Sie beobachtete lächelnd, wie er sich einen Weg durch die Menge bahnte, wobei sein kahler Schädel unter den sanft hin und her schwingenden Kronleuchtern aufschimmerte. Ehe Harold die nach oben führende Tür erreicht hatte, wandte sie sich ab, um einem vorbeikommenden Kellner noch ein Glas Champagner vom Tablett zu schnappen.

Und so entging ihr, wie Balthazar Warnick, gefolgt von dem ihn weit überragenden Francis Xavier Connelly, hinter der Nonnenschar hervortrat, um Harold Mosreich zu begrüßen. Mittlerweile war Magda Kurtz schon zu weit entfernt, als daß sie die Worte ihres ehemaligen Mentors hätte verstehen oder daß sie hätte sehen können, wie der ordentliche Professor für Zentralamerikanische Archäologie einen Halbkreis in der Luft beschrieb, wobei seine melancholischen Augen noch trauriger blickten als vor wenigen Minuten. Sie sah auch nicht, wie Balthazar Warnick nickte, während sie das Kelchglas nahm, oder wie er auf den düsteren Halo deutete, der sie umgab wie eine vorbeiziehende Wolke, und den Silberschimmer an ihrer Brust.

7. KAPITEL

Die Nacht der elektrischen Insekten

Ich frage mich immer, was wohl geschehen wäre, wenn ich nicht mit Baby Joe diese beiden Wodka Tonic getrunken hätte. Wenn ich statt dessen zu Angelica und Professor Kurtz hinübergegangen wäre. In meiner Vorstellung ist das der Augenblick, da alles anders wurde, da der Stein in den Fluß geworfen wurde, der ihn eine andere Richtung einschlagen ließ. Wenn ich mit ihnen geredet hätte, wären sie vielleicht unbehelligt geblieben. Vielleicht wäre mein ganzes Leben anders verlaufen.

Wahrscheinlich blieb mir jedoch gar keine andere Wahl. Aber ich hätte sie gerettet, wenn ich es vermocht hätte.

Von der Unterhaltung mit Harold Mosreich behielt Magda ein Unbehagen zurück.

Erst gestern habe ich Balthazar Warnick sagen hören, wie leid es ihm täte, daß Sie uns schon wieder verlassen.

Dabei hatte sie weder Balthazar noch sonst jemandem von ihrer Abreise erzählt. Natürlich konnte er sich das auch denken: das Sommersemester war vorbei, das Herbstsemester hatte bereits begonnen; trotzdem war es beunruhigend. Sie hatte sich in die Angelegenheiten der *Benandanti* eingemischt; sie hatte sich Kenntnis von ihrem Zeichen verschafft, hatte einen Kiesel ins klare Wasser geworfen, in dem sie ihre Geheimnisse schauen wollten.

Es wird Zeit, fortzugehen, dachte sie. Als sie sich jedoch zur Tür wandte, rief jemand sie an.

Warte!

Der Befehl war so laut und deutlich vernehmbar, daß sie stehenblieb und sich verstohlen umsah. Sie sah jedoch nur die gleiche Versammlung gutgekleideter Männer und Frauen wie zuvor, sonst nichts. Als sie jedoch einen weiteren Schritt tat, hörte sie es wieder …

Warte!

… eine Männerstimme, leise und eindringlich. Sie wischte sich die feuchten Handflächen am Kleid ab, schloß die Augen und versuchte sich zu vergegenwärtigen, wer oder was sie da ansprach.

Nichts. Sie schnappte einzelne Gesprächsfetzen auf – über Vorlesungen, Football und eine Inkunabel in der Kongreßbibliothek – und vernahm die lieblichen, traurigen Klänge des Streichquartetts. *Der Tod und das Mädchen.* Sie öffnete die Augen.

Alles war so, wie es sein sollte. Dort stand Harold Mosreich und plauderte mit einer blauhaarigen älteren Dame. Da war einer ihrer Studenten, ein Junge, mit dem sie am vierten Juli eine kurze, heftige Affäre gehabt hatte. In Harolds Nähe stand ein anderer Junge, untersetzt und mit einem schlechtsitzenden Anzug bekleidet, der sich gerade vorbeugte, um einem blassen, dunkelhaarigen, sommersprossigen Mädchen mit verlorenem Gesichtsausdruck und nervösen Händen Feuer zu geben. Nichts weiter.

Magda atmete stoßweise aus. Schwache Nerven und Erschöpfung, das war alles. Sie hatte vergessen, wie anstrengend die Beschwörung des Naphaïm gewesen war. Morgen um diese Zeit würde sie wieder in ihrem Apartment in Berkeley sein und für ihr eigenes Herbstsemester lesen. Sie hatte alles getan, was in ihrer Macht stand, um zugunsten ihrer Herrin zu intervenieren. Jetzt war ihr die Angelegenheit aus den

Händen genommen. Sie trank den Champagner aus und wandte sich gerade zum Gehen, als sich ihr das Mädchen näherte.

»Professor Kurtz?«

Magda erstarrte.

»Ich bin Angelica di Rienzi.«

Es war das Mädchen, das Magda in ihrem Zimmer geschaut hatte. In jäher Panik wich Magda einen Schritt zurück, dann faßte sie sich und rang sich ein Lächeln ab. Das Mädchen lächelte zurück und sprach atemlos weiter.

»Ich hätte diesen Sommer gern eine Ihrer Vorlesungen gehört – ich wollte eine besuchen, aber man hat mich nicht gelassen. Ich fange gerade erst hier an«, setzte sie hinzu. »Aber ich wollte Ihnen sagen, wie sehr mir die *Töchter der untergehenden Sonne* gefallen haben ...«

Wie schön das Mädchen war! Magda nickte verwirrt. »Angelica, wie ... wie nett von Ihnen ...«

Als Angelica ihre Hand ergriff und sie heftig schüttelte, zuckte sie zusammen. Das Mädchen hatte unpassend große, starke Hände, trotz der langen, lackierten Fingernägel die Hände einer Bäuerin, mit breiten, ein wenig schwieligen Fingern.

»Es ist mir wirklich ernst, Professor Kurtz, das Buch ist *wundervoll* ...«

Dieses Lächeln! Es war hinreißend, und Angelica war sich ihrer Wirkung wahrscheinlich durchaus bewußt. Als Magda ihr Lächeln schwach erwiderte, hatte sie das Gefühl, ihr Mund sei zu klein und zu schmal, um der strahlenden Liebenswürdigkeit dieses Mädchens auch nur annähernd gerecht zu werden.

»... auf der High-School habe ich eine Arbeit darüber geschrieben. Sie hat mein Leben verändert, *wirklich* ...«

Magda hob eine Braue. »Tatsächlich?«

»Oh, *ja*! Besonders gefallen hat mir die Geschichte

über die Griechen – der Kampf zwischen Männern und Frauen und wie die Männer nach der Niederlage der Frauen meinten, ihre Kinder dürften nicht mehr den Namen der Mutter führen. Da ist mir zum ersten Mal klargeworden, worum es beim Matriarchat überhaupt ging. Als hätte sich mir eine *Tür* aufgetan, und Sie haben sie für mich geöffnet.«

»Der heilige Augustinus.«

»Verzeihung?«

»Die Geschichte ist vom heiligen Augustinus. Dem ersten Feministen, wissen Sie«, meinte Magda trokken. »Daher sollten Sie lieber *ihm* dafür danken, daß er Ihnen die Tür geöffnet hat.«

»Oh. Na ja, jedenfalls …«

Zerlegte man Angelicas Gesichtszüge, waren sie beinahe *zu* exotisch, zumindest für jemanden, der an Kalifornien gewöhnt war, wo die Mädchen teuer und adrett zurechtgemacht waren wie immergrüne Bonsais. Außerdem trug sie natürlich grüne Kontaktlinsen. Augen mit solch einer Farbe gibt es nicht, dachte Magda, Augen, die wie das grünliche Aufblitzen eines amazonischen Schmetterlingsflügels waren.

»… hat in mir den Wunsch geweckt, Archäologin zu werden. Vorher wollte ich ans Theater gehen – eine Freundin von mir vom Sarah Lawrence meinte, sie könnte mir einen Vorsprechtermin für ›Dunkle Schatten‹ besorgen …«

Magda nickte. Das Mädchen *hatte* eindeutig etwas. Die ungewöhnlichen Gesichtszüge stellten eine verblüffende, nahezu verwirrende Schönheit zur Schau – Magda mußte unwillkürlich an die berühmte Büste der Nofretete denken oder an das vollippige Gesicht des hermaphroditischen Echnaton. Exquisit, aber auf eine fast schon übermenschliche Weise. Sie fragte sich, warum die *Benandanti* sie hierhergebracht hatten. Vielleicht hatten sie ja gewußt, daß dieses Mädchen zu etwas Großem auserwählt war. Magda war sich jedoch ziemlich sicher, daß selbst die *Benandanti* bis vor ein paar Tagen nicht geahnt hatten, daß das Zeichen erscheinen würde.

Nein, etwas anderes hatte sie zu Angelica geführt; es gab zahllose hübsche Mädchen, die nicht für die *Benandanti* auserkoren waren. Was Magda bei ihr spürte, war eine überwältigende Entschlossenheit, ein großer und schrecklicher *Wille*.

Doch worauf dieser Wille abzielte, davon hatte Magda keine Ahnung. Wahrscheinlich wußte es das Mädchen selbst nicht einmal – zumindest jetzt noch nicht. Doch wenn sie dahinterkam, würde der Teufel los sein. Magda betrachtete sie nachdenklich, während Angelica weiterredete.

»... einige Zeit bei meinen Neffen in Florenz, und dann ...«

Es war nicht allein ihre Schönheit; von ihr strahlte eine so unbändige *Energie* aus. Nahezu jeder schaute sie an. Einige Leute, Männer wie Frauen gleichermaßen, blieben unvermittelt stehen, als wären sie gegen eine Wand gerannt, und starrten sie an. Als wäre eine bedeutende Ikone – die Sphinx, die Venus von Milo, Greta Garbo – zur Party hereingeschneit und hätte sich einen Drink gemixt.

Und obwohl sie dem sich stetig verändernden Hintergrund von Bewunderern keinerlei Beachtung zu schenken schien, bemerkte Angelica di Rienzi doch jeden einzelnen von ihnen, da war Magda überzeugt.

»Und dann rief mich eines Abends Balthazar an ...«

Balthazar? Seit wann nannten ihn Erstsemester denn Balthazar? Angelica strich Magda über den bloßen Arm; es war, als habe ihr jemand warmes Öl auf die Haut gegossen. Magda erschauerte.

»... und es gefällt mir, es *gefällt* mir einfach ...«

Magda schloß die Augen. Das Parfüm des Mädchens hüllte sie ein, ein süßer, warmer Duft wie von Sandelholz und Orangen. Als brenne die Sonne auf die kleinen, wilden Hyazinthen herunter, die unter dem unermeßlich blauen Himmel der Ägäis wachsen…

Kirkotokous athroize te mani Grogopa Gnathoi ruseis itoa

…als stiege süßer Rauch von dem Berggipfel empor, auf dem die *kouroi* versammelt sind und gedroschen werden wie Getreide…

»Also, ich glaube wirklich, daß ich mich hier *finden* werde.« Angelica lachte und ließ Magdas Arm los. »Verzeihung, daß ich so daherrede! Aber Ihre Arbeit hat wirklich viel für mich bedeutet.«

…Othyim haïyo…

Magda zuckte zurück, als wäre sie geschlagen worden.

Was geht hier eigentlich vor?

Angelica hatte jedoch nichts bemerkt. Ihre großen smaragdgrünen Augen waren auf Magda gerichtet. Sie öffnete die Hände und hielt sie hoch, während sie mit leiser Stimme rezitierte: *»Ich habe dich zu einer Löwin unter den Frauen gemacht und habe dir freigestellt, zu deinem Vergnügen zu töten.«*

»Was?« fragte Magda. *»Was haben Sie gesagt?«*

Angelica ließ die Hände sinken. »Aus Ihrem Buch.« Sie schaute verwirrt drein. »Ich meine, ich *glaube*, daß es daraus ist. Tut mir leid – war das, habe ich… habe ich mich geirrt?«

Magda hob die geballten Hände an die Brust.

»Nein«, sagte sie, darum bemüht, ihrer Stimme einen festen Klang zu verleihen. *Wer ist dieses Mädchen?* »Das ist – das ist nicht aus meinem Buch. Das ist aus den Mysterien von Eleusis – ich habe sie darin erwähnt, aber den Vers nicht zitiert. Ich habe ihn noch niemals zitiert.«

»Oh. Eleusis. Die Sache mit dem Getreide.« Angelica lachte selbstgefällig. »Dann muß ich es wohl woanders gelesen haben.«

Angelica verstummte und schaute plötzlich weg. Magda folgte ihrem Blick.

An der anderen Seite des Saals gab es einen Tumult; Gäste wandten sich um und verrenkten sich die Hälse, um einem Mann am Eingang zuzuschauen, der heftig auf einen Neuankömmling einredete. Magda vernahm Gekicher, einen einzelnen heiseren Schrei. Mehrere Studenten grölten trunken. Magda stellte sich auf die Zehenspitzen, um über die Köpfe hinwegsehen zu können.

Im qualmverhangenen Eingang stand eine große, schwankende Gestalt, bekleidet mit weißen Gewändern – nein, mit einem *Bettlaken* – nein, mit *zwei* Bettlaken, und eines war mit schauerlichen purpurfarbenen Gänseblümchen bedruckt –, die sie sich um den Leib und wie eine Kapuze um den Kopf geschlungen hatte. Die Gestalt straffte sich und zog irgendwo aus der improvisierten Toga ein kleines weißes Rechteck hervor. Magda erkannte darin die schwere, geprägte Einladungskarte wieder, die sie bislang für jeden Molyneux-Empfang erhalten hatte. Mit schwungvoller Gebärde präsentierte die lakenverhüllte Gestalt sie dem Mann an der Tür. Der Aufpasser besah sie sich mißtrauisch, dann winkte er den Neuankömmling durch. Der Junge schritt mit gesenktem Haupt in den Raum, das Gesicht noch immer von weißen und purpurfarbenen Falten verborgen. Man vernahm Pfiffe und Buhrufe.

»Wer ist das?«

»Hey, Oh-lie-VER!« skandierte eine Gruppe an der Bar. »Oh-lie-VER!«

Der Junge in der Toga richtete sich auf. Er wackelte übertrieben mit der Schulter, wie eine Stripperin, die ihr Kostüm abwarf, dann legte er den Kopf zurück. Langes kastanienbraunes Haar fiel ihm über die Schultern. Angelica schnappte nach Luft.

»Ein Freund von Ihnen?« fragte Magda.

Angelica nickte, schlug sich die Hand vor den Mund und brach in schallendes Gelächter aus. »Ich – ich kann's einfach nicht glauben …«

»Sehr hübsch«, bemerkte Magda.

Die Transvestitenverkleidung war zwar plump, aber glaubwürdig. Greller Lippenstift, zwei Streifen Rouge und eine Art hellblauer Lidschatten. Doch nicht einmal diese schrille Aufmachung konnte verbergen, wie gut er aussah – tatsächlich verlieh ihm das Make-up einen unheimlichen, nahezu übernatürlichen Reiz, der auf seine Weise ebenso verwirrend war wie Angelicas Schönheit. Er schritt sehr würdevoll durch die johlenden Studenten, die sich um ihn drängten. Keine Geziertheit, kein albernes Hüftenwackeln, kein dümmliches Grinsen. Er wirkte wie die biblische Hure aus einem frühen Film von Cecil B. deMille, und obschon einige der älteren Gäste eine finstere Miene machten, lachten doch die meisten oder taten zumindest so.

»Wer ist das, Angelica? Kennen Sie …«

Magda brach unvermittelt ab. Angelicas Lippen waren leicht geöffnet, ihre Augen leuchteten. Wer immer der Junge war, Angelica starrte ihn so an, wie alle anderen sie den ganzen Abend über angestarrt hatten. Magda berührte die Lunula und biß sich auf die Lippen.

Natürlich. Das war der *andere*, der Junge, den sie am Abend zuvor geschaut hatte. *Oliver* hatte der Naphaïm ihn genannt; und nun wand sich eine von einem halben Dutzend betrunkener Halbwüchsiger in Abendkleidung angeführte Conga-Schlange über den Parkettboden und grölte: »Oh-*lie*-VER! Oh-*lie*-VER!«

»Er … sieht sehr gut aus«, sagte Magda. Angelica lächelte überlegen, ohne den Blick von Oliver abzuwenden.

Und auf einmal wurde Magda das Muster klar, das Geheimnis hinter dem Zeichen. Dieser gutaussehende Junge, dieses wunderschöne, vorauswissende Mädchen; Angelicas leidenschaftlicher Wille konzentrierte sich ganz auf *ihn*. Die älteste Geschichte der Welt, darauf lief es also hinaus. Nur darauf.

Magda drehte sich um. Ebenso rasch, wie sie sich zusammengefunden hatten, um ihn zu feiern, hatten sich Olivers Bewunderer auch wieder zurückgezogen. Nun stand er allein da und hielt sich das zerknautschte Laken mit erstaunlicher Anmut an die Brust. Er schaute abwesend an die Decke, wo der venezianische Kronleuchter sachte hin und her pendelte. Oliver bewegte sich im Takt dazu, mit erhobenen Armen. Die Augen hatte er geschlossen, und er sang vor sich hin. Offenbar war er so bekifft, daß er völlig weggetreten war.

»... sollte ich jetzt besser gehen. Ich habe mich sehr gefreut, Sie kennenzulernen.«

Mit einem entschuldigenden Lächeln wandte sich Angelica Oliver zu. Magda sah ihr nach. In einer verborgenen Nische stimmte das Streichquartett ein streng arrangiertes *Pavane pour une enfant defunte* an. Magda bekam unwillkürlich feuchte Augen.

Aufgrund eines mächtigen, gütigen Geschicks wurden unsere Herzen in unserer Jugend entflammt.

Jähe Wut wallte in ihr auf. All die Hoffnungen, die sie auf das Zeichen gesetzt hatte, all die gegensätzlichen Energien der *Benandanti* und ihrer Herrin – und nun lief es *darauf* hinaus, auf eine Romanze unter Halbwüchsigen! Sie blickte Angelica an und dachte an die ganze goldene Energie, die lediglich darauf wartete, in einem Wohnheimzimmer mit einem geilen, ausgeflippten *Teenager* freigesetzt zu werden. Das war verrückt! Beinahe instinktiv stürmte Magda los und packte das Mädchen bei der Schulter.

»Angelica! Warten Sie ...«

Angelica blieb überrascht stehen.

»Angelica – ich ... ich wollte bloß ...«

In diesem Augenblick bemerkte Magda das ungleiche Paar: Balthazar Warnick und seinen jungen Adlatus Francis. Noch aus dieser Entfernung sah sie Warnicks funkelnde Saphiraugen, sein starres Lächeln, als er einem vorbeikommenden Kollegen zunickte. Dann drehte er sich um, und ihrer beider Blicke trafen sich. In diesem Moment wurde ihr klar, was ihr Leichtsinn sie gekostet hatte.

Sie wußten Bescheid.

Magda merkte es an Balthazars Augen und noch an etwas anderem: an einer jähen Veränderung in der Luft, als habe jemand ein Fenster geöffnet und ein eiskalter Hauch wehte durch den Qualm und das Gelächter. Die Namen der beiden Unschuldigen waren kein Geheimnis mehr. Die *Benandanti* hatten von ihrem Verrat erfahren.

»Angelica! Warten Sie …« Magda legte ihre ganze Willenskraft in den Befehl. Das Mädchen schaute sie verdutzt an. Die Lunula um Magdas Hals brannte wie heißes Öl.

»Sagen Sie – sagen Sie mir noch einmal Ihren Namen«, befahl sie. Angelica runzelte die Stirn. »Bitte! *Sagen Sie mir Ihren Namen!*«

Angelica sah sich über die Schulter nach dem Jungen in der Togaverkleidung um; die Stelle unter dem Kronleuchter war jedoch leer. Sie wandte sich wieder Magda zu. »Angelica di Rienzi.«

»Angelica …«

Die Lunula war ein weißglühender Kragen um Magdas Hals. Sie bekam kaum noch Luft, hatte kaum noch Kraft zu sprechen. Die Luft summte, als wäre sie elektrisch aufgeladen; Magda wurde schwindelig, als sich vor ihr plötzlich ein wilder, leuchtender Wirbel bildete und scharfe weiße und tiefrote Lichtstrahlen ihr die Sicht verdeckten: ein schreckliches prismatisches Leuchten, das die Umrisse ihrer Umgebung nicht erhellte, sondern verzerrte. Licht und Farben zitterten und pulsierten und schienen sogar ein *Geräusch* zu erzeugen, ein gequältes Kreischen, als würde ein Rasiermesser über einen Schleifstein gezogen. Einige Meter entfernt bewegten sich zwei schimmernde Gestalten durch den leuchtenden Mahlstrom.

»Genau. Angelica di Rienzi«, sagte das Mädchen leise.

Magda nahm ihre ganze Kraft zusammen. »Angelica di Rienzi.« Sie hörte Francis' schweren Schritt. Magda griff rasch nach einer blonden Stirnlocke des Mädchens, packte eine einzelne bronzefarbene Strähne und riß die Hand zurück.

»Angelica di Rienzi: In hoc signo vinces. Othyim, haïyo!« Sie öffnete die Finger: die Haare flammten auf und verbrannten zu weißer Asche. »Ich möchte, daß Sie das behalten, Angelica.«

Mit einer fließenden Bewegung streifte sich Magda die Lunula ab, hielt sie vor sich hin und betrachtete sie ein letztes Mal.

Das ganze Licht, das zuvor den Raum erfüllt hatte, schien nun von dem schimmernden Halbmond auszustrahlen, so daß sie und Angelica von Schatten umgeben waren. Aus sehr weiter Ferne vernahm sie ein Murmeln, das Wehklagen einer Frau. Die Schatten verdichteten sich. Einen Moment lang erblickte Magda den über nacktem Felsgestein aufgehenden Neumond, den scharlachroten Bogen von George Wayfords Hals vor dem Hintergrund der Erde. Ehe das Bild verblaßte, streifte sie Angelica die Lunula über den Kopf.

»Ich freue mich sehr, daß Ihnen die Vorlesung gefallen hat«, sagte Magda laut, als Balthazar und Francis Connelly hinter ihr auftauchten.

»Was?« rief Angelica, und dann: »*Uh!* – das ist *heiß!*«

»Aber jetzt sollten Sie besser *gehen* …«

Magda schob das Mädchen in Richtung Bar. Angelica taumelte benommen an Professor Warnick und dessen Begleiter vorbei und dann durch die sich verlierende Menge, wobei ihre Finger ihren Hals betasteten. Dieses eine Mal nahm niemand Notiz von ihr.

»Magda.«

Magda roch Balthazar, noch ehe sie sich umwandte, um ihn zu begrüßen: diese trügerisch gelassene Mixtur aus Borkum Riff, Kreide und modrigen Büchern. »Balthazar«, flüsterte sie.

Der kleine, schlanke Mann schüttelte den Kopf. In dem perlgrauen Anzug und mit der blaßgrünen Seidenkrawatte wirkte er wie eine düster-elegante Grille. »Ich war ja so ... *überrascht* ... als ich erfuhr, daß Sie immer noch unter uns weilen. Ich dachte, heute ginge Ihr Flug.« Sein Tonfall war spöttisch, aber auch wehmütig.

»Ich hab's mir anders überlegt.«

Er faßte sie beim rechten Arm, Francis beim linken. »Offenbar haben Sie es dabei nicht belassen«, murmelte Balthazar, sie mit Francis durch die Menge geleitend. »Heute morgen wurde mir von Ihren neuesten Grabungen berichtet. Ich hatte keine Ahnung, daß sich Ihre Interessen ... so viel weiter erstrecken als die unseren.«

Mit sanfter Gewalt geleiteten sie Magda zu der Tür, vor der sich zuvor Harold Mosreichs Nonnen versammelt hatten. Magda wandte den Kopf, damit sie nicht sahen, wie verängstigt sie war. Ihre Kehle und ihre Brust fühlten sich an wie versengt. Ohne die Lunula kam sie sich vollkommen schutzlos vor, wie in einem Alptraum, in dem sie nackt vor die Studenten trat, die sie ungläubig anstarrten. Als Balthazar und Francis sie durch den dunklen Durchgang geleiteten, wimmerte sie.

Die Geräusche des Empfangs waren unvermittelt verstummt. Sie befanden sich in einem der Dienstbotentrakte von Garvey Hall. Der schmale Gang war dunkel und kühl, der Boden roch nach Desinfektionsmittel und Verwahrlosung und tönte hohl unter ihren Schritten. Ein kalter, wehklagender Wind zupfte an Magdas bloßen Armen. Als sie um eine Ecke bogen, wurde der Griff ihrer Peiniger fester.

»Wo bringen Sie mich hin?« flüsterte sie.

Sie standen vor einer breiten Treppe, die sich über mehrere Stockwerke nach oben wand, bis sie in undurchdringlicher Dunkelheit verschwand. Von weit oben vernahm man das Klappern eines unverschlossenen Fensters. Als Warnick und Francis sie die Treppe hochzerrten, wehrte sie sich mit aller Kraft.

»Wo bringen Sie mich hin?«

»Es ist zwecklos, Magda«, blaffte Francis. »Wir wissen alles über Sie, wir ...«

»Francis!« sagte Warnick befehlend. Francis verstummte und funkelte Magda mürrisch an. Balthazar schüttelte den Kopf.

»Verzeihen Sie, falls Ihnen unsere Methoden ein wenig grob erscheinen mögen, Magda. Aber wir können es uns nicht erlauben, Sie gehen zu lassen.«

»Wohin ...«, setzte sie an; Balthazar aber bedeutete ihr zu schweigen.

»Es tat mir furchtbar, wirklich furchtbar leid, Sie an Berkeley zu verlieren«, sagte er in einem so bedauernden Ton, daß sie ihn hoffnungsvoll anschaute, halb in der Erwartung, Tränen in seinen Augen zu sehen. Da waren keine Tränen, doch in seinem Blick lag unendliche Traurigkeit. »Und Sie nun ... zum zweitenmal zu verlieren ... Ach, Magda ...«

Sie blieben stehen, auf halber Höhe der Treppe. Francis blickte mit finsterer Miene angestrengt ins Dunkel. Balthazar hingegen schaute Magda an, und seine einnehmenden Züge waren so entwaffnend jugendlich wie eh und je. Zu ihrer Verwunderung stellte sie fest, daß jetzt tatsächlich Tränen in seinen Augen funkelten. Seine Hand, mit der er sie unnachgiebig festhielt, zitterte. Einen Moment lang meinte sie, er werde sich auf die Zehenspitzen stellen und sie küssen. Statt dessen wandte er sich ab.

»Das ist eine große Enttäuschung für mich«, sagte er und zog sie hinter sich her.

»Bitte, Balthazar, wollen Sie mir nicht sagen …«

Sie verstummte, als sie auf einen Treppenabsatz stolperte. Sie standen vor der Mündung eines weiteren düsteren Korridors. Scheinbar endlose Reihen geschlossener Türen säumten beide Seiten des Ganges. Es roch nach abgestandenem Wasser und ganz schwach nach Benzin.

»Ein sicherer Ort«, sagte Balthazar leise. »Hier wird Sie niemand stören …«

»Balthazar, bitte hören Sie mich an …«

»… niemand …«

»Balthazar, bitte!«

Niemand hörte, wie die beiden Männer sie in den stillen Gang hineinzerrten.

Das Streichquartett hatte die Instrumente eingepackt, sich in die Schlange an der Bar eingereiht und bestellte nun Tequila. Von einem Band waberten die Eröffnungsklänge der *Carmina Burana* durch den sich legenden Qualm und das ersterbende Gelächter. Während ich einen weiteren Wodka Tonic austrank, funkelte zu meinen Füßen eine kleine Armee leerer Gläser. Ich war schon total hinüber, hatte aber die blödsinnige Vorstellung, daß ich mich sicherer fühlen würde, je besoffener ich wurde.

»Das spielen sie *immer* zum Abschluß«, meinte Baby Joe angewidert. »Das ist dasselbe wie die Scheißnationalhymne um Mitternacht.« Er verlagerte seine Haltung an der Wand und deutete mit dem Glas in den Raum. »O je. Da kommt Barbie.«

Als ich hochschaute, sah ich Angelica.

»Mir ist gerade etwas Seltsames passiert.« Sie

blickte mit erhobener Braue auf die Reihen leerer Gläser und die Zigarette in meiner Hand. »Hast du Oliver gesehen? Sweeney …?«

»Angelica.« Ich packte Baby Joe beim Arm. »Das ist Baby Joe – du hast gesagt, du würdest ihn schon kennen, weißt du noch …«

Angelica schenkte ihm ein zerstreutes Lächeln. »Klar. Hallo. Hör mal, Sweeney, das ist *wirklich* seltsam – kennst du Magda Kurtz?«

»Hm-hm. Nein, warte …« Ich schaute zu Baby Joe. »Hast du mir nicht gerade von der erzählt?«

»Gastprofessorin für Europäische Archäologie.« Baby Joe blickte Angelica mit zusammengekniffenen Augen an. Er sah aus wie Peter Lorre, der ein kleines Mädchen anstarrte, das er zu ermorden gedachte. »Hab gesehn, wie du dich mit ihr unterhalten hast.«

»Also, seht euch das mal an – das hat sie mir geschenkt.«

Ich beugte mich zu dem Schmuckstück vor, auf das sie zeigte: ein halbmondförmiger silberner Anhänger, ähnlich einem keltischen Torque.

»Wow! Sieht teuer aus. Und das hat sie dir *geschenkt?*«

Angelica nickte ernst. »Ist das nicht eigenartig?«

»Vor Irren mit Geschenken sollte man sich hüten.« Angelica blickte verärgert drein, und Baby Joe zeigte auf einmal quer durch den Raum. »Da ist er ja. Unser Freund Oliver.«

Angelica fuhr herum. Ich drehte mich betont lässig um und nahm einen Zug von meiner Zigarette. Als ich ihn sah, mußte ich krampfhaft husten. Baby Joe kicherte.

»Vielleicht hat er gehört, die Zimmercallas stünden in Blüte. *Talang sirang ulo.*«

Oliver stand mitten im Raum und schaute zur Kuppel hoch, als läse er dort etwas, vielleicht sein Horoskop oder den Namen eines guten Psychiaters. Ein

Pärchen mittleren Alters, das in seiner Nähe stand, bemühte sich nach Kräften, ihm keine Beachtung zu schenken. Er trug Make-up – zumindest das, was davon übrig war, denn das meiste schien an einer Art Bettlaken zu kleben, das er sich um den Hals geschlungen hatte. Übrig geblieben waren das rote Loch des Mundes, die blauen Augen, natürlich sein wirres Haar und ein geblümtes Marimekko-Laken. Er sah aus wie der Überlebende eines furchtbaren Zusammenstoßes bei einer Modenschau, wunderschön und erbärmlich.

Angelica starrte ihn entgeistert an. Als ich endlich aufhörte zu husten, keuchte ich: »Der ist ja völlig hinüber – er hat mir erzählt, er würde ein paar Pilze bekommen ...«

»Pilze?« Baby Joe merkte auf. »Ich glaube, ich schaue mal, wie's ihm geht.«

Er machte sich davon, gefolgt von einer grauen Qualmwolke. Ich wollte ihm nachgehen, doch Angelica packte mich beim Arm.

»Kommst du mit?« meinte sie flehentlich und schaute wieder zu Oliver hinüber. »Ich will mal zur Toilette – ich fühle mich so schmutzig von dem ganzen Qualm ...«

Ich nickte widerstrebend. Als ich mich umsah, stand Baby Joe ein paar Schritte von Oliver entfernt und blickte ihn nachdenklich an, als sei er ein Ausstellungsstück in einem Museum. Oliver schien ihn nicht wahrzunehmen.

Also gingen wir zur Bar. Ich rief: »Zur Toilette?«, und der Barkeeper schrie etwas wie ›Türen, rechts, die Treppe hoch‹ und deutete vage mit einer Hand, während er mit der anderen einen Scotch einschenkte.

»Ich glaube, er hat gemeint, da lang«, sagte ich. Wir bahnten uns einen Weg durch eine lärmende Gruppe junger Männer, die sich vor uns teilten wie das Rote

Meer, als sie Angelica sahen. Kurz darauf verließen wir den Saal durch eine offene Tür.

»O Gott. *Das* ist schon mal ein Fortschritt. Hier kann man wenigstens *atmen*.« Angelica lachte. »Hast du Oliver gesehen? Der ist ja völlig *weggetreten*.«

Ich grinste, streckte die Hand aus und berührte ihren Anhänger. Er fühlte sich kühl und erstaunlich schwer an. »Den hat sie dir wirklich geschenkt, hm? Wow!«

Angelica seufzte. »Wahrscheinlich sollte ich ihn ihr zurückgeben. Vielleicht war sie betrunken oder so was.«

»Vielleicht wollte sie ihn eigentlich Oliver schenken.«

»Vielleicht werde *ich* ihn Oliver schenken.«

Als ich mich vorbeugte, um ihn genauer zu betrachten, fiel mir auf, daß in dem Metall eine sichelförmige Aussparung war. »Weißt du, das sieht so aus, als würde da etwas fehlen...« Ich steckte den Finger hindurch und tippte auf ihr Brustbein. »...siehst du? Hier.«

»Vielleicht wollte sie ihn ja deswegen loswerden. Weil er beschädigt ist.«

Ich richtete mich auf und ließ den Anhänger los. Nach einer Weile kamen wir zu einer Abzweigung. Nach rechts erstreckte sich ein noch dunklerer, schmalerer Gang; die Treppe zur Linken schraubte sich durch mehrere Stockwerke empor.

Ich runzelte die Stirn. »Ich glaube, es geht da lang«, sagte ich und wandte mich nach rechts. Eine Weile gingen wir schweigend weiter – keine Türen, keine Fenster, nicht einmal ein Gemälde an den düsteren Wänden –, bis wir uns schließlich in einer leeren Küche wiederfanden, wo es nach abgestandenen Kochdünsten roch.

»Hier kann es nicht sein.« Angelica rümpfte die Nase. »Das muß der Dienstbotentrakt sein.«

»Dann sollten wir vielleicht die Dienstbotentoilette aufsuchen.«

Sie schüttelte den Kopf. »Nein. Es muß dort hinten sein.«

Wir gingen den Weg zurück, den wir gekommen waren, bis wir wieder am Fuß der breiten Treppe standen. Angelica ging hinauf, während ich unten stehenblieb, das Treppengeländer umklammernd.

Die Treppe wand sich über mir ins Dunkel empor, bedrohlich und schweigend. Ich schauderte. Auf einmal erscholl auf dem Korridor hinter mir lautes Gelächter, das aus dem Saal kam. Ich könnte mir noch einen Wodka Tonic besorgen und Baby Joe und Oliver suchen …

»Sweeney? Kommst du?«

Als ich nach oben sah, hing Angelicas Kopf zwischen den Geländerpfosten, und ihr silberner Anhänger funkelte. Mit diesen schrecklichen Augen, die – umrahmt von dem ins Dunkel hinausfließenden Haar – über mir schwebten, während alles um sie herum wirbelndes Chaos war, sah sie aus wie die Gestalt, die ich zuvor am Himmel erblickt hatte. Wie die Frau im Mond.

»Sweeney?« Ihre aufgebrachte Stimme schwebte zu mir herunter. »Komm schon! Nicht daß schon alle gegangen sind, wenn wir zurückkommen.«

»Okay«, gab ich mich geschlagen. »Ich komme.« Kurz darauf stand ich neben ihr auf dem Treppenabsatz.

»Was hast du, Sweeney? Du siehst furchtbar aus.« Sie fuhr mir über die Wange. »Sweeney! Du bist ja glühend heiß!«

Ihr Duft heftete sich an meine Haut, der schwache Geruch von Sandelholz und Orangen überschwemmte mich wie Regen. Ich schloß die Augen und atmete tief ein, bis jener andere, widerliche Geruch verschwunden war.

»Es geht schon. Ich glaub, ich hab zuviel getrunken.«

Angelica lächelte spöttisch. »Schon möglich. Ich hab Aspirin in der Tasche. Laß uns nach Wasser suchen.«

Sie ergriff meine Hand – fest, aber kameradschaftlich, wie ein entschlossenes englisches Schulmädchen – und führte mich den Gang entlang. Nach einer Weile fühlte ich mich besser.

»Also, das sind bestimmt keine Dienstbotenquartiere«, sagte ich.

Es war, als befänden wir uns in einer Landschaft von Moreau. Vor einem verschwommenen schwarzen Hintergrund war alles in dunklen, juwelenartigen Farben gemalt oder bezogen, blutrot, purpurfarben und blau, golddurchwirkt wie von Sonnenstrahlen. Ein dämmriges rötliches Licht durchflutete alles und ließ die Eichentäfelung und die abgetretenen Orientteppiche, die unsere Schritte dämpften, aufleuchten.

»Wer, zum Teufel, lebt hier? Eine zweite Mrs. de Winter?«

»Nein«, erwiderte Angelica zerstreut. »Hier logieren die *Benandanti*, wenn sie auf Besuch sind.«

An den Wänden waren Beleuchtungskörper aus Messing, die wie Greife, Wasserspeier und wunderschöne Frauen geformt waren, und die Messingplaketten an den schweren geschlossenen Türen trugen einfache Inschriften – *Das Rote Zimmer, Das Luxor-Zimmer, Das Toskana-Zimmer*. Alles schien bereit zur Aufnahme von Gästen, gleichzeitig roch es jedoch modrig und stickig, als wären hier seit Monaten, wenn nicht seit Jahren keine Gäste mehr eingekehrt.

»Woher weißt du das?« Meine Stimme war zu laut. »Ich meine, das mit den *Benandanti*. Woher weißt du, wo sie absteigen?«

»Von meinem Vater.«

»Von deinem Vater.« Ich verdrehte die Augen. »Ja, klar.«

Angelica schien mich nicht gehört zu haben. Sie ging weiter den Korridor entlang, ohne sich auch nur einmal umzuschauen, ob ich ihr folgte.

Das tat ich nicht. Ich blieb mit geballten Fäusten stehen und fragte: »Und wer sind nun die *Benandanti?*«

Schweigen.

»Ich habe dich gefragt, wer die ...«

»Pssst!« Sie blieb stehen und funkelte mich an. »Ich dachte, dir wäre *übel*, Sweeney. *Komm* schon ...«

»Ich bin nicht dein beschissener Lakai! Und ich würde mich viel besser fühlen, wenn du mir endlich sagen würdest ...«

Auf einmal stand sie vor mir, ihre Hand ruhte auf meiner Hüfte, der silberne Anhänger funkelte auf dem schwarzen Spitzenoberteil ihres Kleids.

»Sweeney«, sagte sie leise. Sie legte mir einen Finger ans Kinn und bog meinen Kopf zurück, bis ich ihre Augen sah, groß und mandelförmig und unglaublich grün. »Alles in Ordnung, Sweeney. Wirklich, es ist alles in Ordnung ...«

Sie küßte mich – kein schulmädchenhafter Schmatzer auf die Wange, sondern ein richtiger Kuß; und ich ließ sie gewähren, obwohl ich bis dahin noch nie ein anderes Mädchen geküßt und auch noch nie daran gedacht hatte. Ihr Haar ergoß sich über mein Gesicht, und unter meinen Fingerspitzen knisterte Spitze wie trockenes Laub; ihre Brüste ergossen sich in meine Hände wie warmes Wasser, und das harte, glatte Gewicht ihrer Schenkel drückte sich an mich. Mein einziger Gedanke dabei war, daß der Unterschied gar nicht so groß sei, denn sie hatte überhaupt nichts Weiches an sich, weder ihre Hände noch ihre Haut noch sonst irgendwas, mit Ausnahme ihres Mundes, der so klein und so heiß war, daß ich nach

Luft schnappte und dann stöhnte, als sie mich fest an sich zog.

»Hab keine Angst«, hauchte sie, und obwohl sie es nicht aussprach, hörte ich dennoch, was als nächstes käme …

Ich bin ja bei dir.

Ich wollte sie noch einmal küssen, doch sie lächelte bloß, entzog sich mir und drehte sich eine Haarlocke von mir um einen Finger. »Komm schon, *kemosabe* – damit du endlich dein Aspirin bekommst.«

Ich folgte ihr schweigend. Ich war weder verlegen noch verärgert, nicht einmal verwirrt – bloß ein bißchen erregt und sehr, sehr müde. Sie war so nüchtern, alles war so nüchtern, daß mir der Gedanke kam, der erste Tag am College verlaufe vielleicht für jeden so. Engel am Morgen, Visionen am Nachmittag, Sukkuben bei Nacht. Es war wie ein Traum, ein wunderschöner Rausch; dennoch wußte ich, daß alles eine Täuschung war.

Angelica war am Ende des Korridors stehengeblieben, am obersten Absatz einer weiteren Treppenflucht. Sie sah mich mit gerunzelter Stirn an.

»Und nun?«

Ich blickte in den Treppenschacht hinunter. Ein eiskalter Luftzug und Ölgeruch wehten mich an.

»Vielleicht sollten wir besser zurückgehen«, meinte ich schwach. »Diese vielen Türen …«

Wir machten kehrt, doch schon nach wenigen Schritten fiel mir etwas auf, das wir bis dahin übersehen hatten – ein schmaler Gang, der vom Korridor abzweigte. An dessen Ende bemerkte ich einen gräulichen Lichtfleck, der auf eine offene Tür hindeuten mochte. Ich packte Angelica und zog sie auf den Gang. »Ich wette, hier ist es.«

»Na prima.« Angelica wühlte in ihrer kleinen, perlenbesetzten Handtasche. »Okay. Ich *weiß*, daß ich ein paar Aspirin dabeihabe, ich muß sie bloß …«

Sie brach ab und schaute mich an. Vom Hauptkorridor vernahm man das hohle Echo von Stimmen und gedämpften Schritten. Bevor ich wußte, wie mir geschah, zerrte Angelica mich weiter in den Gang hinein, bis wir in einem kleinen Alkoven vor einer Tür standen.

Angelica rüttelte am Türknauf. »Verdammt! Die ist *abgeschlossen …*«

»Na und, was soll's? Wir suchen doch die …«

»Psst!« Angelica hockte sich auf den Boden. »Komm runter.«

»Was?« Das war lächerlich. Schlimmstenfalls würden wir einen Verweis bekommen, weil wir herumgeschnüffelt hatten, vielleicht würde man uns auffordern zu gehen. Doch dann mußte ich an den kalten, finsteren Treppenschacht denken. Ich schauderte. Die Stimmen wurden lauter, während mich Angelica neben sich zog.

»Ich kann nicht …«, flüsterte ich.

»Sei still.« Angelica bewegte angespannt die Hand und lehnte sich zurück, als wollte sie in die Wand hineinkriechen. Ich hockte mich neben sie in die Finsternis.

Schattenhafte Gestalten verdeckten die Mündung des schmalen Ganges. Zwei Männer, dachte ich zunächst. Doch dann bewegte sich der größere, und ich sah, daß sie eine dritte Person zwischen sich trugen, eine schlaffe Gestalt, die halbherzig am Boden strampelte.

Mich überkam warme Erleichterung. Nur ein Betrunkener, der von seinen Freunden herumgeführt wurde. Trotzdem regte sich Angelica weder, noch sagte sie ein Wort. Ihr Schweiß übertönte den Moschusduft ihres Parfüms, das jetzt ranzig und sauer roch, wie der Geruch in einem kleinen Raum, in dem ein Kind eingeschlossen und vergessen wurde.

Schritte. Die Gestalten gingen schweigend an uns

vorbei, man hörte nur den keuchenden Atem des Mannes, der in der Mitte geführt wurde. Ich sah die Hosenumschläge der uns nächsten Gestalt, eines schlaksigen jungen Mannes mit Tennisschuhen, der keine Socken trug; ich hätte seinen nackten Knöchel mit der Hand greifen können. Neben ihm kam sein zusammengesackter Freund, und hinter den beiden erspähte ich undeutlich die dritte Gestalt, die so klein war, daß sie der Schatten der anderen beiden hätte sein können. Vor dem gegenüberliegenden Eingang blieben sie stehen. Die Gestalt in der Mitte richtete sich auf einmal ruckartig auf, warf den Kopf zurück und stieß einen kurzen, erstickten Schrei aus.

»Nein!«

Angelica versteifte sich neben mir.

»Lassen Sie mich los!«

Es war eine Frauenstimme. Kein Betrunkener, kein Verbindungstyp, der von seinen Freunden umhergeführt wurde, sondern eine Frau. Ich war entsetzt.

»Bitte.«

Der größere Mann bog ihr die Arme auf den Rükken, so daß sie sich nicht mehr bewegen konnte. Er hielt sie so fest, daß ich die Knochen knacken hörte.

Oh, verdammt, dachte ich, als die Frauenstimme wieder ertönte.

»Das können Sie nicht tun, Balthazar. Das verstößt gegen die Charta, jemanden auf dem Gelände der Göttlichen zu schlagen …« Ich fühlte, wie Angelica zitterte. »… das *dürfen* Sie nicht tun, Balthazar, und das wissen Sie auch …«

Es war die Frau, die auf dem Empfang mit Angelica gesprochen hatte. Die Frau, die ihr den Anhänger geschenkt hatte: Magda Kurtz, die berühmte Professorin für europäische Archäologie. Der Mann, den sie angesprochen hatte, der kleinere von beiden, bewegte sich, ohne seinen Griff zu lockern. Es war Professor Warnick, der sie vollkommen ausdruckslos anschaute, wortlos, nur schauend und zuhörend. Ihre Stimme schraubte sich verzweifelt in die Höhe.

»*Bitte*, Balthazar!«

Warnick trat einen Schritt näher. »*Sie* haben gegen die Charta verstoßen, Magda. Schon vor langer, langer Zeit, wie es scheint.«

Trotz der Dunkelheit konnte ich sehen, daß sein Gesicht verzerrt war, nicht vor Lust oder Haß oder aus einem anderen Grund, den man hätte vermuten können, sondern vor Sehnsucht, der reinsten Form von Sehnsucht und Bedauern, die ich je gesehen habe. »Sie haben sie gefunden und uns nichts davon gesagt. Sie haben *mir* nichts davon gesagt.«

»Nur einen Teil davon«, flüsterte Kurtz. »Sie ist immer noch unvollständig, ich habe nur einen Teil gefunden ...«

Zum erstenmal ergriff der andere Mann das Wort. »Sie haben sie *gestohlen!* Wie hätten Sie sonst ...«

»Halten Sie den Mund, Francis!« Warnicks Stimme brach. Er schaute zu Magda Kurtz und rief: »Ich wünschte, Sie wären gestern abgereist. Warum sind Sie nicht einfach *abgereist?*«

Der gequälte Klang seiner Stimme jagte mir ein Zittern durch den Körper. Angelica war stocksteif, ihre Augen waren vor Entsetzen geweitet. Professor Warnick riß sich von Magda Kurtz los und stieß sie dem anderen Mann entgegen. Warnicks Hand vollführte eine peitschende Bewegung durch die Luft, während er sich umdrehte und zwei rasche Schritte tat, worauf er nur noch Zentimeter von der Tür in dem Gang entfernt war.

»Sie hätten es mir sagen sollen«, flüsterte er und senkte den Kopf.

Ich hatte geglaubt, die Tür stünde offen. In Wirklichkeit war sie allerdings fest verschlossen. Das Licht sickerte aus den Ritzen, graublau, so fahl wie Asche – kein Tageslicht und auch kein Mondschein, sondern eine andere Art von Leuchten, ohne Wärme und nahezu farblos.

»Balthazar.« Magda Kurtz' Stimme erstarb. Langsam faßte sie sich an den Hals.

Warnick fuhr mit den Fingern über das Holz und murmelte leise vor sich hin. Ich verstand die Worte nicht, es war eine fremde Sprache, weder Latein noch eine andere mir bekannte Sprache. Von seinem Gemurmel bekam ich Ohrensausen. Mich überkam eine überwältigende Schläfrigkeit. Als wäre es der heißeste, längste Nachmittag im Sommer und ich schliefe auf der von Fliegendraht umgebenen Veranda ein, während draußen die Zikaden dröhnten. Ich hörte ihr hartnäckiges Schnarren, zunächst noch leise, dann ständig lauter werdend. Das Geräusch erfüllte meine Ohren, füllte mich aus, bis meine Knochen davon widerhallten und ich nichts anderes mehr hörte, weder Professor Warnicks Stimme noch Angelicas Atem noch meinen eigenen Herzschlag. Der Lärm der Heuschrecken schwoll zu einem sinnlosen Kreischen an, das weder von Insekten noch von einer Maschine oder einem Menschen stammte. Ein derartiges Geräusch hatte ich noch nie gehört.

Und dann kam noch ein anderes Geräusch hinzu – ein widerhallendes Rattern und Hämmern, als würden zahllose große Gegenstände gegen die Tür geschleudert. Die Wand vor uns erbebte auf einmal. Die Tür wölbte sich nach außen, während das Kreischen zu einem Heulen anschwoll, ein Krach, der beinahe noch von einem heftigen Kratzen übertönt wurde. Ich hörte, wie das Holz barst und splitterte. Das stählerne Licht wurde heller, doch es lag keine Wärme darin, mit Sonne, Kerzenschein oder Kaminfeuer hatte es nichts gemein. Es war vollkommen kalt, graublau und so nackt wie Knochen. Die drei Gestalten, die davor standen, wirkten wie in einem Videobildschirm gefangen. Das Tosen wurde zu einem Brüllen, dem schrillen Scharren von Metall, das über Stein wetzt.

»Balthazar, *nein!*«

Professor Warnick trat zurück. Die Tür sprang auf. Ich wollte schreien, doch Angelica legte mir die Hand auf den Mund. Sie zog mich an ihre Brust, versuchte mich abzuschirmen, damit ich nicht sah, was hinter der Tür verborgen war. Ich aber riß mich los, und dann sah ich es.

Hinter der Tür lag eine andere Welt. Die Welt, aus der das Heulen kam, der sinnlose Lärm und dieses blendende, bleierne Licht. Eine endlose, tote Weite, farblos, baumlos, eine schreckliche, leblose Steppe, übersät mit Schattenmulden und zerklüfteten Felszacken. Darüber erstreckte sich der Himmel, purpurschwarz und sternenlos. Am Horizont ragten gespenstische Schatten auf, die wie Wolken wallten, und kleine, schwärzliche Gegenstände fielen wie Hagel oder Steinregen zur Erde. Die Landschaft war ebenso unwirtlich wie der Mond: keine Sterne, die sie erhellt, keine Erde, die ihren blauen Schein über den Horizont geworfen hätte. Nichts als nackter Erdboden, Steine, eiskalte Luft und ein schwacher, widerlicher Benzingeruch. Der ohrenbetäubende Lärm ging unterdessen unerbittlich weiter, während die knollenförmigen schwarzen Gegenstände vom Himmel auf den gequälten Boden herunterfielen.

Ich stöhnte. Vor uns standen die drei Personen, mit bläulichweißen Gesichtern, und ihre Schatten fielen über die Bodenbretter. Als Angelicas Hand sich um meine krampfte, schien der furchterregende Lärm plötzlich zu versiegen. Auf einmal hüllte uns eine gewaltige Stille ein und eine so tiefe Dunkelheit, wie ich sie noch nie erlebt hatte.

Angelica, wollte ich flüstern, brachte aber kein Wort heraus.

Dann vernahm ich von irgendwoher eine dünne,

monotone Stimme; eine Stimme, die schon seit einer Million Jahren in meinem Kopf wisperte.

Gestalt ohne Form, Schatten ohne Farbe …

Rauh und schwach: die Stimme eines alten Mannes, der sich mit den Worten abmühte, so wie ich mich bemühte, mich daran zu erinnern, wo ich sie schon einmal gehört hatte.

Gedenke unser – wenn überhaupt – nicht als verlorene
Ungestüme Seelen, sondern
als …

Und ich erinnerte mich. Ich saß zusammengesunken auf einem Stuhl in einem verdunkelten Auditorium, und ein trüber Scheinwerfer war auf die Bühne gerichtet, wo ein fürchterlicher, graugesichtiger Rektor rezitierte.

Hier gibt es keine Augen
In diesem Tal der sterbenden Sterne
In diesem hohlen Tal
Diesem zerbrochenen Kiefer unseres verlorenen Königreichs

… oder nein, ich hockte vor einer flackernden Flamme und bemühte mich, die Augen offenzuhalten, während eine kleine, mit Fellen und Leder bekleidete Gestalt einen monotonen Rhythmus auf einem hautbespannten Tamburin schlug.

Wir tanzen um den Feigenkaktus
Feigenkaktus Feigenkaktus
Wir tanzen um den Feigenkaktus
Um fünf Uhr in der Früh …

Unvermittelt schraubte sich die Stimme zu einem Kreischen empor, dann verklang sie in einem schnatternden Heulen. Abermals vernahm ich das summende Tosen, leiser zwar, dafür aber deutlicher, ein Geräusch, das durchsetzt war mit dumpfen Schlägen, die den Aufprall der leeren Schoten auf dem Geröllboden begleiteten. Ich verspürte einen Lachreiz – und hätte auch wie von Sinnen gelacht, wenn Angelica mich nicht festgehalten und an sich gedrückt hätte.

Denn als ich die Landschaft zum erstenmal erblickte, hatte ich gemeint, etwas Schrecklicheres als diesen öden Ort, wo nie etwas gelebt hatte oder gestorben war, kein Skarabäus, kein Geier, kein Dornbusch und kein Wurm, könne es nicht geben. Jetzt aber wußte ich, daß es noch etwas unendlich Furchtbareres gab.

Denn in dieser farblosen, formlosen Wüste lebte etwas. Viele Wesen sogar. Was ich zunächst für riesige Schatten gehalten hatte, für Wolken oder Berge oder Nebel, das waren nämlich gar keine Schatten. *Es waren eigenständige Lebewesen.* Groß, mindestens doppelt mannshoch, und so mager, daß die Umrisse von Rippen, Brustkasten und Schädel im silbrigen Licht schimmernd hervortraten.

Es waren aber keine Skelette und auch keine Kadaver. Sie waren nicht einmal entfernt menschenähnlich. Es waren riesige Gliederfüßler, die Gottesanbeterinnen, Gespensterheuschrecken oder Blattinsekten ähnelten. Vielgliedrig und silbergrau wie der Felshang, über den sie hinwegtanzten, wobei die langen, mit Gelenken versehenen Beine, die sie hinter sich herzogen, an Streichhölzer erinnerten, die sich aus einer Schachtel ergossen. Sie hatten große, runde Augen, glatt und gekrümmt wie Glas, mit einem kleinen schwarzen Fleck als Pupille. Einige hatten Flügel, die sie einzogen, wenn sie den Boden berührten. Der schwarze Himmel der Welt hinter der Tür war voll von ihnen, eine gewaltige Horde, die stetig näher kam. Ich nahm ein verschwommenes Flattern wahr, als eines der Wesen zur Erde fiel und sich dann wieder in die Luft schwang, sich mit heftig schlagenden Flügeln weiter auf uns zubewegte. Die Augen über den zuckenden Mandibeln funkelten wie Stahlträger.

»Balthazar! Balthazar, nein …«

Magda Kurtz' Schrei brach ab, als ihre Peiniger sie mit einem einzigen Stoß durch die Tür beförderten. Ich wehrte mich gegen Angelicas Umarmung, dann riß ich mich los.

Ich erhaschte einen letzten Blick auf Magda Kurtz. Sie befand sich jetzt auf der anderen Seite der Tür, schwenkte hilflos die Arme und taumelte wie blind umher, dann stürzte sie zu Boden. Grauer Staub wirbelte um ihre Knie auf. Ich hörte, wie Kiesel gegen das hölzerne Portal prasselten, wie der Wind hinter uns gegen die Wand prallte. Vom Benzingeruch wurde mir übel. Ich spürte die Berührung von Angelicas Händen nicht mehr. Ich sah nichts mehr, nur noch das, was hinter der Tür lag.

Über Magda Kurtz schwebte ein riesiger schwarzer Schatten. Die herabbaumelnden Gliedmaßen bewegten sich langsam auf und ab, das große, geistlose Auge richtete sich auf das, was unter ihm lag. Eine Zeitlang verharrte das Wesen dort mit lautlos schlagenden Flügeln. Dann stieß es unvermittelt zum Boden nieder. Eine Wolke funkelnden Staubs stieg empor, als es ein langes, vielgelenkiges Bein ausstreckte, ähnlich der metallenen Stütze eines Dreibeins.

In seinem Schatten hockte Magda Kurtz. Sie wirkte unglaublich klein, wie eine Puppenfrau oder wie eine spindeldürre Gestalt aus einer Höhlenmalerei. Sie hielt sich schützend einen Arm vors Gesicht und schaute sich nach der Tür um. An ihrem leeren Ausdruck und ihrem aufgerissenen Mund, daran, wie sie den Kopf vor und zurück schwenkte, sah ich jedoch, daß sie die Tür und das, was dahinter lag, nicht mehr sehen konnte, daß sie für immer von unserer Welt ausgeschlossen war. Das letzte, was ich hörte, war ihr Schrei, ein anschwellendes Heulen, das jäh abbrach, als die Tür ins Schloß fiel.

»Herrgott noch mal!«

Bevor Angelica mich festhalten konnte, war ich aufgesprungen und taumelte auf den Hauptgang hinaus. Hinter mir ertönten Rufe; dann Angelicas verzweifelte Stimme.

»Sweeney, nein! ... die Treppe!«

Sie zeigte dorthin, und ich rannte über den Gang auf diesen entsetzlich finsteren, gähnenden Treppenschacht zu. Das Geräusch meiner Schritte war wie Hufgetrappel; im Dunkeln hallte Professor Warnicks trügerisch ruhige Stimme wider.

»Das sind bloß ein paar Studenten, mehr nicht ...«

Dann Angelicas Schrei.

»Nein! ... lassen Sie mich los ... *Swee-ney!*«

Ich fuhr herum. Francis Connelly hatte sie beim Handgelenk gepackt. Er verdrehte es und zog sie auf sich und Balthazar zu, der teilnahmslos zuschaute.

»Laß *los*, du Mistkerl, laß mich *los* ...«

Ich hörte Angelicas Keuchen, sah die dunklen Striemen, wo er sie grob gepackt hatte. Eine Armlänge von ihnen entfernt hockte Professor Warnick an der Wand wie ein Kobold, der das Tageslicht fürchtete. Und dann zerrte Francis Angelica auf den Alkoven zu, in dem sie Magda Kurtz hatten verschwinden lassen.

»NEIN!« schrie Angelica und zerkratzte ihm das Gesicht.

»*Verdammt* noch mal, du blöde ...«

Francis verstummte, als ich auf ihn losstürmte. Ich packte Angelica und trat ihm mit voller Kraft gegen das Schienbein. Ein Moment der Genugtuung, als ich fühlte, wie meine metallene Stiefelkappe gegen den Knochen prallte. Francis sackte aufheulend auf dem Teppich zusammen.

»O je«, murmelte Balthazar Warnick.

»Los!« keuchte ich und zerrte die schluchzende Angelica hinter mir her.

Um uns herum waren scharlachrote, schwarze und goldene Schemen. Ich meinte Stimmen zu hören, das leise Schlagen mächtiger Flügel. Dann hatten wir das Ende des Korridors erreicht. Unter uns erstreckte sich der Treppenabgang. Hinter uns ertönte Knochengeklapper, und ein kreischender Wind, beladen mit dem Geruch von Benzin und brennendem Laub, wehte uns nach. Ich konnte keinen klaren Gedanken mehr fassen, konnte mich nicht mehr bewegen...

»Sweeney, *lauf!*«

Angelica versetzte mir einen Stoß. Ich packte das Geländer und stürmte nach unten, nahm immer zwei, drei und sogar fünf Stufen auf einmal. Als ich wenige Meter unter mir den Boden sah, kletterte ich über das Geländer und sprang hinunter. Dann machte ich einen Satz auf eine Drahtgittertür zu. Dahinter sah man den tröstlichen gelben Schein der Campusbeleuchtung und ein paar Schattengestalten, die sich auf dem Grabhügel versammelt hatten. Als ich die Tür erreicht hatte, schlug ich mit den Fäusten gegen das Gitter und schaute mich keuchend nach meiner Freundin um.

»Angelica?«

Sie stand mit aufgelöstem Haar am Fuß der Treppe und stützte sich mit wogender Brust auf das Geländer. Ihr Kleid war zerrissen, und man sah ihre kalkweiße, von schwarzer Spitze und Seide umrahmte Haut. Mit einer Hand schwang sie einen Schuh mit hohem Absatz wie einen Golfschläger. Sie blickte zu den beiden Männern hoch, die zu uns herunterschauten: Francis, vor Wut weiß im Gesicht, und Professor

Warnick, der mit zusammengepreßten Lippen unverwandt auf ihr wirres Haar und ihre flammend grünen Augen hinuntersah. Sie sah aus wie eine von Hunden gestellte Wölfin, wie eine kampfbereite Mänade auf einem Berggipfel. Nicht mehr verängstigt, sondern nahezu weißglühend vor Wut: hätte man ein Streichholz an sie gehalten, wäre sie in Flammen aufgegangen.

»Angelica«, flüsterte ich.

Der silberne Halbmond an ihrem Hals glühte. Nicht von reflektiertem Licht, sondern von einem harten, kalten Leuchten, heller als jeder Stern, so hell, daß ich mir die Augen beschatten mußte. Angelica führte langsam die Hand zum Hals, bis sie den Rand des Anhängers berührte. Spektralfarbenes Licht umströmte ihre Finger, blau, weiß und silbern. Als Professor Warnicks Stimme ertönte, klar und bitter wie Gin, wechselte Angelicas Ausdruck von Wut zu Verwunderung.

»Sie hat die Lunula.«

»Die Lunula?« rief Francis. »Wieso hat *sie* …«

Angelica schrie auf und wandte sich zur Flucht. Im nächsten Augenblick warf sie sich mir entgegen, und wir taumelten gemeinsam nach draußen. Professor Warnicks sanfte Stimme schwebte uns nach.

»Zu spät, Francis.«

Als ich mich umsah, erblickte ich die beiden Männer, vom geschwungenen Treppengeländer wie von einer Umarmung umfangen. Francis schien außer sich vor Wut, während der Professor beherrscht wirkte, beinahe gelassen – abgesehen von den Augen, deren tiefes, brennendes Blau das des Winterhimmels war, der aus einer Wolkenlücke lugte. Ein gieriger, nahezu erwartungsvoller Blick, aber auch ein wenig benommen, wie bei einem bösen, gefräßigen Hund, dem man sein Abendessen weggeschnappt hat.

»Swee-ney!«

Angelicas Fingernägel gruben sich in meinen Arm. Mit einem schwachen ironischen Lächeln drohte Balthazar Warnick mir mit dem Zeigefinger. Dann verlor ich ihn aus dem Blick. Wir rannten, rannten den Hang hinunter, Steine flogen um uns herum, und Zweige peitschten uns über die Wangen. Dann vernahm man fernen Verkehrslärm, und überall war schwefelgelbes Licht, Licht und trunkenes Gelächter und Menschen, die uns zuriefen, während wir wie Wahnsinnige von Garvey House fortliefen.

8. KAPITEL

Abenddämmerung in Orphic Lodge

In dieser Nacht schlief ich mit Angelica. Ich lag bei ihr im Bett und hielt sie fest umarmt, ohne etwas zu sagen und fast ohne mich zu rühren, außer wenn die Angst sie aus ihrem fiebrigen Halbschlaf riß. Dann streichelte ich sanft ihr Haar und fuhr mit der Zunge über den süßduftenden Bogen ihres Halses. Einmal befühlte ich das sichelförmige Amulett, das an ihrer Haut lag, der glatte Bogen eiskalt an meinen Lippen, und schrie leise auf, als ich mich am scharfen Rand schnitt. Irgendwann mußte ich wohl eingenickt sein. Als ich viel später erwachte, murmelte Angelica im Schlaf. Sinnlose Worte, vielleicht aber auch nicht, vielleicht verstand ich sie bloß nicht. Ich küßte sie, barg ihr Gesicht in Händen. Ihre blassen Augen waren geöffnet, geweitet vor Angst, dann wurde ihr Blick weich, und die gemurmelten Worte wurden zu meinem Namen.

Kurz vor Morgengrauen erwachte ich erneut und stellte fest, daß sie aus meinen Armen geglitten war. Sie saß auf der Kante des schmalen Betts und wandte mir den Rücken zu, das wirre Haar floß ihr über die Schultern. Im violetten Licht, das durch das hohe, überwölbte Fenster fiel, sah sie aus wie eine Frau aus Amethyst. Am Nachthimmel hing der Neumond; die Mondsichel wurde von den grünlichen Fensterscheiben verzerrt, so daß sie wie eine Kugel erschien, die in tiefem Wasser trieb, wie eine dieser Kugeln aus regenbogenfarbenem Glas, die von einem tausend Meilen entfernten Fischerboot stammte und nun ein

Spielball der Wellen war. Angelica hatte eine solche Kugel auf ihrem Schreibtisch stehen, neben einem rötlichen Seeigel von der Größe meiner Faust und einer kleinen *garuda* aus Holz mit einer Eidechsenbrust und vorwurfsvollen Onyxaugen. Dies seien ihre Zimmerwächter, hatte sie mir erklärt, die sie vor Dämonen beschützen sollten.

Im Zimmer befand sich jedoch noch ein weiterer Mond, eine Mondsichel, die an Angelicas Hals ruhte und sich im Rhythmus ihres Atems senkte und hob, einem anderen Meer ausgeliefert. Sie saß da und schaute zum Himmel empor, die Arme hatte sie ausgebreitet, die Handflächen zeigten nach oben, und die Finger waren gespreizt, als empfinge sie eine Art Segen. Als der Himmel hell wurde, wandte sie sich mir zu, wortlos und ohne zu lächeln, ihr Haar ein dunkler Strom auf ihren Schultern, und zog mich an sich. Anschließend schlief ich weiter, so unstet wie zuvor, und träumte von Engeln mit Heuschreckenflügeln, von Hagel und Klingen aus getriebenem Silber, die bei Nacht gegen Stein klirrten.

Als ich erwachte, *wirklich* erwachte, ging es bereits auf den Abend zu, ich hatte einen Kater, quälende Kopfschmerzen und das undeutliche Gefühl, mit jemandem geschlafen zu haben, als ich betrunken gewesen war.

»Warte! Beweg dich nicht, ich möchte ein Foto machen: du kannst das Spitzen-Postergirl des Jahres werden.«

Ich stöhnte, setzte mich blinzelnd auf und sah Annie Harmon auf einem Stuhl sitzen. Sie war barfüßig und trug immer noch dasselbe karierte Flanellhemd und dieselbe Jeans. Sie wirkte blaß und müde, und als ich zu ihrem Bett hinüberschaute, sah ich, daß es ordentlich gemacht war, mit Steppdecke und Snoopy-Kissen.

»Ich habe in der Bibliothek geschlafen«, sagte sie mit rauher Stimme. »Ich wollte nicht *stören* …«

Ich stöhnte. »Ach, Mist, Annie, so war das nicht …«

»Ach nein?« Sie kniff die Augen zusammen. »Also, dann sag mir bitte mal, wie es *denn* war.«

»Annie. Laß mir kurz Zeit.« Ich fuhr mir durchs Haar und schnitt eine Grimasse. Ich hatte immer noch das durchgeschwitzte T-Shirt an; meine Hände rochen schwach nach Sandelholz. »Wo ist Angelica?«

»In der Vorlesung. Du hast doch nicht etwa geglaubt, sie würde auf *dich* warten? Die läßt sich nie etwas entgehen. Wenn du mit den Engeln fliegen willst, mußt du ziemlich früh aufstehen. Verdammt früh.« Sie funkelte mich an und klatschte mit der flachen Hand auf die Stuhlkante.

Ich seufzte. »Hör mal, ich wollte mich nicht in eure Beziehung einmischen. Ich wußte nicht mal, daß ihr eine Beziehung habt …«

»Und da wir gerade davon sprechen, es ist jetzt fünf Uhr nachmittags. Und falls es dich interessiert, Angelica ist mit Oliver Wilde Crawford zum Abendessen verabredet.«

»Mit Oliver?« Ich kam mir vor wie vergiftet. Natürlich! Die beiden waren einfach losgezogen und hatten es mir überlassen, mit Angelicas höllisch eifersüchtiger lesbischer Zimmergenossin fertig zu werden. Ich rieb mir über die pochende Stirn. »Ach, komm schon, Annie! Es war ein Fehler, okay? Vergiß es einfach. Wo sind meine Stiefel?«

Erst als ich aufrecht stand und meine nackten Füße auf den eiskalten Boden patschten, stürzte die *ganze* Erinnerung an letzte Nacht auf mich ein.

»Oh, Mann!«

Annie legte den Kopf schief. »Wir kommen uns wohl ein bißchen albern vor, nicht wahr?«

»Sei still, Annie, sei einfach still.« Meine Stimme schwankte; ich hatte das Gefühl, mich jeden Moment übergeben zu müssen. Ich sah unter das Bett, wo meine Jeans und die Cowboystiefel auf den zerfetzten Überresten von Angelicas Kleid lagen. Ich nahm meine Sachen und zog mich eilends an, wobei ich hoffte, Annie würde merken, wie elend mir war. Dann wandte ich mich zur Tür.

»Sweeney. Warte!«

Ich zögerte und schaute mich um.

»Setz dich«, sagte sie in leiserem Ton und klopfte auf die Bettdecke. »Wir müssen miteinander reden.«

»Hör mal, Annie – falls es um dich und Angelica geht, ich … äh … bin *wirklich* nicht …«

»Würdest du bitte die Tür zumachen und mir *zuhören?*«

Ich mußte mich beherrschen, um nicht auf den Gang hinauszustürmen. Statt dessen schloß ich die Tür und lehnte mich mürrisch an Angelicas Schreibtisch. »Es tut mir leid, okay? Ich war betrunken, und dann war da … na ja, dieser ganze *verdammte* Mist …«

Annie ging zur Tür, schob den Riegel vor und legte die Kette ein. »Ich weiß«, sagte sie. »Ich meine, ich weiß Bescheid über den verdammten Mist. Darüber möchte ich ja mit dir reden, Sweeney. Also …

Angelica hat mir erzählt, was gestern nacht passiert ist – sieh mich nicht so an, wir wohnen auf einem Zimmer, okay? Du hast schlappgemacht …«

»Ich war *erschöpft* …«

Annie verdrehte die Augen. »Also, als ich heute morgen hierherkam, lagst du wie eine lebende Tote dort drüben, und Angie mußte mit jemandem reden. Da hat sie es mir erzählt.«

»Was hat sie dir erzählt?« fragte ich mißtrauisch.

»Das mit dem Anhänger. Und das mit Magda Kurtz …«

Sie war so blaß im Gesicht, daß sich ihre Sommersprossen davon abhoben wie Ruß. »Sweeney, ihr beide steckt in großen Schwierigkeiten. Das habe ich auch Angelica gesagt, aber die hört ja nicht auf mich. Ich habe ihr geraten, das Ding loszuwerden und zu machen, daß sie von Dodge ...«

»Hat sie es getan? Hat sie es zurückgegeben?«

»Zurückgegeben? Wem denn? Nein, Angelica hat es nicht zurückgegeben. Sie will es *tragen*. Sie trägt es auch jetzt. Wie ein beschissenes Zeichen um den Hals ...«

»Sei still, Annie.« Ich sank auf den Boden nieder und stützte den Kopf in die Hände. Mir war übel, und ich war wütend und verlegen und total hinüber. Was hatte ich da bloß *getan*, mit jemandem zu schlafen, den ich kaum kannte, mit einem *Mädchen* zu schlafen, das ich kaum kannte; und gleichzeitig nach einem Typ zu schmachten, den ich erst am Vortag kennengelernt hatte? »Bitte, sei still.«

»Nein! Jetzt hör mir mal zu, Sweeney – ich weiß nicht, was da läuft, aber du hängst hier ziemlich daneben. Und Angelica und dein Freund Oliver auch ...«

»Wovon redest du da eigentlich?«

»*Davon* rede ich ...«

Sie stolzierte zum Fenster und deutete aufgebracht zum Schrein hinüber, zu den ordentlichen weißen Wegen, die sich durch das Gelände schlängelten. »Und wenn du wirklich nicht weißt, was vor sich geht, dann solltest du es allmählich mal erfahren. Und zwar *schnell* ...«

Sie ging zum Schreibtisch, nahm eine zusammengefaltete Zeitung herunter und schaute sie düster an, bevor sie sie mir reichte. »Da.«

Es war die Nachmittagsausgabe des *Washington Star*, aufgeschlagen auf der Hauptstadtseite. Ich runzelte die Stirn: die üblichen Berichte über kleine Verbrechen, die städtische Erneuerung und den Verfall. Doch dann legte Annie den Finger auf einen kleinen Artikel unten auf der Seite.

»Lies das«, sagte sie, und ich begann zu lesen.

SECHS TOTE BEI FLUGZEUGABSTURZ
IN DEN BERGEN VON WEST VIRGINIA

> Heute kamen beim Absturz einer gecharterten Beechcraft 640, unterwegs nach Philadelphia, in der Wildnis von West Virginia alle Insassen ums Leben. Zwei Besatzungsmitglieder und vier Passagiere starben, als das Flugzeug bei dichtem Nebel gegen einen Berghang prallte. Schlechtes Wetter behinderte die Rettungsarbeiten bis in die frühen Morgenstunden. Unter den Toten war auch die bekannte Archäologin Magda Kurtz, die sich auf der Rückreise von einer auf das Sommersemester befristeten Gastprofessur an der Universität der Erzengel und des Heiligen Johannes des Göttlichen befand. In einer offiziellen Verlautbarung der Fakultätsangehörigen heißt es...

Ich las den Artikel wieder und wieder. Schließlich faltete ich die Zeitung zusammen und gab sie Annie zurück.

»Das begreife ich nicht.« Ich schaute zu Angelicas Schreibtisch hoch, zu den hervorquellenden roten Augen der kleinen, geschnitzten *garuda.* »Wie ist Magda von hier weggekommen?«

Annie klatschte mir mit der Zeitung auf den Arm. »Du dumme Gans! Sie *ist* nicht weggekommen. Begreifst du das denn nicht? Das wurde alles nur so arrangiert – diese Leute sind gestorben, damit es eine Erklärung für Magdas Verschwinden gibt!«

»Nein!«

»*Doch!* Sweeney, du mußt mir glauben – mit diesen Dingen kenne ich mich aus, *das erlebe ich alles nicht zum erstenmal.*«

Ich sagte nichts, starrte den Schreibtisch an. Angelicas Seeigel. Angelicas ordentlich gestapelte marmorierte Schreibkladden. Ein kleines Jugendstil-Parfümfläschchen, dessen blauer Kristallverschluß wie ein Delphin geformt war. Angelicas Duft. Angelica und Oliver…

»…ihr gesagt, als wir uns kennenlernten, daß…«

Mir hämmerte der Schädel, in meinen Ohren war ein Dröhnen, in dem Annies Stimme beinahe unterging.

»…*Benandanti*, immer wieder das gleiche, Stipendiaten und Leute wie Oliver – *das* hat Lisa umgebracht.«

»Lisa?« Ich rappelte mich benommen auf. »Wer ist Lisa? Ich dachte, wir reden von Magda Kurtz…«

Wieder schlug Annie mit der Zeitung nach mir. »Meine *Cousine*. Hörst du mir denn gar nicht zu?«

»Au! Doch, schon, aber…« Ich massierte mir den Arm und wünschte, mir wäre nicht so übel gewesen. »Deine *Cousine?* Mein Gott, Annie, ich komme da einfach nicht mehr mit…«

»Kein Scheiß, Sherlock! Das kommt davon, wenn man in die falsche Party hineinplatzt.« Sie marschierte zurück zum Schreibtisch und zog eine Schublade auf. Ich erhaschte einen Blick auf mit Gummibändern zusammengehaltene Papierrollen, auf Notenblätter, ein paar alte Zeitschriften. Annie zog ganz behutsam einen Umschlag aus Manilapapier aus dem Durcheinander und reichte ihn mir.

»Also, schau dir das mal an – sei vorsichtig, das fällt bald auseinander.«

Ich spähte mißtrauisch in den Umschlag hinein und holte ein in Zeitungspapier verpacktes Bündel hervor. Als ich es aufmachte, rieselten vergilbte Papierschnitzel auf mein T-Shirt.

CENTRAL PLAINS ADVOCATE

Die Neuigkeiten der Woche aus den Fünf Städten

Ich sah das kleine, schlecht fotokopierte Jahrbuchfoto eines Mädchens mit verschleiertem Blick, das lächelnd in die Ferne blickte. Ihr langes, glattes Haar war in der Mitte gescheitelt und streifte gerade eben ihre Schultern. Um den Hals trug sie eine Kette mit einem kleinen Kreuz.

»Lisa Harmon«, sagte Annie bitter. »Jetzt Lisa Niemand. Meine Cousine.«

»Deine Cousine.«

Sie nickte, und ich glättete vorsichtig das Blatt Papier.

COLLEGESTUDENTIN BEGEHT SELBSTMORD

Die Universität bestreitet Zusammenhang mit Satanisten und macht Drogen verantwortlich

Überraschung am 11. April in Nebraska – die neunzehnjährige Lisa Marie Harmon, welche die Frühjahrsferien zu Hause verlebte, wurde am Freitagabend tot im Haus ihrer Eltern aufgefunden, nachdem sie offenbar eine tödliche Überdosis Schlaftabletten geschluckt hatte. Die trauernden Angehörigen und Freunde verliehen ihrer Überraschung Ausdruck und gaben zu Protokoll, die beliebte Studentin habe niemals mit Drogen zu tun und ›viele gute Gründe zu leben‹ gehabt.

Harmon war im zweiten Jahr an der Universität der Erzengel und des Heiligen Johannes des Göttlichen in Washington, D.C., eingeschrieben, wo sie vergleichende Religionswissenschaft und Musiktherapie studierte. Eltern und Studienberater an der Raymond Jollie High-School erinnern sich an ein Mädchen, das Schatzmeister des SERVE-Clubs war und bei Folkmessen zu Ehren Unserer Lieben Frau der Guten Hoffnung Gitarre spielte.

Einer ihrer Freunde von der High-School, der nicht genannt werden möchte, erklärte allerdings, die ehemals ausgezeichnete Studentin habe sich auf ›irgendeine Art von Hexensabbat‹ eingelassen. Universitätsvertreter hingegen wiesen alle Vorwürfe, an der Universität gäbe es okkulte Aktivitäten, entschieden zurück. Einer ihrer dortigen Kommilitonen erinnerte sich an ein anderes Mädchen, das sich auf Drogen eingelassen und das im Verlauf mehrerer Monate wiederholt Hilfe beim Beratungsprogramm der Universität gesucht habe.

Heute nachmittag versammeln sich Angehörige und Freunde, um zu trauern und …

Ich starrte das Mädchen auf dem Jahrbuchfoto an, dann schaute ich zu Annie. Das gleiche energische Kinn, die gleichen dunklen Augen, obwohl es Annies Gesicht an dem auffälligen schalkhaften Lächeln mangelte.

»Tut mir leid, Annie. Wann ist das …«

»Vor zwei Jahren.«

Ich sah wieder benommen auf das Foto. Schließlich nahm Annie es mir wieder ab. Ich hustete und wandte mich zum Fenster um. Unter einem wolkenlosen Abendhimmel leuchtete die Kuppel des Schreins so blau wie das Innere einer Kerzenflamme, und die darauf gemalten goldenen Sterne schienen zu flackern und zu brennen. Am Fuße einer der schmalen Treppen saßen ein Junge und ein Mädchen umschlungen da und schauten zu der schimmernden Kuppel hoch. Mich überkam eine schreckliche Sehnsucht: ich wollte, ich wäre das Mädchen und Oliver der Junge; ich wollte, dieser große und wunderschöne Jüngling wachte über mein Leben …

Hinter mir wurde eine Schublade zugeschlagen, und Annie ließ sich aufs Bett fallen. Ich seufzte, wandte mich vom Fenster ab, ging zu ihr und räumte ihr Snoopy-Kissen aus dem Weg.

»Ehrlich, Annie. Das mit deiner Cousine tut mir leid.« Ich tätschelte unbeholfen ihren Rücken und überlegte, wann Angelica wohl zurückkommen und ob Oliver bei ihr sein würde. »Das ... das muß furchtbar für dich gewesen sein.«

Sie zog die Knie ans Kinn. »Das ist eine beschissene *Lüge*, das ist es. Lisa hat sich nicht umgebracht. Sie war eine Heilige, sie hätte sich *unter keinen Umständen* umgebracht. Und sie hätte auch niemals irgendwelche Drogen genommen. Weißt du, was man nach ihrem Tod in ihrem Zimmer gefunden hat?«

Ich schüttelte den Kopf.

»Dilaudid. Weißt du, was das ist? Nein? Also, jedenfalls keine *Schlaftabletten* ...

Dilaudid ist eine Art synthetisches Heroin. Und jetzt sag du mir, woher eine Meßdienerin aus Nebraska an so was herankommen soll. Die örtliche Polizei hatte so was noch nie gesehen – die mußten das Zeug von einem Krankenhaus in Lincoln analysieren lassen. Und Lisa soll das genommen haben?« Ihre Stimme schraubte sich vor Unglauben in die Höhe. »Völlig ausgeschlossen.«

»Aber warum ...«

Aber warum erzählst du mir das dann? dachte ich. Ich sprach es jedoch nicht aus, sondern lehnte mich gegen ihr Kissen zurück und fragte: »Wie ist es dann passiert? Woran ist sie gestorben?«

»Die haben sie umgebracht. *Die* waren das. Professor Warnick und seine Bande.«

Ich stöhnte. »Also, weißt du ...«

»Wirklich. Die haben es dort deponiert. In ihrem Haus, in ihrem Zimmer. Ich weiß nicht, wie sie diesen Mist in sie reinbekommen haben, aber sie haben es getan.« Ihre braunen Augen funkelten vor Empörung. »Also, ich weiß, das klingt verrückt, Sweeney, aber es *stimmt*. Mit Lisa war es das gleiche wie mit dir. Sie hat Leute kennengelernt, Molyneux-Stipendiaten, und wurde in deren Geheimgesellschaft aufgenommen. Dann fingen sie und Frank an, miteinander zu schlafen, und er muß wohl gegen irgendein Schweigegelübde verstoßen haben oder so, jedenfalls kam jemand zu dem Schluß, sie wüßte zuviel. Als sie Weihnachten über zu Hause war, hat sie mir davon erzählt. Dieses ganze wirre Zeug ...«

»Was für wirres Zeug?«

»Ach Gott, halt so Sachen, die man einfach nicht glauben konnte! Visionen und Hexerei, irgendwas über die Zweite Heraufkunft ...«

»Die Zweite Heraufkunft?«

»Das kennst du doch«, meinte Annie ungeduldig. »Wie in dem Gedicht. Über seltsame Wesen, die wiedergeboren werden ...«

»Das kenne ich! Aber – glaubst du wirklich, Professor Warnick ...«

»Sie haben doch Magda Kurtz verschwinden lassen, oder? Und Warnick hat es nicht allein getan. Dafür hatte er die *Benandanti*.« Als ich schwieg, setzte sie verächtlich hinzu: »Die Guten Wanderer. Die, Welche Gutes Tun.«

Ich dachte an Angelicas beiläufige Bemerkungen über die *Benandanti*, die sie oben in Garvey House hatte fallenlassen, und an Baby Joe ... *»Benandanti. Brujos. Die Goldenen ...«*

Was sind die Molyneux-Stipendiaten?

Sie sind Magier.

Ich ließ Annies grimmigen Blick auf mich wirken und kam zu dem Schluß, daß es mir nichts nützen würde, wenn ich durchblicken ließ, daß ich etwas wußte. »Na schön. *Benandanti*. Und was steckt dahinter?«

»Ich weiß nicht. Aber ich wette, Oliver könnte es dir sagen.«

»Oliver?«

»Hör mal, Sweeney, ich weiß, wie sich das anhört. Aber ich habe es selbst gesehen – also, was immer du und Angelica gestern nacht gesehen habt. Und es war doch real, oder?«

Ich nickte widerwillig.

»Also, du glaubst ja gar nicht, was ich durchgemacht habe, um hier aufgenommen zu werden. Das war, als hätte ich mich bei der CIA beworben oder so. Sie wissen, daß ich mit Lisa verwandt bin, das herauszufinden war nicht schwer. Und sie wollten mich nicht hierhaben. Soviel ich weiß, haben sie eine Akte über mich …«

»Aber warum bist du dann hergekommen? Ich meine, ist das nicht gefährlich? Und warum hat man dich aufgenommen?«

Sie verknotete die Hände im Schoß. »Ich weiß nicht, warum sie mich aufgenommen haben. Wahrscheinlich brauchen sie ein paar normale Leute, um das Campus-Profil abzurunden. Damit nicht alle so sind wie Angie oder Oliver, weißt du. Aber Lisa war meine Cousine; sie war meine beste Freundin. Und die haben sie ermordet und sich ihrer entledigt. Ich will nicht, daß Angelica so was zustößt. Oder dir.«

Ich schluckte nervös. »Und was sollen wir jetzt *tun?*«

»Ich weiß nicht.« Die Ellbogen auf die Knie gestützt, das Kinn auf die Hand, wirkte sie mehr denn je wie ein verwirrtes Kind. »Ich finde, wir sollten in Verbindung bleiben.« Sie schaute mich von der Seite an und grinste mich zum ersten Mal spitzbübisch an. »Ich schätze, wir müssen jetzt alle zusammenhalten, hm?«

Ich stand auf und ging zum Fenster. Ein letztes Mal blickte ich auf das Gelände hinunter und versuchte Oliver unter den winzigen Gestalten auszumachen, die über den Rasen schlenderten. Schließlich sagte ich: »Da hast du wohl recht«, und ging hinaus.

Ich ging zurück in mein Zimmer und schloß mich dort ein, stellte einen Stuhl vor die Tür und verriegelte das Fenster. Dann nahm ich die Vorhangstange vom Einbauschrank und stellte sie zusammen mit allen gebundenen Lehrbüchern und meiner elektrischen Schreibmaschine mit dem schweren Melaminkoffer ans Bett. Mir kam der Gedanke, daß Leute, die neugierigen Studenten Dilaudid unterschoben und Archäologen an Rieseninsekten verfütterten, sich nicht dadurch davon abhalten lassen würden, mich um die Ecke zu bringen, daß ich ihnen die dritte Auflage der *Einführung in das Studium der griechischen Religion* an den Kopf warf, doch das war mir im Augenblick egal. Ich ließ das Licht an, schlief ein und wachte erst nach dreizehn Stunden wieder auf.

Am nächsten Morgen traf ich Angelica im Speisesaal. Ich setzte mich neben sie, aber sie sagte nichts, erwähnte mit keinem einzigen Wort, was vorgefallen war. Ich hätte das alles ebensogut geträumt haben können – abgesehen davon, daß ich mit ihr geschlafen hatte. Angelicas vielsagendes Lächeln bestätigte mir, daß wenigstens das wirklich geschehen war. Ihr Lächeln und die Art und Weise, wie sie mich beim Abschied auf die Wange küßte und einen Moment lang verstohlen über meine Brust streichelte. Sie liebkoste meinen Nippel, bis er sich unter dem Hemd versteifte, dann zog sie die Hand weg.

»*Ciao*, Sweeney. Sehen wir uns zum Mittagessen?«

Ich stammelte eine Antwort und nickte. Als ich ihr nachschaute, fiel mir auf, daß sie immer noch den halbmondförmigen Anhänger trug, den Magda Kurtz ihr geschenkt hatte, und daß sie sich Magda Kurtz' Buch wie einen Talisman unter den Arm geklemmt hatte.

Und so begann für mich ein neues Leben. Mein *richtiges* Leben, dachte ich damals. Ich traf mich um halb acht mit Angelica und Oliver zum Frühstück, wobei Annie ihrer Zimmergenossin wie das leibhaftige schlechte Gewissen in abgeschnittenen Jeans und einem ausgeblichenen Flanellhemd folgte. Ich trank zuviel Kaffee, in der Absicht, meinen Kater zu bekämpfen, der mittlerweile zu einer ständigen Einrichtung zu werden schien. Annie verschlang versteinerte Rühreier mit Ketchup und Schmalzgebäck, während Oliver uns dreien gegenübersaß, gegen die Tischbeine trat, sich in einem fort das Haar zurückstrich und seine seltsamen Kugelschreiberskizzen auf Papierservietten kritzelte.

»Sehr hübsch«, bemerkte Annie bisweilen versonnen, die vor ihm verstreuten Servietten betrachtend. »Das sieht mir ähnlich. Das heißt natürlich, abgesehen von den Fühlern.«

Dann nahm sie ihre Bücher, bedachte Angelica mit einem schmachtenden Blick und machte sich davon. Um acht hatte sie einen Kompositionskurs, und manchmal hatte ich den Eindruck, sie geselle sich nur deshalb zu uns, um Angelica besser im Auge behalten zu können.

Angelica schien jedoch auf sich selber aufpassen zu können. Ich wußte, daß sie ständig den halbmondförmigen Anhänger trug, obwohl sie ihn sorgfältig unter dem Hemd verbarg. Ein paar Tage nach dem Empfang in Garvey House schaute ich bei ihr vorbei, als sie gerade im Schein einer kleinen Bootslaterne mit grünem Glasschirm las. Auf dem Knie balancierte sie eine dampfende Tasse Tee. Es roch angenehm nach Vanille und Kamille.

»Sweeney!« Angelica sah lächelnd auf. »Wir haben dich heute beim Mittagessen vermißt.«

An ihrem Hals ruhte die Lunula, deren helle Linien im trüben Licht grau erschienen. *Ohne* Make-up, mit dem Kleid, der Brille und der weißen Porzellantasse wirkte sie feierlich und ein wenig albern, wie eine Diva, die sich kostümiert hatte, um in einer Operette die Studentin zu spielen. Albern, aber immer noch so schön, daß mir das Herz wie ein Stein in der Brust herumrumpelte.

»Wo ist Annie?«

»Bibliothek«, antwortete Angelica, ohne nochmals aufzusehen. Sie übertrug feinsäuberlich etwas in ein Notizbuch.

»Was machst du da?«

»Nichts Besonderes.«

Ich verzog das Gesicht. Wie gewöhnlich hockte sie über Stapeln alter Bücher und anthropologischen Journalen aus der Colum Bibliothek. Sie warf mir einen ernsten Blick zu. »Das ist faszinierend, Sweeney. Wirklich – das solltest du dir mal ansehen.«

Ich beugte mich vor und nahm ein Bändchen hoch, das kleiner war als meine Hand, mit einem Einband aus Pergament, das mit der Zeit die Farbe von altem Elfenbein angenommen hatte.

Lukian Samosata: De Dea Syria

Einer der Texte auf dem Zettel mit Literaturempfehlungen, den Balthazar Warnick uns am ersten Vorlesungstag gegeben hatte, neben *Der Goldene Esel*, *Die Bakchen* und der *Hymne an Demeter …*

> DE DEA SYRIA/DIE SYRISCHE GÖTTIN: *Informativer zeitgenössischer Bericht über die uralten Riten in Verbindung mit der Verehrung von Aphrodite/Astarte und dem Adoniskult in Syrien …*

Ich blätterte schwungvoll die Seiten um. Offenbar war der Text eine ältere lateinische Übersetzung aus dem Griechischen. Als ich zum Buchende kam, flatterte ein loses Blatt heraus, auf beiden Seiten mit Angelicas feiner Schreibschrift bedeckt. Ich fing es auf und hielt es ins Licht.

> *»In Phönizien gibt es ein weiteres Heiligtum, das den Sidoniern gehört«,*

las ich.

> *Angeblich ist es der Astarte geweiht, aber ich glaube, Astarte ist Selene. Einer der Priester erzählte mir, es handele sich um ein Heiligtum der Europa … Zeus begehrte sie, weil sie wunderschön war, er nahm die Gestalt eines Stieres an und entführte das Mädchen nach Kreta …*

Ich drehte das Blatt um.

> *Dort gibt es noch eine andere Art Opfer. Nachdem man den Opfertieren Girlanden umgehängt hat, stößt man sie vom Torweg hinunter, so daß die Tiere zu Tode stürzen. Manche Leute werfen sogar ihre Kinder hinunter, jedoch nicht in der gleichen Weise wie die Tiere …*

»Iih, Angelica, das ist wirklich reizend.«

»Paß doch auf!« Angelica nahm das Buch und drückte es sich an die Brust, als wäre es eine Puppe. »Das ist sehr alt, und es gehört mir nicht.«

»Kannst du etwa Latein?« fragte ich sarkastisch.

»Ja, Sweeney, ich kann Latein. Und Italienisch und Französisch.« Sie lehnte sich auf dem Bett zurück. »Warum warst du die ganze Woche nicht in Warnicks Vorlesung?«

Am liebsten hätte ich geschrien: *Du weißt verdammt gut, warum ich nicht in seiner Vorlesung war!* Statt dessen zuckte ich die Achseln. »Hör mal, ich will mit Oliver und Baby Joe ins Cellar Door zu einem Konzert von Patti Smith. Hast du Lust mitzukommen?«

»Ich kann nicht. Professor Warnick hat mir das Buch geliehen« – sie neigte den Kopf zu dem kleinen pergamentgebundenen Bändchen –, »und ich habe versprochen, es ihm morgen nach der Vorlesung zurückzugeben.«

»Angelica! Warum tust du …«

»*Sweeney*. Bitte!«

»Na schön. Dann also nicht.« Ich wartete, ob sie noch etwas sagen, ob sie noch einmal hochschauen würde; doch ich war entlassen. »Also, wir sehen uns dann später.«

Sie blätterte in einer Monographie und nickte geistesabwesend. »Richte Oliver aus, daß er nach dem Konzert mal bei mir vorbeischauen soll.«

»Ist gut. Ganz wie du willst.«

Ich marschierte aufgebracht und verlegen aus dem Zimmer. Daß sie mir eine Nachricht an Oliver auftrug, als wäre ich nichts weiter als ihr Bote! Trotzdem richtete ich ihm die Botschaft aus. Für Oliver hätte ich alles und für Angelica fast alles getan.

Allmorgendlich begleiteten Oliver und ich sie zu ›Magie, Hexerei und Religion‹. Wir gingen bis zum Fuße des Grabhügels und schauten zu, wie Angelica allein den Weg hinaufging, wobei ihre langen Beine zwischen den hauchdünnen Falten eines geblümten Rocks aufblitzten. Dann wandten wir uns ab, und das Tagewerk konnte beginnen.

Wir gingen zum Schrein und tranken noch etwas Kaffee, dann schlenderten wir in den protzigen Kapellen umher und durchstöberten hin und wieder die Opferstöcke nach Wechselgeld für den Bus. Manchmal fuhren wir vormittags mit der Linie 80 in die Stadt. Wir stiegen am Dupont Circle aus, setzten uns auf eine Bank und schauten den Strichjungen zu, die auf Kundschaft warteten. Oliver kannte viele von ihnen von den Bars; manchmal schnorrten sie bei uns Zigaretten und erzählten uns, wo am Abend eine

Party stattfinden würde, dann schlenderten sie wieder davon und lehnten sich an die Motorhauben großer Limousinen mit Diplomatenkennzeichen und getönten Fensterscheiben. Im Laufe des Nachmittags gingen wir zum Meridian Hill Park hinüber. Dort besorgte Oliver sich bei einem der verhungert wirkenden Rastas Marihuana oder höchst zweifelhaftes LSD – *'ne Menge Pot für zwei Kröten, Mann* –, und dann war es auch schon wieder an der Zeit, zur Göttlichen zurückzufahren und das Abendprogramm zu planen.

Von mir aus hätte ich mich *nie* getraut, etwas Derartiges zu tun. In Olivers Gegenwart aber kam ich mir unverwundbar vor. Seine Schönheit, seine Ausstrahlung von Mir-kann-keiner, selbst sein offensichtlicher Mangel an Urteilsfähigkeit schienen uns vor den höchst realen Gefahren der Stadt zu schützen. Er durchstreifte die übelsten – und besten – Gegenden der Stadt, mit wehendem Haar, angetan mit seiner Standardkluft, bestehend aus weißem But-ton-down-Hemd, verwaschener Schlabberhose und schwarzen Schnabelschuhen ohne Socken, mit einem wahnsinnigen Leuchten in den blauen Augen und heftig gestikulierend, wenn er mir irgendeine haarsträubende Geschichte erzählte. Aus irgendeinem Grund wurden wir niemals ausgeraubt oder festgenommen, wir verirrten uns nicht einmal. Und das, obwohl Oliver unter dem Einfluß von LSD oder Pilzen oder weiß der Himmel was für Zeug die meiste Zeit über high und so flatterhaft und schön wie ein grinsender Drache war.

In Wahrheit wußte ich jedoch nie genau, ob ich nun bekifft oder nüchtern war. In Olivers Gegenwart wirkte alles seltsam. Ich glaube, daß er auf irgendeine unheimliche Weise fähig war, Dinge seltsam erscheinen zu lassen. Einen kahlköpfigen Adler, der im Lafayette Park landete, um den Tauben aufzulauern, die dort gefüttert wurden; einen roten Fuchs, der sich in der K Street vor dem Eingang zu einer Anwaltskanzlei herumtrieb. Blinde Nonnen, Transsexuelle. Einen armlosen Beinamputierten auf einem Skateboard, der mit einer markerschütternden Tenorstimme die irische Nationalhymne schmetterte, sich dann mit der Zunge eine Zigarette rollte und uns mit Namen grüßte. Es kam soweit, daß ich enttäuscht und ein wenig besorgt war, wenn bei einem unserer Ausflüge einmal *nichts* Besonderes geschah.

Abends fuhren wir mit dem Taxi nach Southeast und gingen in einem ehemaligen Lagerhaus tanzen, wo ich das einzige Mädchen unter Hunderten, vielleicht Tausenden von Halbwüchsigen und Männern war. Wenn alle im Morgengrauen wieder nach draußen strömten, wartete in der schmalen, dunklen Gasse unter staubbedeckten Götterbäumen wieder dasselbe Taxi auf uns. Das Taxi Nummer 393 mit seinem Fahrer Handsome Brown, einem ehemaligen Preisboxer, der um diese Zeit ebenso betrunken war wie wir.

»Wohin, Kinder?« brummte er, und sein Gesicht füllte den Rückspiegel aus. Meistens fuhren wir zurück zur Göttlichen und taumelten dann ins Bett. Doch an manchen Tagen wollte Oliver, daß er uns zum Tidebecken fuhr, um dort den Sonnenaufgang zu genießen, oder zu einem Lokal, das die ganze Nacht geöffnet hatte und wo wir bei einem schlechten Kaffee und fettigen Wurstsandwiches wieder nüchtern werden konnten.

Handsome Brown zufolge waren einige dieser Lokale nicht sicher; aber: »Ich kümmere mich schon drum, Mann.« Eine Hand auf dem Lenkrad, beugte er sich zur Seite und ließ das Handschuhfach aufspringen, um uns die darin befindliche Pistole zu zeigen – um sie vor allem mir zu zeigen, denn Oliver nutzte die Taxifahrten meistens für ein Nickerchen –, die er hin und wieder auch herausnahm und beim Fahren polierte.

Dies alles durchlebte Oliver mit mir, als wäre er mein vertrauter Dämon. Von den vielen Discobesuchen, bei denen anscheinend niemand merkte, daß ich ein Mädchen war, schwirrte mir der Kopf. Oliver schien das ganz gerne zu vergessen. Er wußte, daß ich in ihn verliebt war. Ich sagte es ihm auch, viele Male, wenn ich sturzbetrunken war, doch er grinste bloß wölfisch und legte den Arm um mich.

»Ach, Sweeney. Warum nach dem Mond greifen, wo es doch die Bars gibt?« Und schon schleppte er mich zu einem anderen Club.

Angelica war natürlich ebenfalls in ihn verliebt. Das wußte ich von Anfang an. Wie es aussah, führte kein Weg daran vorbei, daß sie irgendwann zueinanderfinden würden. Manchmal standen sie nach dem Mittagessen gleichzeitig vom Tisch auf und gingen einzeln weg. Oder aber ich kam mit Oliver von unseren nächtlichen Ausschweifungen zurück, und er begleitete mich bis zur Tür und stieg dann, leise vor sich hinsingend, die Treppe zu Angelicas Zimmer hoch. Dann warf ich mich aufs Bett, fiebernd vor Eifersucht, Sehnsucht und noch etwas anderem, etwas Schlimmerem: vor lauter Angst, er könnte irrtümlich mit mir Freundschaft geschlossen und mich als Hochstaplerin entlarvt haben. Ich versuchte, mich mit dem Gedanken zu trösten, daß *ich* ihn verstand, selbst wenn Angelica mit Oliver schlafen sollte.

Doch heute weiß ich es besser. Niemand verstand Oliver, wenngleich Annie ihn vielleicht am ehesten durchschaute.

»Vergiß ihn. Der Typ bringt's nicht«, erklärte sie eines Abends im vergeblichen Bemühen, mich zu trösten. »Wirklich, Sweeney. Hast du *Brideshead Revisited* gelesen?«

Ich schniefte. »Nein.«

»Also, mit Kerlen wie Oliver nimmt es ein *ganz böses* Ende.«

Das war mir egal. Mit Oliver zusammenzusein, das war, als wäre ich mit einem dichten und dennoch glitzernden, rasch rotierenden Gegenstand verbunden. Kraft seiner Geschwindigkeit und Schönheit zog er alle möglichen Dinge an – Professoren mittleren Alters, exotische Zigaretten, Postkarten aus Tunesien, halluzinogene Drogen –, und aufgrund der engen Verbindung hefteten sich viele dieser Dinge nun an *mich*, vor allem Angelica di Rienzi und Olivers Angewohnheit, immer seltener zu den Vorlesungen zu erscheinen und gelegentlich Drogen zu nehmen.

So verstrich das Semester. Die psychedelische Pracht des Oktobers verbrannte zu Novemberasche; und eines Tages tauchten auf dem Campus die fotokopierten Flugblätter auf.

HERBST-EXERZITIEN
IN
ORPHIC LODGE AM AGASTRONGA RIVER

Freitag, Samstag, Rückfahrt Sonntag abend
Nähere Informationen bei
Balthazar Warnick, Rektor, Thaddeus College

Als ich im Morgengrauen erwachte, rief jemand draußen vor dem Fenster meinen Namen. Keine Engel, keine Wesen von der anderen Seite der Schwelle; bloß Oliver. Sein langes Haar war schmutzig, und als ich ihm die Vordertür öffnete, merkte ich, daß er seit unserer letzten Begegnung nicht geduscht hatte: ein nicht unangenehmer Moschusduft nach Meer, Zigarettenqualm und Männerschweiß ging von ihm aus.

»Oliver«, krächzte ich zur Begrüßung.

Draußen glitzerte Tau im Gras. Die Kuppeln und

Türmchen und die staubbedeckten Eichen der Göttlichen schienen losgelöst über uns zu schweben wie der Gestalt gewordene Traum der Stadt.

»Oliver«, wiederholte ich und rieb mir die Augen. »Du bist aber früh auf.«

»Hab nicht geschlafen.« Er stürmte an mir vorbei ins Wohnheim, drückte meine Schultern und grinste. »Bin noch mal zurück und hab vom Terrarium des Wilden Bill probiert.« Fröstelnd zog ich die Tür hinter ihm zu.

Im Foyer blieb er stehen und las eines von Balthazar Warnicks Flugblättern. »Gut!« meinte er aufgekratzt. »Das ist übermorgen, dann bleibt uns noch Zeit zum Packen.«

Ich gähnte. »Packen?«

Oliver nickte. Behutsam löste er das Flugblatt vom Wandbrett, rollte es zu einem kleinen Zylinder zusammen und steckte es in die Tasche. »Die Teilnehmerzahl ist begrenzt, daher sollten wir uns bald eintragen.« Er wandte sich um und näherte sich wieder der Eingangstür.

»Oliver, es ist fünf Uhr früh! Und die Exerzitien sind erst am Freitag ...«

Er blieb stehen und betrachtete mich nachdenklich. Ich trug frischgewaschene, ausgefranste Jeans, hatte mir jedoch das Make-up nicht abgewaschen und hatte immer noch dasselbe T-Shirt an, das ich schon seit drei Tagen trug. »Dann kannst du ja noch waschen«, meinte er nachsichtig und packte mich beim Arm. »Los, *komm ...*«

Die alptraumhafte Vorstellung, ein Wochenende unter Professor Warnicks Aufsicht zu verbringen, wurde gemildert durch die Aussicht, endlich einmal eine Zeitlang mit Oliver allein verbringen zu können, ganz allein mit ihm. Wir fanden ein Anmeldeformular im leeren Foyer des Thaddeus College, und Oliver hatte recht gehabt – es waren nur noch ein paar Plätze frei; mein Herz machte einen Satz, als ich sah, daß Angelicas Name fehlte. Nachdem er feierlich seinen und meinen Namen in Krakelschrift daruntergesetzt hatte, trug Oliver *Angelica di Rienzi* in eine der verbliebenen Zeilen ein.

»Warte«, sagte ich und schrieb *Annie Harmon*. »So…«

Zwei Tage später standen Annie, Angelica und ich auf dem Parkplatz des Thaddeus College. Ich trug eines von Olivers Hemden, das mir zu groß war und durchtränkt von dem abgestandenen Marihuanageruch seines Zimmers. Annie trug ein rotes Flanellhemd und ein abgetragenes Tweedjackett, das Baby Joe ihr geschenkt hatte. Sie war so klein und gedrungen, daß ihr Gitarrenkoffer unverhältnismäßig groß wirkte, als würde ein Cello von einer leibhaftigen Maus umhergeschleppt. Angelica trug eines ihrer luftigen Blümchenkleider und ein leichtes Wollcape, das Haar hatte sie sich mit einem grünen Seidenband zurückgebunden.

»Ein Wochenende auf dem Lande…«, trällerte sie. Annie verdrehte die Augen.

Vor dem Thaddeus College wimmelte eine kleine Schar Studenten herum. Neben einem verbeulten Volvo-Kombi stand Balthazar Warnick und las laut die Namensliste vor. Ich versteckte mich hinter Angelica und Annie und bemühte mich nach Kräften, mich unsichtbar zu machen. Angelica meldete uns an, dann warteten wir auf Anweisungen. Ich stellte meinen Rucksack ab und spähte in den Volvo. Auf der Ladefläche lagen haufenweise Kartons und Kühltaschen herum und zu meiner Erleichterung auch große Flaschen Rotwein. Mehrere andere Wagen trafen ein und warteten mit laufendem Motor auf die Abfahrt, die Fahrer drehten Kassettenrecoder und Radios auf. Ich entdeckte Baby Joe und seinen Freund Hasel Bright, die an Hasels uraltem VW Käfer lehnten. Als sie uns bemerkten, prostete Hasel Angelica mit eine Flasche Jack Daniels zu.

»Avanti, Angelica! Ich wünsche mir ein süßes Kind von dir …«

Angelica lächelte nachsichtig und warf ihm eine Kußhand zu. Studenten verstauten letzte Gepäckstücke im Kofferraum und kletterten in die Wagen. Der Kombi war bereit zur Abfahrt, doch Oliver ließ sich immer noch nicht blicken. Angelica ging zu Balthazar Warnick hinüber, Annie und ich widerwillig im Schlepptau hinterdrein.

»Professor Warnick, es fehlt noch jemand«, sagte Angelica. »Oliver Crawford …«

Balthazar Warnick hob den Kopf und musterte sie kühl.

»Mr. Crawford scheint die Familientradition fortsetzen zu wollen, alle auf sich warten zu lassen«, setzte er an, als Oliver sich mit federnden Schritten über den Parkplatz näherte.

»Oliver!« rief Angelica. »Wir wären beinahe ohne dich losgefahren!«

Oliver steckte die Hände in die Hosentaschen. »Ach ja?« Er verneigte sich, dann legte er Angelica den Arm um die Schulter. »Hier bin ich.«

»Na schön. Dann wären wir also vollzählig …« Professor Warnick faltete die Namensliste zusammen und steckte sie sich ins Jackett. »Mr. Crawford, vielleicht möchten Sie mir die Ehre erweisen, bei mir mitzufahren – ich würde gern erfahren, was Ihre Brüder so machen und womit Sie Ihre Zeit verbringen, während Ihre Kommilitonen in meiner Vorlesung sitzen …«

Oliver strich sich das Haar zurück und zupfte an seinem Hemdkragen.

»Ja, Professor«, antwortete er mit einer Verneigung. Er wirkte so fahrig und seine Pupillen waren so geweitet, daß er aussah wie eine Stoffpuppe mit schwarzen Knopfaugen. »Ich werde Ihnen … äh … erschöpfend Auskunft erteilen.«

»Dann los!« Professor Warnick öffnete die Vordertür des Volvo und schob Oliver hinein. »Sie auch, meine Liebe …« Er bedeutete Angelica, sich ihnen anzuschließen.

»Denk an unsere Taschen!« rief Angelica Annie zu. Ich beobachtete mit ungläubiger Verärgerung, wie Oliver sie auf die Wange küßte.

Annie nickte entrüstet. »Jawohl, Herrin! Igor gehorcht …« Sie wandte sich zu mir um und deutete mit dem Daumen auf Angelicas Taschen. »Hilfst du mir?«

Ich seufzte. »Ja, klar.« Mit einem flauen Gefühl im Magen sah ich Balthazar Warnick zu Oliver und Angelica in den Wagen steigen. Dann wuchtete ich ächzend eine von Angelicas Ledertaschen hoch.

»Allmächtiger, was hat die denn da drin? Das Kreuz Christi?«

»Bücher über Hexerei«, meinte Annie, »und die komplette Kosmetik-Kollektion von Mary Quant.«

Ich schaute die Taschen verzagend an. »Warum *tun* wir das, Annie? Ich meine, Warnick ist dabei, und …«

Annie erbleichte. »Warum wir das *tun?* Weil du und Oliver so verrückt wart, uns *einzutragen* …«

»Ich habe *mich* eingetragen! Ich wollte einmal mit ihm *allein* sein, ohne …«

»Alles fertigmachen zur Abfahrt, Mädels!« rief jemand.

»Was soll's«, schnaubte Annie. »Auf geht's.«

Wir sicherten uns zwei Sitzplätze in einem Dodge, der von einem jungen Seminaristen gefahren wurde. Ich warf mich auf den Rücksitz und starrte deprimiert zu Oliver und Angelica hinaus, die lachend vorne im ersten Wagen saßen. Hinter ihnen stieß Hasels VW riskant vor und zurück. Im Verkehr tat sich eine Lücke auf, und die beiden Wagen verschwanden in einer Wolke aus Staub und Auspuffgasen außer Sicht.

»Hey, nimm's nicht so schwer, Sweeney, okay?« Annie schaute mich an und schüttelte den Kopf. »Was ich dich fragen wollte – ist eigentlich etwas *Besonderes* vorgefallen, als du das Hemd zum ersten Mal getragen hast? Oder wartest du nur darauf, daß Oliver auffällt, daß du seine Klamotten schon seit drei Tagen trägst?«

»Oliver und ich sind lediglich Freunde«, erklärte ich leichthin.

»Hey, glaub bloß nicht, ich wär *eifersüchtig*. Ich mache mir nämlich nichts aus solchen Typen. Obwohl ich persönlich glaube, dein Freund Oliver könnte Mitglied im He-Man Frauenhasser-Club sein. *Uno amigo de Dorothy*, wenn du verstehst, was ich meine.«

Sie senkte die Stimme. »Ich sag dir was, Sweeney, du solltest Zeitanteile an dem Typ verkaufen. Falls *du* nicht mit ihm schläfst, meine ich. Ich weiß nämlich, daß Angelica ...«

Als ich mich aufgebracht zu ihr herumdrehte, machte Annie einen Rückzieher. »Ent-schul-dige!«

Wir saßen schweigend da, während sich der Wagen meterweise durch den Stoßverkehr vorarbeitete. Die Stadt hatte ihren ganzen schwülen Charme verloren. Das Washington Monument wirkte düster und verwahrlost vor dem Hintergrund des schmutzigweißen Himmels, das ferne Jefferson Memorial wie ein großes geborstenes Ei, versteckt zwischen staubbedeckten Bäumen. Über Haines Point senkte sich brüllend eine endlose Reihe von Flugzeugen auf den National Airport herab. Inmitten des Lärms, der Auspuffgase, dem Lysolgestank von Bruder Johns Auto-Deodorant und nach all dem Bier, das ich getrunken hatte, war mir richtiggehend übel.

»Du weißt doch, wo wir hinfahren, oder?«

Annie stupste mich an, doch ich weigerte mich, sie anzuschauen. »Du weißt doch, was das ist, hm?« beharrte sie. »Dieses Orphic Lodge?«

Ich wartete eine ganze Weile, dann schüttelte ich den Kopf. »Nein.«

»Das ist ihr Hauptquartier. Ein Sommercamp für deinen reizenden Balthazar und all die anderen. Ausgangsbasis. Bodennull. Diese Exerzitien sind eine Falle, Sweeney …«

Als sie das sagte, hatte ich das Gefühl, ein Fenster sei hinter mir zugeschlagen worden.

»… eine beschissene Falle, und wir sind geradewegs hineingestolpert.«

Wenn das Landhaus tatsächlich eine Falle war, dann eine sehr hübsche.

Die Fahrt dorthin dauerte fast drei Stunden. Ich döste eine Weile, eher ein verkatertes Nickerchen, das mir kaum Erholung, dafür aber quälende Flug- und Verfolgungsträume bescherte. Als ich erwachte, dämmerte es bereits. Draußen war alles düster und in sanfter Bewegung begriffen, in verschiedenen Schattierungen von Grün, Schwarz und Violett. Der kleine Wagen schnaufte und schwankte, während er eine Haarnadelkurve nach der anderen nahm und stetig höher kletterte. Auf einmal bogen wir um eine scharfe Kurve und gelangten auf einen noch schmaleren Weg. Der Wagen rumpelte über Steine und abgebrochene Äste hinweg und gelangte plötzlich auf eine weite Fläche, wo die Bäume zurücktraten und sich der Himmel über uns auftat, schwarz und übersät von Sternen.

»Da wären wir«, sagte Bruder John, und wir stiegen aus.

Orphic Lodge war einer dieser Orte, wo man als Kind einen verzauberten August verlebt, um anschließend sein ganzes Erwachsenenleben der Suche danach zu widmen. Ein weitläufiges Landhaus im Kolonialstil, mit einer verwirrenden Fülle von Säulenveranden, Balkonen und Giebelfenstern. Als wir auf die Vorderveranda traten, knirschte und knarrte der Holzboden unter unseren Füßen, als gingen wir auf Eis. An den Wänden standen umgedrehte Adirondack-Stühle und Korbsofas. Von alledem ging ein Hauch vornehmer Verwahrlosung aus – von den grauen Ästen des Spalierpfirsichs; von den überall herumliegenden Blätterhaufen; vom Klang gespensterhafter Stimmen aus den oberen Räumen, wo Fenster zur kühlen Nachtluft hin geöffnet waren.

Im Innern wirkte das Landhaus schon einladender. Studenten eilten treppauf und treppab, hin und her zwischen Wagen und Küche, bepackt mit Matchbeuteln, Rucksäcken und Kassettenrecordern, Kartons und Tüten voller Lebensmittel, Papierhandtüchern, Bier und Wein. Eine fette, umgänglich wirkende Katze saß auf einem Fenstersims und betrachtete uns alle mit milden gelben Augen. Auf einem breiteren Fenstersims in der großen Diele saß Balthazar Warnick, wenn auch mit etwas wilderem Blick. Neben ihm stand eine große, strengblickende Frau mit schwarzem Haar und sehr schwarzen, geraden Augenbrauen, angetan mit einem Wollkleid und einer altmodischen Küchenschürze.

»... haben dreizehn gesagt, und für dreizehn habe ich auch gekocht. Lachs und Salat, und der Lachs hält sich nicht. Und diese jungen Kerle haben irgendwas auf der Treppe verschüttet.«

»Dreißig, Kirsten, ich habe gesagt, es würden *dreißig* sein. Mr. Bright, würden Sie bitte Mr. Malabar helfen, die Kühlbox auszuladen?« Balthazar blickte die hochgewachsene Frau zerstreut an. »Wir haben Spaghetti fürs Abendessen mitgebracht, Kirsten. Am ersten Abend gibt es *immer* Spaghetti. Jede Menge kochendes Wasser, viele hilfreiche Hände, Sie wissen schon. Sozusagen um das Eis zu brechen.«

Die Haushälterin schaute mißtrauisch zu den vielen hilfreichen Händen hinüber, die sich nun zu der

Kühlbox ausstreckten, die Hasel Bright mitten auf dem Boden geöffnet hatte.

»Gute Nacht, Professor Warnick, die haben ihre Spaghetti verdient«, verkündete sie. »Ich gehe zu Bett.«

»Unsere Haushälterin mißbilligt es, wenn Studenten in der Lodge Alkohol trinken.« Professor Warnick blickte tadelnd zu Hasel hinüber, der mit einem dümmlichen Grinsen seine Flasche zurückstellte und die Kühlbox wieder schloß. »Packen wir erst einmal aus und fangen wir an zu kochen, bevor sie sich's wieder anders überlegt und uns in der Küche beaufsichtigt, was meinen Sie, Mr. Bright?«

Warnick wandte sich zu mir und Annie um; wir standen an der Eingangstür herum und wußten nicht, was wir tun sollten. Er musterte mich abschätzend, dann sagte er: »Die Räume für die Mädchen sind im Ostflügel im zweiten Stock. Rechts.«

Wir stiegen die Treppe hoch und riefen den anderen, die bereits ausgepackt hatten oder immer noch eintrudelten, Begrüßungen zu.

»Was meinst du, wo Angelica wohl steckt?« japste ich. »Sie muß hier irgendwo sein; sie sind mit Warnick im ersten Wagen mitgekommen.«

Annie zuckte die Achseln, blieb mit gerötetem Gesicht stehen und nahm die Gitarre und eine von Angelicas Taschen auf die andere Schulter. »Wer weiß? Vielleicht hat sie sich's mit Oliver schon in der Hochzeitssuite gemütlich gemacht.«

Die Zimmer im Ostflügel wirkten alle ziemlich gleich. An den Kiefernholzwänden aufgestellte einfache Feldbetten, nicht zueinander passende Vorhänge, vielleicht noch ein abgetretener Teppich. Vor einer offenen Tür hielt Annie erschöpft an.

»Die Aussicht aus diesem Zimmer ist *wirklich phantastisch*, Sweeney, das stand jedenfalls in den Werbebroschüren, die unten auslagen; das ist das *beste Zimmer* im ganzen Haus, okay?«

»Okay«, sagte ich, und dann tauchte Angelica auf dem trüb erhellten Korridor auf.

»Sweeney! Annie! Ich habe ein Zimmer für uns – hier entlang, auf dem dritten Stock links.«

»Hurra«, meinte Annie. Sie ließ Angelicas Sachen auf den Boden fallen und entschwand mit ihrer Gitarre über den Korridor.

Angelica nahm ihr Gepäck auf und lächelte. »Danke, daß ihr meine Sachen hochgebracht habt.«

»Schon gut.« Ich massierte mir die Schulter. »Wo ist Oliver?«

»Ach, irgendwo in der Nähe.« Sie lächelte, ein verschwörerisches, erfreutes Lächeln, dann folgte sie Annie. »Ich hab ihm geholfen, sich oben niederzulassen. Ich glaube, er ist runtergegangen, um beim Kochen zu helfen. Okay, das wär's – ist es nicht wundervoll?«

Das Zimmer war nicht viel anders als die anderen – vielleicht etwas größer, mit vier Betten, die von der gegenüberliegenden Wand in den Raum ragten, und es hatte ein eigenes Badezimmer mit Dusche und einem uralten, verrosteten Wasserbecken auf einem Sockel, an dem Annie sich bereits geräuschvoll wusch. Die lange Wand war jedoch voller Fenster, und trotz der Dunkelheit draußen machte ich undeutlich die Umrisse der Berge und den samtigen Sternenhimmel aus.

»Ja. Ja, wirklich, es ist hübsch.« Ich schleuderte meinen Rucksack auf eines der Betten und ließ mich darauf fallen. »Die Matratze ist auch gut.«

»Meine ist mit Maiskolben gefüllt«, verkündete Annie aus dem Bad. »Ich hoffe nur, Oliver schläft nicht in dem anderen Bett, Angelica.«

Angelica schüttelte den Kopf. »Nein, tut er nicht. Mais*hülsen*, Annie; ich glaube nicht, daß schon mal jemand auf die Idee gekommen ist, eine Matratze mit Maiskolben zu füllen. Komm, Sweeney, ich hab Oliver gesagt, wir würden unten mithelfen. Bis gleich, Annie.«

Annie sah uns verblüfft nach. Auf dem Korridor nahm mich Angelica bei der Hand. »Mein Gott, ist das toll hier! Ist es nicht großartig?«

Ich zuckte die Achseln und rang mir ein Lächeln ab. Wir hatten immer noch nicht über die Vorgänge beim Molyneux-Empfang gesprochen, offenbar war Angelica nicht der Typ, der über solche Dinge redete. Und ich brannte darauf, mit Oliver zu sprechen, und wollte wissen, in welchem Zimmer er schlief.

Angelica aber lachte nur und blieb stehen, um sich das Haar zu einem lockeren Pferdeschwanz zurückzubinden. »Oliver meint, von seinem Bett aus könnte man den Orion über den westlichen Horizont wandern sehen.«

Ich lächelte kläglich. »Wandern, wie? Woher will er das wissen? Er war doch noch nie hier …«

»Nein.« Angelica setzte sich wieder in Bewegung. »Er war noch nie hier, dafür aber seine Brüder. Wahrscheinlich haben sie ihm gesagt, welches Zimmer das beste ist …« Sie verstummte.

»So … Dann seid ihr also jetzt sozusagen zusammen, hm?«

Ich sagte das mit einem Lachen, wußte aber zugleich, daß ich mich weinerlich und eifersüchtig anhörte. Obwohl ich wahrscheinlich gar nicht hätte sagen können, *auf wen* ich denn nun eifersüchtig war. Auf Angelica, nehme ich an, aber es war blöd, auf Angelica eifersüchtig zu sein – das war, als wäre man auf die Mona Lisa eifersüchtig gewesen. Außerdem hätte es doch kaum besser sein können. Meine beiden besten Freunde waren ineinander verliebt. Nur daß *ich* irgendwo dazwischen stand und hin und her rannte wie ein dummes, kläffendes Hündchen, weil ich in beide verliebt war.

»Ach, du kennst doch Oliver …« Sie seufzte. »Aber

eins kann ich dir sagen, mein Vater würde ihn abscheulich finden.«

»Wieso das?«

Wir schritten über eine breite Treppe nach unten. »Ach, wegen allem. Wegen der Drogen, der ständigen Partys. Wegen seiner ganzen *Art*. Okay, ich glaube, die Küche ist dort drüben …«

Wir fanden die Küche, die weiträumig und hell erleuchtet war, voller großer, funkelnder Herde aus rostfreiem Stahl, Spülen und Kühlschränke. Kleine, handbeschriftete Schilder ermahnten einen, sich die Hände zu waschen und alles nach Gebrauch wieder an seinen Platz zurückzulegen. Balthazar Warnick war nirgendwo zu sehen, aber Hasel Bright stand über ein Spülbecken an der Wand gebeugt, bediente begeistert eine altmodische Handpumpe und begrüßte den hervorschießenden Wasserschwall mit lauten Rufen.

»Seht mal! Das ist wirklich toll!« schrie Hasel.

Ich spähte in das tiefe Schieferbecken, in dessen Mitte das Wasser in einer kleinen Abflußöffnung verschwand. »Gibt es denn kein fließendes Wasser?«

Hasel sah mich an, grinsend, mit gerötetem Gesicht. »Klar, gibt es schon, aber ist das nicht *toll?* Ich pumpe jetzt schon eine Viertelstunde, und es *hört einfach nicht auf!*«

Ich lachte. »Wow! Das ist wirklich toll, Hasel. Vielleicht erfindest du gleich noch das Rad.«

Ich ging zu Oliver hinüber, der mit Baby Joe und Angelica vor einem der riesigen Gasherde stand. Oliver stocherte mit einem Holzlöffel versonnen in einem gewaltigen dampfenden Kessel. Baby Joe rauchte gerade eine Zigarette und beugte sich hin und wieder vor, um die Asche in den Topf abzuklopfen. Angelica beobachtete stirnrunzelnd Oliver.

»Ihr wollt doch bestimmt, daß die genau *al dente* werden«, meinte sie affektiert. »Wißt ihr überhaupt, woran man merkt, daß sie fertig sind?«

»Ja.« Oliver beugte sich auf den Fußballen vor und tauchte den Löffel ins kochende Wasser. Er richtete sich wieder auf und schüttelte den Kopf, um den Dampf von den Brillengläsern zu entfernen, dann ließ er mit einer dramatischen Geste ruckartig den Löffel hochschnellen, wodurch mehrere lange Spaghettifäden an die Decke flogen. Baby Joe und Angelica duckten sich, als einige davon wieder zurückfielen, Oliver hingegen nickte.

»Wenn sie kleben bleiben, sind sie gut«, sagte er. Ich schaute hoch und sah, daß die Decke mit Dutzenden eingedunkelter Pastafäden gemustert war, darunter mehrere frische, glänzende. »Und jetzt sind sie gut.«

Wir aßen im Speisezimmer, einem großen, offenen Raum mit Deckenbalken und Geweihen als Leuchter. Ich zählte zweiunddreißig Personen, darunter Erstsemester, fortgeschrittene Studenten und Balthazar Warnick als einziger Erwachsener, obwohl ich annahm, daß die Haushälterin irgendwo vor sich hin brütete. Im Raum war es dunkel und zugig. An jedem Tisch gab es Zitronell-Kerzen in kleinen roten Gläsern, schwammiges italienisches Brot vom Safeway in D.C. und Burgunder aus Zweiliterflaschen. Ich saß mit Annie, Angelica und Oliver an einem langen Tisch. Hinter uns unterhielten sich Baby Joe und Hasel unter lautem Gelächter und beobachteten den Rest von uns, vor allem aber Angelica, während sie Schüsseln mit Spaghetti und mit Fertigdressing angemachtem Eisbergsalat herumreichten.

»Hey, später gibt's bei uns eine Party. Lust, mitzumachen?«

»Nicht so laut, Mann!« Hasel legte den Kopf schief und sah zu Balthazar Warnick, der mit einem halben Dutzend artiger Erstsemester zusammensaß.

Baby Joe senkte die Stimme. »Oben. Oliver weiß, wo das Zimmer ist.«

Angelica schaute lächelnd zu Oliver. »Oliver weiß, wo *alles* ist.«

Annie steckte sich einen Finger in den Hals und gab würgende Geräusche von sich. »Ich verschwinde. Entweder heißt es, heute abend beim Abwaschen helfen oder morgen beim Frühstückmachen.« Sie nahm ihren Teller und stand auf. »Bis später, Leute.«

Oliver sah ihr grinsend nach. Er kippte den Stuhl zurück, und Angelica drehte sich zur Seite, so daß er sich gegen sie lehnen konnte. »Da geht Jiminy Cricket«, sagte er.

Angelica schloß die Augen und kuschelte sich enger an ihn. »Das ist wundervoll. Ist es nicht wundervoll, Sweeney?«

»Klar, es ist wundervoll.« Ich stapelte unsere Teller aufeinander und ließ die beiden mit dem Rest des Weins allein. »Dann also bis später.«

»Ich hole dich ab!« rief Angelica mir nach. »Oliver meint, im großen Zimmer hier unten würde es ein Kaminfeuer geben.«

In der Küche stellte ich das Geschirr in die Spüle und setzte mich auf die Arbeitsplatte. »Ich bin Frühaufsteher«, erklärte ich Annie. »Ich gucke dir beim Abwaschen zu und mache morgen das Frühstück.«

Andere Studenten trudelten ein, die ihr Geschirr abstellten und ein paar Gläser und Teller abtrockneten, bevor sie sich wieder davonmachten. Hasel stürmte herein und beäugte sehnsüchtig das Schieferbecken und die Pumpe, doch Annie schrie ihn an, er solle verschwinden. Er steckte die Hände in die Taschen seiner verschlissenen Jeans und schlenderte zur Tür hinaus.

»Vergeßt ja nicht, zu unserer Party zu kommen!« rief er.

»Wenn er zwei Gehirnzellen zum Aneinanderreiben hätte, könnte er vielleicht Feuer machen«, meinte Annie seufzend. »Ich bin nur deshalb mitgekommen, um ein Auge auf Angelica zu werfen, weißt du. Und jetzt sieh mich an.«

»Wirkt ziemlich beschaulich«, sagte ich schließlich. »Ich meine, es geht nichts Seltsames vor. Alles wirkt ziemlich ruhig. Eigentlich eher langweilig.«

Annie wischte sich mit einem Geschirrtuch über das verschwitzte Gesicht und nickte. »Ja, find ich auch. Vielleicht hab ich mich geirrt. Vielleicht bin ich paranoid.«

»Also, du hast immerhin Grund dazu, paranoid zu sein. Ich meine, das haben wir wohl alle, zumindest du und ich und Angelica.«

»Ich an deiner Stelle würde mir Sorgen um Oliver machen.«

»Um Oliver? Wieso?«

Annie blickte aus einem der schwarzen Fenster. »Sieh ihn dir doch bloß mal an! Er hat seine *ganze Zeit* verschwendet. Und er treibt sich in diesen Lokalen in Southeast herum …«

»Das tue ich auch.«

»Ja, aber bei dir ist das was anderes, Sweeney. Ich meine, nimm's mir nicht übel, aber mal abgesehen von deinem schwarzen Lidschatten und all dem Zeug, bist du irgendwie … na ja, *normal*. Aber Oliver ist irgendwie zu instabil für diese Sachen …«

»Oliver ist *brillant*«, sagte ich leidenschaftlich. »Er sagt, er möchte ein Visionär sein, ein …«

Annie gab sich alle Mühe, leidend dreinzuschauen. »Mann, dir kann wirklich keiner was sagen, stimmt's?« Sie quetschte einen Schwall schmutzigen Wassers aus ihrem Schwamm und wischte sich die Hände an der Hose ab. »Also, ich bin fertig. Sag Hasel Bright, er kann wieder reinkommen und soviel pumpen, wie er will.«

Als sie gegangen war, saß ich lange Zeit da und schwatzte mit jedem, der gerade zufällig hereinschneite. Irgend jemand brachte eine halbvolle Flasche Rotwein mit, und ich trank das meiste davon, füllte Pappbecher damit und warf sie weg, wenn sie sich vollgesaugt hatten und auflösten. Nach etwa einer Stunde ging ich nach oben und nahm den restlichen Wein mit. Als ich unser Zimmer betrat, stand Angelica vor dem Badezimmerspiegel und bearbeitete gerade ihre Wimpern. Sie lächelte mich an und schwenkte ein Stäbchen mit Wimperntusche.

»Hallo! Ich hatte gehofft, du würdest kommen – unten hab ich dich nicht gefunden.«

Ich ließ mich auf das Bett in ihrer Nähe fallen, die Weinflasche zu meinen Füßen. Es war dunkel. Sie hatte die Zimmerbeleuchtung nicht eingeschaltet, doch hinter mir auf dem Fensterbrett stand eine Sturmlaterne. Ich nahm sie und öffnete den Metalldeckel an der Seite, hinter dem ein Döschen Streichhölzer verstaut war. »Ich dachte, du wolltest eine Weile mit Oliver allein sein.«

»Also, das waren wir auch.« Sie wandte sich wieder dem Spiegel zu und wischte sich einen Mascaraflecken unter dem einen Auge ab. »Aber du hättest ruhig mitkommen können, Sweeney ...«

»Ich hätte mich als drittes Rad gefühlt.«

»Fünftes Rad.«

»Egal. Jedenfalls gerädert.« Ich barg die Sturmlaterne in Händen und fragte: »Sag mal, Angelica – würde es dir was ausmachen, mir zu erzählen, was hier so läuft?«

Sie tupfte sich karminrotes Lipgloss auf die Unterlippe und verrieb es ganz langsam. Als sie fertig war, sah sie mich an. »Du meinst, zwischen Oliver und mir?«

»Überhaupt.«

»Sweeney.« Sie legte den Kopf schief und schenkte mir ein hinreißendes Lächeln. »Meine liebe Seelenfreundin. Bist du eifersüchtig?«

»Nein, ich bin nicht eifersüchtig. Ich bin – ach, ich

weiß nicht, *was* ich bin.« Ich seufzte. Ich nahm einen Schluck Wein aus der Flasche und verzog das Gesicht. »Bäh. Das Zeug schmeckt ja widerlich.«

Angelica musterte mich scharf. »Vielleicht würde es besser schmecken, wenn du nicht soviel davon trinken würdest. Aber gut. Zwanzig Fragen. Was willst du wissen?«

»Die *Benandanti.*«

Sie schwieg.

»Wer sie sind«, sagte ich. »*Was* sie sind.«

»Al-so.« Sie holte tief Luft. »Das ist eine Art Priesterorden.« Das sagte sie in so sachlichem Ton, als hätte sie gemeint ›Die haben alle Harvard besucht‹ oder ›Die spielen jedes Wochenende einen Vierer in Burning Tree‹.

»Was heißt das?«

»Benandanti.« Das Wort schlüpfte ihr so heraus. »Das bedeutet ›Die Guten Wanderer‹, manchmal auch ›Die, die Gutes tun‹. Ihr Ursprung lag im Mittelalter, in Italien – ich meine, ihre ganze Organisationsweise geht auf das achtzehnte Jahrhundert zurück, glaube ich. Es finden sich Berichte über sie in den Aufzeichnungen aus der Zeit der Inquisition. In Wirklichkeit sind sie aber *erheblich* älter. Mein Vater hat mir mal erzählt, sie seien schon viele tausend Jahre alt.«

Sie brach ab und griff nach der Weinflasche, als wollte sie daraus trinken, doch dann überlegte sie es sich wieder anders. Ich nahm noch einen Schluck und fragte: »Aber was tun sie? Ich meine, ist das wie bei den Masons oder so, daß du nicht drüber reden kannst?«

»Nein – na ja, teilweise schon. Auf das meiste trifft das vermutlich zu; zumindest gibt es Dinge, von denen mir mein Vater nie erzählt hat und wohl auch nie erzählen wird. Und zwar, weil ich eine Frau bin, und Frauen sind – also, sie sind nicht gerade ausgeschlossen, ich meine, es hat immer ein paar Frauen bei ihnen gegeben – Magda Kurtz war eine davon –, aber was die *Benandanti* angeht, sind Frauen nebensächlich.«

Ich runzelte die Stirn und versuchte, mir einen Reim darauf zu machen. »Dann handelt es sich also um eine Art Kirche? Ich meine, hier an der Göttlichen, wo all diese Priester, Rabbis und Geistlichen rumlaufen ...«

Angelica schüttelte entschieden den Kopf. »Nein. Mit Religion hat das nichts zu tun – zumindest nicht *ausschließlich* mit Religion. Es ist eher so, daß die Kirche Teil der *Benandanti* ist – daß *sämtliche* Kirchen und Religionen und so weiter Teil davon sind. Überall haben sie Mitglieder, in der ganzen Welt. Die Masons, der Vatikan, Bohemian Grove, Schädel und Knochen... Das ist das totale Ehemaligen-Netzwerk.«

»Aber warum weiß man dann so wenig über sie? Ich meine, selbst wenn das ein so großes Geheimnis ist, warum ist dann noch nichts über sie in ›Sixty Minutes‹ im Fernsehen gelaufen?«

»Es ist kein Geheimnis.«

Im Schein der Sturmlaterne wirkte Angelicas Gesicht schöner und heiterer denn je, gleichzeitig aber auch seltsam fern: ihr Tonfall war distanziert, leicht angespannt. Als gäbe sie etwas vor langer Zeit Gelerntes wieder, an das sie sich nur mit Mühe erinnerte. »›Verborgen vor aller Augen‹, so lautet eine ihrer Maximen. Daher wissen wir alle über *Teile* der *Benandanti* Bescheid – aber niemand kennt die *ganze* Wahrheit, es sei denn, er befände sich unmittelbar im Zentrum, so wie Balthazar Warnick.«

»Und was tun sie?«

»Hauptsächlich beschäftigen sie sich mit Forschung. Mit sehr obskurer, völlig nutzloser Forschung.« Sie begann aufzuzählen. »Mit Opferriten der alten Skythen. Mit der geheimen Bedeutung der Genesis. Oder sie versuchen, in den Kursen der New

Yorker Börse aus dem Zeitraum April bis Juni 1957 ein Muster herauszufinden.« Sie lachte. »Ich meine, kannst du dir vorstellen, dein ganzes Leben an so etwas zu verschwenden?«

Ich dachte daran, wie Balthazar Warnick mit den Fingern über eine Tür gefahren war, die er vor einer Landschaft aus einem Alptraum hatte zufallen lassen. »Ja«, meinte ich schließlich. »Ja, eigentlich kann ich mir schon vorstellen, daß das einmal verflucht nützlich werden könnte.«

Ich rückte näher an sie heran.

»Angelica«, sagte ich leise, aber drängend, »wenn das, was du mir da erzählst, wahr ist – und, ich meine, es *ist* wahr, ich habe ja selbst gesehen, was sie mit Magda Kurtz gemacht haben –, also, wenn das alles wahr ist, dann heißt das, daß die Welt völlig anders ist, als wir glauben. Daß es zum Beispiel *Magie* und solche Sachen gibt ...

Daß alles, was ich weiß, falsch ist.«

»Nein.« Ihre Augen waren groß und leuchtend. »Es bedeutet lediglich, daß du nicht alles gewußt hast. Mehr nicht.«

»Aber was geschieht nun? Werden sie mich umbringen, weil ich sie beobachtet habe? Weil ich von diesem großen, schrecklichen Geheimnis weiß?«

Sie schaute mich nachdenklich an. »Ich glaube nicht. Ich glaube, wenn sie dich töten wollten, hätten sie es bereits getan. Ich meine, als *ich* jung war, bin ich ihnen auch auf die Schliche gekommen, und mir ist nichts geschehen.«

»Aber du hast gesagt, dein Vater wäre einer von ihnen.«

»Das stimmt. Mein Vater hat aber immer gesagt, man erführe nur dann von den *Benandanti*, wenn man es erfahren soll, wenn es einen bestimmten Grund dafür gibt. Nein, ich glaube nicht, daß sie dich töten werden, Sweeney.«

Ich lehnte mich zurück und sah an die Decke. »Sag mal, wozu das alles? Wozu betreiben sie all diese Forschungen, wenn das so nutzlos ist? Ich nehme doch an, sie veröffentlichen ihre seltsamen Bücher und Abhandlungen und bekommen Anstellungen, aber *warum?* Was wollen sie herausfinden?«

Angelica drückte das Kissen an sich. »Sie wollen nicht in erster Linie etwas *lernen.* Vielmehr wollen sie nicht vergessen, sich erinnern ...

Zum Beispiel Professor Warnick ... er kennt den Text sämtlicher Veden, er kennt eine Sprache, die vor *zehntausend Jahren* in Osteuropa gesprochen wurde. Vielleicht nicht die ganze Sprache, aber einzelne Worte, Sätze, Geschichten: die ganze unglaubliche mündliche Überlieferung, die seit der letzten Eiszeit weitergereicht wurde. Vielleicht sogar schon länger; vielleicht sogar schon vor so langer Zeit, daß wir die Menschen, die diese Sprache benutzten, kaum mehr als Menschen erkennen würden. Aber die *Benandanti* erinnern sich daran. Das ist ihre Aufgabe.«

Das, was hinter ihren Worten lag, jagte mir einen Schauder über den Rücken. Zehntausende von Jahren entfalteten sich vor mir in der Dunkelheit wie eine weite, zeitlose Ebene, endlose Steppen, in denen man gerade eben winzige Gestalten ausmachen konnte, die um ein Feuer herum hockten oder mit erhobenen Armen unter dem sternenlosen Himmel tanzten.

»Aha«, meinte ich schließlich. »Dann ziehen sie also los und suchen diese alten primitiven Priester auf, diese Medizinmänner, und machen Fotos und filmen sie. Als wären die eine aussterbende Spezies. Sie beschäftigen sich also damit, die Tradition dieser alten Schamanen zu bewahren.«

»Nein, Sweeney«, sagte Angelica leise. »Du verstehst mich nicht. Die *Benandanti* bewahren nicht die Tradition der Schamanen. Sie *sind* die Schamanen.«

Sie ging zur Laterne, die auf dem Boden stand,

hockte sich davor nieder und streckte die Hände aus, so daß der schwarze Rauch an ihren Fingern leckte. »Vor Tausenden von Jahren kamen sie aus den nördlichen Steppen, und *Zack!*, alles veränderte sich. Die Lebensweise der Menschen, ihre Art zu sprechen und sich zu kleiden, die Besitzverhältnisse, die Art, wie sie die Elternschaft bestimmten. Es fand eine kulturelle Revolution statt, deren Nachwehen wir immer noch spüren; die wir ewig spüren werden. *Das* ist die Aufgabe der *Benandanti*: dafür zu sorgen, daß wir nicht aufhören, den Nachhall einer Explosion zu hören, die vor Tausenden von Jahren stattfand.

Die Männer in der Familie meines Vaters waren *Benandanti* seit dem fünfzehnten Jahrhundert, als der Sultan Mehmed mithalf, die *Laurenziana* zu gründen, die Bibliothek der Medici in Florenz. Meine Vorfahren waren also Bibliothekare. Balthazar Warnicks Geschichte reicht bis in die dark Ages zurück, bis zu den Klöstern in Irland, die der einzige Ort in Westeuropa waren, wo bis zur Renaissance noch Griechisch gelesen und gesprochen wurde. Und die Wurzeln von Olivers Familie reichen noch weiter zurück, bis zur ersten Einwanderungswelle der Mileter in Irland.«

Ich starrte sie lange Zeit an; die Lunula war ein schwaches Funkeln auf ihrer Brust. Schließlich sagte ich: »Das ist verrückt.«

Angelica schaute gelassen hoch. »Nein, ist es nicht«, sagte sie ruhig. »Verrückt wird es erst dann, wenn man sich vergegenwärtigt, daß unter der ganzen indogermanischen Überlieferung eine noch *ältere* Überlieferung verborgen ist. Die zwanzig-, dreißigtausend Jahre zurückreicht, und *davor* fürchten sich die *Benandanti*.

Denn die Menschen, die vor den *Benandanti* lebten, wußten Dinge, die meinen Vater und Balthazar Warnick wie Waisenknaben bei einer Zaubervorführung aussehen lassen würden. Die *Benandanti* haben sich nach Kräften bemüht, sie auszurotten, doch alte Dinge sind zäh. Alte Religionen sind zäh. Und die *Benandanti* haben Angst, die alte Lebensweise könnte eines Tages wieder aufleben. Wenn man nur ein bißchen Ahnung von Geschichte hat, dann erkennt man auch die Zeichen: immer wieder kommt es zu einzelnen Ausbrüchen wie beispielsweise in Form der alten Religionen, die im Mittelalter und dann wieder in Salem als Hexerei verfolgt wurden. Die ganze Hippie-Bewegung in den Sechzigern und heute das Wiederaufleben der heidnischen Riten.

All das macht den *Benandanti* Angst, und sie bemühen sich nach Kräften, dagegen anzugehen. Möchtest du eine Verschwörungstheorie hören? Also, die hier übertrifft alle anderen, Sweeney. Die *Benandanti* sind so mächtig, daß es ihnen weitgehend gelungen ist, das Wiederaufleben jener alten Tradition zu verhindern. Das Klügste, was sie jemals getan haben, war wahrscheinlich, die Kirche zu infiltrieren; obwohl auch die alte Religion mit ihren Überbleibseln des Isis- und Dionysoskults darin Fuß gefaßt hat.

Vor allem aber haben die *Benandanti* dafür gesorgt, daß ihre Leute immer das Sagen haben. Auf diese Weise konnten sie die alte Tradition durch alle Zeitalter hindurch ungebrochen fortsetzen: Präsidenten, Generäle und Priester, Mönche, Gelehrte und gewöhnliche Menschen, Hexenjäger und dieser Typ, der an der Tankstelle Benzin einfüllt und glaubt, Batman gäbe es wirklich. Der ist gar nicht so blöd, wie er ausschaut; und mein Vater und Balthazar Warnick und manche ihrer Freunde sind wesentlich heller im Kopf.«

»Okay«, seufzte ich. »Dann gehören dein alter Herr, Richard Nixon, die Medici und wahrscheinlich auch der Dalai Lama also dazu. Wovor haben sie dann Angst? Welches Wissen wollen sie uns vorenthalten? Was verbirgt sich hinter diesem beknackten großen Geheimnis?«

Angelica wandte sich um und sah aus dem Fenster. Ein Lichtstrahl aus der Sturmlaterne fiel auf ihren halbmondförmigen Anhänger, der golden und tiefrot aufflammte.

»Die Göttin«, flüsterte sie.

Ich warf mich aufs Bett. »Oh, *Mann* …«

Angelica funkelte mich an. »Das ist kein Witz, Sweeney! Hast du denn nicht Magda Kurtz' Bücher gelesen? Hast du vergessen, wie es ihr ergangen ist?«

»Okay.« Ich fuhr mir durchs Haar und wünschte, ich wäre ganz woanders. »Magda Kurtz. Du hast recht, der ist wirklich was Seltsames passiert. Also, erzähl mir, was es mit dieser verrückten Göttin auf sich hat.«

Angelica begann mit ihrer theatralischen Stimme vorzutragen: »Also, in mancherlei Hinsicht wissen wir nicht sehr viel. Ich meine, da gibt es diese Höhlenmalereien und Idole, die Zehntausende von Jahren alt sind. Die Venus von Willendorf, die Schlangengöttin. Und später dann Isis und all die mediterranen Göttinnen; Inanna in Babylon und die Große Göttin von Kreta, deren Namen wir nicht kennen. Und die römische Laverna, Satine in Indonesien und Skadi in Skandinavien. Und natürlich die Jungfrau Maria – sozusagen die Versandhausversion von Isis …«

»Ich habe *Die weiße Göttin* gelesen«, unterbrach ich sie ungeduldig. »Ich weiß, worauf das hinausläuft. Hier hast du deine Göttinnen, da diesen netten, großen Kaffeeklatsch, und *du* sagst nun, dann wären die *Benandanti* gekommen – okay, okay, die skythische Horde oder die Hethiter oder die Hyperboreer, eben deine urtümliche Gruppe Himmelsgötter verehrender patriarchischer Stämme – und hätten sie vom Antlitz der Erde hinweggefegt. Und aus irgendeinem Grund täten Balthazar Warnick und seine Freunde alles, was in ihren Kräften steht, damit sie nicht wiederkommen. Ist es das, was du mir sagen willst?«

»Ja. Das wollte ich damit sagen. Ich habe darüber gelesen – du würdest dich wundern, was man in der Colum Bibliothek alles so findet. Ich glaube, diese matrilinearen Kulturen übten eine ziemlich dramatische Form der sozialen Herrschaft aus. Ihre Religionen waren wahrscheinlich *erheblich* intensiver, als wir uns träumen lassen. Höchstwahrscheinlich gab es regelmäßige Menschenopfer. Magda Kurtz hat das geglaubt; woher hätten sonst all die Opfer unglaublich gewalttätiger Rituale stammen sollen? Selbst die alten Griechen – wir halten sie für so zivilisiert, dabei übernahmen die Griechen den größten Teil ihrer religiösen Vorstellungen von Orten, an denen die Göttin verehrt wurde, von Kreta und Anatolien und wahrscheinlich auch von anderen Orten, von denen wir nichts wissen. Als *wir* von Theseus und dem Minotauros lasen, war das nur noch eine Sage. Für die Griechen der Klassik aber war das eine Erinnerung an etwas geradezu unvorstellbar Altes, das Überbleibsel einer Art Menschenopfer, dargebracht der Göttin. Ein Tribut junger Männer und Knaben, die zum Ende eines jeden Mondzyklus vom Festland nach Kreta geschafft wurden …

Auf diese Weise gab es zwanzigtausend Jahre lang relativ friedliche matriarchalische Gesellschaften. Keine Kriege, keine Krieger. Was spräche dagegen, wenn wir uns diesen Frieden um den Preis einiger weniger Männer und Knaben pro Jahr erkaufen könnten?«

Ich starrte sie an, als stünde ihr Haar in Flammen. »Das ist doch nicht dein Ernst, oder?«

»Doch, es ist mir durchaus ernst«, erwiderte sie hochmütig. »Darüber habe ich in letzter Zeit eine Menge nachgedacht.«

»Aber das ist ja Wahnsinn! Du behauptest, Menschenopfer seien gerechtfertigt als Mittel der sozialen Herrschaft!«

»Nein, das behaupte ich *nicht!* Außerdem ist es lediglich eine Theorie – aber was wäre eigentlich so furchtbar daran? Ich meine, wie steht es denn mit dem Christentum und der Kreuzigung? Das ist doch auch eine Art Menschenopfer, und *darüber* wundert sich niemand. Warum soll es nur dann in Ordnung sein, wenn es ein *Mann* tut?«

Ich hätte am liebsten laut herausgelacht, doch Angelicas durchdringender Blick brachte mich zum Schweigen. »Angelica, ich sage das nicht gern, aber – ist das nicht alles ein wenig … na ja, *paranoid?*«

Zum erstenmal in den neun Wochen, die ich sie kannte, geriet Angelica außer sich: im wahrsten Sinne des Wortes außer sich.

»Jetzt hör mir mal zu, Sweeney! Vielleicht weiß ich nicht alles darüber, wie die Welt funktioniert, aber ich weiß genug, um meinem Vater nicht alles unbesehen abzukaufen. Oder Balthazar Warnick. Ich meine, sieh dir das mal an …«

Sie ging zum Bett, wühlte in einer ihrer Taschen und holte ein Buch hervor: Magda Kurtz' *Töchter der untergehenden Sonne*. Sie blätterte darin, kam zurück und schob es mir hin.

»Was stellt dieses Bild dar?« Sie deutete auf eine Abbildung, die ein Muster aus sich überschneidenden Linien und Vs darstellte. Ich betrachtete blinzelnd die Seite und zuckte die Achseln.

»Schwerter.«

»Noch ein Versuch.«

»Keine Ahnung. Könnten Speere sein. Irgendwelche Waffen.«

»Warum keine Blätter? Warum keine Fische, Vögel oder Tannenbäume?«

Ich hob wieder die Schultern. »Ich weiß nicht. Ich erkenne darin Speere.«

»Das sieht aus wie Speere, weil man dich *gelehrt* hat, darin Speere zu sehen. Oder Schwerter oder

Wurfspieße. Und was ist mit dem hier?« Sie deutete auf ein anderes Bild.

»Das ist leicht. Irgendein Phallussymbol.«

Sie schüttelte den Kopf. »Wirkt es für ein Phallussymbol nicht ein bißchen kopflastig? Sieh noch mal hin...«

Ich betrachtete das Bild genauer; und diesmal sah ich, daß an der Oberseite des kleinen Objekts Linien eingeritzt waren, welche die groben Umrisse eines Gesichts bildeten, und weiter unten Linien, die eine Vulva darstellten. Ich nickte und reichte Angelica das Buch zurück.

»Du hast recht«, meinte ich leicht überrascht. »Das ist ein Gesicht...«

»Das ist eine *Frau*. Ein Idol, das eine Göttin darstellt. Dennoch haben Leute jahrhundertelang diese Dinger ausgegraben und darauf beharrt, es wären phallische Objekte, obwohl es ebensogut *Pilze* hätten sein können! So wie sie darauf beharrten, jeder Kreis oder jede Mulde wäre ein Schild oder eine Sonne, als sie sich von Millionen dieser Idole umgeben sahen, die wahrscheinlich Vulven oder Monde darstellen sollten. So wie du gemeint hast, dieses Linienmuster würde Waffen darstellen, obwohl es alles mögliche hätte sein können.«

»Und wenn es nun einfach *nichts* bedeutet?« fragte ich dickköpfig. »Ich meine, diese Leute hatten schließlich keine Notizbücher, um darin herumzukritzeln. Vielleicht haben sie da einfach auf die Wände gekritzelt.«

»So kann man damit nicht umgehen, Sweeney.«

»Ach, wirklich? Wer ist denn gestorben und hat dich zur Oberpriesterin gemacht?«

Auf einmal wirkte sie erschöpft. Als sie sich vorbeugte und die Hände um die Sturmlaterne legte, zeigten sich kleine Falten in ihren Mundwinkeln und um die Augen.

»Vielleicht habe ich ja wirklich keine Ahnung, wovon ich rede«, meinte sie matt. »Ich weiß nur soviel, daß ich auf der High-School Magda Kurtz' Buch gelesen habe, und da ist mir ein Licht aufgegangen. Auf einmal ergab alles einen Sinn – warum wahllos Hexen verbrannt wurden, warum Frauen weder Priester noch Rabbis sein dürfen, warum Weihnachten eine große Sache ist, Halloween aber nur Kinderkram – all diese Dinge, die bis dahin lediglich als das Resultat irgendeiner willkürlichen Entscheidung erschienen.

Und Dr. Kurtz' Buch *erklärt* das alles. Okay, vielleicht stimmt ja nicht alles darin – aber vielleicht *muß* auch gar nicht alles stimmen. Vielleicht ist nur ein *Teil* davon wahr, und vielleicht reicht mir das ja schon. Als ich das Buch las, hatte ich nämlich zum erstenmal das Gefühl, etwas zu *begreifen*. Etwas, das mit meinem Vater zu tun hatte und mit den *Benandanti*, mit allem, woran zu glauben ich erzogen worden war …

Und daher kam ich zur Göttlichen, weil mein Vater hier studiert hat, und ich lernte dich und Oliver und Annie kennen, und Daddys alten Freund Balthazar Warnick, und Magda Kurtz – ich *vergöttere* diese Frau! –, und sie schenkt mir einfach so *das hier* …«

Sie klammerte die Finger um den silbernen Halbmond an ihrem Hals.

»… sie schenkt mir das hier, und dann ist sie auf einmal weg. In der Zeitung steht, sie sei bei einem Flugzeugabsturz ums Leben gekommen, aber *ich* weiß, daß das nicht stimmt, und *du* weißt es auch – und es muß einen Grund dafür geben, Sweeney. Sonst hätte sie es mir nicht geschenkt. *Es muß einen Grund geben.*«

Ich schwieg. Schließlich sagte ich: »Bestimmt gibt es einen Grund, Angelica. Magda hat gewußt, daß jemand sie umbringen wollte. Sie hat gewußt, daß jemand hinter dem Ding her war, und daher wollte sie es loswerden. Und wenn du klug bist, dann schaffst du es dir ebenfalls vom Hals.«

»Nein.« Angelica verschränkte die Arme vor der Brust. »Professor Warnick ist nur deshalb an sie herangekommen, weil sie die Lunula weggegeben hat. Die Lunula hat sie beschützt. Solange sie sie trug, war sie in Sicherheit.

Und dann hat sie sie mir geschenkt …«

Sie brach ab. Als sie weitersprach, flüsterte sie so leise, daß ich sie kaum noch verstehen konnte.

»Deshalb muß ich mehr darüber erfahren. Wenn ich dazu bestimmt war, sie zu bekommen, muß ich den *Grund* dafür kennen. Es gibt keine Zufälle – das sagt mein Vater immer. Nichts geschieht jemals ohne Grund.«

»Klar, und wenn Gott eine Tür schließt, öffnet ER gleich eine neue Büchse der Pandora. Du solltest aufpassen«, sagte ich geheimnisvoll und deutete auf ihren Hals. »Ich weiß nicht, was das ist, aber es ist böser Zauber, das kannst du mir glauben.«

Auf einmal wurde die Zimmertür aufgerissen. Wir fuhren beide zusammen; doch es war bloß Annie.

»Hey, was läuft denn hier? Veranstaltet ihr etwa eine Séance?« Sie ließ sich neben Angelica aufs Bett plumpsen und strahlte. Ihr Gesicht war gerötet und verschwitzt, und das Haar hing ihr in kleinen Strähnen in die Stirn. »Jemand, den ich kenne?«

»Annie, bist du etwa *betrunken?*« Angelica zog verwundert die Brauen hoch.

»Ach was. Ich habe *getanzt,* mit Baby Joe und Hasel und den anderen Typen. Ich wollte mir nur schnell einen Pullover holen. Ihr solltet mitkommen. Und hört mal: morgen abend findet noch eine Party statt …«

Sie schleuderte Kleidungsstücke aus ihrem Rucksack umher und hielt schließlich einen mottenzerfressenen Strickpullover hoch. »Heureka.«

»Ich glaube, für morgen abend ist eine stille Andacht geplant, Annie«, sagte Angelica.

»Ja, aber nach der Vesper findet auf Hasels Zimmer eine Party statt. Du solltest wirklich mitkommen, Angelica – und du natürlich auch, Sweeney, guck mich nicht so an! –, die haben Kassettenrecorder und jede Menge Kassetten, es wird ein Mordsspaß.«

»Klingt großartig«, meinte Angelica zweifelnd. »Ist Oliver bei euch?«

»Ach, sei doch nicht so miesepetrig, di Rienzi. Nein, ist er nicht. Ich weiß nicht, wo er steckt – wahrscheinlich ist er draußen und kommuniziert gerade mit Jupiter. Wahrscheinlich *ist* er auf dem Jupiter.« Annie streifte den Pullover über und stürmte wieder hinaus.

Angelica wandte sich zu mir um. »Geh ruhig, wenn du magst.«

»Ich glaube nicht. Morgen vielleicht.«

»Bist du müde?«

»Eigentlich nicht. Eher ein bißchen benommen.«

»Hast du Lust auf einen Spaziergang? Draußen, meine ich.«

»Klar.«

Wir entdeckten eine Tür, die auf einen hügeligen Rasen führte. Das Gras unter unseren Füßen war steif gefroren und knackte geräuschvoll, als hielte man ein Streichholz an Kiefernnadeln. Am Horizont, über den schwarzen Baumwipfeln, leuchteten kalt die Sterne. Der Mond war nicht zu sehen. Wir sagten kein Wort, ohne daß mir das Schweigen peinlich gewesen wäre. Es war erstaunlich, wie rasch Orphic Lodge hinter uns zurückfiel; kein Licht und kein Geräusch drang zu uns herüber, nur der Rauchgeruch deutete noch darauf hin, daß es überhaupt da war, ein angenehmer Geruch nach Apfelholz und Kiefer und hin und wieder rote Glut, die über uns in der Dunkelheit aufleuchtete.

»Ich bin froh, daß ich dich kennengelernt habe,

Sweeney«, sagte Angelica nach einer ganzen Weile. Der Rasen hatte schließlich einem Gewirr von Platterbsen, hochstengliger Wolfsmilch und Schafgarbe Platz gemacht. Es war vollkommen still; das Jahr war schon zu weit vorgerückt für Grillen, und selbst die Nachtvögel schienen geflohen zu sein. Man vernahm nur das Rauschen des Winds in abgestorbenen Pflanzen und das Knacken von Zweigen unter unseren Füßen. »Ich weiß nicht, was ich ohne dich jetzt anfangen würde. Ich mag Annie, aber sie ist anders als du – du *verstehst* mich, dir brauche ich nicht immer alles zu erklären.«

Ich lächelte wehmütig und schüttelte den Kopf. *Ich verstehe gar nichts!* hätte ich am liebsten gerufen, doch ich schwieg.

»Wir sind wirklich verwandte Seelen. Du und Oliver und ich.« Ganz behutsam fuhr sie mit den Fingern über den Lichtschimmer an ihrem Hals. Dann ergriff sie meine Hand. »Ach, Sweeney.«

Ich erstarrte und wartete mit trockenem Mund darauf, daß sie mich näher an sich zog. Das tat sie jedoch nicht, sondern schaute mich nur lange Zeit mit ihren unheimlich großen grünen Augen an. Schließlich ließ sie meine Hand los und ging weiter hügelabwärts, wobei sie sich behutsam einen Weg zwischen Unkraut, Brombeersträuchern und Steinen hindurchbahnte.

Vor uns fiel das Gelände zu einer kleinen Mulde hin ab, stieg dann wieder an und mündete in ein kleines Gehölz von Birken und Kiefernschößlingen, wobei die immergrünen Gewächse eine feste, undurchdringliche Wand bildeten, mit einer Unterlage aus abgestorbenem Farn und Laub.

»Vielleicht sollten wir allmählich wieder umkehren.« Ich hatte Angst, Angelica könnte in das Gehölz eindringen wollen, und ich als ihre verwandte Seele müßte ihr folgen. »Mir ist irgendwie kalt.«

»Ist gut.« Plötzlich trat sie dicht an mich heran. »Sweeney!« wisperte sie. »Da ist jemand!«

Ich spähte mit klopfendem Herzen in die Finsternis. Mit Mühe machte ich eine bleiche Gestalt aus, die auf einem Flecken verdorrter Wolfsmilch saß. Ich näherte mich ihr behutsam ein paar Schritte, dann lachte ich erleichtert auf.

»Es ist Oliver!«

Die Finsternis schien sich zu verflüchtigen. Ich wandte mich aufgekratzt um und packte Angelica. »Oliver!« rief ich.

»Oliver«, wiederholte Angelica.

Er saß ganz allein am äußersten Rand des Geländes. Er hatte eine Gitarre auf dem Schoß und hielt sie wie einen Säugling linkisch und dennoch liebevoll in den Armen. Als er uns sah, verzog er den Mund zu einem eigentümlich wölfischen Grinsen. Er sagte jedoch nichts, sondern senkte nur den Kopf, so daß man sein Gesicht nicht mehr sah.

»Oliver!« rief Angelica abermals leise aus. Ihre Finger schlossen sich um die Lunula, deren Schimmer erlosch. Oliver sah nicht auf. Sein Haar kräuselte sich im kalten Wind, als wartete darunter ein kräftiges, ungeduldiges Tier. Und dann sah er auf einmal auf, nicht auf eine von uns beiden, sondern in eine weite, weite Ferne blickend, irgendwo zwischen den unheimlichen Baumstämmen und dem mit Diamanten übersäten Himmel. Mit dünner, klarer, klagender Stimme – einer Jungenstimme, ein wenig falsch, aber so lieblich und so ernsthaft, daß ich davon eine Gänsehaut bekam – begann er zu singen.

Als klänge eine Glocke, als wär's ein Déjà-vu
Scheint alles dir vertraut, jetzt wo ich bei dir bin
Und was dir unverstanden, enthüllt nun seinen Sinn
Brauchst bloß danach zu greifen –
Ich war schon immer hier …

Sein Gitarrenspiel war wie sein Gesang – abgehackt, ein wenig zu schnell, die Akkordwechsel hakten. Das alles hatte jedoch etwas – der mondlose Himmel, die entlaubten Bäume, selbst der Wind, der in den verdorrten Stengeln der Wolfsmilch und der Wilden Möhre raschelte; etwas, das schöner, einsamer und zarter war als alles, was ich je erlebt hatte. Ich beugte mich so weit vor, bis ich auf den Fußballen stand, kurz vor dem Vornüberfallen, auch wenn ich nichts davon merkte, und während ich lauschte, fühlte ich, wie Angelica meine Hand ergriff.

Das, was erfreut; was wirklich ist
Das, was erfüllt und nie gefüllt wurde
Das, was dich quälte in der Nacht
Das, was du siehst im frühen Licht der Kindheit
Das, was dich angeblich erschreckt hat
Vor dem du aber nie geflüchtet bist –
Ich war schon immer hier …

Ich brach in Tränen aus. Man muß dabei bedenken, daß ich jung und betrunken war, so angefüllt mit offen zutage liegenden frischen Emotionen, wie ich zuviel schlechten Wein genossen hatte; und dennoch war wirklich etwas da, ich fühlte es in diesem Augenblick und wußte noch nach Jahren, daß ich recht gehabt hatte, etwas, das mit Oliver und Angelica und vielleicht auch mit mir zu tun hatte; vor allem aber mit Oliver. Selbst jetzt noch kommt mir vor allem dieses in den Sinn, wenn ich an Oliver in jener Nacht denke: wie er in dem kalten, absterbenden Gras stand, in der Luft der schwache Rauchgeruch, der von Orphic Lodge herüberwehte, die Sterne Risse im Himmel, durch die ich hätte hindurchspähen und alles hätte sehen können, was die Zukunft uns brachte, hätte ich bloß hingeschaut. Und Oliver selbst, der Schatten des Gesangs, der sang, als wären dies die einzigen Worte, die er kannte.

Von den Wasserspeiern bis nach Stonehenge
Von der Sphinx bis zu den Pyramiden
Von Luzifers Tempeln zum Lobpreis des Teufels
Bis zum Devil's Clock, wo's gerade Mitternacht
schlägt –
Ich war schon immer hier.

Er verstummte, schlug noch ein paarmal die Gitarre an, dann legte er den Kopf schief und lauschte den im Wind verklingenden Tönen nach.

»Ach«, flüsterte Angelica. »Das war wunderschön – was ist das, das war das schönste Lied, das …«

»Nein, das stimmt nicht!« rief jemand hinter uns. Als ich herumfuhr, sah ich ein blasses Gesicht, das aus einem Gewirr von Samenschoten und verwelktem Gras hervorlugte: Annie, deren löchriger Strickpullover mit Kletten bedeckt war. »Wer hat gesagt, du könntest meine Gitarre haben?«

Oliver stand auf. Er wischte sich ab und reichte ihr das Instrument. »Tut mir leid, Annie. Ich dachte, du hättest nichts dagegen.« Wütend nahm sie die Gitarre entgegen und drückte sie sich an die Brust. Nach einer Weile zupfte sie zaghaft an den Saiten.

»Hm«, machte sie und zuckte zusammen, als die Saiten klirrten. Sie sah auf, und jetzt erst bemerkte sie Angelica und mich. »*Da* seid ihr also. Man hat sich am Kaminfeuer nach euch erkundigt.«

»Ich dachte, du wärst bei Hasel.«

Annie gähnte. »War ich auch. Aber dann sind wir runtergegangen, um etwas zum Essen zu holen, und dann sind wir hängengeblieben. Ihr solltet mitkommen, das macht echt Spaß.«

»Wir kommen mit …«, wollte ich sagen, doch dann sah ich, daß Angelica neben Oliver getreten war. Die losen Falten ihres Kleids hatten sich an einer Pflanze voller Kletten verhakt, doch sie bemerkte es nicht. Sie hielt Oliver umarmt und zog ihn näher an sich heran, und er küßte sie, streichelte ihr erst langsam über den Rücken und zerrte dann an dem dünnen Baumwollstoff, bis er sich mit einem leisen Knistern von der Pflanze löste und zerriß.

»Hey.« Annie stupste mich mit dem Gitarrenhals an. »Komm schon, Sweeney«, meinte sie leise, aber freundlich. »Gehen wir ins Haus.«

Ich stand noch eine Weile da und schaute die beiden an, dann folgte ich Annie über den Hang. Als wir Orphic Lodge erreichten, sah ich mich um, doch alles, was hinter uns lag, hatte die Nacht verschluckt.

Am nächsten Morgen erwachte ich sehr früh. Draußen war es noch dunkel, die Fenster hatten die Farbe von Kirchengestühl und waren mit einer dünnen Schicht Rauhreif bedeckt. Annie auf ihrem schmalen Feldbett war ein schnarchendes Deckenbündel. Angelicas Bett war leer. Ich lag auf der Seite und stierte auf das ordentlich gemachte Rechteck mit der Baumwollsteppdecke und dem Kissen, auf Angelicas blauseidenen Make-up-Koffer und das kleine schwarze Etui für ihre Kontaktlinsen. Schließlich stand ich auf. Ich kleidete mich im Dunkeln an und huschte ins Bad.

Auch ohne schwarzen Lidschatten wirkte das Gesicht, das mir aus dem Spiegel entgegenblickte, in keiner Weise vernünftig. Bei Nacht, wenn ich in einem dunklen Club tanzte, wo bunte Scheinwerfer den Zigarettenqualm durchdrangen, mochte ich als androgyn und finster durchgehen: krauses, schwarzes Haar, ein klaffender Mund, blaue Augen. Bei Tag lag mir diese Rolle jedoch nicht besonders. Ich wirkte ausgebrannt, erschöpft und jünger, als ich erscheinen wollte. Ich spritzte mir Wasser ins Gesicht und versuchte so zu tun, als täte mir das gut. Ich beschloß, aufs Duschen zu verzichten, weil ich Annie nicht aufwecken wollte, und ging nach unten.

Im Haus war es still, kalt und dunkel. Ich schlich auf Zehenspitzen in die Küche, fand etwas Pulverkaffee und trank das fürchterliche Gebräu schwarz. Dann ging ich nach draußen und unternahm einen langen Spaziergang, den Hügel hinunter und am Waldrand entlang, wo wir am Abend zuvor gewesen waren. Ich rauchte fast eine Packung Zigaretten und hielt nach Spuren von Angelica und Oliver Ausschau. Nach zerdrücktem Farn, nach Stoffetzen, dem Geruch nach Sandelholz und Zigarettenqualm. Aber natürlich entdeckte ich nichts. Was immer die Nacht von ihnen gewußt hatte, der Tag verriet nichts davon – zumindest nichts, was er mit mir teilen wollte. Am Ende der unkrautüberwucherten Wiese hockte ich mich gegen einen Birkenstamm, mit gesenktem Kopf und geschlossenen Augen, und während der kalte Wind an meinem Rücken nagte und die leeren Fenster von Orphic Lodge auf mich herunterschauten, rauchte ich meine letzte Zigarette.

Den Rest des Tages verbrachte ich allein. Der ganze Vormittag und der größte Teil des Nachmittags verstrichen, ohne daß ich Angelica oder Oliver zu Gesicht bekam. Als es zu dämmern begann, ging ich ins Wohnzimmer hinunter, wo vor dem kalten, rußgeschwärzten Kamin eine alberne ökumenische Andacht abgehalten wurde. Die gefürchteten akustischen Gitarren wurden hervorgeholt, und irgend jemand spielte ›Embryonic Journey‹. Zwei Erstsemester sangen einen Song von Elton John, den ich nicht ausstehen konnte. Alle klatschten höflich, und dann erhob sich zu meiner Überraschung Annie Harmon und schleppte ihre Gitarre nach vorne, kletterte auf einen Holzstuhl und warf sich darauf in Positur. Sie klimperte auf der Gitarre herum, bis sie gestimmt war, dann krempelte sie sich die Ärmel ihres karierten Hemds hoch und nickte.

»Okay«, sagte sie. Sie stieß ein nervöses Lachen aus, dann begann sie zu singen.

Sie spielte ›Chelsea Morning‹, ›Been Too Long at the Fair‹ und ›Afterhours‹ …

Wenn du die Tür zumachst, könnte die Nacht ewig währen

… wobei sie den Takt auf dem dröhnend widerhallenden Gitarrenkorpus schlug, während sie mit tiefer, unheimlicher Stimme, die kaum mehr als ein Flüstern war, sang:

Du erinnerst dich an Korridore, ständig bemüht
Hinter die Tür zu spähen
Du hast sie nie gesehen, du möchtest sie kennenlernen
Das erste Mal ist stets so ungewiß …

Ihre Stimme füllte den Raum wie Rauch, und wir atmeten sie ein, die kräftige, dunkle Drohung, den simplen Text, der sich auf einmal in eine Warnung verwandelt hatte.

Ach, sie ist mir immer noch ein Rätsel …

Allzu früh verstummte sie. Einen Augenblick lang herrschte Stille, und ich spürte, wie sich die letzten kalten Noten in meine Haut auflösten; dann brachen alle in Beifallsrufe aus.

»Hey, Harmon!«

»Bravo!«

»*Bravo, bella!*«

Als ich mich umschaute, sah ich, daß Angelica und Oliver an der Wand lehnten. Oliver trug dieselben

Klamotten wie am Vorabend, und Angelica hatte dasselbe Kleid an, über das sie ein verwaschenes, kastanienbraunes Sweatshirt mit der Aufschrift *Northeast Kingdom Abbey* gezogen hatte. Sie hatte gerötete Wangen, lächelte und applaudierte begeistert. Sie wirkte jünger denn je, eher wie ein College-Erstsemester als wie eine mysteriöse Femme fatale. Ihr Haar war lose und ungekämmt, und ohne Make-up wirkte ihr Gesicht reizend und mädchenhaft.

Aber Oliver: Oliver sah schrecklich aus. Kalkweiß, die blauen Augen umschattet und so dunkel, daß sie wie leere Löcher wirkten. Das Haar hing ihm in Strähnen über die Wangen, und er blickte starr auf seine Hände, die er rhythmisch öffnete und schloß. Hin und wieder zuckte er mit dem Mund, als müßte er sich zusammenreißen, um nicht laut herauszulachen oder in Tränen auszubrechen.

Ich an deiner Stelle würde mir Sorgen um Oliver machen …

Ich starrte ihn ebenso hingerissen an wie bei unserer ersten Begegnung, als mich seine feenhafte Schönheit in den Bann gezogen hatte. Diesmal jedoch hatte Oliver etwas wahrhaft Schreckliches an sich: keine Spur mehr von der Aura jugendlichen Übermuts, statt dessen eine nahezu greifbare Ausstrahlung von Ausschweifung und Verfall. Sein Gesichtsausdruck war leer und gleichzeitig geradezu dämonisch. Er schaukelte mit dem Oberkörper vor und zurück, vor und zurück, wobei er ständig das Gewicht verlagerte, als bereite es ihm Schmerzen, zu lange auf einem Fuß zu verharren. Unvermittelt rückte er mit einem eigentümlich watschelnden Gang von Angelica ab, eher wie ein verwundetes Tier als wie ein Mensch.

»Oliver!« rief Angelica ihm nach. Doch anstatt sich zu ihr umzudrehen, blieb Oliver stehen und sah mich an.

Ich erstarrte. Ich war vollkommen überwältigt von

Furcht – Furcht davor, daß er mich ansprechen, daß er meinen Namen sagen und mich dadurch dem gleichen Grauen überantworten könnte, das auch ihn verschlungen hatte.

Oliver aber lächelte bloß, sein gewohntes reizendes, durchtriebenes Lächeln. Er schüttelte den Kopf, als hätte ihn mein Anblick aus seiner Erstarrung aufgeweckt, und blickte auf seine Füße. Er trug die üblichen schwarzen Schnabelschuhe ohne Socken, hatte jedoch eine häßliche Schramme an einem Knöchel, die Wunde war schwarz und das Fleisch drum herum stark geschwollen. Ich schrie auf und bewegte mich auf ihn zu, doch jemand packte mich beim Arm.

»Sweeney!« Annie war grinsend neben mir aufgetaucht. »Was meinst du?«

»Hm?«

»Zu meinem Gesang. Hat er dir gefallen?«

»Häh? Ja, sicher, Annie – klar«, antwortete ich geistesabwesend, dann wandte ich mich um und erspähte Oliver und Angelica in der Nähe der Tür. Sie hielt seine Hand, redete auf ihn ein und schaute ihn besorgt an; Oliver beachtete sie jedoch nicht. Er starrte nur vor sich hin, seine Augen waren auf etwas gerichtet, das ich nicht sehen konnte. Angelica hob seine Hand an die Lippen und küßte die Knöchel – sie waren aufgekratzt und dreckverkrustet –, doch er sah nicht einmal auf. Ich versuchte, seinen Blick aufzufangen, ihn dazu zu zwingen, mich zur Kenntnis zu nehmen, doch Oliver blieb in seiner Traumwelt gefangen. »Annie, schau dir doch mal Oliver an – findest du nicht auch, daß mit ihm irgendwas nicht stimmt?«

Annie schüttelte den Kopf, ihre Augen blickten dunkel und besorgt. »Ich weiß nicht.« Sie nahm den Gitarrenkoffer in die andere Hand und zuckte die Achseln. »Aber diese Molyneux-Stipendiaten – die haben immer einen Schutzengel. Los, komm.«

Wir gingen schweigend zu unserem Zimmer. Angelica hatte es wieder einmal geschafft, die erste zu sein.

»Sweeney! Annie! Was habt ihr denn?« Sie hatte immer noch Olivers Sweatshirt an, und in ihrem sanft gewellten Haar hingen Kletten. »Wißt ihr, ich glaube, ich gehe doch zu Hasels Party. Habt ihr Lust?«

»Aber klar.« Ich schaute Annie an, räusperte mich und fragte unsicher: »Ist ... hat Oliver irgendwas?«

Einen Moment lang wirkte Angelicas Lächeln angestrengt. Dann sagte sie: »Oliver kommt auch. Keine Sorge. *Ciao*, Sweeney ...«

Sie huschte ins Bad. Ich setzte mich aufs Bett und wandte mich zu Annie um. Sie spitzte die Lippen und warf mir eine Kußhand zu.

»*Ciao*, Sweeney«, sagte sie.

Als wir Hasels Zimmer betraten, herrschte dort eine unheimliche Stille.

»Hey! Die Mädels sind da!« rief Annie. Sie runzelte die Stirn und kickte eine leere Bierflasche beiseite. »Was ist los, Hasel? Ist das hier etwa eine Totenwache, oder was?«

»Warnick hat mir wegen dem Lärm gestern abend die Hölle heiß gemacht«, erklärte Hasel. »Daher haben wir uns überlegt, nach draußen zu gehen. Habt ihr warme Sachen an?«

»Angie nicht«, meinte Annie.

»Macht nichts«, murmelte Baby Joe. »Sie hat ja ihren *Liebsten*, der sie warm hält.« Er kicherte lautlos und warf mir eine Dose Bier zu.

Eine Weile saßen wir herum und schwatzten. Ich nippte am Bier, Annie wippte unruhig mit den Füßen und trat gegen die Querleisten ihres Stuhls, Hasel und Baby Joe rauchten schweigend. Angelica stand am Fenster und schaute in die Nacht hinaus. Der prachtvolle Sonnenuntergang war zu einem zerfransten, schwarz-roten Saum über den Bergen verblaßt.

Ansonsten war der Himmel bereits schwarz, abgesehen von den Stellen, wo bereits die ersten Sterne hervortraten. Hasel trank sein Bier aus, schaute Angelica an und sagte schließlich leise: »Du siehst heute wunderschön aus, Angelica.«

Das tat sie wirklich mit ihrem langärmligen, kobaltblauen Samtkleid mit gerafftem Oberteil, silbernen Stickereien und silbernen Troddeln an Ärmelaufschlägen und Saum. Sie hatte dieselben halbmondförmigen Ohrringe angelegt wie bei unserer ersten Begegnung. Um den Hals trug sie die Lunula. Hin und wieder berührte sie den Anhänger, als wollte sie sich vergewissern, daß er noch da war.

»Wie? Mit diesem alten Ding?« Angelicas Lachen hörte sich seltsam an; als spielte sie die Angelica bloß, als gäbe sie sich selbstsicherer, als sie sich tatsächlich fühlte. »Er müßte gleich da sein...«

»Ich *glaube*«, mischte Annie sich ein und riß die Augen auf, »ich *glaube*, er ist schon da.«

Wir wandten uns alle zu dem Schatten in der Tür um – ein Schatten, bekleidet mit einem verdreckten Smokinghemd, mottenzerfressener Hose und schmutzigen schwarzen Schnabelschuhen mit nachschleifenden Schnürsenkeln. Der nackte Fuß in dem einen Schuh war dermaßen geschwollen und blutverkrustet, daß er schwarz wirkte.

»Ach, Oliver«, flüsterte Angelica.

Es war Oliver, das ja; aber sein Haar war verschwunden. Sein ganzes wunderschönes langes Haar, geschoren, bis nur noch schwarze Stoppeln übriggeblieben waren. Offenbar hatte er versucht, sich den Schädel zu rasieren – er hatte ein paar kahle Flecken und übel aussehende Schnitte von der Rasierklinge zurückbehalten.

Eine dermaßen erschreckende Verwandlung hatte ich noch nie erlebt. Sein Gesicht war immer noch hübsch, und der kahlgeschorene Schädel, die hohen

Wangenknochen und die dunklen Ringe unter den Augen verliehen ihm etwas Mönchisches. Allerdings hatte er einen wilden Blick, und Olivers ganze Anmut, all sein durchtriebener Humor und seine Intelligenz waren verschwunden. Er wirkte finster und erschreckend fehl am Platz, wie das Opfer eines furchtbaren Unfalls, das sich meilenweit geschleppt hatte, um schließlich auf dem Rasen bei einer Hochzeitsgesellschaft zusammenzubrechen.

Eine Zeitlang herrschte Schweigen. Dann fing Hasel an zu klatschen.

»Okay, los geht's, Mann!« Hasel ging zur Tür und zog Oliver lachend ins Zimmer. »Wurde allmählich auch Zeit, daß du die Hippiemähne los wurdest!«

»Oliver!« schrie Angelica. Ich dachte, sie würde gleich in Tränen ausbrechen. »Wie *konntest* du nur?«

Oliver sagte immer noch nichts. Er wirkte benommen und ließ sich von Hasel zu unserer schweigenden Gruppe führen. Baby Joe zuckte neben mir zusammen, und Annie war endlich einmal sprachlos.

»Du hast hoffentlich einen Hut mitgebracht«, fuhr Hasel unbeeindruckt fort. »Draußen ist es nämlich *kalt* ...«

Oliver hob seinen geschorenen Kopf und starrte mich mit schwarzen, geweiteten Augen an.

»Sweeney«, flüsterte er. »Rette mich, Sweeney.«

Ich ging zu ihm. »Oliver«, murmelte ich und berührte seinen armen verwüsteten Schädel. Ich hatte erwartet, daß er pieksen würde, doch er war ganz weich, die kurzen Härchen waren wie Samt. »Mein Gott. Scheint so, als hättest du beim Haarschnitt die radikale Methode gewählt.«

Oliver legte den Kopf schief. Auf einmal blitzte sein wahnsinniges Lächeln auf, dann packte er mich und zog mich an sich, hielt mich so fest, daß ich kaum mehr Luft bekam, so fest, daß ich spürte, wie ihm das Herz in der Brust pochte, als wollte es dort hinausfliegen und in meinen Körper hinein, wie ein schutzsuchender Vogel. Ich roch die Drogen, die aus seinen Poren sickerten, ein trügerisch süßlicher Geruch wie nach Vitaminen, den frischen Geruch von Lavendelseife und Rasiercreme und unter alledem ein fleischiger Geruch, der von seinem geschwollenen Fuß kommen mußte.

»Sweeney?«

Der Geruch stieg mir in die Nase und verschlug mir den Atem, Oliver zog mich unter Wasser, und ich war am Ertrinken, am Ertrinken. Ich versuchte, mich zu bewegen, ich wollte weg von ihm, obwohl ich gleichzeitig in seiner Umarmung verharren wollte, obwohl ich fühlte, wie sehr er *wollte*, daß ich bei ihm blieb …

Rette mich, Sweeney …

Unvermittelt ließ er mich los. Ich wich keuchend zurück. Als ich aufsah, stand Angelica neben ihm und fuhr ihm über den Kopf.

»Ach, Oliver. Das ist ja eine schöne Geschichte.« Sie verzog das Gesicht. »Na ja, jedenfalls hast du deinen Auftritt gehabt.« Sie blickte hinter ihn, suchte nach uns anderen. »Treffen wir uns draußen?«

Baby Joe zuckte die Achseln. »Sind schon unterwegs.« Er und Hasel wandten sich zur Tür. Ich wollte ihnen nachgehen, doch dann blieb ich stehen.

»Annie?«

Annie schüttelte den Kopf. »Ich … ich glaube, diesmal nicht«, sagte sie langsam und setzte leise hinzu: »Das wird mir allmählich alles zu unheimlich, Sweeney. Ich gehe wieder nach unten.«

»Meinst du wirklich?« fragte ich besorgt. Denn es sah wirklich alles ein bißchen zu unheimlich aus, selbst für mich. Da war einmal Hasel, der Olivers jammervollen Zustand seltsamerweise völlig ignorierte, dann der betrunkene Baby Joe in seinen abgerissenen Klamotten, der Asche hinter sich zurückließ wie einen schlechten Ruf. Und ich mit meinen alten Cowboystiefeln und Olivers Hemd; und schließlich noch Angelica und Oliver. Angelica so strahlend wie eh und je; Oliver mit seiner schrägen Abendkleidung. Wir hatten tatsächlich etwas von einer verrückten Hochzeitsgesellschaft an uns; ob Oliver aber ein wahnsinniger Prediger oder ein versprengter Bräutigam war, vermochte ich nicht zu entscheiden.

»Ja, meine ich.« Annie drückte meinen Arm. »Und, Sweeney – versprich mir, daß du ins Haus kommst, wenn alles außer Kontrolle gerät, okay? Versprichst du mir, daß du mich dann holen kommst?«

Ich nickte und sah ihr nach, dann ging ich zu Baby Joe hinüber, um ihm beim Bierverteilen zu helfen.

»Okay«, sagte Hasel. »Wir machen Teamarbeit: hat jeder ein Bier? Dann los ...«

Hasel hatte eine alte, verrostete Feuertreppe entdeckt, die an der Außenseite des Landhauses im Zickzack nach unten führte. Wahrscheinlich hätten wir ebensogut aus der Haustür marschieren können, ohne daß man uns aufgehalten oder auch nur bemerkt hätte, doch irgend etwas hatte uns schreckhaft gemacht. Im Gänsemarsch bewegten wir uns über die Treppe nach unten, bis wir den Rasen erreicht hatten. Ein schwacher Wind rührte in den Baumwipfeln, von denen ein paar verdorrte Blätter trunken zu Boden torkelten. Ich setzte mich für einen Moment hin und versuchte mich dadurch zu beruhigen, daß ich zu den Sternen hochschaute. Die kalte Luft ließ sie größer erscheinen, so daß sie wie riesige spröde Blüten wirkten, die darauf warteten, vom Wind zerpflückt zu werden. Schließlich stand ich auf.

Ein paar Meter hügelabwärts warteten Hasel und Baby Joe, sie hatten die Köpfe in den Nacken gelegt und schauten zum Himmel empor. Wir befanden uns hinter dem Landhaus, gegenüber dem Wald. Neben mir tauchte lautlos Angelica auf.

»Gehen wir hier entlang…« Ihre Stimme schallte laut, während sie zu der silbrig-grauen Wiese zeigte, die in der Dunkelheit dahinfloß. »Jemand hat mir gesagt, dort gäbe es einen Teich.«

»Bißchen kalt zum Nacktbaden!« rief Hasel. »Aber ich begleite dich!«

Er lachte und versetzte Baby Joe einen Stoß. Miteinander sprangen sie den Hügel hinunter. Angelica stupste mich an, und ich wandte mich zu Oliver um. Ich rief ihn an, doch er eilte bereits Hasel und Baby Joe hinterher.

Angelica seufzte verärgert. »Ich finde, er sieht *beschissen* aus. Warum hat er das bloß getan, wo er doch so wunderschönes Haar hatte?« Sie machte auf dem Absatz kehrt und setzte sich hügelabwärts in Bewegung. »Manchmal glaube ich wirklich, er ist verrückt.«

Es war eine kalte, nahezu windstille Nacht. Die schwache Brise, die noch wehte, roch nach regennassem Stein und feuchter Erde. Als der Wind drehte, führte er den Geruch von Holzqualm mit sich und den scharfen Duft von Marihuanarauch. Es schien immer noch kein Mond. Mit den Mondphasen kannte ich mich nicht aus, sonst hätte ich gewußt, daß das dunkelste Viertel angebrochen war, die vierte von vier Nächten, da der Mond nicht am Himmel zu sehen war. Das bedeutete jedoch, daß die Sterne um so heller leuchteten.

Kurz vor dem Waldrand bogen wir ab. Wir befanden uns mittlerweile auf einer üppigen Wiese, gesäumt von einer verfallenen Steinmauer, die mit Kudzuranken und wildem Wein überwuchert war.

Ich verlangsamte meinen Schritt und wunderte mich, warum sich Angelica mit solcher Sicherheit und Behendigkeit zwischen den Steinen und Ansammlungen von Kletten bewegte. Sie aber raffte lediglich ihr langes Kleid und ging weiter. Hin und wieder wehte Hasels oder Baby Joes bekifftes Gelächter zu uns herüber. Angelica hielt sich abseits, vielleicht weil sie wütend auf Oliver war, oder aber sie wollte einfach allein sein.

Plötzlich blieb sie stehen. Sie hob die Arme und ließ den Saum des Kleides los. In ein paar Metern Entfernung hielten Oliver, Hasel und Baby Joe an und starrten sie an. Angelica drehte sich lächelnd zu mir herum.

»Da wären wir, Sweeney.«

Wir befanden uns an der höchsten Stelle einer flachen Mulde, einer schüsselartigen Senke in der umliegenden Wiesenlandschaft. Der Boden war mit sehr kurzem, verdorrtem Gras bedeckt, das aussah, als wäre es kürzlich gemäht oder abgeweidet worden. Überall lagen Unmengen kleiner Steine herum, wie Steine in einer Kiesgrube, und bei jedem unserer Schritte raschelten leise die zarten Stengel von Kletten und Wolfsmilch.

In der Mitte der Senke befand sich ein vollkommen runder, künstlich angelegter Teich, die Art Teich, die man in Farmgegenden auch als Tränke bezeichnet. Der Teich war ein Loch im Gewebe der Nacht und so schwarz, daß ich überrascht war, Sterne darauf treiben zu sehen, so unschuldig wie Lilien. Wahrscheinlich hatte man ihn angelegt, um das Vieh zu tränken, obwohl nirgendwo Kühe zu sehen waren, und die euklidische Symmetrie ließ ihn unheimlich, geradezu übernatürlich erscheinen. Daß er von einer Quelle gespeist wurde, hielt ich für unwahrscheinlich, und ich sah auch keinen Zufluß. Andererseits fehlte der Geruch nach vernachlässigtem Aquarium, wie er kleinen Teichen häufig anhaftet. Das Wasser roch vielmehr frisch, wunderbar frisch: wie Frühlingsregen, Apfelblüten und Orangen, so elektrisch aufgeladen wie ein Gewitter, das jeden Moment losbrechen konnte. Der Geruch war so unglaublich wundervoll, daß ich vom Rand zurückzuckte, als hätte ich eine Muräne erblickt, der nur darauf wartete, mich in Stücke zu reißen.

»Sweeney? Was hast du?«

Angelica stand am Ufer und schaute mich an. Sie hatte die Sandalen ausgezogen und versuchsweise einen Zeh in das schwarze Wasser getaucht. Der liebliche Duft war so stark, daß mir die Haare zu Berge standen – nicht nur die Haare auf dem Kopf, sondern *überall*, als wäre jede Faser meines Körpers ein Docht, der jederzeit in Brand geraten konnte.

»Sweeney?«

Über ihren Kopf flossen Ströme violetten Lichts dahin wie Wasser. Ich starrte sie an, von ihrem sachlichen Ton nicht minder erschreckt als wie von allem anderen. »Was hast du denn, Sweeney?«

»Hey, Ladies. Wartet auf uns!«

Hinter mir vernahm ich das Geräusch schlurfender Schritte und Hasels leises, gedehntes Lachen. Unvermittelt erhob sich ein starker Wind. Das kurze Gras zu meinen Füßen kräuselte sich, und graue Staubwolken wurden aufgewirbelt.

»Sweeney, könntest du mir mal kurz helfen?«

Vor mir stand Angelica mit dem Rücken zum Teich. Sie zerrte an ihrem Kleid, das sich an einem Dorn verfangen hatte. »Sweeney …?«

Sie stand nur Zentimeter von mir entfernt, die Arme erhoben, das Haar ein langes Geflecht aus dunklem Gold. Im Licht der Sterne wirkte ihre Haut so blaß, als sei ihr Körper ein Riß in der Nacht.

»Sweeney: bitte. Nimm das Kleid.«

Ihre Stimme war ein Flüstern, aber auch ein Befehl. Ich nahm den Saum ihres Kleides zwischen die Finger und hob ihn hoch. Warmer Samt ergoß sich wie Schaum über meine Handgelenke, und gleichzeitig überwältigte mich ihr Duft nach süßen Orangen und

Sandelholz wie eine Droge. Ich fiel auf die Knie nieder und beugte mich vor, bis meine Lippen knapp oberhalb des Schenkels ihre Haut streiften. Ich küßte sie, preßte meinen Mund gegen ihr Fleisch, bis ich süßes Salz und Orangen schmeckte, bis der sanfte Druck ihrer Haut unter meinen Zähnen nachgab und der Samt ihrer Haut unvorstellbar weich wurde. Die Falten ihres Kleides entglitten mir, und ich sank nach vorne, zog Angelica mit mir zu Boden. Doch dann ertönte scharf ihre Stimme.

»Sweeney.«

Ich erhob mich unsicher und duckte mich, als sei ich geschlagen worden.

»Das Kleid.«

Diesmal zog ich es hoch und streifte es ihr ab – Schenkel, Schoß, Bauch, Brüste, Kinn –, alles mit einer einzigen raschen Bewegung. Bevor ich es fallen lassen konnte, entriß Angelica es mir und warf es beiseite.

»Gut so«, murmelte sie.

Ich hockte mich zu ihren Füßen nieder und krampfte die Hände ins verdorrte Gras. Angelica, die über mir stand, warf im bleichen Licht der Sterne keinen Schatten. Sie war nackt, ihre Haut so glatt wie geschmolzenes Silber, nichts deutete darauf hin, daß sie überhaupt jemals Kleider getragen hatte. Nur dies:

Eine Sichel über ihren Brüsten, die an den schlafenden Mond erinnerte und deren Strahlen auf ihre Schultern übergriffen, und zwar so leuchtend hell, als hätte man sie gerade aus dem Feuer geholt. Ich hörte, wie jemand scharf den Atem einsog, dann Baby Joes nervöses Kichern und Hasels eingeschüchterte Stimme.

»Scheiße noch eins. Das ist ja 'ne *Göttin*, Mann …«

Von Oliver jedoch kein Wort. Kein Laut, kein Mucks. Am liebsten hätte ich mich umgedreht, um mich zu vergewissern, daß ich nicht allein war, doch ich konnte es nicht. Ich konnte nichts weiter tun, als zu Angelica emporzuschauen, die Hände in das verdorrte Gras gekrampft.

Lange Zeit stand sie in tiefem Schweigen da, mit funkelnden grünen Augen. Es war, als wären wir anderen überhaupt nicht anwesend. Als wäre sie wie Magda Kurtz durch irgendeine Lücke in der Welt hindurchgeschritten oder hindurchgestoßen worden und als atmete sie nun eine andere, feinere, dünnere, unendlich kostbarere Luft als wir. Das lange Haar hob sich über ihrem Gesicht und floß in dunklen Locken herab. Ihre Augen blickten heiter, die Lippen waren geteilt, so daß ich ihre ebenmäßigen weißen Zähne sah. Die Lunula auf ihrer Brust sandte reinweiße Lichtstrahlen in die Dunkelheit hinaus.

Wortlos wandte sie sich von uns ab, ihre Hüfte und der Po fingen kurz das Sternenlicht auf, dann gingen sie wieder in die Dunkelheit ein. Ganz langsam schritt sie an den Rand des Wassers und ging geradewegs hinein, ohne einen Augenblick zu zögern, und das alles geschah so gleichmäßig, als werde sie an einem unsichtbaren Seil zur Mitte des Teichs gezogen. Mit jedem Schritt stieg das Wasser höher und höher, umspülte erst ihre Knöchel, dann Schenkel und Hüfte, glitt schließlich über ihren Brustkasten und beschattete ihre Brüste. Ihr Körper wurde von schwarzem Wasser verschluckt wie der Mond bei einer Mondfinsternis, bis nur noch ihr haarumspülter Kopf zu sehen war. Ich sah kurz ihre Augen, hart und kalt und strahlend, und einen sanften Lichtschimmer, der von der Lunula auf ihrer Brust stammte.

Dann war sie verschwunden. Wellen breiteten sich kreisförmig von der Mitte des Teiches aus, bis sie das flache Ufer erreichten und eine nach der anderen verschwanden; dann war das Wasser wieder unbewegt.

Ich hörte ein Wimmern und zögernde Schritte. Ich drehte mich um und sah, wie Baby Joe und Hasel eng aneinandergedrängt mit ehrfurchtsvollem Blick auf das stille Wasser schauten. Ein paar Schritte hinter ihnen stand Oliver. Sein Gesichtsausdruck war völlig verschlossen. Ich hätte alles mögliche in seinen starren Blick hineinlesen können – Entsetzen, Erleichterung, Erstaunen, sogar vollkommene Gleichgültigkeit.

»Oliver!« rief ich mit rauher Stimme, ohne mich darum zu scheren, daß er hören könnte, wie sehr ich mich fürchtete. Ich stand auf, meine Füße scharrten über Kiesel und verdorrtes Gras. »Oliver, laß uns gehen …«

Sein Gesichtsausdruck veränderte sich. Als flösse Wasser in ein Glas, kehrte etwas vom alten Oliver in ihn zurück. Er blinzelte, und jetzt erst bemerkte er mich.

»Sweeney.« Seine Stimme war brüchig und zittrig, die Stimme einer alten Frau. »Danke, daß du mitgekommen bist.« Sein Lächeln, als er sich mir näherte, hatte etwas Unheimliches an sich, als stammte es ebenfalls von jemand anderem. »Ich hätte nicht gedacht, daß sie dich mitkommen lassen würden, ich wußte gar nicht, daß du hier warst …«

Er hatte mich erreicht, und als sich seine Hand um meine schloß, schrie ich auf: das Fleisch war so trokken und locker, als faßte ich lose Rinde an.

»Hab keine Angst, Sweeney.« Als ich mich von ihm losmachte, hob er die Stimme. »Das bin immer noch ich, Sweeney, das bin immer noch ich, *bitte laß mich nicht …*«

Ein lauter Knall zerriß die Nacht. Die Luft zerschellte; Glasscherben regneten auf uns herunter, mit einem Geräusch wie von bimmelnden Glöckchen. Ich schrie auf und schlug mir die Hände vors Gesicht; doch als die Splitter auftrafen, war es kein Glas, sondern eiskaltes Wasser.

»… mit ihr allein.«

Am Rand des Teichs stand eine große, schlanke Gestalt. Angelica, die den Kopf schüttelte, so daß ihr Haar in langen schwarzen Strähnen umherwirbelte und nach allen Seiten Eisregen austeilte. Sie lachte. Wasser strömte von ihren erhobenen Händen und ergoß sich auf Brüste und Schenkel, und als sie sich bewegte, strahlten Lichtatome von ihr aus wie Funken von einem Schmiedefeuer. Die Lunula auf ihrer Brust leuchtete noch immer, doch ihr Glanz schien von Angelicas Augen verschluckt worden zu sein, von ihren tückischen, strahlenden Fuchsaugen. Sie drehte sich um, und ihr ganzer unheilvoller Glanz richtete sich auf mich.

»Ach, Geliebte, es ist Zeit.«

Ihre Stimme war so lieblich wie Regengeprassel auf Stein. Ich trat auf sie zu, meine Arme öffneten sich für ihre Umarmung: was blieb mir anderes übrig? Dann aber sah ich, daß sie mich gar nicht anschaute, und auch nicht Baby Joe, Hasel oder Oliver.

Sie schaute keinen von uns an. Sie ging zielstrebig an mir und den anderen vorbei, ohne ein Wort zu sagen. Es war so still, daß ich hörte, wie Hasel schluckte, als sie an ihm vorbeihuschte, und wie das verdorrte Gras unter ihren nackten Füßen raschelte. Als sie vorbeigegangen war, drehten wir uns nach ihr um und hielten Ausschau nach dem, was sie anzog.

Auf der unkrautüberwucherten Wiese kauerte ein massiges Etwas. Zunächst glaubte ich, es sei ein großer Findling oder ein vergessenes landwirtschaftliches Gerät.

Doch als sich Angelica ihm näherte, breitete sie zur Begrüßung die Arme aus. Ich sah, daß es keine Maschine war. Es war eine Kuh – nein, ein Bulle, ein großer, mausgrauer Stier mit gebogenen Hörnern und einer schweren Wamme, die ihm zwischen den Beinen herabhing. Als er Angelica bemerkte, schnaubte er und schüttelte den Kopf. Die Wamme erbebte. Er scharrte nervös über den Boden, und aus den Nüstern quollen Dampfwolken. Er wirkte lediglich groß, bis Angelica zwei oder drei Schritte vor dem Bullen, der ihr mit rollenden schwarzen Augen entgegensah, stehenblieb. Dann auf einmal wurde er riesig, unvorstellbar gewaltig.

Mein Atem ging flach und schnell. Ich wandte den Kopf und sah, daß Hasel wie gelähmt zum Bullen schaute und daß Baby Joe mit aufgerissenen Augen reglos neben ihm stand, eine erloschene Zigarette zwischen den Fingern. Oliver an ihrer Seite war ein düsterer Schatten, stumm und bedrohlich. Auf der Weide starrten sich Angelica und der Bulle an, ihr Atem kondensierte in der kalten Luft. Und dann begannen sie ganz allmählich, sich zu bewegen.

Angelica trat einen Schritt vor; der Bulle trat einen Schritt vor. Sie wich seitlich aus, der Bulle hob die Vorderbeine und setzte in einer Staubwolke donnernd wieder auf. Hin und wieder senkte der Bulle den Kopf und griff sie an, und Angelica ließ sich zu Boden fallen und wälzte sich weg, sprang blitzschnell wieder auf. Sie war immer noch nackt; als sie mit Erde und Gras in Berührung kam, wurde ihre Haut schwarz und grau gestreift, und winzige Samenkörner hefteten sich an ihre langen Beine. Auf einer Brust war ein Flecken wie vom Abdruck einer Hand, als wäre sie geschlagen worden.

Trotz Staub und Schmutz wirkte sie dennoch nicht weniger schön als zuvor. Auf perverse Weise machten diese sie eher noch schöner, noch erregender, und gaben ihrer überirdischen Schönheit den erdigen Anstrich von Strohlager und Kuhstall. Sie duckte sich und machte einen Satz, streckte einmal den Arm aus, um dem Bullen mit der flachen Hand auf die Flanke zu klatschen, zupfte dann wieder an dem schweren Hautlappen, der ihm vom Hals hing, um gleich wieder vorzuspringen und nach seinen Ohren zu schlagen; einmal packte sie sogar einen langen Stock, machte einen plötzlichen Ausfall zwischen seine Beine, schlug ihn auf das undeutlich erkennbare Glied und wälzte sich gleich wieder weg, bevor seine Hufe auf sie herabdonnerten. Der Bulle begleitete ihre blitzschnellen Manöver mit Schnauben und wilden Sprüngen, er schüttelte den Kopf und verdrehte die Augen in einer Art Ekstase der Angst und Wut, und seine schwarzen Hufe wirbelten unablässig Steine und Erde auf.

Und dennoch griff sie ihn an, unermüdlich, unerbittlich, mit tiefer Stimme Schreie ausstoßend, ein wortloses, neckendes Lied, die perfekte Begleitung für ihren Tanz. Und ein Tanz war es, weder plump noch stolpernd, sondern so fließend wie ein Sturzbach, der sich durch eine Klamm ergoß, wunderschön, ehrfurchtgebietend und schrecklich, unendlich gefahrvoll.

Auf einmal verharrte sie. Sie atmete schwer, ich hörte ihr Keuchen und sah, wie sich ihr Brustkasten hob und senkte, sah, daß ihr ganzer Leib gerötet war, und roch ihren Schweiß, der sich mit dem des Bullen vermischte, und den durchdringenden Geruch des zertrampelten Grases. Als sie sich umdrehte, sah ich etwas an ihrer Brust aufblitzen, ein Funkeln wie auf Wasser gespiegelter Sonnenschein.

Auch der vor ihr stehende Bulle rührte sich nicht mehr. Seine Nüstern bebten, und er schüttelte den Kopf, nicht mehr aufgebracht, sondern bedächtig, als wäre er erschöpft. Er scharrte mit einem Huf unbeholfen am Boden. Hin und wieder lief ein Schauer durch seinen Körper, und die Haut kräuselte sich in einem langen Krampf. Die Ohren lagen flach am gewaltigen Schädel an. Zwei lange Speichelfäden hingen von seinem Maul. Vom gräulichen Fell hoben sich dunklere Stellen ab. An der hinteren rechten Fessel hatte er eine kleine Wunde, die blutete, wenn er sich bewegte.

Und dann begann Angelica, ganz, ganz langsam auf ihn zuzugehen. Wenn der Bulle erschauerte, den Kopf senkte und heftig mit den Augen rollte, erstarrte sie und verharrte eine Minute lang oder auch zwei oder drei. Dann rückte sie wieder vor. Der mondlose Himmel über ihr war eine schwarze, unermeßliche Fläche. Die Sterne spendeten ein bleiches, kaltes Licht, das keine Schatten warf und nur die Dinge als solche hervortreten ließ: das wunderschöne Mädchen und den Stier.

Schließlich blieb Angelica stehen. Der Kopf des Bullen war nur Zentimeter von ihr entfernt, die Hörner ragten vor, sie zu umarmen. Über ihren Brüsten leuchtete die Lunula, deren gebogene Enden ebenso gefährlich wie die Hörner des Bullen waren; ein funkelnder Halbmond unter Angelicas Gesicht. So langsam, daß sie sich kaum zu bewegen schien, ließ sie sich auf dem Boden nieder, ohne den Bullen auch nur einen Moment aus den Augen zu lassen; bis sie mit untergeschlagenen Beinen, den Kopf in den Nacken gelegt, zu seinen Füßen saß. Die Wamme hing über ihrem emporgewandten Gesicht. Er schüttelte den Kopf, der Schwanz peitschte durch die Luft, als verscheuche er ein Insekt. Ganz allmählich hob er den Kopf, die großen Augen auf die erstarrten Sterne gerichtet, und brüllte: ein verzweifelter Schrei, bei dem es mir eiskalt über den Rücken lief.

In diesem Moment hob Angelica beide Hände zum Hals und riß sie nach oben, so schnell, daß ich nur etwas Weißes aufblitzen sah. Ich schnappte nach Luft. In Händen hielt sie die Lunula, und zwar so, daß sie eine sichelförmig geschwungene Klinge bildete. Plötzlich machte sie einen Satz und führte einen Hieb gegen den Hals des Bullen. Angelica zog die Klinge zurück und hieb abermals zu, und als das Tier diesmal brüllte, war sein Schrei so laut, daß ich mir die Ohren zuhielt.

Wegsehen aber konnte ich nicht. Sie hieb wieder und wieder zu, und der Bulle brüllte weiter, seine Beine knickten ein, als er nach Angelica austrat, außer sich vor Zorn und vor Schmerz. Einmal hätte er sie beinahe getroffen, sie aber wich ihm rechtzeitig aus. Der Bulle taumelte stöhnend auf sie zu, mit gesenktem Kopf, so daß die Hörner einen stumpfen Vollmond bildeten im Gegensatz zu ihrem funkelnden Halbmond. Während sich die ganze Zeit ein dunkler Strom von Blut aus seinem Hals ergoß.

Der Bulle glotzte sie leicht schwankend an, seine schwarzen Augen glänzten nicht mehr, sondern waren verschleiert von Blut und Staub. Mit einem hustenden Brüllen fiel er auf die Seite. Seine Flanken bebten, als er mit einem letzten erstickten Brüllen versuchte, den Kopf zu heben. Schließlich lag er still.

Angelica war vor ihm in halb gebückter Haltung erstarrt. Als klar war, daß das Tier tot war, richtete sie sich auf, die Arme steif vorgestreckt. Langsam wandte sie sich zu uns um.

Sie war kaum mehr wiederzuerkennen. Ihr langes Haar war verklebt von Blut, Gesicht, Hände und Brüste waren damit bedeckt, ein schwarzer Sirup, den ich noch aus der Entfernung riechen konnte. Ein Gestank, wie ich ihn noch nie gerochen hatte, der mir widersinnigerweise aber auch bekannt vorkam. Galle, Hitze und Kot, der schwache, frische Duft von zertrampeltem Gras und Frühlingsregen. Aber auch die widerliche Süße verdorbenen Fleischs und der unverkennbare Moschusduft, der Angelica war, ein Duft nach Sandelholz, Orangen und noch etwas anderem, und die Salzgerüche von Schweiß und Meer. Ich schaute sie entsetzt an, ebenso verängstigt und bestürzt wie damals, als wir mit angesehen hatten, wie Magda Kurtz dem Niemandsland überantwortet worden war. Angelica aber lächelte, mit rotgefärbten Zähnen, und hob die Lunula über den Kopf.

Sie hielt die Lunula bei den spitzen Enden, so daß sie über ihr einen silbernen Bogen bildete. Vor meinen Augen begann sie zu glühen, bis sie nicht mehr nur ein Stück rotglühenden Metalls war, sondern etwas anderes, etwas *Wirkliches*, dessen Rand immer noch schwarz von Blut war, das gleichzeitig jedoch so blendend hell, so *rein* war, daß ich kaum hinschauen konnte; ich wollte den Blick abwenden, vermochte es aber nicht. Angelicas Lippen bewegten sich, obwohl ich nichts hörte, nur meinen Atem und das schwache, verzweifelte Pochen meines Herzens. Von der kleinen, geschwungenen Öffnung in dem Schmuckstück loderten Flammen empor, immer höher, bis sie den ganzen Halbmond einhüllten, bis Angelica selbst in Flammen stand.

Und dann sah ich, was es war, was *sie* war …

Sie war der Mond: der *wirkliche* Mond, nicht der tote Stein, der blind durch den Erdschatten taumelt, sondern Hekate, Artemis: die Reine und Schreckliche. Sie hing über uns wie ein Traum, wie ein Fluch, der jeden Moment auf uns niederstürzen und uns zermalmen konnte – mich, Oliver, Hasel, Baby Joe – uns alle, die wir wie gelähmt dastanden. Die wir darauf warteten, auserwählt zu werden. Die wir darauf warteten, vernichtet zu werden.

Nur ich nicht.

Ich machte Anstalten wegzulaufen. Jemand packte mich beim Arm – Hasel, der mich festhielt, ohne mich anzuschauen, den Blick auf das geheftet, was uns gegenüberstand.

Und dann sprach das, was uns gegenüberstand.

»Komm zu mir.«

Es war nur ein Flüstern, doch die Nacht erschauerte davon, jeder einzelne Grashalm erzitterte, als donnerte ein heißer Wind vom Himmel hernieder.

»Komm zu mir«, sagte sie noch einmal, und jede Faser meines Körpers sehnte sich ihr entgegen. Doch nicht mich hatte sie gerufen.

Als watete er durch tiefes Wasser, wandte Hasel sich um und ging auf sie zu. Sie breitete die Arme aus, und er überließ sich ohne zu zögern ihrer Umarmung, ohne sich am Dreck und am Blut zu stören, das ihr anhaftete, an den Klümpchen geronnenen Bluts, die so dick und schwarz wie Fliegen waren. Hinter ihr lag der Bulle wie ein gestürztes Monument auf der Erde: schwarz, die Hörner knochenfarben.

Sie zog Hasel an sich, und er packte sie heftig und stöhnte, als ihre Hände über seinen Körper strichen. Er war wie eine Kerzenflamme, klein und bleich, vor dem Erlöschen noch einmal hell aufleuchtend. Ich konnte die Lunula sehen, die von ihrer rechten Hand baumelte. Dann strafften sich ihre Finger und zogen den hellen Halbmond über seine Schulter. Hasel schrie auf, hin- und hergerissen zwischen Verlangen und Schmerz, und wich vor ihr zurück.

Einen Moment lang standen sie jeder für sich da. Hasel faßte sich ans Hemd, teilte den aufgeschlitzten Stoff und steckte einen Finger hindurch. Als er sah, daß der Finger klebrig war von Blut, weiteten sich seine Augen.

»Hey«, sagte er. *»Hey …«*

Angelica hielt ihm die flache Hand unters Kinn. Ihre Lippen teilten sich, als wollte sie ihn küssen, doch ihre andere Hand bewegte sich auf seine Brust zu, die Finger um eine Klinge aus Licht gekrampft …

»Nein!«

Oliver stürzte zwischen sie und stieß Hasel beiseite. Stöhnend taumelte Hasel von Angelica weg, seine Brust umklammernd. Sein Hemd war von der Schulter bis zum Saum durchschnitten, und wo der Stoff auseinanderklaffte, sickerte Blut aus einer langen, flachen Wunde auf seinem Brustbein.

»Oh … *Gott*! Allmächtiger, ich *blute* ja …«

Ich wollte ihm beistehen, verharrte jedoch, als eine andere Stimme die Luft zerriß.

»Du hast gesagt, du wolltest mich!«

Oliver stand vor Angelica und hatte die Arme in die Seiten gestemmt. Seine Augen waren geweitet, und er schaute sie mit wildem Blick an, das Gesicht wutverzerrt.

»Du wolltest *mich!*« schrie er. *»Du hast gesagt, du wolltest mich!«*

Angelica starrte ihn an, die Lunula baumelte schlaff von ihren Fingern. Zum erstenmal wirkte sie verunsichert, und ihr Blick huschte von Oliver zu Hasel. Auf einmal nickte sie.

»Ja«, sagte sie leise. Sie streifte sich rasch die Lunula wieder über den Hals und strich sich unbeholfen eine verklebte Haarsträhne aus den Augen. Ehe sie sich rühren konnte, packte Oliver sie, seine Hände kalkweiß auf ihren blutigen Armen. Zunächst meinte ich, sie würde sich von ihm losmachen, doch er stieß sie grob zu Boden. Sie schrie weder auf, noch versuchte sie zu fliehen. Statt dessen sah sie zu ihm auf, ihr Mund ein dünner Strich, der ganz allmählich einen Ausdruck von Verachtung und einer Art grimmiger Genugtuung annahm. Oliver sah auf sie hinunter und nestelte an seinem Gürtel. Die Hose rutschte an seinen Beinen hinunter. Wie ein unbeholfener Schuljunge fiel er über sie her und preßte sie an sich, während sie die Arme um seinen Rücken schloß.

»Nein.«

Ich hielt mir die Augen zu, aber ich hörte sie trotzdem, hörte ihre Leiber gegen die verdorrten Halme schlagen und Angelicas leises Wimmern, während Oliver ein dumpfes *Ah! Ah! Ah!* ausstieß, als werde er wieder und wieder geschlagen. In gewisser Hinsicht war das schrecklicher als alles andere, und sei es nur deshalb, weil es so banal und freudlos war, als lauschte man dem Maschinenecho der kostbarsten Worte eines längst verstorbenen Geliebten. Ich verspürte ein solch furchtbares Entsetzen, daß ich das Gefühl hatte, ich würde den Verstand verlieren, wenn ich noch länger hierblieb, so wie Angelica und Oliver den ihren bereits verloren zu haben schienen.

Daher wandte ich mich um – und erstarrte.

Auf der Anhöhe hinter mir standen Balthazar Warnick und Francis Connelly. Als wären sie zwei Steine, dazu bestimmt, die unter ihnen stattfindende Szene zu bewachen. Im kalten Licht der Sterne wirkten sie grau und streng: Francis hatte den Mund angewidert verzogen, und Professor Warnick sah mit finsterem Blick auf Oliver und Angelica hinunter, die sich im Staub bewegten.

Vor meinen Augen tauchten beiderseits von ihnen andere Wesen auf. Wesen, so groß und schlank und weiß wie Birken, und andere, die so massig wie Menhire waren, mit mächtigen, nach oben gebogenen Schwingen; andere wiederum in der Gestalt gewöhnlicher Männer und Frauen, die neben den monströsen Schatten so zerbrechlich wirkten wie Porzellan. Von Horizont zu Horizont erstreckten sie sich in einer ununterbrochenen Linie, Dämonen und Engel, Männer und Frauen. Wenngleich die meisten Menschen waren. Alte und junge und mittelalte, Menschen aller erdenklichen Rassen, ebenso angewidert und verschlossen blickend wie Balthazar Warnick.

Ich zitterte wie im Krampf. Es stand außer Zweifel, wer sie waren. Das waren die *Benandanti*: Die, welche Gutes tun, Die Guten Wanderer. Die Auserwählten, die seit Jahrtausenden über die Menschheit gewacht hatten, wohlmeinende Aufpasser, aber ebenso Gefängniswärter, die mit ebensolcher Umsicht Strafen, Folter und Tod zumaßen, wie sie eine bestimmte Lebensweise bewahrten. Wie die Furien, die auch die Eumeniden genannt werden, die Freundlichen, hielten sich auch die *Benandanti* für wohlmeinend; mir aber waren sie trotz ihrer Reglosigkeit schrecklich.

Ich drehte mich um und blickte auf Oliver und Angelica hinunter; einen Moment lang schien es so, als seien sie nicht Mann und Frau, die sich auf dem Erdboden paarten, sondern zwei krallende, zwergenhafte Gestalten, die vor dem Stier miteinander rangen. Und dann wieder waren sie nicht mehr zwei *Menschen*, sondern nur noch Schemen; und dann nicht einmal mehr das, sondern formlose Wesen, die unter einer anderen, tieferen Dunkelheit miteinander kämpften. Das eine weiß, das andere schwarz. Nicht das Schwarz, das tröstet und den Schlaf bringt, sondern eine unterirdische Finsternis, eine unermeßliche, alles verdrängende Leere, die gleichzeitig Schlund und Gebärmutter war, wirbelnder Mahlstrom und das ruhige Auge des Orkans.

Und dann zerriß ein Schrei die Luft, ein dermaßen gequältes Heulen, daß ich auf die Knie niederfiel. Welch eine Verzweiflung, welches Entsetzen! Lieber würde ich taub werden, als diesen Laut noch einmal zu vernehmen. Während er verklang, hockte ich da und betete darum, das, was da aufgeschrien hatte, möge jetzt tot oder geflohen sein.

Hinter mir bewegte sich etwas. Ich zuckte zusammen und riß schützend den Arm hoch. Als ich jedoch aufsah, erblickte ich Baby Joe und Hasel, und hinter ihnen Balthazar und Francis, die alle zu der Stelle schauten, wo Angelica und Oliver reglos im Gras lagen.

»Ohh …«

Ich fuhr herum und sah, wie Oliver sich schwankend aufrichtete und sich die Hose über die Hüfte hochzog. Er bewegte sich unbeholfen, die weiten Hosenbeine bauschten sich um die Waden. Die Fliege hing ihm geöffnet um den Hals; sein Hemd war mit Dreck und Blut befleckt. Eine giftig aussehende hellrote Linie zog sich seitlich am Bein entlang. Mit seinem schwankenden Gang und dem geschorenen Kopf wirkte er wie ein alter Säufer. Er steckte wiederholt die Hände in die Taschen und zog sie gleich wieder heraus, wie ein nervöser Junge oder als spielte er einen Bettler, und dabei murmelte er leise vor sich hin…

> *»…Bulbul, Bulbulone! Ich werde wirden. Doch wird gewillt. Du würdest nicht sollen wie du ermesmerst. Ich hypnote. Diese güldne Sichelstunde. Heilige Mondpriesterin, wir würden sie mögen, die Traupen der Mistellose! Motten, na und? Pssst! Tabarin kommt. Um niederzufallen aus dem zartesten…«*

Auf einmal bemerkte er, daß ich ihn anstarrte. Er hob die Hand; einen Moment lang konnte ich nicht sehen, was er da tat, ob er nun winkte oder einen Schwimmer nachäffte, der ans Ufer kroch, oder ob er mir etwas zeigen wollte, etwas Helles, Funkelndes zwischen seinen Fingern…

Dann fiel mein Blick nach unten, auf Angelica, die zu seinen Füßen lag. Sie lächelte mit geschlossenen Augen. Der tote Bulle hinter ihr war von einem urtümlichen Sinnbild zu einem grotesken und jämmerlichen Kadaver geschrumpft, die Beine steif und verdreht wie gebrochene Bretter, die Augen staubbedeckt. Angelica blinzelte, dann richtete sie sich langsam auf, wie eine sich streckende Katze.

»Oliver«, sagte sie.

Oliver schaute auf sie hinunter. War sein Gesicht eben noch wutverzerrt gewesen, so hatte es nun einen mir völlig unerklärlichen Ausdruck angenommen. Verachtung lag darin, o ja. Aber auch Liebe und vielleicht sogar Bewunderung, vor allem aber Angst. Mit einer Hand tastete er an seinen Hosenknöpfen herum. Die andere ballte er zur Faust. Was immer darin geleuchtet hatte, nun war es verschwunden. Dann schaute er von Angelica zu mir, obwohl er eigentlich nicht mich, sondern etwas anderes ansah. Ganz langsam breitete sich das typische durchtriebene Grinsen über sein Gesicht aus. Er legte den Kopf zurück und hob die Hand. Einen verwirrenden Augenblick lang meinte ich, er wolle Angelica schlagen. Als seine Hand herabfiel, sah ich etwas teuflisch Helles aufblitzen: eine schmale, funkelnde Klinge. Sie stieß herab, jedoch nicht auf Angelica, sondern auf seine Lenden.

»Oliver, nein!« rief ich.

War das Todesgebrüll des Bullen wie Donner gewesen, so war Olivers Schrei ein Blitz: ein Ausbruch schierer Qual. Ich sprang vor und schlug ihm auf die Hand, wodurch das Messer zu Boden geschleudert wurde. Ich hörte Angelica schreien, Baby Joe und Hasel rufen. Oliver heulte, während ich ihn auf den Boden drückte und festzuhalten versuchte. Feuchte Wärme breitete sich auf meiner Jeans aus, während ich um Hilfe schrie. Er schlug mit den Beinen, seine Augen waren offen und starrten blicklos zum Himmel empor, während er dieses endlose gequälte Heulen ausstieß.

»Es reicht.«

Eine leise, befehlende Stimme. Ich hob den Kopf und sah Balthazar und Francis. Francis packte mich grob, doch als Balthazar ihm etwas zurief, ließ er mich los. Dann kniete Balthazar neben mir nieder, riß sich das Hemd herunter und versuchte, Olivers Blutung zu stillen. Mit einer Hand stieß er mich weg. »Überlassen Sie das jetzt uns.«

Olivers Geheul brach ab, und er begann zu schreien. Ich schaute Professor Warnick benommen an. Seine blauen Augen waren verschleiert vor Erschöpfung und einer furchtbaren Müdigkeit. »Gehen Sie«, sagte er.

Als ich mich unsicher aufrichtete, packte mich jemand.

»*Hija*, komm ...« Es war Baby Joe, und neben ihm war Hasel.

»Nein! Laßt mich los, verdammt noch mal, *helft* ihm, wir müssen ihn *retten*!«

Ich schrie und riß mich von Baby Joe los. »Ich lasse ihn nicht allein!« brüllte ich, dann blickte ich wild umher. »Wo ist sie, wo ist ...«

»*Angelica!*«

Als wäre er mein Schatten, hatte auch Francis sich erhoben. »Sie ist weg!« Sein Blick richtete sich auf den fernen Wald, doch als er losrennen wollte, rief Balthazar ihn an.

»Lassen Sie sie, Francis!«

Francis sah sich um und machte noch einen Schritt, dann wiederholte Balthazar seinen Befehl.

»Ich habe gesagt, Sie sollen sie *in Ruhe lassen.*«

Francis nickte und kehrte wieder zu Balthazar zurück. Professor Warnick sah auf zu Baby Joe, Hasel und mir. »Geht zurück zum Haus. Los, alle miteinander!«

»Los, *kommt!*« schrie Hasel. Er und Baby Joe liefen die langgezogene Anhöhe zur Orphic Lodge hoch und zerrten mich hinter sich her. Nach ein paar Schritten schaute ich zurück.

Sie waren noch in der dunklen Mulde: der tote Bulle; der liegende Jüngling; der stumme Wächter; der Narr. Angelica war nirgends zu sehen. Balthazar Warnick hockte über Oliver, seine Hände bewegten sich rasch über den Schoß des Jungen. Olivers Gesicht war so bleich, daß ich schon fürchtete, er wäre tot. Doch dann bewegte er leicht den Kopf von einer Seite zur anderen. Er riß die Augen weit auf und blickte zum Himmel empor, als sähe er dort etwas, etwas Großartiges und Schreckliches. Noch von meiner Position aus konnte ich erkennen, wie aufgebracht Francis war: vor Zorn wäre er beinahe buchstäblich in die Luft gegangen.

»Aber sie *hat* sie doch!« Seine Worte klangen dünn und klar, wie von Drähten gepflückt. »Wir können sie nicht gehen lassen, sie ist …«

Warnick wandte sich mit funkelnden Augen zu ihm um. »Es ist zu spät, Francis. Gehen Sie zum Haus zurück und rufen Sie einen Krankenwagen. Fahren Sie meinen Wagen vor, für den Fall, daß er nicht rechtzeitig kommt.«

»Aber …«

Warnick schrie mit bebender Stimme: »Es ist *vollbracht*, Francis. Jetzt ist es zu spät …«

Er erhob sich schwankend. Ohne den Blick vom Horizont abzuwenden, gab Oliver einen Laut von sich, der ein gurgelndes Lachen hätte sein können. Baby Joe und Hasel blieben stehen. Wortlos wandten wir uns alle dem östlichen Himmel zu und blickten in die Richtung, in die Balthazar Warnick zeigte.

Dort, über der ununterbrochenen Linie der entlaubten Birken und kräftigen Koniferen, über den wirr durcheinanderliegenden Steinen und dem verdorrenden Farn war ein blasser Lichtschimmer. Vor unseren Augen stieg eine hauchzarte, höchst anmutig geschwungene Mondsichel über die Bäume empor. Ein Neumond, wo kein Mond sein sollte; ein Neumond, wo doch der Himmel in seinem dunkelsten Viertel hätte sein sollen. Bebend vor Verwunderung und Furcht erscholl Balthazars Stimme.

»Sie schläft nicht mehr.«

9. KAPITEL

Die Läuterung

Bei meiner Rückkehr befand sich das ganze Haus in Aufruhr. Überall gingen Lichter an, spähten gähnende Studenten aus Türen hervor, während die Haushälterin Kirsten grimmig wie der Zerberus des alten Landhauses an der Eingangstür wartete und jeden anfunkelte, der es wagte, die Treppe herunterzukommen. Annie stand kreidebleich auf dem Gang, das Haar stand ihr zu Berge wie einem Stachelschwein.

»Sweeney! Was ist passiert? Wo ist Angelica?«

Ich zwängte mich an ihr vorbei ins Zimmer und rannte von einem Fenster zum nächsten, riß beide auf, lehnte mich hinaus und hielt im Dunkeln verzweifelt Ausschau nach dem Bild, das ich mir so sehnlich zu sehen wünschte: Angelica und Oliver, wie sie lachend zum Haus zurückkamen.

Doch da waren nichts als Dunkelheit, die hoch aufragenden Schatten der Berge und ein paar Sterne, die schwach unter dem Sichelmond blinkten. Ich zog den Kopf aus der Fensteröffnung zurück und starrte Annie an. Vor lauter Angst und hoffnungsloser Sehnsucht verspürte ich einen Schmerz in der Brust, einen so heftigen pochenden Schmerz, als hätte man mir einen Messerstich versetzt.

»Sie ist verschwunden.«

»Verschwunden? Was heißt das, verschwunden?«

»Das heißt, daß ich nicht weiß, wo sie ist.« Ich ging vom Fenster zu Angelicas Bett und schaute auf die verschlissene Bettdecke hinunter, die ausgebeulte

Kosmetiktasche, das kleine Etui, in dem sie die Reinigungslösung für die Kontaktlinsen aufbewahrte.

Sie wird nicht weit kommen, Sheriff. Sie hat ihren Lidschatten vergessen.

»Du weißt nicht, wo sie *ist?*« Annies Stimme schraubte sich hysterisch in die Höhe. »Mein Gott! Was ist denn passiert?«

Durch die offenen Fenster drang auf einmal ein hohes Heulen herein. Es wurde immer lauter, die passende Untermalung für meine gepeinigten Gedanken. Das Rotlicht der Ambulanz übergoß die Bäume mit einem blutroten, rhythmisch pulsierenden Schein.

»Nein!« Ich wollte auf den Korridor rennen, doch Annie hielt mich auf.

»Sweeney, was ist passiert? Du mußt es mir sagen, du kannst mich nicht einfach so abspeisen – *wo ist sie?*«

»Ich weiß es nicht!« schrie ich. »Sie ist weg! Es ist etwas geschehen – mit ihr und Oliver…«

»Drogen? Waren es die Drogen?«

»Nein, es waren nicht die *Drogen*, ich *wünschte*, es wären die Drogen gewesen! Angelica ist verschwunden, und Oliver, er hat versucht, sich… er…«

»Verdammt noch mal!« Annie stürmte quer durch den Raum zu ihrem Bett und begann, Kleidungsstücke in einen Rucksack zu stopfen. »Ich hab's gewußt, ich hab's *gewußt*, ich hätte mitkommen sollen.« Die Sirene des Krankenwagens verstummte, die geisterhafte Lightshow aber ging weiter. »Wo sind meine Sachen? Hast du meine andere Tasche gesehen? Ach, *Gott*, warum bin ich bloß hiergeblieben…«

»Herrgott noch mal, Annie, was, glaubst du, hättest du denn tun können? Was hättest du schon gegen Hexerei ausrichten können! Diese Leute sind wahnsinnig; Angelica ist *wahnsinnig*, und da wolltest du sie *aufhalten?*«

»Ich *hätte* sie aufgehalten! Ich hätte sie niemals gehen lassen ...«

»Sie hätten nichts tun können.«

Wir fuhren zur Tür herum. Dort stand Balthazar Warnick, die eine zarte Hand an den Türpfosten gelegt. An seiner Stirn pochte eine Ader, und er strich geistesabwesend darüber, als wäre es eine Fliege. Sein Pullover war mit Dreck, Blättern und Blut beschmutzt.

»Sie hätten sich nicht einmischen dürfen«, setzte er matt hinzu; obwohl ich mir nicht sicher war, ob er nun mit mir oder Annie sprach oder mit sich selbst. »Katherine Cassidy, ich möchte, daß Sie mit mir kommen.«

Ich versteifte mich. »Mit Ihnen gehe ich nirgends hin.«

Professor Warnick schüttelte den Kopf. »Niemand will Ihnen etwas tun. Wir schicken Sie in die Stadt zurück, das ist alles.«

»Warum können wir nicht hierbleiben?« Annies Stimme brach, und sie drückte den Rucksack abwehrend an die Brust. »Warum können wir nicht morgen abreisen?«

»Sie können morgen zusammen mit den anderen abreisen. Miss Cassidy muß jetzt gleich aufbrechen.«

»Warum?« Ich brach in Tränen aus. Ich haßte mich dafür, konnte aber nichts dagegen tun. »Was ist überhaupt los? Wo ist Oliver?«

»Er wird gerade ins Krankenhaus gebracht. Ich glaube, er wird es überstehen, es ist nur ein tiefer Schnitt, obschon er eine Menge Blut verloren hat.« Er fuhr sich mit der Hand über den Pullover und zuckte zusammen. »Kommen Sie, Katherine. Packen Sie Ihre Sachen.«

»Nein. Ich gehe nicht mit Ihnen.«

»Es ist zu Ihrem Besten«, schnauzte eine nasale Stimme, und hinter Balthazar tauchte Francis Connelly auf. Er wirkte stärker mitgenommen, als ich erwartet hatte, doch seine Augen waren kalt. »Halten Sie einfach den Mund und kommen Sie mit, okay?«

»*Francis.*« Professor Warnick wandte sich verärgert zu ihm um. »Es ist alles unter Kontrolle. Ich habe Ihnen doch gesagt, Sie sollten ins Krankenhaus mitfahren …«

»Aber es sieht so aus, als …«

»Wir treffen uns dann dort«, fuhr Professor Warnick ruhig, aber mit einem drohenden Unterton fort. Francis schaute ihn an, als wartete er darauf, daß er seine Meinung ändern werde, und warf mir einen letzten verächtlichen Blick zu. Als er gegangen war, sah Balthazar mich betrübt an.

»Sweeney.« So hatte er mich noch nie genannt; seine Stimme war so sanft, daß meine stummen Tränen sich in lautes Schluchzen verwandelten. »Sie müssen mit mir kommen.«

»Was haben Sie *vor?*« Annie legte mir schützend den Arm um die Schulter. In ihrem zu langen Snoopy-T-Shirt wirkte sie wie ein Kind, das sich weigerte, zu Bett zu gehen. »Sie können sie nicht zwingen …«

Professor Warnick seufzte. »Wir haben in Miss Cassidys Zimmer Drogen gefunden. Marihuana, irgendwelche Pilze …«

»Hey! Sie können doch nicht …«, sagte Annie, ich aber fiel ihr ins Wort.

»Sie waren in meinem Zimmer? Wer hat Sie in mein Zimmer gelassen?«

»Das glaube ich nicht!« schrie Annie. »Das ist doch eine abgekartete Sache, das ist ein beschissenes …«

»Ich trage die Verantwortung für die Universität«, meinte Balthazar kalt. »Drogenbesitz wird mit Ausschluß von der Universität bestraft.«

»*Ausschluß!*«

Er hob ungeduldig die Stimme. »Sie dürfen sich

noch glücklich schätzen, Miss Cassidy! Wir hätten auch die Polizei rufen können.«

»Aber – Sie hatten doch gar keinen Durchsuchungsbefehl! Gibt es da nicht die Möglichkeit, Widerspruch einzulegen, kann ich nicht …«

»Und dann wären da noch die geschwänzten Vorlesungen – in *meiner* Vorlesung habe ich Sie schon seit über einem Monat nicht mehr gesehen, und es gibt auch Beschwerden seitens Ihrer anderen Professoren. Ich glaube«, sagte er, legte mir die Hand auf die Schulter und schob mich zur Tür, »ich *glaube*, für alle Beteiligten wäre es das beste, wenn man Sie unverzüglich von der Universität entfernen würde. Wir hätten Sie festnehmen lassen können, wissen Sie: es wäre nicht schwer gewesen, einen Durchsuchungsbefehl zu bekommen. Aber an der Göttlichen ziehen wir es vor, solche Dinge auf unsere Weise zu regeln. Sie üben einen schlechten Einfluß auf einige sehr vielversprechende Studenten aus, Miss Cassidy. Genug ist genug.« Er schob mich auf den Korridor.

»Sie gemeiner Kerl. Wo, zum Teufel, bringen Sie sie hin?« Als ich mich umschaute, starrte Annie uns wutentbrannt nach.

Balthazar Warnick schüttelte den Kopf. »Es tut mir leid, Annie. Sie hat nicht nur gegen die Universitätsbestimmungen verstoßen. Drogenbesitz ist gegen das Gesetz …«

»Das Gesetz! Das hat nichts mit dem Gesetz zu tun, und das wissen Sie auch, Sie …«

Professor Warnick zog die Tür hinter uns zu.

»Werden Sie sie auch von der Universität verweisen?« fragte ich. »Werden Sie alle verweisen, die heute hier waren?«

»Nur wenn sie Schwierigkeiten machen.« Balthazar Warnick zupfte an einer ergrauenden Stirnlocke. Er atmete schwer, und sein Gesicht war gerötet. »Katherine Cassidy. Bitte kommen Sie mit.«

Er holte einen altmodischen Schlüsselbund aus der Hosentasche.

»Wohin gehen wir?«

Er gab keine Antwort, beließ aber seine Hand auf meiner Schulter und führte mich über den Korridor, eine kleine Treppe hoch und durch einen schmalen Gang, dann eine weitere Treppe hoch und schließlich auf einen breiten, mit dicken Orientteppichen in düsteren Schwarz- und Rottönen ausgelegten Korridor. Wir befanden uns in einem Teil von Orphic Lodge, den ich bisher noch nicht betreten hatte. Das aufgeregte Stimmengemurmel erstarb. Ich hörte nur noch unsere widerhallenden Schritte und das trügerisch muntere Klimpern von Professor Warnicks Schlüsselring.

»Hier entlang, bitte.«

Professor Warnick ließ seine Hand herabfallen und trat energisch auf den Gang hinaus. Ich trottete schicksalsergeben neben ihm her. Wegzulaufen erschien mir zwecklos. In Wahrheit fürchtete ich in diesem Moment auch nichts so sehr wie das Alleinsein. Der Gang hatte etwas an sich, das mich an den finsteren, prunkvollen Korridor im oberen Stockwerk von Garvey House erinnerte: die gleiche seltsame Aura von Erwartung und Vernachlässigung, die gleiche bedrückende Fremdartigkeit, die nicht gemildert wurde von den glänzenden Messingbeschlägen und dem harzigen Geruch des Zedernholzes. Wir gingen an einer Abfolge von Türen vorbei, doch im Gegensatz zu den anderen Teilen des Landhauses waren sie alle geschlossen.

Und dann näherten wir uns dem Ende des Korridors. Da war eine schwere Eichentür mit einem Messingknauf, und auf einem kleinen Messingschild stand *Bitte anklopfen*.

»Hier ist es«, murmelte Professor Warnick.

Ich blieb stehen und schüttelte den Kopf. »Nein. Auf keinen Fall. Da gehe ich nicht rein.«

Professor Warnick steckte einen Schlüssel ins Schloß, drehte ihn um und lauschte auf das Klicken des verborgenen Mechanismus.

»Ich habe doch nichts *getan*«, sagte ich flehentlich. »Ich meine, alle haben doch ein bißchen Pot auf ihrem Zimmer, Sie können doch nicht einfach ...«

»Hier geht es nicht um Ihre Drogen«, sagte er und legte die Hand auf den Türknauf. »Das hier ist ...«

»Nein!« schrie ich; doch in diesem Augenblick öffnete sich knarrend die Tür.

»... ist nur mein Arbeitszimmer«, meinte Professor Warnick sanft und hob eine Braue. »Bitte, treten Sie ein.«

Ich gehorchte.

Der Raum war sehr groß und sehr dunkel, bis Balthazar eine große Stehlampe einschaltete. Eine kastanienbraune, mit Fransen verzierte Wolldecke war über den Lampenschirm geworfen, deren rosiger Schein den Raum gleich viel weniger bedrohlich erscheinen ließ, eher wie die gemütliche Höhle eines exzentrischen Gelehrten. Regale säumten die Wände, vollgestopft mit rissigen Lederbänden, eselsohrigen Manuskripten, Stapeln von Computerausdrucken, Enzyklopädien und Schriftstücken, die ganz wie Papyri aussahen.

»Ich werde Sie nicht lange aufhalten, Katherine. Setzen Sie sich.«

Ich blieb stehen. Balthazar war zur gegenüberliegenden Wand gegangen, zu einer Wand, die von einem gewaltigen Erkerfenster mit vielen kleinen, durch Sprossen abgeteilten Scheiben eingenommen wurde. Auf dem breiten Fensterbrett stand ein kleines, buntes Modell des Sonnensystems. Balthazar betrachtete es versonnen. Die Kugeln, welche die Planeten darstellten, waren in hellen, geradezu grellen Farben emailliert – Scharlachrot, Zyanblau, Purpurrot – und mit seltsamen Symbolen und Schnörkeln geschmückt. Die Sonne war goldummantelt, mit einem Netzwerk schwarzer Drähte auf der Oberfläche. Nach einer Weile hob er das Planetarium hoch und betrachtete es mit gerunzelter Stirn.

»Es verändert sich«, murmelte er.

Balthazar hob sich das Modell vors Gesicht und stieß eine der leuchtenden Perlen mit dem Finger an – die Kugel war smaragdgrün und blau emailliert, von der Sonne aus betrachtet der dritte Planet. Sie drehte sich langsam, eine Murmel in Zeitlupe. Balthazar klemmte sie sich seufzend zwischen Daumen und Zeigefinger.

»Welten innerhalb von Welten«, setzte er an und brach wieder ab.

Die Planeten auf ihren leuchtenden Umlaufbahnen zitterten. Ein dünner Ton war zu hören. Mir sträubten sich die Nackenhaare. Ein Ton wie von zerspringendem Kristall; ein Ton, wie ich ihn noch nie vernommen hatte.

Balthazar riß die Augen auf und hielt das Planetarium hoch, so wie er vor Wochen das Sistrum hochgehalten hatte. Die Kugeln rotierten vor ihm in der Luft: langsam zunächst, dann immer schneller, bis es so aussah, als werde Balthazar von einem Bienenschwarm angegriffen. Graue Rauchfahnen stiegen von den verwischten Umlaufbahnen auf. Balthazars gerötetes Gesicht wurde blaß.

»Nein«, flüsterte er, dann verzog er vor Schmerzen das Gesicht. Er fluchte und riß die Finger vom Modell weg, als hätte er sich verbrannt; doch anstatt zu Boden zu fallen, schwebte das Planetarium weiter vor ihm in der Luft. Knisternd brachen Flammen aus dem schwindelerregenden Wirbel hervor. Professor Warnick taumelte gegen das Fenster zurück.

»Nein!«

Es ertönte ein Grollen, als bräche meilenweit unter uns die Erde ein. Die Stehlampe schwankte bedrohlich hin und her, bis sie umkippte und das Zimmer auf einmal in Dunkelheit gehüllt war – abgesehen vom mitten in der Luft brennenden Planetarium. Dessen Helligkeit erschreckte mich; es war, als ergössen sich Wellen flüssiger Flammen aus einem unermeßlichen Feuermeer. Dennoch gaben die flammenden Kugeln keine Hitze ab. Und obwohl das Grollen anhielt, klang es nun gedämpft, eine durchdringende Vibration, die meine Knochen und mein Blut zum Summen brachte.

»Zurück, Katherine!«

Das Planetarium entzündete sich zu einer einzigen glühenden Masse, die nicht mehr den warmen Goldton von Feuer zeigte, sondern ein blendendes Silberweiß mit einem schwarzen Kern. Es pulsierte wie eine schwimmende Meduse, und dann explodierte das schwarze Zentrum auf einmal lautlos nach außen. Ich erblickte eine sphärische Leere, ein schwarzes Loch mit einer weißglühenden Korona. Im Zentrum glühte ein blutroter Halbmond. Dunkle Flüssigkeit strömte davon auf den Boden.

»Professor Warnick!« schrie ich. Ich vermochte ihn hinter der leuchtenden Erscheinung kaum noch zu erkennen, machte aber dennoch einen Satz durchs Zimmer, wobei ich beim Versuch, ihn zu erreichen, einen Stuhl umwarf. »Professor Warnick, können Sie mich hören?«

»Zurückbleiben – kommen Sie mir nicht zu nahe…«

Seine Stimme klang kraftlos und dünn; ebensogut hätte es das Geräusch von Ästen sein können, die am Fenster scharrten. Hinter dem blendenden Halbmond war er kaum noch zu erkennen, eingehüllt vom schwarzen Zentrum dieser lodernden Masse.

»Verschwinden Sie…« Seine Stimme hallte schwach nach. »… warnen Sie sie…!«

Hinter dem magischen Zeichen ertönte ein Entsetzensschrei, dann ein knirschendes Geräusch, eine

Art *Nagen.* Meine Stiefel wurden unerträglich heiß, als stünde ich auf glühenden Kohlen. Balthazars Stimme wurde immer schwächer und verzweifelter, während ich mich bemühte, näher an die pulsierende, geisterhafte Kugel heranzukommen. Doch es war zwecklos: ebensogut hätte ich versuchen können, eine Feuerwand zu durchqueren.

Mittlerweile hatte ich ihn ganz aus den Augen verloren. Das Knirschen wurde von einem lebhaften Schmatzen abgelöst. Zu meinem Entsetzen bemerkte ich, daß sich die leuchtende Kugel bewegte. Das war keine Illusion von Dunkelheit und Licht: der unheimliche Mond war dabei, ihn *zu verschlingen.* Nach und nach wurde Balthazar Warnick von der vollkommenen Schwärze aufgefressen, ein untergehender Mann; und die ganze Zeit über sprühten Funken und blendendweiße und silbrigblaue Strahlen aus dem über ihm schwebenden Halbmond hervor. Einen Moment lang war ich wie gelähmt. Dann stürzte ich mich durch den Halbschatten des Mondes auf ihn.

Stille. Das feuchte Schmatzen verklang. Ich sah nichts, ich spürte nichts als Kälte, eine so durchdringende Kälte, daß mir der Atem im Hals gefror. Ich schnappte nach Luft, konnte weder atmen noch mich bewegen noch schreien und stürzte zu Boden.

Der Teppich unter mir war mit einer warmen Flüssigkeit getränkt. Ich richtete mich mühsam wieder auf, versuchte, in der verschwommenen Dunkelheit etwas zu erkennen. Ich hob die Hände vors Gesicht; ich konnte kaum erkennen, daß sie sich schwarz gefärbt hatten. Ich roch etwas Warmes, Bittersüßes, und mir wurde klar, daß ich blutverschmiert war. Verzweifelt schaute ich mich nach Balthazar um.

Er war da, ein paar Meter von mir entfernt, und beschattete sich vor dem furchtbaren Leuchten, das uns umgab, die Augen. Er wirkte klein, verschrumpelt und unglaublich alt. Wie einer der mumifizierten Kadaver, wie man sie in Torfmooren fand, die Haut in sprödes Leder verwandelt, das Haar ein paar feuchte Strähnen quer über den Schädel. Die Hände hatte er vors Gesicht geschlagen, und der Mund stand ihm offen, als schreie er vor Schmerzen, doch es kam kein Laut heraus.

Um uns herum wallte und pulsierte das furchtbare Licht. Im Gewebe des abgetretenen Teppichs erkannte ich das kleine, sternenhelle Bild des Mondes, schwarz und angeschwollen, gekrönt von einem leuchtenden Halbmond, ähnlich dem Abdruck eines Fingernagels. Wie bei den Fotos, die man bei Sonnenfinsternis macht und wozu man ein Stück Karton benutzt, in das man mit einer Nadel ein Loch gebohrt hat. Obwohl mein Hals noch immer wund vor Kälte war, atmete ich tief durch und streckte die Hand nach Balthazar aus, dann zertrat ich mit aller Kraft das Abbild des Mondes mit dem Stiefel.

Ein Schrei durchschnitt die Luft – eine Frauenstimme. In diesem Moment bekam ich Balthazar zu fassen. Die Knochen unter seinem Pullover waren dürr wie Reisig. Der Schrei schwoll zu einem Brüllen an. Am schlimmsten aber war, schlimmer als alles andere, daß auch noch ein anderer, kaum vernehmbarer Schrei zu hören war …

»*Sweeney …*«

»Angelica!« keuchte ich.

Sie war da. Blendende Flammen umflossen sie, und der Mond auf ihrer Brust strahlte wie ein Leuchtfeuer – nur daß es nicht der Mond war, sondern die Lunula, heller als jeder Mond, heller als die Sonne. Ihr Gesicht war so wie in der Nacht auf dem Grabhügel, furchteinflößend und wunderschön, ihr Haar eine fließende Dunkelheit, als sie nach mir griff, mich mit ihrer lieblichen Stimme anflehte, zu ihr zu kommen. Und ich wäre ihr gefolgt, hätte sie ebenso begierig und bedenkenlos umarmt wie schon einmal, hätte Balthazar Warnick mich nicht zurückgehalten.

»Sweeney, nein!«

Eine Zeitlang rangen wir miteinander: ich versuchte, mich in Angelicas Arme zu flüchten, Balthazar wollte mich zurückhalten.

»Swee-ney!«

Sie heulte meinen Namen hinaus, als bräche ihr das Herz, und ich spürte, wie mein eigenes Herz brach. Ich machte einen Satz nach vorn, versuchte Balthazar abzuschütteln.

»Komm zu mir!« schrie Angelica, und ihre Stimme durchbohrte mich mit Kummer und Sehnsucht, während sie meine Hand faßte. *»Swee-ney ...«*

Sie stand in Flammen, die Ranken ihres Haars droschen auf mich ein, doch ich achtete nicht darauf, ich wollte nichts weiter, als daß dies Angelica sei und daß ich ihr endlich ganz gehörte. Ich fühlte, wie ich vorwärtstaumelte, in ihre Umarmung fiel, in ihren offenen Mund, und auf einmal rutschte ich mit einem Fuß auf dem Boden aus. Es reichte, um das Gleichgewicht zu verlieren, es reichte, um mich ihrer Berührung zu entziehen, so daß Balthazar mich wegzerren konnte.

»Schließen Sie die Augen!« rief er. »Schauen Sie sie nicht an; hier entlang – *sofort!*«

Ich schloß die Augen und drehte mich um. Balthazar stützte mich, während wir durch die Finsternis stolperten. Hinter uns ertönte ein Laut, von dem ich am ganzen Leib zitterte, ein furchtbarer, grauenerregender Schrei.

»Sweeney, neiiin ...«

Ihre Stimme erstarb. Ich machte mich von Balthazar los, beschattete die Augen; aber was immer dort gewesen war, nun war es verschwunden. Ich lag am Boden, Balthazar lag ausgestreckt neben mir. Vor dem Fenster war der Orientteppich zu einem geschwärzten Haufen gebündelt. Am Rand des zerstörten Teppichs kokelten verschlungene Drähte vor sich hin.

»Das Planetarium«, sagte Balthazar. Er stand auf und taumelte ans Fenster. Ich rührte mich nicht vom Fleck, mir war, als hätte man mich grün und blau geschlagen. Meine Kleidung war steif von Blut, meine Arme mit roten Schrammen bedeckt, als wäre jemand mit einer Rasierklinge auf mich losgegangen. Als ich an den funkelnden Rand der Lunula dachte, der über Hasel geschwebt hatte, wurde mir übel.

»Sie hat es zerstört.« Balthazar stupste den rauchenden Drahtklumpen mit dem Fuß an. Sein Tonfall war eher ehrfürchtig als aufgebracht, doch als ich ihn anschaute, bemerkte ich mit Entsetzen, daß sein Gesicht tränenüberströmt war. Er streifte sich den blutverschmierten Pullover über den Kopf und wickelte ihn sich um die Hand. Dann beugte er sich über die verkohlten Überreste des Planetariums, hob sie hoch und hielt sie auf Armeslänge vor sich.

»Sehen Sie nur, was Ihre Freundin getan hat«, flüsterte er. »Wie im Himmel, so auf Erden.«

Sämtliche glänzenden Kugeln waren geschmolzen und zu einer verkohlten Masse zusammengebacken. An einer Seite war ein halbmondförmiges Loch, wie ein klaffender Mund.

»Das war eine Warnung – eine unnötige Warnung –, die besagte, daß SIE jetzt die Lunula hat; ohne sie hätte SIE es niemals gewagt, mich hier anzugreifen. Aber sie ist nicht vollständig.«

Er steckte behutsam einen Finger in die Öffnung, und ich schauderte, denn ich hatte auf einmal die absurde Vorstellung, der qualmende Mond könnte ihn *beißen*. »Womöglich hat uns *das* gerettet – vielleicht, vielleicht …«

Er trat ans Fenster und öffnete einen Flügel. Sich weit in die Nacht hinauslehnend, schleuderte er das zerstörte Planetarium zum Fluß hinunter, der weit unten in der Tiefe lag. Balthazar schien auch zu lauschen; doch man vernahm nur das Rauschen des Windes, der an den Bäumen zupfte. Balthazar wartete einen Moment, dann verzog er das Gesicht und warf auch den Pullover hinaus.

»So«, murmelte er vor sich hin. Er wandte sich ins Zimmer um und wischte sich die Hände an der Hose ab. Als er merkte, daß ich ihn beobachtete, zuckte er zusammen, als hätte er vergessen, daß ich da war.

Ich stand auf, obwohl ich immer noch weiche Knie hatte. »Ist es … ist es vorbei? Ist sie … ist Angelica tot?«

»Tot?« Balthazars Tonfall wurde schärfer. »*Tot?* SIE war noch nie so lebendig – seit Jahrhunderten nicht mehr, seit mehr als zweitausend Jahren nicht …

Wir wußten, daß SIE zurückkehren würde, und daher hielten wir nach IHR Ausschau – an all den alten vertrauten Orten, wie es in dem Lied heißt.« Er lachte abgehackt, das Bellen eines Fuchses. »Aber ich hätte nicht geglaubt, daß SIE die Kühnheit besäße, *hierher* zu kommen. Und somit habe ich ein Leben lang – viele Leben lang – auf SIE gewartet, und darauf läuft es nun hinaus – auf die Torheiten eines albernen Kindes.

Nein, Katherine, Angelica ist nicht tot. Aber sie ist auch nicht mehr *Angelica.*« Seine Augen waren aschfahl vor Zorn und Verachtung. »Ihre Freundin wurde für eine Aufgabe von allergrößter Bedeutung auserwählt, doch dazu sind einige Veränderungen vonnöten …«

»Was haben Sie mit ihr angestellt?« flüsterte ich. »Sie Mistkerl, was haben Sie Oliver und Angelica angetan?«

»Was ich ihr angetan habe?« Balthazar wurde puterrot im Gesicht. »Was ich *getan* habe?«

»Sagen Sie es mir!«

»Nichts habe ich getan, Sie dummes Mädchen! Angelica wurde *auserwählt* – von der, die in jeder Sprache ein Dutzend Namen hat, von der, die wir Othyim nennen …

Seit unermeßlichen Zeiten wartet SIE nun schon – darauf, daß die Lunula gefunden würde; darauf, daß die richtige Frau geboren würde; auf den Augenblick, da IHR Talisman und IHRE erwählte Tochter zusammengeführt würden. Und ebenso lange halten wir nun schon die Augen auf, warten und suchen. Wir haben uns auch vorbereitet, haben in jeder Generation sichergestellt, daß es einen jungen Mann gab, der stark und schön genug wäre, SIE zu gewinnen, SIE zu verführen und zu schwächen – und alles umsonst! Denn am Ende wurden wir verraten. Verraten von Magda Kurtz, die ich geliebt habe wie meine eigene …«

Er wich meinem Blick aus. »… wie meine eigene Tochter. Verraten von der Tochter eines unserer vertrauenswürdigsten Mitglieder, von Olivers Schwäche und von *Ihrer* Einmischung in Dinge, von denen Sie nichts verstehen.«

Er ballte die Hand zur Faust und knurrte: »Ich hätte die Lunula bekommen können, Katherine. Ich hätte sie auch bekommen, damals in Garvey House, hätten Sie mir Ihre Freundin Angelica nicht entzogen. So wie Sie sie mir gerade eben entzogen haben …«

Das wölfische Knurren kühlte zu einem eisigen Lächeln ab. Er schritt behende durchs Zimmer, wieder gefaßt und elegant, und sah sich über die Schulter nach mir um.

»Kommen Sie her, Katherine.«

Ich zitterte und rührte mich nicht von der Stelle. »Nein.«

Er blieb stehen und richtete sich zu voller Größe auf. Hätte er neben mir gestanden, würde er mir kaum bis ans Kinn gereicht haben. Aber sein Gesicht war so gramzerfurcht, seine Augen so funkelnd, daß mir war, als blickte ich ins furchtbare Antlitz einer uralten Sphinx, als erblickte ich gar die dunkle Göttin persönlich.

»Kommen Sie her!«

In seinen Worten lag eine Drohung, mehr als das, ein Befehl; eine große Macht. Obwohl ich am liebsten weggerannt wäre, stellte ich fest, daß ich auf Balthazar Warnick zuging, bis ich neben ihm auf der anderen Zimmerseite stand.

»Ich weiß alles über Sie, was es zu wissen gibt, Katherine Cassidy«, sagte er leise. »Und das ist sehr wenig: für uns sind Sie nämlich ein kleiner Fisch. Verstehen Sie das? Ein kleiner, kleiner Fisch …«

Seine weißen Zähne glitzerten, während er Daumen und Zeigefinger zusammenpreßte, um mir zu zeigen, wie unbedeutend ich sei, wie klein und dumm und tapsig, jedoch nicht nutzlos, o nein! Das nicht …

»Aber irgendwie …« Er legte den Kopf zurück und sah mit leerem Blick zu mir auf. »Irgendwie sind Sie zwischen die beiden Auserwählten geraten …«

Die Verachtung in seiner Stimme schmolz dahin, und fehlte es seinen Worten auch an Wärme, so lag doch kein Haß mehr darin. »… und irgendwie, irgendwie haben Sie mich gerettet, als SIE mich verschlingen wollte.«

Er wandte sich um und sah auf den zerstörten Teppich unter dem Fenster hinunter, auf die verkohlte Stelle, wo das Planetarium vernichtet worden war. »Und das begreife ich nicht.« Er schaute mich an, und ich wand mich verlegen.

»Ich auch nicht«, sagte ich.

»Ich weiß.« Balthazar lachte leise auf. »Deshalb möchte ich Ihnen etwas zeigen. Etwas, das Ihnen vielleicht helfen wird …«

Er entfernte sich von mir und vollführte eine vielsagende Geste. »… *uns* besser zu verstehen.«

Er blieb stehen. In die holzverkleidete Wand war eine Tür eingelassen. Eine sehr alte Tür, gezimmert aus hellem Holz, gekrönt von einem verzierten Türsturz, worauf in verblaßten Lettern ein Motto aufgemalt war.

OMNIA BONA BONIS

Ich starrte die Tür entsetzt an und dachte an Magda Kurtz, an die teuflische Landschaft, in der sie derselbe Mann hineingestoßen hatte, der nun mich gefangenhielt.

»Was soll das bedeuten?«

»Das ist unwichtig.«

»Wo-wohin führt die Tür?«

Er holte einen altmodischen Schlüssel mit Bart aus der Tasche, der so lang war wie meine Hand. Er besah ihn sich mit zusammengekniffenen Augen, dann drehte er sich um und steckte ihn ins Schloß.

»Wohin?« echote er. Ein heftiger Wind riß ihm das Wort vom Mund, als vor uns die Tür aufschwang. »Sie führt dorthin, wohin sie führen soll ...«

Nebelschwaden wehten an mir vorbei ins Zimmer. Ich zitterte wie Espenlaub und spürte es kaum, als Balthazar mir die eine Hand auf die Schulter legte und mit der anderen durch die Tür hindurchzeigte.

»Da sehen Sie die Welt, die SIE Ihnen geben würde!«

Hinter der Tür herrschte undurchdringliche Finsternis: eine totale, alles verschlingende Dunkelheit, so leer und unermeßlich, daß selbst die Erinnerung an die Morgendämmerung davon verschluckt wurde. Am schrecklichsten an dem Abgrund aber war, daß ich ihn kannte. Ich kannte diese vereinnahmende luftlose Hitze und dieses Fließen; kannte diese allumfassende Leere, in der ich schwebte wie ein lichtloser Stern, kannte die pulsierende Masse Schwarzer Materie, die mich umgab, mich verschluckte, mich in ihrem Schlund einsperrte. Eher schmeckte ich den heißen, kräftigen Geruch, als daß ich ihn roch, den beißenden Gestank von Blut, Exkrementen und Erde. Den Gestank von Gräbern, aber auch von Urbeginn; von Abwässern, Geburtszimmer, Kuhstall …

Der Ort des Anfangs.

»Das ist Othyim«, hallte Balthazars Stimme durch meine Gedanken. »Sie, die da ist der Mund der Welt …

… SIE, die da ist das unausgesprochene Wort. Othyim Lunarsa.«

Seine Worte wehten davon. Dann:

»Schauen Sie nur«, hauchte Balthazar warm in mein Ohr. »Können Sie sie erkennen?«

In der Ödnis flammte ein Licht auf, karminrot und schwachblau.

»Da«, murmelte Balthazar.

Eine weitere Flamme; dann noch eine und noch eine und noch eine, bis ich überall, wohin ich auch schaute, kleine goldene, gelbe und scharlachrote Flammen sah, zahllose kleine Freudenfeuer, die sich in der Finsternis verteilten.

»Schauen Sie«, sagte Balthazar Warnick. »Jetzt werden sie die Nacht zu ihrer machen.«

Vor den Flammen tauchten schemenhafte Gestalten auf. Lautlos hockten sie sich hin und sprangen mit eigentümlich humpelnden Bewegungen um die Feuer herum, bis jeder kleine Lichtkreis seine schwerfällig im Kreis tanzende Gefolgschaft hatte. Plötzlich loderten die Freudenfeuer empor. Ich erblickte vor den Flammen vergoldete Geweihe und Felle, einen ledernen Phallus und gespaltene Hufe, eine gefiederte Maske, gefertigt aus dem Balg einer Schleiereule. Der beißende Gestank wurde von einem erdhafteren Geruch überlagert. Zertrampelter Schlamm; versengtes Haar; der widerliche Gestank eines schlecht gegerbten Fells. Und Schweiß, *wirklicher* Schweiß, ohne die lieblichen Untertöne von Seife oder Parfüm, und der heiße, starke Duft von Frauen, ein Geruch nach Salzwasser, Hefe und Blut.

»Ahhh …«

Mir entfuhr ein Wimmern, das ich sogleich unterdrückte, indem ich die Zähne zusammenbiß, möglichst fest, damit sie nicht klapperten. Die gebückten schwarzen Körper und die mit Geweihen geschmückten Köpfe, die kreischenden, abgehackten Stimmen, die wie Raubvogelschreie klangen – dies alles war mehr oder weniger menschlich. Wie die furchteinflößende uralte Gestalt, die auf eine Höhlenwand in den Pyrenäen gemalt ist – ein geweihbewehrter Kopf, aber mit Löwentatzen, einem Wolfsschwanz, dem Geschlechtsteil einer Katze, menschlichen Füßen und schrecklichen, eulenhaften Augen. *Le Sorcier*: der Hexer.

»Tiere«, flüsterte Balthazar mit einer Mischung aus Abscheu und Angst. »Sie werden immer nur Tiere bleiben …«

Ich erinnerte mich an Angelicas Worte …

Die Benandanti *bewahren nicht die Tradition der Schamanen. Sie* sind *die Schamanen.*

Aber wovor hatte er dann Angst? Ich schlang die Arme um die Brust und bemühte mich, mehr in der leeren Finsternis zu erkennen.

Und ich sah, was Balthazar sah.

Die Gestalten, die um die Feuer herumsprangen und -schlurften, waren Frauen. Ausnahmslos alle – mit Hörnern und Blättern gekrönte Schattengestalten, gefiederte Zwerge und humpelnde Kraniche – alle, alle waren sie Frauen. Dunkle, goldhäutige Frauen so groß wie Männer, mit langen Hälsen und stolzer Haltung; Frauen, so klein und düster gefärbt wie Dachse, welche mit geschwärzten Händen auf die Erde einschlugen; Mädchen, die mir gerade bis zur Hüfte gereicht hätten, die zwischen den anderen umhertrippelten und dabei Schreie wie jagende Turmfalken ausstießen. Und Mütter mit Säuglingen und graugesichtige Frauen, die getragen werden mußten, und kaltäugige lachende Mädchen, die Geweihkronen und brennende Holzscheite in Händen trugen und damit die vor ihnen umherschlurfenden fellbekleideten Schattengestalten anspornten.

»Tiere«, flüsterte Balthazar angewidert. »Nichts weiter als Tiere.«

Da wurde mir klar, wovor er sich fürchtete.

Vor der Magie der Frauen.

Denn *darin liegt die wahre Macht*, hatte Angelica gesagt.

Und es stimmte. Denn ich spürte, daß die Kraft von Blut und Milch, von Fleisch und Sehnen in der machtvollen Dunkelheit verdichtet war. Die Kraft von Speichel, der einen Klumpen Ton abrundete, ihn zur gedrungenen Figur einer Mutter formte, die groß genug war, uns alle zu umarmen; die Kraft von farbigem Pulver, Antimonschwarz und Rouge, die eine Maske färbten, dazu gedacht, zu bezaubern und zu verführen; die Kraft einer einsamen, ernsten Gestalt, die sich über einen flammenden Destillierkolben beugte, aus dem sie einen glühenden Draht hervorzog, als wolle sie die Nacht damit durchbohren.

Und Angelica selbst, den Schoß voller vom Zahn der Zeit abgenagter Blätter und rissiger Wälzer; Angelica neben mir im Bett, ihr Atem warm an meinem Hals; Angelica, wie sie sich langsam aus dem schwarzen Wasser erhob, die Brüste versilbert vom Licht, mit funkelnden grünen Augen und nachwehendem Haar: Angelica in allen Einzelheiten, die ich mir vergegenwärtigen konnte.

Vom nächtlichen Land erhob sich ein Wind, warm und würzig duftend. Nach Koriander, Sandelholz und Zyperngras, und so süß wie ihr Duft eine kindliche Stimme, Beschwörungen murmelnd.

Ich bin die älteste Tochter des Kronos.
Ich bin die Frau und Schwester des Osiris.
Ich bin die, welche den Männern Frucht trägt.
Ich bin die Mutter des Horus.
Ich bin die, welche im Sirius aufgeht.
Ich bin die, welche von Frauen als Göttin angerufen wird.

Knochen auf Knochen, das dumpfe Stakkato gespaltener Stäbe, Finger, die auf einen hohlen Totenschädel trommelten, und auf einmal ein Chor schneidender Stimmen ...

Othyim haïyo!
Du, die du über die Tore der Hölle im schwarzen Herzen der Erde herrschst,
goldene Praxidike, erste Blüte Gottes,
Mutter der Furien, Königin des Niemandslandes –
Othiym haïyo! Othiym haïyo!

»Da sehen Sie, wie sie sind«, murmelte Balthazar. »Wühlen in der Erde, beschmieren sich die Gesichter mit Schmutz und Dreck. Und es gibt noch Schlimmeres ...«

Ein Schrei zerriß die Nacht. Die Feuer erloschen. Es herrschte vollkommene Dunkelheit, bis auf einen kleinen Rest ...

Am Rand der Welt schwebte eine Mondsichel, ein winziger Halbmond wie zum Gedenken an das Zeitalter der Magie. Nach einer Weile verblaßte er. Aus dem Abgrund erhob sich ein Wind, kalt und schneidend.

»So wird es immer sein«, flüsterte Balthazar, als er mich von der Türschwelle fortzog. »SIE vergißt, daß

Chaos stets Chaos gebiert und nicht überhandnehmen darf.«

Ich schlang schaudernd die Arme um die Brust. »Nein.«

»Nein?« Balthazars Tonfall war ebenso unnachgiebig wie der Wind. »Heißt das, daß Sie ein ebensolcher Narr wie Mr. Crawford sind?«

»K-kein N-narr ...«, sagte ich mit klappernden Zähnen. Aufstöhnend riß ich mich von ihm los. Nach zwei raschen Schritten stand ich innerhalb des Portals.

Undeutlich war ich mir des Zimmers bewußt, eines schattenhaften Ortes, wo die Umrisse von Wänden, Möbeln und Fenstern gespenstisch in der Finsternis hingen. Die *wirkliche* Welt aber lag vor mir – ewig und leer und winddurchtost.

»Hören Sie mir zu, Katherine!« rief Balthazar. »Oliver ist schwach! Er glaubt, wir hätten keine Kraft mehr – unsere Zeit sei abgelaufen –, und daher möchte er sich mit dem Feind verbünden. Er hat geglaubt, SIE habe sich verändert, er hat geglaubt, SIE würde ihn nicht vernichten; aber er irrt sich! Wir sind die einzigen, die ihn retten können! Und das *wissen* Sie ...«

Ich zögerte. Ich dachte daran, wie Angelica die Lunula als Waffe geschwungen hatte, wie Balthazar auf der Weide an Olivers Seite gestürzt war.

»Wir sind stets die Stärkeren, Katherine! Die *Force majeur*; und wir werden immer die Oberhand haben. Selbst in dieser Finsternis ...«

Plötzlich tauchte er hinter mir auf. »Selbst in diesem Moment haben wir die Oberhand ...«

Inmitten der Ödnis erschien ein Licht. Nicht der grelle Schein eines Freudenfeuers, sondern ein stetiges Licht, tiefblau und mit Funken lebendigen Grüns durchsetzt. Das Licht nahm Gestalt an, verdichtete sich zu einer einzelnen Säule, dann waren es zwei, dann vier; bis ich die Streben einer Kathedrale erblickte, so winzig und vollkommen, als wäre sie aus Kristall geformt. Am Horizont tauchte ein zweites Licht auf, und daraus erwuchs ein weiteres Bauwerk – diesmal eine Moschee, die Kuppel eine kobaltblaue Träne.

»Da sehen Sie *unser* Vermächtnis!« rief Balthazar.

Wie von ihm ausgesät, tauchten immer mehr Bauwerke auf, eines kunstvoller als das andere. Pyramiden aus Glas und Stahl, schimmernde Alcazare und erhabene Grabstätten aus Stein, Pavillons und dorische Tempel und gewaltige schwarze Steinsockel aus poliertem Bernstein: alle funkelnd wie Edelsteine, wie brennende Prismen. Ein Stein war in den Abgrund geschleudert worden und hatte die Dunkelheit zerschmettert, und eine jede Scherbe leuchtete so hell wie die Sonne. Ein Chor von Stimmen erscholl daraus hervor – Stimmen, die lieblich, hoch und klar waren, nicht mehr tief und dröhnend wie die untergegangenen Glocken, welche den Wandel unter dem Meer verkünden. Die Worte konnte ich nicht verstehen, doch begriff ich auch so genug. Sie sangen Freude, Stolz und Mut in den Tag hinaus, sangen langanhaltend und laut gegen das Dunkel an.

»Begreifen Sie jetzt, Katherine?« Balthazars Lachen erklang dicht neben mir. »In Wirklichkeit haben Sie gar keine Alternative – es sei denn, Sie zögen Finsternis und Unwissenheit dem Licht und der Ordnung vor.«

Er legte mir sanft die Hand auf die Schulter und fuhr fort: »Obwohl es darauf nicht ankommt – zumindest nicht für Sie. Ich zeige Ihnen diese Dinge nur deshalb, damit Sie nicht vergessen – damit Sie etwas mitnehmen, wenn Sie die Göttliche verlassen. Damit Sie uns in Erinnerung behalten, falls Sie möchten.«

Ich hatte einen Kloß im Hals. »Was haben Sie mit mir vor?«

»Nichts.« Vor uns erloschen die Lichter, eins nach dem anderen. Der herrliche Gesang verklang im Wind. »Ich bringe Sie nach unten, und Francis wird Sie in die Stadt zurückfahren …«

»Francis!«

Er winkte ab. »Ich habe jetzt viel zu tun. Das Ganze hat bereits viel zuviel Zeit erfordert. Jemand wird sich wegen der Weiterleitung Ihrer Unterlagen an Ihre Eltern an Sie wenden. Ich habe keinen Zweifel daran, daß Sie an Ihrer nächsten Uni erfolgreicher sein werden.«

Er wandte sich um und entfernte sich von der Tür. Ich sah ihm verblüfft nach, dann schaute ich wieder zum Portal.

Dahinter erstreckte sich der Abgrund. Die Umrisse des Türrahmens traten zusehends deutlicher hervor. Die Maserung des Holzes und der schwache Widerschein des Lichts auf dem Türknauf wurden immer heller, bis das, was dahinterlag, nicht mehr zu sehen war.

Da sehen Sie die Welt, die SIE Ihnen geben würde!

Doch war das wirklich die Welt, die Angelicas Göttin hervorbringen würde?

Ich weiß genug, um meinem Vater nicht alles unbesehen abzukaufen. Oder Balthazar Warnick …

Warum eigentlich sollte die Dunkelheit böse, leer und negativ sein? Warum sollte die Magie der Frauen nicht mehr bedeuten, als in der Glut zu stochern? Warum sollte das gleichbedeutend sein mit Chaos und dem Ende der Welt?

Was ist der Unterschied zwischen einem Raben und einem Schreibtisch?

»Katherine«, meinte Balthazar sanft, aber mit Nachdruck, »Sie sollten jetzt gehen.«

»Nein.«

Bevor er mich daran hindern konnte, machte ich einen Satz auf die Türschwelle zu.

»Katherine! Bleiben Sie davon weg!«

Hinter mir lag Balthazars Arbeitszimmer. Irgendwo im Landhaus unter mir schliefen Annie und Baby Joe. Und irgendwo schlief auch Oliver, in die Nacht fortgespült auf einer Woge aus Demerol und Krankenhauslaken; und vielleicht schlief sogar Angelica, auf der Spitze eines Halbmonds zwischen Himmel und Erde, zwischen Traum und Wachen.

Somit blieben nur noch ich und Balthazar Warnick. Er ballte die Hände, während ich mich weiter von ihm entfernte.

»Wenn Sie durch die Tür treten, werden Sie umkommen!« rief er. »Da ist nichts!«

»Ich glaube Ihnen nicht, Professor Warnick!«

Ich tat noch einen Schritt. Der Türsturz verschwand in Nebel. Ich stand auf der Schwelle, die über den Abgrund hinausragte. »Nichts ist dermaßen einfach – vielleicht irrt sich Angelica, aber Sie irren sich auch! Oder vielleicht haben Sie auch beide teilweise recht…«

Der eiskalte Wind heulte aus der Ödnis empor. Hinter mir rief Balthazar etwas, doch ich konnte ihn nicht verstehen. Auf einmal lachte ich.

Denn wenn ich die Wahl hatte zwischen der Leere und dem, was hinter mir lag – dem Verlust meiner Freunde, dem Ausschluß von der Göttlichen und all ihren Versprechen –, dann wollte ich es darauf ankommen lassen herauszufinden, was dort in der Nacht verborgen war. Ich drehte mich zu Balthazar um – und sprang.

Einen Moment lang stand er erstarrt vor mir in der Luft: mit ausgestreckten Armen, den Mund zu einem lautlosen Schrei geöffnet. Dann war es, wie er gesagt hatte…

Ein tosender Wind, Eis und Dunkelheit und die klirrende Luft rissen mir die Kleider vom Leib, wehten mein Fleisch fort, mein Haar und meine Stimme…

Nichts.

Ich erwachte in einer Art Schuppen. Ein fahles blaues Leuchten verwandelte sich in das winterliche Licht, das durch die Wände von durchscheinendem, verwittertem Kunststoff fiel. Ein starker, süßer Geruch hing in der Luft. Der Geruch von Lemonen, aber *synthetischen* Lemonen. Ich rieb mir die Augen, schaute nach unten und sah, daß ich auf einem fast leeren Plastikcontainer saß. Eine grünliche Flüssigkeit ergoß sich auf meine Stiefel. Der Magen drehte sich mir um; ich legte eine Hand auf mein Gesicht und drückte mit der anderen, bis der dünne Kunststoff nachgab. Eine Tür öffnete sich, und ich fiel hinaus auf die Auffahrt vor dem Schrein.

»Autsch.«

Ich erhob mich unsicher. Mir war schwindelig und ein wenig übel, doch ansonsten fühlte ich mich gut. Über mir schlug am Schrein dröhnend die Viertelstunde; aber welcher Stunde? Vermutlich war es sieben, dem dünnen grauen Licht und den wenigen Wagen auf dem Parkplatz nach zu schließen. Viertel nach sieben an einem Sonntagmorgen. Um halb acht würde die erste Messe des Tages beginnen.

Ich wischte mir die schmutzigen Hände am Hemd ab und zog die Schultern hoch, denn mir war kalt. Als ich mich zum Wohnheim aufmachte, blickte ich mich nach dem Schuppen um, aus dem ich hervorgetaumelt war. Die billige Plastiktür war aufgeklappt, doch dann schlug der Wind sie wieder zu, und ich erblickte das daran angebrachte Schild:

Nur für Mitglieder.

Die Eingangstür von Rossetti Hall ließ sich mühelos öffnen, doch als ich nach oben zu meinem Zimmer kam, stellte ich fest, daß das Schloß ausgewechselt worden war. Um diese Zeit war noch niemand auf dem Gang oder in der Vorhalle, bei dem ich mich deswegen hätte erkundigen können, aber ich wollte auch nicht warten und das Risiko eingehen, Francis Connelly oder gar etwas Schlimmerem über den Weg zu laufen.

Ich eilte über eine andere Treppe zu Angelicas Zimmer hoch. Ich trommelte gegen die Tür, doch es antwortete niemand. Es war noch zu früh, als daß sie bereits von West Virginia zurückgekehrt sein konnten; zumindest hoffte ich das. Ich stahl mich durch die Hintertür wieder nach draußen, wobei ich das Gefühl hatte, ein großes schwarzes X auf der Stirn spazierenzutragen.

Es war wie an meinem ersten Tag an der Göttlichen, an jenem ersten schrecklichen Tag, bevor ich Oliver und Angelica kennengelernt hatte. Die wenigen Leute, die ich sah, schenkten mir keinerlei Beachtung. Mal abgesehen von einer tadellos gekleideten Familie, die mir auf dem Weg zum Schrein mißbilligende Blicke zuwarf, hätte ich mich ebensogut fragen können, ob sie mich überhaupt *sahen*. Offenbar war ich eines der Übel, von denen sie Erlösung erhofften. Ich vergrub die Hände in den Hosentaschen, wühlte darin herum, bis ich ein paar zerfledderte Geldscheine und etwas Kleingeld gefunden hatte, dann ging ich zum Schrein, um mir ein Frühstück zu genehmigen.

Wie es sich ergab, verbrachte ich den größten Teil des Tages dort. Ich wagte mich nicht wieder aufs Gelände hinaus. Ich versteckte mich in einer Ecke und trank in einem fort Kaffee, kaufte mir eine Packung Zigaretten und teilte sie so ein, daß ich alle zwanzig Minuten eine rauchte. Den Kopf auf die Tischplatte aus Resopal gelegt, schlief ich sogar ein bißchen, bis mich das Klappern des Geschirrs und des Bestecks wieder weckte. Als ich den Kopf hob, sah ich die runde alte Schuluhr am Ende des Raums, deren roter Sekundenzeiger sich ruckartig im Kreis bewegte. Vier Uhr: Teezeit. Ich steckte die Zigarettenpackung in die Tasche und machte mich auf die Suche nach Baby Joe.

Es dämmerte bereits, und die kahlen Bäume warfen unter den Straßenlaternen lange Schatten. In Baby Joes Zimmer brannte Licht. Ich wollte nicht durch die Vordertür hineingehen, daher warf ich solange Kieselsteine gegen das Fenster, bis er herausschaute. Er mimte Überraschung und Erleichterung, hob die Hände und schüttelte den Kopf, dann bedeutete er mir, zur Rückseite des Gebäudes zu gehen. Ich kroch durch eine Buchsbaumhecke, dann sah ich Baby Joe an der eufeuüberwachsenen Mauer des Wohnheims lehnen, mit einer Hand eine Feuertür aufhaltend. In der anderen hielt er meinen übel zugerichteten Rucksack.

»Hey, *hija*. Ich hab mir schon Sorgen gemacht, als ich den in deinem Zimmer gefunden habe, aber keine Sweeney. Irgendwelche Probleme?«

»Kann man so sagen.«

Ich folgte ihm auf sein Zimmer. Er schloß die Tür und drehte den Schlüssel um, und ich stöhnte vor Erleichterung. Baby Joe umarmte mich linkisch, sein stoisches Gesicht vor Besorgnis in Falten gelegt.

»Was ist passiert, *hija?* Ich hab mit Hasel nach dir gesucht, aber du warst weg.«

Ich setzte mich auf die Bettkante. Abgesehen von der dünnen Staubschicht, die alles bedeckte, wirkte Baby Joes Zimmer verblüffend ordentlich. Auf dem alten Holzschreibtisch stand eine Schreibmaschine, umgeben von sorgfältig arrangierten Papierstapeln und Lehrbüchern. An einer Wand waren Ausgaben des *Punk Magazine*, des *New York Rocker* und der *Paris Review* aufgereiht, und ich wußte, wenn ich eine seiner Schrankschubladen öffnete, würden seine langweiligen weißen T-Shirts und schwarzen Nylonsokken ebenso akribisch verstaut sein. Das alles widerte mich unglaublich an.

Baby Joe schien nichts davon zu bemerken, oder es war ihm egal. Er öffnete eines der Fenster einen Spaltbreit, griff durch die Öffnung und holte zwei Flaschen Old Bohemian vom Fensterbrett herein. »Da, *hija*. Wo, zum Teufel, hast du eigentlich gesteckt?«

Ich erzählte ihm, was alles geschehen war, seit wir nach Orphic Lodge zurückgekehrt waren. Baby Joe lehnte am Schreibtisch, kicherte ungläubig in sich hinein und lachte laut heraus, als ich ihm vom Portal der *Benandanti* erzählte.

»Kein Scheiß? Eine ihrer *puertas?* Du hast *cojones,* Sweeney, das muß man dir lassen!«

Als ich jedoch Francis Connelly erwähnte, schüttelte er den Kopf.

»Francis X. Connelly. Eines Tages mach ich den noch kalt…« Er deutete mit dem Zeigefinger auf mich und reckte den Daumen. »*Peng*. Ich würd's am liebsten gleich tun, aber dann entziehen sie mir womöglich das Stipendium.«

Ich berichtete ihm, daß ich mit angesehen hatte, wie Magda Kurtz in Garvey Hall durch die Tür gestoßen worden war, erzählte ihm von Angelicas halbmondförmigem Anhänger und daß ich mir nicht sicher sei, ob sie nun mit Balthazar Warnick und den *Benandanti* zusammen oder gegen sie arbeite.

»Wahrscheinlich gegen sie. Angie, weißt du, Angie ist zwar clever, aber so clever auch wieder nicht«, sagte Baby Joe. »Diese Studenten-*brujos,* die werden irgendwie leicht überheblich. Bei den Freunden meines Bruders war's genauso; die glauben, weil man sie für die *Benandanti* angeworben hat, wäre ihnen nichts unmöglich. Fliegen, auf dem Wasser wandeln oder eine Kuh mit einem Zauberanhänger erledigen. Aber Warnick? Mit dem möchte ich mich nicht anlegen, ehrlich.«

Irgendwann fühlte ich mich total erledigt. Meine Flasche Bier war immer noch halb voll, doch auf einmal konnte ich keins mehr vertragen. Ich schlug die Hände vors Gesicht und brach in Tränen aus.

»Hey. Ist ja schon gut …« Baby Joe setzte sich zu mir aufs Bett und tätschelte mir den Rücken. »Du kannst heute nacht hierbleiben, du kannst dein ganzes Zeug herbringen, wenn du willst, *hija*, das ist schon in Ordnung …«

»Nichts ist in Ordnung! Die schmeißen mich raus, meine Eltern werden mich umbringen, und, mein Gott, Baby Joe, was geht hier eigentlich vor? Wo ist Angelica? Wo ist Oliver? Was …«

Ich schluckte, senkte meine Stimme zu einem Flüstern. »Was wir da auf dem Feld gesehen haben – was, zum Teufel, *war* das?«

Baby Joe zuckte die Achseln. »Keine Ahnung«, meinte er leise. »Aber diese *Benandanti*, die machen schon ziemlich irre Sachen …«

»Aber *das* hatte doch nichts mit den *Benandanti* zu tun. Das war etwas anderes. Angelica hat sich total berauscht an so einem seltsamen Göttinnenkult; sie hat all diese Bücher gelesen und ständig von einer Wiederkehr Kalis oder Ischtars geredet …«

Ich schlug aufgeregt auf die Matratze ein. »Das ist doch völlig *bescheuert*.«

»Ischtar, hm?« Baby Joe nahm mein Bier und nippte gedankenverloren daran. »Na ja, wenigstens paßt das Berufsbild zu ihr.«

»Das ist nicht komisch.«

»Hat denn jemand gelacht?« Er trank das Bier aus und lehnte sich auf dem Bett zurück. »Aber, Mann, du hast vollkommen recht, in diesen Wahnsinn hat Barbie-Girl sich ganz allein reingeritten. Und du hast keine Ahnung, wo sie steckt?«

»Ich glaube nicht, daß irgend jemand weiß, wo sie steckt. Sie muß im Wald verschwunden sein. Und wenn sie nicht enden möchte wie Magda Kurtz, dann sollte sie besser auch dort bleiben.«

Eine Zeitlang saßen wir schweigend da. Draußen schlugen die Glocken des Schreins halb sechs. Es war bereits vollständig dunkel geworden. Überall um uns herum bereiteten sich die Menschen auf den Beginn einer neuen Woche vor. Ich atmete tief durch, dann stellte ich die Frage, die mir auf dem Herzen lag.

»Was ist mit Oliver passiert?«

»Mit Oliver?« Baby Joe betrachtete mich mit zusammengekniffenen schwarzen Augen. »Oliver ist hier.«

»Hier?« Ich blickte rasch umher, doch Baby Joe fuhr fort: »Nicht hier im Zimmer – ich meine, er ist wieder in D.C. Man hat ihn gestern in West Virginia ins Unfallkrankenhaus gebracht, aber ich schätze, er hatte nicht viel, weil er bloß mal untersucht und dann gleich wieder entlassen wurde. Er kam mit Warnick heute morgen zurück. Hasel hat gehört, wie sie sich unterhalten haben, sie wollten ihn zur Beobachtung ins Providence bringen …«

»Ins Providence Hospital?«

Er nickte. »In die psychiatrische Abteilung.«

»Braucht man dafür nicht die Einwilligung der Familie?«

»*Hija*, Warnick *ist* die Familie. Die *Benandanti* – die kommen immer zuerst, die kümmern sich um ihre Leute …«

»Aber Oliver ist nicht verrückt.«

»Ein normaler Mensch versucht nicht, sich den Pimmel mit einem Schweizer Armeemesser abzuschneiden.«

»Okay, okay.«

Er steckte sich eine Zigarette an und nahm gedankenverloren ein paar Züge, dann sagte er: »Weißt du, das war früher mal so üblich.«

»Wo? Bei den *Benandanti?*«

»Nein. Bei den Anhängern deines Göttinnenkults. In Persien oder so. Vielleicht auch in der Türkei. Die Priester steigerten sich in Ekstase und kastrierten sich dann.« Er lachte pfeifend. »Davon haben wir in Warnicks Vorlesung gehört. Du kannst dir vorstellen, daß das der Zahl der Kirchenbesucher auf Dauer nicht gut bekommen würde.«

»Aber – warum sollte *Oliver* so etwas tun? Ich meine, wie konnte er überhaupt davon wissen? Er war doch seit zwei Monaten nicht mehr in Warnicks Vorlesung.«

Baby Joe zuckte die Achseln. »Das ist ja nun kein großes Geheimnis. Das ist Geschichte, Mann, jeder kann das nachlesen. Vielleicht daß er und Angie ... Na ja, sie spielt Ischtar, er macht den Adonis. *Tadalang sirang ulo.*«

Ich stand auf. »Ich weiß, ich weiß: eine *total verrückte Nudel.*« Ich fuhr mir durchs Haar. »Ach Gott, ich wünschte, ich könnte was Ordentliches essen und dann baden und eine Woche lang schlafen ...«

Baby Joe legte mir die Hand auf die Schulter. »Bleib hier, Sweeney. Wirklich – du kannst das Bett haben, ich schlafe auf dem Boden ...«

»Ach, Baby Joe – das ist sehr lieb von dir. Aber ich kann nicht. Ich glaube – ich glaube, ich sollte besser Oliver besuchen. Wie weit ist es bis zum Providence?«

»Mit dem Bus fünf bis zehn Minuten.«

»Okay. Dann tu mir einen Gefallen. Würdest du Annie anrufen, ihr sagen, wo ich bin, und sie fragen, ob sie schon etwas von Angelica gehört hat? Sie muß doch irgendwann zurückkommen, sie kann doch nicht nackt im Wald herumlaufen ...«

Baby Joe grinste. »Nett für die Bäume, hm? Gut, ich werd Annie anrufen.«

»Danke.«

Er geleitete mich zur Tür. »Du auch, weißt du. Du

bist auch so eine verrückte Nudel, aber spinnen tust du nicht.«

Er vollführte mit der Fingerspitze eine kreisende Bewegung auf seiner Schläfe, dann drohte er mir mit dem Finger. »Sei vorsichtig, *hija*. Nimm den 84er Bus, der hält in North Cap und fährt direkt zum Providence Hospital. Fünf Minuten.«

Er lehnte sich an den Türrahmen und sah mir nach. »Bestell Oliver meine besten Genesungswünsche.« Mit einem leisen, nervösen Kichern wandte er sich ab.

Olivers Zimmer lag im zweiten Stock des Krankenhauses. Weiter hinten auf dem Gang heulte eine Frau mit einer unheimlichen, kindlichen Stimme. Eine Familie, bestehend aus Vater, Mutter und einem kleinen Mädchen, saß mit Zeitschriften auf dem Schoß in der trübseligen Wartezone und starrte aus dem Fenster auf den Parkplatz hinaus. Als ich ins Zimmer Nr. 114 hineinspähte, erblickte ich Oliver auf dem Bett, wie er gerade *The Ginger Man* las, neben sich auf dem Kissen die *Washington Post Book World*. Das Fenster hinter ihm war vergittert, hatte aber weder Läden noch Rolladen noch irgendwelche Vorhänge. An der hellgrünen Wand hing über einem Holzstuhl ein schmuckloses Kreuz, ebenfalls aus Holz. Oliver war sehr blaß. Sein rechter Fuß war bandagiert und wie ein überflüssiges Gepäckstück in einem unbequemen Winkel auf dem Bett aufgebockt. Mit dem Verband und dem grünen Krankenhauskittel in Verbindung mit dem rasierten Schädel und dem kalkweißen Gesicht wirkte er schwer, womöglich sogar unheilbar krank.

Ihn so zu sehen, erschreckte mich – wie lange sah er schon so aus, warum hatte ich es nicht früher bemerkt?

Weil du ebenfalls völlig am Arsch warst, dachte ich. *Total von der Rolle, zu eigensüchtig, zu blöde, um ihm Einhalt zu gebieten!*

Zorn und Selbstverachtung überwältigten mich. Wie hatte ich das nur zulassen können? Die Drogen, natürlich lag es an den Drogen; er hatte LSD genommen, Meskalin und Haschisch und weiß der Himmel was noch alles, hatte das Zeug seit Monaten wie Süßigkeiten in sich hineingestopft, vielleicht schon seit Jahren. Und das hatte er jetzt davon...

Einen furchtbaren Moment lang hätte ich am liebsten kehrtgemacht und wäre unbemerkt wieder gegangen. Doch dann erinnerte ich mich daran, wie er mich am Abend zuvor umarmt hatte, wie er mich so verzweifelt an sich gedrückt hatte, daß mir bei dem Gedanken daran fast die Tränen kamen.

Rette mich, Sweeney. Hab keine Angst vor mir ...

»Oliver.« Ich rang mir ein Lächeln ab und trat ins Zimmer. »Was machst du denn für Sachen?«

Er hob den Kopf. Als er mich sah, grinste er und warf das Buch aufs Kissen. »Smelly O'Keefe! Wieso kommst du erst jetzt?«

Ich zupfte an meinem Hemdsärmel und schnitt eine Grimasse. »Eher schon stinkige Cassidy. Läßt man dich das Zeug hier lesen?«

Er zog mich neben sich aufs Bett. »Au. Paß auf das Bein auf.«

Ich nickte mitfühlend. »Sieht ziemlich schlimm aus.«

»Blutvergiftung. Wie bist du hier reingekommen?«

»Bin einfach hereinspaziert.«

»Hast du dich angemeldet?«

»Sollte ich das denn?«

Wie aufs Stichwort hin streckte ein Pfleger den Kopf zur Tür herein. »Jemand auf der Station hat gemeint, Sie hätten Besuch. Oh, hallo – haben Sie sich schon angemeldet? Nein? Ach, bleiben Sie doch sitzen, wie lautet Ihr Name, ich erledige das für Sie, ich muß ihm sowieso noch Medikamente geben. Bin gleich wieder da.«

»Das ist Joe«, erklärte Oliver. »Er ist mein Wärter und ...«

Bevor er ausreden konnte, war Joe schon wieder da. »Na schön, es ist sechs Uhr, Zeit für die Medizin.« Er reichte Oliver einen Pappbecher mit Wasser und ein Döschen mit zwei winzigen roten Tabletten. Oliver wies das Wasser zurück, schüttete sich die Tabletten auf die flache Hand und schluckte sie.

»Uh. Wie Sie das nur machen, also, ich könnte das nicht.« Joe schenkte mir einen abschätzenden Blick, musterte mich, wahrscheinlich um herauszufinden, ob ich eine Metallsäge unter der Jeans versteckt hatte. »Schon wieder Besuch«, sagte er nach einer Weile. »Dieser Junge hat *eine Menge* Freunde. Ach, Oliver, eben hat einer Ihrer Brüder angerufen, er meinte, er würde es später noch mal versuchen. Möchten Sie etwas zu Essen, meine Liebe?«

Das galt mir. Ich schüttelte den Kopf. »Nein, danke.«

»Na schön. Die Besuchszeit endet *offiziell* um sieben, aber meinen Rundgang mache ich erst um acht.« Er grinste, nahm Oliver das Plastikdöschen aus der Hand und ging wieder hinaus.

Als er weg war, stand Oliver auf und ging zur Tür. Er bewegte sich langsam, wie ein Pistolero aus einem alten Western, und ich versuchte, nicht daran zu denken, was sich hinter dem Krankenhauskittel verbarg. Er schloß die Tür und blieb dort eine Weile mit dem Rücken zu mir stehen. Schließlich hörte ich ihn würgen.

»Oliver! Alles in Ordnung?«

Er drehte sich um, nickte mit tränenden Augen und öffnete die Hand. Seine Handfläche war feucht und rot verschmiert; ehe ich aufschreien konnte, schüttelte er den Kopf.

»Thorazin.« Instinktiv tastete er nach einer Tasche; dann fiel ihm ein, daß er einen Krankenhauskittel anhatte. Er machte kehrt und nahm ein Papiertaschentuch vom Nachttisch. Er wischte sich die Hand ab, ging ins Bad und betätigte die Toilettenspülung, dann ging er zu dem Stuhl unter dem kleinen Holzkreuz. »Das hab ich gestern in der Notaufnahme bekommen. Ich war gefesselt, daher konnte ich nichts dagegen tun. Ich hab Halluzinationen davon gekriegt; ich dachte schon, ich hätte einen Hirnschaden. Daher würge ich die jetzt wieder aus.«

Er trat geistesabwesend gegen den Stuhl, dann drehte er sich um, ging zum schmalen Bett hinüber und bedeutete mir, mich neben ihn zu setzen. »Wenn du willst, hebe ich sie dir auf.«

»Nein, danke.« Ich lächelte. »Das erste Mal, daß ich mitkriege, daß du auf Drogen verzichtest.«

Seine blaßblauen Augen blickten mich scharf und arglos an. »Ich bin nicht verrückt, Sweeney.«

»Ich weiß, daß du nicht verrückt bist. Du *wirkst* nicht verrückt«, log ich, »Aber …«

Ein normaler Mensch versucht sich nicht den Pimmel mit einem Schweizer Armeemesser abzuschneiden.

»Ich wirke nicht verrückt, weil ich nicht verrückt *bin.*«

Ich sagte nichts. Nach einer Weile hob ich den Kopf und sah ihn an: die dunklen Stoppeln auf seinem Schädel, das tiefrote Netzwerk, wo er sich mit dem Rasierer geschnitten hatte; Wangen und Kinn immer noch so glatt wie bei einem Knaben, obwohl ich mir sicher war, daß er sich seit Tagen nicht mehr rasiert hatte.

Es war, als betrachtete man jemanden, der von einem Feuer verzehrt worden war, eine hübsche Porzellanfigur, die man zu lange im Brennofen hatte stehenlassen; und jetzt war nur noch menschliche Asche davon übrig, zerbrechlich, weiß und kalt. Abgesehen von den Augen, diesen wahnsinnigen, brennenden Augen, die noch immer jeden Moment in Flammen ausbrechen mochten.

Er legte seine Hand auf meine – sie hätte doch eigentlich nicht so kalt sein dürfen?

»Ich bin nicht verrückt, Sweeney. Ich bin bloß nicht das, was man von mir erwartet hat«, sagte er leise. »Angelica und mein Vater, Warnick und all die anderen – jeder wollte etwas anderes von mir, alle haben sie etwas von mir erwartet, das ich ihnen nicht geben kann. Sie wollten, daß ich stark bin, sie wollten, daß ich einen Siegertyp abgebe. Aber das kann ich nicht, Sweeney. Sie begreifen nur nicht, daß ich nicht so bin. Ich wollte …«

Er brach ab und sah auf seine Hände mit den abgebissenen Nägeln hinunter.

»Ich wollte, daß alles wieder in Ordnung kommt«, sagte er schließlich. Er sah mich an und seufzte. »Ich weiß, es klingt blöd, aber ich habe mir gedacht – dieses ganze Getue um die Finsternis und das Licht und die verschiedenen Kräfte von Männern und Frauen – dieser ständige *Kampf*, dieser ganze *Haß*, den die *Benandanti* und all die anderen mit sich herumtragen – ich dachte, ich könnte etwas dagegen tun, irgendwie. Zumindest habe ich geglaubt, ich könnte mich dem *entziehen*«, setzte er düster lächelnd hinzu. »Aber ich habe mich geirrt, Sweeney. Das kann ich nicht. Niemand kann das. Wir werden uns niemals gegenseitig verstehen, das schafft niemand. Nie und nimmer.«

Ich nickte, als ob wenigstens *ich* ihn verstünde, obwohl das natürlich keineswegs der Fall war. Nach einer Weile fragte ich: »Aber … wenn du nicht das bist, was die *Benandanti* oder Angelica von dir erwarten – was *bist* du dann?«

Er tippte sich an den Kopf und lächelte.

»Ich bin schön«, sang er mit seiner wunderschönen, vibrierenden Stimme. *»Ich bin von Kopf bis Fuß auf Liebe eingestellt.«*

Ich lachte, bis mir Tränen in die Augen traten, und berührte seinen armen, häßlichen Schädel. »Also, schön wirst du wieder werden, Oliver. Das wächst nach.«

Mit jäher Heftigkeit schüttelte er den Kopf. »*Nein.* Wächst das Schilf etwa nach, wenn es einmal abgeschnitten wurde? Werden die jetzt kahlen Bäume noch einmal grünen, um den Frühling zu begrüßen? Welchen Namen hat Achilles unter den Frauen angenommen? Weiß der Adler, was im Obststein ist?«

Plötzlich packte er mein Handgelenk, und seine Hand zog sich zu wie ein Draht, als er mich an sich drückte. »*Was ist der Unterschied zwischen einem Raben und einem Schreibtisch?*«

»O-Oliver«, stammelte ich. Sein Gesicht hatte sich zu einer bitteren Fratze verzerrt. Er lächelte zwar noch, doch es war jetzt ein verzerrtes Lächeln, und seine Augen lachten nicht mehr.

»Sweeney? Du erinnerst dich doch bestimmt noch? Das war das erste, worüber wir uns unterhalten haben. *Was ist der Unterschied zwischen einem Raben und einem Schreibtisch?* Sag mir, wie es weitergeht …«

Er packte mich so fest, daß sich ein Stechen vom Handgelenk den Arm hochzog. »*Sag es mir!*« fauchte er.

»Ich … ich kann mich nicht …«

»*Sag es!*«

»*Du … du solltest dir mal die Haare schneiden lassen.*«

»Na also!« rief er triumphierend aus und ließ meine Hand los. Ich massierte mir behutsam das Handgelenk und rückte eine Handbreit von ihm ab. »Siehst du, Sweeney? Du weißt es noch.«

Mit einiger Mühe stand er auf, ganz langsam. Er nahm den Saum des Kittels und warf ihn mit pompöser Gebärde hinter sich, als wäre er eine fließende Schleppe. »Ich habe gewußt, daß du dich erinnern würdest. Sweeney.«

Er hielt inne und sah mich an. Der Kittel hatte sich vorne geöffnet, und ich erhaschte einen Blick auf einen weißen Verband, aber vielleicht war es auch seine Unterwäsche. »Ich weiß alles über dich«, sagte er ganz leise. Sein Tonfall war wieder sanft. Er schaute mich voller Mitleid, aber auch mit großer Zärtlichkeit an. »Du bist da zufällig hineingeraten…«

Ich schüttelte verzweifelt den Kopf, doch er redete weiter. »Ist schon gut, Sweeney. Auch nachdem ich herausgefunden hatte, daß du nichts damit zu tun hast – ich meine, du bist keine Molyneux-Stipendiatin, und offensichtlich bist du auch keine *Benandanti*, und du steckst auch nicht mit Angelica unter einer Decke, wo immer *die* gerade sein mag –, aber, na ja, du bist trotzdem toll, Sweeney. Jeder andere wäre schreiend weggelaufen, aber du bist geblieben, du warst meine Freundin und hast zu mir gehalten. Und du bist großartig; es war einfach großartig, wie du dich verhalten hast. Weißt du das?«

Ich senkte den Kopf und murmelte etwas in der Art wie *Nein, na ja, kann schon sein …*

Er kniete vor mir nieder. Es mußte ihm weh getan haben, denn er verzog das Gesicht, als er meine Hände ergriff. Er hielt sie ganz sanft, streifte mich gerade eben mit den Fingerspitzen.

»Sweeney.« Seine blauen Augen waren so klar wie Wasser. »Beim nächstenmal werde ich dich lieben. Das verspreche ich dir.«

Ich biß mir auf die Lippen. Tränen brannten mir in den Augen, und ich schüttelte heftig den Kopf. »Warum nicht *diesmal?* Warum sie und nicht mich? Ich meine, ich kenne dich besser, Oliver, ich *kenne* dich…« Er lächelte, beugte sich vor und küßte mich auf die Wange.

»… und *ich liebe dich.* Obwohl ich keiner von denen bin! Ich wäre gut für dich, ich könnte dir helfen, aus dieser Sache herauszukommen…«

Ich deutete auf die blaßgrünen Wände, auf das

schlichte, kleine Holzkreuz, den schiefen Stuhl neben der Tür.

»Oh, mein Geschick! Die Göttin hatte nichts damit zu tun, Liebchen. Ich will dir mal was sagen …«

Er ließ meine Hände los und stand wieder auf, raffte den Kittel um sich zusammen. »Das ist für meine Familie nichts Neues. Und für mich eigentlich auch nicht. Die *Benandanti* haben lange auf mich gewartet, und in der Zwischenzeit haben sie meine Brüder für Zielübungen verwandt. Haben ein paar Runden Feuerwerkskörper abgefeuert, während sie auf die *Bearna Beill* warteten. Ich habe gesehen, was mit Osgood, Vance und Waldo passiert ist, so wie du gesehen hast, was mit Magda Kurtz passiert ist. Diese Leute machen keine Gefangenen, Sweeney, jetzt schon gar nicht. Die haben lange auf mich gewartet – aber auf Angelica noch länger. Warten auf Elektra, oder auf jemanden wie sie.«

Als ich verlegen lachte, schüttelte Oliver den Kopf. »Das ist mein voller Ernst! Du hast doch dieses ganze Zeug über die Zweite Heraufkunft gelesen, bloß hat niemand damit gerechnet, daß es tatsächlich dazu kommt, vielleicht nicht einmal die *Benandanti*. Und schon gar nicht haben sie erwartet, daß es kein ER, sondern eine SIE sein könnte, die noch weniger Gefangene macht als sie selbst.«

Er fuhr in bitterem Ton fort: »Die hatten mich von Anfang an auf dem Kieker, weißt du, die haben mich dazu *erzogen*. Und ich sollte einfach mitmachen, ich sollte die heilige Kuh sein, eine Art *Köder* für SIE, sollte SIE denn eintreffen. Etwa so wie bei diesen verrückten arrangierten Eheschließungen, als ob SIE einfach vor denen kuschen und tot spielen würde, wenn SIE mich erst einmal hätte.«

Seine Stimme wurde schrill vor Verzweiflung. »Aber da mache ich nicht mit, Sweeney. Vielleicht begreift Angelica nicht, was vor sich geht, aber ich schon. Ich bin nicht der Richtige dafür. Und wenn man nicht der Richtige ist, wenn man nicht das ist, was sie erwarten, wenn man nicht genau das tut, *was sie von einem verlangen*, dann lassen sie einen fallen, dann machen sie einen fertig und werfen einen auf den Müll, so ist das. Aber das lasse ich nicht mit mir machen.«

»Oliver, das ist ja total verrückt, das ergibt überhaupt keinen Sinn…«

Er schlug aufgebracht in die Luft. »Nein! Du hast doch gesehen, wie es Magda Kurtz ergangen ist; Angelica hat es mir gesagt. Du weißt, wovon ich rede…«

»Aber, Oliver – du darfst dir doch nicht *selber* weh tun! Ich meine, du spielst ihnen doch direkt in die Hände…«

»Nein, tu ich nicht, tu ich nicht, tu ich nicht!« Seine Stimme brach, während er zum Bad hinüberging. Seine Hände flatterten um seine Stirn, vollführten hektische, nervöse Bewegungen, als sollten sie Phantomhaar daran hindern, ihm in die Augen zu fallen. An der Badezimmertür blieb er stehen und fragte mich unvermittelt: »Hast du Angelica gesehen?«

»Nein. Sie ist verschwunden. Niemand weiß, wo sie steckt.«

Sein Gesicht nahm einen schmerzlichen Ausdruck an. »Ahh – dann ist sie also wirklich verschwunden, und es ist sowieso alles zu spät…« Er brach ab, wischte sich über die Stirn. »Mein Gott!«

»Glaubst du – glaubst du, es geht ihr gut?«

»Gut? Angelica?« Er lachte ungläubig auf. »Es geht ihr hervorragend! Ich meine, wahrscheinlich wird jeder Typ, dem sie über den Weg läuft, so enden…«

Er legte den Kopf schief, verdrehte die Augen, ließ die Zunge heraushängen und lallte: *Ngah ngah ngah…*

»Vielleicht werden wir alle so enden, aber *ihr* wird es wohlergehen. Gebenedeit seist du unter den Weibern und dieser ganze Mist. Hör mal, Sweeney, mach dir wegen der keine Sorgen: Angelica ist zu Großem auserwählt.« Er senkte die Stimme zu einem verschwörerischen Flüstern. »Zu etwas sehr, sehr Großem.«

Ich beschloß, das Thema zu wechseln. »Man hat mich rausgeschmissen.«

Er zog verwundert die Brauen hoch. »Ach, wirklich? Meine kleine Sweeney wurde einfach so von der Göttlichen gefeuert? Meinen Glückwunsch!«

»Mann, Oliver, ich bin überhaupt nicht glücklich deswegen.«

»Solltest du aber sein«, erwiderte er rasch. »Aber ja und nochmals ja, du solltest so schnell von hier verschwinden, wie dich deine kleinen Mädchenbeine tragen, und zwar bevor die ganze Sache hochgeht. O ja.«

Er verstummte und starrte gedankenverloren in die Leere zwischen uns. Nach einer Weile tat er ein paar Schritte, bis er vor dem Holzstuhl unter dem Kreuz stand. Er langte zum Kreuz hoch, nahm es behutsam von der Wand und drehte es versonnen um.

Schließlich sah er zu mir auf und sagte: »Für mich bleibt nur noch Kummer.«

Ich wollte etwas entgegnen, doch er fuhr fort, als hätte er mich nicht gehört.

»Für mich bleibt nur noch Kummer
Welche Gestalt gibt es, die ich noch nicht hatte?
Jetzt eine Frau, einstmals ein Mann, ein Kind, ein Knabe
Ich war Athlet, ein Ringkämpfer
Vor meiner Tür sammelte sich die Menge, meine Anhänger schliefen auf der Schwelle.
Im ganzen Haus waren Blumen
Wenn ich mich bei Sonnenaufgang aus dem Bett erhob.
Soll ich eine Dienstmagd der Götter sein, eine Sklavin der Kybele?«

Er hob das Kreuz empor. Um die Querstrebe regten sich winzige grüne Ranken, wanden sich um das stumpfe Holz, die Blätter so blaß, daß sie fast weiß erschienen, doch gleich darauf nahmen sie erst einen gelben, dann einen goldenen und schließlich einen tiefgrünen Farbton an. Zu meinem Entsetzen breiteten sich die Ranken aus, krochen über die Holme des Kreuzes und wanden sich dann um Olivers Finger, wobei sie sich krümmten und wie junge Aale oder winzige Schlangen fortbewegten. Sie überzogen seinen Arm mit einem Flechtwerk aus Gold, Grün und Braun, die Blätter bildeten sich so rasch, daß seine weiße Haut alsbald darunter verschwand und ich ein paar Stellen sah, an denen die Adern geplatzt waren, Meergrün und Karminrot und das blasse Blauviolett einer frischen Schramme, und die Ranken nährten sich davon und schwollen an und nahmen den Umfang eines Fingers, eines Arms, eines Oberschenkels an; dann brachen scharlachrote Blüten daraus hervor.

»Oliver!«

Nun folgten sie den Umrissen seines Oberkörpers, Schultern, Hals und Gesicht zerkrümelten wie alte Steine unter einem Überzug aus Efeu und Geißblatt, sein kahler Schädel überzog sich mit einem zartgelben, bebenden Filigran, das smaragdgrün eindunkelte. Aus all dem Grünzeug leuchteten nur noch seine Augen hervor, zwei blaue Blitze, als nistete dort ein munterer, kluger Eichelhäher, und seine Stimme tönte scharf wie eine Klinge, welche die verschlungenen Ranken durchtrennte:

»›Ich bedaure nun, was ich getan, doch meine Reue kommt zu spät!
Ach, ihr Götter, gebt mich frei!‹

Kybele jedoch schaut nur zu, ihr roter Mund ist geteilt.

Ihre Hände schließen sich um den Peitschenknauf,
und sie ruft:
›Nein! Seid unerbittlich, treibt ihn zum Wahn!
Er besaß die Unverschämtheit, mich zurückzu-
weisen –
Treibt ihn in den Wahn, auf daß der Wald widerhalle
von seinen Schreien und seinem Wehklagen!‹«

Ich schrie. Der Laut blieb mir jedoch im Halse stecken, während um mich her alles grün war, eine schreckliche, üppige, lebendige grüne Fülle, Ranken, die sich um meine Brüste schlangen, und überall Efeu, bittere Blätter, die mir in den Mund drangen und deren Stiele sich um Handgelenke, Hals und Knöchel zusammenzogen; doch während ich mich noch zu befreien suchte, fiel alles plötzlich von mir ab, Blätter und Ranken verwandelten sich in wirbelnde Stränge und Arabesken, die blendend hell aufflammten und dann zu grauer Asche verblaßten und verschwanden. Keine Ranken, keine Blätter, kein Efeu mehr. Nur noch Oliver, der mit einem verzerrten Lächeln vor mir stand und ein schlichtes Kruzifix in Händen hielt.

»Wer kein Kreuz trägt, verdient auch keine Krone«, meinte er leichthin und warf mir das Kreuz zu. Ich schrie auf und sprang zurück. Das Kreuz aber fiel bloß zu Boden und blieb dort liegen, ein stumpfbraunes Ding, so leblos wie ein Kugelschreiber.

»Was geht hier vor?«

Hinter uns schwang die Tür auf, und herein trat Joe, der Pfleger. Er bückte sich und hob das Kreuz auf. »Ich glaube, das reicht jetzt, finden Sie nicht auch, Oliver? Sie wirken ein wenig überreizt.«

Oliver schwieg.

»Ich glaube, ich muß jetzt gehen«, sagte ich steif. »Können wir uns vorher noch verabschieden?«

Joe ging zur Wand, rückte den Stuhl beiseite und hängte das Kreuz wieder an den Haken. »Ist gut.

Aber das Abendessen wird gleich gebracht, und Ihr Freund hatte einen anstrengenden Tag …«

Er wandte sich mir zu, so daß ich die Botschaft in seinen Augen lesen konnte: *also gönnen Sie ihm eine Pause, okay?*

»… vielleicht könnten Sie den Rest morgen nachholen.«

Wir warteten, bis er hinausgegangen war, wobei er die Tür wie eine unbeantwortete Frage hinter sich offenließ. Als Oliver meine Hand nahm und mich zum Bett führte, zitterte ich krampfhaft. Ich wollte schreien, ihn tausend Dinge fragen; doch ich schwieg und klammerte mich bloß an ihn, als wäre er in Wirklichkeit ein Baum, und ich schwebte in Gefahr, mich zu Tode zu stürzen.

Lange Zeit saßen wir schweigend beieinander. Durch das vergitterte Fenster drang leiser Verkehrs- und Maschinenlärm herein; das stetige Summen der Krankenhausklimaanlage; und das Murmeln von Stimmen, fern und gedämpft, wie durch eine Schicht Wasser hindurch.

»Du wirst mich doch nicht vergessen, oder?«

Als ich seine bebende Stimme vernahm, schaute ich hoch, mit heftig zitterndem Kopf. »Niemals! Ich liebe dich, du weißt doch, daß ich morgen wiederkomme …«

»Ich weiß«, sagte er. Er legte mir den Arm um die Schulter und drückte mich an sich. »Aber in der Zwischenzeit mußt du dich in acht nehmen. Schlaf nicht in der U-Bahn, knöpf deinen Mantel ordentlich zu, verlaß dich auf deinen Verstand. Vergiß deine Freunde nicht, Sweeney.«

Ich senkte den Kopf, damit er nicht sah, daß ich weinte. »Meine … meine Freunde?«

»Ach, Sweeney«, sagte er mit leiser, ernster Stimme. Er bog meinen Kopf nach hinten und berührte mich an der Wange, zog den Finger mit einem winzigen

Tropfen darauf zurück und führte ihn an den Mund. Er berührte seine Zungenspitze damit und lächelte, das gleiche hinreißende, verrückte, wissende Lächeln, das ich schon so oft bei ihm gesehen hatte, wenn er über ein Meer dahinglitt, das nur für ihn vorhanden war. »Du weißt doch…«

Seine Augen leuchteten, blau und fremdartig wie die Augen einer Muschel, und ich wußte, daß er mich aus sehr weiter Ferne betrachtete.

»Du weißt doch… du warst klein und bist an einem Sonntagmorgen aufgewacht, als deine Eltern noch im Bett waren und deine Brüder noch schliefen, und draußen war dieser goldene Regen, der manchmal im Frühjahr fällt, und es roch nach Rosen und Speck, und als du aus dem Bett schautest, da sahst du sie, eine kleine, grüne Eidechse mit Händchen wie ein Baby, und sie schaute hoch zu dir, und du hast sie mit Limonellen gefüttert.«

Er drehte lächelnd die Hände um und legte sie zusammen, als empfänge er eine milde Gabe.

»Ach, Oliver«, flüsterte ich und weinte, barg mein Gesicht in den Falten seines Kittels.

Kurz darauf kam der Pfleger mit Olivers Essenstablett. Unter seinem wachsamen Blick geleitete Oliver mich zur Tür. Dann küßte er mich und winkte mir munter hinterher, als ich zum Aufzug ging.

»Mein Bruder Leo kommt her und bringt mich nach Newport zurück!« rief er mir nach. »Besuch mich in den Herbstferien, dann hören wir uns Cooper im Limelight an…« Er krümmte die Finger und mimte einen Klavierspieler.

»Ist gut«, sagte ich. Bei der Vorstellung, ihn zu Hause zu besuchen und bei seiner Familie die Ferien zu verbringen, machte mein Herz einen Satz. »Jedenfalls komme ich dich morgen besuchen.«

Er grinste und krümmte einen Finger. »Bis dann, Sweeney. Bye.«

Ich fuhr mit dem Bus bis zur Capitol Street, dort stieg ich aus und schlenderte dann auf dem Campus umher. Aus irgendeinem Grund fürchtete ich mich nicht mehr. Ich wußte, daß ich bei Baby Joe schlafen konnte, doch das würde endloses Gerede bedeuten, weitere Gespräche über das, was passiert war, und im Moment war ich zu müde, um darüber nachzudenken. Ich wollte nicht an Stiere, Blut, Efeu oder Bäume denken, an keine wundersamen oder schrecklichen Dinge, wie ich sie erlebt hatte. Ich wollte nichts weiter, als an Oliver denken, daran, wie seine Augen geleuchtet hatten und wie er mich angelächelt hatte; daran, daß ich den Zug nach Newport nehmen und bei ihm wohnen würde, daß ich seinen Bruder in einer Kneipe würde Klavier spielen hören; daran, was er damit gemeint hatte, als er gesagt hatte *Du bist großartig, Sweeney* und *Beim nächstenmal werde ich dich lieben. Das verspreche ich dir*.

Und so vertrödelte ich die Stunden, spazierte im Gelände umher und dachte an all die Dinge, die wir zusammen unternehmen würden, dachte an all die Dinge, die wir unternommen hatten, Oliver und ich: wie wir unter diesem Baum gelegen hatten, wie wir im Schatten des Schreins gesessen hatten, wie wir dort Kaffee mit Rum getrunken hatten, während wir darauf warteten, daß Angelica von der Vorlesung kam. Als ich schließlich zu Baby Joes Zimmer ging, war es schon spät, nach Mitternacht. Ich warf Steinchen gegen das Fenster, bis er mich gähnend über die Feuertreppe einließ. Er wollte mich nicht auf dem Fußboden schlafen lassen.

»Kommt gar nicht in Frage, *hija*. Meine Großmutter würde mich umbringen.«

Daher machte Baby Joe es sich im einzigen schäbigen Sessel des Zimmers gemütlich, und ich kuschelte mich im Bett zusammen, dachte an Oliver und zwang mich, von ihm zu träumen, von seinem durchtriebenen Lächeln und seinen wahnsinnigen blauen Augen.

In dieser Nacht träumte ich, ich schwömme in einem Meer, mehr als hundert Meter vom Ufer entfernt. Oliver stand in der blendenden Sonne am Strand, und bei ihm waren Angelica, Annie, Hasel und Baby Joe. Sie hatten Bierflaschen in der Hand, lachten und unterhielten sich, und hin und wieder sah einer von ihnen auf und beschattete die Augen, bis er oder sie mich sah. Dann winkten sie, geistesabwesend zwar, aber dennoch froh darüber, mich zu sehen, und vielleicht hoben sie auch eine Flasche zum Gruß. Sie wußten nicht, daß ich von ihnen fortgezogen wurde, daß mich etwas Schwarzes, Kaltes an den Füßen gepackt hielt und mit sich ins Meer hinauszerrte; sie wußten nicht, daß ich am Ertrinken war, als sie nach einer Weile wieder hochsahen und vergeblich den Horizont nach mir absuchten. Sie schauten einfach weiter aufs Meer hinaus, davon überzeugt, daß ich irgendwo schwömme, sicher inmitten der grünen und tanzenden Wogen. Sie wußten nichts von gefährlichen Strudeln und Strömungen. Sie wußten überhaupt nichts.

Als ich aufwachte, klopfte jemand an die Tür von Baby Joes Zimmer. Auf meiner Uhr war es fünf vor halb sechs. Baby Joe schnarchte laut im Sessel. Im Fenster perlte gerade das erste Morgenlicht. Ich erhob mich benommen und ging zur Tür, ohne daran zu denken, daß ich mich gar nicht mehr in meinem Zimmer in Rossetti Hall befand, und öffnete sie.

Auf dem dunklen Flur stand Annie Harmon, grau im Gesicht und zitternd in ihrem roten Flanellhemd und der Jeans. Auch ihre Hände zitterten, als sie sich an mir vorbei ins Zimmer zwängte. Sie wollte mir mitteilen, daß Oliver gegen vier Uhr sein Zimmer im Providence Hospital verlassen habe und über die Feuertreppe zur onkologischen Abteilung hochgeklettert sei. Dort habe er ein Gerätezimmer entdeckt, dessen Fenster auf den Parkplatz hinausging. Er sei hinausgesprungen und fünf Stockwerke tief gestürzt, dann habe er eine metallene Markise und das Dach eines mit Sauerstoffflaschen beladenen Transporters durchschlagen, der beim Eingang zur Notaufnahme abgestellt war. Es habe keine Anzeichen einer Notlage gegeben, ein Abschiedsbrief sei nicht gefunden worden. Lediglich eine hingekritzelte Nachricht am Rand der letzten Sonntagsausgabe der *Washington Post Book World*.

Sie lautete: *Ich bin gleich wieder da.*

TEIL ZWEI

Abwesenheit

I

Pavana Lachrymæ

Als ich von Olivers Tod erfuhr, war es, als habe man eine Tür hinter mir zugeschlagen. Ich blieb blind und betäubt in der plötzlichen Dunkelheit und dem nachhallenden Echo zurück. Die Wunder der Göttlichen waren nun so unerreichbar für mich, als hätten sie nur in einem Buch existiert, in das ich einmal hineingeschaut hatte, in einem Buch, das man mir weggenommen und in die Obhut von Menschen gegeben hatte, die klüger und fähiger waren als ich, Menschen, die nie wieder den Fehler begehen würden, es in falsche Hände geraten zu lassen. Man würde mir nie wieder gestatten, zu den mit Skulpturen geschmückten Rasenflächen und Alleen der Göttlichen zurückzukehren. Nie wieder würde ich einen Engel in meinem Zimmer erblicken, furchtbar und schicksalhaft; höchstens im Traum. Nach Jahren würde ich auf der Straße vielleicht einmal jemandem begegnen, den ich als Studentin gekannt hatte, und auf einem belebten Bahnsteig der U-Bahn würde ich vielleicht einen Blick auf den in seinen mottenzerfressenen Chesterfield gehüllten Balthazar Warnick erhaschen; doch sie würden mich nicht bemerken und auch nicht grüßen, wenn ich sie anspräche.

II

Threnodie: Storm King

Nachdem Annie wieder gegangen war, zog ich los und besorgte mir eine Literflasche Wodka und ein Sechserpack Orange Crush. Ich versuchte nicht, ihr zu folgen, und weckte Baby Joe nicht einmal auf. Ich trank den ganzen Tag über bis in den Abend hinein und wollte schließlich wieder zu Baby Joes Zimmer im Wohnheim zurückgehen. Unterwegs wurde ich hinter einer hohen Buchsbaumhecke ohnmächtig. Als ich zu mir kam, fing ich wieder von vorne an. Ich versuchte nicht, den Aufenthaltsort von Olivers Familie ausfindig zu machen, und erkundigte mich nicht nach dem Bestattungstermin. Ich taumelte durch die Vordertür ins Wohnheim, doch als ich bei Baby Joe klopfte, war er nicht da. Schließlich ging ich in die Cafeteria des Schreins und fand ein Münztelefon. Ich versuchte Annie anzurufen, doch ihre Leitung war tot.

Ich torkelte wieder nach draußen. Als ich hochschaute, sah ich bleiche, helle Türme und Kuppeln aus Lapislazuli, die aus dem grauen Herbstnebel ragten, die kleinen, mit Mänteln bekleideten Gestalten von Professoren und ein paar tapfere Touristen auf den Stufen des Schreins. Das gewaltige Sandsteingebäude wirkte sphingenhafter denn je. Ich fühlte, wie es mir seinen Willen aufzwang und sagte: *Hier hast du nichts verloren*. Ich machte kehrt und ging fort.

Auf meinem Girokonto waren 107 Dollar, genug für ein Amtrak-Ticket nach Hause. Ich ging davon aus, daß entweder Balthazar oder jemand anders sich um meine Sachen gekümmert hatte – sie entweder weggeworfen, verbrannt oder nach New York zurückgeschickt hatte. Meine Eltern rief ich immer noch nicht an. Abgesehen von meinem Versuch, Annie zu erreichen, hatte ich niemanden angerufen. Ich spazierte auf dem Campus herum und dachte an Oliver, und es war, als wäre ich ebenfalls gestorben. Ich sah niemanden, den ich kannte, keinen einzigen Menschen. Als ich Rossetti Hall betreten wollte, paßte mein Schlüssel nicht. Stundenlang wartete ich darauf, daß jemand herauskäme oder hineinginge, doch es kam niemand. Als ich vor Baby Joes Wohnheim wartete, war es das gleiche. Ich rief bei ihm an, doch es hob niemand ab; ich versuchte, Hasel Bright und Annie ausfindig zu machen, doch es gelang mir nicht. Schließlich kehrte ich wieder zur Cafeteria zurück, halb in der Erwartung, dort ebenfalls abgewiesen zu werden, doch das war nicht der Fall.

Ich blieb drei Tage lang dort: ich wusch mich auf der Toilette, und wenn die Cafeteria geschlossen hatte, schlief ich in den kalten Alkoven der Krypta, wo ich den Kopf auf den Rucksack bettete und mir die Hände am schwachen Schein der Opferkerzen wärmte. Ich ging nur weg, um weiteren Wodka zu kaufen und um im Campus-Büro nachzusehen, ob Post für mich da war. Doch da war nichts außer dem *New Yorker* und einem Formbrief vom Dekanat, worin mein Ausschluß von der Göttlichen offiziell bestätigt wurde.

Und dann, am vierten Tag nach Olivers Selbstmord, bekam ich einen Brief. Einen schweren, cremefarbenen Umschlag, adressiert in einer eleganten, kalligraphischen Handschrift. Meine Finger zitterten: ich war mir sicher, der Brief sei von Angelica, doch als ich genauer hinsah, bemerkte ich, daß die Buchstaben kleiner waren, die Handschrift beherrschter. Außerdem war der Umschlag mit dunkelblauer Tinte beschriftet, während Angelica doch immer pfauenblaue benutzt hatte. Ich flüchtete mich in die Wärme der Cafeteria, kaufte einen Becher Kaffee und setzte mich in eine Nische.

»Oh, Mann«, sagte ich atemlos. Meine Hände zitterten so sehr, daß ich den Brief kaum aufbekam. »Bitte, lieber Gott, bitte ...«

Der Umschlag enthielt einen linierten, blau, violett und grün marmorierten Briefbogen. Die Ränder des schweren Büttenpapiers waren vergoldet, desgleichen das kleine Monogramm, das am oberen Rand eingeprägt war.

LdR

Ich hielt mir den Brief ans Gesicht, atmete Pelican-Tinte und scharfen, medizinischen Eukalyptusgeruch ein und begann zu lesen.

12. November 1975
Storm King, New York

Liebe Ms. Cassidy,

Angelica gab mir Ihre Adresse; ich hoffe, Sie finden es nicht aufdringlich, daß ich Ihnen schreibe.

Meine Tochter hat sehr freundlich von der Zeit gesprochen, die sie mit Ihnen an der Göttlichen verbracht hat. Soeben habe ich von den tragischen Vorfällen erfahren, die sich in Ihrem kleinen Kreis zugetragen haben, wie auch von Ihrer akademischen Lage. In meiner Eigenschaft als Ehemaliger und Treuhänder der Universität könnte ich Ihnen bei Ihren Zukunftsplänen vielleicht behilflich sein und habe mir darum erlaubt, Ihnen ein Rückflugticket beizulegen, damit Sie mich hier in Storm King besuchen können. Bedauerlicherweise wird meine Tochter nicht hier sein können, aber ich schreibe Ihnen auf ihr Drängen hin, und ich weiß, daß sie gerne möchte, daß Sie kommen.

Sollten Sie Terminschwierigkeiten haben, geben Sie mir bitte Bescheid. Ansonsten werde ich einen Wagen zum Flughafen schicken, der Sie Freitag abend hierherbringt.

Mit herzlichen Grüßen,
Luciano di Rienzi

In einem zweiten Umschlag aus dem gleichen schweren, glatten Papier befanden sich zwei Flugtickets.

Ich flog hin; natürlich flog ich hin. Ich hatte Angst, doch noch mehr Angst hatte ich vor dem, was ich anstellen oder was aus mir werden würde, wenn ich an der Göttlichen blieb, wenn ich weiter trank und mich im Schrein versteckte und allmählich den Verstand verlor. Es war ein seltsames Gefühl, ohne Wissen meiner Eltern nach Westchester zu fliegen. Am Flughafen überkam mich die absurde Angst, sie warteten bereits auf mich, hätten irgendwie alles rausbekommen und wären gekommen, um mich mitzunehmen und in Schande nach Hause zu verfrachten. Doch abgesehen von ein paar müden Hausfrauen, die ihre müden Ehemänner abholen gekommen waren, und einem jungen Mann mit einem Pullover mit Zopfmuster und lachsfarbenen Golfschuhen, der ein Schild mit der Aufschrift SWEENEY CASSIDY hochhielt, war kaum jemand da.

»Das bin ich«, sagte ich. Er nahm meine Tasche, und ich folgte ihm zum wartenden Wagen, einem marineblauen Oldsmobile, auf dessen Seite MERCURY SKYLINE LIVERY stand. Ich war ein wenig enttäuscht, vor allem aber erleichtert darüber, daß es keine Limousine war.

»Arbeiten Sie für Mr. di Rienzi?« fragte ich, als wir vom Parkplatz fuhren.

»Nee. Der hat mich bloß für heute abend engagiert, und morgen soll ich Sie wieder zurückbringen. Was dagegen, wenn ich die Nachrichten einschalte?«

Ich schüttelte den Kopf. Er stellte das Radio an, und damit war unsere Unterhaltung auch schon beendet. Wir fuhren über die Interstate nach Norden. Nach einer Stunde bogen wir auf die Route 684 ab und überquerten die Bear Mountain Bridge. Eine Dreiviertelstunde später trafen wir in Storm King ein.

Aufgrund der Flugtickets, des mysteriösen Briefes und des Mietwagens hatte ich etwas Großartiges erwartet, etwas in der Art von Orphic Lodge.

Statt dessen lag das Haus der di Rienzis am Ende einer Sackgasse in einem kleinen, waldartigen Neubaugebiet, hoch droben in den Palisades über dem Hudson. *Storm King Estates* stand auf einem schmiedeeisernen Schild, doch von einem Landgut war weit und breit nichts zu sehen. Die anderen Häuser wirkten angenehm städtisch und lagen inmitten von mittlerweile entlaubten Bäumen, die sich scharf vom Hintergrund der sich braun färbenden Rasenflächen und den säuberlich zusammengerechten Laubhaufen abhoben. Das Haus der di Rienzis stand abseits von den anderen auf einer kleinen Anhöhe, die mit mächtigen alten Rhododendren, Berglorbeer und einer schlanken Japanischen Eiche bestanden war, der man die sorgfältige Pflege ansah. Hinter den Bäumen und Büschen lag ein weitläufiges Haus im Queen-Anne-Stil, eine richtige *alte Dame* von der Jahrhundertwende mit grauen, verwitterten Dachschindeln und einer breiten Veranda, die rund ums Haus führte. Mit Sicherheit war es das älteste Haus in der Straße, und es bot einen wundervollen Ausblick auf den Fluß, den Storm King Mountain und sogar auf die George Washington Bridge, die in der Ferne wie eine Glasperlenkette glitzerte. Allerdings wirkte das Haus erstaunlich heimelig, gar nicht pompös oder einschüchternd, jedenfalls solange, bis Angelicas Vater in der Tür erschien.

»Sie müssen Sweeney sein.«

»Jawohl, Sir«, sagte ich und gab ihm die Hand. Es war das erste Mal in meinem Leben, daß ich jemanden mit ›Sir‹ angeredet hatte. »Sie sind – es war sehr, sehr freundlich von Ihnen, mir die Flugtickets zu schicken, damit ich herkommen konnte.«

Er lächelte. »Also, ich bin sehr, sehr froh, daß Sie gekommen sind. Bitte treten Sie ein.«

Sein Alter war ein Schock für mich. Er war älter als meine Eltern, älter noch als meine Großeltern. Hatte Angelica das mir gegenüber jemals erwähnt? Andererseits hatte er nichts Gebrechliches an sich – er war über einsachtzig groß, grobknochig und breitschultrig, von einem übertriebenen, nahezu militärischen Auftreten, und seine Hand, wenngleich knochig und blau geädert, war so kräftig, daß mir bei der Begrüßung die Fingergelenke knackten. Ich protestierte, als er sich nach meinem Rucksack bückte, er aber störte sich nicht daran und ging hinein, wobei er mit der freien Hand winkte, als der Oldsmobile davonfuhr.

»Hatten Sie einen angenehmen Flug? Ich war mir nicht sicher, ob Sie schon gegessen hätten, daher habe ich ein Abendessen für Sie vorbereitet.« Ich folgte ihm über den Korridor, zu nervös, um etwas anderes als ein wiederholtes *Jawohl, Sir* herauszubringen, wie ein frischgebackener Rekrut. »Jedenfalls ist das Essen im Flugzeug doch furchtbar, nicht wahr? Lassen Sie uns das nach oben auf Ihr Zimmer bringen, dann können Sie sich ein wenig frischmachen, wenn Sie möchten.«

Er hatte eine wundervolle tiefe Stimme mit einer kaum merklichen Spur mediterraner Wärme darin und eine so ungewöhnlich deutliche Aussprache, daß er wie ein exotischer Vogel wirkte, dem man das Sprechen beigebracht hatte. Ich folgte ihm über die Treppe nach oben und dann über einen langen Gang, in dem mehrere Fotografien von Angelica in teuren, schweren Rahmen hingen. Angelica als Säugling, so unschuldig und in sich abgeschlossen wie ein Ei: Angelica in einem weißen Kommunionkleid; Angelica beim Abschluß der Elementary und der High-School; Angelica im Ferienlager. Ferienlager! In einem Ferienlager konnte ich sie mir ebenso schwer vorstellen wie beim Verteilen von Almosen in Kalkutta; aber da war sie, braungebrannt und in die Sonne blinzelnd, bekleidet mit khakifarbenen Shorts und einem weißen, kurzärmligen Hemd mit der Aufschrift WENAHKEE OWLS. Zwischen den Fotografien waren Türen, alle fest verschlossen. Ich überlegte, hinter welcher wohl Angelicas Zimmer liegen mochte.

»Das hier ist das Gästezimmer – Sie haben leider kein eigenes Bad, aber Sie brauchen nur ein paar Meter über den Korridor zu gehen. Und es gibt jede Menge heißes Wasser.«

Mein Zimmer war geräumig und behaglich, die Wände waren mit einem Efeumuster tapeziert, und auf dem Boden lagen helle Zottelteppiche. Es gab ein großes Himmelbett mit gedrechselten Füßen und einem dicken, grünen Federbett darin, und einen kleinen Nachttisch, auf dem eine Vase mit Chrysanthemen und Ringelblumen stand, von denen Blütenblätter auf einen Stapel Zeitschriften gefallen waren. An der Wand hing ein Aquarell, das goldene Hügel, blaues Wasser und in der Ferne segelnde Feluken darstellte.

»Das ist wunderschön«, sagte ich. »Sie sind so freundlich, Mr. di Rienzi …«

»Keine Ursache, keine Ursache.« Er winkte mich beiseite und stellte meinen Rucksack auf den Boden. »Sie möchten sich jetzt bestimmt frischmachen. Kommen Sie nach unten, wenn Sie soweit sind. Wir speisen auf der Veranda – ich glaube, es ist immer noch warm genug dafür, meinen Sie nicht?«

Auf der Veranda war es keineswegs sonderlich warm, aber Mr. di Rienzi holte mir einen von Angelicas Pullovern mit Zopfmuster und legte ihn mir um die Schultern. Der Pullover roch so stark nach ihrem Parfüm, daß mir schwindelig wurde; allerdings hielt er die durchdringende Kälte ab.

Die Veranda bot Ausblick auf einen langgestreckten, bewaldeten Hang, der sanft zum Hudson hin abfiel. Über das weiße Holzgeländer hinweg schaute ich auf teilweise noch scharlachrot und braun getönte Baumwipfel und den Fluß, dunkel und schwach schimmernd im Licht der Sterne. Zwei gleichartige Reihen roter Lichter zeigten an, daß ein Lastkahn zu den flußaufwärts gelegenen Schleusen geschleppt wurde.

»Möchten Sie Wein, Sweeney?«

Es war ein seltsames Gefühl, von einem Erwachsenen nicht Katherine oder Kate, sondern Sweeney genannt zu werden. Aber schließlich kannte Mr. di Rienzi mich lediglich durch seine Tochter, und Angelica hatte mich nie anders genannt.

»Ja, gern.« Ich hatte ein weißes Baumwollhemd und eine weiße Schlabberhose angezogen, verwaschen, aber sauber. Zunächst hatte ich Sorge, zu nachlässig gekleidet zu sein, doch nun in der freundlichen Dunkelheit, da die kühle Luft vom schwachen Duft von Angelicas Parfüm gemildert wurde, der ihrem Pullover entstieg, schien mir meine Kleidung gerade passend. »Vielen Dank.«

Wir tranken eine Flasche Chardonnay und aßen warmes Krustenbrot und Bratkartoffeln mit goldenem Olivenöl und frischem Rosmarin, dazu gab es Huhn und mit Piment zubereiteten Senfkohl. Mr. di Rienzi quetschte mich nicht nach Informationen aus. Als ich mich nach Angelica erkundigte, sagte er, sie weile gerade bei ihren Neffen in Florenz, welche die dortige Universität besuchten. Er werde die Weihnachtsferien bei ihr verbringen, sie aber werde wahrscheinlich dort bleiben, wenn er nach New York zurückkehre, und sich zum Frühjahrssemester einschreiben.

»Im Frühling ist es wunderschön dort, es wäre eine Schande, den ganzen Weg gemacht zu haben und ihn dann zu verpassen. Allerdings vermisse ich sie bereits sehr, und es fällt mir schwer, von ihr zu sprechen. Ich hoffe, Sie verstehen das.«

Er schaute mich mit großen, blassen Augen an, die ebenso leuchtend waren wie Angelicas. Es lag ein leichtes Flackern darin, eine sanfte Drohung, die ebensogut auch Belustigung hätte sein können; ich aber wußte es besser.

»Ja«, sagte ich. »Das verstehe ich.«

Daher sprachen wir von anderen Dingen. Mit sanftem Zwang verwickelte er mich in ein Gespräch über meine Familie, erkundigte sich, wo mein Vater studiert habe, wie sich meine Eltern kennengelernt hätten, wieviel ältere Geschwister ich habe und welche Berufe sie ausübten. Wir tranken den restlichen Wein und prosteten mit unserem letzten Glas dem dunkel dahinfließenden Hudson zu. Zum Dessert stellte er eine kleine, orange emaillierte Büchse *biscòtti* auf den Tisch, die in buntes Seidenpapier verpackt waren, und zeigte mir, wie ich das Verpackungspapier zusammenknüllen und über einer Kerzenflamme loslassen mußte, damit es tanzte und umherwirbelte und schließlich zu Asche verbrannte. Beim Abräumen des Geschirrs wollte er sich nicht helfen lassen.

»Nein, lassen Sie das stehen. Ich kümmere mich schon darum; so habe ich wenigstens etwas zu tun. Aber ich glaube, es wird hier draußen allmählich zu kalt für Sie. Gehen wir doch in mein Arbeitszimmer. Möchten Sie einen Sambuca mit mir trinken?«

Dies alles beeindruckte mich sehr. In meiner Familie speisten wir nicht draußen, und es gab auch keinen Wein zum Essen. Wir speisten niemals nach sieben Uhr abends, und wir tranken nach dem Essen auch keinen Likör. Es war das erste Mal, daß ich Sambuca kostete, dessen süßer Lakritzgeschmack mich an den Pernod erinnerte, den ich immer mit Oliver getrunken hatte. Mr. di Rienzi servierte ihn in einem kleinen Glas, das wie eine aus Kristall geblasene Lilie war, und zündete ihn kurz an, worauf sich blaue Flammen über die Oberfläche kräuselten.

»So ist es gut«, sagte er. »Das nimmt dem Likör die Kühle und verbrennt einen Teil des flüchtigen Alkohols. Dann hat man am nächsten Morgen auch keine Kopfschmerzen.« Wir befanden uns in seinem Arbeitszimmer, einem kleinen Raum mit Bücherregalen an den Wänden. Er bedeutete mir lächelnd, in einem gewaltigen Sessel mit glattem, tiefrotem Lederbezug Platz zu nehmen. »Nun, denn ...

Ich weiß, daß Ihnen und einigen anderen Studienfreunden meiner Tochter sehr unangenehme Dinge zugestoßen sind. Nun, ich möchte nichts mehr davon hören – das, was mir Angelica berichtet hat, war schon unerfreulich genug –, daher brauchen Sie mir nichts zu erzählen oder zu erklären. *Ihnen* mache ich gewiß keine Vorwürfe, Sweeney«, fuhr er in milderem Ton fort. »Es ist völlig normal, wenn junge Leute in ... Schwierigkeiten geraten ... zumal dann, wenn die jungen Leute aus guten Familien kommen. Wenn sie behütet aufgewachsen und zum ersten Mal auf sich allein gestellt sind. Diese plötzliche Freiheit! Allerdings habe ich Professor Warnick gesagt, daß ich finde, die Universität hätte im Umgang mit den Studenten größere Umsicht walten lassen sollen, besonders im Hinblick auf die Exerzitien. Man sollte junge Damen und Herren am Wochenende einfach nicht ohne Aufsicht lassen. Aber was soll's«, seufzte er und fuhr fort.

»Jedenfalls hält Angelica sehr, sehr große Stücke auf Sie. Sie hat mir gesagt, sie habe Sie sehr gern und habe viel Spaß mit Ihnen gehabt. Ich weiß, daß junge

Leute heutzutage Dinge tun, die ich mißbillige, sehr gefährliche Dinge, und ich will gar nicht wissen, was Sie mit meiner Tochter so alles angestellt haben. Allerdings bin ich im Hinblick auf das Schicksal Ihres jungen Freundes Oliver der Meinung, daß Sie, Sweeney, schon genug bestraft worden sind.

An Ihren Noten kann ich nichts ändern. Ich fürchte, die werden Sie verfolgen und Sie hoffentlich daran erinnern, was geschehen kann, wenn man vom geraden, schmalen Weg abkommt. Aber ich habe mit Balthazar Warnick gesprochen und ihn gebeten, die Bedingungen Ihres Ausschlusses von der Göttlichen zu ändern.

Er hat eingewilligt, Ihre Suspendierung rückgängig zu machen, unter der Bedingung, daß Sie förmlich darum ersuchen, von der Universität entlassen zu werden und auf eine andere Lehrstätte überwechseln. Auf meine Bitte hin hat er Ihre Eltern nicht von Ihrem Ausschluß in Kenntnis gesetzt. Ich fand, nachdem sie all diese Kinder großgezogen haben, wäre es zu schmerzlich für sie, sich mit dem akademischen Scheitern ihrer jüngsten Tochter befassen zu müssen.

Von Angelica weiß ich, daß Sie eine ungewöhnlich intelligente junge Dame sind, Sweeney, und daß Sie eine wundervolle Zukunft vor sich haben. Nun, im Umkreis von Washington gibt es mehrere ausgezeichnete Universitäten, und an allen habe ich persönliche Bekannte. Der Dekan der George Washington University ist sogar ein alter Freund von mir. Dort gibt es eine hervorragende Anthropologische Fakultät – mit dem Schwergewicht auf biologischer Anthropologie und Archäologie, aber mit einem hervorragenden Ruf. Nun, wenn Sie möchten, wäre es mir eine Freude, mich an Dr. Cohen zu wenden und Ihren Fall mit ihm zu besprechen. Ihre Noten sind nicht gerade überragend, aber ich bin mir sicher, so was sieht er nicht zum erstenmal. Die Tatsache, daß Sie von der Göttlichen angenommen wurden, dürfte sicherlich für Sie sprechen. Außerdem weiß ich natürlich, daß Sie Ihr Bestes geben und uns eines Tages mit einer wunderbaren Entdeckung überraschen werden!«

Er breitete lachend die Arme aus und lächelte mich an.

Was sollte ich sagen? Natürlich war es Bestechung, ein Versuch, mein Stillschweigen zu erkaufen; andererseits hatte ich keinen Zweifel daran, daß die *Benandanti* sich meines Stillschweigens ebensogut auf die gleiche Weise hätten versichern können, wie sie es bei Magda Kurtz und vielleicht auch bei Oliver getan hatten.

Nein, Mr. di Rienzi machte mir da ein aufrichtig gutgemeintes und sehr großzügiges Angebot: es bedeutete, daß ich immer noch unter Angelicas Schutz stand, wenn vielleicht auch nur noch für kurze Zeit.

»Das ist ... das wäre wundervoll«, sagte ich. »Wirklich. Ich bin überwältigt – ich weiß gar nicht, wie ich Ihnen dafür danken soll.«

Mr. di Rienzi wirkte erfreut. »Also dann – trinken wir auf Ihr neues Leben!« Er schenkte mir nach und sagte: »Sie wissen bestimmt, daß die George Washington kein solches Ansehen genießt wie die Universität der Erzengel und des Heiligen Johannes des Göttlichen. Aber sie ist eine *sehr gute Uni,* und ich glaube, Sie werden dort Gelegenheit haben, große Leistung zu zeigen, Sweeney. Es hat seine Vorteile, ein großer Fisch in einem kleinen Teich zu sein, obschon die GW durchaus Herausforderungen bietet – damit Sie mich nicht falsch verstehen. Sie liegt im Zentrum der Stadt, Sie können Georgetown von dort aus zu Fuß erreichen, glaube ich, und in etwa einem Jahr wird es dort auch eine U-Bahn-Haltestelle geben. Und dann wäre da natürlich auch noch das angeschlossene wundervolle Krankenhaus mit der medizinischen Fakultät ...«

Beim Wort *Krankenhaus* zuckte ich zusammen, doch er bemerkte es nicht.

»... obwohl die Wohnheimplätze beschränkt sind, aber wenn Sie auf dem Campus wohnen möchten, wird sich bestimmt eine Lösung finden.«

Ich dankte ihm noch einmal und sagte ihm, ich würde schon etwas finden. Seine Großzügigkeit machte mich verlegen und ein wenig nervös. Als wäre ich einer solchen Freundlichkeit unwürdig und würde auch gleich anfangen, mich unwürdig zu verhalten. Ich beschloß, besser zu Bett zu gehen. Ich stand auf und bedankte mich, wobei ich hoffte, daß er mir nicht anmerkte, wie betrunken ich war.

»Das ... das Abendessen war wundervoll, Sir. Das ist alles ein bißchen viel für mich ...«

Er schwenkte die Hand, als zerteile er eine unangenehme Qualmwolke. »Gewiß, meine Liebe, gewiß. Sie müssen sich nicht gleich entscheiden. Ich glaube nicht, daß Sie sich vor Beginn des Frühjahrssemesters irgendwo immatrikulieren können, aber wenn Sie bereits an den Vorlesungen der GW teilnehmen möchten ...«

Ich sagte ihm, ich werde es mir überlegen. Er deutete zur Tür des Arbeitszimmers.

»Angelica fühlt sich Ihnen noch immer sehr verbunden, Sweeney«, sagte er. Sein Blick wurde weich, und er hielt meine Hand eine ganze Weile fest. »Meine Tochter hat immer ein sicheres Urteil bei der Auswahl ihrer Freunde bewiesen. Fast immer«, verbesserte er sich. Sein Blick verhärtete sich; ich wußte, daß er gerade an Oliver dachte. »Gehen Sie nur nach oben und nehmen Sie ein langes Bad, suchen Sie sich ein Buch heraus, und morgen schlafen Sie sich aus. Ich stehe früh auf, aber machen Sie sich deswegen keine Sorgen. Ich glaube, Ihr Flug geht um zwei? Der Fahrer müßte gegen Mittag hier sein, dann bleibt Ihnen noch ausreichend Zeit. Warten Sie, ich bringe Sie zur Treppe …«

Er legte mir die Hand auf den Rücken und schob mich zur Tür. Am Fuß der Treppe lächelte er auf mich herunter.

»Es wird alles gut werden, Sweeney«, meinte er leise. »Das wird es immer.«

Spontan stellte ich mich auf die Zehenspitzen und küßte ihn auf die Wange. »Gute Nacht, Mr. di Rienzi. Und noch einmal danke für alles …«

»Gute Nacht, meine Liebe. Träumen Sie gut.«

Das Gästebad war klein. Eine große Badewanne mit Löwenfüßen nahm den meisten Raum ein, doch nach meinem viertägigen Exil kam ich mir vor wie in einem fürstlichen Bad von Pompeji. In einem Weidenkörbchen lagen Muschelseife aus Frankreich und Duftkissen mit einer Füllung aus getrocknetem Lavendel und Kamille, und es gab blau-weiß gestreifte Frottierhandtücher, die so dick und weich waren, daß ich mich darauf hätte zur Nachtruhe betten können. All dieser Luxus brachte mich beinahe zum Weinen, doch statt dessen stieg ich in die dampfende Badewanne und blieb fast eine Stunde lang darin. Als ich hinausstieg, waren meine Finger runzelig und so rosa wie gekochte Garnelen. Ich fühlte mich vollkommen gelöst und so ruhig wie seit Wochen nicht mehr. Auf einmal hatte ich das Gefühl, alles käme wieder ins Lot. Ein neues Leben wartete auf mich, neue Freunde, eine neue Universität. Obwohl die GW natürlich nicht mit der Göttlichen zu vergleichen war und es nie wieder jemanden wie Angelica oder Oliver geben würde.

Als ich mein Zimmer betrat, stellte ich fest, daß die Bettdecke entfernt worden war und daß man mir zwei in Stanniolpapier verpackte Tafeln Schokolade, eine Karaffe mit Wasser und ein Glas auf den Nachttisch gestellt hatte. Zu den Stapeln *Vogue* und *New Yorker* waren einige Bücher hinzugekommen: *Die neununddreißig Stufen, Anne of Windy Poplars* und Margaret Meads *Brombeerblüten im Winter.* Ich war jedoch zu müde, um noch zu lesen. Ich verzehrte die Schokolade, trank ein Glas Wasser und fiel in einen traumlosen, sorglosen Schlaf.

Am nächsten Morgen schlief ich bis um neun. Nach dem Duschen und Anziehen ging ich nach unten. Auf dem Küchentisch lag eine Nachricht, die besagte, Mr. di Rienzi habe geschäftlich zu tun und werde wahrscheinlich nicht vor meiner Abreise zurück sein. Er wünschte mir alles Gute, teilte mir mit, daß sich bald jemand von der George Washington University an mich wenden werde, und hatte mir für den unwahrscheinlichen Fall, daß mein Wagen nicht bis Mittag da wäre, die Nummer des Mercury Skyline Mietwagenservices aufgeschrieben. In der Kaffeemaschine war frischgebrühter Kaffee, im Kühlschrank Sahne und Milch, und es gab einen Korb mit Gebäck und frischem Obst.

Ich frühstückte und ging dann wieder nach oben. Ich legte mich im Gästezimmer aufs Bett, dachte über das gestrige Abendessen nach und blätterte in den Zeitschriften. Darunter war eine an Angelica adressierte aktuelle Ausgabe von *Paris Vogue,* und im Buch *Brombeerblüten im Winter* stand ihr Name, in der vertrauten, schwungvollen Handschrift und mit pfauenblauer Tinte geschrieben. Ich schaute mich im Gästezimmer nach weiteren Anzeichen ihrer Anwesenheit um, konnte jedoch, abgesehen von dem Aquarell mit der Mittelmeerlandschaft, das sie von einer ihrer früheren Europareisen mitgebracht haben mußte, keine entdecken.

Schließlich packte ich meine Sachen und ging nach

unten, um auf den Wagen zu warten. Als ich langsam den Korridor entlanggging, blieb ich vor einer verschlossenen Tür stehen und drückte die Türklinke herunter. Ich hätte gern Angelicas Zimmer gesehen, nur für einen Augenblick. Aber die Tür war abgeschlossen. Die nächste und die übernächste und die wiederum nächste desgleichen. Sämtliche Türen waren verschlossen. Unten angekommen, stellte ich meinen Rucksack an der Haustür ab und ging ganz behutsam den Korridor entlang, wobei ich leise nach Mr. di Rienzi rief. Niemand antwortete mir. Als ich zu seinem Arbeitszimmer kam, war es verschlossen. Überall war abgeschlossen. Ich ging wieder zur Haustür zurück und wartete mit einer Mischung aus Wehmut, Resignation und Erleichterung auf das Eintreffen des Wagens, der mich aus Storm King fortbringen würde.

Angelica meldete sich nicht. Keine Briefe, keine Anrufe; allerdings traf ein paar Tage vor Weihnachten ein kleines Päckchen ein, das an meine Heimatadresse in Armonk adressiert war. Die Schachtel war säuberlich in braunes Papier verpackt und frankiert mit bunten Luftpostmarken; in roter Farbe war das Wort FIRENZE darauf gestempelt. Als ich es öffnete, war eine weitere Schachtel darin, und darin waren zerknülltes italienisches Zeitungspapier und Verpackungsschnipsel. Ich versenkte die Finger darin und zog etwas Rundes, mit zahllosen kleinen Erhebungen Übersätes hervor, das mit einem Stromkabel verbunden war.

Es war ein Seeigel. Wie der, der auf Angelicas Schreibtisch an der Göttlichen gestanden hatte. Genaugenommen eine Seeigellampe – im Innern des Seeigels war eine kleine Glühbirne untergebracht, wie man sie als Christbaumschmuck verwendet. Sie spendete ein wundervoll sanftes, gedämpftes Licht, wie eine Kugel, die an einen vergessenen, geheimen Ort erinnern sollte. Beigefügt war eine kleine Karte aus marmoriertem Papier, beschriftet mit Angelicas schwungvoller, pfauenblauer Handschrift.

Für meine liebe Sweeney,
Ein Geschenk vom Meer –
Herzlichst,

Angelica

III

Vergessene Glocken

Vier Jahre später machte ich meinen Abschluß mit einem respektablen Notendurchschnitt und erwarb den Bakkalaureus im Fach Soziokulturelle Anthropologie. Wie durch ein Wunder erhielt ich in der Woche vor der Abschlußprüfung einen Brief von Luciano di Rienzi. Er war auf dem gleichen teuren Papier, mit der gleichen königsblauen Tinte und der gleichen beherrschten und dennoch extravaganten Handschrift abgefaßt wie sein früheres Schreiben. Er gratulierte mir zu meinem Abschluß und verlieh der Hoffnung Ausdruck, ich werde es nicht für anmaßend erachten, daß er sich an einen alten Freund am Nationalmuseum für Naturgeschichte, einen gewissen Dr. Robert Dvorkin, gewandt und ihn von meinem Interesse an Landeskunde in Kenntnis gesetzt habe. Dr. Dvorkin habe eingewilligt, mich zu treffen, sobald ich Zeit habe. Mr. di Rienzi wünschte mir für meine Zukunft alles Gute und verblieb mit herzlichen Grüßen, Luciano di Rienzi. Von Angelica kein Wort.

Meine Arbeit am Museum bestand darin, sämtliche Fotografien der Larkin-Archive zu katalogisieren, eine Sammlung mit fünfzigtausend Fotografien, die vom Ende des neunzehnten Jahrhunderts bis zur Gegenwart datierten. Bilder von amerikanischen Eingeborenen, von allen möglichen Stämmen und in allen möglichen Schattierungen von Sepia, Ocker, Grau und Schwarzweiß: alte Silbernitratnegative, Polaroidabzüge, offizielle Regierungsfotos, von Kindern aufgenommene Schnappschüsse, Kodak-Dias, Hasselblad-Negative im Format 6x9, sogar ein Imax-Filmstreifen war dabei, aufgenommen in einem Space Shuttle.

In Wirklichkeit waren es 63492 Fotos, aber das wußte man erst, als ich die Bestandsaufnahme abgeschlossen hatte. Das dauerte drei Jahre. Ich war froh, auf meinem Gebiet arbeiten zu können und überhaupt eine Stelle gefunden zu haben. Als Archäologin wäre ich besser dran gewesen. Wie die Dinge lagen, war ich ein Schreibtischanthropologe, den Gegenständen meiner Forschung ebenso fern, wie James Frazer es den seinen gewesen war. Dazu bestimmt (verdammt, wie ich insgeheim glaubte), mein Leben am Museum zu verbringen.

Im Laufe der Jahre erwarben wir weitere fotografische Sammlungen, die alle archiviert werden mußten. Ich hatte keinen Fortgeschrittenenabschluß, kein Geld, meinen Doktor zu machen, und im Grunde auch gar kein brennendes Verlangen danach. Dr. Dvorkin war jedoch außergewöhnlich nett zu mir, beinahe ein Ersatzonkel. Ich war mir sicher, daß er ein *Benandanti* war, aber ich wagte es nie, ihn danach zu fragen. Hätte ich es getan, so hätte er mir sicherlich keine Antwort gegeben.

Und dann schlug ein weiterer kleiner Blitz ein, in Form einer Schenkung aus dem Besitz von Josepha Larkin, die mit den 63492 Fotos. Es gab eine ganz neue, noch kaum erprobte Technik, bei der man laserlesbare Videodiscs zur Archivierung von Informationen benutzte: fünfzigtausend Standfotos auf jeder Seite einer doppelseitigen Scheibe. Ob das Museum ein Interesse daran habe, diese Technik zur Lagerung archivierter Informationen und zur Nutzbarmachung seiner fotografischen Sammlung weiterzuentwickeln?

Da auf dem staatlichen Stellenmarkt niemand über die erforderlichen Qualifikationen als Videodisc-Projektleiter, Kulturanthropologe, Bakkalaureus oder Magister Artium verfügte, blieb die Aufgabe an mir hängen. Sozusagen über Nacht wurde ich befördert und bekam eine Gehaltserhöhung, ein eigenes Büro, ein eigenes Telefon und sogar einen eigenen Mitarbeiterstab, bestehend aus einer Teilzeitkraft, die abends bei Popeye's arbeitete. Das war nicht der schnelle Weg nach oben, wie er in diesen Jahren von allen anderen beschritten wurde, aber es bedeutete Sicherheit, alle zwei Wochen einen Gehaltsscheck und eine Rente, wenn ich mich mal zur Ruhe setzte. Und während ich im großen und ganzen immer noch die gleiche Arbeit tat wie zuvor, hatte ich doch jetzt das Büro mit der Tür, die ich schließen konnte, wenn ich den Kopf auf den Schreibtisch legen und ein Nickerchen machen wollte, und mein Name stand mit säuberlichen grünen Lettern an der Tür. Meistens reichte mir das auch.

IV

Sarabanda de la Muerta Oscura

Jahre vergingen, viele Jahre. Als ich Oliver kennenlernte, war ich achtzehn. In diesem Alter verwechselt man den Begabten und latent Schizophrenen leicht mit einem Genie. Mittlerweile war ich mehr als doppelt so alt und hatte mein Fehlen bei seiner Beerdigung durch die Anwesenheit bei vielen anderen wettgemacht. Vor uns lagen die schweren Jahre. Ich sah geliebte Menschen sterben, und mit jedem Tod verlor nicht nur die Welt ein bißchen Schönheit, sondern auch ich. Ich will damit nicht sagen, daß mein Leben durch ihren Tod entwertet worden wäre – obwohl das durchaus der Fall war – oder daß ich nicht glücklich und dankbar gewesen wäre, am Leben zu sein. Aber ich hatte immer das Gefühl, daß ich erst durch andere schön wurde, dadurch, daß ich geliebt wurde. Das klingt wie die nüchterne Feststellung einer gestörten Frau, ich weiß. Aber wer Oliver und Angelica nicht zusammen hat lachen sehen, wer niemals so schwermütig und einsam gewesen ist wie ich, als ich Oliver an jenem Morgen bei Professor Warnicks Vorlesung kennenlernte: wer nicht in meiner Haut gesteckt hat, eine verzauberte, aber bereitwillige Dienerin, während ich doch wußte, daß ich solche Freunde gar nicht verdient hatte, und so überaus dankbar war, auserwählt worden zu sein – der kann nicht ermessen, wie ich mich gefühlt habe, wie schön sie waren, wie schön ich war, auf welch süßem Lager wir ruhten.

Doch nun sollte alles von vorn beginnen. *Finnegan begin again …*

Es war frühmorgens am ersten Mai, ein klarer, für die Jahreszeit erstaunlich kühler Morgen. Ich eilte gerade von einem Taxi zu den gläsernen Schiebetüren der Notaufnahme des Providence Hospital. Ein Freund hatte akute Atembeschwerden, und es sollte das letzte Mal sein, aber das wußte ich noch nicht. An Olivers Selbstmord dachte ich natürlich nicht mehr, denn an diesem Krankenhaus spielten sich längst andere Dramen für mich ab. Ich ging rasch zur Notaufnahme hinüber, den Blick auf den rissigen Betonboden und die von den Karnevalsfeiern übriggebliebenen Glasscherben gesenkt. Gerade fuhr ein Krankenwagen vor. Unmittelbar vor dem Eingang stand benommen eine beleibte, tränenüberströmte Frau mit einer Gesichtsverletzung. Ich wollte sie nicht ansehen. Daher sah ich zu Boden und packte meine Aktentasche fester. Auf dem Pflaster lagen zerbrochene Crack-Fläschchen, plattgedrückte Aludosen und das rubinrote Glas eines zerbrochenen Autoblinkers. Wenn man nur gewußt hätte, wo man hinschauen mußte, hätte man die Geschichte sämtlicher Patienten des Providence Hospital zurückverfolgen können.

Dann fiel mir etwas anderes ins Auge. Ich zögerte, blieb stehen und beugte mich vor.

Über dem Eingang zur Notaufnahme befand sich ein metallenes Vordach, so daß das geteerte Rechteck der Auffahrt in ständigem Schatten lag. Es gab dort kleine, schmutzige Pfützen schaumigen Wassers, die niemals austrockneten, und große, schwarze Käfer mit an den Enden verdickten Fühlern, die über einen sich allmählich auflösenden Karton von Popeye's krochen.

Und da war noch etwas anderes: durch einen Riß im Beton strebte eine Pflanze empor, weder welk noch verkümmert, wie man eigentlich hätte erwarten können, sondern gesund und kräftig, der Stengel so dick wie mein Zeigefinger, die gebogenen Blätter von einem satten, stickstoffreichen Grün wie bei Pflanzen, die den ganzen Tag in der Sonne baden.

Eine Blume. Eine Hyazinthe.

Nicht die knollenförmige, stark duftende Blume, die hierzulande Hyazinthe genannt wird, sondern die Waldhyazinthe, Homers *hyakinthos*. Das Blauviolett der Blüten war so satt, als hätte man sie aus Samt geschnitten und gefaltet, die gelben Staubgefäße so verblüffend leuchtend, als blickten Augen zwischen den Rockschößen eines schweren Mantels hervor. Ein kleines Wunder! Ich wußte, daß diese Pflanze nur im Mittelmeerraum gedeiht, und selbst dort nur an unzugänglichen, einsamen Orten, auf Felsspitzen und an Hängen, die Artemis und ihrem Zwillingsbruder Apollon und dem Gedenken an den ermordeten Geliebten geweiht waren, nach dem diese Blume benannt ist.

Es war unmöglich; aber da war sie. Als ich mein Gesicht näher heranbrachte, vermochte ich durch die Auspuffgase und den Teergeruch gerade eben ihren Duft zu schnuppern: süß, aber ganz, ganz zart, als wäre er über Gebirge und Flüsse und steinige Ebenen herangeweht worden, über ein ganzes Meer hinweg und über ein nächtliches Land, dessen Steppen ich nur einmal geschaut, aber niemals vergessen hatte. Als stammte er aus einer Vergangenheit, die nicht meine eigene war und die dennoch aus einer unvorstellbaren, beinahe unerträglichen Ferne Anspruch auf mich erhob.

TEIL DREI

Rückkehr

10. Kapitel

Augen zu

Eigentlich hatte ich mich gar nicht so sehr verändert. Ich bekam keine grauen Haare. Ich wurde nicht dick, ich heiratete nicht, ich bekam keine Kinder, ich starb nicht. Wenn ich nicht im Büro war, trug ich immer noch die gleichen T-Shirts, Jeans und lädierten Cowboystiefel, wenngleich ich mit siebenunddreißig mit dem Kauf einer schwarzen Lederjacke aufhörte so zu tun, als sei ich immer noch zweiundzwanzig. Aber ich hörte die gleiche Musik wie eh und je, wenn Baby Joe sich auch nach Kräften bemühte, meinen Geschmack über den Stand hinauszuentwickeln, den ich auf dem College gehabt hatte. Es war keinesfalls so, daß ich mein Leben, meine Träume und den ganzen anderen Mist verraten hätte, denn in Wahrheit hatte ich niemals etwas zu verraten gehabt. Es war eher so, daß ich in meinem kleinen Büro im Museum allmählich auf der Stelle zu treten begann; als wäre ein Teil von mir eines Tages einfach eingeschlafen und nie wieder aufgewacht. Alles, was ich in den Jahren zuvor erlebt hatte, verflüchtigte sich nach und nach zu einer Art Traum.

Es gab nichts, was mich an die Erinnerungen an die Göttliche gebunden hätte. Oliver war tot, Angelica vielleicht auch. Ich hatte alles auf zwei Aktien gesetzt und verloren. Baby Joe war der einzige aus diesem einen Semester, mit dem ich in Kontakt blieb. Er hatte seinen Abschluß summa cum laude gemacht, in Englisch promoviert und war nun der geplagte Kritiker für alternative Kunst und Musik beim geplagten New

Yorker *Beacon* und führte einen unermüdlichen Privatkrieg gegen seine Rivalen und Verleumder bei den Printmedien von Manhattan. Alle paar Monate schickte er mir ein Band mit Musiktiteln, die ich mir unbedingt anhören sollte. Zu Baby Joes obligatorischen Hörvorschlägen gehörten unter anderem Ramayana Monkey Chant sowie das gesamte, erstaunlich umfangreiche Repertoire einer grauenhaften Band namens Boink. In seiner spärlich bemessenen Freizeit schrieb er an einer Erzählung, hielt aber hartnäckig Kontakt mit mir. Alle paar Monate rief er mich an und erzählte mir von Leuten, die an der Göttlichen studiert hatten, von denen ich allerdings noch nie gehört hatte – viele berühmte Leute darunter, Anthropologen, Theologen, Schauspielerinnen und eben flügge gewordene Politiker –, aber auch von Hasel Bright und Annie Harmon.

Ich dachte viel an Annie. Baby Joe gab mir ihre Telefonnummer, doch ich rief sie nie an. Was hätte ich nach zwanzig Jahren auch schon sagen sollen? Außerdem schämte ich mich: genau wie Baby Joe hatte Annie Harmon sich aufgerafft und etwas aus sich gemacht. Annie war zu einer Kultfigur geworden.

Sie hatte ihr Mauerblümchendasein beendet, kurz nachdem ich die Göttliche verlassen hatte, war ein paar Jahre in der ganzen Kaffeehaus/Folkszene herumgezogen, und dann – o Wunder! – war sie ein Star geworden.

»Eine silberzüngige Lesbe mit einem vergoldeten Mikro«, meinte Baby Joe trocken, als er mir über Telefon einen Artikel aus *On our Backs!* vorlas. »Hm. Aber sie ist großartig, du solltest sie dir mal anhören.«

In diesem Frühjahr war es unmöglich, sie *nicht* zu hören. Das Video ihrer Version von ›She Is Still a Mystery‹ mit Georgia O'Keeffe als Backgroundsängerin und einer herumtanzenden Annie in George-Sand-Klamotten wurde laufend auf MTV ausgestrahlt.

Dann war da noch das berüchtigte Titelbild für *Our Magazine*, auf dem Annie als Nijinskij in ›L'Après-midi d'un Faun‹ dabei zu sehen war, wie sie vor einem Publikum enthaupteter Blaustrümpfe mit einem Hermes-Halstuch masturbierte. Ich konnte keinen Club und keine Galerie besuchen, ohne daß Annies rauchige Altstimme wie Duftöl in meine Gedanken gesickert wäre. Baby Joe meinte, sie lebe zusammen mit ihrer Geliebten irgendwo in den Berkshires, und obwohl sie ihren Namen geändert hatte und sich jetzt Annie Harmony nannte, sei das so ziemlich der einzige brave Zug an ihr.

»Die sieht echt gefährlich aus, Mann. Kahlrasierter Schädel, und dann dieses ganze Piercing. Es heißt, sie habe einen Goldring in der Klitoris. Immerhin *weiß* ich, daß sie einen im Nippel hat.« Er lachte. »Solltest es vielleicht mal probieren, *hija*. Damit dich mal jemand anders ausführt als immer nur ein Rechtsanwalt.«

Baby Joe brachte meinen sozialen Kontakten (oder dem Mangel daran) sogar noch mehr Abscheu entgegen als meinem musikalischen Geschmack. Etwa einmal im Jahr kam er nach D.C., um sich mit alten Freunden von der Göttlichen zu treffen und mich zu besuchen. Dann gingen wir in kleine, angenehm verwahrloste Clubs und hörten uns Gruppen mit einsilbigen Namen an, die leicht zu merken waren, obwohl man zu der Musik kaum tanzen konnte.

Damals tanzte ich sowieso kaum noch. Ich hatte mit der Zeit schrittgehalten und turnte mich ab, trocknete aus und verhärtete mich. Ich arbeitete drei volle Tage die Woche. Ich wohnte in einem gemieteten Gartenhaus auf dem Capitol Hill und ging zu Fuß zur Arbeit. Ich hatte einen Videorecorder, einen PC und einen betagten VW Golf, wenngleich ich mich noch gegen den Erwerb eines CD-Players sträubte. Das betrachtete ich als unnötige Ausgabe, denn ich kaufte nicht viel neue

Musik. Und aus CDs machte ich mir nichts – sie ähnelten allzusehr den Videodiscs, denen ich mein Leben gewidmet hatte, und sie zeigten nur allzu deutlich, was um mich herum passiert war, wo die Menschen und Dinge immer glatter, glänzender, härter wurden, blanke, reflektierende Oberflächen, die einen prismatischen Glanz auf die Welt warfen, die aber nicht mehr die Welt war, in der ich leben wollte.

In diesem Frühjahr erfuhr ich, daß Hasel Bright gestorben war.

»Schlechtes Juju, *hija*. Eine richtige Scheiße, meine ich.«

Baby Joe hatte mich eines Abends zu Hause angerufen, und er sprach undeutlich. Im Hintergrund hörte man verzerrte Musik und Gelächter, und jemand rief nach einem Kamikaze-Cocktail.

»Bist du im Frankie's?« In diesem Schuppen schlug Baby Joe sich die Nächte um die Ohren.

»Yeah. Äh, Sweeney – es ist was Schlimmes passiert.«

Ich sog scharf den Atem ein. »Bist du okay? Was...«

»Es geht nicht um mich, *hija*. Sondern um Hasel. Ganz schlimm.« Eine Pause. Ich hörte Eis in einem Glas klimpern. »Scheiße. Hör mal, Sweeney – ich muß los. Es ist ernst. Aber morgen ...«

»Um Himmels willen, was ist *passiert?*«

Eine weitere Pause. Schließlich: »Ich kann jetzt nicht reden. Ich habe einen Flug von LaGuardia gebucht, ich fliege nach Charlottesville zum Begräbnis. Seine Frau hat mich angerufen. Aber ich habe einen Brief für dich ...«

»Von Hasel? Für *mich?*«

»Nein. Das heißt, er hat ihn mir geschrieben, aber ich schicke ihn dir. Eine Kopie. Ich muß jetzt los. Ich rufe dich an, wenn ich zurück bin. Paß auf dich auf, okay, *hija?*«

Die Verbindung wurde unterbrochen.

»Mist«, sagte ich. Ich marschierte in die Küche und holte eine Flasche Jack Daniels aus dem Schrank. Ich trank einen auf mich und einen weiteren auf Hasel.

Zwei Tage später bekam ich einen Brief, einen dicken Umschlag, der dermaßen mit Klebeband umwickelt war, daß ich Mühe hatte, ihn mit einem Steakmesser zu öffnen. Als ich ihn umdrehte, rutschte ein Stoß Blätter heraus, darunter eine Notiz, die Baby Joe auf eine Cocktailserviette aus dem Frankie's gekritzelt hatte.

> Sweeney –
> erzähl niemandem davon.
> Joe

Die nachfolgenden fotokopierten Seiten waren an Hasels Anwaltskanzlei adressiert, säuberlich mit Laser ausgedruckt, links- und rechtsbündig gesetzt und hier und da mit Zusätzen in Hasels akkurater, winziger Handschrift versehen.

25. Juni

> Lieber Joe,
>
> Danke für das Interview mit Gibby Hayes, sehr komisch. Tut mir leid, daß wir neulich abend nicht am Telefon drüber geredet haben, aber ich hatte ein so seltsames Gefühl dabei, daß ich mir dachte, es wär besser, Dir zu schreiben. Die einzige Gelegenheit, daß ich dieser Tage überhaupt zum Schreiben komme, abgesehen von Mitteilungen und Memos an Ron Scala. Entschuldige die Tippfehler und so weiter, aber ich kann das nicht der Sekretärin geben.
>
> Okay, also es ist seltsam, aber ich glaube, aus naheliegenden Gründen wirst Du schon damit klarkommen, wenn Du das erst mal gelesen

hast. Laurie hab ich nichts gesagt, sie hat nämlich mitbekommen, wie ich von Angie geredet habe, und könnte es falsch verstehen, also erwähne ihr gegenüber nichts am Telefon, okay?

Erinnerst Du Dich noch an den Ort, wo wir vor ein paar Jahren waren? Draußen auf dem Land, ein paar Typen von der UVA waren dabei, und wir waren angeln? Ich angele oft dort, für gewöhnlich erst gegen Ende der Saison. Dieses Jahr hatte ich keinen Angelschein, aber ich fuhr trotzdem hin. Viel fange ich nicht, obwohl einer der Angler aus der Gegend meint, es gäbe dort ein paar ziemlich große Barsche, der Fluß wird im Winter von Gestrüpp und so Zeug verstopft und bildet einen kleinen Teich. Jedenfalls gehe ich meistens gegen drei Uhr morgens aus dem Haus, ich brauche etwa eine Dreiviertelstunde, um dorthin zu gelangen und mich durch den Wald zu arbeiten, daher dämmert es gerade, wenn ich den Fluß endlich erreiche.

Ich fuhr letzten Samstag hin. Laurie machte Überstunden, sonst wäre sie mitgekommen, und die Mädchen haben Samstag morgen Tanzunterricht, daher war ich allein. Es war eine sehr klare Nacht, und es waren viele Sterne zu sehen. Ich fuhr ein bißchen spät los, daher war ich dichter dran an der Morgendämmerung, als mir lieb war, aber jedenfalls fuhr ich hin. Hinterher meinte Laurie, es sei Sonnenwende gewesen. *Davon* bekam ich irgendwie eine Gänsehaut. (Ich hab Dir ja gesagt, es ist eine seltsame Geschichte.)

Aber in dem Moment wußte ich das nicht. Es war ziemlich früh am Morgen oder spät in der Nacht, ganz wie Du willst. Hörte ab Warrenton diesen Bluegrass-Sender, bis er hinter Crozet zu schwach wurde, dann parkte ich den Wagen, packte meine Sachen aus und zog los.

Es gab noch Eintagsfliegen, und die Fische bissen eindeutig gut an. Ich verwende keine Fliegen, daher nahm ich Popcorn, fing aber nichts und grub schließlich in der Erde, bis ich ein paar Regenwürmer hatte. Es ist jetzt verboten, lebenden Köder zu verwenden, aber was soll's? Außerdem war es sowieso egal, denn ich fing nichts. Ich meine, ich fing keine *Fische* – es war immer noch ziemlich dunkel, und ich erwischte eine *Fledermaus*, das kommt manchmal vor, ich glaube, sie hören die Angelschnur und stürzen sich auf den Köder, weil sie glauben, es wäre ein Insekt. Meistens dann, wenn man Fliegen verwendet, aber diesmal war es eben passiert.

Normalerweise habe ich nichts gegen Fledermäuse, aber irgendwie ist es unangenehm, wenn da im Dunkeln so eine Fledermaus an der Angelschnur rumflattert. Ich konnte nicht erkennen, ob sie mit dem Flügel festhing oder womit sonst, aber ich glaube nicht, daß der Haken im Maul saß. Sie fiel ein paar Meter von mir entfernt ins Wasser, ziemlich flaches, schmutziges Wasser, und zappelte da herum. Am seltsamsten dabei war, daß man Fledermäuse ja eigentlich nicht hören kann, aber ich schwöre bei Gott, die hörte ich – ein ganz eigenartiges, hohes Schreien. Wie von Drähten, weißt Du, wie es sich anhört, wenn man einen Draht anzupft? Und dann hörte ich auf einmal *andere* Fledermäuse, Joe, es war verdammt unheimlich. Ich vermute, die suchten nach ihr und riefen sie, und sie antwortete ihnen. Die arme, kleine Fledermaus flatterte also da im Wasser, ich schätze, ich hätte den Haken schon gefunden, aber ich hatte Angst, sie könnte mich beißen. Außerdem war's ja nur eine gottverdammte *Fledermaus*.

Daher schnitt ich die Schnur mit dem Taschenmesser durch. Ich hätte jetzt einen Kaffee vertragen können, es sah ganz danach aus, als würde es heiß werden, die Insekten kamen heraus, und es wurde allmählich Zeit aufzubrechen. Die arme, kleine Fledermaus flatterte immer noch im Wasser rum, daher holte ich sie mit der Angelrute ans Ufer, bevor ich ging. Ich wollte nicht, daß sie ertrinkt. Eine Menge Aufwand für eine blöde Fledermaus, stimmt's? Aber ich glaube, sie war noch jung, sie war so winzig, nicht mal so groß wie eine Maus. Sie hörte auf zu flattern, aber ich hörte sie immer noch schreien, und ehrlich, das war, als kratzte jemand mit den Fingernägeln über eine Tafel, jedenfalls lief es mir kalt den Rücken runter.

Daher drehte ich mich um, packte meine Sachen zusammen und wollte mich gerade auf den Rückweg machen, als ich hinter mir ein Geräusch hörte. Nicht von der Fledermaus, sondern ein Plantschen im Wasser. Zuerst dachte ich, es wäre ein Otter, aber es hörte sich an, als wär's was Großes, und ich versteifte mich, weil's in der Gegend eine Menge Bären geben soll, hab schon häufiger welche auf dem Skyline Drive gesehen. Bloß so kleine Schwarzbären, aber mein Daddy hat keinen verdammten Narren großgezogen, daher weiß ich, daß man einem Bären nicht den Rücken zuwenden soll! Ich wünschte, ich hätte einen Fotoapparat dabeigehabt, aber das hatte ich nicht. Hinter mir plantschte es immer noch, entweder er sah mich nicht, oder es war ihm egal. Also drehte ich mich ganz langsam um, und das kannst Du mir glauben, Joe, ich wünschte wirklich, ich hätte meine Kamera dabeigehabt!

Es war *Angie*. Kein verdammter Bär, und ich weiß, jetzt hältst Du mich bestimmt für verrückt, aber das war *sie*. Ich weiß, daß Du die gleichen Erfahrungen gemacht hast wie ich, daher brauche ich nicht extra zu betonen: ich war nicht betrunken, ich war nicht stoned. *Das war sie.*

Sie war im Fluß – genaugenommen im Teich, dort, wo der Fluß nach dem Regen und der Schneeschmelze angeschwollen war. Ich hätte nicht gedacht, daß es dort tief genug zum Schwimmen war, aber genau das tat sie, sie durchteilte das Wasser, und das Haar floß hinter ihr her.

Mir blieb fast das Herz stehen. Sie war nackt, und ich schwöre bei Gott, sie sah nicht anders aus als damals, erinnerst Du dich an das Wochenende in West Virginia? Genauso war es, sie schwamm, und dann richtete sie sich auf, und das Wasser floß an ihr herunter, und sie sah mich immer noch nicht. Ich stand einfach bloß da und glotzte, ich meine, was hättest *Du* an meiner Stelle getan? Wollte irgendwas sagen, war aber zu geschockt. Konnte mich nicht mal mehr rühren.

Dann drehte sie sich um. Hielt sich irgendwie das nasse Haar im Nacken hoch, mit geschlossenen Augen, und dann wär mir wirklich fast das Herz stehengeblieben. Denn sie schlug die Augen auf und sah mich direkt an. Diese unglaublichen Augen, und ihr Gesicht war genau wie früher, kein bißchen gealtert, und ich hätte ja auch halluzinieren können, weißt Du, aber ich wußte, daß ich es nicht tat. Sie schaute mich direkt an, und ich wollte etwas sagen, aber sie lächelte nicht. Schaute mich bloß an, und ich war mir nicht sicher, ob sie mich erkannte, ich dachte, sie würde jeden Moment meinen Namen sagen, aber das tat sie nicht. Sie hatte einen seltsamen Ausdruck im Gesicht, kein sehr netter Ausdruck, um ehrlich zu sein, und ich dachte, vielleicht ist sie sauer, weil ich sie beim Nacktbaden beobachtet habe, aber verdammt noch mal, das war schließlich *Angie* – ich meine, wann hätte ihr das schon mal was ausgemacht?

Was meinst Du, Joe? Das nächste, woran ich mich erinnere, war, daß mir die Angelrute auf den Fuß fiel, und als ich sie aufhob und wieder hinsah, war Angie verschwunden. Sie war verschwunden, und die kleine Fledermaus auch. Ich suchte nach ihr, grub mit der Angelrute im Schlamm und watete auch ein Stück weit ins Wasser, konnte sie aber nicht finden. Vermutlich war sie wieder ins Wasser gerollt und am Ende doch noch ertrunken.

Das wär's. Eine merkwürdige Geschichte, ich wüßte nicht, wem ich sie sonst erzählen sollte. Vielleicht den Nachrichten? Mein Gott. Schreib mir mal, was Du davon hältst.

Gib Bescheid, wenn Du mal wieder in die Gegend kommst – dann gehen wir angeln.

Hasel

Ich legte die letzte Seite von Hasels Brief auf den Beistelltisch. Es gab noch ein Blatt: die Fotokopie zweier Zeitungsartikel, von Baby Joe mit Pfeilen versehen. Eigentlich wollte ich sie gar nicht lesen, tat es aber natürlich trotzdem. *Was hättest Du an meiner Stelle getan, Joe?*

Das eine war ein kurzer Artikel aus der Tageszeitung von Charlottesville, über einen ertrunkenen ortsansässigen Rechtsanwalt. Datiert war er vom 27. Juni.

›Tragisch und nahezu unerklärlich‹, hieß es darin; er hatte am Branch Creek in der Nähe von Crozet geangelt, war irgendwie ins Wasser gefallen und in knietiefem Schlammwasser ertrunken. Nichts deutete auf ein Verbrechen hin.

Der andere Artikel war die Todesanzeige: Hasel Atkins Bright, Rechtsanwalt. 36 Jahre alt, ertrunken; hinterläßt seine Ehefrau und zwei junge Töchter. Anstelle von Blumen wird um Spenden für einen Studienfonds in Hasels Namen an der Englischen Fakultät der Universität der Erzengel und des Heiligen Johannes des Göttlichen gebeten.

So.

Hasel war tot. Oliver war tot. Baby Joe trank zuviel, doch ansonsten ging es ihm gut in New York. Annie war berühmt, und über Angelica ließ sich noch nichts sagen – es sei denn, man wollte Hasel, der behauptete, er habe sie im Branch Creek nahe Crozet baden gesehen, Glauben schenken.

Und ich? Mit 38 wurde ich bezahlt nach Tarif GS-11; ich hielt durch, hielt einfach nur durch.

Früher einmal hatte ich Angelicas Bemerkungen über die *Benandanti* als Überspanntheit abgetan. Doch in den Jahren nach meinem Verweis von der Göttlichen dachte ich häufig, sie habe recht gehabt. Und daß die Möglichkeiten zu Veränderung, Sühne oder Revolution, die sich der dunklen Göttin, Magda Kurtz und Angelica selbst geboten haben mochten, nun unwiederbringlich vertan seien. Die *Benandanti* lenkten noch immer die Geschicke der Welt. Eher war ihr Einfluß jetzt gefestigter denn je. Vor vierzehn Jahren, am Tag nach dem Amtsantritt des Präsidenten, hatte ich am Eingang der U-Bahn-Haltestelle am Dupont Circle gestanden und zugeschaut, wie Arbeiter Zeitungsautomaten fortschafften, aus denen die *Atlanta Constitution*, die *Village Voice* und *Mother Jones* verkauft worden waren, und wie sie die leichtgebauten Geräte aus Metall und Plastik aneinanderkoppelten und über die Pennsylvania Avenue zu einem wartenden Mülltransporter zogen. Am nächsten Tag tauchten nagelneue Automaten mit der *L.A. Times* und dem *Wall Street Journal* auf. Was Angelica mir von den *Benandanti* erzählt hatte, verlieh allem einen mystischen und geheimnisvollen Anstrich, als regierten geheime Schamanen die Welt hinter einem Vorhang aus Rauch und lodernden Flammen.

Die Wahrheit aber war ebenso banal und alltäglich wie die Schlagzeilen der *Washington Post* und die endlose Parade graumelierter Männer, die neue Restaurants auf der Strecke zwischen K Street und Georgetown aufsuchten und Lobbyisten und Gesetzgeber wie Schildfische im Kielwasser hinter sich herzogen. Und wie an alles andere, was ich von der Stadt kannte, gewöhnte ich mich daran. Mein Leben kam nie zum Stillstand, ich schloß flüchtige Freundschaften und hatte hin und wieder einen Geliebten, und die ganze Zeit über war ich froh, einen ordentlichen Job und eine hübsche Wohnung zu haben.

Doch ich wußte, daß mein Herz an der Göttlichen eingeschlafen war. Als es fast zwei Jahrzehnte später wieder erwachte, wurden mir wie allen anderen auch ganz allmählich wieder die Augen geöffnet. Es bedurfte eines Aufstands Halbwüchsiger, um mich aus dem Bett zu werfen, aber so kam es eben.

11. KAPITEL

Stimmen aus der Vergangenheit

Um zur Anthropologischen Abteilung zu gelangen, stieg man eine imposante Abfolge geschwungener Marmortreppen empor, vorbei an der Botanik, den Wirbeltieren und der Paläontologie, vorbei an den Gefilden des Menschen und der Höheren Säugetiere, man streifte die geheimen Tempel der Ägyptologie und der Alten Welt und blieb kurz vor den Edelsteinen, den Mineralien, den Brutzellen des lebenden Korallenriffs und dem Insektenzoo stehen. Jede Marmorstufe wies eine kleine Vertiefung auf, über mehr als ein Jahrhundert hinweg ausgetreten von gedankenversunken einherschreitenden Wissenschaftlern, von Sekretärinnen und Reinigungspersonal. Schmale Rinnen zeigten an, wo Hunderte von Fingern geistesabwesend die marmornen Treppengeländer entlanggestreift waren; wenn man genau hinschaute, sah man an der Stelle, wo Othniel Marsh und Edward Cope über die Verwendung der Bezeichnung *Titanosaurus* für einen großen Pflanzenfresser handgemein geworden waren, einen schwachen rostroten Fleck. Die Stufen nach Golgotha oder zum Olymp hinauf konnten nicht stärker von uralten, geheimen Mächten aufgeladen gewesen sein als die des Museums für Naturgeschichte.

Mein Büro lag an der Südseite des Gebäudes und bot Ausblick auf den Park. Jeden Morgen ging ich den langen, düsteren Korridor entlang, vorbei an den Wirbellosen, den Gliederfüßlern, den Huftieren (die hierhergewandert waren, weil es bei den Säugetieren an Platz fehlte) und der Abteilung für Würmer (wo Vic Danhke, der Abteilungsleiter, an seiner Tür ein Schild mit der Aufschrift OBERWURM angebracht hatte) bis in die Anthropologische Abteilung. Vom ganzen Boden ging ein schwacher Regengeruch aus, hin und wieder überdeckt vom durchdringenden Gestank nach Formaldehyd und den waldartigen Gerüchen der Kalander, mit denen Molly Morino die gelegentlich eintreffenden Felle von Tapiren und anderen Wildtieren reinigte. Überall waren Kisten, Kartons und Regale, die in finsteren Winkeln bis zur Decke reichten, erhellt von herabbaumelnden Neonröhren und bisweilen auch der blendenden Nova einer Halogenlampe, die auf einen brüchigen menschlichen Oberschenkel oder eine gerade in Restaurierung befindliche Mumie gerichtet war. Hin und wieder glomm in der Dunkelheit der bleiche, grüne Schein eines Computermonitors, oder man erhaschte einen Blick auf den flackernden, opaleszierenden Bildschirm eines Laptops, mit dem sich irgendein Kurator in eine dunkle Ecke zurückgezogen hatte.

Nirgendwo hatte man den Eindruck, es sei seit der Jahrhundertwende saubergemacht worden. Eine übereifrige Expedition des Aufsichtspersonals hatte einmal zum Verlust einer Pfeife geführt, mit der sich die Yanomano gegenseitig psychoaktive Substanzen in die Nase geblasen hatten. Barry Hornick behauptete daraufhin, er habe bei der Arbeit an seinem Yanomano-Diorama drei Wochen verloren, und die Leute von der Südamerika-Abteilung führten die verspätete Eröffnung ihrer neuen Ausstellung auf den gleichen Fehler des Hauspersonals zurück. Seitdem wurde nur noch sporadisch saubergemacht. Alles war bedeckt mit einer dicken gelben Patina, zusammengesetzt aus Knochenstaub, Pollen und Bienenwachs, aus Firnis und Gips und dem starkriechenden kohlartigen Rückstand des *kim chee*, das Robert Dvorkin in einem kleinen koreanischen Laden in Alexandria erstanden hatte und das er täglich zum Lunch verzehrte. Das zarte, silbrige Gespinst der aus dem Insektenzoo entwichenen goldenen Weberspinnen hing von den Deckenbalken und hielt die Schaben- und Silberfischchenpopulation in Schach. Im Sommer blieben die meisten Bürotüren geschlossen, nicht aus einem dringenden Bedürfnis nach Abgeschiedenheit heraus, sondern weil das die einzige Möglichkeit war, wenigstens einen Hauch frischer Luft aus der schwächlichen Klimaanlage des Museums abzubekommen. Die geschlossenen Türen präsentierten eine Art informeller Ausstellung von Gary Larsons Cartoons, die jemand aus der *Post* ausgeschnitten hatte, daneben waren die spaßigen Ansichtskarten zu sehen, die Kollegen von fernen Orten geschickt hatten (AMÜSIEREN uns PRÄCHTIG in KAIRO mit dem AUSGRABEN von EIN PAAR ALTEN *FREUNDEN*! CHANUKKA-GRÜSSE aus der ALDUVAI-SCHLUCHT!) und hin und wieder auch die Bekanntgabe der Verleihung eines Ehrendoktors oder einer Publikation in *Antiquities*. Im Herbst wurden die Türen wieder aufgerissen, so daß sich die Hitze aus den altmodischen Backöfen des Museums einen Weg in die Kammern voller geschnitzter Masken, Stapel vergilbenden Zeitungspapiers und feuchter Pappmaché-Repliken bretonischer Menhire bahnen konnte.

Im Gegensatz zu dieser beinahe viktorianisch anmutenden verschlissenen Pracht war mein Büro so kompakt und hell und steril wie eine medizinische Spritze. In einer eleganten Stahlvitrine waren Videomonitore, Fernsehgeräte, die verschiedenen Videorecorder und bisweilen auch die Ausrüstung untergebracht, die ich zur Bearbeitung des Videodisc-Archivierungssystems benötigte. Eine Vielzahl bunter Kabel verbanden diese mit Computern, weiteren Monitoren und den CD-ROM-Laufwerken auf meinem Schreibtisch. Der Schreibtisch selbst war ein stark mitgenommenes Holzmöbel voller Ablagefächer und Schubläden in unterschiedlichen Stadien der Unordnung. Mit seinen funkelnden Anhängseln wirkte er so unpassend wie eine ältliche Matrone in Begleitung ihrer Skinhead-Nichte, aber ich mochte ihn. Es war der erste Schreibtisch, den ich am Museum bezogen hatte, und er war mir aus meinem ersten kleinen Kabuff neben der Abteilung für Würmer bis in dieses Büro gefolgt, das wahrscheinlich auch seine letzte Heimstatt bleiben würde. Vom Fenster hatte ich einen unverstellten Ausblick auf die Backsteintürmchen des Castle gegenüber der Mall. An sonnigen Tagen schallte unheimliche Orgelmusik von dem alten Karussell vor dem Arts and Industries Building herauf, und manchmal tippten verirrte Luftballons zaghaft an das Glas, bevor sie über das Tidebecken und das Pentagon davongeweht wurden.

Nach so vielen Jahren hatte meine Beschäftigung den Charakter von PR-Arbeit angenommen. Neue Techniker besorgten das ständige Sortieren, Säubern und Beschriften der Fotos aus der stetig wachsenden Larkin-Sammlung. Die eigentliche Fertigung geschah außer Haus, und vor drei Jahren hatte das Museum einen Vertrag mit Jack ›Jolly‹ Rogers von Winesap Computers geschlossen, die nun die begleitende Systemsoftware schrieben, produzierten und vertrieben. Die Videodiscs waren nicht unbedingt Verkaufsschlager, aber wir waren so gut wie aus den roten Zahlen heraus. Außerdem war es für alle Beteiligten eine gute Abschreibungsmöglichkeit, da das Museum natürlich eine gemeinnützige Einrichtung war und für Winesap gute PR bedeutete.

Jack mochte mich. Er war in Yonkers aufgewachsen

und im ersten Jahr von der High-School abgegangen, um mit der ersten Generation von PCs herumzuspielen und Buchführungsprogramme für die Zentralrechner der ConEd zu schreiben. Seine erste Million hatte er noch als Teenager gemacht. Wir waren gleich alt, und die zwischen uns klaffende Einkommenslücke wurde überbrückt von unserem tiefen Abscheu gegenüber der Politik der Republikaner und einer Vorliebe für billiges Bier und laute Proto-Punkmusik. Ein- bis zweimal im Jahr, wenn er auf dem Capitol Hill gerade seine Werbetour machte, schaute er bei mir vorbei, und dann hockten wir mit einem geschmuggelten Sechserpack PBR in meinem Büro, erinnerten uns daran, wie wir die Ramones und die Cramps in High-School-Turnhallen gesehen hatten, und beklagten das Scheitern guter, unbekannter Gruppen wie der Shades (die aus Trenton stammten) und der Washingtoner Velvet Monkeys.

»Die Kids wissen heute einfach nicht mehr, wie es damals war.« Jack schüttelte den Kopf, aus seinem dünnen Pferdeschwanz lösten sich einzelne Strähnen. Er trug Doc Martens, eine weiße Malerhose und ein verwaschenes blaues T-Shirt, auf dem Officer Joe Bolton and The Three Stoges abgebildet waren. »Die klauen irgendwelche Riffs, und dann gehen sie zu MTV, hüpfen ein bißchen herum und ...«

Er gab ein unanständiges Geräusch von sich, dann tröstete er sich mit einem Happen Curryhuhn. Es war der letzte Tag im Juni, und wir saßen in meinem Büro und schauten auf die Menschenmassen unten auf der Mall hinaus. Am Morgen hatte eine Senatsanhörung zu den Segnungen der Kommunikationstechnik stattgefunden. Jack hatte sich im Plenarsaal blicken lassen und für C-SPAN und die landesweiten Nachrichten passend die Lippen bewegt, dann war er auf einen Sprung herübergekommen, um mal nach dem Rechten zu sehen. »Hey, das Curry ist ziemlich gut, hm?«

Ich nickte mit tränenden Augen. »Kann man so sagen.«

Draußen auf der Mall herrschte schon den ganzen Monat reges Treiben: Aditi, das Indienfestival, gesponsert vom Museum, der indischen Regierung und SOMA-Software (Anbieter des wahnsinnig erfolgreichen Programms GEOQUEST! und ein Ableger von Winesap Computers Incorporated). Wochenlang hatten auf Hindi, Urdu und Englisch herumbrüllende Arbeiter Bühnen und Buden errichtet und auf dem zertrampelten, sich gelb färbenden Rasen Zelte aufgestellt und Gehsteige aus Holz ausgelegt. Nun hatte sich der größte Teil der Mall vom alten Westflügel der National Gallery of Art bis hinunter zum Museum of American History in ein idealisiertes indisches Dorf verwandelt, als wäre es die Kulisse zu einem Film von Kim. Grellbunte Stoffwimpel hingen von den Verkaufsbuden, an denen Holzspielzeug und *puri* feilgeboten wurden, eingelegte Limonellen, Gemüse-*samosas* und eßbare Darstellungen der Göttin Durga, der Totenschädel aus Zucker vom Hals baumelten. Aus einem kleinen Zelt ertönte das unheimliche, bebende Wehklagen einer Knochenflöte, untermalt von schrillen Kinderstimmen, die sich auf Hindi zuriefen, während sie umherturnten und sich gegenseitig auf den Rücken kletterten, um drei oder vier Mann hohe Pyramiden zu bilden, von denen sie so anmutig wie Flughörnchen mit ausgebreiteten Armen hinuntersprangen. Selbst bis hier konnte ich das *ghee* in den Bratpfannen riechen und den alles überlagernden süßen Duft von Jasminräucherstäbchen und Sandelholz, während hin und wieder Ragamusik von einer der Holztribünen herüberwehte, die man vor dem Hirshhorn Skulpturengarten errichtet hatte.

»Ganz schön was los bei euch.« Jack stand auf und ging zum Fenster hinüber, wobei er sich den Pappteller vors Gesicht hielt und sich gelben Reis in den

Mund schaufelte. »Wir sollten Pink Pelican Bier trinken. Hast du das schon mal probiert, Sweeney? Das hab ich letztes Jahr immer in Bombay getrunken, als ich hinter den Visas für die Feuerschlucker her war, von denen ich dir erzählt habe. Wird mit dem Wasser des heiligen Ganges gebraut. Pink Pelican.« Er seufzte und schüttelte den Kopf. »Ein tolles Gebräu.«

»Wie lange bleibst du in der Stadt, Jack?«

»Ich fliege um vier von Dulles ab. Morgen ist Aktionärsversammlung in Bel Air. Hey, bekommst du mit einem von diesen Dingern C-SPAN rein?« Er deutete auf die dunklen Videomonitore und schüttete sich Soße aufs T-Shirt. »Möchte mal sehen, ob ich schon drin bin.«

Ich stellte meinen Teller ab und rollte mit dem Stuhl zur Stahlvitrine hinüber. »Klar. Einen Augenblick …«

Ich schaltete unseren neuesten Monitor ein, einen HDRTV-Monitor mit 80 Zentimetern Bildschirmdiagonale (Jack meinte, er habe in seinem Range Rover einen 5-Zentimeter-Super-HDR von Sony). Ich hantierte an der Fernbedienung und checkte Dutzende von Kanälen durch, bis ich den richtigen gefunden hatte.

»Liveübertragung von der Sitzung des Unterausschusses zum Thema Volkszählung und Postpersonal«, las Jack voller Abscheu vor. »Und *deswegen* haben die mich verschoben?«

»Vielleicht haben sie dich ja live gesendet. Oder sie senden den Beitrag erst am Abend …«

»Nee. Die haben mich gekippt, das ist alles. Scheiß drauf. Ich werde Maggie Gibson bitten, denen ihren Stinkbombenvirus ins System zu pflanzen. Schon davon gehört? Ersetzt sämtliche Daten durch den Film *Ishtar*.«

Er kicherte, dann riß er mir die Fernbedienung aus

der Hand. »Gib mal her, ich will mal sehen, was es sonst noch gibt…«

Zufallsbilder flimmerten über den Bildschirm: Bugs Bunny, Bonanza, Seifenopern, ›Reading Rainbow‹, eine Wiederholung der Kindersendung ›Pee Wees's Playhouse‹, Windex, das Stephen King Network, etwas, das aussah wie die Liveübertragung eines Mordanschlags auf den Präsidenten, das sich aber als das neue Slush-Video herausstellte, Pepsi, Astroboy, Hoji Fries. Es war nicht zu erkennen, was man nun kaufen und was man sich anschauen sollte – Brando, Datsun, IBM – Jack gab erneut ein unanständiges Geräusch von sich – Donahue, McDonalds, ›Thema Mormonen‹, Sally, Oprah, Geraldo, Angelica…

Angelica?

»Stopp!« rief ich. Der Bildschirm zeigte ›This Old House‹.

»Hier in Lubec, Maine«, sagte Bob Vila gerade und tippte auf eine funkelnde blaue Folie, »benötigen Sie einen Dämmwert von +47, um überhaupt eine nennenswerte Isolierung zu erreichen…«

»Das da?« fragte ungläubig Jack.

»Nein! Geh noch mal zurück… zu dem Sender von eben – nein, langsamer, so kann ich nichts… Da! Das ist es, halt!«

»Opal Purlstein?« Jack wollte es einfach nicht glauben. »Du siehst dir Opal Purlstein an?«

Auf dem Bildschirm schmiegte sich die Talkshow-Hostess Opal Purlstein ans eine Ende ihres behaglichen auberginefarbenen Sofas und schaute ihren Nachmittagsgast hingerissen an.

»…wenn man sich das vorstellt, bedeutet es wirklich nichts anderes als die Wiederherstellung der natürlichen Weltordnung. Im großen Plan der Dinge sind die vergangenen paar tausend Jahre – also, seien wir mal großzügig, sagen wir, die *letzten* zehntausend

Jahre –, nun, in geologischen Zeiträumen betrachtet, ist das überhaupt *nichts*! Nur ein Klacks …«

Opal nickte ernsthaft. Am anderen Sofaende streckte eine umwerfende bronzehaarige Frau in einem eleganten scharlachroten Kostüm die Hand aus und spreizte anmutig die Finger, als wären sie die Blütenblätter einer seltenen Wüstenpflanze.

»… pffft! Mehr nicht«, sagte die Frau mit melodischer Stimme. In Opals Sendung wirkte sie ebenso deplaziert wie Brooke Astor bei McDonalds. »Soviel ist unsere Zivilisation wert.«

Opal nickte und machte große Augen, und das Publikum klatschte begeistert. Die bronzehaarige Frau auf dem Sofa lächelte bescheiden. Hinter ihr standen zwei Amazonen mit rabenschwarzem Haar und vor der Brust verschränkten Armen, die mit Leichtigkeit auf einen Meter achtzig kamen. Sie waren schlank, muskulös und gefährlich wie zwei Geparden, und sie schauten mit verschleiertem Blick in die Kamera. Beide trugen ärmellose schwarze Trägerhemdchen; um ihren Bizeps wanden sich silberne Bänder wie Schlangen. Ihr Haar war kurz geschnitten wie bei einem Boxer, dennoch wirkten sie weniger maskulin, als vielmehr vollkommen androgyn: ihre Gesichter waren zu gelassen, ihre Augen zu sehr nach dem Vorbild von Angelicas Augen geschminkt. Das Mädchen zur Linken schien sehr jung zu sein, vielleicht achtzehn oder neunzehn, und sein Gesicht wirkte trotz der grimmigen Miene erstaunlich kindlich. Ihre Partnerin hatte einen Halbmond auf die Wange tätowiert.

»Es ist *sehr wichtig*, dies zu verstehen«, sagte die bronzehaarige Frau in leisem, eindringlichem Ton. Aus dem Publikum vernahm man Gemurmel und vereinzeltes Klatschen. »Wir möchten nur das zurückfordern, was uns einmal gehört hat. Wir versuchen lediglich, die Welt wiedererstehen zu lassen, welche die unsere war, die Welt, welche die unsere *ist*.«

Das Publikum tobte. Opal öffnete den Mund, klappte ihn wieder zu und nickte. Die bronzehaarige Frau wandte sich unmittelbar der Kamera zu; ihre Augen waren riesig, fast flehentlich. Dann lächelte sie und hob leicht die Hände, um sich für den Applaus zu bedanken. Von ihren Ohren baumelten zarte silberne Halbmonde; auf dem Oberteil des roten Kostüms prangte ein weiterer silberner Halbmond, der blendend aufleuchtete, wenn sich das Licht der Scheinwerfer darin fing. Ihr Haar war immer noch lang, voll und lockig, die rötlichen Strähnen waren hier und da versilbert, als wären sie mit Eis bestäubt. Von den Augenwinkeln strahlte ein zartes Netzwerk von Falten aus, und um den Mund hatte sie Lachfältchen, so zart wie mit einem Sumi-Pinsel gemalt. Sie sah nicht so aus, wie Hasel Bright sie in seinem Brief beschrieben hatte, nämlich als ein Mädchen, das immer noch so jung wie damals gewesen sei, als wir uns zum letztenmal in Orphic Lodge gesehen hatten. Ihre Augen aber waren ganz und gar unverändert und zeigten noch das gleiche unnatürlich leuchtende Smaragdgrün, und ihr Lächeln konnte Eisberge zum Schmelzen bringen und an der ganzen Ostküste eine größere Überschwemmung hervorrufen.

Am unteren Rand des Bildschirms erschien eine Einblendung.

ANGELICA FURIANO, BUCHAUTORIN

»Aber die kenne ich doch!« Ich beugte mich vor und tippte auf den Bildschirm. Einen Moment lang verweilte mein Finger dort, dann kam eine Werbeunterbrechung. »Das ist Angelica!«

Jack steckte sich den letzten Happen Curryhuhn in den Mund und nickte. »Ja, ich kenne sie auch. Die war auf meiner Geburtstagsparty – hab ich dir schon erzählt, daß Erica letztes Jahr im Morton's eine Überraschungsparty für mich gegeben hat? Waren ziemlich viele Leute da, 'ne Menge Hollywoodgrößen darunter. Tom Hanks, diese Frau mit dem Haar. Ich meine, Erica kannte einfach *jeden*. Kennst *du* eigentlich Erica?« Er schüttelte bedauernd den Kopf. »Eine ziemliche Spinnerin, hat aber großartige Beine, Junge, Junge. Wir sind nicht mehr zusammen.«

»Nein, ich meine, ich kenne Angelica *wirklich* – wir waren zusammen auf der Göttlichen, sie war meine beste Freundin!«

Jack zog eine Braue hoch. »Im Ernst?«

»Ehrlich! Sie war – na ja, du weißt ja, wie sie ist. Wir waren eng befreundet, bis – na ja, bis ich die Uni verließ. Dann ist der Kontakt abgebrochen, ich habe seither nichts mehr von ihr gehört, mein Gott, das muß jetzt neunzehn oder zwanzig Jahre her sein.«

»Ich meine mich erinnern zu können, daß sie gesagt hat, sie habe in Italien studiert, in Rom oder Florenz oder so.«

»Das war später – ich habe sie dort kennengelernt, an der Universität der Erzengel und des Heiligen Johannes des Göttlichen. Wir hatten beide Anthropologie als Hauptfach belegt.« Ich schaute immer noch kopfschüttelnd auf den Bildschirm. »Ich kann's einfach nicht glauben ...«

Jack nickte. »Ja, das würde zu ihr passen – sie hat von einem Ort erzählt, wo sie mal gewesen ist, auf Sardinien oder Sizilien oder so, sie hatte dort eine Villa, die über einem dreitausend Jahre alten Grab lag. Sie hat einen italienischen Herzog geheiratet, Rinaldo Soundso, Rinaldo Furiano, glaube ich, Erica kannte ihn, weil er mal bei einer frühen Fellini-Produktion mitgeholfen hat und weil Erica ein großer Fellini-Fan ist. Aber er ist gestorben, er war viel älter als sie. Sie ist eine große Nummer an der Westküste. Deine Freundin, meine ich.«

»Eine große Nummer? Inwiefern?«

Er zuckte die Achseln. »Hat was mit diesem Kult zu tun. Na ja, kein Kult – sie hat da so eine Art Selbsthilfegruppe, ich nehme an, es kommt daher. Bloß daß es dabei um Religion geht, ziemlich verrückt das Ganze, aber die Frauen fahren voll darauf ab. Heule den Mond an, erweitere dein Bewußtsein, dieser ganze Mist. Außerdem hat sie mehrere Bücher geschrieben. Genau wie die mit den Beinen, wie heißt sie noch gleich. Ach ja, Shirley McLaine.«

»Du machst Witze.«

»Nein – sie ist richtig berühmt. Ich finde, dieses ganze New-Age-Zeug ist ein Haufen Kacke. Aber Erica stand darauf, deshalb hat sie sie auch zu meiner Überraschungsparty eingeladen. Geena Davis war da. Hab ich dir schon erzählt, daß ich Geena Davis kennengelernt habe? Die Frau könnte mich um den Finger wickeln.«

Auf dem Bildschirm erschienen wieder Opal und ihr Gast.

»Schauen wir mal, was das Publikum dazu meint«, sagte Opal. Sie stand auf und marschierte zwischen die Sitzreihen, wobei sie das drahtlose Mikrofon schwenkte wie einen Weihrauchkübel. Angelica, deren Beine übereinander geschlagen gewesen waren, setzte sie nebeneinander und lächelte betörend in die Kamera. Hinter ihr veränderten die beiden großgewachsenen, schwarzhaarigen Frauen die Haltung. Auf den Armen, die glatt und kräftig waren wie Anakondas, spielten Muskeln. Die eine mit der Mondtätowierung lächelte leicht und zeigte perlweiße Zähne.

»Und wer sind *die?*«

»Ach, das sind ihre Bodyguards ...«

»Bodyguards?«

Jack lachte. »Ja, ihre Amazonen, so nennt man sie. Cloud und Kendra. Thai-Boxer. Die waren auch auf der Party ...«

»Angelica braucht *Bodyguards?*«

»Ja, klar«, sagte Jack. »Sie bekommt ständig Morddrohungen. Die Typen wollen sie entweder bespringen oder aufschlitzen. Es heißt, ihre Ansichten seien ein wenig extrem … da, hör mal …«

»Ich heiße Amanda Jeffries, aus Port Lanca, Texas«, sagte gerade eine rundgesichtige, füllige Frau. »Ich war siebzehn Jahre lang mit einem Mann verheiratet …«

Ihre Stimme brach. Opal rückte ihr mit dem Mikro so dicht auf die Pelle, daß es jeden Seufzer mitbekam.

»… Mein Mann hat mich immer geschlagen, manchmal war es so schlimm, daß ich nicht zur Arbeit gehen konnte. Und unsere Kinder auch. Ich habe ihm damit gedroht, ihn zu verlassen, aber er meinte immer, er würde sich ändern, doch er tat es nicht. Dann habe ich am Victoria Community College einen Vortrag von Ihnen gehört …«

Sie neigte den Kopf, und Angelica wurde eingeblendet, die aufmerksam zuhörte, mit gerunzelter Stirn, die grünen Augen leuchtend vor Mitgefühl.

»… Ich habe gehört, wie Sie von der Kriegsgöttin in uns gesprochen haben, und fuhr wieder nach Hause, meldete mich beim Victoria CVJF für einen Selbstverteidigungskurs an und beantragte die Scheidung.«

Opal nickte. »Und Ihr Mann ließ Sie gehen?«

»Aber nein.« Amanda Jeffries schüttelte den Kopf. »Er ging mit dem Baseballschläger auf mich los …«

Das Publikum schnappte nach Luft. »Was haben Sie getan?« drängte Opal.

»Na ja, ich rannte nach draußen, schob die Kinder in den Pontiac und wollte losfahren, aber er schlug die Windschutzscheibe ein …«

Ein weiterer Schnitt auf Angelica, ihre Brauen zwei perfekte Bögen, die beiden Frauen hinter ihr schweigsam und düster.

»Und?« fragte Opal.

»Ich habe ihn über den Haufen gefahren. Ich… ich… habe ihn getötet. Im Rückwärtsgang.«

Erneutes Aufkeuchen; vereinzelter Applaus und ein tiefes *Buh.* Amanda Jeffries fuhr sich über die Augen. »Ich… ich wollte es nicht tun, ich habe ihn geliebt, aber – die Geschworenen meinten, es sei Notwehr gewesen, und der Frauenverteidigungsfonds hat mir und den Kindern während des Prozesses geholfen…«

»Hören wir uns noch eine andere Meinung an.« Opal schritt energisch durch die Sitzreihen, bis sie vor einem stämmigen jungen Mann stand, der mit finsterer Miene ziemlich weit hinten saß. »Was halten *Sie* von Angelica Furianos…«

»Ich finde, man sollte sie *einsperren*…«

Die Kamera brachte das Gesicht des Mannes in Großaufnahme, seine braunen Augen huschten von Opal zur Bühne. »Meine Frau hat mit ihrer Freundin die Workshops in San Diego besucht, und diese Frau…«

Sein Arm schnellte Richtung Angelica vor.

»Diese – ›Piep!‹ – setzt sich dafür ein, die Regierung zu stürzen…«

Buhrufe und Pfiffe, so laut, daß der Mann verschreckt verstummte.

»Ich glaube«, meinte Opal sanft, »ich *glaube*, sie befürwortet einen Wandel des patriarchalischen Systems in diesem Land, nicht den Sturz der Regierung.« Sie wandte sich jäh zur Bühne um. »Hab ich recht, Angelica?«

»Ja«, antwortete Angelica mit klarer Stimme. »Und…«

»Darf ich ausreden?« unterbrach sie aufgebracht der Mann. »Diese Frauen, die treffen sich und zerreißen sich das Maul darüber, wie ihre Ehemänner sie mißbrauchen und daß sie keine guten Jobs bekommen und daß ich ein Vergewaltiger wär und daß Männer überhaupt Scheiße sind, aber ich arbeite fünfzig Stunden die Woche, um meine Familie zu ernähren, ich habe nie die Hand gegen meine Frau oder meine Kinder erhoben, ich bin für die Gleichberechtigung, und was habe ich davon? Meine Frau hat mich verlassen, sie behauptet, ich würde sie *erniedrigen*, sie behauptet, ich ...«

»Na ja, vielleicht hat sie Ihre Zuneigung nicht gespürt«, warf Angelica gewandt ein. »Männer sind sich häufig nicht bewußt, daß sie ihre Frauen wie Kinder behandeln. Wir sind immer noch daran gewöhnt, Frauen nur eingeschränkt wahrzunehmen, wissen Sie – und andere Länder sind in dieser Beziehung schlimmer als die Vereinigten Staaten. Als ich in Italien war, wurde mir das sehr häufig gesagt, das ist die Sache mit der Frau als Madonna oder als Hure. Oder man betrachtet Frauen entweder als Erzieher oder als Kinder, die ständig behütet werden müssen. Viele der alten Religionen, bei denen Göttinnen verehrt wurden, haben drei Gesichter: das der Mutter, das der Tochter und das des alten Weibes oder der Zerstörerin. Und zahlreiche kürzlich erschienene Bücher helfen den Frauen, sich auf diese beiden Aspekte zu konzentrieren: auf Gaia, die nährende Mutter, und Kore, Tochter des Demeter. Und das ist wunderbar. Ich finde wirklich, daß diese Bücher ein Segen sind, und ich glaube, sie haben Frauen schon eine Menge geholfen; aber das reicht noch nicht.«

Die Kamera zoomte sich langsam an Angelicas Gesicht heran. Vom silbernen Halbmond auf ihrer Brust reflektierte Lichtstrahlen flackerten über Wangen und Mundpartie; sie sah aus, als erhöbe sie sich soeben aus tiefem, klarem Wasser. Ihre Stimme wurde sanfter, eindringlicher. Jack beugte sich zum Fernseher vor, und ich stellte mir vor, wie das Publikum unruhig auf den Stühlen hin und her rutschte und die Hälse reckte, um Angelica besser sehen zu können.

»... Weil wir das andere Gesicht der Göttin nicht

einfach mißachten können. Jahrtausendelang haben wir so getan, als gäbe es SIE nicht, als wäre das Alte Testament Anfang und Ende der Geschichte. Doch nun, zum erstenmal seit Jahrtausenden, beginnen die Frauen, SIE abermals zu umarmen. Und das ist wundervoll, doch wir können uns nicht einfach den Aspekt von IHR herauspicken, der uns paßt. Wir müssen uns mit deren *Gesamtheit* befassen. Mit dem Vollmond und dem Neumond, aber auch mit der dunklen Seite des Mondes, mit Hekates Reich. Wir müssen die Mutter *und* die Rächerin zur Kenntnis nehmen. Wir müssen SIE umarmen, Die Da Trauert, und SIE, Die Erschafft, aber auch SIE, Die Zerstört.

Denn sonst werden wir nie ein Ganzes werden. In herkömmlichen patriarchalischen Gesellschaften haben sich die Männer stets zu ihren aggressiven Tendenzen bekannt – das ist der Grund, warum sie seit jeher Krieger und Footballspieler waren, Generäle, Bankpräsidenten und ...«

»Serienmörder!« rief jemand mit schriller Stimme. Aus dem Publikum vernahm man unsicheres Gelächter; Angelica aber nickte ernst.

»... ja, auch das, auch Serienmörder – aber auch große Künstler, Schriftsteller und Komponisten. Doch solange wir Frauen nicht unser persönliches Machtbedürfnis und unsere Fähigkeit, aggressiv und unabhängig zu sein, annehmen, werden wir niemals ein Ganzes sein. Wir werden weiterhin gute Mütter und Töchter sein, wir werden Musen sein, wir werden *Opfer* sein – aber ein starkes Ganzes sein werden wir nicht. Wir werden nicht die Höchsten Göttinnen sein, die wir sein können. Wir müssen sämtliche Aspekte der Göttin in uns selbst bejahen; wir müssen das urirdische Dunkel *umarmen* und den Mond willkommen heißen und erwecken; erst dann werden wir ein Ganzes sein. Dann werden wir stark sein, unbesiegbar, die Herrscherinnen der Geheiligten Erde.

Dann werden wir eins mit IHR sein.«

Stürmischer Applaus und ein paar zornige Zurufe aus dem Publikum. Ein rascher Schwenk der Kamera auf den stämmigen jungen Mann, der den Kopf schüttelte und irgend etwas Unflätiges rief. Opal ließ ihn einfach stehen und ging energischen Schritts zur Bühne zurück.

»Nun, wir danken Ihnen, Angelica! Ich jedenfalls *habe* Ihre Bücher gelesen und fand sie einfach überwältigend, und ich habe vergangenen Sommer an Ihrem Workshop ›Die Dunkle Seite des Mondes‹ in Vancouver teilgenommen und – also, es war wundervoll, wirklich wundervoll! Vielen herzlichen Dank…

Angelica Furiano auf landesweiter Promotiontour für ihren neuen Bestseller *Die Mondgöttin erwacht: Die neue Spiritualität der Frauen*.«

Opal hielt ein Buch hoch: ich sah nur kurz den Titel, in hellgoldenen Buchstaben auf schwarzem Grund, und den Halbmond aus glitzernder Silberfolie, der Angelicas Namen überwölbte. Beifall und Jubelgeschrei. Angelica stand auf. Die Studioscheinwerfer umgaben ihr Haar mit einem goldenen Heiligenschein, doch anstatt daß sie wie Tausende anderer Talkshow-Gäste einfältig, aufgeregt oder auch nur albern gewirkt hätte, wirkte sie so wie immer, schön und entspannt und wie eine Königin. Ganz langsam legte sie sich die eine Hand auf die Brust und breitete die Finger aus, bis sie die Lunula bedeckten, dann hob sie die andere Hand zum Publikum, als brächte sie einen Segen aus. Abermals flammten auf dem Bildschirm funkelnde Buchstaben auf.

ANGELICA FURIANO:
DIE MONDGÖTTIN ERWACHT

Ich starrte erschauernd auf die Einblendung.

»O Mann, das ist vielleicht 'ne Augenweide, was?

Und in Wirklichkeit sieht sie genauso aus, ich meine, in L.A., wenn man da manche dieser Mädchen, die man sonst immer im Fernsehen oder im Kino sieht, auf der Straße trifft, dann macht es auf einmal pffft…« Jack blickte unverwandt auf den Bildschirm. »Aber bei der ist alles echt, ich sag's dir.«

»Die Augen sind unecht«, sagte ich.

»Häh?«

»Die Augen – das sind grüne Kontaktlinsen; ihre Augen haben eine ganze andere Farbe.«

Jack zuckte die Achseln. »Na ja, wen juckt's? Glaubst du, sie ist eine Lesbe?«

»Angelica?« fragte ich leise. »Ich glaube nicht – ich meine, damals hatte ich nicht den Eindruck. Ich hielt sie eher für sozusagen pansexuell.«

Jack schnaubte. »Ja, klar. Sie und dieser Soundso. Und ich bin der Rabbi aus Ludowitsch.«

Angelicas Bodyguards kamen hinter dem Sofa hervor. Die schwarzen Trägerhemdchen fielen locker auf militärische, khakifarbene Shorts hinunter, und sie trugen schwarzlederne Schnürstiefel mit dicken, klobigen Kappen und häßlichen Sporen aus Metall. Die eine mit dem eintätowierten Halbmond hatte einen langen, dünnen Zopf, der ihr auf den Rücken fiel und am Ende mit einem Lederriemen zusammengebunden war, an dem scharlachrote Federn und anscheinend auch Knochen befestigt waren. Jack starrte sie bewundernd an, dann seufzte er und wischte sich den Mund mit einem Papiertaschentuch ab.

»Hör mal, Schätzchen, ich muß los.«

Die beiden Amazonen nahmen neben Angelica Aufstellung, wobei sie die Köpfe wie Ringkämpfer hielten. Ich mußte zugeben, daß sie hinreißend aussahen, diese beiden schwarzhaarigen Schönheiten, die ihr strahlendes Idol bewachten. Angelica lächelte und nickte, während ihre Bewacherinnen sich mit funkelnden Augen im Studio umschauten. Als Opals

Titelmusik erscholl, wandte Angelica sich um. Ihre Bodyguards lächelten, ein dünnes, freudloses Lächeln wie das einer träumenden Katze, und begleiteten ihre Herrin von der Bühne.

»Wow! Ich kann immer noch nicht glauben, daß das Angelica war.«

Jack grinste. »Was für eine Frau. ›Angelica Furiano.‹ Der Racheengel. Klingt so, als hätte sie's erfunden.«

»Damals hieß sie Angelica di Rienzi.« Seufzend schüttelte ich den Kopf. »Mein Gott, ich kann gar nicht glauben, daß das schon so lange her ist. Ich hatte sie vollkommen aus den Augen verloren, weißt du? Ein paar Monate lang waren wir wie siamesische Zwillinge, und dann auf einmal…« Ich schaute traurig auf den Fernsehschirm. »Ich habe nie wieder von ihr gehört. Ach, ich würde sie wirklich gern wiedersehen.«

Jack steckte sich noch einen Happen Curryhuhn in den Mund, dann schob er das Papptablett neben einen Videomonitor. »Ich hab dir ja gesagt, daß sie diesen italienischen Herzog geheiratet hat. Erica meinte, er sei einer der drei reichsten Männer des Landes gewesen. Bei seinem Tod vererbte er sein ganzes Vermögen Angelica, und das kannst du mir glauben, seine ersten drei Ehefrauen waren darüber gar nicht glücklich. O je, es wird höchste Zeit für mich.«

Er stand auf und schulterte sein Gepäck, einen abgewetzten guatemaltekischen Rucksack. »Viel Spaß beim Festival. Ich werd mal einen meiner Leute losschicken, ob er einen örtlichen Anbieter von Pink Pelican ausfindig machen kann, dann schicke ich dir eine Kiste.«

Ich geleitete ihn zur Tür. »Wann kommst du wieder nach D.C.?«

Jack drückte mich an sich und küßte mich flüchtig

auf den Kopf. »Scheiße, hab keine Ahnung. Über Weihnachten besuche ich meinen Dad in Florida, dann fliege ich wohl vorbei. Aber im Herbst machen wir einen Markttest für dieses neue Computerprogramm, zeitgleich mit der Wiedereröffnung der großen Dinosaurierausstellung in New York. Vielleicht schaue ich dann mal vorbei, und wir statten den Lasterhöhlen der Stadt einen Besuch ab.«

Wir gingen den Korridor entlang, und Jack blieb vor jeder Tür stehen, betrachtete die angeschlagenen Cartoons und lachte jedesmal laut heraus. Schließlich waren wir am Ende des Korridors angelangt. Am obersten Absatz der breiten, geschwungenen Treppe blieb er stehen.

»Mach's gut, Sweeney, es war prima, wie jedesmal.«

Er ging ein paar Stufen nach unten, dann sah er sich nach mir um. »Und, hör mal – ich wollte Erica anrufen, wenn ich zurück bin, die hat nämlich immer noch meine sämtlichen Arvo Pärt CDs. Soll ich sie mal fragen, ob sie dir Angelicas Telefonnummer besorgen kann? Sie und Erica haben nämlich enge gemeinsame Freunde oder so, die laufen sich ständig über den Weg.«

Ich nickte eifrig. »Das wäre großartig, Jack! Ehrlich – Angelica erinnert sich bestimmt noch an mich, sag Erica …«

Er winkte ab. »Klar, mach ich. Bis dann, Schätzchen.«

Ich schaute ihm nach, wie er die Treppe hinunterging und dabei jedesmal zwei Stufen auf einmal nahm, wie ein Schüler, der darauf brannte, aus der Schule hinauszukommen. Dann ging ich zurück in mein Büro.

In dem kleinen Raum roch es nach Kreuzkümmel und griechischen Kräutern. Von draußen drang der hohe, dudelsackartige Klang von Flöten herein und die unheimliche Fanfare des Karussells. Qualmwolken stiegen von den Grills empor und mischten sich mit dem gelben Staub der breiten Gehsteige der Mall. Ich wandte mich vom Fenster ab und blickte lange Zeit auf den Fernsehschirm. Es lief immer noch der Nachspann für Opals Talkshow – *Diese Sendung wurde kürzlich vor Live-Publikum aufgezeichnet* –, und die Musik dröhnte, bis sie unvermittelt von einem Werbespot für Zahncreme abgeschnitten wurde. Ich schaltete den Fernseher aus und schloß die Tür, setzte mich auf meinen Stuhl und wippte eine Weile gedankenverloren vor und zurück.

Angelica Furiano. Der Racheengel. Ich dachte an die beiden Amazonen, an Opal Purlstein und an all die Frauen, die in ihre Workshops drängten, sie über die Rechte der Frauen reden hörten und sich von ihr überwältigen ließen. Thai-Boxerinnen und ehemalige Nonnen, diskriminierte Lesben, New-Age-Hausfrauen und Fin-de-Siècle-Suffragetten.

»Was für ein Miststück«, sagte ich laut.

Doch dann dachte ich an den Abend, als ich Angelica zum letztenmal gesehen hatte, vor fast zwei Jahrzehnten: ein wunderschönes junges Mädchen, das im Schatten von Orphic Lodge nackt dem Wasser entstiegen war, ein junges Mädchen, das durch den Schmutz geschritten war, das auf einem dunklen Feld einen brüllenden Stier umtänzelt hatte. Ich dachte daran, wie sie mit Oliver im Gras gelegen hatte; ich dachte an Oliver mit dem armseligen kahlrasierten Schädel und den wahnsinnigen blauen Augen, der das Schicksal mit einem Sprung aus dem Fenster des Geräteraums im Providence Hospital ein letztes Mal herausgefordert hatte. An dies alles dachte ich, und an Balthazar Warnick, wie er von einer geschwungenen Treppe auf mich heruntergeschaut hatte; an Francis Xavier Connelly, der mitgeholfen hatte, Magda Kurtz ins Niemandsland zu stoßen; an eine schrille

Jungenstimme, welche die Dunkelheit durchschnitten hatte wie ein rotglühender Draht schwarzes Glas.

Von den Wasserspeiern bis nach Stonehenge
Von der Sphinx bis zu den Pyramiden
Von Luzifers Tempeln zum Lobpreis des Teufels
Bis zum Devil's Clock, wo's gerade Mitternacht schlägt –
Ich war schon immer hier.

An sie alle dachte ich, und an Hasel Bright, wie er mit dem Gesicht nach unten in einem Tümpel in den Wäldern Virginias gelegen hatte. Und an Angelica, die so reich und so berühmt war, daß sie Häuser in Los Angeles, in Italien und wer weiß noch wo hatte; an Angelica, die Bestseller schrieb und deren Gefolgschaft nach Tausenden, womöglich sogar nach Zehn- oder Hunderttausenden zählte. Ich hatte keine Ahnung, was sie all die Jahre über gemacht hatte – wahrscheinlich hatte sie Bücher geschrieben und Leuten beigebracht, den Mond anzuheulen. Durch das gequälte Kreischen des Karussels und das leise Kindergeschrei hindurch hörte ich Oliver wiederholen, was er zu mir gesagt hatte, als ich ihn zum letzten Mal lebendig vor mir gesehen hatte …

»*… mach dir wegen der keine Sorgen: Angelica ist zu Großem auserwählt. Zu etwas sehr, sehr Großem.*«

Ich dachte an Hasels Brief. Nach einer Weile stand ich auf. Ich ging zur Tür, vergewisserte mich, daß sie abgeschlossen war, dann nahm ich den Telefonhörer ab und rief Baby Joe in New York an.

12. KAPITEL

Die Priesterin von Huitaca

»Warum nehmt ihr euch nicht einen Abend frei? Ich glaube, seit Opal hattet ihr keinen Urlaub mehr.«

Angelica di Rienzi Furiano hob ihr Glas Chardonnay und prostete der Sonne zu, deren violette und goldene Strahlen über die Anhöhe lugten, die sich über ihrem Haus erhob. Der Wein in dem zarten Kelchglas funkelte. Eine kleine Biene mit grünen Augen schwebte über dem Glasrand. Angelica schnippte mit einem sorgfältig geformten Fingernagel danach. Die Biene sauste davon und verschwand in der Abenddämmerung. Angelica nippte versonnen am Wein, dann auf einmal lächelte sie. »Ich hab's! *Dr. Adder's* spielen im Flagstaff, die könntet ihr euch ansehen. Sollen ziemlich gut sein.«

Cloud, Kendra und Martin trieben auf aufblasbaren Schwimmsesseln im Pool. Die beiden Bodyguards trugen schlichte einteilige Badeanzüge; Martin ausgebeulte Surfershorts, auf die Kendra gelbe Smileys aufgenäht hatte. Clouds dunkler Pferdeschwanz trieb wie eine dösende Wasserschlange friedlich hinter ihr auf dem türkisblauen Wasser. Kendra und Martin hielten ein Stück weiter Händchen, ihre Schwimmsessel stupsten sich hin und wieder kameradschaftlich an. Alle drei hatten tiefbraune Haut, obwohl Martins Haar hellblond war, glatt und zart wie bei einem Baby. Er war Angelicas persönlicher Trainer und lebte mit den beiden Frauen zwanglos im Gärtnerhäuschen zusammen, das ein Stück weiter den Hang hinunter lag und aus Adobeziegeln erbaut war.

»Also, Mädels?« hakte Angelica sanft nach.

»Meinst du wirklich?« Kendra hob schläfrig den Kopf, beschattete die Augen mit der Hand und schaute blinzelnd zu ihrer Arbeitgeberin hinüber. Sie war Inhaberin des schwarzen Karategürtels und hatte in den letzten beiden Jahren den Kampfsportwettbewerb von Idaho gewonnen. »Cloud meint, sie hätte heute nacht draußen etwas gehört…«

Angelica schüttelte den Kopf. »Ich habe gesehen, was es war – ein Kojote, hatte wohl einen Hasen gefangen. Nein, geht ihr nur; ich glaube, das Konzert fängt um sieben an.«

»Ein Kojote?« wiederholte Cloud skeptisch.

Angelica nickte. Sie tippte sich an den Kopf und schaute über den Rand der Sonnenbrille zu einer Wolke hoch. »Ist das nicht erstaunlich? Er kam bis dicht ans Haus. Das tun sie sonst nie.«

Da hast du verdammt noch mal recht, dachte Cloud. *So was hat es noch nie gegeben*. In der Nacht zuvor war sie lange aufgeblieben und hatte gerade in einer Pasolini-Biographie gelesen, als sie es hörte. Irgend etwas hatte auf dem Weg gekämpft, der vom Gärtnerhäuschen zum Pool führte, etwas, das zu groß war für ein Tier, und außerdem hatte sie eindeutig eine Stimme gehört, eine Jungenstimme, so kam es ihr vor. Einzelne Worte hatte sie nicht verstehen können; solange hatte sie nicht gewartet. Als sie nach draußen gekommen war, Arme und Beine straff gespannt und bereit zum Zuschlagen, war es bereits wieder verschwunden gewesen, was immer es gewesen war.

»Du solltest die Alarmanlage besser wieder einschalten, Angelica«, sagte Kendra. »Ich meine, sonst kommt noch jemand einfach so ins Haus spaziert…«

Als Angelica den Kopf schüttelte, flog ihr Haar unter dem großen Sonnenhut hervor. »Dafür habe ich doch *dich*, Bambina. Außerdem würde sie ständig von den Tieren ausgelöst werden – ich hab dir doch gesagt, es war ein Kojote.«

Sie hatte leichthin gesprochen, doch Cloud war der drohende Unterton nicht entgangen: das Thema war abgeschlossen. »Hört mal, Artie vom Soaring Eagle hat gemeint, heute käme eine Lieferung Dungeness-Krabben rein – ihr solltet dort essen gehen, kostet sie mal für mich vor. Elspeth« – Elspeth war ihre Agentin – »kommt nächste Woche, und ich muß mir überlegen, wohin ich sie ausführe.«

Cloud verzog das Gesicht, sagte aber nichts. Sie *verabscheute* den Soaring Eagle. Die anderen waren von dem Vorschlag schon eher angetan.

»All *right*«, sang Martin. Er ließ sich ins Wasser gleiten. »Mann, ich kann eine kleine Abwechslung wirklich mal gebrauchen.« Gähnend streckte er die Arme. »Danke, Angelica. Wir bringen dir was von Ben & Jerry's mit.«

Angelica lächelte. »Granatapfelsorbet, falls es das gibt.«

»Klar, Boß.« Martin reckte ihr den Daumen entgegen, drehte sich um und zog Kendra von ihrem Sessel. Sie glitt so lautlos und anmutig ins Wasser wie ein Otter. Dann schwammen sie und Martin zur Treppe und stiegen aus dem Pool. Martin quetschte sich Wasser aus dem langen Haar, Kendra schüttelte sich wie eine Katze die Füße ab, dann packte sie Handtücher, Sandalen und Sonnenschirm zusammen und ging über den mit Terrakottafliesen gekachelten Patio zu dem Weg, der zu ihrem Häuschen führte. Hinter ihr stieg ein Schwarm kleiner granatroter Schmetterlinge von den Fliesen auf, die torkelnd Kendras kurzrasierten Schädel umflatterten.

»Kommst du mit, Cloud?«

Cloud hob den Kopf vom Schwimmsessel, und der Pferdeschwanz rutschte zwischen ihre Schulterblätter.

Auf ihrer einen Wange war ein Halbmond auftätowiert, dessen dunkler Rand schwachrot nachgezeichnet war. Drei goldene Ringe durchbohrten das Hautfältchen zwischen Daumen und Zeigefinger, und auf dem Unterarm waren schwarze und tiefblaue Zickzackbänder eintätowiert.

»Noch einen Moment. Geht schon vor, ich komme dann nach.« Sie wälzte sich auf den Bauch und schaute zu Angelica hinüber, die goldenen Augen vor Argwohn zusammengekniffen. »Laßt mir noch warmes Wasser für die Dusche übrig.«

»Nehmt den Porsche!« rief Angelica ihnen nach, als sie um einen umgestürzten Sandsteinpfeiler bogen. »Ihr wißt ja, wo der Schlüssel ist ...«

Sie lehnte sich in das Polster der bananengelben italienischen Chaiselongue zurück, die sie von ihrer Villa auf Santorin mitgebracht hatte. Die Chaiselongue war elegant, schlicht und so geschmeidig wie ein Autohandschuh. Der Schwung des Möbels paßte zu Angelicas Körper, sie mochte die Berührung des warmen Ziegenleders auf der nackten Haut und den Moschusgeruch, den das Leder in der Sonne verströmte. Sie war nur mit einem schlichten schwarzen, hoch geschnittenen Badeanzug bekleidet, der ihre langen Beine und den straffen Bauch betonte, an dessen Erhaltung Martin so hart arbeitete. »Cloud, willst du nicht mit?«

Cloud schaute Angelica mit schwerlidrigem Blick an. Um die Mondtätowierung herum hatten sich Schweißrinnsale gesammelt, die der dunklen Sichel einen silbrigen Schimmer verliehen. Sie lächelte schwach und zeigte dabei ihre kleinen weißen Zähne und die rosa Zungenspitze.

»Gleich.«

Angelica erwiderte ihren Blick, das Weinglas mit zwei perfekt geformten Fingern haltend. Cloud war in letzter Zeit ein wenig schwierig – nichts Ernstes, lediglich kleine Ärgernisse wie jetzt ihre Weigerung zu gehen, obwohl sie entlassen war, ihr Beharren darauf, vergangene Nacht etwas gehört zu haben, obwohl Angelica doch zu erkennen gegeben hatte, daß sie gefälligst nichts gehört haben sollte. Cloud war cleverer als Kendra und Martin, auch ein paar Jahre älter – sie hatte die Filmakademie besucht und eine Weile als Tonassistentin gearbeitet, dann war es ihr langweilig geworden, und sie hatte es allein versucht. Vor zwei Jahren im Oktober hatte sie an Angelicas Samhain-Workshop in Minneapolis teilgenommen, bei dem Angelica von einem Typ belästigt worden war, der sie kastrierte Schlampe und lesbisches Mannweib geschimpft hatte. Nach der Veranstaltung hatte er sich an den Autogrammjägern vorbeigeschleimt, hatte Angelica fortgezerrt und sie ins Gesicht geschlagen. Cloud hatte ihn mit einem einzigen Tritt in den Bauch niedergestreckt und ihn festgehalten, bis das Sicherheitspersonal zur Stelle war. Angelica hatte sie vom Fleck weg engagiert. Etwa ein Jahr später, als sie wieder in Los Angeles waren, hatte sie Kendra eingestellt.

»Damit es dir unterwegs nicht zu einsam wird«, hatte sie zu Cloud gesagt.

»Du meinst, damit es *dir* nicht zu einsam wird«, hatte Cloud mit einem anzüglichen Grinsen erwidert. Cloud bevorzugte Männer, möglichst ernsthafte Bodybuilder, die sie beim Fitneß-Training kennenlernte, was unterwegs nicht häufig der Fall war, und außerdem mußte man heutzutage aufpassen, mit wem man sich einließ. Allerdings hatte sie an der Filmakademie auch eine kurze Affäre mit einer Frau gehabt; sie hatte geglaubt, Angelica müsse eine Lesbe sein, eine dieser aufgetakelten älteren Lesben mit dickem Lippenstift, Stöckelschuhen und Opium-Parfüm, obwohl Cloud sich bereits vorgenommen hatte, nicht mit ihr ins Bett zu gehen. Es war schlechtes

Karma, mit Leuten zu schlafen, für die man arbeitete. Sie war fast ein wenig enttäuscht, als sie feststellte, daß Angelica nicht vorhatte, sich an sie heranzumachen. Sie schien überhaupt nur selten mit jemandem zu flirten. Manchmal, wenn ihr Sohn auf Besuch war, ging Angelica mit ihm und ein paar seiner Freunde essen, und Cloud hatte den Verdacht, daß manche dieser jungen Kerle anschließend die Nacht im Gewächshaus in der Wüste verbrachten.

Ja, Cloud war auf Draht. Wäre sie wirklich eine Wolke gewesen, dann eine dieser karminrot leuchtenden Federwölkchen, die man manchmal kurz nach Sonnenuntergang über den Hügeln sah, eine Wolke wie eine Flamme und kein sanfter Regenbote. Angelica blickte über den türkisblauen Pool hinweg, wobei sie aus den Augenwinkeln Clouds goldene Augen sah, die sie abschätzend und unerschrocken musterten. Sie trank noch einen Schluck Wein und wartete ab, bis sich dessen süßes Aroma verflüchtigte und den schwachen Nachgeschmack von Himbeeren und Rauch von ihrer Zunge löste.

Angelica hatte ihre eigenen Gründe dafür, daß sie ihr Personal am Abend nicht dahaben wollte. Ihre Haushälterin Sunday arbeitete tagsüber und blieb nur dann über Nacht, wenn Angelica eine ihrer seltenen Partys gab. Daher stellte sie kein Problem dar. Cloud, Kendra und Martin hatten einen Abend in der Woche frei und fuhren dann für gewöhnlich mit Martins Jeep nach Flagstaff oder Sedona. Ihre anderen freien Tage nahmen sie abwechselnd, doch einmal im Monat, wenn Neumond war, mußte Angelica eine Ausrede erfinden, um sie von ihrem Grundstück zu entfernen. In Los Angeles, wo so viele Clubs und funkelnde Lichter lockten, oder auf Santorin, wo Martin zahllose Verehrerinnen unter den dunkeläugigen Mädchen hatte, die als Kellnerinnen in den Strandrestaurants arbeiteten, und wo Kendra und Cloud mit Sabe, dem alten Fischer, der sich während Angelicas Abwesenheit um das Anwesen der Furianos kümmerte, nachts gerne nach Tintenfischen tauchten, war das nicht schwer gewesen.

Doch wenn sie hier in der Wüste waren, verließen die Mädchen und Martin Huitaca nur ungern. Martin beklagte sich über die verrückten alten Weiber in Sedona (Angelica lachte, denn die meisten Touristinnen waren jünger als sie), und Cloud fand das Essen in den Restaurants abscheulich. Bei Kendra war es das gleiche: nun, Kendra war einfach ein bißchen träge. Sich selbst überlassen, hätte Kendra sich mit ihrem Öl Sonnenschutzfaktor +87 und einem Stapel Comics an den Pool gelegt und solange gelesen und gedöst, bis sie zu einem kleinen, braunen Staubhäufchen zusammengetrocknet und in die Mazatzal-Berge fortgeweht worden wäre.

Wenngleich Angelica ihr daraus keinen Vorwurf machen konnte. Huitaca war wundervoll. Sie hatte das Grundstück ein Jahr nach Rinaldos Tod erworben. Sie hatte gerade ihr erstes Buch – *Im Reich des Schlafs: Stärkendes Träumen für Frauen, die genug durchgemacht haben* – für einen bescheidenen fünfstelligen Vorschuß verkauft. Ihre Promotiontour für *Im Reich des Schlafs* hatte sie nach Sedona geführt, und sie hatte sich in die Hügel und die weite, einsame Wüstenlandschaft, den blauen Himmel, der wie feuchte Emaillefarbe war, und den wundervollen mitternächtlichen Duft der Piniennuß verliebt, die in Kaminen aus Feldstein verbrannt wurde. Sie hatte dieses Grundstück entdeckt, das gerade zum Verkauf stand, hatte einen Monat später den Vertrag unterschrieben und einen Haufen Architekten, Bauarbeiter und Handwerker angeheuert. Ein Jahr später war sie eingezogen.

Sie nannte den Ort *Huitaca*, nach der Mondgöttin der Chibcha-Kultur, die bekannt war für ihre Neigung zu Trägheit und Rausch; eine IHRER heitereren

Inkarnationen. Das Anwesen schmiegte sich zwischen steile Sandsteinfelsen und eine mit Piniennuß bewachsene Anhöhe, auf der Raben und Geier nisteten. Im Chaparal raschelten der Erdkuckuck und der Mexikanische Guan und machten Jagd auf Schlangen und die kleinen, stacheligen Eidechsen, die sich unter den Steinen verbargen. Im Gestrüpp ertönten morgens von den Wipfeln der Akazien und der Krüppelkiefern die heiseren Rufe der Guane. Die wolkenlose Luft roch nach heißem Staub und nach Pinienharz; an Sommerabenden sah sie Gebete um Regen wie blauen Rauch vom fernen Glockenturm der kleinen Kirche in Cottonwood aufsteigen.

Huitaca lag ein paar Meilen von Sedona entfernt, wo wohlhabende Pilger in den überteuerten Restaurants Erleuchtung suchten, in denen blaue Maischips und *fajitas* von freilaufenden Lämmern serviert wurden. Hin und wieder fand eine Touristengruppe den Weg durch die Hügel bis nach Huitaca. Dann traten Cloud und Kendra in Aktion und dirigierten die enttäuschten Frauen höflich, aber entschieden wieder in ihre gemieteten Geländefahrzeuge und schauten ihnen nach, wie sie den staubigen Kiesweg entlang zur Hauptstraße rumpelten. Huitaca war ein verzauberter Ort, fast so schön wie die Villa der Furianos auf Santorin. Gäste wurden nur zu besonderen Anlässen willkommen geheißen.

Das Hauptgebäude war hinreißend, hatte eine Grundfläche von knapp hundert Quadratmetern und war aus wärmedämmendem Glas, Adobeziegeln und zweihundertjährigen Holzbalken erbaut, die von einer säkularisierten Kirche in Phoenix stammten. An den Wänden hingen Sandgemälde der Navajos, und über dem offenen Kamin aus massivem Feldstein hatte man das vollständige Skelett eines Stiers angebracht, an dessen ausgebleichten Knochen Perlen, Federn und Rasseln aus Schildkrötenpanzern befestigt waren. Die Böden waren mit handbemalten toskanischen Fliesen ausgelegt, und vor einem kleinen Altar in Angelicas Schlafzimmer brannten Tag und Nacht getrocknete Salbeiblätter.

Angelica arbeitete überwiegend draußen. Der Pool und der Patio lagen in einer Art natürlichem Amphitheater. In klaren Nächten hatte man ungehinderte Sicht auf den Osthimmel, unter dem violett getönte Hügel und Berghänge wie erstarrte Steingeysire aus der Wüste hervorbrachen. Auf dem Patio gab es gewollt naturalistisch wirkende Anpflanzungen einheimischer Gräser und Sukkulenten: Lecheguilas, dornige, blattlose Kerzensträucher, Steinnesseln und Feigenkakteen; Hornkröten legten in den Rissen der geborstenen Fliesen ihre Eier zwischen Terrakottascherben ab. Auch eine Kolonie Klapperschlangen nistete dort. Als Martin einmal eine töten wollte, war Angelica ihm in den Arm gefallen …

»Die kommen bloß zum Trinken her«, sagte sie. Entsetzt und verwundert sah er mit an, wie sie sich über eine Schlange beugte, die so lang war wie Martins Arm und so dick wie sein Handgelenk, der Kopf eine erhobene Faust, die trockene Hülse der Rassel ein verwischter Schemen.

»Ruhig, ganz ruhig«, murmelte Angelica. Ehe die Klapperschlange zubeißen konnte, packte Angelica sie hinter dem Kopf. Sie baumelte von ihrer Hand, sie wand sich und verknotete ihren Leib, der Schwanz schlug so heftig gegen Angelicas Schenkel, daß ein roter Striemen davon zurückblieb, wie der Abdruck eines Gürtels. Angelica hielt die Schlange mit ausgestrecktem Arm vor sich und drückte sanft gegen ihren Kiefer, so daß Martin beobachten konnte, wie sich das Gift in milchigen Rinnsalen aus den hohlen Fangzähnen auf die Fliesen ergoß.

»Laß sie ruhig trinken«, meinte Angelica befehlend. »Und daß du *niemals* eine umbringst.«

Martin hatte nie wieder eine Schlange bedroht, doch seitdem nahmen er und die Mädchen sich mehr in acht, wenn sie nach Einbruch der Dunkelheit im Pool badeten. Angelica war das nur recht: sie badete am liebsten allein. Der Pool selbst war gute sechs Meter tief und ähnelte einem natürlichen, von einer Quelle gespeisten Teich. Und er war klein – drei kraftvolle Züge, und Cloud hatte ihn durchquert. Angelica hatte sich Sorgen gemacht über die Auswirkungen, die er hier in der Wüste haben könnte, jedoch nicht so sehr, daß sie darauf verzichtet oder den ständigen Wasserstrom eingeschränkt hätte, der sich aus einem verborgenen Leitungsrohr ins schmale Ende des Pools ergoß. In der Tiefe funkelte es silbern und golden von einem Mosaik, ausgeführt im Stil des Frauen-Apodyteriums in den öffentlichen Bädern von Herculaneum. Es stellte die Mondphasen dar, mit einer triumphierenden Frauenfigur in der Mitte, die den Vollmond wie eine Opfergabe in den hohlen Händen hielt.

Im Moment überlegte Angelica, ob sie ein Bad nehmen sollte. Es war der neunundzwanzigste Juni und so heiß, daß der Speichel zischend verdampft wäre, hätte man auf einen Stein gespuckt. Cloud aber war immer noch da.

»Ich glaube, ich steige mal ins Wasser«, sagte Angelica schließlich. Sie trank den Wein aus und stellte das leere Kelchglas auf den Tisch neben ihrer Chaiselongue. »Paß auf, daß der Ausflug nicht ohne dich stattfindet!« rief sie und ging ins Haus.

Cloud, die immer noch auf dem Bauch lag, wartete, bis Angelica verschwunden war, und ließ die Hände ins blutwarme Wasser baumeln. *Ausflug,* dachte sie. Sie krümmte die Hand, die mit den drei goldenen Ringen darin, und spürte, wie das Wasser gegen die empfindliche Stelle plätscherte. In der Nähe ihres Schwimmsessels strampelte ein Käfer auf dem Wasser, ein kleines, graubraunes Atom aus der Wüste. Wahrscheinlich hatte er noch nie im Leben soviel Wasser gesehen. Cloud fuhr mit der Hand darunter und hob sie dann an, so daß der Käfer auf einem Knöchel gestrandet sitzenblieb. Einen Moment lang verharrte er dort; sie beobachtete, wie der Wasserfilm auf seinem gesprenkelten Rückenschild trocknete. Dann breitete er die Flügel aus und sauste in die glühendheiße Luft davon.

Ausflug, dachte Cloud und tauchte in das türkisblaue Wasser. Vielleicht waren Kendra und Martin ja einfach zu blöde, um etwas zu merken, aber Cloud hatte ein Muster erkannt. Einmal im Monat versuchte Angelica sie loszuwerden, abwechselnd mit fadenscheinigen und mit phantasievollen Ausreden. Heute aber würde Cloud sich das Muster ein wenig genauer ansehen und herausfinden, was in Huitaca wirklich vor sich ging.

Na gut, dann mache ich eben einen Ausflug. Und sie schwamm an den Rand.

Angelicas Vorbereitungen waren wie immer simpel. Sie wartete solange, bis sie Cloud zum Gärtnerhäuschen hinuntergehen sah. Dann wandte sie sich vom Fenster ab. Sie ging zum Schlafzimmerflügel hinüber, betrat das Bad mit dem Boden aus importiertem Korallenmarmor und dem Fries ekstatischer Mänaden, das sie aus der Türkei geschmuggelt hatte, und stellte sich unter die Dusche, eine geräumige Naßzelle aus grünem Industrieglas.

Darin herrschte ein diffuses Licht: als duschte man unter einem Gewitterhimmel. In einer Alabasterschale waren Naturschwämme und mit wildem Lavendel und echter Katzenminze parfümierte Seifen; es gab auch einen kleinen Behälter mit Meersalz. Angelica schüttete sich etwas davon auf die Hand, führte die Zungenspitze an die bitteren Kristalle und ließ diese dann vom Wasser fortspülen. Der Geruch nach Salz und Lavendel erinnerte sie an das Kretische Meer vor der Küste von Santorin; erinnerte sie an die Ägäis, an Narzissen, die auf steinigen Hängen nickten, und an den Wind, der die Wogen mit weißen und mitternachtsblauen Wirbeln marmorierte.

Anschließend legte sie ein schlichtes weißes Leinenkleid an, ärmellos, knielang, mit einer Kordel gegürtet, von der allein Angelica wußte, daß sie aus echten Goldfäden gewirkt war. Dann setzte sie sich an den alten Tisch im Missionsstil, den sie als Toilettentisch verwendete und dessen unbehandeltes Holz so verwittert war, daß es sich ganz weich anfühlte, wie Wildleder. An einem Lavabrocken aus Akrotiri lehnte ein kleiner, runder Spiegel. Überall lagen Tiegel und Tuben mit teuren Kosmetika herum, doch die beachtete Angelica nicht. Statt dessen nahm sie ein mit einem Korkstopfen verschlossenes Terrakottagefäß und schüttete ein kleines Häufchen Koriandersamen in einen marmornen Mörser. Den Samen zerrieb sie zusammen mit einem Stückchen roten Sandelholzes und ein paar Spänen getrockneter Blutorangenschale und verteilte anschließend das Pulver sorgfältig auf Brüsten, Handgelenken, Schenkeln und Hals.

Die ganze Zeit über blickte Angelica unverwandt in den vor ihr befindlichen Spiegel. Es war ein alter Spiegel, das polierte Metall war mit der Zeit korrodiert, so daß ihr Spiegelbild mit eingedunkelten Flecken und Kratern übersät war. Der Rand war mit gemalten dunkelgrünen und bernsteinfarbenen Arabesken geschmückt, deren fließendes Muster an einigen Stellen von einem Augenpaar durchbrochen wurde. *Scungilli*, hatte ihr Onkel erklärt, als er ihr den Spiegel vor fast zwanzig Jahren in Florenz geschenkt hatte. *Tintenfisch.*

»Der hat mal deiner Mutter gehört«, hatte er gesagt. Seine Stimme schwankte ein wenig, nicht vor

Kummer, das wußte Angelica mittlerweile. Vielleicht vor Bedauern oder Besorgnis. »Dein Vater hat vergessen, daß ich ihn habe.«

»Meiner Mutter?«

Ihr Onkel nickte. Er war sogar noch älter als ihr Vater, obwohl sein jüngstes Kind gerade erst sieben war. Sie hatte nur kurze Zeit bei ihm und ihren Neffen verbracht; früher hatte sie sie natürlich häufig besucht, aber diesmal war es etwas anderes. Es war eher eine Art Exil. »Ich habe ihn gefunden. Anschließend…«

»Aber ich dachte, meine Mutter sei gestorben!«

Sie war verblüfft. So nahe sie ihrem Vater auch stand, hatte er doch nie von ihrer Mutter gesprochen: dieses Thema war tabu. Neffen und Tanten, die in Florenz lebten, hatten ihr gesagt, ihre Mutter sei bei der Entbindung gestorben. Angelica vermutete einen weniger dramatischen Hintergrund. Ihr Vater und eine junge Angestellte oder eine wohlhabende Studentin oder… So was kam vor; daher ließ Angelica die Angelegenheit auf sich beruhen. In Florenz scherte sich niemand darum, und zu Hause in den Staaten wußte keiner darüber Bescheid.

Doch an jenem Nachmittag im Winter hatte ihr Onkel nur die Achseln gezuckt und war ihrem Blick ausgewichen. »Vielleicht ist sie das«, sagte er schließlich. Draußen trommelten silberne Regenschleier gegen die hohen Fenster, die auf die Piazza hinausgingen. »Wir wissen es nicht.«

»W-was meinst du damit?« Angelica griff nach ihrem Glas Aquavit – ihre junge Tante behauptete, er wirke appetitanregend – und stürzte ihn in einem Zug hinunter. »Sag schon!«

»Du darfst deinem Vater gegenüber nie erwähnen, daß ich es dir erzählt habe.« Ihr Onkel schenkte sich noch ein Glas ein. »Aber es ist nicht recht, daß du es nicht weißt. Besonders jetzt«, setzte er leise hinzu.

»Es war vor vielen Jahren – na ja, *du* weißt ja, wie lang es her ist.« Ihr Onkel beugte sich über den Diwan und streichelt ihr übers Haar. »Mein liebes Mädchen – die Vorstellung, daß du schon auf der Uni warst, fällt mir schwer! Neunzehn«, murmelte er, dann fuhr er fort.

»Dein Vater reiste damals in die Nähe von Rhodos, um sich mit ein paar Freunden zu treffen – mit einem Professor von der Universität und ein paar anderen, an die ich mich nicht mehr erinnere. Sie wollten sich in Athen treffen und von dort aus mit der Yacht deines Vaters weiterfahren – mit der *Cefalù,* demselben Boot, das er immer noch hat –, aber ihr Flug von London hatte Verspätung, und es war unklar, wie lange sie bis Rom brauchen würden. Luciano war schon immer ein ungeduldiger Mensch: er beschloß, allein weiterzureisen und in Mandraki auf sie zu warten. Das ist ein feiner Jachthafen auf Nisyros. Er fuhr von Kap Sidiron auf Kreta nach Kasos, und von dort aus nach Karpathos. Von dort aus wollte er nach Mandraki weiterfahren und sich dort mit seinen Freunden treffen.

Er verbrachte die Nacht auf Karpathos und beschloß früh am Morgen, nach Mandraki weiterzufahren. Eigentlich hätte die Überfahrt problemlos vonstatten gehen müssen – die Straße von Karpathos ist nicht gefährlich, wenn man erst einmal aus dem Windschatten der Berge heraus ist –, aber gegen Mittag kam ein Sturm auf. Urplötzlich, wie dein Vater später sagte. Der Himmel war wolkenlos, und gar nicht weit entfernt war das Wasser unbewegt; die *Cefalù* aber hatte schwer zu kämpfen. Dein Vater war gezwungen, bei einer Insel vor Anker zu gehen. Ein gottverlassener Ort, kaum größer als unsere Villa bei Poggibonsi. Es gab dort kein Wasser und nichts Lebendiges, weder Bäume noch Gras; bloß einen kleinen Strand, umgeben von Lavasteinen. Dein Vater hatte Glück, daß die *Cefalù* gut mit Proviant ausgestattet war, denn er lag zwei Tage dort fest. Er versuchte, mittels Funk Hilfe herbeizurufen, doch der Sturm hielt an, und er konnte niemanden erreichen. Tagsüber erkundete er das Inselchen, doch es gab nicht viel zu sehen, und er hatte Angst, das Boot könnte leckschlagen. In der zweiten Nacht war es jedoch so ruhig, daß er von Bord der vor Anker liegenden *Cefalù* ging und mit dem Schlauchboot ans Ufer übersetzte, um dort zu schlafen. Er hatte so wenig geschlafen, daß er geistig wohl nicht mehr ganz auf der Höhe war, aber wenn ich das sage, regt sich dein Vater nur auf.

Also lagerte er auf einem kleinen Felsen. Ein unwirtlicher Ort, wie er mir sagte; als er ein paar Wochen später mit seinen Freunden dorthin zurückkehrte, fanden sie dort im Wasser allerdings Gold und Skelette – sie kauften sich Tauchgeräte, in der Hoffnung, auf einen Schatz zu stoßen, und das taten sie auch. Ich glaube, es war eine dieser Inseln, die vor langer Zeit durch einen Vulkanausbruch unbewohnbar wurden, aber du weißt ja, daß ich mich um die Angelegenheiten deines Vaters nicht kümmere.

In dieser Nacht hatte er nur Treibholz und seine Decke, um sich gegen den Wind zu schützen, und eine Flasche Tokajer, die er auf der *Cefalù* entdeckt hatte – eigentlich hatte er es doch gar nicht so schlecht, findest du nicht? Der Sturm hatte sich gelegt, und es war Vollmond, in dessen Licht das Meer wie blauer Schnee aussah – so hat es dein Vater beschrieben. Als blauen Schnee.«

Ihr Onkel verstummte und schaute aus dem Fenster. Die Fensterscheiben erzitterten, als sich aus der Dachrinne ein Schwall Wasser ergoß. Nach einer Weile wandte er sich wieder Angelica zu.

»In jener Nacht kam sie zu ihm. Als er erwachte, war sie da – nicht bei ihm auf der Insel, sondern im

Wasser. Sie schwamm. Er wunderte sich, wie sie dort schwimmen konnte, da der Grund voller scharfer Steine war, aber sie schwamm gut. Es war immer noch dunkel, trotzdem konnte er sie vom Ufer aus ziemlich gut erkennen, und er erzählte mir, er habe gleich gewußt, daß es sich um eine Frau handelte und nicht um einen Delphin oder einen anderen Fisch – oder um einen Mann.

Er beobachtete sie eine Zeitlang, und dann kam sie ans Ufer. Sie war nackt – kein Badeanzug, keine Badeschuhe, nichts, um sich vor dem Wind oder den Steinen zu schützen. In der Hand hatte sie allerdings einen sehr alten Spiegel aus poliertem Metall. Er glaubte, sie müsse ihn aus einer alten Gruft oder einem Grab gestohlen haben, denn er konnte erkennen, daß er sehr alt war, jedenfalls nichts, was man bei einem jungen Mädchen, das allein an der Küste schwamm, vermutet hätte!

Sie wußte, daß er sie beobachtete – und als sie ans Ufer kam, ging sie geradewegs auf ihn zu. Das Wasser hinter ihr war wie blauer Schnee, und am Himmel stand der Vollmond. Sie war wunderschön – *natürlich* war sie wunderschön! Halluzinationen sind immer wunderschön! Jung und sehr schlank, und obwohl sie lange Beine hatte, war sie nicht groß. *Das* jedenfalls hast du von Luciano geerbt. Und sie hatte breite Hüften, hohe Brüste und langes Haar, das sehr dunkel und gelockt war, und große, goldene Augen, aber wie er die Farbe ihrer Augen gesehen haben will, obwohl es dunkel war, ist mir schleierhaft. Selbst bei Mondschein ist es dunkel. Er meinte, sie sei anders gewesen als alle anderen Frauen, die er je gekannt habe – nicht wegen ihrer Schönheit, sondern auf Grund ihrer ganzen Erscheinung. So kleine Knochen und so zart, aber sehr, sehr kräftig.

Und so wohnte er ihr bei, und am Morgen war sie verschwunden. Er sah sie nie wieder.«

Angelica starrte ihn an. »Aber was ist mit *mir*? Er muß sie doch wiedergesehen haben, wenn sie – wenn sie wirklich meine *Mutter* war!«

»Luciano behauptet, nein.« Ihr Onkel blickte sie durchdringend an. »Vielleicht hat er sie ja überhaupt nie gesehen, hm? Aber ein paar Monate später hielt er sich in London bei Freunden auf, und irgendwann am Nachmittag klopft es an der Tür, und als sie aufmachten – pfff! Da war ein hübscher Korb von Harrods und eine Decke, und in die Decke eingewickelt ein Baby – und außer dem Baby war da noch das da …« Er deutete auf den matt wirkenden Spiegel vor ihr auf dem Tisch: ein runder Spiegel von der Größe zweier Hände, sorgfältig in Leder eingewickelt und geschmückt mit den eleganten, dunklen Fangarmen eines Tintenfischs. »Eine nette Geschichte, wie? Ich glaube kein Wort davon, aber da bist du nun mal, und …« Er nahm mit einem schweren Seufzer neben ihr auf dem Diwan Platz, hob sein Glas und prostete ihr zu. *»Cede Deo.«*

»Aber wer *war* sie? Wie hieß sie?«

Ihr Onkel lächelte wehmütig. »Ich weiß es nicht, mein Liebling. Niemand weiß es. Nicht einmal dein Vater …«

»Aber er muß doch … du hast gesagt …«

»Vielleicht kennt er ihren Namen ja. Jedenfalls hat er ihn *mir* nie gesagt. Nur das, was ich dir bereits erzählt habe – daß sie wunderschön gewesen sei, daß sie auch gesungen und daß er ihre Lieder hochinteressant gefunden habe. Es waren sehr alte Lieder, hat er mir erzählt, sehr alte Lieder. Ich bin nichts weiter als ein Geschäftsmann, daher kenne ich mich mit romantischen Dingen nicht aus! Aber er meinte, sie habe in einer längst vergessenen Sprache gesungen.«

»Gibt es nicht irgendein Foto? Oder eine Geburtsurkunde? Irgend jemand *muß* doch etwas haben …«

Ihr Onkel machte große Augen. »Meine Liebe! Du darfst dich nicht so aufregen – warte, ich lasse Giulietta noch etwas warme Milch und *biscòtti* bringen…«

Angelica schien verletzt. »Nein – ich meine, gibt es denn gar nichts? Ein Foto vielleicht, *irgend etwas*…«

Ihr Onkel spitzte die Lippen und runzelte die Stirn. »Ich kann dir zeigen, was dein Vater mir gezeigt hat«, sagte er schließlich und ging zu dem Bücherregal hinüber, das die eine Wand einnahm. »Hier…«

Er zog einen schweren Band hervor. Angelica verrenkte sich den Hals, um den Titel zu lesen.

Geschichte der kretisch-mykenischen Kunst.

Nach Lavendel riechender Staub stieg empor, als ihr Onkel auf den rissigen Einband pustete. »Eins seiner Bücher. Siehst du?«

Sie erblickte die Abbildung einer buntbemalten Vase, deren rosafarbene Scherben sorgfältig wieder zusammengefügt worden und mit einem großäugigen Tintenfisch bemalt waren.

»Sieht aus wie deiner, wie?« Ihr Onkel nickte zum Spiegel auf dem Tisch hin. »*Scungilli.* Aber eigentlich wollte ich dir *das* hier zeigen…«

Er bedeutete Angelica näher zu rücken und hielt ihr eine weitere Abbildung hin. »Das hat er mir später gezeigt. Viele Jahre später. Er sagte, es erinnere ihn an die Frau am Strand.«

Es war ein Ausschnitt aus einem Fresko, das Profil eines Frauengesichts. Eine Frau in einem blau-weiß gestreiften Gewand, geschmückt mit scharlachroten Bändern, das lange Haar kunstvoll frisiert; ihre großen Augen waren mit dunklem Antimonpulver hervorgehoben, die vollen Lippen waren schwach rot gefärbt. In der Hand hielt sie eine Art zweischneidiger Axt mit halbmondförmigen Schneiden. Am unteren

Rand der Abbildung stand auf deutsch eine Erklärung. Darunter erkannte Angelica die lässig-elegante Handschrift ihres Vaters wieder:

Minoische Priesterin,
ca. 1650 v. Chr., Palast von Knossos

»Hübsch, nicht wahr?« murmelte ihr Onkel.

»J-ja.«

Das Bildnis hatte nichts von der unmenschlichen Kälte ägyptischer Malereien. Angelica konnte sich mühelos vorstellen, daß diese junge Frau lachte, Brot aß, tanzte; daß sie zuviel rauchte, zuviel Wein trank, anschließend ins Bett fiel und ...

»Ja, sie ist sehr hübsch«, flüsterte Angelica.

Sehr hübsch, und sie sieht mir ähnlich.

»Jetzt hast du sie also gesehen«, sagte ihr Onkel nach langem Schweigen. Angelica spürte, daß er sie anschaute, weigerte sich jedoch aufzusehen. Mit letzter Kraft unterdrückte sie Tränen der Wut, der Angst und Verunsicherung. Ihr Onkel klappte das Buch seufzend zu und stellte es wieder ins Regal. »Aber wo du dich soviel mit Archäologie beschäftigst, Angelica – ein so berühmtes Bild hättest du irgendwann sowieso gesehen und die Ähnlichkeit bemerkt, auch wenn ich es dir nicht gezeigt hätte.«

Unten in der Hauptküche vernahm sie Schritte; Giulietta wies eines der Dienstmädchen an, der Signorina *mostaccioli* und ein Glas Marsala zu bringen. Ihr Onkel trank seinen Aquavit aus. Er wischte sich den Mund mit einer Serviette ab und wickelte den Metallspiegel sorgfältig wieder in das Leder ein. »Aber vielleicht hätte ich jetzt nicht davon sprechen sollen. Verzeih mir, Angelica ...«

Er küßte sie auf die Wange, sein Atem roch nach *Sen-sen* und Alkohol, dann drückte er ihr das Paket mit dem Spiegel in die Hand. »Aber du hast ja das und die Halskette deiner Mutter…« Er neigte den Kopf zu ihrem Hals hinunter.

»Was meinst du damit?« Eine Hand legte er auf den in Leder eingewickelten Spiegel; mit der anderen berührte er die Lunula unter dem Halstuch.

»Deine Halskette.« Ihr Onkel lehnte sich zurück und schloß die Augen. »Ach! Der Regen legt sich einem wirklich aufs Gemüt.«

»Meine Halskette?«

Er schlug die Augen auf und nickte. »Ja – der andere Gegenstand von ihr, neben dem Spiegel. Dein Vater meinte, sie habe eine silberne Halskette getragen, mit einem Neumond als Anhänger – wie das Schmuckstück, das die Priesterin trägt…«

Er blickte zum Regal. »…die Doppelaxt. Ich bin froh, daß er dir die Halskette gegeben hat; ich kann diese Familiengeheimnisse nicht ausstehen. Ah! Deine Tante schickt uns Wein und *biscòtti di cioccolata!* Sie weiß schon, wie man dich mästen kann!«

»Aber die… die ist ja gar nicht…«, stammelte Angelica, dann, als das Dienstmädchen das trüb erhellte Zimmer betrat, verstummte sie. Sie hatte ihrem Vater nichts von der Lunula erzählt. Sie hatte sie hin und wieder im Haus ihres Onkels getragen, weil sie sicher gewesen war, daß niemand sie erkennen würde; doch jetzt…

»Danke«, sagte ihr Onkel zum Dienstmädchen. »Hier, Angelica…«

Er reichte ihr einen knusprigen, dunklen Halbmond auf einem kleinen Silbertablett, einen kleinen, lächelnden Mund, der an einen Neumond erinnerte. »Und jetzt iß, mein Liebling.«

Heute, zwanzig Jahre später in Huitaca, blickte Angelica nun in eben diesen Spiegel. Wenn sie den Kopf wandte, zeigte ihr die Metalloberfläche verschwommen das gleiche Profil, das sie seitdem schon so häufig gesehen hatte; auf Ansichtskarten von Knossos und Heraklion; in Büchern über Kunstgeschichte und Mythologie; auf den Reklamefotos, die ihre Bücher zierten. Die Stier-Priesterin, die Mondpriesterin, die Autorin zu Hause. Angelica Furiano.

»Haïyo Othiym«, flüsterte sie und fuhr mit den Fingerspitzen über die rauhe Oberfläche des Spiegels. Dann nahm sie die Lunula aus dem mit Schnitzereien verzierten Sandelholzkästchen. Einen Moment lang leuchtete das Spiegelbild der Lunula im Fenster auf, als ginge der Mond über dem Gestrüpp auf. Sie streifte sie sich über den Kopf, wobei sie darauf achtete, daß sie sich nicht an ihrem Haar verfing, und tastete über den kühlen Rand, als prüfe sie eine Klinge. Sie betrachtete noch eine Weile ihr Spiegelbild im Bronzespiegel, dann erhob sie sich.

Sie ging zurück ins Hauptgebäude. Dort stand wie immer Sunday und schaute auf das Gestrüpp hinaus – einmal hatte sie dort einen Puma gesehen, und Angelica wußte, daß sie ihn gern wiedergesehen hätte. Sie gab ihrer Haushälterin einen kleinen weißen Umschlag – Sunday nahm ihr Gehalt gerne in bar entgegen, und zwar täglich –, dankte ihr und geleitete sie zur Vordertür. Angelica schaute zu, wie die Haushälterin in ihren neuen roten Chevy-Pickup stieg und über die holprige Straße davonfuhr. Sie wartete noch eine halbe Stunde, bis auch der Porsche im Dunst verschwand. Angelica war allein.

Das heißt, fast allein.

Es war die Stunde nach Sonnenuntergang, in der man spürte, wie die Wüstenhitze in der Erde versickerte. Angelica ging zurück zu ihrem Zimmer und öffnete die Schiebetüren, so daß die ganze Rückseite des Hauses zur Nacht hin offen war.

»So«, murmelte sie und sog genüßlich die Luft ein.

Der Himmel war violett. Der Horizont verblaßte zu Grün, dort, wo die Spitzkuppen aufragten: riesige Sandsteinsäulen, so gewaltig, fremd und schweigend, daß sie wie Lebewesen wirkten, wie aufmerksame Propheten oder Sphingen, die darauf warteten, sich auf die schlafende Ebene hinabzubegeben. Hitzeblitze stachen gewaltsam auf die höchsten Felszacken ein, und obwohl Angelica wußte, daß es nicht regnen würde, war die Luft doch vom Geruch nach Wasser erfüllt, ein Duft so lieblich wie Räucherwerk. Angelica lächelte in Erwartung dessen, was sie draußen erwartete.

Am Rand des Pools hatten sich zahllose Lebewesen versammelt, um zu trinken. Wüstengrillen, Beutelratten, fette, goldäugige Kröten und kleine, verschlafen wirkende Nachteulen. Ziegenmelker und Würger kreisten über dem Wasser, und die Fliesen waren mit roten Bienen bedeckt wie mit Perlen. Und Klapperschlangen waren erschienen, die aber all die furchtsamen Beutelratten und nervösen Mäuse nicht beachteten, sondern lediglich tranken und dann raschelnd wie hölzerne Rosenkränze über den Patio davonhuschten.

Angelica betrachtete sie alle mit einem wohlwollenden Lächeln. Dann trat sie nach draußen.

Die Fliesen unter ihren nackten Füßen fühlten sich warm an, doch die Luft war so kalt, daß sie an den Armen eine Gänsehaut bekam und daß sich ihre Brustwarzen unter dem dünnen Stoff des Chitons versteiften. Einige Tiere sahen auf, doch keines floh. Ein junger Fuchs erstarrte, Wasser tropfte ihm vom Maul, dann senkte er wieder den Kopf. Während Angelica noch zu ihm hinüberschaute, kitzelte sie auf einmal etwas am Fuß. Als sie zu Boden sah, erblickte sie eine Tarantel; drei Beine hatte sie ausgestreckt und streifte damit Angelicas Innenrist, mit dem vierten betastete sie behutsam ihren kleinen Zeh. Angelica bückte sich und öffnete die Hand. Die Tarantel versteifte sich, dann entspannte sie sich wieder, entfaltete die Beine wie ein winziges Landegerät und kroch auf die Hand. Die Härchen an ihren Beinen und ihrem Bauch waren so weich wie die der Blätter einer Königskerze. Die Tarantel kroch auf ihr Handgelenk und blieb dort sitzen, die Augen so klar und intelligent wie die einer Elster.

»Ah, kleine Schwester.« Angelica trat an den Rand des Pools, bückte sich und legte die Hand auf die warmen Fliesen. Die Tarantel sprang von ihrer Handfläche auf den Boden. Angelica lachte, dann richtete sie sich auf und hob die Arme gen Himmel.

Fledermäuse stießen aufs Wasser hinab und schossen wieder in die Nacht davon. Ein paar Sterne sprenkelten die Dunkelheit. Angelica senkte die Hände und streifte sich das Kleid über den Kopf. Sie löste das wildlederne Haarband, so daß ihr die üppige, feuchte Lockenpracht über den Rücken fiel. Abgesehen von der funkelnden Lunula auf ihrer Brust war sie nackt. Als sie sich bewegte, bewegten sich auch die Tiere. Nicht furchtsam, sondern aufmerksam, als machten sie einem großen Tier Platz, etwa einem Stier, einem Elch oder einer Antilope.

Doch jemand anderes erstarrte beim Anblick der Frau im Dunkeln. Cloud, die Angelica insgeheim beobachtete, stockte der Atem. Sie hatte sich verstohlen am Rand des Patios aufgehalten und sich gerade einen Schlachtplan für den Abend zurechtlegen wollen, als Angelica ohne Vorwarnung ins Freie getreten war. Mit einem erstickten Aufschrei sprang Cloud in ein dichtes Gebüsch.

Sogleich wünschte sie, sie hätte etwas anderes angezogen als ihr übliches Trägerhemdchen, die Shorts und die Doc Martens. Dornen stachen in ihre nackten Arme und Beine. Cloud fluchte lautlos und kauerte sich zwischen die gewundenen Ruten der Kerzensträucher und die scharfen Agaveblätter. Vom jähen Ansturm des Adrenalins war ihr schwindelig. Eine dumme Überreaktion. Nur weil sie sich im Gebusch versteckte und Angelica heimlich beobachtete, brauchte sie doch nicht so aufgeregt zu sein, aber sie konnte nichts dagegen tun.

Und da stand *sie* …

Cloud hielt den Atem an. Sie hatte ihre Brötchengeberin schon immer schön gefunden – *jeder* fand Angelica schön –, aber als Cloud sie so vor sich sah, verstand sie auf einmal die fanatische, geradezu abgöttische Verehrung, die Angelica von ihren Fans entgegengebracht wurde.

Cloud hatte ein paar von Angelicas Büchern gelesen, doch es fiel ihr schwer, sich ernsthaft damit zu befassen. All dieser Unsinn über die Göttin, über atavistische Schönheit und Kraft! Eine Kraft, die angeblich *jeder* Frau zugänglich war, wenn sie sich nur empfänglich dafür machte. Angelica hatte dafür ein regelrechtes Ritual entwickelt: ›Die Erweckung der Mondgöttin‹, nannte sie es. Cloud hatte das Ritual schon häufig mit angesehen. Eigentlich war es gar nicht sonderlich beeindruckend, zumindest nicht für Cloud. Eine Menge Räucherstäbchen, klingende Glöckchen und Gesinge, eine gewisse Portion Lagerfeuerromantik für Mädchen und gemäßigte Nacktheit. Meistens nickte Cloud dabei ein und überließ es Kendra aufzupassen, für den Fall, daß irgendwelche Verrückten auftauchten.

Aber vielleicht entging Cloud ja etwas. Jedenfalls waren die Frauen hinterher offensichtlich regelrecht in Ekstase. Plapperten von der Göttin daher und wie toll es sei, IHRE wahren Namen zu kennen. Wie es sich *anfühlte*, diese Kraft zu spüren und IHRE Schönheit zu schauen, eine schreckliche Schönheit, die sie mit Haut und Haar durchdrang, eine Schönheit, die wie eine Flamme brannte und jeden verzehrte, der so leichtsinnig war, ihr zu nahe zu kommen.

In Angelicas Workshops – und das waren ganz spezielle Workshops, die Teilnehmerinnen wurden sorgfältig ausgewählt, und um sicherzustellen, daß nur ernsthaft Interessierte teilnahmen, mußte man dafür alles in allem zwei Tausender hinblättern – in ihren Workshops deutete Angelica sogar an, sie sei die letzte und höchste Inkarnation der Göttin. Cloud hatte immer gefunden, dies sei, gelinde ausgedrückt, ein wenig anmaßend von Angelica.

Jetzt war sie sich da nicht mehr so sicher. Jetzt kam es ihr so vor, als sei wirklich etwas dran. Denn *das hier* war etwas anderes. *Das hier* war keine Show.

Angelica stand mit erhobenen Armen vor dem Pool und badete sich in einem kalten, bläulichen Schein. Doch wenn Cloud den Kopf in den Nacken legte, dann sah sie keinen Mond, nur das schwarz-graue Schattenmuster von Dornen und stachligen Blättern. Sie veränderte behutsam die Haltung und versuchte, es sich bequemer zu machen, kratzte sich dabei am Arm und fluchte leise.

Als sie wieder aufsah, war Angelica ganz bis an den Rand des Pools getreten. Licht kräuselte sich auf ihrer nackten Haut, die Spiegelungen des Hitzegewitters. Um den Hals trug sie denselben Mondanhänger, den sie stets bei ihren Ritualen trug. Die Halskette mußte auf seltsame Weise von irgendwoher Licht auffangen: sie glitzerte und funkelte, als wäre sie weißglühend und läge auf einem Amboß. In dem unheimlichen Licht wirkte Angelica, als bestünde sie aus einem Halbedelstein, aus Fluorit etwa oder aus Azurit oder Achat, als füllte etwas ihre Adern aus, so daß ein phosphoreszierendes Leuchten davon ausging. Das Haar floß ihr über Schultern und Brüste und verfing sich an den Enden des Anhängers. Angelica war gute zehn oder zwölf Jahre älter als Cloud, doch das sah man ihr in diesem Augenblick nicht an. Ihre Brüste waren hoch und voll, ihre Taille schmal über breiten Hüften, ihre Beine lang und muskulös.

Cloud bekam vom Zusehen einen trockenen Mund.

Ihr pochte der Schädel, als hätte sie zuviel getrunken; Cloud trank aber nie. Als sie einen Schritt nach vorn machen wollte, spürte sie, wie ihr Kopf jäh zurückgerissen wurde.

»Autsch!«

Ihr Pferdeschwanz hatte sich an einem Dorn verfangen. Sie atmete scharf ein. Angelica, die einige Meter von ihr entfernt stand, hatte anscheinend jedoch nichts gemerkt und hob und senkte die Arme, während sie sang.

> *Heil Dir, Hekate, Nemesis, Athene, Anahita! Heil Dir, Anat, Al-Lat, Kalika. Große Gebärerin, Rächerin der Toten, Herrin der Tiere, Blinde Eule und Rächende Gerechtigkeit.*
> *Heil Dir, Mund der Welt, Heil Dir, Allschwester, Othiym Lunarsa, haïyo! Othiym.*

Cloud riß ihren Pferdeschwanz los. Sie wischte sich Schweiß von der Oberlippe, schaute wieder zu Angelica und erstarrte.

Angelica war verstummt. Jetzt erst bemerkte Cloud die zahllosen kleinen Tiere zu ihren Füßen. Eichhörnchen oder vielleicht auch Ratten, anscheinend eine Hornkröte und ein Wesen mit schwerfälligen Bewegungen und einem gedrungenen Schwanz, der ebenso dick war wie sein Körper. Ein Gilamonster, so auffällig wie eine perlenbesetzte Klaue.

Uh! Cloud schnitt eine Grimasse, doch Angelica beachtete die Krustenechse nicht. Ihre Hände schwebten über etwas, das Cloud nicht erkennen konnte. Schneller, als Cloud es für möglich gehalten hätte, packte Angelica etwas am Boden. Im nächsten Moment hob sie triumphierend die Arme. Von jeder Hand baumelte eine Schlange – Klapperschlangen; Cloud hörte ihr Klappern, während sie durch die Luft peitschten, und das pfeifende Geräusch, das sie bei ihren verzweifelten Befreiungsversuchen machten.

Sie ist verrückt geworden! Cloud schluckte, vor lauter Angst und Abscheu hatte sie einen sauren Geschmack im Mund. *Wird allmählich Zeit zu verduften, Schwester Cloud …*

Cloud wollte weglaufen, hatte ihr Versteck aber zu gut gewählt. Hätte sie sich bewegt, wäre sie entweder bemerkt oder von Dornen gestochen worden.

Sie bewegte sich trotzdem. Prompt verfing sich ihr Hemd im Gestrüpp. Ihr Pferdeschwanz blieb an einem überhängenden Ast hängen. Cloud riß sich ruckartig vom Kerzenstrauch los; der Stoff zerriß, während sie einen Satz nach vorn machte. Ein stechender Schmerz, als ihr ein Büschel Haare ausgerissen wurde; dann hatte sie sich wieder befreit. Sie taumelte nach vorn und fiel auf die Knie nieder. Atemlos schaute sie hoch und blickte auf den Patio hinaus.

Angelica stand immer noch da, ihr Leib schimmerte im violetten Zwielicht. In Händen hielt sie die sich windenden Schlangen. Mit erhobener Stimme sprach sie für Cloud unverständliche Silben.

> *Beryth, Eisheth, Zenunim, Lilith, Rahab, Naamah, Ashtaroth, Cammael, Dommiel, Exael …*

In der Dunkelheit erschien ein Licht, ein winziges Flackern, als fiele ein Funken von einem brennenden Holzscheit herab. Cloud beobachtete mit offenem Mund, wie das Licht immer heller wurde, bis eine Flamme emporloderte, die Angelica bis über den Kopf reichte, so weit in die Höhe, daß sie beinahe an den Sternen leckte. Die Flamme breitete sich aus und schwoll zu einer Feuerwand an, welche die unbewegte Oberfläche des Pools vollständig verdeckte. Cloud hob schützend den Arm vors Gesicht.

Die Feuerwand flackerte wie eine erdgebundene

Aurora. Davor stand Angelica, in deren Händen sich die beiden aufgeregten Schlangen wie zwei Fragezeichen wanden. Wie die dazugehörigen furchtbaren Fragen selbst, und als sei die gewaltige kalte Flamme die Antwort.

... Beryth, Eisheth, Zenunim, Lilith, Rahab, Naamah, Ashtaroth, Cammael,
Dommiel, Exael. Oye Eisheth, haïyo Othiym, oye haïyo, Othiym Lunarsa!

Inmitten der Flammen war eine Gestalt. Sie war so groß wie Angelica und blickte wie sie mit erhobenen Armen nach Osten. Abgesehen davon, daß sie keine Schlangen in Händen hielt, hätte es auch ihr Schatten sein können – ein flammengesäumter Schatten, beinahe zu strahlend, um ihn anzuschauen. Angelica hob die Hände. Die Schlangen ringelten sich aufgeregt, und mit einem Aufschrei schleuderte Angelica sie von sich.

Cloud beobachtete, daß die Schlangen sich kräuselten und zischten wie zwei Haare, die man über eine Kerze hielt. Dann fingen die Klapperschlangen Feuer. Ein Auflodern, ein Geruch wie von brennendem Leder – und sie waren verschwunden, hatten sich so vollständig verflüchtigt, als hätte man sie in einen Schmelzofen geworfen.

»Oh, *Mann.*« Cloud zitterte krampfhaft. »Was für eine Scheiße.«

Angelica führte die Hände ans Gesicht. Sie klatschte, bloß einmal, und trat einen Schritt zurück.

»Eisheth!«

Ein Zischen, als würde heißes Metall in Wasser abgeschreckt. Dann kam das Wesen, das in den Flammen stand, auf Angelica zu. Clouds Brust entrang sich ein Stöhnen.

Es war ein Mann oder eine Frau aus Feuer. Licht

kräuselte sich auf dem Wesen wie dichtes Laub an einem Baum, doch als es aus den Flammen hervortrat, vertiefte sich die Farbe der strahlendhellen Haut zu einem rötlichen Bronzeton. Sein Haar fiel in wirren, messingfarbenen Strähnen über breite Schultern. Aus den Schultern entsprangen zwei mächtige, zusammengelegte Schwingen. Zwar gab es keinen Laut von sich, hatte aber einen schwerfälligen Gang – es bewegte sich wie ein Wesen, das aus Spitzkuppen und Tafelbergen aus Sandstein geformt war. Die Hände hatte es anmutig vor der Brust gefaltet. Es hielt etwas, doch Cloud konnte nicht erkennen, was es war.

»Eisheth«, flüsterte Angelica.

Als das Wesen den Kopf hob, hätte Cloud angesichts seiner berückenden Schönheit beinahe laut aufgeschrien. Es hatte ein längliches, knochiges Gesicht, abgeflachte Wangenknochen und mandelförmige Augen, einen kräftigen Kiefer und ein vorspringendes Kinn. Trotzdem hatte es auch etwas Feminines an sich, eine Art Weichheit um den breiten Mund und die vollen Lippen, die großen Augen und die geschwungenen Augenbrauen. Die Pupillen waren nahezu farblos, blaß und von eisiger Schärfe, wie die eines Eskimohundes. Die Haut hatte die Farbe dicker Sahne, Elfenbein mit einem Stich Gelb darin, der Körper war glatt und haarlos wie der eines Säuglings.

Es hatte Flügel.

»Eisheth«, wiederholte Angelica.

»Ja«, antwortete das Wesen im Flüsterton. Eine Mädchenstimme oder die eines Knaben vor dem Stimmbruch. Die Arme behielt es verschränkt; was immer es darin hielt, es wehrte sich nicht und wich auch nicht zurück.

»Kennst du mich, Eisheth?«

Das Wesen neigte andeutungsweise den Kopf. »Das tue ich, Herrin.«

»Und hast du mir mitgebracht, worum ich dich gebeten habe?«

»Das habe ich, Othiym.«

Othiym, dachte Cloud. Um nicht zu schreien, krallte sie die Fingernägel in die Schenkel. *Othiym, er hat sie Othiym genannt – was ist das nun wieder für ein Scheiß*?

»Und die anderen Naphaïm: haben sie ausgeführt, was ich ihnen aufgetragen habe? Werden sie mir folgen, wenn ich sie rufe?«

»Das werden sie.«

»Und sie werden tun, worum meine Priesterinnen sie bitten werden?«

»Das werden sie, Othiym.«

Cloud zitterten die Knie.

Othiym. Angelica nannte sich *Othiym*. Und dieses andere … *Wesen*, was in aller Welt es auch sein mochte, es nannte sie ebenfalls Othiym!

Die beiden Gestalten waren kaum fünf Meter von der Stelle entfernt, an der Cloud kauerte. Hinter ihr, hinter weiteren Kerzensträuchern und dem ausgeschalteten elektrischen Zaun, erstreckte sich die Schotterstraße, die zum Highway und zur offenen Wüste führte. Wenn sie dorthin flüchtete, wäre sie im Nu entwischt. Cloud wußte, daß sie schneller laufen konnte als Angelica – das Fitneß-Training bewirkte zwar einen flachen Bauch und straffe Schenkel, aber für die Ausdauer brachte es nichts.

Doch war das überhaupt Angelica? Und würde sie einem Wesen mit *Flügeln* davonlaufen können?

»Dann zeig ihn mir«, sagte Angelica in geduldigem Ton. Cloud schaute widerwillig wieder hoch.

Die Feuerwand hinter dem Naphaïm war erloschen. Da war nur noch der Pool, so friedlich und unbewegt wie zuvor, wenngleich hin und wieder lavendelfarbene und grüne Streifen auf der Oberfläche aufflackerten.

»*Jetzt!*« befahl Angelica.

Der Naphaïm legte die Flügel zu einem schimmernden Zelt aus Gold, Bronze und Schwarz zusammen. Er öffnete die Arme. Etwas taumelte daraus hervor, etwas, das bemitleidenswert klein und zerbrechlich wirkte. Nach ein paar Schritten stolperte es und richtete sich unbeholfen wieder auf.

»Hey.« Die Gestalt schaute sich um. »Das ist nicht die Haltestelle.«

Du lieber Himmel, dachte Cloud.

Es war ein Junge, nicht älter als sechzehn oder siebzehn. Er trug die Standardkluft – ausgebeulte, an den Knien abgeschnittene Hosen und ein Wollhemd, das irgendwann mal bunt gewesen, doch nun zu einem tristen Grau verblichen war. Ausgelatschte Boots ohne Socken, ein schmutziges Halstuch, die Knie schorfig. Das Gesicht war nicht ohne Reiz und dort, wo es nicht grau von Dreck war, von der Sonne rosa verbrannt. Blaue Augen, Sommersprossen: ein typischer Vertreter des Mittleren Westens. Wahrscheinlich hatte er seit einem Monat nicht mehr geduscht. Sein Haar war blond, sehr schmutzig und hing ihm schlaff auf die Schultern. Alles andere, was Cloud von ihm sehen konnte, war ebenfalls schmutzig.

»Hallo«, murmelte Angelica. Kaum merklich gab sie dem Naphaïm ein Zeichen. »Eisheth – geh jetzt.«

Der Junge hob blinzelnd den Kopf. Hinter ihm trat der Naphaïm einen Schritt zurück. Die Schwingen erzitterten, peitschten die Luft. Es ertönte eine Art Donnern. Einen Moment lang verdunkelte sich die Luft, als wäre eine Wolke vor dem Mond vorbeigezogen; aber natürlich schien kein Mond. Der Junge legte schützend die Arme um den Kopf, als erwartete er, daß sich etwas auf ihn stürzen werde, ein tollwütiger Adler etwa oder ein von der Bahn abgekommenes Flugobjekt oder irgendeine unheimliche Wüstenerscheinung. Nach einer Weile senkte er die Arme und schaute verständnislos erst in die leere

Luft und dann zu Boden, wo eine einzelne Feder zitterte, so lang wie der Arm des Jungen und so tiefrot wie frisches Blut.

»Hallo«, sagte Angelica noch einmal.

Die Augen des Jungen weiteten sich, und sein Mund klappte auf.

»Uh«, keuchte er.

Angelica lächelte. Sie schnippte sich spielerisch eine Strähne aus den Augen, eine flüchtige Bewegung, die sie für einen Moment menschlicher erscheinen ließ. So daß Cloud sich vorstellen konnte, stünde sie an Stelle dieses Jungen, hätte die seit einer Woche keine warme Mahlzeit mehr gehabt und wäre krank vor Heimweh und Verzweiflung und wohl noch von anderen Dingen – daß sie dann *vielleicht* Angelica für so etwas wie eine ganz normale Frau halten könnte. Der Junge schnappte nach Luft wie ein gepfählter Frosch, fuhr sich nervös durchs strähnige Haar und glotzte Angelica an – die wunderschöne, überirdische, *nackte* Angelica –, als wüßte er nicht, ob sie real war oder ein Trugbild wie im Drogenrausch.

»Wie heißt du?«

Angelica trat unverwandt lächelnd auf ihn zu. Das alles war so verrückt und schrecklich und gleichzeitig so *real,* und das einzig Vernünftige, das Cloud hätte tun können, wäre gewesen wegzulaufen, zu machen, daß sie von hier fortkam. Aber Cloud war wie gelähmt.

»Russel«, antwortete der Junge heiser.

»Russell«, wiederholte Angelica. »Wie alt bist du, Russell?«

»Äh – siebzehn.«

Ihre Halskette warf einen schwachen Schein auf sein Gesicht, so daß man einen Augenblick lang sehen konnte, daß er eigentlich ein recht hübscher Junge war, allerdings eindeutig jünger als siebzehn –

Russel wirkte höchstens wie fünfzehn. Er schloß den Mund und schluckte, ohne den Blick von Angelica abwenden zu können. Das Erstaunen in seinen Augen verwandelte sich jäh in etwas anderes. In Verwirrung, eine gewisse Wachsamkeit.

In Angst.

»Es ist dir doch bestimmt schrecklich warm – hast du Lust zu schwimmen?«

Angelicas Hand ruhte leicht auf seiner Schulter. Cloud hatte nicht gesehen, wie sie ihn berührt hatte, und der Junge anscheinend auch nicht. Er zuckte zusammen, dann schüttelte er den Kopf.

»Äh… nein… ich meine, ich habe ja keine Badehose oder so. Ich wollte… ich wollte gerade zur Bushaltestelle…«

Er runzelte die Stirn, sah zu Angelica auf, dann spähte er in die Dunkelheit hinter ihr, als suche er nach jemandem. Cloud hatte Herzklopfen. Er mußte doch sehen, daß sie hinter dem Dornengestrüpp hockte, bestimmt würde er auf sie zeigen und etwas sagen, und Angelica würde sich umdrehen, und dann…

»Nein?« Auf einmal klang Angelicas Stimme erschöpft: als hätte sie schon Stunden damit verschwendet, mit ihm zu reden, anstatt nur wenige Minuten.

Ihre eine Hand lag auf ihrem Brustbein, die Finger waren gespreizt, so daß sie den silbernen Halbmond bedeckten. Bläuliches Licht strömte zwischen den Fingern hervor. Angelicas Hand schloß sich langsam um den Anhänger. »Nun gut, Russell…«

Sie streifte sich die Lunula über den Kopf und hielt sie mit beiden Händen fest, die Finger um die geschwungenen Enden gebogen. Der Junge starrte sie an, schwankend zwischen Überraschung und Unglauben. Bevor er sich rühren konnte, stürzte sie sich auf ihn.

Ein Aufblitzen, als bräche der Mond durch eine Fensterjalousie. Das Haar fiel dem Jungen ins Gesicht. Sein Mund war ein klaffendes Loch. Cloud sah, wie Angelica die Hand zurückriß, der silberne Halbmond eine dunkle Sense, die Blut hinter sich nachzog. Der Kopf des Jungen sank auf die Brust. Cloud sah kurz seine Augen, geweitet und ungläubig, sein Mund so hellrot, als sei er geschminkt.

»Ah«, röchelte er.

Wo Angelica ihm die Kehle durchgeschnitten hatte, war glitzernde Dunkelheit, ein rotes Netz bedeckte sein Gesicht und seine Hände. Ganz allmählich sackte der Junge zusammen, bis er seitlich am Boden lag wie ein krankes Kind, das schmutzige Haar war ihm ins Gesicht gefallen.

Über ihm stand Angelica. Sie hielt den Halbmond vor sich, dessen Silber sich in Schwarz und Karminrot verwandelt hatte. Rauch stieg zwischen den beiden Zacken auf. Ihr emporgewandter Blick war flehentlich und dennoch triumphierend, ihre Stimme wie Hagel, der auf die Wüste niederprasselte.

Haïyo Othiym! Othiym Lunarsa!

Ihre Stimme wurde von den fernen Hügeln und Schluchten zurückgeworfen …

Haïyo Othiym! haïyo haïyo haïyo …

… Stimmen, die erstarben, erstarben, erstarben …

Cloud schrie auf und stürzte aus der Deckung hervor. Dornen zerrissen ihr die Beine, sie fühlte, wie Blut von ihren Schenkeln spritzte, doch es war ihr egal, alles war ihr scheißegal, solange sie nur von hier fortkam. Unter ihren Fußsohlen flogen Steine wie Murmeln nach allen Seiten. Sie glitt aus, blieb an einem Kaktus hängen und schrie auf, als sich ihr die Stacheln in die Hand bohrten. Aus den Augenwinkeln sah sie Angelica mit wutverzerrtem Gesicht über dem Körper des Jungen stehen, den sie getötet hatte.

»Mellisæ agevahe! Oye Mellisæ!«

»Du kannst mich mal!« keuchte Cloud. Sie sprang über einen Feigenkaktus und landete auf dem glatten Belag der Auffahrt. *Und deine Melissa auch!*

Sie rannte die Auffahrt entlang. Vor sich konnte sie gerade eben die hohen Zaunpfosten mit den durchhängenden Schlaufen elektrifizierten Stacheldrahts sehen, die Querschwellen des verwitterten Tores, das auf die Fire Road 53 hinausführte. Das Herz war wie ein Ziegelstein in ihrer Brust, die zerkratzten Schienbeine taten ihr weh, aber es waren nur noch ein paar Meter, sie fühlte bereits wildes Gras unter den Fußsohlen, die aus dem lockeren Erdreich sprossen, sie brauchte noch das Tor zu erreichen, und dann konnte sie …

»Mist!«

Irgendwo über ihrem Knie flammte ein sengender Schmerz auf. Sie schlug sich aufs Bein, spürte einen weiteren stechenden Schmerz an der Handfläche. Im Laufen hob sie die Hand und entdeckte einen glitzernden roten Fleck an der Innenseite des Daumens. Blut.

Sie schüttelte die Hand, versuchte, das glänzende Tröpfchen loszuwerden. Doch dann *bewegte* sich der Tropfen auf ihrem Daumen, verwandelte sich in eine glänzende, tiefrote Perle mit schwarzen Beinen und zwei glänzenden schwarzen Perlenäuglein. Die damit verbundenen Fühler bewegten sich heftig, der angeschwollene Leib hob sich einen Moment, so daß sie sehen konnte, was aus dem Unterleib hervorragte: ein schwarzer Splitter wie ein Dorn. Ehe sie das Tier jedoch wegschlagen konnte, durchbohrte ein weiterer Schmerz ihre Schulter, ihr Bein, ihre Brust; dann wieder und wieder einer. Sie schaute an sich herunter und schrie auf.

Sie war voller Bienen: ein lebendes Leichentuch aus Bienen, so viele waren es, daß Cloud das Trappeln der Beine hören konnte, während sie übereinander krochen und Zugang zu ihrer nackten Haut suchten. Tausende waren es, jede einzelne mit ihrem stechenden Schmerz eine winzige Klinge, die in ihr Fleisch schnitt. Cloud schrie und schlug nach ihnen, torkelte über den steinigen Boden, doch es war, als wollte man dem Regen ausweichen. Als sie den Mund aufmachte, flitzte eine Biene hinein; Cloud würgte, als sie erst ihre Beine spürte und dann einen furchtbaren Schmerz, als die Biene sie in den Schlund stach. Sie fiel zu Boden, kratzte an ihrer Zunge.

Ihr Hals war bereits geschwollen; die Leiber, die über ihre Augen schwärmten, sah sie nicht mehr. Die Bienen krochen ihr in die Nasenlöcher, sie fühlte, wie sie sich in ihre Ohren wühlten, die abgeworfenen Stacheln ein Pelz aus weichen, schwarzen Haaren auf Zunge, Wangen und Lippen.

Nach ein paar Minuten war nicht mehr zu erkennen, daß da überhaupt jemals ein Mensch gewesen war. Der Schwarm bedeckte eine Erhebung, die ebensogut ein großer Stein oder ein totes Tier von annähernd menschenähnlicher Gestalt hätte sein können. Die Bienen krabbelten übereinander, kopulierten, fraßen, bewegten heftig stoßend den Unterleib, preßten die Eier aus ihren Leibern unter die Haut der jungen Frau, bevor diese allzu steif wurde. Nach etwa einer Stunde flogen sie davon. Als spulte sich Faden von einer Spule ab, stiegen sie in langgezogenen Fäden empor und verschwanden in der Nacht, wobei ihr Summen stetig leiser wurde, bis es schließlich erstarb.

In einigen Metern Entfernung schaute eine Gestalt zu, schweigend und unbewegt. Auf ihrer Brust leuchtete ein angeschwollener Mond. Als sie die Arme hob und mit klarer, kräftiger Stimme zu singen begann, gingen Lichtstrahlen davon aus.

Oye Melissæ! Haïyo Othiym, oye Triæ …

Ich habe dich gekrönt, Braut des Donners:
Dein Atem ist in allem, was lebt, du, der du in der
Luft schwebst
Bienengleich, todesgleich, ein Wunder …

Und nun, da die Bienen verschwunden waren, rief sie deren Schwestern:

Oye myrmidon, oye!

… und die Ameisen kamen, die gefräßigen roten Wanderameisen, die *Eciton* genannt wurden und die weite Gebiete des Regenwaldes verwüsteten, die alles verschlangen, was sich ihnen in den Weg stellte. Es war, als käme ein Schatten die Anhöhe heruntergekrochen, als legte sich der zerfranste Saum der Dunkelheit über die kleine, reglose Gestalt. Ebenso rasch, wie die Bienen Cloud gefunden hatten, wimmelten nun die Ameisen über die kahle Wüste und stürzten sich auf ihren Leichnam. Ihre Füße erzeugten ein flüsterndes Geräusch, als sie auf den Leichnam krabbelten, dessen Gliedmaßen und Gesicht vom Bienengift geschwollen waren. Sie verdunkelten Clouds Haut wie ein Bluterguß, krochen unter die lose Kleidung, so daß sich der Stoff mit einem leisen Wispern bewegte, ein Rascheln, das zu einem Reißen anschwoll.

Das Geräusch hielt lange Zeit an. Ein beißender Geruch erfüllte die Luft, der von den Drüsen in der Nachbarschaft der Mandibeln abgesondert wurde. Während sie fraßen, kamen andere Wesen von den Verandafliesen herbeigekrochen und schauten zu: zwei leise, bedächtige Taranteln und der elfenhafte junge Fuchs. Als sie den bitteren Geruch wahrnahmen, hoben die Taranteln allerdings abwehrend die

Vorderbeine und stolzierten wieder ins Dunkel zurück. Der junge Fuchs legte die Ohren an und winselte, dann floh auch er. Nur die Fledermäuse zogen, schrille Pfiffe ausstoßend, ihre Kreise und stießen hin und wieder hinab, um einen der geflügelten Wächter fortzutragen, die über dem Leichnam schwebten.

Als sie schließlich gesättigt waren, wanderten die Ameisen weiter. Wie Wasser ergossen sie sich auf den Wüstenboden, und die dunkle Wolke breitete sich aus; dann verschwanden sie in zahllosen verborgenen Rissen und Spalten. Nur ihr Geruch verweilte noch, ein Geruch wie von bitteren Melonen, und glitzernde Reste von Schädel und Knochen, ein zerfetztes schwarzes T-Shirt und khakifarbene Shorts, wie die Fahne einer besiegten Armee, die inmitten von Efeuranken untergegangen war.

Martin entdeckte sie am nächsten Tag bei seiner morgendlichen Jogging-Runde. Er erkannte ihre Kleider und auch die drei kleinen goldenen Ringe, die sich zusammen mit dem zitternden Kristalldreieck eines Insektenflügels in der Höhlung eines Fingerknochens gefangen hatten.

»Oh, mein Gott«, flüsterte er und rannte zum Haus zurück.

»Was gibt's?« fragte Angelica, als sie ihm an der Tür begegnete.

»Bleib drinnen, bleib bloß drinnen«, kommandierte Martin und wählte mit zitternden Finger die Notrufnummer.

Kurze Zeit später trafen Polizei und Krankenwagen ein, aber natürlich gab es für sie nichts mehr zu tun. Die Hunde, die sie mitgebracht hatten, stämmige, lebhafte Schäferhunde, die darin ausgebildet waren, vermißte Kinder und Landstreicher aufzuspüren, schnüffelten an dem traurigen Knochenhaufen und legten sich dann flach auf den Boden, kratzten sich an den Schnauzen und winselten.

»Der Untersuchungsbeamte ist unterwegs, außerdem kommt Dr. Sorrel von Flagstaff her«, meinte der Einsatzleiter. Blaß im Gesicht, kritzelte er ein paar Anmerkungen in sein Notizbuch. Martin tröstete am Pool gerade die hysterische Kendra, die entgegen Angelicas Anweisungen auf der Anhöhe nachsehen gegangen war. Sunday unterhielt sich aufgeregt mit einem Reporter und erzählte ihm von dem Puma, den sie vor Monaten gesehen hatte. »Er meint, es wären auch schon früher in Südtexas Menschen durch Feuerameisen zu Tode gekommen, doch das hier sei mehr gewesen als eine bloße allergische Reaktion. Das ist unheimlich, wirklich verrückt …«

»Ich kann's nicht glauben. Ich kann's einfach nicht glauben«, murmelte Angelica. Sie schüttelte den Kopf und blickte durchs offene Vorderfenster nach draußen. In der Einfahrt parkten quer durcheinander drei Polizeiwagen, der Wagen des Untersuchungsbeamten, ein Krankenwagen und außerdem noch die Pickups der beiden Lokalreporter, manche noch mit offenen Türen. Vor ihren Augen stieg eine gelbliche Staubwolke zwischen dem klaffenden Rachen des Tores empor. Kurz darauf kam ein Jeep die Einfahrt entlanggerumpelt.

»Wer ist das?« fragte der Einsatzleiter.

»Mein Sohn«, antwortete Angelica leise. »Er kommt gerade vom College zurück …«

Der Jeep bremste scharf und kam zum Stehen. Die Tür flog auf, und eine großgewachsene Gestalt sprang heraus. Der junge Mann hielt inne und schaute Martin und Kendra auf dem Patio an, dann blickte er ungläubig auf die Polizisten, den Krankenwagen und die im Polizeiwagen eingesperrte heulende Hundemeute.

»Mom?« rief er und rannte den Weg entlang. Er

duckte sich vor der Eingangstür und blickte aufgeregt umher, bis er sie sah. »Mom!«

»Dylan«, sagte sie und strich ihm das lange Haar aus den Augen. »Schhhh, keine Sorge, alles in Ordnung …

Es ist allerdings etwas Schlimmes passiert. Cloud ist etwas zugestoßen.«

13. Kapitel

Andere Echos

Als ich beim *Beacon* anrief, meldete sich Baby Joes Anrufbeantworter, und auf seine leise, schläfrige Stimme folgten ein paar Takte aus Bernard Herrmanns Aufnahme von *Jason und die Argonauten*. Ich hinterließ eine Nachricht, dann ging ich nach draußen, um wieder einen klaren Kopf zu bekommen.

Draußen auf der Mall war das Fest in vollem Gange. Ragamusik, winselnde Flöten, Feuerschlukker, Zauberer und Puppenspieler, alles verdunkelt vom dicken Qualm der *samosas* und dem Staub, der von den Füßen Tausender von Passanten aufgewirbelt wurde. Das Gras war bereits zu einer schmutziggrünen Matte zertrampelt und durchsetzt von Zigarettenkippen, zermanschten Hot Dogs und geplatzten Luftballons. Die Luft über den erhitzten Gehsteigen und dem über die Constitution Avenue fließenden Verkehr flimmerte. Vor der National Gallery of Art spritzten Wasserfontänen aus den Sprinklern, und Kinder rannten kreischend durch das regenbogenfarbene Sprühwasser. Eine Frau in einem fleckigen Sommerkleid wühlte in einem Abfalleimer.

Es war der zweite Juli. Zehntausende von Touristen waren in die Stadt eingefallen, und alle schienen sie hier versammelt zu sein und sich unter die Tänzer, Fakire und Weber zu mischen, die auf Kosten der Winesap Incorporation von Indien eingeflogen worden waren. Ich beobachtete eine Familie in typisch amerikanischer Touristenkluft, die eine mit goldenen Armreifen geschmückte bengalische Mutter in einem hauchdünnen Seidensari und deren Kinder anstarrte, die ihrerseits zuschauten, wie zwei junge Männer Kampfdrachen steigen ließen. Das Kapitol im Hintergrund leuchtete wie eine riesige weiße Wolke, die mit Fahnen geschmückt und durch ein Bollwerk aus Beton gegen Terroranschläge geschützt war. Die Drachen schwankten und stiegen auf und nieder, deltaförmige Lichtsplitter aus Grün und Gelb. Die Schnüre waren mit Glassplittern besetzt, und als der eine Drachen plötzlich absackte, durchtrennte er den Schwanz des zweiten Drachen. Der ging im Sturzflug zu Boden. Der Sieger holte lächelnd seinen Drachen ein; dann spulten die beiden Kämpfer die Schnüre auf und gingen Arm in Arm davon.

Das alles war ein bißchen viel für mich. An einem Stand mit einem gelb-weißen Vordach kaufte ich eine Limonade. Dann ging ich über die Mall zum Freer hinüber, stets eine Oase der Ruhe inmitten der Sommerstürme der Touristen und Kinder. Ich setzte mich auf eine Bank, nippte an der Limonade und ließ mir durch den Kopf gehen, was ich soeben im Fernsehen gesehen hatte.

Angelica war eine Kultfigur.

Ich schüttelte den Kopf und nahm noch einen Schluck, wobei ich körnigen, sauren Zucker in den Mund bekam. So ganz unerwartet kam das auch wieder nicht. Wenn ich es recht bedachte, hätte es mich eher gewundert, wenn aus Angelica *nichts* Besonderes geworden wäre. Wenn sie keinen italienischen Herzog, sondern einen Chemie-Ingenieur aus Houston geheiratet und sich niedergelassen hätte, um Kinder großzuziehen. Ich überlegte, ob sie wohl Kinder hatte, tat den Gedanken aber als lächerlich, vielleicht sogar ein wenig absurd ab. Ich konnte mir vorstellen, daß Angelica jemanden engagierte, der für sie eine Tochter austrug, und daß sie dann eine Armee von Kindermädchen, Hauslehrern und Linguisten für sie einstellte, um sie dann großzuziehen, ein bildhübsches Mädchen, das allein für sich in einem Florentiner Garten spielte.

Aber Angelica schwanger, Angelica in den Wehen; Angelica, wie sie Windeln wechselte, mit Knetgummi spielte und *Der tapfere kleine Toaster* schaute? Ganz ausgeschlossen.

Ich trank die Limonade aus und warf den Pappbecher in einen bereits überquellenden Papierkorb. Langsam ging ich zur Mall zurück. Eine matte Brise wehte den Fettgeruch von Hot Dogs und Krapfen von den Reihen der Reisebusse heran, die vor dem Museum geparkt hatten. Eine Truppe von Seekadetten in weißer Sommeruniform posierte auf den Stufen des Museums mit dem Präsidentenehepaar als Pappfiguren. Zwei Museumswächter schauten lachend zu und salutierten.

Alles zu seltsam. Ich ließ mich von den schweren Drehtüren nach innen tragen, atmete dankbar die kühle, aufbereitete Luft und die schwindelerregenden Gerüche von Tourismus und Gelehrsamkeit ein, dann kehrte ich zu meinem Büro zurück.

Nach einer Weile rief Baby Joe an.

»Was liegt denn an, *hija?*«

»Baby Joe!« Ich war unglaublich erleichtert, seine Stimme zu hören. »Alles okay?«

Schweigen. Seit Hasels Tod war erst eine Woche vergangen. »Ja, glaub schon. Warum?«

»Na ja – ich habe eben was Seltsames im Fernsehen gesehen. Bei Opal Purlstein …«

»Du siehst dir Opal Purlstein an?«

»*Angelica* ist dort aufgetreten! Ich habe sie gesehen, sie macht Werbung für irgendein neues Buch …«

»Ach so. *Die Mondgöttin erwacht*. Soll angeblich diesen Sonntag die Bestsellerliste anführen.«

Ich war platt. »Ein Freund von mir arbeitet bei der *Times Book Review*«, meinte Baby Joe zögernd, »und er sagt…«

»Du hast es *gewußt?*« Mir platzte der Kragen. »Du hast über Angelica *Bescheid gewußt* und mir nichts *gesagt?*«

»Hey, Sweeney, das ist ja schließlich kein Staatsgeheimnis…«

»Das weiß ich! Aber diese Sache mit Hasel, und du hast nie ein Wort gesagt…«

»Bis vor ein paar Monaten wußte ich noch gar nichts. Von ihr, meine ich«, gab er gekränkt zurück. »Und… na ja, wegen der Sache mit Hasel hab ich dann nicht mehr dran gedacht…«

»Wie konntest du das bloß *vergessen?*«

»Jetzt mach aber mal halblang, Sweeney! Mein bester Freund ist tot!«

»Aber *Angelica*… Hasel hat doch gemeint, er habe gesehen, wie…«

Ich hörte ein leises Einatmen, als er an einer Zigarette zog. »Vielleicht sollten wir jetzt besser nicht über Hasel reden«, meinte er schließlich.

»Ist gut«, fauchte ich. »Können wir über Angelica reden?«

Erneutes langanhaltendes Schweigen, gefolgt von einem Seufzen. »Klar. Aber hör mal, Sweeney – da geht irgend etwas Seltsames vor. Ich meine, mit Angelica…«

»Wäre das denn was Neues?«

»Mal mit der Ruhe, hm? Okay, also, soviel weiß ich: jemand hat Angelica vor einer Weile für die Freizeitseite interviewt. Sie zieht da irgend so einen Kult an der Westküste durch, mit feministischen Akademikerinnen, so was in der Art…«

»Das hättest du mir doch *sagen* können, Baby Joe.

Mann, ich hätte fast einen Herzanfall bekommen, als ich sie gesehen habe …«

»Wie hat sie ausgesehn?«

»Fantastisch. Ich meine, sie hat sich überhaupt nicht verändert, sie sieht noch genauso aus wie …«

Ich dachte daran, wie sie bei unserer letzten Begegnung ausgesehen hatte: über Oliver gebeugt, als wäre sie ein Wolf und er ihre Beute. Ich spürte eine Verengung in der Brust, das gleiche schwebende Gefühl wie damals, als Baby Joe mir erzählt hatte, daß Hasel gestorben sei.

»… sie sieht noch genauso aus wie früher«, schloß ich lahm.

»Yeah.« Baby Joe seufzte erneut. »Okay, ich schätze, ich hätte es dir gleich sagen sollen. Aber ich hab dauernd an Oliver gedacht und – na ja, an die seltsame Geschichte, die damals zwischen dir und Angie war …«

»Ach, wirklich?«

»Hey, *hija*, du weißt schon, was ich meine. Aber Oliver, weißt du, ich hab mir gedacht, du kämst davon bloß auf traurige Gedanken …«

Er verstummte. Ich stellte mir vor, wie er an seinem Computer saß, von blauem Zigarettenqualm eingenebelt und voller Asche. Mein Ärger schmolz dahin – denn seit ich Angelica gesehen hatte, mußte ich tatsächlich an Oliver denken, und das machte mich tatsächlich traurig.

»Das war vor einer Ewigkeit«, sagte ich schließlich.

»Vor einer langen Zeit, in einer fernen Universität …« Baby Joe kicherte leise. »Hey, du hast sie nicht zufällig auf Video aufgenommen, oder?«

»Nein. Hätte ich wohl sollen. Aber ich war so – na ja, ich war irgendwie *geschockt*. Das war wie *Das Bildnis des Dorian Gray* oder so.«

»Yeah. Und irgendwo gibt es ein *richtig schlim-*

mes Foto von Angelica, wie ihr die Wimperntusche runterläuft und ohne Lippenstift. Sehr unheimlich.«

Ich lachte. »Dann ist sie jetzt also eine Bestsellerautorin, wie? Ich hatte keine Ahnung. Ich muß mir ihr Buch kaufen. Weißt du was drüber?«

»Nicht viel. Aber ich werd dir das Interview faxen.«

Wir tauschten noch ein paar Blödeleien aus, und ich erzählte ihm vom Indien-Festival.

»Hört sich ziemlich wild an. Ich wette, das Essen ist prima.«

»Hervorragend. Du solltest herkommen und es mal probieren.«

»Gibt es auch *baluts?*«

»*Baluts,* was ist das?«

»Eine philippinische Spezialität. Man nimmt Hühnerembryonen und vergräbt sie für ein paar Monate in der Erde, und dann ...«

»Das *reicht*. Nein, ich bin mir ziemlich sicher, daß es keine *baluts* gibt.«

»Schade. Hast du manchmal dort unten zu tun?«

»Nee. Das macht die Regierung. Wir wechseln uns vor allem am Telefon ab und gehen zum Lunch.«

Ich hörte, wie im Hintergrund jemand nach Baby Joe rief. »Hör mal, *hija,* ich muß Schluß machen. Vielleicht hab ich später noch was für dich. Bist du dann noch da?«

»Wahrscheinlich ...«

»Okay.«

Er legte auf. Ich saß minutenlang da und starrte auf meinen Schreibtisch.

»Katherine?«

Als ich mich umdrehte, stand Dr. Dvorkin in der Tür. »Robert! Kommen Sie doch rein.«

»Danke – ich kann nicht bleiben, Jack hat Papierkram dagelassen, den ich für die Feuerschlucker erledigen muß.«

Er schnitt eine Grimasse: ein kleiner, rundlicher Mann mit weißem Haar und ordentlich getrimmtem Spitzbart, runzelig, freundlich und so tipptopp gekleidet wie ein Verkäufer bei FAO Schwarz, der berühmten Spielwarenkette. Wie ein Verkäufer, der zeitweise als Angestellter bei einer piekfeinen Anwaltskanzlei arbeitete. Selbst jetzt, im sengend heißen Sommer von D.C., trug er einen makellosen dreiteiligen grauen Anzug, komplett mit testosterongelber Krawatte und dazu passendem Einstecktuch.

»Katherine, ich muß heute abend an einem Essen des Verwaltungsrats im Castle teilnehmen. Würde es Ihnen etwas ausmachen, mal nach meinen Katzen zu sehen?«

Dr. Dvorkin war nicht nur mein Vorgesetzter im Museum, sondern auch mein Vermieter. Seit acht Jahren bewohnte ich nun schon das kleine, aus Backsteinen erbaute Häuschen in seinem Garten auf dem Hill. So schön hatte ich noch nie gewohnt. Getauscht hätte ich allenfalls mit Dr. Dvorkins eigenem Wohnhaus.

»Natürlich nicht. Soll ich schauen, ob vom Turm weißer Rauch aufsteigt?«

Dr. Dvorkin seufzte. Die Suche nach einem neuen Verwaltungsratsmitglied dauerte nun schon mehrere Monate; vor drei Monaten war ein Mitglied im Alter von siebenundneunzig gestorben, und sein Nachfolger mußte noch nominiert werden. »Ich fürchte, dafür ist es noch zu früh. Wir treffen uns heute abend mit einem Kandidaten. Ich hoffe nur, das dauert nicht die ganze Nacht. Ich glaube, im Kühlschrank ist noch etwas Basilikum, nehmen Sie den doch mit, wenn Sie schon vorbeischauen, sonst wird er schlecht.«

»Danke, Robert.«

»Ich habe zu danken.« Er wandte sich zum Gehen, dann zögerte er. »Das hätte ich beinahe vergessen – Sie haben ein Fax bekommen.«

Ich nahm die Seite entgegen, warf das Deckblatt weg, lehnte mich zurück und begann zu lesen.

ANGELICA FURIANO:
WIE WIR DIE GÖTTIN IN UNS ERWECKEN

Der Artikel war nicht sonderlich tiefschürfend – der New Yorker *Beacon* war nicht gerade pulitzerpreisverdächtig –, aber der Stil war dem Thema angemessen. Zwar war dem Interview kein Foto von Angelica beigefügt (*das* allerdings war ein Fehler), dafür aber eine liebevolle Schilderung eines ihrer Häuser in den Cañons im Norden Hollywoods samt einer ziemlich atemberaubenden Auflistung der darin befindlichen Kunstwerke: Frida Khalo, Mary Cassatt, Cindy Sherman, Rhobert Mapplethorpes Polaroids von Patti Smith, das Fragment einer alten Vase, auf der Sapphos Klage um die jungfräuliche Gorgo dargestellt war.

Die Interviewerin war offensichtlich von Angelica verzaubert gewesen. Der Grund lag klar auf der Hand – Angelica war überaus charmant, ihre Antworten selbst auf persönliche Fragen waren geistreich und selbstironisch. Ich konnte sie mir gut vorstellen, wie sie auf ihrem weißen Ledersofa saß, vor dem Panoramafenster mit Ausblick auf den Cañon. Sie war teuer, aber geschmackvoll gekleidet; italienische Sandalen, cremefarbener Faltenrock, jadegrüne Seidenbluse. Die Interviewerin merkte an, sie habe lediglich schlichten Schmuck getragen, silberne, halbmondförmige Ohrringe und eine Halskette mit halbmondförmigem Anhänger.

Ich erfuhr, daß ihr Ehemann, der Herzog, achtzehn

Jahre älter als sie gewesen und vor fünf Jahren bei einem Segelausflug in der Ägäis ums Leben gekommen war. Nach seinem Tod war Angelica in die Vereinigten Staaten zurückgekehrt und hatte ernsthaft zu schreiben begonnen. Ihre ersten beiden Bücher *Im Reich des Schlafs* und *Amazonen in Amerika* waren als Taschenbuchausgaben bei einem kleinen New-Age-Verlag erschienen. Die Bücher waren unvermutet Bestseller und in New-Age- und Kleinverlagskreisen zu einer Cause célèbre geworden. Nachdem *Amazonen in Amerika* auf der Bestsellerliste der *New York Times* aufgetaucht war, hatte Angelica angefangen, zu den gleichen Themen, die sie auch in ihren Büchern behandelte, Workshops zu veranstalten, in denen sie Frauen lehrte, wie sie es vermeiden konnten, zu Opfern zu werden, und daß sie die Verantwortung für ihr Versagen wie für ihre Erfolge übernehmen sollten; wie sie die Göttin in sich selbst erkennen konnten. Dies alles hatte einen starken okkulten Beigeschmack, wobei die Göttin (die Angelica Othiym nannte) für die allgegenwärtige Größere Macht stand, die auch von den Anonymen Alkoholikern in Anspruch genommen wurde.

Doch im Gegensatz zu irgendwelchen Zwölf-Schritte-Programmen oder Selbsthilfegruppen für Frauen, von denen *ich* bislang gehört hatte, beinhaltete Angelicas Göttinnenkult wahrhaft verwirrende Elemente. Die Betonung lag auf dem Unterschied zwischen den Geschlechtern, anstatt auf deren Einheit; dazu kam eine gewisse Mißachtung der Bedeutung der Familie und anderer Bindungen, mit Ausnahme der zur Göttin und deren Anhängerinnen. Bei dem wenigen, das ich von anderen, ähnlichen weiblichen Gurus gelesen hatte – Shirley McLaine, Lynn Andrews, Marianne Williamson – war immer Gewicht auf die Kraft der Liebe und des Verzeihens gelegt geworden, darauf, wie wichtig es sei, sich selbst zu lieben, damit man um so besser andere lieben konnte.

> »Das ist entwürdigend für Frauen.« Furianos leuchtendgrüne Augen verengten sich, als sie nach der Teetasse aus Limosiner Porzellan griff. »Jahrtausendelang haben Frauen ihr Leben damit vertan, sich um Männer zu kümmern – ihren Haushalt zu führen, ihre Kinder, ihre Burgen, ihre Höfe zu versorgen, sich ihrer Büros, Firmen und Schulen anzunehmen und dafür zu sorgen, daß sie jung und hübsch blieben, um den Mann halten zu können – und warum das alles? Weil man uns eingetrichtert hat, Männer seien unerläßlich für unser Glück und unsere Selbstachtung…«

Die Reporterin gab sanft zu verstehen, so schlimm sei es vielleicht gar nicht. Dr. Furiano ging an die Decke.
[*Dr.* Furiano: Ich war beeindruckt.]

> »Ach, kommen Sie – Sie sind doch eine Frau, Sie wissen doch, wie das ist! *Ich* sage: *Es reicht*. Wir haben unsere ganze Zeit darauf verwendet, Aphrodite und Hera zu sein« – die Göttin der Liebe, beziehungsweise des Heims –, »wir waren pflichtbewußte Töchter, gute Mütter, großmütige Prostituierte und ergebene Sekretärinnen. Es wird allmählich Zeit, daß wir zur Kenntnis nehmen, daß noch *andere* Rollen auf uns warten. Daß wir Kriegerinnen sein können, nicht nur im Himmel und bei den bewaffneten Streitkräften, sondern an der Heimatfront, dort, wo sowieso die meisten Schlachten ausgefochten werden. Daß wir Geliebte, aber auch Führerinnen sein können; daß wir keine Opfer sind! Jedermann *weiß*, daß Frauen in Wirklichkeit das stärkere Geschlecht sind – schauen Sie sich doch die Berichte von

Schiffskatastrophen und Unfällen oder die Aufzeichnungen der Donner Party* an – die *Männer* sind es, die wimmernd untergehen, und die Frauen gehen lebend aus dem Dschungel hervor. Würden Männer menstruieren, hätten sie zehn bezahlte Krankentage im Monat! Und können Sie sich vorstellen, daß ein *Mann* ein Kind zur Welt bringt? Nun, dann hätte man bestimmt schon vor hundert Jahren ein Mittel gegen die Schwangerschaft entdeckt!«

Ich lachte. Das war ganz die alte Angelica.

Dr. Furiano bot mir noch Tee an; ein junger Mann (ein Hochschulabsolvent im Fach Kulturanthropologie, der bei ihr ein Sommerpraktikum absolvierte, wie Dr. Furiano mir später sagte) brachte uns auf einem silbernen Tablett kleine Butterhörnchen. Ich fragte sie, ob ihr nächstes Buch eine Fortsetzung ihrer bisherigen Arbeit sein werde, oder ob sie mit den Männern endgültig fertig sei.

»Keineswegs! Wie Sie sehen, finde ich immer noch Verwendung für sie …« Sie lachte, und ihr Praktikant grinste. »Nein, im Ernst, ich habe schon viele Männer gehabt, und ich habe immer noch welche. Ich war noch ein Säugling, als meine Mutter gestorben ist, und mein Vater hat mich großgezogen, er war wahrscheinlich die Person, die den größten Einfluß auf mich hatte. Ich führe absolut keinen Rachefeldzug gegen die Männer.

---

* Siedlergruppe unter Führung der Gebrüder Donner, die 1846 auf dem Weg nach Kalifornien in der Sierra Nevada vom Winter überrascht wurde. Die im Schnee Eingeschlossenen überlebten nur durch den Verzehr ihrer erfrorenen und verhungerten Freunde. – *Anm. d. Übers.*

Mein neues Buch – mein neues Buch heißt *Die Mondgöttin erwacht* und wird diesen Sommer erscheinen. Nach Möglichkeit lasse ich meine Bücher immer an einem der alten Feiertage der Göttin erscheinen – dieses wird jedoch vor Lammas herauskommen, das ist ein Erntedankfest, das immer mit der Opferung eines schönen Jünglings zu Ehren der Göttin endete. Wenn die Leute an Menschenopfer denken, dann stellen sie sich Karthager vor, die Kinder ins Feuer werfen oder schöne Jungfrauen auf dem Scheiterhaufen verbrennen. In Wirklichkeit waren die ersten und bedeutendsten Opfer in der Geschichte der Menschheit fast immer Männer, welche die Göttin besänftigen sollten. Daher ist es verständlich, daß das den Männern ein wenig *Sorge* bereitete und daß sie daher aus Verzweiflung die Dinge in die Hand nahmen ...«

Und, dachte diese Reporterin, *man versteht auch, warum Dr. Furianos Arbeit so kontrovers aufgenommen wird, wo immer sie auftritt.*

»Aber das kommt natürlich nicht mehr in Frage, ich meine, zumindest nicht auf *legalem* Wege, und daher ...«

So ging es eine Weile weiter, und dann:

Dr. Furiano beugte sich näher zu mir herüber. Durch das Fenster hinter ihr leuchtete der Neumond über den Hollywood Hills.

»Wissen Sie«, sagte sie, »im Grunde folge ich lediglich den Fußstapfen derer, die mir vorangegangen sind. Den großen Archäologinnen unserer Zeit, June Harrington, Magda Kurtz und Marijta Gimbutas, Frauen, die soviel über die Göttinnenkulte des alten Europa herausgefunden und Menschen wie mich dazu angeregt haben, nach weiteren Antworten zu suchen.

Ich habe *meine* Antworten in den alten Tempelruinen von Estavien, Kreta und der Türkei gefunden. Ich fand sie in meinen Entdeckungen über die Göttin Othiym, und nun möchte ich mein Wissen mit Frauen in aller Welt teilen.«

Sie deutete auf das Fenster hinter ihr. *Die Mondgöttin erwacht* handelt nicht nur von persönlicher Bewußtseinserweiterung. Es geht dabei um erheblich mehr, um etwas viel Größeres, um etwas, das uns alle betrifft – Frauen *und* Männer –, das über uns hinausgeht und sich den chthonischen Aspekt unseres Wesens zunutze macht, um die Welt zu verändern. Um die Welt und die Menschheit an den Rand der Selbstzerstörung zu bringen und wieder aufzurütteln, damit sie weiterleben kann. Ich glaube wirklich, daß sehr drastische Maßnahmen nötig sind, wenn wir überleben wollen. Es gibt ein Zitat von Robert Graves, das ich sehr interessant finde in Anbetracht der Tatsache, daß er das vor fast fünfzig Jahren in *Die weiße Göttin* schrieb …

Je länger IHRE Stunde hinausgezögert wird und je gründlicher die natürlichen Ressourcen von Boden und Meer auf Grund der irreligiösen Verschwendungssucht des Menschen ausgebeutet werden, um so weniger barmherzig wird IHRE fünffache Maske sein und desto beschränkter wird der Handlungsrahmen ausfallen, den SIE dem Halbgott verleiht, den SIE zum zeitweiligen Gemahl erwählt. Laßt SIE uns im voraus dadurch besänftigen, daß wir das kannibalistisch Schlimmste annehmen …

> Dr. Furianos Hand verharrte regungslos in der Luft. Dahinter stieg über den Hügeln langsam der Mond empor.
>
> »Aber ich glaube, die Veränderung wird kommen«, sagte sie leise. »Ich glaube, sie kommt schon sehr, sehr bald. Und ich wünsche mir sehr, daran teilzuhaben.«

Ich legte das Fax auf den Schreibtisch und strich glättend darüber.

Othiym. *Die Mondgöttin erwacht.*

Das war natürlich vollkommen verrückt, aber genau das, was ich von Angelica erwartet hätte. Der Abschnitt, wo sie davon sprach, die Welt zu retten, klang so, als sei sie irgendwie ausgeflippt, der Rest aber paßte sehr gut zu dem Mädchen, das ich vor neunzehn Jahren gekannt hatte. Und immerhin hatte sie June Harrington, Marijta Gimbutas und Magda Kurtz ihre Reverenz erwiesen …

Beim Gedanken an Magda Kurtz fröstelte ich und griff unwillkürlich nach der Strickjacke, die seit dem Winter über der Stuhllehne hing. Doch jetzt war es Juli. Der Pullover lag zu Hause in irgendeiner Schublade, und ich bezweifelte sowieso, daß er geholfen hätte.

»Katherine?«

Ich zuckte zusammen, drehte mich um und erblickte Laurie Driscoll, die Sekretärin unserer Abteilung. »Hier ist noch ein Fax für Sie.« Sie reichte mir ein Blatt Papier. »Und Alice meinte, Ihr Praktikant werde morgen früh hier sein – ich glaube, heute ist ein ganzer Schub eingetroffen, aber erst müssen sie an der Einführungsveranstaltung teilnehmen, und dann findet im Castle wohl ein Essen statt. Wenigstens haben wir dann jemanden, der uns hilft, das umfangreiche neue Material zu katalogisieren.«

»Wurde allmählich auch Zeit.« Ich nahm das Fax

entgegen und erkannte Baby Joes Unterschrift. Als sie gegangen war, las ich Baby Joes Nachtrag.

Sweeney –

Nur noch schnell das; ich fand, Du solltest es dir mal ansehen. Also, ich habe mit Annie Harmon gesprochen, und sie sagte, sie würde dich anrufen.

Bis dann.

B. Joe

Es war die Kopie eines kurzen Artikels aus der *New York Times* von heute.

FLAGSTAFF, ARIZONA, 2. Juli. Die Polizei meldete, gestern morgen sei in der Nähe des Hauses der bekannten feministischen Archäologin und Autorin Angelica Furiano in Sedona das Skelett von Cloud Benson, ihrem weiblichen Bodyguard, gefunden worden.

Offenbar wurde Bensons Leichnam nach einem schauerlichen Unfall komplett von wilden Tieren verschlungen – nach Aussage des örtlichen Gerichtsmediziners Warren Schaner könnte es sich um Feuerameisen gehandelt haben –, so daß nur noch ihr Skelett und Teile der Kleidung übrigblieben. Benson, 19, arbeitete seit dem Frühjahr 1993 für Dr. Furiano. Zum letzten Mal lebend gesehen wurde sie am Abend zuvor, als ihre Kollegen Kendra Wilson und Martin Eisling sie in dem Haus zurückließen, das sie auf Furianos 100-Hektar-Ranch gemeinsam bewohnten. Furiano vermutet, daß Benson, die jeden Abend auf dem an das Grundstück angrenzenden Hügel joggte, gestolpert ist und sich dabei verletzt hat, worauf sie einem Raubtier zum Opfer fiel. Am

Sonntag gab Jimenez, Furianos Haushälterin, an, vor einigen Monaten auf dem Gelände einen Puma gesehen zu haben.

Robert Morales, Polizeichef von Flagstaff, gab seiner Besorgnis Ausdruck, das, was Benson angegriffen habe, könnte auch für das ungeklärte Verschwinden einer Reihe von Personen im Südwesten verantwortlich sein. Seit vergangenem Oktober wurden allein in Arizona siebzehn junge Männer im Alter zwischen 15 und 27 Jahren für vermißt erklärt. Mehrere dieser Männer waren als Prostituierte und Streuner bekannt, und die Behörden befürchten, diese Zahl könnte in Wirklichkeit erheblich größer sein.

»Die Annahme, Killerameisen könnten für diese Vermißtenfälle verantwortlich sein, ist sicherlich eine gewagte Behauptung, aber wir schließen keinerlei Möglichkeiten aus«, erklärte Morales.

Ich starrte das Blatt Papier an und wußte nicht, ob ich nun lachen oder weinen sollte. Zuerst dachte ich, das sei wieder einer von Baby Joes Scherzen – *Killerameisen?*

Dann erinnerte ich mich an die Wesen, die ich vor so langer Zeit hinter der Tür in Garvey Hall erblickt hatte.

Die letzten neunzehn Jahre über hatte ich mich bemüht, zu vergessen, was ich in den paar Monaten an der Göttlichen gesehen hatte; hatte mich bemüht, Oliver zu vergessen. Denn Oliver war tot, ebenso wie Magda Kurtz und jetzt auch Hasel …

Ich aber war am Leben, genau wie Baby Joe, Annie und Angelica. Auch wenn die stille Abmachung, die ich mit Luciano di Rienzi und den *Benandanti* getroffen hatte, besagte, daß ich mich von meinen Freunden fernzuhalten habe, hatte es mir all die Jahre über doch gereicht, zu wissen, daß es sie immer noch gab. Zu wissen, daß es wenigstens *ihnen* gutging, wenn schon nicht mir. Auch wenn mein Kopf und mein Herz seitdem unter einer Art Hausarrest standen.

Und dann gab es da ja immer noch Baby Joe, der den *Benandanti* zum Trotz stets Kontakt mit mir gehalten hatte. Der sich auf eigene Faust im Dschungel der Sensationspresse durchgeschlagen hatte, anstatt der *brujo* zu werden, den die *Benandanti* aus ihm hatten machen wollen.

Doch nun schien es so, als wachten alle offenen Fragen meines Lebens, die ich in der Vergangenheit sicher verwahrt geglaubt hatte, wieder auf, als bewegten sie sich langsam im trockenen Erdreich und schickten sich an, an die Oberfläche vorzudringen. Ich dachte an die Worte des Poeten einer anderen Stadt –

Vollkommene und vielgeliebte Stimmen
derer, die nun tot sind, oder derer,
die uns fern sind wie die Toten.

Bisweilen sprechen sie zu uns in unsren Träumen;
bisweilen hört man sie auch in Gedanken.

Und nach einer Weile kehren mit ihrem Echo andere
Echos zurück
aus der ersten Dichtung unsres Lebens –
wie Musik, die auslöscht die weit entfernte Nacht.

Ich starrte auf die Seiten, die Baby Joe mir geschickt hatte.

> »*Aber ich glaube, die Veränderung wird kommen*«, las ich noch einmal. »*Ich glaube, sie kommt schon sehr, sehr bald. Und ich wünsche mir sehr, daran teilzuhaben.*«

Ich faltete die Seiten so ordentlich wie möglich zusammen und legte sie in die oberste Schreibtischschublade. Ich vergewisserte mich, daß alle Monitore und CD-Player ausgeschaltet waren, schaute nach, ob die Fenster verriegelt waren, und ging hinaus.

14. Kapitel

Teufelsmusik

Ihre Zugabe war immer die gleiche. Sie ging von der Bühne ab, wurde von Patrick und Helen mit Evian-Wasser überschüttet, riß sich das schweißnasse Smokinghemd herunter und ersetzte es durch ein ärmelloses schwarzes Labrys T-Shirt, bedruckt mit einer Doppelaxt und dem Motto ihres Labels. Sie schüttete eine weitere Flasche Evian in sich hinein, strich sich glättend über ihren Kreissägenschnitt und wechselte die akustische Martin gegen eine grellpinke elektrische Gibson aus.

»Gutes Publikum«, sagte Patrick. Er war ihr Manager. Sie kannten sich seit dreizehn Jahren, seit Annie in den Campus-Bars, Bierkellern und dann, als die Altersbeschränkung für Alkohol auf einundzwanzig angehoben wurde, in den Kaffeehäusern zu singen angefangen hatte.

»Ja, ein *Scheiß*publikum«, gab Annie zurück. Sie nahm Helens Kopf in den Klammergriff, küßte sie auf den Schädel und rannte wieder auf die Bühne.

»Provincetown, wir lieben dich!« schrie sie und hob die Faust.

Tosender Applaus antwortete ihr. Die Band trat aus dem Schatten, in dem sie sich den ganzen Abend über verborgen und hin und wieder eine gedämpfte Begleitung zu Annies akustischer Gitarre beigesteuert hatte. Annie trat den Stuhl beiseite, auf dem sie die ganze Zeit über gesessen hatte. Eine dröhnende Baß-Tonfolge erklang, ein paar zögernde Trommelschläge; dann die Eingangsakkorde, transformiert zu etwas

Bedrohlich-Dräuendem. Annie trat ans Mikro und stellte sich auf die Zehenspitzen, um es zu verstellen. Sie grinste und warf den Kopf zurück. Ihre rauchige Stimme ertönte, umspielte die seltsamen Rhythmen von Verlangen, Wut und Wehmut: ihr erster richtiger Hit, die Nummer 2 in den alternativen Charts: gar nicht so schlecht für eine siebenundreißigjährige lesbische Folksängerin aus Nebraska.

Ach, sie ist mir immer noch ein Rätsel …

Das Publikum grölte den Refrain mit, mehrere hundert Frauen und ein paar Typen, die sangen und schunkelten, die mit ihren Margaritas, Bellinis und Amstel Lights der kleinen Gestalt auf der winzigen, etwas erhöhten Bühne zuprosteten. Die Musik dröhnte weiter, immer wieder wurde der Refrain wiederholt, da das Publikum sie nicht gehen lassen wollte. Annie grinste und senkte ruckartig den Kopf, so daß der Schweiß in kleinen Tröpfchen davonflog, die sich in der Scheinwerferhitze in Nebel verwandelten.

Ach, sie ist mir immer noch ein Rätsel …

Dann auf einmal hörte sie es. Der ihr mittlerweile vertraute Sprechchor kam von einem halben Dutzend Personen an einem Tisch in der ersten Reihe, die sich zunächst an den Rhythmus der Musik hielten, dann aber allmählich immer kräftiger und lauter wurden, als Kontrapunkt zu ihrer eigenen rauchigen Stimme und der Gitarre …

Othiym Lunarsa, Othiym, Anat, Innana, Othiym evohe! Othiym haïyo!

Annies Lächeln gefror. Als sie den Kopf hob, bemerkte sie, daß ihre Bassistin Linga besorgt zu ihr herübersah.

Ach, sie ist mir immer noch ein Rätsel …

Immer noch erklangen jene anderen Worte, inzwischen laut genug, um ihre eigene Stimme zu übertönen.

Heil dir, Artemis, Britomartis, Ischtar, Astarte, Ashtorath, Athene, Potnia, Bellona, More, Kali, Durga, Khon-Ma, Kore. Othiym Lunarsa. Othiym haïyo!

Annie blickte aufgebracht auf die vordere Tischreihe mit den fuchtelnden Gestalten hinunter, die das kleine Lokal in einen Hexenkessel verwandeln wollten. Sie brüllte die letzten Zeilen ihres Songs hinaus, während hinter ihr die Band ein dröhnendes Finale anstimmte. Sie verbeugte sich, wobei sie versuchte, ebenso verzückt auszusehen wie die ein paar Meter vor ihr am Boden des Clubs kreischenden Frauen. Dann verließ sie die Bühne. Die Band folgte ihr grinsend und die Fäuste schüttelnd in den kleinen Umkleideraum.

Patrick kam ihr mit einer weiteren Flasche Wasser, einem Taschenbuch und einem Blumenstrauß entgegen.

»Von einer Verehrerin«, sagte er und reichte ihr das Buch: *Ein Journal der Einsamkeit.* »Von wem die sind, weiß ich nicht.«

Er schwenkte die Blumen, doch Annie wandte sich ab.

»Mann, die sind ja heute ganz schön laut«, sagte Helen. »Muß wohl Vollmond sein.«

»Scheißamateure«, fauchte Annie Harmony. Sie stürzte das Evian-Wasser hinunter und schleuderte das Buch auf den Tisch. »Es ist Neumond.«

»Was?« Helen trat hinter ihre Partnerin.

»Neumond, die lassen sich nur bei Neumond

blicken. Schwarze Engel«, setzte sie vielsagend hinzu. »Scheißesoteriker.«

Patrick zog eine Braue hoch und blickte Annie über die duftende Blütenwolke, die er immer noch in der Hand hielt, hinweg an. »Ich dachte, du stehst auf dieses Zeug, Annie«, meinte er überrascht. »Du weißt schon, weibliche Spiritualität, das Erwachen der inneren Göttin, so Zeug.«

Annie machte ein finsteres Gesicht. Sie entriß Helen ein Handtuch und wischte sich das Gesicht ab.

»Annie ist mit Angelica Furiano aufs College gegangen«, erklärte Helen. »Sie waren Zimmergenossinnen.«

»Ehrlich?« Patrick riß die Augen auf. »War das in Italien oder so?«

»D.C.«, entgegnete Annie schroff. »Nur im ersten Semester. Seitdem hab ich sie nicht mehr gesehn.«

Sie durchquerte den vollgestopften Raum, nahm ihre Handtasche und eine Plastikliterflasche Diet Pepsi, dann schaute sie sich nach Helen um. »Ich muß los zum Hotel; ich hab meinen Terminkalender vergessen, und ohne den bin ich nackt, außerdem würd ich gern duschen. Martha erwartet uns um halb zwölf im Restaurant. Versucht mal, nicht schon wieder zu spät zu kommen.«

Patrick und Helen schauten zu, wie sie aus dem Umkleideraum stürmte, eine kleine Gestalt mit stolzem Gang, die die Feuertür aufriß und in einer kleinen Traube wartender Fans auf der Straße verschwand.

»Sie redet nicht gern über Angelica«, erklärte Helen.

»Hm«, machte Patrick. Er massierte sich behutsam das Ohrläppchen. »Dann waren sie also wirklich Zimmergenossinnen?«

Helen nickte. Sie war schlank und dunkelhäutig und hatte sich das Haar zu einem kunstvollen, mit roten und gelben Bändern und bunten Streifen aus *kente*-Stoff durchwirkten Zopf geflochten. »Yeah. Angelica war angeblich schon damals was Besonderes.«

»Hatten sie und Annie was miteinander?«

Helen zuckte die Achseln. »Wer weiß? Das ist jetzt schon so lange her. Ich weiß, daß Angelica was mit einem gemeinsamen Freund hatte, mit dem Typ, der sich umgebracht hat, nachdem sie ihn fallengelassen hatte. Ich glaube, Annie hat sich das ziemlich zu Herzen genommen. Sie redet *überhaupt nicht gern* über sie.«

Patrick betrachtete nachdenklich die Blumen. »Kann ich verstehen. Nimmst du die mit ins Hotel?«

Helen nahm den Strauß und schnupperte daran. »Riechen gut. Hey, die sind ja richtig exotisch. Was sind das für welche?«

Patrick berührte eine anmutig zerknitterte scharlachrote Blüte. »Also, das scheint mir eine Art Mohnblume zu sein, und das hier …«

Er pustete auf eine Handvoll weicher, blaßblauer Blütenblätter. »… das sind Anemonen.«

»Und das ist eine Jonquille.« Helen fuhr mit dem kleinen Finger über hellorange Staubgefäße, die von leuchtendweißen Blütenblättern umrahmt waren. »Die gab es auch in Vermont.«

»Narzissen, ich glaube, diese kleinen nennt man Narzissen, und das hier sieht aus wie eine Hyazinthenkreuzung.«

Helen atmete tief ein. »Mein Gott, die riechen wirklich wundervoll, findest du nicht? All diese zarten Blüten. Aber was für ein merkwürdiges Arrangement – *so etwas* habe ich noch nie gesehen. Wer, sagtest du, hat sie gebracht?«

Patrick zuckte die Achseln. »Keine Ahnung. Irgendeine Frau. Sie hatte ein Kapuzengewand an, *très mysterieuse*. Sie war schon wieder weg, bevor ich etwas sagen konnte. Aber warte mal – weißt du was, da war doch eine Karte dabei, ich schau mal nach …«

Er wühlte in den zerknüllten Zeitungen und den Plastikbehältern vom Thai-Restaurant von nebenan und hielt schließlich triumphierend eine Karte hoch.

»Da!«

»Gib mal her.« Helen nahm sie, ein kleines, weißes Rechteck, teures Büttenpapier, beschriftet mit winzigen Buchstaben in schwarzer Tinte. Eine schnörkelige, aber sehr sorgfältige Handschrift – sie sah aus wie gedruckt. Patrick stellte sich hinter Helen und schaute ihr über die Schulter.

Utcumque placuit Deae verae
für Annie, in Liebe

Helen schüttelte den Kopf. »Merkwürdig. *Dea*, das heißt Göttin, möchte ich wetten. Na ja, das macht Sinn, schließlich waren heute eine Menge von den Mädels da. Aber es ist Latein. Du warst doch mal Meßdiener, was heißt das?«

Patrick nahm die Karte und dachte angestrengt nach. »›*Utcumque placuit.*‹ Ich glaube, das bedeutet soviel wie *Wie es dir gefällt*, oder vielleicht auch *Möge es dir gefallen*. Und *verus*, das bedeutet wahr. Dann müßte das heißen *Wie es der wahren Göttin gefällt*. Höchst merkwürdig.«

»Das kann man wohl sagen.« Helen legte die Karte auf den Tisch und reichte Patrick wieder die Blumen. »Hier, such dir einen netten jungen Mann und gib ihm die.«

»Meinst du, Annie will sie nicht haben?«

»Ich glaube, Annie würde dadurch eher ausflippen, Patrick. Von den Mädels wird ihr ganz anders. Mir übrigens auch. Also, ich muß los; wenn ich mich schon wieder verspäte, bekommt sie einen Anfall.«

»Ja. Bis später. Ich räum schon auf …«

Er goß den Rest Evian-Wasser in einen Krug und stellte den Blumenstrauß hinein, dann ging er zum Clubmanager, um über die Einnahmen des Abends zu sprechen.

Sie waren mit Martha in der Bar des Tides Inn verabredet, in einem angenehm dunklen Raum, der von mehreren leise surrenden Deckenventilatoren gekühlt wurde. Eine Klimaanlage wäre besser gewesen – draußen waren es sechsundzwanzig Grad Celsius, um Mitternacht –, aber Annie mußte zugeben, daß die Ventilatoren hübsch aussahen, große Dinger mit Messingblättern, die mit einem leisen *Wick-wick-wick* die Dunkelheit durchteilten. Diesmal hatte Helen sich nicht verspätet. Dafür ließ Martha auf sich warten, und daher setzten Annie und ihre Geliebte sich allein an einen kleinen Fenstertisch und hielten schweigend Händchen. Sonst war niemand da. Der Besitzer bediente sie, ein schweigsamer Mann mit langem weißen Haar, das er zum Zopf geflochten hatte. Helen bestellte sich einen Hurricane, Annie eine Club Soda mit Limone. Durch ein offenes Fenster wehte der frische Salzgeruch des Meeres herein und von der Galerie nebenan der Gestank von Patschuli und Räucherstäbchen. Sie nippten an ihren Drinks und schauten den funkelnden Lichtern der Boote zu, die draußen auf dem Wasser schaukelten, dem unablässigen Strom von braungebrannten Paaren auf der Commercial Street – Männer und Männer, Frauen und Frauen, Frauen und Männer –, die lachten, redeten und die Nacht genossen.

Annie sah ihnen neiderfüllt nach. Alle wirkten sie so dynamisch und munter, als kämen sie geradewegs aus einem Film von Frank Capra. Jedesmal, wenn sie nach P-town kam, verspürte sie einen leichten Schwindel und einen gewissen Argwohn, genau wie in Key West, Palm Springs, den Berkshires und an all den Orten, wo schwule Paare sich so verhalten konnten wie alle anderen auch. Wie an all den Orten, wo es so leicht schien, glücklich zu sein.

Mal ehrlich: in Disneyland würdest du dich genauso fühlen, dachte sie. *Zu viele Jahre in Nebraska verbracht, zu viele Jahre mit Singen und Hungern; zu lange Angst gehabt, wegen Lisa, Oliver, Angelica und jetzt Hasel …*

Sie straffte sich, und ihre Finger schlossen sich fester um Helens Hand.

»Diese Mädchen heute abend?« fragte Helen leise. Annie sah auf und schüttelte den Kopf, als erwachte sie aus einem Traum.

»Wie kommst du darauf?«

Helen lächelte. »Ich verfüge über magische Kräfte und die Gabe des Sarkasmus.«

»Das könnte von *mir* sein, Schätzchen. Aber du hast recht, ich habe gerade an sie gedacht.«

»So schrecklich ist das doch gar nicht.« Helen wickelte sich einen ihrer Zöpfe um den Finger, spielte mit den Reihen gestreifter Glasperlen. »Was ist denn schlimm daran, wenn Frauen lernen, für sich einzustehen, sich durchzusetzen und so? Ich glaube, deine Freundin Angelica ist da auf einer heißen Spur – ich meine, der Göttinnenkult hat sicherlich einen dunklen Aspekt, der jahrhundertelang ignoriert wurde. Das ist dasselbe, als würde man als Christ die Inquisition leugnen.«

»Sie ist nicht meine Freundin.«

Helen lächelte gequält. »Mann, es muß dich damals ja wirklich schlimm erwischt haben, daß dich das immer noch so aufwühlt.«

»Ich bin nicht aufgewühlt wegen ihr, das hat überhaupt nichts mit den Gefühlen zu tun, die ich …«

»Hallo, Leute! Tut mir leid, daß ich mich verspätet habe, ich mußte noch nach Hause, die Hunde füttern. Ich hab zwei Bekannte mitgebracht – ich hoffe, es macht dir nichts aus, Annie …«

Vor ihnen stand Martha, angetan mit einem farbenprächtigen afrikanischen Kattunkleid, das hennafarbene Haar zu extravaganten Zöpfen geflochten, an den Ohren goldene Ringe. Um den Hals trug sie eine schmale Goldkette, die mit kleinen Amuletten behängt war: ein Lambda, ein Delphin, ein Halbmond und ein winziges silbernes Abbild der Fayence mit der kretischen Schlangengöttin, von deren erhobenen Armen Schlangen wie zwei Blitze herunterbaumelten. »Das ist Lyla, und das ist Virgie – sie waren gerade bei deinem Konzert, Annie, ich hab sie vor ein paar Jahren heißgemacht für deine Musik und ihnen versprochen, dich ihnen irgendwann vorzustellen ...« Martha ließ sich auf einen Stuhl fallen und nahm einen Schluck von Helens Drink. »Oh, tut das gut. So einen bestell ich mir auch.«

Als Annie die beiden Fremden sah, versteifte sie sich.

Mondmädchen. Sie erkannte sie vom Club wieder, wo sie ihr gottverdammtes Mantra gegrölt hatten, während sie versucht hatte zu singen. Jung, Anfang zwanzig – viele von Angelicas Anhängerinnen waren jung, das mußte etwas damit zu tun haben, daß sie die erste Welle des Feminismus und der Frauenemanzipation verpaßt hatten, damit, daß sie im konservativen Dunstkreis der Achtziger aufgewachsen waren, daß sie verzweifelt, zynisch und gleichzeitig unglaublich naiv waren. Virgie hatte kaffeebraune Haut, langes, dichtes schwarzes Haar, mandelförmige schwarze Augen und war mit einem *Hothead-Paisan*-T-Shirt bekleidet. Sie trug halbmondförmige Ohrringe und eine Halskette mit Halbmondanhänger, eine schlechte Kopie von Angelicas Halskette aus billigem mexikanischen Silber. Ihre Gefährtin war schmächtig und klein, so drahtig wie ein junges Mädchen. Sie hatte kastanienbraunes Haar, das ihr dicht am Schädel anlag, und auf der linken Wange eine kleine Halbmondtätowierung. Als sie zur Begrüßung die Hand ausstreckte, sah Annie, daß sie auf dem Ballen des Daumens eine weitere Tätowierung hatte, das perfekte Abbild einer Honigbiene.

»Das muß weh getan haben«, sagte Helen. Sie zog noch zwei Stühle vom Nebentisch herüber und rutschte weiter, um Platz zu machen.

»Kaum«, antwortete Lyla. Sie setzte sich, ohne die grauen Augen von Annie abzuwenden. »Man muß sich dem Schmerz hingeben. Es dauert nicht lange.«

»Ich dachte immer, Selbstverstümmelung sei eine Sünde wider den Heiligen Geist«, sagte Annie.

»Was?« fragte Virgie.

»Nichts. Das ist heute nicht mehr aktuell.« Annie nippte an ihrer Club Soda und musterte argwöhnisch die Neuankömmlinge. »Habt ihr gerade Ferien?«

»Dein Auftritt war fantastisch, wie immer«, sagte Martha. Sie neigte den Kopf zu ihren beiden Freundinnen. »Es war das erste Mal, daß sie dich gesehen haben ...«

»Das erste Mal, daß wir Sie *live* gesehen haben. Ihr Video ist toll«, warf Lyla ein.

»Ihre Musik ist ja *so* toll«, schwärmte Virgie. »Die geht einem durch und durch, ich meine, es ist wirklich erstaunlich, wie gut Sie Ihren Schmerz und Ihre Verlorenheit ausdrücken können, wie Sie es schaffen, sich zu heilen und alles in so eindringliche Songs zu verwandeln ...«

»Von irgendwas muß man schließlich leben.« Annie zermalmte einen Eiswürfel. Sie lehnte sich zurück und starrte mit schmalen Augen auf Virgies Hals. »Hübsche Halskette.«

»Danke! Die hab ich bei einem von Angelica Furianos Workshops gekauft, *Die Mondgöttin erwacht*, hieß er. Waren Sie schon mal ...«

»Nein.«

»Oh, aber das *sollten* Sie mal tun! Ich meine, sie ist ja so *unglaublich*, man spürt direkt die Kraft, die von ihr ausgeht, ich meine, das war die unglaublichste und intensivste Erfahrung meines *Lebens* ...«

»Wow«, meinte Annie trocken.

»Es war *wirklich* ziemlich intensiv«, sagte Lyla. »Wir leben in Northampton und haben dort eine Gruppe gegründet, viele von uns haben an den Workshops teilgenommen und wurden erweckt. Wir treffen uns jede Woche, und die Energie dabei ist einfach erstaunlich, und – na ja, Sie würden es einfach nicht glauben, ehrlich. Sie sollten es wirklich mal ausprobieren.«

»Annie ist zur Zeit sehr mit ihrer Tournee beschäftigt«, sagte Martha. Sie bat Annie mit den Augen um Verzeihung. »Ich weiß, du hältst das alles für dummes Zeug ...«

»Ich glaube nicht, daß das dummes Zeug ist. Ich bin bloß keine Sektiererin.«

»Aber Angelica hat alle möglichen Arten von Anhängern!« Virgie beugte sich über den Tisch und blickte Annie ernsthaft an. »Ich habe da sogar *Typen* getroffen. Ich meine, die meisten Frauen bei unserem Workshop waren hetero, und es war verblüffend, wie sie aufgeblüht sind! Die meisten von *uns* ...«

Sie schwenkte die Hände und zeigte auf die Frauen am Tisch, auf die Passanten draußen. »Wir sind es *gewohnt*, eine Minderheit zu sein, aber für *sie* war es das erste Mal, daß ihnen klar wurde, wie benachteiligt Frauen sind, wie abhängig sie von diesem archaischen, überholten patriarchalischen System sind, das uns versklavt ...«

Annie schwieg. Martha und Helen schauten sich an; dann meinte Martha rasch: »Ich glaube nicht, daß sie wirklich glaubt, die Frauen würden versklavt ...«

»Doch, das *tut* sie!« rief Virgie. Lyla nickte; der Halbmond auf ihrer Wange fing einen einzelnen Strahl Kerzenlicht auf und schien zu flackern. »Darum geht es ihr ja gerade, nämlich daß wir auf eine so unglaubliche Weise ausgerichtet sind, daß wir gar nicht *wissen*, daß wir nichts weiter als Sklaven sind, ich meine, denken Sie doch bloß mal daran, wie sie unsere *Körper* beherrschen wollen ...«

»Wie sie unser Bewußtsein beherrschen wollen«, setzte Lyla hinzu.

»Aber Othiym ... ich meine Angelica ... ich meine, sie eröffnet uns eine ganz neue Weltsicht. Im Grunde eher eine ganz *alte* Weltsicht ...«

Sie deutete auf Annies Labrys-T-Shirt. »Wie dieses Ding da, die Doppelaxt – das ist ein Symbol, das auf das alte Kreta zurückgeht, auf den Kult der Großen Göttin, den es dort gab ...«

Annie blickte Virgie kühl an. »Ich weiß, was das bedeutet.«

»Also, Sie sollten mal zu einer unserer Versammlungen kommen und sich dort umschauen, Annie.« Virgies dunkle Augen weiteten sich, und sie breitete flehentlich die Arme aus. »Angelica Furiano bringt einen dazu, die Welt mit neuen Augen zu sehen! Und wir sind schon so *viele!* Irgend jemand dreht gerade einen Dokumentarfilm über ...«

»Ach, wirklich? Wer denn? Etwa Leni Riefenstahl?«

Virgie runzelte die Stirn. »Ist das die, die das Bikini Kill-Video gemacht hat?«

Annie stöhnte und schaute weg.

»Du mußt zugeben, Annie, daß sich wenigstens mal was ändert«, sagte Martha. »Ich meine, sie bringt einen wirklich zum Nachdenken.«

Annie blickte düster aus dem Fenster.

»Ich mache mir lieber meine eigenen Gedanken«, meinte sie schließlich.

»Annie hat schlechte Erfahrungen mit organisierter Religion gemacht.« Helen schaute ihre Freundin liebevoll an. »Dieser ganze katholische Horrortrip, wißt ihr ...«

»Othiym sagt, der Grund für das Scheitern der traditionellen westlichen Religionen sei, daß sie den Aspekt des Opfers nicht berücksichtigen.« Lylas gekünstelte Ausdrucksweise stand in krassem Gegensatz zu ihrer Tätowierung und ihrem kurzen Haarschnitt. »*Sie* sagt, das Problem bei den Katholiken sei, daß sie die Idee des Opfers nicht *weit genug* verfolgen.«

»Von all dem müssen wir uns lösen«, pflichtete Virgie ihr mit kindlicher Stimme bei. »Die Neue Frau wird nur entstehen, wenn sie lernt, all das Schreckliche und Gewalttätige zuzulassen, das die Gesellschaft ihr bis jetzt vorenthalten hat, weil es angeblich ihrem Temperament zuwiderlaufen würde.«

Alle schwiegen.

»Mann, daran hab ich noch gar nicht gedacht«, sagte Annie.

»Das ist vom Marquis de Sade«, gestand Virgie. »Ich hab's in einem von Angelicas Büchern gelesen.«

Annies Augen blitzten. »Ich glaube, ihr spielt alle mit dem Feuer«, sagte sie und funkelte Virgie und Lyla giftig an. »Und ich finde es unverschämt von euch und euren Freundinnen, daß ihr meinen Auftritt mit euren blöden Slogans stört ...«

»Das sind keine Slogans«, meinte Lyla. »Das ist eine Beschwörung. Weil nämlich jede gute Musik eine Anrufung der Göttin ist.«

»Eigentlich sollten Sie sich *geschmeichelt* fühlen.« Virgie schien jeden Moment in Tränen ausbrechen zu wollen. »Ich meine, weil Ihre Musik solche *Empfindungen* bei uns auszulösen vermag ...«

»Ich denke nicht ...«, stammelte Martha, doch Annie erhob sich bereits.

»Das ist dein großes Problem, Martha. Du *denkst* nicht nach – *keiner* von euch denkt, das überlaßt ihr lieber irgend so einer reichen, verrückten, egoistischen New Age-Prophetin. Habt ihr eigentlich schon mal was von *Sekten* gehört, Kinder? Guckt ihr nicht mal in die Zeitung? Sagt euch der Name Manson etwas? David Koresh? Bhagwan Rajneesh? Jim Jones?«

Helen verdrehte die Augen. »Ach, komm schon, Annie …«

»Das ist etwas ganz *anderes!* Das ist etwas *Wunderschönes,* etwas vollkommen *Neues* …«

Annie schnaubte. »Ach, laßt mich doch in Ruhe mit eurem Scheiß! Wieviel Erleuchtung bekommt man denn an einem Wochenende? Und irre ich mich, oder *bezahlt* ihr auch noch für diese Transzendenz?«

»Eigentlich macht Angelica es neuerdings praktisch umsonst«, sagte Martha. »Sie hat jetzt diese Priesterinnen, die die Kandidatinnen weihen …«

»Priesterinnen?« heulte Annie. »Jetzt hat sie also schon *Priesterinnen?* Mann, ihr werdet vielleicht verarscht! *Kleidet* ihr euch auch alle wie sie? Beschäftigt ihr euch eine Viertelstunde mit eurem Eyeliner und …«

»Annie«, knurrte Helen.

»Priesterinnen! Ich wette, sie läßt auch die Kollekte rumgehen! Mann, was für ein Beschiß! Seht her, der neue Boss, der gleiche wie der alte. Nur daß er jetzt Titten und 'ne Fotze hat, das ist alles.«

Helens Stimme übertönte Virgies und Lylas wütenden Protest. »Annie, jetzt gehst du aber zu weit!«

»Ach, wirklich? Dann solltest du vielleicht mit ihnen gehen und mit deinem verborgenen mondischen Selbst Kontakt aufnehmen. Ich haue ab.«

Annie wandte sich jäh um, dann zögerte sie und starrte voller Abscheu den Halbmond auf Lylas Wange an. »Hey, der ist wirklich hübsch gemacht – bloß schade, daß neunzigtausend andere Mädchen den gleichen haben.« Sie stürmte zum Ausgang.

»Das ist ein heikles Thema«, seufzte Helen. Martha legte Virgie den Arm um die Schulter. Lyla wirkte wütend. »Also, ich geh ihr nach und beruhige sie – aber keine religiösen Themen mehr, okay?«

»Ich dachte, sie würde es *verstehen*«, jammerte Virgie. »Ich hab geglaubt, sie wäre so gut mit ihren inneren *Zyklen* im Einklang …«

»Pssst«, machte Martha.

Helen fand Annie draußen vor der Tür des Lokals, wo sie an der Wand lehnte. Vor dem Tides Inn versammelte sich das übliche nächtliche Publikum. Ein paar Meter weiter warf die Leuchtkugel einer Straßenlaterne ein silbern geriffeltes Spiegelbild auf die dunkle Wasseroberfläche, dessen heller Lichtkreis sich jedesmal, wenn Wind aufkam, in ein verschlungenes Muster auflöste. Von einem ankernden Segelboot wehte Gelächter und Tanzmusik herüber.

»Wenn du meinst, ich würde da wieder reingehen, dann hast du sie nicht mehr alle.«

Helen mußte unwillkürlich lächeln und streichelte Annie über den Hals. »Findest du nicht, du hast ein bißchen heftig reagiert?«

»Nein.«

»Ach, komm schon – Charles *Manson?*«

»Angelica di Rienzi könnte sich Charles Manson aufs Butterbrot schmieren. Wahrscheinlich hat sie es bereits getan«, setzte Annie geheimnisvoll hinzu.

»Ich glaube, du schleppst da noch so ein Päckchen von früher mit dir rum, Annie. Ich weiß, du hast gesagt, du möchtest nicht über Angelica sprechen, und das habe ich auch immer respektiert, aber das hier gerät allmählich außer Kontrolle. Ich meine, das sind doch bloß so Dopey-Kids, das ist alles! Virgie heult, Martha ist wie vor den Kopf geschlagen, und Lyla, die Bienenkönigin, sieht aus, als nähme sie gerade mit einer ziemlich sauren inneren Göttin Kontakt auf.«

»Gut«, fauchte Annie, doch ihr Mund zuckte bereits – die Andeutung eines Lächelns. »Dann wird sie mir beim nächstenmal wenigstens nicht mehr den Auftritt vermasseln.«

Helen seufzte. »Also, ich glaube nicht, daß du die beiden noch häufiger zu Gesicht bekommen wirst. Hör mal, Martha meint, heute fände draußen am Herring Cove eine Tanzparty statt …«

»Yeah«, meinte Annie und nickte. Von hier aus konnte man die schmale, geschwungene Landzunge vor dem Hintergrund des Atlantiks gerade noch erkennen, eine dunstige, mit ein paar schwankenden Lichtern besetzte dunkle Fläche. »In dem alten Bootshaus dort drüben. Patrick hat mir davon erzählt; er kennt einen der Veranstalter. Sollen eine fantastische Anlage und eine tolle Lightshow haben.«

»Dann laß uns tanzen gehen. Komm schon, das wird ein Mordsspaß.«

»Ja, klar! Ein Haufen Teenies auf XTC und Vitaminen …«

»Früher hast du doch immer so gern getanzt! Heyn, Liebste, entspann dich doch ein bißchen …«

Annie schüttelte trotzig den Kopf. »Wenn ich mich jemals entspannen sollte, dann bricht das Ende der Welt an. Das weißt du doch. Ich bin das einzige, was zwischen dir und dem Dunkel von Mordor steht …«

»Hey. Weißt du was, Annie? *Sei endlich still …*«

Helen nahm Annies Kinn in die Hand und schaute ihr in die dunklen Augen, dann küßte sie sie, langanhaltend und bedächtig, und dabei streichelte sie ihrer Freundin die Brust unter dem dünnen, schwarzen T-Shirt. Als sie Annie nach einer Weile anschaute, hatte sich ihr Gesicht leicht gerötet, und das harte Funkeln in ihren Augen war etwas milder geworden. »Du weißt doch noch, wie man tanzt, oder?«

Annie nickte und verzog den Mund zu einem Grinsen. »Klar. Man macht die Augen zu und läßt es *fließen …*«

Sie zog Helen an sich und küßte sie noch einmal.

Als sie zum Herring Cove Beach kamen, war die Party bereits in vollem Gange, und das baufällige Bootshaus erbebte von der Musik und den Hunderten von Tänzern, die auf den Strand hinausgeströmt waren und sich dort ekstatisch bewegten.

»Jetzt weiß ich, warum in der Bar nichts los war!« rief Annie.

»Die Party hat schon am Morgen angefangen!« schrie Martha zurück. »Ich wundere mich, daß man noch niemand verhaftet hat.«

»Das wird man schon noch, wenn das so weitergeht.« Annie reichte dem Kerl an der Tür eine Zehn-Dollar-Note. Er mußte zweimal hinschauen, bis er sie erkannte.

»Hi, Annie Harmony! Ist mächtig was los hier …«

Er stempelte ihr ein kleines lächelndes, purpurfarbenes Goofy-Gesicht in die Handfläche.

»Wie, bekomme ich nichts raus?« Annie schaute auf die mit einem Reißverschluß verschlossene Geldtasche, die der kräftige Bodybuilder, der an der Tür Wache hielt, auf dem Schoß hatte. »Zehn Dollar, bloß damit ich Sand in die Drinks bekomme?«

»Zehn Mäuse, zehn Mäuse!« rief er, sein Kopf ruckte auf und ab. »Chemiefreie, prima Drinks gibt es dort an der anderen Tür, drinnen ist Trinken nicht erlaubt …«

»Aber *klar* doch …«

»Annie, es reicht!« Martha und Helen zerrten sie durch den Eingang.

Sie kam sich vor wie im Innern eines Feuerwerks, nichts als explosiver Sound, Farben und Bewegung. Das Bootshaus war das einzige Gebäude an diesem unter Naturschutz stehenden Strand, ein Ort, der von der örtlichen Polizei die meiste Zeit über seltsamerweise mißachtet wurde. Man konnte trinken, flirten und sich so gut wie jeder anderen Sinnenlust hingeben. Die Stützbalken waren morsch von Meereswürmern und vom Salz, am Dach fehlten jede Menge Schindeln, und bei Sturm wurde der ganze Schuppen jedesmal überflutet. In Wänden und Decke waren schartige Löcher. Annie blieb mit einem Turnschuh in einer Lücke zwischen zwei Bodenbrettern stecken. Als sie sich vorbeugte und den Fuß herausziehen wollte, blickte sie durch das Loch bis aufs schwarze Wasser hinunter, das unter ihr über die Felsen und Stützpfeiler leckte. Sie richtete sich wieder auf und stellte fest, daß sie ganz allein auf weiter Flur war. Der DJ hatte einen neuen Song aufgelegt, und offenbar waren alle zur gegenüberliegenden Wand geeilt. Ein paar Meter weiter tanzten Helen und Martha. Virgie und Lyla waren nirgends zu sehen; die hatten sich abgesetzt, kaum daß sie hier angekommen waren, und nun tuschelten sie miteinander und warfen Annie vorwurfsvolle Blicke zu.

Vergiß sie, dachte Annie. Allzu schwer fiel ihr das nicht. Die Musik war so laut, daß sie alle zusammenhängenden Gedanken verscheuchte, und so schnell, daß man sich an das stetige Grollen eines abhebenden Flugzeugs erinnert fühlte, ein stotterndes Getöse, von dem ihr Blut so sehr in Wallung geriet, daß ihr die Sicht verschwamm. Wohin sie auch blickte, überall sah sie tanzende Menschen, eine dermaßen dichtgedrängte Ansammlung von ununterscheidbaren Leibern, daß es war, als sähe man einen Film über Meerestiere, nichts als schwankende Tentakel, klaffende Münder und Zähne. Die meisten Jungen und Männer hatten nackte Oberkörper, einige waren bis auf Plastikflaschen mit Wasser, die sie mit Klebeband am Schenkel oder am Unterarm befestigt hatten, sogar vollständig nackt. Es gab auch einige nackte Frauen, deren Brüste in der dampfenden Luft hell aufblitzten. Und natürlich sah man auch bumsende Paare. Nicht bloß zu zweien, sondern zu dreien, vieren und fünfen und in gewundenen Reihen, zu viele auf einmal, als daß man sie hätte zählen können, obwohl ihre Bewegungen etwas eigentümlich Unerotisches hatten: als wären sie bloß Teil einer Maschine, dieser riesigen Menschenmaschine, die wie ein Schwerlaster durch das alte Bootshaus dröhnte.

Es war alles zuviel, als daß sie sich dagegen hätte wehren können. Im Nu bewegte sie sich ebenfalls, und wenn sie zunächst Angst gehabt hatte, erkannt zu werden, so dachte sie nicht mehr daran – sie war nur eines unter vielen strahlenden Gesichtern, ein weiteres Paar Arme und Beine, die im blendenden Licht der Stroboskope zappelten. Sie ließ den Lichtstrom durch die geschlossenen Augenlider fließen, eine geisterhafte, pupurfarbene und schwarze Flut. Als sie die Augen nach einer Weile wieder aufschlug, erblickte sie an der gegenüberliegenden Wand eine seltsame Szene, erstarrt im grellen Licht der Stroboskope.

Dazu gehörten Virgie, Lyla und mehrere andere Frauen und Männer. Sie standen reglos beisammen, ohne sich an den ständigen nervösen Gesten des Trinkens und Schweißabwischens zu beteiligen, was, soweit Annie erkennen konnte, hier der Bewegungslosigkeit am nächsten kam.

Diese Gruppe aber stand still. Sie waren vollkommen reglos, und sie starrten Annie an. Mitten in der kleinen Schar war eine Gestalt, die hervorstach – in einem ganz wörtlichen Sinn, denn sie überragte die anderen um mehr als einen Kopf. Annie verlangsamte ihr Tanzen zu einem halbherzigen Sich-Wiegen und erwiderte beherzt den Blick der anderen, forderte sie heraus, sie anzuschauen.

Und das taten sie auch. Virgie und Lyla standen in der Nähe der Gestalt in der Mitte und schauten ernst und aufmerksam drein. Die anderen bildeten um sie herum einen Halbkreis. Die meisten Frauen waren jung und hatten straffe, muskulöse Körper wie Lyla;

wenngleich eine von ihnen viel älter war und das ergrauende Haar zu einem Knoten zurückgebunden hatte. Frauen und Männer waren gleichermaßen tätowiert. Sie trugen die grinsenden Halbmonde wie ein Brandzeichen auf Wangen, Schultern und schwellenden Bizeps.

Hah! richtige *Moonies*, dachte Annie. Sie versuchte, furchtlos und verächtlich dreinzuschauen und in Bewegung zu bleiben. Diese aufmerksamen Blicke bereiteten ihr jedoch Unbehagen. Sie erinnerten an die Vielfachaugen einer geduldigen Spinne, so wie sie unverwandt zu ihr herüberstarrten, als hätten sie alle Zeit der Welt, solange abzuwarten, bis sie müde wurde und ihre Kräfte erlahmten. Und die um sie herum wogende Menge machte alles nur noch schlimmer – sie konnte soviel toben und schreien wie sie wollte, die anderen würden dennoch glauben, sie amüsiere sich prächtig. Und bestimmt würde niemand die Polizei rufen.

Annie blickte sich besorgt um und hielt Ausschau nach Helen. War wahrscheinlich draußen am Strand, um sich abzukühlen. Sie wandte sich wieder ihren reglosen Bewachern zu.

Die Gruppe hatte sich immer noch nicht gerührt. Alle standen immer noch schweigend im Halbkreis herum und starrten bloß. Die in der Mitte war es, die Annie einen Schauder über den Rücken jagte. Groß, bestimmt über zwei Meter, mit breiten, nackten, muskelbepackten Schultern. Trotzdem hatte sie Brüste, kleine, schwellende Brüste mit dunklen Nippeln. Taille und Hüfte waren schmal und lagen im Schatten, so daß Annie weder erkennen konnte, was sie trug, noch ob es sich um ein Mädchen oder um einen Jungen handelte. Offenbar hatte sie keinerlei Körperbehaarung; nur ein Paar Brüste, das besser zu einem dreizehnjährigen Mädchen gepaßt hätte, und wunderschönes langes, kastanienbraunes Haar. Ein flügelloser, aufmerksamer Engel, den es auf die Erde verschlagen hatte. Ein gefallener Seraphim.

Ein schwarzer Engel.

Annie schluckte. *Aber was, zum Teufel, hat sie – oder er, oder* es *– dann hier zu suchen, und warum schaut es gerade* mich *an?*

Wie als Antwort auf ihre Gedanken sah die großgewachsene Gestalt weg. Lyla und die anderen wandten sich ebenfalls ab, als wären sie alle mit unsichtbaren Stricken verbunden. Ehe sie sich abermals umwenden und sie wieder ins Auge fassen konnten, suchte Annie hinter einer Reihe von Lautsprecherboxen auf dem Tanzboden Deckung.

»Puh, mein lieber Schwan!« Sie schöpfte Atem und lehnte sich zurück, bis sie hinter den Lautsprechern verborgen war. Von ihrer Position aus konnte sie beobachten, ohne gesehen zu werden; von hier aus wirkten sie wie eine beliebige Gruppe von Partygästen.

Vielleicht steckt gar nichts dahinter, dachte sie mit einem Anflug von Panik. *Es sind nur ein paar von Angies Mädchen aus Brown, und ihre Freundin, die unglaubliche Miss Hulk.*

Dann begann in der Dunkelheit jemand zu singen.

Alles, was heilig ist, ist Dein
Alles, was Fleisch ist
Alles, was blüht und Leben schenkt
Alles, was fruchtbar ist.

Die Dunkelheit ist Dein
Die Heimlichkeit des Jägers
Der unverhofft zuschlägt …

Eine brüchige, schwankende Stimme – ob die eines alten Mannes oder die einer Frau, ließ sich nicht sagen; dennoch schauderte Annie bei ihrem Klang.

Alles, was Wurzeln in der Erde hat
Alles, was schön ist
Alles, was zerfällt
Ist Dein, Verschlingerin!
Ist Dein, Große Gebärerin.
Haïyo! Othiym!
Othiym Lunarsa.

Der Gesang strömte durch Annie hindurch, und sie zitterte.

Alles, was Schönheit ist
Alles, was Knochen ist
Ist Dein, Wütende Mutter
Alles, was Du geliebt hast
Alles, was vortrefflich ist
Ist Dein, o Du Schöne.
Haïyo! Othiym!
Othiym Lunarsa.

Der Gesang erstarb ebenso rasch, wie er begonnen hatte. Annie war wie gelähmt von Furcht – die Teufelsmusik hatte etwas mit ihr *angestellt*, hatte sie in Eis oder Stein verwandelt! Dann wurde an der anderen Seite des Raumes eine Fliegendrahttür aufgerissen. Ein scharfer, nach Salz riechender Windschwall schlug Annie ins Gesicht. Sie nieste, schlug sich die Hand vor den Mund und zog sich zu den Lautsprechern zurück. Der Bann war gebrochen; sie konnte sich wieder bewegen.

Und der schwarze Engel bewegte sich ebenfalls.

Annie schnappte nach Luft. Es schien wirklich so, als sei eine Statue zum Leben erwacht, ein wunderschönes, unheilvolles Wesen, halb Wasserspeier und halb Riesenbaby. Von ihrer Position aus sah sie es durch die Menge schreiten, pulsierendes Rot und Weiß marmorierten die nackten Arme und die Brust.

Hin und wieder hielt es inne, ein Fuß verharrte in der Schwebe, und der große Kopf schwenkte vor und zurück wie der einer Bulldogge. Annie war zu weit weg, als daß sie dies alles deutlich hätte sehen können, und sicherlich konnte sie es aus der Entfernung nicht hören, dennoch hatte sie die furchtbare Gewißheit, daß es *schnüffelte* und Witterung aufnahm.

Auf einmal blieb es stehen und wandte sich langsam um. Annie wäre fast in Ohnmacht gefallen – es schaute sie direkt an, es *sah* sie dort im Schatten hokken. Die Zungenspitze schnellte zwischen den Lippen hervor, eine Zunge, so weiß und fett wie ein Mehlwurm; doch dann sah es unvermittelt wieder weg, als hätte es eine größere Beute erschnuppert, und schritt davon.

Hinter ihr verharrten Lyla, Virgie und die anderen in aufmerksamem Schweigen. Annie atmete zittrig aus. Worauf das Wesen es auch abgesehen haben mochte, sie war anscheinend nicht gemeint – noch nicht. Sie lugte vorsichtig auf die Tanzfläche hinaus.

Offenbar erforderte es mehr als ein mörderisches, zwei Meter großes androgynes Wesen, um die Aufmerksamkeit dieser Gesellschaft zu erregen; niemand schenkte ihm besondere Beachtung. Verdammt, niemand schien es auch nur zu bemerken. Seine schwarzen Augen fixierten etwas, das sich außerhalb von Annies Gesichtskreis befand, und nun sah sie, daß sich auch die Aufmerksamkeit seiner Gefolgschaft darauf richtete.

Es schaute einen Jungen an. Wie Annie war auch er allein.

Bloß ein dummer Junge! dachte sie voll bitterer Panik. Der wahrscheinlich für ein paar Tage von seiner Familie weg war, die gerade in Wellfleet, Chatham oder Rock Harbor Urlaub machte. Braungebrannt und muskulös, im kurzgeschnittenen dunklen Haar ein paar von der Sonne ausgebleichte rötliche

Strähnen. Er trug weite Batikshorts, eine Sonnenbrille baumelte an einer Schnur auf seiner Brust. Und er war vollkommen hinüber – das war deutlich zu sehen, er lachte und redete mit sich selbst, seine Augen glänzten, Schweiß glitzerte auf Wangen und Stirn. Ein kleiner psychedelischer Spaß im verborgenen, das war alles; wieder so ein harmloser Egotrip.

Alles, was Schönheit ist
Alles, was Knochen ist …

»Hey.« Annie hatte einen so trockenen Mund, daß das Flüstern weh tat. »Hey, warte mal … *nicht* …«

Sie wollte rufen, sich zu Boden werfen, *irgend etwas* tun, um ihn zu warnen. Die Angst aber strömte durch sie hindurch wie eine Droge, dermaßen abstumpfend, daß es schon eine Erleichterung bedeutete, sich nicht zu bewegen. Sie konnte nur schweigend zuschauen, wie der stumme Engel die Tanzfläche überquerte, bis er hinter dem Jungen stand.

Der Junge hatte immer noch nichts gemerkt. Er brabbelte weiter vor sich hin und kicherte dabei; ab und zu boxte er in die Luft, dann tänzelte er lachend wieder zurück. Die Gefolgschaft des schwarzen Engels schlenderte auf ihn zu.

Die Dunkelheit ist Dein
Die Heimlichkeit des Jägers
Der unverhofft zuschlägt
Die Lust des Bogenschützens
Der Dir seine Beute bringt
All das ist Dein
Othiym Lunarsa …

Auf einmal versteifte sich der Junge. Er sah zu Boden, erst jetzt fiel ihm auf, daß da ein Schatten war. Er hob den Kopf.

Der Engel schaute mit Onyxaugen unverwandt auf ihn hinunter. Der Junge starrte zurück, sein Lächeln hatte sich verflüchtigt, die Fäuste ließ er schlaff an den Seiten herunterbaumeln. Annie hörte das pulsierende Dröhnen der Musik, während Virgie und die anderen den Jungen einkreisten.

Er riß die Augen auf, sein Mund teilte sich, und er versuchte, sich zu bewegen, doch jemand hielt ihn fest, Lyla; Annie erkannte ihren schlanken Körper und den dunklen Halbmond auf ihrer Wange. Als der Junge aufschreien wollte, drehte Lyla ihm die Arme auf den Rücken und flüsterte ihm eine Warnung ins Ohr.

Die über ihnen aufragende hochgewachsene Gestalt lächelte. Etwas Riesiges, Verschwommenes wogte hinter ihr, eine tiefere Dunkelheit, die sich wie große, schwarze Schwingen zusammenzog und wieder entfaltete. Die Tanzmusik verklang, bis nur noch ein hartnäckiger, dumpfer Rhythmus übrigblieb, wie Meereswogen, die an eine Küste schlugen. Das Geräusch wurde lauter. Das dumpfe Schlagzeugdröhnen verwandelte sich auf einmal in Worte, in eine Reihe von Namen, die als stetige Flutwelle durch Annies Geist hindurchströmten.

Othiym, Anat, Innana.
Heil dir, Artemis, Britomartis,
Ischtar, Astarte, Ashtorath,
Bellona, More, Kali,
Durga, Khon-Ma, Kore.
Othiym Lunarsa, Othiym haïyo!

Die Worte sickerten in sie ein wie das zähe, trostvolle Blut der Mohnblume, und so wie eben die Musik verklungen war, verblaßte nun der Bootsschuppen und verflüchtigte sich zu einem farblosen Nebel. Sie befand sich in einem anderen Raum. An einem beklemmenden Ort, trüb erhellt von qualmenden Wachskerzen, angefüllt mit den Gerüchen von Fleisch und Wein. Sie lag auf einem breiten Steintisch. Nicht weit von ihr entfernt lag noch jemand, der fest schlief. Mit der unerschütterlichen Gewißheit, wie sie nur Träumen zu eigen ist, wußte sie, daß es sich um einen Altar handelte, der jedoch nichts mit den Altären gemein hatte, wie Annie sie aus Kirchen kannte. So benommen sie war, wußte sie aber auch, daß dies kein Traum war. Süßer Rauch stieg ihr in die Nase, der Duft von Koriandersamen und erhitztem Amber, von Sandelholz und Orangen; warum war ihr dieser Geruch nur so vertraut? Der Rauch benebelte ihre Gedanken, und sie gähnte. Sie wollte nichts als schlafen, wie ihr Gefährte auf dem Altar – schlafen und vergessen.

Du bist der geheime Mund der Welt
Du bist das unausgesprochene Wort
Othiym Lunarsa, haïyo!

Doch der Schlaf wollte nicht kommen. Das alles war aber auch zu merkwürdig, und ein Teil von ihr konnte nicht aufhören, sich damit zu beschäftigen – hatte sie im Bootshaus vielleicht einen Flashback erlebt? Doch das hier ähnelte eher einem Film als einer Halluzination, wenngleich einem Film mit zahllosen Gerüchen und dem schmerzhaften Unbehagen, das vom Liegen auf der kalten Steinplatte herrührte. Überall waren Blumen: orangefarbene Lilien, Alpenveilchen und purpurfarbene Wicken, die sich bereits gräulich verfärbten. Kleine goldene Bienen krabbelten darauf umher und versammelten sich in Scharen auf dem Rand eines mit Honig beschmierten Trinkgefäßes, nippten an einem flachen Teller mit Wein und an einem anderen mit gesäuerter Milch.

Annie schnitt eine Grimasse und versuchte, sich zu

bewegen, stellte aber fest, daß sie mit Stricken gefesselt war – mit Weinranken und getrockneten Gräsern, die lieblich dufteten, jedoch erstaunlich fest waren. Mehrere Bienen krabbelten auf sie zu, offenbar angelockt von ihrem Widerstand. Annie versteifte sich, dann, als die Insekten, die zu berauscht waren vom Honig und von der fermentierten Milch, von ihr abließen, seufzte sie erleichtert.

Sie legte den Kopf schief, damit sie die andere Gestalt auf dem Altar besser sehen konnte. Ein Junge, dachte sie zunächst – er war schlank und hatte lockiges Haar, sein Mund war offen, als schliefe er. Doch dann bemerkte sie, daß sein blondes Haar graugesträhnt war und daß der von den Stricken gebundene Rumpf schlaff und bleich war – die Haut weiß und durchscheinend wie Eis, mit einem Stich ins Bläuliche und einem schwachen, feuchten Glanz.

Annie wimmerte. Ihr wurde schummrig: das war alles falsch, sie gehörte hier nicht her und auch nicht dieser Mann, wer immer das sein mochte. Wer immer das *gewesen war*. Sie versuchte, sich zu befreien, doch die Fesseln waren zu eng. Ganz in der Nähe vernahm sie leise Stimmen, das Patschen nackter Füße auf Steinboden, und dann war da noch der süße Rauch …

Nicht atmen, bloß nicht atmen!

Sie atmete aus, hob mit aller Kraft einen Ellbogen und rammte ihn gegen den Stein.

Sie schnappte nach Luft. Ihr verschwamm die Sicht; der Schmerz gerann zu Ohnmacht und zu einer Feuerklinge, die ihren Arm durchbohrte.

Jetzt! dachte sie. Denn mit dem Schmerz kam auch ein kurzer Moment der Klarheit. Sie erkannte die Gestalt, die neben ihr auf dem Altar lag.

Hasel Bright.

»Nein!« schrie Annie, doch der Gesang übertönte ihre Stimme.

Alles, was Du geliebt hast
Alles, was vortrefflich ist
Ist Dein, o Du Schöne.

Sie traten aus dem Schatten hervor, neun Priesterinnen, die vor dem erhöhten Steintisch einen Halbkreis bildeten. Hinter ihnen hielten drei männliche Altardiener Kelche in Händen, die wie Stierköpfe geformt waren. Die Frauen waren groß, die Brüste über den langen Faltenröcken, die bis auf die Knöchel reichten, waren nackt. Die Röcke waren schwarz-golden gestreift, sie wirkten keck und erstaunlich modern an einem derart archaischen Ort. Ebensogut hätten es Wespen in Frauengestalt sein können, die sich in einem langsamen, gemessenen Tanz bewegten. Auf den Armen trugen sie einen Jungen, einen Jungen mit sehr weißen Zähnen, braungebrannter Haut und von der Sonne ausgebleichtem Haar.

Annie starrte ihn wie in Trance an. Sie waren so nahe, daß sie den Schweiß des Jungen riechen konnte, außerdem Kokosöl und den schwachen Geruch von Chloroform oder XTC. Als die Priesterinnen die Arme hoben, leuchteten zwischen ihren Brüsten silberne Halbmonde auf. Annie hörte das papierene Rascheln der Röcke, ihre leisen Stimmen …

Strabloe hathaneatidas druei tanaous kolabreuseomena
Kirkotokous athroize te mani Grogopa Gnathoi ruseis itoa

Jedes Wort mit seinem Echo von Drohung und Angst …

Versammle Deine unsterblichen Söhne, bereite sie vor auf Deinen leidenschaftlichen Tanz
Läutere die Kinder Kirkes unter dem bindenden Mond

Enthülle ihnen Dein furchtbares Antlitz, unverletzliche Göttin, Deine unerbittlichen Zähne.

Die männlichen Altardiener näherten sich dem Altar, hoben Hasels schlaffe Gestalt hoch und trugen sie weg. Annie wehrte sich gegen die in ihr aufsteigende Panik, doch es schien so, als habe man sie einstweilen vergessen. Die Priesterinnen traten vor und legten den Jungen sanft auf den Altar. Er lag auf der Seite, nackt, der Mund vom Opfertrank befleckt. Sie hatten ihm Lippen und Augen mit Ocker bemalt und einen Halbmond auf seine glatte Wange gezeichnet. Auf seiner honigfarbenen Haut leuchteten Efeuranken. Er sah aus wie ein schlafendes Kind, die Augen hatte er geschlossen, um den Mund spielte ein Lächeln; ein Kind, das von seiner Mutter träumte. Und seine Mutter kam.

Lautlos näherte sie sich dem Altar, vorbei an den Reihen singender Frauen. Sie war größer als sie alle und nackt, das bronzefarbene, lose Haar floß ihr über die Schultern, ihr wunderschönes Gesicht war gefaßt und lächelte nicht. Zwischen den nackten Brüsten funkelte die Lunula. Ihre Priesterinnen verstummten, als sie zwischen ihnen hindurchschritt.

Vor dem Altar blieb sie stehen. Durch einen Rauchschleier hindurch sah Annie, wie sich Othiyms Finger um die Lunula strafften. Sie trat noch ein Stück vor, bis sie unmittelbar vor dem Jungen stand. Sie hob die Lunula über den Kopf. Bevor Annie zusammenzukken konnte, stieß der funkelnde Halbmond auf den Jungen nieder. Auf einmal spritzte ihr etwas Warmes ins Gesicht.

Othiym, haïyo!

Annie schrie auf. Als sie blinzelte, fühlten sich ihre Augenlider klebrig an. Ein scharfer Salzgeschmack verbrannte ihr den Mund. Durch das Dröhnen in ihren Ohren hindurch hörte sie Othiyms Stimme *Eisheth!* rufen. Und Eisheth kam.

Es war nicht mehr der schwarze Engel, den sie zuvor gesehen hatte. Es war ein Geier, so riesig, daß der Schatten der Schwingen alles verdeckte, was hinter ihm lag. Verwesungsgestank ging von ihm aus, und Annie konnte weiße Maden und Schweißfliegen ausmachen, die in den Hautfalten des Halses nisteten. Er gab einen gurgelnden Laut von sich, eine Art Lachen, dann pickte er dem Jungen die Augen aus.

Annie würgte. Die Altarpriester sprangen zum Altar und wetteiferten miteinander darum, mit ihren Kelchen das Blut des Jungen aufzufangen. Der Geier schaute ihnen neiderfüllt zu und erzeugte mit der schwarzen Zunge am Schnabel ein schnalzendes Geräusch.

»Eisheth!«

Ein donnerndes Flügelschlagen, als sich der Geier in die Luft erhob. Annie wandte den Kopf.

»Angelica«, flüsterte sie. Ihren Namen auszusprechen, bedeutete fast eine Erleichterung für sie.

Die Frau lächelte. Mit ihrer gelbbraunen Haut, dem lohfarbenen Haar und den mandelförmigen Augen wirkte sie unwahrscheinlich jugendlich und so schön wie eh und je. Ihre Brüste aber waren mit Blut bespritzt, und Blut rann auch von ihren Nippeln in Rinnsalen über den Bauch. In ihren starken Bauernhänden hielt sie einen Kelch in der Form eines Stierkopfes. Dampf entquoll der Mündung des Gefäßes, als sie es hochhob und neigte, bis sich aus dem Stiermaul eine dunkle Flüssigkeit in ihren Mund ergoß.

»Alles, was ich geliebt habe, ist mein«, sagte sie. Ihr Mund, ihre Zunge und ihre Zähne waren schwarz von Blut.

Annie brabbelte hysterisch vor sich hin. Der kalte

Steinaltar unter ihr verschwand. Der Rauch verflüchtigte sich und mit ihm der Aasgestank des Geiers. Sie hockte wieder auf dem Holzboden des Bootshauses.

Auf der anderen Seite des Raums wurde getanzt; offenbar hatte niemand etwas gemerkt. Ein paar Meter weiter beugten Lyla und die anderen sich über eine reglose Gestalt. Annies Geplapper mündete in ein Schluchzen. Virgie sah zu ihr hin, dann schaute sie wieder auf den toten Jungen.

Er hatte keine Augen und keine Zunge mehr. Der Rumpf war aufgerissen, die Zwillingsbögen des Brustkastens klafften auseinander, und die Organe waren herausgenommen. In der leeren Höhlung befand sich nur noch eine schwarze und tiefrote Feder, wie eine dem Herzen entsprungene Blüte.

Annie zitterte krampfhaft. Ein einziger quälender Gedanke raste durch ihren Geist – es sollte *mehr Blut* da sein, sie hatte doch gesehen, wie er gestorben war, überall sollte Blut sein …

Ohne Vorwarnung stürzten sie sich auf sie, kratzten sie an den Armen und im Gesicht und zogen sie auf die Beine. Annie schrie auf, wehrte sich und rief um Hilfe, doch sie waren überall, ein geistloser Schwarm Bienen, die an ihren Kleidern zerrten, ihr die Arme auf den Rücken bogen.

»Paßt auf, paßt doch auf!«

Annie sah, daß Virgie sie mit runden, schwarzen Augen anschaute.

»*Staune nur,* Annie – du hast ja so ein Glück, daß du auserwählt wurdest …«

Annie stöhnte und schloß vor Schmerzen die Augen. Als sie sie wieder öffnete, sah sie einen Halbmond in der Dunkelheit aufblitzen. Jemand hielt ihr ein eingedelltes Silbergefäß vors Gesicht. Sie roch Blut, diesen widerlichen Gestank, und dann, als sie ihr den Kiefer auseinanderzwangen, hatte sie auf einmal einen metallischen Geschmack im Mund, von

Blut, das ihren Gaumen versengte, das ihr in die Augen spritzte und sie blendete. Sie konnte nicht schreien, überall war Blut, es drang ihr in die Nasenlöcher, die Augen, den Mund. Durch einen roten Schleier hindurch sah sie die Lunula, den Mond, der jeden Moment aufsteigen und die Sonne am Himmel auslöschen würde …

»Laßt sie los!«

Die Hände packten sie fester; dann ertönte abermals die Stimme.

»Ne Othiym anatha, Ne Othiym – praetorne!«

Annie blinzelte. Die anderen drehten sich um und schauten zur Tür, die hinter ihnen aufgeflogen war.

»Ne Othiym anatha, Ne Othiym – praetorne!«

Ihre Peiniger ließen sie los. Annie taumelte über den Boden.

»Ihr Dreckspack!« fauchte sie und brach in Tränen aus.

Othiyms Anhänger blickten nicht weit von ihr mit wütenden, verwirrten Gesichtern zu Boden. Virgie wimmerte.

»Ohhh … sie hat *alles* zerstört …«

Sie zerstreuten sich wie Insekten und verschwanden in der Menge. Annie bemühte sich vergeblich, ihrer Tränen Herr zu werden.

»Ihr solltet besser mal anrufen. Den Notruf, meine ich …« keuchte sie, wischte sich über die Augen und schaute angewidert auf ihre blutbeschmierten Finger. »Mein *Gott,* ich kann's einfach nicht *glauben …*«

Von der Tür ertönte gedämpftes Gelächter.

»Ist das etwa *komisch?*« Annie fuhr herum. »Findet das vielleicht jemand *komisch?*«

Zum erstenmal sah Annie ihre Retterin: eine auffallende, langhaarige Frau in einem purpurfarbenen Kleid.

»Zum Lachen komisch oder eher seltsam?« fragte die Frau.

Annie schnappte nach Luft. »A-aber du … du warst doch …«

Die Frau lächelte bloß. Nicht spöttisch oder belustigt, sondern mit dem Ausdruck einer so reinen Freude und Sehnsucht, wie Annie es noch nie erlebt hatte. Lächelte und nickte, bloß einmal, und flüsterte …

»Ach, Annie – du hast mir ja so gefehlt …«

… bevor der Wind Sand wie Regen auf den Bretterboden wehte und sie lautlos mit der Dunkelheit verschmolz.

15. KAPITEL

Stimmen aus der Vergangenheit (Echo)

Ich beschloß, zu Fuß nach Hause zu gehen. Mit der U-Bahn wäre es schneller gegangen und auch kühler gewesen, doch allein schon der Gedanke an die Touristenscharen erschöpfte mich. Ich bestellte in einer Buchhandlung noch *Die Mondgöttin erwacht*, dann machte ich mich auf den Weg.

Mehr denn je kam ich mir gescheitert vor. Verglichen mit Angelica – der schönen, ewig jungen Angelica mit ihrem prachtvollen Haar, ihren erfolgreichen Büchern, einer Villa auf Santorin und bezaubernden (wenn auch falschen) grünen Augen – war ich das auch. Ich war achtunddreißig Jahre alt und nie verheiratet gewesen, hatte keine Kinder, keine ernsthaften Liebesaffären und wohnte immer noch zur Miete, weil ich nicht genug verdiente, um eine Hypothek aufzunehmen. Das Interessanteste, das mir je zugestoßen war, lag ein halbes Menschenleben zurück, aber selbst das zählte nicht, denn wem konnte ich schon davon erzählen? Wer hätte mir geglaubt?

Oder – und das war noch schlimmer – wer hätte jetzt noch etwas darum gegeben? Der einzige *wahre* Freund, den ich hatte, war Baby Joe, denn er war der einzige Mensch, der mich schon mit achtzehn kannte.

Und so stellte ich mich mir immer noch gerne vor. Nicht als Katherine Cassidy, die brave Staatsbedienstete, die im Nationalmuseum für Naturgeschichte ihre Pflicht tat und nach dreizehn untadeligen Jahren endlich ein Büro mit Aussicht, Pensionsanspruch und fünf Wochen Urlaub im Jahr hatte und die hin und wieder einen als Dienstreise deklarierten Abstecher nach New York oder Chicago unternehmen durfte; sondern als *Sweeney*, die davon geträumt hatte, verschüttete Pyramiden und heilige Grabstätten zu entdecken, die nächtelang getrunken und getanzt und dennoch heil wieder nach Hause gefunden hatte; deren Freunde wunderschön und magisch gewesen waren und die aus irgendeinem Grund, und sei es nur für kurze Zeit, Sweeney ebenfalls bezaubernd gefunden hatten. Sweeney, die Gedichte gelesen, Engel geschaut und hinter einer verborgenen Tür das Ödland der *Benandanti* erblickt hatte; Sweeney, die die Antwort auf die magische Frage wußte, als man sie ihr stellte, und die versucht hatte, bis zuletzt loyal, mutig und aufrichtig zu bleiben. Sweeney, deren einzige große Liebe mit einem beherzten Satz dem Irrenwärter im Providence Hospital entkommen war.

Aber Sweeney gab es nicht mehr, genau wie Oliver. Und für den Rest der Welt, mit Ausnahme von Baby Joe und vielleicht noch Angelica oder Annie Harmon, hatte sie niemals existiert.

Dr. Dvorkins Haus lag in einer der zahllosen kleinen Straßen, welche das Wohngebiet des Capitol Hill bildeten. Von der Straße aus betrachtet unterschied sich das Haus nicht besonders von den anderen, ein weitläufiges, dreistöckiges Backsteingebäude von der Jahrhundertwende, dessen dunkelrote Mauern mit den Jahren hübsch verwittert waren und nun gut zu den buttergelben Rosen paßten, die sich über den schwarzen, schmiedeeisernen Zaun rankten.

Das Wunderbare an Dr. Dvorkins Haus konnte man von der Straße aus nicht sehen. Denn trotz der Einsamkeit und Langeweile seit dem Verweis von der Göttlichen hatten die *Benandanti* mir immerhin dies gewährt: einen verschwiegenen Garten und ein eigenes Häuschen inmitten von Bäumen. Der Garten selbst war so hübsch, daß ich mich anfangs wunderte, warum das *Washingtonian Magazine* oder die Wohnzeitschriften des Landes noch nicht darüber berichtet hatten. Doch dann erfuhr ich von Dr. Dvorkin, daß man ihn tatsächlich bestürmt habe, den Garten fotografieren zu dürfen, und daß er dies stets abgelehnt habe.

»Das ist mein Zufluchtsort. Und natürlich auch der ihre. Und ich möchte, daß das so bleibt.«

Der Garten lag hinter dem Wohnhaus. Von allen Seiten umgab ihn eine hohe Backsteinmauer, die mit wildem Wein und Efeu, gelben Kletterrosen, Wicken und Glyzinen überwuchert war. Mit Steinplatten ausgelegte Wege schlängelten sich zwischen Spitzkrautgewächsen, Astilben und einem dunkelgrünen Buchsbaumgewächs hindurch und um alle möglichen Arten prachtvoller exotischer Lilien herum. Hinten im Garten, an eine der bröckligen Mauern gedrückt, lag das Gartenhaus, ein fast perfekter Würfel mit einem Flachdach, aus dem sich ein kleiner Glockenturm erhob. Das Gartenhaus war aus rotem Backstein erbaut und zu einem fast schon weißen Rosa verwittert. Es war von Efeu und Glyzinen überwachsen, die sich über den Weg rankten, der zum Haupthaus führte.

Im Innern des Gartenhauses war es ebenso kühl wie in den verborgenen Tiefen meines Herzens. Von den Deckenbalken hingen Kräuterbündel herunter, die ich auf dem Eastern Market gekauft hatte – Baldrian, Zitronenmelisse, Pfefferminze. Ich schnupperte dankbar daran, schleuderte die Schuhe weg und ließ meine Füße über die kühlen Bodenfliesen streifen. Ich war zu Hause.

Im Erdgeschoß gab es nur einen einzigen größeren Raum, ein winziges Bad, das unter der Treppe versteckt war, und eine Kochnische, die man offenbar nachträglich eingebaut hatte. Das große Zimmer hatte einen Schieferboden und noch die originalen Stütz- und Deckenbalken aus Eiche. Die eine Wand nahm ein Bücherregal ein, und es gab einen kleinen Tisch, worauf eine Lampe und ein paar Privatsachen standen: eine Schattenspielfigur, eine Vase mit orientalischen Lilien und die Seeigellampe, die Angelica mir vor so vielen Jahren zu Weihnachten geschickt hatte.

Wie das Gartenhaus auch, waren die meisten Möbel von Dr. Dvorkin geborgt. Er hatte mehr Geld als ich, und ich mochte seinen Geschmack, daher hatte ich all die Jahre über eben mit seinen Sachen gewohnt. An der rückwärtigen Wand stand ein durchhängendes Schlafsofa, das mit einem schweren persischen Webteppich bedeckt war. Pendelsessel hingen an Haken von den Deckenbalken, und in der Ecke befand sich auf einem Balken ein verlassenes Hornissennest. Oben, im kleinen Schlafzimmer, gab es ein mit wunderschönen Schnitzereien verziertes Bett aus Schweden, einen schweren Schrank aus Java und einen weiteren Webteppich auf dem Boden. Draußen standen ein paar Liegestühle und ein alter Korbtisch, den ich vom Sperrmüll mitgebracht hatte. Im Moment war es zu heiß, um nach draußen zu gehen. Ich zog mir ein altes T-Shirt an und schaltete das Radio ein. Die Nachrichten fingen gerade an, aber ich hatte für heute schon genug Neuigkeiten gehabt. Ich spielte an dem Sendersuchknopf herum, bis ich etwas Trostvolleres gefunden hatte – irgendwelche netten Madrigale, sehr getragen, sehr schön –, dann sah ich nach, ob Nachrichten auf dem Anrufbeantworter waren. Es gab nur eine, von Dr. Dvorkin, der mir mitteilte, ich solle mir keine Sorgen machen, wenn ich im Haupthaus später am Abend Licht sähe, da jemand dort übernachte. Ich spulte das Gerät zurück, ging in die Küche und schenkte mir etwas Wein ein, dann ließ ich mich aufs Sofa plumpsen.

»Also, auf Angelica«, sagte ich. Ich trank ein Glas und schenkte mir noch eins ein und dann noch eins. Normalerweise trank ich nur sehr mäßig, zumal dann, wenn ich am nächsten Tag arbeiten mußte, fand aber, es sei ein besonderer Anlaß, ein Abend, um elegisch zu sein und mit sich zu hadern. Die traurigen Melodien des Madrigals erfüllten den Raum, der Schieferboden kühlte unter meinen Füßen ab, während die Sonne erstarb und violette Schatten über das Dach und ins Gartenhaus krochen. Von der Ninth Street drang hin und wieder das gedämpfte Motorengeräusch eines vorbeifahrenden Wagens herüber, und aus einem der Nachbarhäuser vernahm ich leises Gelächter. Ein paar Sterne schimmerten in der Dunkelheit, und über dem Spitzkraut vollführten Glühwürmchen einen trägen Tanz. Ich wartete darauf, daß im Haupthaus Lichter angingen, und überlegte, wer Dr. Dvorkins neuer Gast sein könnte – wahrscheinlich jemand, der mit dem Indien-Festival zu tun hatte, vielleicht ein Museumsdirektor oder ein Diplomat auf Besuch. Vielleicht sogar einer von Jack Rogers Feuerschluckern.

»Nun gut«, seufzte ich. Ich beugte mich vor, um mir ein letztes Mal nachzuschenken, dann erhob ich mich leicht schwankend und stellte die Flasche auf einen Beistelltisch neben die Vase mit den orientalischen Lilien. Ein wenig Wasser schwappte über den Rand der Vase, das ich mit dem Saum meines T-Shirts aufwischte.

»Wie ungeschickt«, sagte ich mit schwerer Zunge.

Mittlerweile war es vollständig dunkel geworden. Ich schaltete die Seeigellampe ein, deren winzige Glühbirne einen rosigen Schein durch die runde Schale warf. Ein rosa Nebel hing über dem Tisch, eine wunderbar sanfte Kugel, als schwebte in dem dunklen Zimmer eine Feenlampe. Ich ging wieder zur Couch, lehnte mich zurück und bettete den Kopf auf die rauhe Wolle des Webteppichs, das Weinglas immer noch in Händen, während die lieblichen, klaren Stimmen der Madrigalsänger um mich her an- und abschwollen wie Wind. Wie das Meer, dessen Wogen an den Strand rollten und sich wieder zurückzogen, während ich dort ruhte, träumend und sorglos in der schwülen tropischen Nacht, eingelullt vom Gesang einer einzelnen Spottdrossel im Garten.

Als ich erwachte, war es schon spät. Die Madrigalsänger hatten einem Mann Platz gemacht, der in sehr eindringlichem Ton über die Notwendigkeit sprach, die Schlagkraft der Polizei zu steigern. Ich setzte mich auf, blinzelte und stellte das leere Glas auf den Boden. Auf meiner Uhr war es halb elf. Zeit fürs Bett.

Ich hatte nicht zu Abend gegessen, war aber nicht hungrig und hatte nicht einmal Durst. Vom Wein hatte ich ein Gefühl schläfrigen Wohlbehagens, als hätte ich von der Zauberfrucht gekostet, die Hunger und Durst stillt und das Verstreichen der Zeit verlangsamt. Ich gähnte, machte Anstalten aufzustehen und überlegte, ob es wohl schon zu spät sei für einen Anruf bei Baby Joe.

Auf der Sofakante verharrte ich.

Das Zimmer stand in Flammen. Schwarze, rote und weiße Schatten leckten über die Wände, die Luft war voller Rauch, und ich hörte ein anhaltendes beängstigendes Geräusch wie von prasselnden Flammen. Ich erhob mich schwankend und stieß dabei versehentlich mit dem Fuß gegen das Weinglas am Boden. Ich schaute mich um, erhitzt vor Angst und vom Wein: doch da war kein Rauch, nur der dicke, schwüle Nebel, wie er häufig in heißen Sommernächten zu beobachten war. Im Hintergrund dröhnte immer noch die Stimme des Sprechers, und der Wind rauschte in den Blättern, ein Geräusch wie von fließendem Wasser. Eigentümlich gefärbte Schatten bewegten sich über die Wände, rosarot, samtig schwarz, bernsteinfarben. Zögernd durchquerte ich den Raum, bis ich neben dem Tisch stand.

Irgend etwas hatte sich in der Seeigellampe verfangen. Sein Schatten huschte über die Wände, während es heftig gegen die gewölbten Wände seines Gefängnisses schlug. Das Geräusch, das ich für Flammen gehalten hatte, kam von den Flügeln, die gegen die Glühbirne schlugen. Es roch nach versengtem Stoff.

Ich nahm den Lampenschirm in die Hand. Er war ziemlich heiß, und fast hätte ich ihn fallen gelassen. Ganz behutsam hob ich ihn hoch und hielt ihn weg von mir, damit das, was darin war, durch die offene Tür nach draußen fliegen konnte. Eine Weile flatterte es noch umher. Dann auf einmal kam es hervor – ganz langsam, als wäre es erschöpft vom langen Kampf.

Die Fühler zuerst, so lang wie mein Zeigefinger und üppig gefiedert; dann die langen Beine, der dicke, braunbepelzte Leib und schließlich die Flügel. *Riesige* Flügel, ich staunte, daß sie überhaupt da hineingepaßt hatten. Und wie war das Tier überhaupt hineingekommen, die Bodenöffnung war doch bestimmt zu klein?

Einen Moment lang verharrte es auf dem Seeigel. Dann flatterte es auf den Tisch und landete neben einem länglichen Wassertropfen, der aus der Vase stammte. Ich setzte den Lampenschirm wieder aufs Gestell, dann ging ich neben dem Tisch in die Hocke und bestaunte das Wesen.

Es war ein großer Schmetterling, ein wunderschönes Geschöpf, das dem Schwalbenschwanz glich, mit schwarz-gelben Streifen und Punkten gemustert. Die Färbung paßte allerdings nicht zu einem Schwalbenschwanz – das Gelb war fast ein Orange, und der Flügelrand war nicht schwarz, sondern von einem satten Purpurrot. Die Flügelränder waren vom Umherflattern im Innern der Lampe zerfetzt. Der Schmetterling klappte sie langsam auf und wieder zu, als sammele er seine Kräfte für den Flug. Dann flatterte er empor und ließ sich auf einer gelben Lilienblüte nieder. Nach einer Weile breitete er wieder die Flügel aus und flatterte zurück auf den Tisch.

»Also«, sagte ich gähnend, »genug ›Im Reich der wilden Tiere‹ für heute. Ich gehe ins Bett.«

Ich wollte gerade die Vordertür schließen, als irgend etwas aus der Ecke hervorgesummt kam, wo das Hornissennest war.

»Mist!«

Ich taumelte vor dem wütenden Summen zurück. Eine große, gelbe Wespe, so dick wie mein Daumen und schwarz-rot gestreift, sauste durchs Zimmer und landete auf dem Tisch. Der Schmetterling erbebte, doch bevor er wegfliegen konnte, packte ihn die gelbe Wespe und kroch auf ihn, die Flügel in so rasender Bewegung, daß sie ein einziger dunkler Schemen waren.

Ich schrie auf, nahm eine Zeitschrift und klatschte damit auf den Tisch. Der Schmetterling fiel auf die Seite, ohne daß die gelbe Wespe ihn losgelassen hätte. Schreiend schlug ich abermals auf den Tisch. Diesmal ließ die Wespe ihre Beute los. Bevor sie sich rühren konnte, schlug ich sie mit solcher Wucht platt, daß ich die Seeigellampe festhalten mußte, sonst wäre sie zu Boden gefallen. Als ich aufhörte, war die gelbe Wespe ein rötlicher Schmierer auf der Tischplatte, nur die Beine zuckten noch schwach. Der Schmetterling war auf den Boden geweht worden, wo er benommen liegenblieb.

Schaudernd kratzte ich die tote Wespe vom Tisch ab und warf sie nach draußen, dann holte ich einen Besen und stupste damit ganz, ganz sachte das fußballgroße Nest in der Ecke an, voller Angst, ein Schwarm gelber Wespen könnte daraus zum Vorschein kommen. Als das Nest herunterfiel, schrie ich auf und rannte nach draußen.

Doch da waren keine Wespen. Das Nest lag da wie ein geschrumpfter grauer Luftballon, die weißen, wabenartigen Innereien hatten sich auf dem Fußboden verteilt. Als ich mir sicher war, daß keine Insekten mehr daraus hervorkommen würden, fegte ich es nach draußen, holte Streichhölzer und zündete es an. Ich schaute zu, wie es verbrannte, wie die papierenen Fragmente vor meinen Augen in der schwülen Nachtluft verschwanden. Schließlich ging ich wieder ins Haus.

Der Schmetterling war auf ein Regal hinaufgeflattert. Er rührte sich nicht, die Flügel bebten sachte im Luftzug. Ich überließ ihn sich selbst und ging zum Tisch hinüber, um die Lampe auszuschalten.

»Verdammter Mist«, fluchte ich unterdrückt.

An der Stelle, wo ich die Wespe plattgeschlagen hatte, hatte das Holz Blasen geworfen, als wäre dort eine ätzende Flüssigkeit verschüttet worden. Ich rückte die Vase über die Stelle, salutierte vor dem tapferen kleinen Schmetterling und taumelte zum Bett.

Als ich am nächsten Morgen nach unten kam, war der Schmetterling immer noch da. Aus einer Laune heraus holte ich ein Einmachglas aus dem Schrank, bohrte ein paar Löcher in den Deckel und pflückte draußen eine Tigerlilie. Obendrein tat ich noch einen Glyzinenwedel dazu und spritzte etwas Wasser auf das Grünzeug.

Der Schmetterling rührte sich nicht, als ich mich ihm näherte. Ich fürchtete schon, er sei tot, doch als ich ihn in das Glas setzte, flatterte er schwach mit den Flügeln. Als ich ins Museum kam, ging ich nicht gleich zu meinem Stockwerk hoch, sondern stattete Maggie Lucas in ihrem Büro beim Insektenzoo einen Besuch ab.

»Hallo, Katherine. Möchten Sie vielleicht eine tote Schreckschabe haben?« Maggie hielt ein Insekt hoch, das fast so groß war wie ihre Hand. »Wir haben genug davon.«

»Nein, danke.« Ich nahm einen Stapel Zeitschriften von einem Stuhl, knallte das Glas auf den Tisch und setzte mich. »Ich möchte Ihnen eine Schenkung machen.«

»Oooh, ein *Schmetter*ling! Ein *hübscher* Käfer.« Maggie steckte die Riesenschabe in einen Beutel. Sie war eine plumpe, matronenhafte Frau in den Fünfzigern, Lepidopterologin und stellvertretende Leiterin des Insektenzoos und kümmerte sich neben den Riesenschaben auch um einen Bienenkorb, einen Wurmkasten, mehrere Ameisenfarmen, Flaschen voller verpuppter Motten, ein von fleischfressenden Wasserkäfern wimmelndes Aquarium und ein Terrarium mit Skarabäen. »Was haben wir denn da?«

»Ich weiß nicht. Der war gestern abend in meiner Wohnung.« Ich erzählte ihr, wie ich ihn in der Seeigellampe entdeckt hatte, und auch vom Angriff der gelben Wespe. »So etwas Tückisches ist mir noch nicht untergekommen ...«

»Ach, das kommt ziemlich häufig vor. Manche Wespenarten sind Fleischfresser, wissen Sie, und manche legen ihre Eier sogar in Raupen ab. Jetzt wollen wir doch mal sehen, was Sie da haben ...«

Sie öffnete das Gefäß und schüttelte sich den Schmetterling behutsam auf die Hand, wo er auf der Seite liegenblieb.

»Habe ich ihn umgebracht?« fragte ich bestürzt.

»Das bezweifle ich. Manchmal leben die nur ein paar Tage. Das ist ja interessant ...«

Sie tippte den Schmetterling mit einem Kugelschreiber an und untersuchte die Flügelzeichnung.

»Ich habe mir gedacht, es könnte vielleicht ein Schwalbenschwanz sein.«

Sie schüttelte den Kopf. »Nein, ein Schwalbenschwanz ist das nicht – die Härchen am Hinterteil stimmen nicht. Es klingt vielleicht merkwürdig, aber ich glaube, es handelt sich um keine einheimische Art.«

»Sie meinen, heimisch in D.C.?«

»Ich meine, heimisch auf diesem Kontinent. Wenn ich mich nicht irre, ist das ein Prachtschmetterling …«

Sie stellte Glas und Schmetterling auf den Schreibtisch, ging zu einem Bücherregal hinüber und zog einen großen Wälzer hervor. »Dann schauen wir mal …«

Sie blätterte darin, hielt inne und tippte triumphierend auf eine Seite. »Da hätten wir ihn ja! *Zerynthia cerisys keftiu. Zerynthia cerisyi*, das ist der östliche Prachtschmetterling, und *keftiu* – das muß die auf Kreta heimische Unterart sein.«

»Kreta?«

Sie wirkte verblüfft. »Das gehört zu Griechenland, nicht wahr? Kann das denn stimmen? Hier, schauen Sie sich das mal an und sagen Sie mir, was Sie davon halten …«

Sie legte das Buch neben den Schmetterling und deutete auf eine Farbtafel; und tatsächlich, da war er: das gleiche Insekt, die gleichen gescheckten Flügel und übermäßig gefiederte Fühler.

»Das … das scheint er zu sein«, sagte ich langsam.

»Ich frage mich bloß, wie er hergekommen ist«, wunderte sie sich. »Hat Ihnen jemand die Lampe als Geschenk geschickt?«

»Nein – die habe ich schon eine Ewigkeit. Ich meine, schon sehr lange, seit fast zwanzig Jahren.«

»Mir kam gerade der Gedanke, er könnte sich vielleicht darin verpuppt haben …«

»Kann das denn so lange her sein?«

Maggie schüttelte den Kopf. »Keine Ahnung. Vorstellen könnte ich mir's schon, aber von so etwas gehört habe ich noch nie.«

Ich schaute wieder ins Buch. Auf der gegenüberliegenden Seite waren griechische Amphoren und ein kleines, rundes Siegel abgebildet, das an eine unregelmäßig geformte Münze erinnerte. Ich ging näher heran und las die Beschreibung.

In Mykene und im alten Kreta symbolisierten Schmetterlinge häufig die Wiedergeburt und die Seelen der Toten …

Als Maggie etwas sagte, zuckte ich zusammen. »Würde es Ihnen etwas ausmachen, wenn ich den behalte? Ich würde ihn mir gern mal genauer ansehen …«

Mit klopfendem Herzen stieß ich mich vom Schreibtisch ab. »K-klar«, stammelte ich. »Jedenfalls vielen Dank, Maggie, aber ich muß jetzt in mein Büro.«

»Keine Ursache! Hey, Sie sollten sich besser Mineralwasser mitnehmen – angeblich ist im Westflügel die Klimaanlage ausgefallen.«

»Na wunderbar.«

»Sagen Sie mir Bescheid, wenn Sie doch eine Schabe haben möchten.«

Ich flüchtete nach oben. Maggie hatte recht: die Klimaanlage war kaputt. Als ich im dritten Stock anlangte, war die Hitze wie eine massive rote Wand. Ich taumelte am Sicherheitsbeamten am Westschalter vorbei und ging mit gesenktem Kopf den Korridor entlang, so daß ich beinahe Laurie Driscoll über den Haufen gerannt hätte.

»Katherine! Ihr Praktikant ist da …«

Ich stöhnte und schlug mir an die Stirn. »Ach Gott, den hatte ich ja total vergessen! Wartet er schon lange?«

»Eigentlich nicht. Vielleicht seit zwanzig Minuten, vorher gab es ein Gemeinschaftsfrühstück, aber …«

»Okay, ist schon gut, ich kümmere mich gleich darum …«

Ich stürmte ins Büro, schleuderte die Aktentasche auf den Schreibtisch und wischte mir den Schweiß von der Stirn. Dann setzte ich ein offizielles Gesicht auf und machte einen Schritt auf die Gestalt zu, die am Fenster stand und hinausschaute. Sie war groß für eine Frau, stützte sich aufs Fensterbrett und schaute zum Indien-Festival hinaus, das in der drückenden Hitze bereits in vollem Gange war.

»Es tut mir ja *so* leid«, setzte ich an und streckte die Hand aus. »Ich hatte noch etwas zu erledigen und bin gleich …«

Langsam wandte sich die Gestalt zu mir um. Eine dunkle Haarlocke fiel ihr in die Stirn, der Mund kräuselte sich zu einem durchtriebenen Lächeln, und sie sah mich an. Ich hielt inne, gelähmt vom reinsten, kältesten Entsetzen, das ich je empfunden habe.

»Hallo«, sagte er leise und strich sich das Haar aus den Augen. »Ich hoffe, Sie haben meine Nachricht bekommen.«

»Ich … ah … ah …« Ich taumelte zurück, bis ich gegen meinen Stuhl prallte. *»Nein!«*

Es war Oliver.

Er sah mich mit großen blauen Augen an und hielt mir die Hand zur Begrüßung hin. Als ich mich nicht rührte, runzelte er die Stirn und schaute erst seine ausgestreckte Rechte und dann wieder mich an.

»Verzeihung?« fragte er besorgt. »Gibt es – ich meine, ich habe eine Nachricht auf Ihrem Anrufbeantworter hinterlassen, und Dr. Dvorkin meinte, dies sei …«

Ich ließ mich auf den Stuhl fallen und ballte die Hände, damit sie aufhörten zu zittern. *»Wer sind Sie?«* zischte ich.

»Ich bin Dylan Furiano. Meine Mutter hat gemeint, sie würde Sie kennen – Angelica Furiano, sie meinte,

Sie würden sich bestimmt an ihren Mädchennamen erinnern, Angelica di Rienzi ...«

»Angelica?«

»Äh, ja. Ich bin Ihr Praktikant – ich stand nicht auf der Liste, weil ich ein Semester in Übersee studiert habe, in London. Ich besuche die UCLA und studiere ethnographischen Dokumentarfilm. Ich soll Sie von meiner Mom grüßen.«

»Angelica.« In meinen Ohren war ein Dröhnen. »Angelica ist Ihre Mutter.«

Er nickte. »Zuerst dachte ich, ich würde diesen Sommer ein Forschungsstipendium an der Sundance bekommen, aber als das flachfiel, ließ meine Mom ihre Beziehungen spielen – mein Großvater war eng mit Dr. Dvorkin befreundet, daher hat Mom ihn angerufen und alles arrangiert ...«

»Ihr Großvater.« Ich klammerte mich an diesen Gedanken, als sei er das einzige, was noch zwischen mir und dem Abgrund stand. Ich atmete tief durch, nickte und redete atemlos drauf los. »Ihr Großvater, ich kenne Ihren Großvater ...«

Dylan sah zu Boden. »Ja. Er ist vor ein paar Jahren gestorben ...«

Dann konnten die *Benandanti* also sterben. »Das tut mir leid«, sagte ich leise und meinte es auch so. »Er war – ich bin ihm einmal begegnet, und er war sehr nett zu mir.«

»Er und mein Vater – sie waren zusammen segeln, und dann gerieten sie in einen schweren Sturm, und das Boot ging unter. Die Leichen wurden nie gefunden.«

»Mein Gott, wie furchtbar. Ich – *Ihr Vater?«*

»Rinaldo Furiano. Er war so eine Art Unternehmer – na ja, das läßt sich schwer erklären, was er so tat. Wir lebten bis zu seinem Tod in Italien. Anschließend zog ich mit meiner Mutter nach Kalifornien. Ich glaube kaum, daß Sie ihn kannten.«

»Nein«, flüsterte ich, »Ich … ich glaube nicht.«

Aber natürlich war Rinaldo Furiano gar nicht sein Vater! Ich dachte an jene Nacht in Orphic Lodge, als Oliver und Angelica sich im Schatten des toten Stiers gepaart hatten. Kein Wunder, daß sie verschwunden und nach Florenz oder Rom oder Gott weiß wohin geflüchtet war, um sich vor uns zu verstecken, ihr Baby zu bekommen und …

Und da war er nun.

»Dylan«, murmelte ich.

»Ja?«

Ich schüttelte den Kopf. »Verzeihung, ich habe bloß Ihren Namen gesagt.« Ich lachte unsicher. »Und wurden Sie nun nach Bob oder nach Thomas benannt?«

Er sah mich verständnislos an.

»Bob Dylan oder Dylan Thomas.«

»Oh! Eigentlich nach keinem von beiden – der Name ist walisisch und bedeutet ›Sohn der Welle‹. Ich kam auf einer Insel zur Welt, und meine Mom las gerade etwas über Mythen oder so, und da war dieser Typ, der Dylan hieß, und …«

Er schwenkte die Hände: *Wusch!*

»… hier bin ich. Sie beschäftigt sich mit allem möglichen seltsamen Zeug, meine Mom.« Er lächelte gequält, legte den Kopf schief und schaute mich an. »Aber das wissen Sie ja bestimmt schon.«

Worauf du dich verlassen kannst, dachte ich. Jetzt, wo ich ein paar Minuten Zeit gehabt hatte, mich zu beruhigen und ihn genauer zu betrachten, merkte ich, wie sehr er sich von Oliver unterschied. Zum einen war da die Stimme – wie Angelicas Stimme war sie wohltönend und hatte einen leichten Akzent, wenngleich sein Akzent eher britisch als italienisch war und sich im Laufe der Jahre, die er in Kalifornien verbracht hatte, zweifellos geglättet hatte. Außerdem war er viel stattlicher als Goldjunge Oliver, mit einem Anflug von Schüchternheit, der seine geradezu bar-

barische Schönheit noch betonte, als wäre es ungewohnt für ihn, Kleidung und Schuhe zu tragen.

Vielleicht kommt das daher, daß er in Italien aufgewachsen ist. Vielleicht liefen in Angelicas Haus alle unbekleidet herum.

Die Vorstellung, dieser Junge könnte keine Kleidung getragen haben, machte mich benommen. Ich schluckte, rang mir ein Lächeln ab und sagte: »Ja, Ihre Mom ist schon ein Prachtstück.«

Er lachte. Er war nicht so groß wie Oliver, dafür aber muskulöser – er trug eine sorgsam gebügelte luftige Hose und ein weißes Oxfordhemd, dessen Ärmel ordentlich hochgerollt waren, so daß man die muskelbepackten Arme sah. Die Krawatte war lose geknotet, und ich konnte die am Hals hervortretenden Muskeln sehen, die sich gleichmäßig bis über die Schultern verteilten. Er trug klobige schwarze Schuhe, die Kampfstiefeln ähnelten, mit verschlissenen, verknoteten Schnürsenkeln. Er war breitschultrig, langbeinig, schmalhüftig – wahrscheinlich ein Bodybuilder, und Gott ist mein Zeuge, daß Oliver in meiner Anwesenheit nie ein größeres Gewicht gestemmt hat als eine Haschischpfeife. Aber er hatte Olivers Nase, Olivers hohe Wangenknochen und seine durchdringenden blauen Augen, wenngleich Dylans Augen grün gesprenkelt waren. Das eine Ohr war mit untereinander angeordneten kleinen Zierknöpfen aus Gold und Malachit und einem winzigen silbernen Halbmond geschmückt. Und wenn sein langes Haar auch pechschwarz war, so fiel es doch genauso locker und lockig herab wie bei seiner Mutter. Er hatte das Haar zu einem Pferdeschwanz zurückgebunden, trotzdem fiel es ihm ständig in die Augen. Auch den vollen, sinnlichen Mund hatte er von Angelica. Wenn er lächelte, stellte er Olivers wölfisches Grinsen zur Schau.

Im Moment lächelte er gerade. »Meine Mom hat

mir viel von Ihnen erzählt. Daß Sie zusammen studiert haben und wie sehr sie Sie und Ihren Freund immer beneidet hat …«

»Meinen Freund?«

»Ja. Diesen Oliver. Meine Mom hat gemeint, alle wären geradezu wahnsinnig eifersüchtig auf Sie gewesen.«

»*Das* hat Angelica Ihnen erzählt?«

Er nickte. »Sie hat gemeint, Sie wären so hübsch gewesen, daß alle Welt in Sie verliebt war …« Er legte den Kopf schief und setzte schüchtern hinzu: »Und sie hat recht gehabt.«

»Oh … *puh!*«

Ich schaute verwirrt und verlegen an die Decke. Also hatte Angelica ihm eine wilde Geschichte über Oliver und *mich* aufgetischt. Auf eine verrückte Weise machte das sogar Sinn, es sah Angelica durchaus ähnlich; vielleicht half es ihr auch, sich wegen der ganzen Vorfälle damals weniger schuldig zu fühlen.

Außerdem hatte es Dylan wohl neugierig gemacht. Er musterte mich so dreist, daß ich errötete, obwohl sein Gesichtsausdruck etwas Unschuldiges, beinahe Kindliches hatte. Als hätte man ihm nie gesagt, daß es unhöflich sei, andere Leute anzustarren.

Andererseits, warum hätte ich mich darüber wundern sollen? War es nicht vielmehr zu *erwarten* gewesen, daß Angelicas Sohn sich so verhielt? Er war noch keine fünf Minuten im Raum, und schon stieg die Temperatur; als ob es nicht schon heiß genug gewesen wäre. Ich stöhnte und wünschte, ich wäre zu Hause und läge noch im Bett.

Vielleicht ist man so in Italien, viel offener als hier, lebensfroh und lebhaft …

Ich fühlte, wie ich errötete. Das war lächerlich und auch gefährlich: im Museum gab es strenge Regeln zum Schutz vor sexueller Belästigung. Obwohl ich im Augenblick keine Ahnung hatte, wo ich in diesem

Dschungel eigentlich stand, ob ich nun das Raubtier oder die Beute war; ob das alles überhaupt wirklich war oder nicht etwa eine verzwickte Halluzination, hervorgerufen durch die Hitze und einen leichten Kater.

Denn auf einmal war ich wieder achtzehn Jahre alt, saß in einem stickigen Vorlesungsraum, erblickte vor mir den schönsten Jungen, den ich je gesehen hatte, den einzigen Menschen, den ich je geliebt hatte, und wartete mit offenem Mund darauf, daß er mir eine Frage stellte, auf die ich allein die Antwort wußte …

Ich atmete tief durch und erhob mich schwankend. Ich strich mir das Haar aus den Augen und glättete den Rock – einen kurzen Leinenrock; ich hatte lange Beine und war mir nicht zu schade, sie im Sommer auch zu zeigen, nur daß sie nie jemand zu bemerken schien.

Dylan bemerkte sie.

Ich schaute hoch, und da stand er und starrte mich an, als säße ich in der Innenstadt in einem Fenster von Victorias Schatzkästlein. Als er merkte, daß ich ihn ansah, lächelte er. Ganz schwach nur, ein Lächeln ohne Arg, so lieblich wie das eines Kindes und gleichzeitig so vollkommen und unerschrocken sinnlich, daß ich weiche Knie bekam und wieder auf den Stuhl niedersank.

»Hey«, sagte er und zupfte an seinem Hemdkragen. »Ziemlich heiß hier drinnen, finden Sie nicht?«

Ich beschloß, mit ihm einen Spaziergang zu machen. Draußen vor meinem Büro eilte ein steter Strom von Menschen den Korridor entlang, alle unterwegs zur Treppe oder zum Angestelltenaufzug.

»Hitzefrei, Hitzefrei.« Laurie streckte den Kopf zur Tür herein. »Hey, Katherine. Wegen der Hitze wurden die Arbeitsschutzbestimmungen in Kraft gesetzt. Alle gehen nach Hause …«

»Eine ausgezeichnete Idee!« rief ich aus. »Danke, Laurie ...«

Als ich aufstand, wurde mir schwindelig. Ehe ich mich fangen konnte, packte Dylan mich beim Arm und half mir auf die Beine.

»Oh, ist schon gut, Dylan, mir geht's gut, *wirklich ...*«

Ich schüttelte ihn ab, hob abwehrend die Hand und bemühte mich, nicht grob zu erscheinen. »Danke, danke, mir geht's gut – ich bin bloß zu schnell aufgestanden, das ist alles.«

Ich rang nach Luft und fragte mich, ob ich mich nicht lächerlich machte: ein alternder Proto-Punk-Baby-Boomer, der beim Aufstehen von einem ergonomischen Schreibtischstuhl einen Herzanfall bekam. »Ich möchte nur gerade eben Dr. Dvorkin Bescheid sagen, daß wir weg sind ...«

Dylan folgte mir auf den Korridor. Dr. Dvorkin stand mit puterrotem Gesicht vor seinem Büro. Er trug ein kurzärmliges Hemd und keine Krawatte, praktisch eine Premiere für ihn.

»Ah, Katherine! Wie ich sehe, haben Sie meinen Hausgast gefunden.«

Ich blieb stehen. »Ihren Hausgast?«

»Ja – Dylans Großvater war ein sehr guter Freund von mir – aber das wußten Sie ja bereits, oder?« Er wischte sich das Gesicht mit dem Taschentuch ab, sah zu mir auf und schüttelte den Kopf. »Wissen Sie, ich hatte ganz vergessen, daß Sie die Rienzis kannten. Sie waren doch mit Angelica befreundet, nicht wahr?«

Seine fragenden Augen schauten milde, doch ich sah noch etwas anderes darin – einen Funken, eine stille Eindringlichkeit, wie ich sie noch nie bei ihm wahrgenommen hatte. Ein Blick voller Verzweiflung, Verzweiflung oder Angst.

Ich ließ mir mit der Antwort etwas Zeit. »Ja. Aber

wir haben uns seit fast zwanzig Jahren nicht mehr gesehen.«

»Dann haben Sie und Dylan ja eine Menge nachzuholen.« Er lächelte, das vertraute ironisch-melancholische Lächeln, und auf einmal war er wieder ganz der alte. »Ich glaube, man schickt die Belegschaft gerade nach Hause. Offenbar sind die Hitze und der Ozongehalt hier oben gefährlich. Die Technikzentrale leitet unsere ganze Energie um, damit man den Publikumsbereich offenhalten kann.« Er wandte sich Dylan zu. »Wir Angestellten sind immer die Sündenböcke, wenn so etwas passiert. Lämmer, die zur Schlachtbank geführt werden.«

Die ganze Zeit über stand Dylan neben mir und machte ein ernsthaftes Gesicht, ganz der brave Pfadfinder, der sich von seiner besten Seite zeigte. Und das war er im Grunde ja auch, letztlich doch nur ein Junge, trotz des wohlgeformten Oberkörpers, des Ohrschmucks und der furchteinflößenden Schuhe.

»Dylan, würde es Ihnen etwas ausmachen, an der Treppe auf mich zu warten? Wir können uns draußen unterhalten, ich muß bloß noch ein paar Papiere einpacken …«

»Klar.« Er nickte mir zum Abschied zu, doch als er sich zum Gehen wandte, legte Dr. Dvorkin ihm die Hand auf die Schulter.

»Sie haben doch Ihren Schlüssel, Dylan? Tut mir leid, daß ich gestern nicht da war, um Sie zu begrüßen, aber hätten Sie nicht Lust, daß wir heute gemeinsam zu Abend essen?«

Dylan nickte ernsthaft, dann ging er langsam über den Korridor davon, wobei er sich ein-, zweimal umschaute. Dr. Dvorkin wandte sich mir zu. »Brauchen Sie etwas, Katherine?«

»Äh – na ja, Dylans Bewerbung für das Praktikum, von seinen Papieren habe ich nie etwas zu sehen bekommen. Eigentlich dachte ich, ich würde ein Mädchen bekommen, Lydorah Kelly …«

Dr. Dvorkin tupfte sich mit dem Taschentuch die Wangen ab. »Also, Lydorah hat sich für Silver Hill beworben, für das gerichtsmedizinische Labor. Das scheint ihr eher zu liegen als das Archivieren von Fotos. Und dann hat mich Angelica wegen ihres Sohnes angerufen und, na ja, Sie wissen doch, wie das so läuft; und dann fehlte *Ihnen* natürlich ein Praktikant, und *er* studiert ethnographischen Dokumentarfilm, daher hielt ich es für eine gute Idee, ihn beim Videodisc-Projekt einzusetzen. Aber er ist ein sehr aufgeweckter junger Mann, Katherine. Ich glaube, er wird Ihnen eine große Hilfe sein.«

Ich mußte mich beherrschen, um nicht die Augen zu verdrehen. Was immer hier vorging, es steckte bestimmt mehr dahinter als ein bloßer Zufall. »Davon bin ich überzeugt. Haben Sie Unterlagen von ihm? Irgend etwas, damit ich mir eine Vorstellung machen kann, was er bisher getan hat, was er gerade studiert?«

»Aber sicher. Kommen Sie rein, wenn Sie das aushalten …«

Er wühlte in einem Stapel Formulare und zog schließlich eines heraus.

»Da ist es ja! Wenn Sie mich jetzt entschuldigen würden, Katherine, ich werde bei einer kurzfristig anberaumten Besprechung erwartet und bin bereits spät dran!«

Gebeugt von der Last meiner Aktentasche, stapfte ich wieder auf den Flur hinaus. Das Formular 171, das er mir gegeben hatte, war grün-weiß und so schlaff wie nasser Kopfsalat. Es war das übliche Bewerbungsformular, mit einem Deckblatt, auf dem die Besonderheiten des Sommerpraktikums im einzelnen aufgeführt waren. Die leeren Felder waren säuberlich in europäisch wirkender Druckschrift ausgefüllt.

Dylan W. Furiano.

Ich blätterte die Fotokopien durch. UCLA Filmakademie, Abschluß in ethnographischem Dokumentarfilm und Videotechnik. Vier Jahre an der Lawrenceville School. Grundschule, die Cathedral School in London und Privatlehrer in Florenz, Italien. Liest und schreibt Englisch, Italienisch, Deutsch, Französisch. Im Notfall zu benachrichtigen Angelica Furiano, Los Angeles, Kalifornien und Sedona, Arizona. Ich schaute die Seite lange Zeit an, dann steckte ich sie in die Aktentasche.

»Ms. Cassidy?«

Ich zuckte zusammen, drehte mich um und sah Dylan. Seine Wangen waren rosig, und der Krawattenknoten hing ihm bis auf die Brust. »Jemand ist ohnmächtig geworden! Alle sollen über die hintere Feuertreppe nach unten gehen, aber ich wußte nicht, wo die ist …«

Ich lachte. »Also, jedenfalls ist Ihr erster Tag interessant, finden Sie nicht?« Ich hob die Aktentasche hoch und deutete in den Gang. »Hier lang.«

»Dachte ich mir's doch, daß Sie es wissen.«

Jemand hatte einen Stuhl zwischen die Feuertür geklemmt. Als ich mich hindurchzwängte, sah ich zu Dylan auf, dem das lange Haar in die Augen fiel und der sich bemühte, es wieder in den Pferdeschwanz zurückzustopfen, rot im Gesicht und glühend wie von ungezügelter Erregung. Als er sein Haar wieder gebändigt hatte, sah er auf mich hinunter, mit seinen blauen Augen, die so leuchtend waren, als spiegelte sich der Himmel darin oder das Meer; oder ein wunderschöner Traum von einem warmen, blauen Ort, einem geheimen Meereshafen, und zum erstenmal seit fast zwanzig Jahren wurde ich wieder wach, endlich wieder wach …

»Hey, Ms. Cassidy?«

Ich schüttelte benommen den Kopf.

»Ms. *wie?*« Auf einmal mußte ich grinsen und stupste ihn mit der Aktentasche an. »Bitte, Dylan, tun Sie mir einen Gefallen, okay …«

Ich stürmte an ihm vorbei, immer zwei Stufen auf einmal nehmend, ohne die Hitze oder das in meinen Ohren singende Blut zu beachten, ohne überhaupt etwas anderes zu beachten als das Geräusch seiner hinter mir herpolternden Schritte und das Protestgeschrei des Metallgeländers, an dem er sich festhielt. Als ich zu einem Absatz kam, blieb ich stehen und schaute mich um, außer Atem, nach Luft schnappend und lachend, *richtig* lachend, als wäre es das erste Mal seit Jahrzehnten.

»… nennen Sie mich Sweeney.«

16. KAPITEL

Schwarze Engel

Angelica saß am Schreibtisch ihres Zimmers in Huitaca und schrieb einen Brief. Es war Abend und so heiß, daß die orientalischen Lilien in der Waterford-Vase zu spröden, orangefarbenen Zungen vertrocknet und alle Blätter auf den Boden gefallen waren. Trotz der Hitze hatte Angelica die Klimaanlage ausgeschaltet. Sie hörte es gerne, wie die Nacht zum Leben erwachte, sie hörte es gerne, wie die kleinen Tiere im flachen Wasser des Pools herumplanschten und wie die gedämpften Stimmen von Kendra und Martin vom Gartenhaus herüberwehten, während im Radio hinter ihr das Kronos Quartett spielte.

Durch die Glastüren hindurch sah sie den gefliesten Patio und dahinter die gezackten Felstürme, die vom Sonnenuntergang noch immer gerötet waren. Über dem nächstgelegenen Felszacken, der von den Einheimischen Devil's Clock genannt wurde, stand der Mond wie eine von einer müde gewordenen Gottheit aufgehängte Laterne. Angelica schaute ihn an, dann seufzte sie und sah weg.

Auf dem alten Schreibtisch stand ein kleines Messingtablett. Auf dem Rand balancierte wie eine Zigarette ein qualmendes Räucherstäbchen aus getrockneten Salbei- und Korianderblättern, die mit Hanf zusammengebunden waren. Angelica atmete tief den stechenden Rauch ein, dann nahm sie die Halskette in die Hand. Sie rieb mit dem Daumen über die glatte Oberfläche des Anhängers und befühlte das eingeprägte Muster, den kleinen, klaffenden Mund, wo der letzte Teil des Dreischenkels fehlte.

Noch vier Wochen bis zum Erntefest; in vier Wochen würde sie den Mond erwecken. Sie schaute zum Abendhimmel hinaus, wo sich die Äste der Piniennüsse sanft im heißen Wind bewegten, dann senkte sie den Blick wieder auf den Brief und las ihn noch einmal durch.

Liebster Dylan,

ich war ja so froh, gestern abend deine Stimme zu hören, als du mir sagtest, du seist wohlbehalten angekommen! Ich habe dir das T-Shirt und die Sandalen geschickt und auch das Brillenetui, das du vergessen hast. Keine Sorge, Sunday wird dein Notizbuch bestimmt noch finden.

Mittlerweile habe ich die Bestätigung für die Tickets nach D.C., zu deinem Geburtstag nächsten Monat. Ein Wagen soll mich von Dulles abholen, aber vielleicht läßt es sich einrichten, daß du auch kommst – das fände ich prima!

Ich weiß, du hattest noch keine Gelegenheit, nach der Lunula zu sehen, aber für den Fall, daß sie schwerer zu finden ist, als ich dachte, wäre es gut, nicht allzu lange damit zu warten. Ich kann mir eigentlich nicht vorstellen, warum sie woanders sein sollte als zu June Harringtons Zeiten. In ihrem Notizbuch heißt es, die Lunula sei irrtümlich bei den Artefakten aus Indonesien und Malaysia gelandet, daher solltest du dort zuerst nachschauen. Bitte verschlucke diesen Brief, wenn du ihn gelesen hast.

War bloß ein Scherz! Aber vergiß nicht, vorsichtig zu sein.

Ich weiß, du hast dort viel Spaß, obwohl du mir schrecklich fehlst. Andy Ludwig hat angerufen und Serena auch, ich habe ihnen die Nummer von Dr. Dvorkins Haus gegeben. Bitte denk dran, deine Telefonkarte zu benutzen, wir wollen doch nicht, daß er deine Telefonate bezahlen muß! Wenn du mich anrufst, möglichst immer als R-Gespräch.

Grüß Dr. Dvorkin von mir. Ich liebe dich!

Mom

Während sie den Brief durchlas, schwangen sich die Streicher im Hintergrund zu einer lieblichen Motette empor. *Spem in Alium,* singet und lobpreiset, Judith, die Holofernes erst verführte und dann enthauptete, um ihr Volk zu retten. Heute würden Männer ihre Tat als Verbrechen ahnden, doch vor dreitausend Jahren *Diis aliter visum*: da dachten die Götter anders.

Angelica legte den Brief weg und lauschte auf die unermeßlich traurige Musik, auf die Violine, die sich anspannte wie ein Liebender beim letzten Lebewohl. Sie wußte, es war töricht, ihrem Sohn so zu schreiben – er beantwortete ihre Briefe nie, sondern bevorzugte das Telefon –, doch es vermittelte ihr das Gefühl, ihm nah zu sein, und tröstete sie ein wenig in ihrer Einsamkeit. Ihre Augen füllten sich mit Tränen, als sie ein Foto von Dylan auf dem Schreibtisch betrachtete. Dylan im Alter von vier Jahren, wie er am steinigen Strand in der Nähe von Akrotiri auf Santorin spielte. Sein dunkles Haar war von der Sonne zu Kupfer verbrannt, und er war nackt und ebenso windzerzaust wie die Wogen hinter ihm. Er hielt etwas in der kleinen Hand, eine Muschel oder einen Stein, er hielt es hoch über den Kopf und lachte. Im Hintergrund stand Rinaldo im knietiefen Wasser und lächelte, sein graues Haar ein leuchtender Heiligenschein. Es war das erste Mal gewesen, daß Angelica die Insel Santorin, die in der Antike Thera hieß, besucht und sich die Ausgrabungen von Akrotiri angeschaut hatte. Am nächsten Tag waren sie zu der Villa in der Nähe von Florenz abgereist und zwei Jahre lang nicht mehr dorthin zurückgekehrt.

Das war die einzige andere Gelegenheit gewesen, bei der sie mit Dylans Hilfe etwas geschmuggelt hatte: ein daumengroßes Siegel der kretischen Bienengöttin, das sie in das Hüftband seiner Trainingshose eingenäht hatte. Was die Kraft des Siegels anging, war er damals ebenso unwissend gewesen wie heute im Hinblick auf das fehlende Teil der Lunula.

»Ach, Dylan«, flüsterte sie. Sie rückte das Foto weg, damit sie die anderen sehen konnte, die dahinter standen. In einem alten Lucit-Rahmen war ein Bild von Hasel Bright, auf dem er so jung aussah, daß es ihr beinahe den Atem verschlug – ein Kind war er damals gewesen, eigentlich waren sie alle damals kaum mehr als Kinder gewesen! Hasel hatte ihr das gerahmte Foto geschenkt, nachdem sie einmal übers Wochenende am Columbus Day miteinander geschlafen hatten.

»Es muß bei diesem einen Mal bleiben«, hatte sie zu ihm gesagt. Hasel hatte so ernst dreingeschaut, daß er aussah wie eine Comic-Eule, mit großen, blauen Augen und einem kurzsichtigen, hingerissenen Blick.

»Nie wieder?«

Angelica lachte. »Tut mir leid, Hasel. Aber so sind die Regeln.«

Er setzte sich im Bett auf – sie waren in ihrem Wohnheimzimmer, Annie war übers Wochenende mit Freunden weggefahren – und nahm ihre Hände in seine, hob sie sich an den Mund und küßte die kleine Spalte zwischen Zeige- und Mittelfinger. »Regeln?

Was für Regeln? Heißt das, du würdest dich sonst in einen Kürbis oder so verwandeln?«

Angelica lachte leise, entzog ihm ihre Hand und küßte ihn auf den Kopf. »Nein, mein Schatz – aber *du*.«

Sie spitzte die Lippen und fuhr mit dem Fingernagel über den Rand des Rahmens. Es war Hasels Bestimmung gewesen, für Othiym zu sterben. Sie beugte sich vor und pustete einen Aschefaden vom brennenden Salbei weg, dann schob sie das Foto beiseite und rückte mehrere andere ins Licht. Rahmen aus stark eingedunkeltem Silber; Rahmen aus echtem Schildpatt und zarter Koralle. Sie enthielten weitere Fotos: verblaßte Polaroidaufnahmen, bernsteinfarben getönte Kodachromefotos, schlichte Schwarzweißfotos.

Die meisten Fotos zeigten Dylan und ihren späten Ehemann, aufgenommen während ihres langen Mittelmeerexils. Aber da war auch ihr geliebter Onkel in seiner Villa in der Nähe von Poggibonsi, und da war ihr Vater und dort ihr wunderschöner Cousin Rafael – ihr Cousin dritten Grades, ach, er war ja so stattlich gewesen, es hatte ihr aufrichtig leid getan, als er gestorben war – und da war noch eins vom armen, lieben Hasel.

Und eins von Annie Harmon, das Angelica nach einem nachmittäglichen Intermezzo selbst aufgenommen hatte. Annie wirkte darauf sehr mürrisch, aber auch ganz überrascht, die alte, abgenutzte Steppdecke hatte sie bis über die Brüste hochgezogen. Und da war die junge Sweeney Cassidy – nicht *in flagranti delicto* überrascht wie Hasel oder Annie, sondern ziemlich burschikos mit ihren Cowboystiefeln und dem kurzen Haar. Und da war noch ein neueres Bild von Annie, das Angelica aus dem *Advocate* ausgeschnitten und unter den Rahmen eines großen gerahmten Fotos von Dylans Abschlußfeier geschoben hatte.

»Komm her, du«, murmelte Angelica. Sie stupste Annies Zeitungsfoto behutsam an, zupfte es neckisch aus dem Rahmen hervor. In letzter Zeit konzentrierte sie all ihre Willenskraft auf Annie. Sie wagte es nicht, Annie gegenüber ebenso offen aufzutreten, wie sie es bei Hasel getan hatte – Annie war schließlich auch eine Frau und verstand Angelicas wahre Natur viel besser. Sie würde sich hüten, sich mit Angelica zu treffen.

Recht hat sie! dachte Angelica, und ihr Mund kräuselte sich zu einem Lächeln. Doch selbst Annie Harmony vermochte den Naphaïm nicht zu entgehen. Sie nahm Annies Foto in die eine Hand, mit der anderen ergriff sie die Lunula. Tränen aufrichtigen Bedauerns traten ihr in die Augen.

Zwar war jedes Opfer heilig und machte sie stärker und immer noch stärker, doch es waren allein die, die sie *geliebt* hatte, welche der Göttin Realität verliehen und Ihre Epiphanie erst vollendeten. *Das* war die Brücke zwischen den Welten von Othiym und Angelica di Rienzi Furiano – eine Brücke, errichtet aus all denen, die sie aufrichtig geliebt hatten und die im Laufe der Jahrhunderte für sie gestorben waren. Und um jeden einzelnen von ihnen hatte sie geweint, so wie sie um Hasel, Rafael und Oliver geweint hatte und wie sie auch um Annie und Dylan weinen würde. Wie Ischtar, Au-Set, Isis, Artemis und Kybele, wie die Kali der Thugs oder Oscar Wildes Salome hatte sie immer einen Tribut an Seelen eingefordert – und an Blut. Den Bräutigam, der eine einzige Nacht im Jahr bei ihr lag und dann vor Anbruch des Morgengrauens starb; den Mann, der ihr zwölf Mondzyklen lang als Gefährte diente und dann in ihrem heiligen Hain getötet wurde. Selbst in der heutigen modernen Zeit war diese alte Form der Verehrung nicht gänzlich vergessen. All die Künstler des neunzehnten Jahrhunderts, die sie als Sphinx, Panther und Vampir dargestellt hatten, waren sich der Wahrheit undeutlich bewußt gewesen: die Frau war gefährliches Terrain.

Angelica blinzelte die Tränen fort und lächelte wehmütig. In dem matt gewordenen Spiegel inmitten all der Fotografien erwiderte ihr Spiegelbild ihr Lächeln. O ja, damals hatten die Männer sie gefürchtet und die Frauen auch – immer hatten sie sie gefürchtet! Dennoch hatten sie sie auch geliebt und waren aus freien Stücken für sie gestorben.

Und so würde es wieder sein. Und jeder einzelne Tod, jede einzelne liebevolle Opfergabe würde ein weiterer Stein in der Brücke sein, die sich von Angelica bis zur Himmelskönigin spannte. Schon so viele namenlose Männer und Knaben hatte sie empfangen. Und dann war da noch Hasel gewesen, ein Opfer, wie es inniger kaum hätte sein können. Und Oliver …

Wie jedesmal, wenn sie an Oliver dachte, bekam sie Herzklopfen. Sie zwang sich, wieder Annies Foto anzuschauen, Annie mit ihren Sommersprossen, der Haartolle und der glatten, weißen Haut. Vielleicht würde Angelica sie heute abend wiedersehen. Falls die Göttin zu ihr kam, falls sie sich in Othiym verwandeln würde. Und irgendeines nicht allzu fernen Tages würde sie auch Dylan wiedersehen, würde sie ihn ebenso umfangen wie all die Millionen anderen …

Sie atmete noch einmal tief durch, der Geruch des Korianders und Salbeis beschwor das Bild von Tempeln aus Lehm, Erde und Dung herauf, aus Malachit und Riesenefeu. Sie hob den Kopf und schaute zu der angeschwollenen Kugel am Osthimmel hinüber.

»Um meiner Liebe zur Welt willen befehle ich in Deine Hände meinen einzigen Sohn«, flüsterte sie.

Mit Dylans Tod wäre es vollbracht. Ihre Epiphanie wäre vollendet: Othiym würde aus ihrem seit Äonen währenden Schlaf erwachen.

Ich bin die Gemahlin, Mutter und Schwester des Osiris
Ich bin die Mutter des Horus
Ich bin die, welche im Sirius aufgeht
Ich bin die, welche bei den Frauen Göttin heißt!

Denn mein war die Stadt, die Bubastis erbaute
Denn für mich wurde die Stadt auf dem Hügel errichtet
Ich schied die Erde vom Himmel
Ich schickte die Sterne auf ihre Bahn
Mit mir herrscht wahre Gerechtigkeit!

Ich bin die Königin der Flüsse, der Winde und des Meeres
Ich bin die Königin des Krieges
Ich bin die Königin des Blitzstrahls
Ich wühle das Meer auf und besänftige es wieder
Ich bin die Königin des Sturms
Ich überwinde das Schicksal
Ich bin der verborgene Mund der Welt
Ich bin das unausgesprochene Wort
Othiym haïyo, Othiym Lunarsa!

Ihre Worte verklangen in den klagenden Melodien des Streichquartetts. Als das Telefon klingelte, wurden ihre Träumereien jäh unterbrochen. Angelica lächelte, denn das mußte Dylan sein, der sie anrief, um ihr von seinem ersten Tag am Museum zu berichten.

»Hallo?«

»Angelica?«

Aus der Muschel des Telefonhörers tönte eine körperlose Frauenstimme. Also doch nicht Dylan, sondern Elspeth, ihre Agentin, die aus New York anrief. Angelica vernahm Verkehrslärm im Hintergrund: Elspeth hatte ein Autotelefon. »Tut mir leid, daß ich so spät anrufe, aber es ist etwas passiert.«

Angelica stockte das Herz. »Dylan? Was ist mit ihm? Was …«

»Es geht ihm gut, Angelica. Es geht nicht um ihn, sondern …«

Eine Pause. »Gestern abend. Eine Gruppe junger Mädchen hat an einer Art Party in einem leerstehenden Haus am Cape God teilgenommen. So eine große, schwule Strandparty. Ich hab's eben in den Nachrichten gesehen. Ein Junge wurde ermordet, ein paar Kids haben die Leiche gefunden, und …«

»Wer war es?«

»Das weiß man nicht, er war zu stark verstümmelt …«

»Nein! Die Mädchen, was für Mädchen?«

Elspeths Stimme schraubte sich hysterisch in die Höhe. »Ich habe keine Ahnung, Angelica. Aber anhand der Beschreibung bin ich mir sicher …«

Angelica drehte am Füllfederhalter, ohne sich daran zu stören, daß sich aus der Feder pfauenblaue Tinte auf ihre Nägel ergoß. »Wurde jemand von ihnen verhört?«

»Nein, natürlich nicht.« Elspeth lachte scharf auf. Sie war als eine der ersten von Angelica geweiht worden und war nun der Mittelpunkt eines Zirkels in der Verlagsgegend von Manhattan. »Es sind ihnen allerdings Parallelen zu diesem Jungen in Lubbock aufgefallen. Außerdem hat der New Yorker *Beacon* Cloud erwähnt.«

»Clouds Tod war ein … ein tragischer Unfall.« Angelica wartete einen Moment, damit Elspeth nicht merkte, wie sehr sie die Erinnerung daran immer noch aufregte.

»Der Tod dieses Jungen war ebenfalls ein ziemlich tragischer Unfall«, meinte Elspeth trocken. »Anscheinend wurde der Leichnam so sehr verstümmelt, daß man ihn anhand des Gebisses identifizieren mußte.«

Eine weitere Pause. »Kennst du jemanden namens Annie Harmony?«

Angelica schwieg. »Hast du mich gehört?« fragte Elspeth nach einer Weile.

»Ja, ich habe dich gehört«, meinte Angelica bedächtig. »Ich kannte mal eine Annie *Harmon*. Sie war auf dem College meine Zimmergenossin. Warum?«

»Also, es kann sein, daß eine gewisse Annie Harmony alles beobachtet hat. Sie ist Sängerin und hat viele Fans unter den Schwulen; mein Sohn meint, sie wäre dauernd über Kabel zu sehen. Sie hatte gestern abend einen Auftritt in Provincetown, und dem Besitzer des Clubs zufolge waren ein paar von deinen Mädchen im Publikum, er meinte, sie hätten bei der Zugabe gestört und Annie sei ziemlich sauer gewesen. Anschließend ging sie offenbar zu der Party und hat etwas gesehen.«

»Ist sie zur Polizei gegangen?« fragte Angelica gepreßt.

»Nein. Aber ich glaube, sie ist so bekannt, daß sich die Nachricht schon verbreitet hat – sie war hysterisch und schrie etwas von schwarzen Engeln und irgendeiner Frau, die sie gerettet habe. Die Polizei wollte sie verhören, aber sie ist verschwunden.«

Annie! Sie durfte Annie nicht verlieren, nicht jetzt! Nicht nach so langer Zeit …

»Angelica?« Elspeths Stimme wurde von einem knisterndem Störgeräusch begleitet. »Bist du noch da?«

»Natürlich – es ist nur – na ja, das kommt etwas *überraschend* für mich.«

Elspeth schnaubte. »Ja, ich finde, einen Mord mitten auf einer Party kann man schon überraschend nennen! Und auch ziemlich unvorsichtig – eine Menge Leute haben deine Mädels und Jungs dort gesehen, und obwohl die Schwulenpresse das als einen Schwulenmord darzustellen versucht, ist in den Lokalzeitungen *und* in den landesweiten Nachrichten von einem Ritualmord die Rede. Man spricht von Hexensabbat, von Hexen, satanischen Riten ...«

Angelica gab ihrer Wut schließlich nach. »Ach, sollen sie doch reden! Wir haben schließlich Religionsfreiheit, Elspeth. Erinnerst du dich an die Santeria-Entscheidung?«

Das verzerrte Kreischen eines bremsenden Busses gellte durchs Zimmer. »Hier geht es nicht um *Religionsfreiheit*, Angelica! Das ist ein Ritual*mord* ...«

»Was dem einen sein Massenmord, ist dem anderen seine Messe, Elspeth. Wenn sie den Naphaïm beschworen haben, wird niemand etwas herausfinden.« Sie trommelte mit den Fingern auf den Telefonhörer. »Ich erwarte einen Anruf von meinem Sohn ...«

»Vielleicht solltest du den Zirkeln vorschlagen, für ein paar Wochen Zurückhaltung zu üben ...«

»Elspeth, ich bin nicht ihre Wächterin – überall gibt es Frauen, die ihr Schicksal jetzt selbst in die Hand nehmen! Du weißt doch, wie das ist mit all diesen Splittergruppen. Ich kann sie unmöglich alle erreichen.«

Elspeth hob warnend die Stimme. »Das ist wirklich ein ungünstiger Zeitpunkt für so was, Angelica! Dein neues Buch ist gerade erschienen, und die Boulevardpresse liebt solche Geschichten, zumal mitten im Sommer – morgen kommt es in den Nachrichten, und dann halten dir Laurie Cabot und NPR und wer weiß noch alles Mikrofone vor die Nase!«

»Damit werde ich schon fertig, Elspeth.« Angelicas Tonfall war entwaffnend ruhig. »In Ordnung?«

Einen Moment lang hörte sie nur den Verkehrslärm und die leise Musik aus dem Radio. Schließlich sagte Elspeth: »Ich fand jedenfalls, daß du das wissen solltest. Ob sie nun etwas beweisen können oder nicht, die Medien und die Öffentlichkeit werden diese Morde ...«

»*Opfer*, Elspeth, *Opfer*«, warf Angelica sanft ein.

»... werden diese *Opfer* mit deinem Namen in Verbindung bringen. Deine Verlegerin ist *gar nicht* glücklich darüber, das kannst du mir glauben.«

Angelica machte Anstalten, die Verbindung zu unterbrechen. »Danke, daß du mir Bescheid gesagt hast, Elspeth. Ich muß jetzt Schluß machen.«

Minutenlang saß sie am Schreibtisch und schaute zum Mond hinaus. Er stand jetzt hoch über den Steilfelsen, und sein Schein fiel wie ein schimmernder Vorhang, der alles bedeckte, Steine, Fliesen und Pool, die verdrehten Glieder von Yukkapflanzen, Kerzensträuchern und Akazien.

»Noch vier Wochen«, sagte sie leise und hob die Lunula hoch. Sie war so schwer geworden in den vergangenen Monaten. Sie zog Kraft aus dem zunehmenden Mond; nahm der Mond ab, ließen sie die Opfer ihrer Anhänger weiterhin anwachsen, bis sie in einem Monat so schwer sein würde, als wäre sie geschmückt mit all den kleinen Statuetten, die man vor so vielen Jahrhunderten zusammen mit den Toten begraben hatte. Bis dahin würde Dylan den fehlenden Halbmond gefunden haben, das fehlende kleine, dunkle Viertel des Mondes. Die Lunula und ihre Herrin wären wieder ein Ganzes.

Die trächtige Sichel lastete schwer auf ihrer Brust. Sie fuhr mit den Fingern darüber und dachte daran, wie ihr wunderschöner Sohn in den Wellen gespielt hatte. Sie stimmte einen leisen Singsang an, den Gutenachtvers, den er immer am liebsten gemocht hatte.

Sie labten sich an Minze und Quittenscheiben
Die sie verspeisten mit Löffel und Gabel.
Sie faßten sich bei der Hand und tanzten am Strand
Und der Mond schien auf ihren Reigen.

Der Mond schien auf ihren Reigen.

Schon sehr früh am nächsten Morgen saß Annie Harmon auf dem kleinen Balkon des Zimmers, das sie zusammen mit Helen in einer Frühstückspension in Wilmington, Vermont, gemietet hatte. Im Westen erstreckten sich die Green Mountains, deren Gipfel der Sonnenaufgang vergoldete. Über dem Haystack Mountain ging gerade der Mond unter, der sich erst vor wenigen Stunden gerundet hatte. Meisen zwitscherten in einer Birke unten auf dem Hof, und vom Lake Whittingham schallte der klagende Ruf eines Eistauchers und die gequälte Antwort seiner Gefährtin herüber.

»Wir müssen Vicki und Ed Bescheid sagen, ob wir das Zimmer noch für eine Nacht behalten wollen«, meinte Helen sanft. Sie nahm ihren Kaffee vom Frühstückstablett, das man ihnen vor die Tür gestellt hatte. »Heute ist das Vierte-Juli-Wochenende; sie werden es sonst bestimmt jemand anderem vermieten wollen.«

Annie schaute weiter unverwandt nach Westen. Sie hatte mehrfach geduscht, nachdem sie und Helen von der Party am Herring Cove Beach geflohen waren, hatte sich bemüht, den Geruch und den Geschmack und das Gefühl, besudelt zu sein, loszuwerden. Jetzt fühlte sich ihre Haut an, als hätte sie sie sich mit Sand abgeschrubbt, und sie war so wund, daß ihr jede Bewegung Schmerzen bereitete.

»Annie?«

»Ich kann mit der Tournee nicht weitermachen.«

»Aber du mußt, Annie.« Obwohl Helen leise gesprochen hatte, war ihr die Verärgerung doch anzumerken; im Verlauf der letzten vierundzwanzig Stunden hatten sie diese Unterhaltung schon mindestens fünfzigmal geführt. »Das würde einen Vertragsbruch bedeuten, außerdem haben wir die Hypothek noch nicht abbezahlt …«

»Ich habe Geld auf meinem privaten Sparkonto in

Burlington. Ich stelle dir eine Vollmacht aus; nimm das Geld und bezahl die Rechnungen.«

»Du hast ein privates Sparkonto?« Helen klang gekränkt. »Das hast du mir nie erzählt.«

»Jetzt weißt du es.«

»Aber warum? Ich meine, bleiben wir denn nicht zusammen?«

»Ich kann nicht. Ich kann die Tournee nicht fortführen, und ich kann auch nicht mit dir nach Hause fahren. Ich hab dir doch schon gesagt, es ist zu gefährlich.«

»Verdammt noch mal, Annie, warum gehst du dann nicht zur Polizei? Das ist lächerlich, du kannst doch nicht einfach …«

»Die Polizei kann mir nicht helfen. Die Polizei kann *niemandem* helfen, wenn das so weitergeht …«

»Und du kannst es?« fragte Helen ungläubig.

»Nein, bestimmt nicht. Aber vielleicht – vielleicht fällt mir ja jemand ein, der das kann.«

»Wer? Etwa die geheimnisvolle Unbekannte aus Provincetown? Plötzlich mußt du weglaufen und Sherlock Holmes spielen?«

»Helen, du *weißt*, daß ich das nicht tue.«

»Dann sag mir, was du tun wirst.«

»Ich kann nicht.«

»Immer diese beschissene Geheimniskrämerei. Immer mußt du die Heldin spielen«, schäumte Helen und stürzte den Kaffee hinunter.

»Ach, hör doch auf!« Im nächsten Moment kniete Helen vor ihr nieder und umklammerte Helens Knie. »Mein *Gott* …«

Helen beugte sich zu ihr hinunter und umarmte sie, während ihr Tränen in die Augen traten. »Schhhh – ist ja gut, Liebes, hab keine Angst, alles wird wieder gut …«

»Nichts wird gut. Etwas Furchtbares geht vor. Irgend etwas Grauenhaftes, und ich stehe mitten drin, und ich will verdammt sein, wenn ich *dich* da mit hineinziehe ...«

Sie schloß die Augen, um nicht zu weinen, doch sogleich stellten sich wieder die Visionen ein: jene schattenhaften Gestalten, die sich um den entstellten Leichnam des Jungen gedrängt hatten, hinter ihnen Dunkelheit und über ihnen das unheimliche, verschwommene Antlitz des Mondes ...

Annie stöhnte und richtete sich schwankend auf. Die Sonne kam gerade hinter dem Berg hervor. »Ich kann hier nicht bleiben. Es geht um *Angelica*, Helen, wenn du nur wüßtest, wie sie *war!*«

»Warum erzählst du's mir nicht?«

»Sie ist einfach so daran gewöhnt, daß ihr alles nur so zufliegt – ich meine, alles, was sie sich wünscht! Männer, Frauen, Jungen, Mädchen ...«

»Schönheit«, schlug Helen vor. »Ewige Jugend.«

»Das ist nicht komisch!«

Helen trank ihren Kaffee aus, dann nahm sie sich ein Croissant. »Dann badet sie also im Blut von Jungfrauen, oder was?«

»*Helen*. Gestern abend haben sie diesen Jungen umgebracht. Und jetzt ... jetzt hat sie es auf *mich* abgesehen. Ich weiß nicht, warum – ich meine, nach dieser langen Zeit ... Aber sie will *mich* ...«

Helen lachte gezwungen. »Du schmeichelst dir, Liebes.«

Auf einmal schrillte im Schlafzimmer das Telefon: ein altmodisches Telefon mit Wählscheibe, das zum Dreißiger-Jahre-Dekor des Gasthauses paßte. Zweimal kurz und einmal lang. Annie versteifte sich und sah Helen an.

»Geh nicht dran.«

»Sei doch nicht blöd. Ich *muß* drangehen; wahrscheinlich wollen sich Vicky oder Ed bloß erkundigen, ob wir das Zimmer noch eine Nacht behalten wollen.« Helen stand auf.

Riiing riiing.

»Helen. Nicht.«

Riiing.

»*Nicht!* Niemand weiß, daß wir hier sind, es sollte niemand hier anrufen, Helen, *BITTE!*«

»Wollen wir das Zimmer nun behalten oder nicht?« Helen sah sich nach ihr um, als sie den schweren schwarzen Bakelithörer abnahm. »Hallo?«

Annie beobachtete sie vom Balkon aus. Helens liebes, rundes Gesicht, die vom Schlaf zerzausten Zöpfe, den Kimono, der sich über der breiten Hüfte geöffnet hatte, so daß man die dunkle Spalte sah, und Annie zerriß es das Herz, weil sie nicht miteinander geschlafen, sondern sich gestritten hatten, und weil es nun zu spät war.

Ich sehe sie jetzt zum letztenmal, dachte sie mit einer Mischung aus Verlangen und Verzweiflung. *Das war's, Annie-Mädel, mach das Beste draus, denn …*

»Annie?« Im Schlafzimmer löste Helens Gesichtsausdruck sich in Angst auf, ebenso rasch und systematisch, wie ein Liegestuhl zusammenbricht. Sie sank aufs Bett nieder und streckte Annie das Telefon mit großen Augen entgegen. Sie senkte die Stimme zu einem Flüstern und sagte: »Das ist Fiona. Von Labrys. Sie meint …«

… denn …

»Fiona? Es ist dort doch erst drei Uhr morgens, woher, zum Teufel, hat die unsere …«

… denn …

Helen schaute sie benommen an und schüttelte den Kopf. »Das … das begreife ich nicht. Sie meint, sie habe soeben einen Anruf von Angelica Furiano bekommen, und sie wollte, daß du es gleich erfährst – die schlechte Publicity, aus irgendeinem Grund hat Angelica sie angerufen und ihr mit einem Verfahren gedroht, wegen dieses Jungen und weil du dabei warst, und – also, die Tournee wird abgesagt …«

Annie entriß ihrer Geliebten den Hörer.
... denn das ist der Anfang vom Ende.

Angelica stand vor dem Schlafzimmerfenster und schaute zu, wie der Mond hinter dem schwarzen Rand der Welt verschwand. Es war eine lange Nacht gewesen. Nach dem Telefonat mit Elspeth hatte sie Fiona von Labrys Music angerufen, hatte sie aus dem Bett geholt und solange keine Ruhe gegeben, bis sie ihr versprochen hatte, auf der Stelle Annie Harmon anzurufen. Sollte Annie sich ruhig wundern, wie sie sie ausfindig gemacht hatte; sollte sie ruhig ein paar Wochen lang auf glühenden Kohlen sitzen. Bis dahin würde es zu spät sein, und niemand würde mehr von der Polizei und all den anderen Dingen sprechen; es sei denn, Othiym wollte es so. Ihre Hand ruhte auf der Lunula an ihrem Hals, deren Wärme in ihre Finger sickerte.

Du bist der geheime Mund der Welt
Du bist das unausgesprochene Wort
Othiym Lunarsa, haïyo!

Die ersten Strahlen der Morgensonne streiften bereits den Devil's Clock. Angelicas Finger glitten von der Lunula hinunter und zupften am Ärmel des Kimonos, wischten eine Schweißperle vom Handgelenk.

Dylan hatte nicht angerufen. Sie kannte ihn zu gut, als daß sie sich Sorgen gemacht hätte – welcher Achtzehnjährige telefonierte schon mit seiner Mutter? Trotzdem reichte es aus, einen kleinen Schauder der Angst und des Unbehagens auszulösen und sie davon abzuhalten, zu Bett zu gehen.

Obwohl sie in Wahrheit eigentlich nicht mehr zu schlafen brauchte. In dem Maße, wie die Lunula anschwoll, wie Othiym immer stärker und Angelica immer schwächer wurde, stellte sie fest, daß sie nur noch ein geringes Schlafbedürfnis hatte. Anstatt zu träumen, flackerten wahllos Bilder durch ihren Geist. Annie unter der Dusche, die Augen vom vielen Weinen gerötet. Der schwarze Engel Eisheth, der sich gewaltig und wild in die Dunkelheit über dem Atlantik emporschwang, sein Mund ein flammendes Loch, die Feuerschwingen sich blähend, bis sie von den Wolken verschluckt wurden. Ein Kreis in einem Kornfeld in Kansas, halbwüchsige Mädchen und Jungen, die Messer über der geduckten Gestalt eines Jungen erhoben, der eigentlich noch ein Knabe war; ein anderer Kreis im alten Wald im Nordwesten an der Pazifikküste. Ältere Frauen diesmal, der versprengte Rest der gescheiterten Separatistenbewegung, auch das Opfer entsprechend älter, und in der Luft das Geräusch heftig schlagender Schwingen. All dies sah Angelica und noch mehr; die Bilder verscheuchten den Schlaf, als wäre er eine Mücke.

Doch Dylan sah sie nicht, und das war eigenartig. Und so sehr sie sich auch anstrengte, Sweeney Cassidy konnte sie ebenfalls nicht ausfindig machen.

Hinter ihr im Zimmer war ein leises Rauschen. Angelica drehte sich um. Das Radio hatte sie ganz vergessen gehabt. Der eingestellte Sender hatte seinen Betrieb offenbar schon vor Stunden eingestellt. Das Hintergrundrauschen war Teil des Gewebes der Nacht geworden. Sie ging zu dem ordentlich auf ihrem antiken Sekretär gestapelten Stereoturm hinüber. Ihr Finger schwebte bereits über dem Aus-Schalter, als das Rauschen unvermittelt abbrach.

»Und nun?« murmelte sie und runzelte die Stirn. Einen Moment lang herrschte Stille. Dann empfing das Radio irgendein schwaches Signal und Musik setzte ein, eine Mischung aus Rückkopplungspfeifen und widerhallenden Synthesizern; dann eine Stimme. Eine unbekannte Stimme, die fast ohne Betonung unbekannte Worte wiederholte.

Doch es war auch eine Melodie dabei – eine vertraute Melodie, die etwas tief in ihr Verborgenes ansprach und sie allmählich in das sorgfältig gewobene Gewebe von Erinnerungen hineinzog, in das sie sich gehüllt hatte.

Von den Langgräbern von Wilshire bis zu den
Pyramiden
Von den Steinkreisen, die den Gelehrten trotzten
Bis zu den Steinzeitmenschen, welche die uralten
Wege beschreiten
Existieren deine gestorbenen Kinder für immer
und ewig.

»Es reicht«, flüsterte Angelica. Sie tippte auf den Ausschaltknopf. Es ertönte ein leises Klicken, ein elektronischer Seufzer; die Musik aber hörte nicht auf.

Ich war schon immer hier.

Die Musik erfüllte den Raum. Sie war überall um sie herum, die Stimme vervielfältigt, so daß sie ihren eigenen widerhallenden Begleitchor bildete, die gleiche Stimme, die ihr wie der Nachhall einer Explosion in den Ohren dröhnte.

Der Kindmann kehrt zurück aus der unbekannten
Welt
Und der Erwachsene wird bedroht von Opfern
Wer immer sich schützt vor dem, was neu und
fremd ist
Gleicht dem, der vor seiner Vergangenheit wegläuft

Ich war schon immer hier

Das Lied endete. Als hätte jemand eine Parfümflasche zerbrochen, war das Zimmer auf einmal von schwerem Duft erfüllt, einem widerlichen Duft, von dem Angelica Kopfschmerzen bekam. Der Geruch der Feierlichkeiten, bei denen Armevoll Blumen auf die Gräber all der goldenen Athleten gestreut wurden, die ihr als Tribut überantwortet worden waren. Der Geruch von Hyazinthen.

Sie konnte ihren Herzschlag hören, ihr Atem wurde flach. Dann ein weiteres Geräusch, so leise, daß sie zunächst meinte, sie habe es sich eingebildet. Ein Ticken, als tippten Finger gegen ein Glas.

Angelica fuhr herum, die Hände an den Seiten zu Fäusten geballt. In der Wölbung des palladianischen Fensters schlug etwas gegen die Fensterscheiben. Der Schatten der Flügel erstreckte sich über den Boden und ein Stück weit die Wand hinauf, doch als sie zum Fenster eilte, sah sie, daß es eigentlich recht klein war, nicht größer als ihre Hand. Sie riß den Fensterflügel auf, doch ehe sie den Kopf nach draußen stecken konnte, war es bereits ins Zimmer geflogen. Der Hyazinthengeruch wurde überwältigend, der süßliche Duft war so stark, daß sie das Gefühl hatte, ihre Zunge sei damit verklebt und sie ertränke in Blütenblättern, während Staubgefäße sie mit Pollen überschütteten, bis sie kaum noch Luft bekam. Als sie zurücktaumelte, kam es ihr nachgeflogen, mit bedächtigen Flügelschlägen, die kaum merklich die warme Luft durcheinanderfächelten.

Es war ein purpurfarben und gelb gemusterter Schmetterling, der sie mit funkelnden Augen anstarrte und dessen Fühler hin und her schwangen wie Meerestang. Er verharrte mehrere Zentimeter vor ihrem Gesicht. Als sie die Hand ausstreckte, schwebte er so sanft und zufällig wie ein fallendes Blatt darauf hinab, bis er auf ihrer flachen Hand liegenblieb.

Angelica betrachtete ihn, die wie mit goldener und violetter Asche bestäubten Schuppen auf den Flügeln, die winzigen Härchen an den Beinen, die über ihren

Handballen streiften. Der Schmetterling schlug träge mit den Flügeln, und der Hyazinthenduft ging in etwas anderes über, in den Geruch von regennasser Erde, von glühendheißem Sand und dem Meer bei Karpathos, den Geruch von Koriander und rotem Sandelholz; den Geruch von Herbstlaub und Apfelholz, dessen Rauch aus den Schornsteinen von Orphic Lodge stieg.

»Oliver«, flüsterte sie und hob sich den Schmetterling ans Gesicht; dann zerquetschte sie ihn.

17. Kapitel

Im freien Fall

Wir gingen zur Mall hinaus und schauten eine Weile einem Zauberer zu, der einen Knaben verschwinden ließ, dessen Augen so lebhaft und braun waren wie die eines Wiesels. Der Junge kroch unter einen Wäschekorb, der kaum genug Platz für ihn bot. Der Zauberer, ein zahnloser Mann, der jünger war als ich, murmelte etwas auf Hindi; als er den Korb hochhob, war der Junge verschwunden. Wir inspizierten den festgetrampelten Erdboden und schauten uns im näheren Umkreis des Seidenzeltes um: nichts.

»Geheimnisvoller Osten«, meinte ich schließlich. Wir schlenderten weiter. Nach dem stickigen Inferno im Museum war es angenehm auf der Mall, wenngleich es auch hier gut dreißig Grad waren. Dylan nahm die Krawatte ab und legte sie sich lose um den Hals; ich zog meine Leinenjacke aus und war froh, daß ich einen kurzen Rock angezogen hatte. Wir hatten noch die Museumsausweise an der Brust angesteckt; ansonsten hätten wir auch zwei Touristen sein können, welche die Akrobaten, Sitarspieler und Schlangenmenschen bestaunten, die im Schatten des Washington Monument ihre Kunststücke zeigten.

»Also, Boß«, meinte Dylan schließlich, »was muß ich für mein Geld tun?«

Ich zuckte die Achseln. »Nicht viel.« Eigentlich bekamen die Sommerpraktikanten überhaupt kein Geld; die außergewöhnliche Erfahrung, am Museum zu arbeiten, wurde für weitaus wertvoller erachtet als die möglichen Einkünfte aus sechs kurzen Wochen.

»Um die Wahrheit zu sagen, haben die Praktikanten nicht sehr viel zu tun. Zumindest meine nicht. Laurie wird Ihnen die Archive zeigen, und ich zeige Ihnen, wie das Videosystem funktioniert. Ich bin sicher, wir werden schon eine Beschäftigung für Sie finden. Vergangene Woche kam eine neue Fotosammlung rein, die katalogisiert werden muß; damit können Sie anfangen. Vor allem aber sollten Sie es sich gutgehen lassen und das Beste aus Ihrem Aufenthalt machen.«

»Das tue ich bereits.«

Ich errötete und schaute ihn rasch an, um zu sehen, ob er mir zu schmeicheln versuchte. Aber nein, Dylan wirkte so aufrichtig wie zuvor. Eigentlich schaute er ziemlich belämmert drein: wie ein Junge, der sich nach einem neuen Skateboard oder der neuesten Boink-CD sehnte.

»Und«, fragte ich rasch und flüchtete mich in den Schatten einer großen Eiche, »wie geht es Ihrer Mom?«

»Meiner Mom.« Dylan kickte eine Staubwolke hoch und strich sich eine Haarsträhne aus den tiefblauen Augen. »Na ja, Sie kennen ja meine Mom.«

»Nicht besonders gut. Ich habe Angelica zum letzten Mal gesehen, als – na ja, da waren Sie noch nicht geboren. Eigentlich waren wir auch nur ein paar Monate zusammen.«

Er blickte auf seine Schuhe hinunter. »Ich schätze, es geht ihr gut.« Er lächelte durchtrieben, was mich so sehr an Oliver erinnerte, daß ich einen Stich in der Brust verspürte. »Um die Wahrheit zu sagen, *ich* habe sie auch nicht oft gesehen, seit ich geboren wurde. Mein Dad und ich, wir haben viel zusammen unternommen. Reiten, Segeln, Fliegen – mein Dad hatte eine Cessna 150, und er wollte mir das Fliegen beibringen. Aber meine Mutter – na ja, Sie wissen ja, womit sie sich immer beschäftigt hat. Zum Beispiel hat sie unser Grundstück auf Santorin umgegraben und nach Gräbern und Artefakten gesucht. Sie ist ein richtiger Feldarchäologe, zumindest war sie das solange, bis mein Vater starb und sie anfing, Bücher zu schreiben. Ich meine, sie ist eine großartige Mutter und so. Aber ich bin immer auf auswärtige Schulen gegangen, und das *gefiel* mir auch; daher hab ich sie nur in den Ferien gesehen. Und den Sommer über war sie immer bei ihren Grabungen, und Weihnachten haben wir Großvater besucht…«

Er lehnte sich an den Eichenstamm und blickte auf den langgestreckten grünen Hang hinaus, der zum Tidebecken hinunterführte, wo kleine Paddelboote wie fette blaue Käfer auf dem Wasser schwammen. »Sie ist eine dieser ehrgeizigen Frauen, von denen man immer in der Zeitung liest«, meinte er schließlich mit einem Seufzer. »Zumindest hier. In Italien liest man nicht viel darüber, weil es dort nämlich keine solchen Frauen gibt. Oder nicht so viele.« Er verstummte wieder und schaute in die dunstige Ferne.

»Hm«, machte ich. Vielleicht war es doch keine so gute Idee gewesen, über Angelica zu reden. »Und gefällt es Ihnen an der UCLA?«

Er zuckte die Achseln. »Ist schon okay. Es gibt dort eine Menge ehrgeizige Studenten. Ich schätze, ich bin gerade so motiviert, wie ich sein sollte, weiß auch nicht.« Er sah mich von der Seite an und lächelte. »Eigentlich wollte ich mir den Sommer über freinehmen und mit ein paar Freunden auf Naturtrip gehen, aber meine Mutter hatte andere Pläne. Es war ihre Idee, daß ich mich um dieses Praktikum beworben habe.«

»Also, ich bin froh, daß Sie's getan haben«, sagte ich und grinste. »Wirklich.«

»Ich auch.«

Er hatte eine angenehme Stimme, mit einem schwachen Akzent und einer Spur von Angelicas theatralischer Redeweise. Er betrachtete mich unverwandt mit seinen funkelnden, grüngesprenkelten Augen. Ich wischte mir eine Schweißperle von der Nase.

Das ist Wahnsinn, dachte ich. *Wie lange kenne ich den Jungen überhaupt? Seit einer Stunde? Anderthalb? Und schon bin ich völlig hinüber.*

Obwohl er ja wirklich fantastisch aussieht, dachte ich, als sei das eine gute Entschuldigung.

Obwohl er exakt halb so alt ist wie ich und ich seine Vorgesetzte bin, alt genug, um seine Mutter sein zu können.

Verdammt, wenn es mit Oliver so gelaufen wäre, wie ich es mir gewünscht hatte, dann *wäre* ich seine Mutter gewesen. Ich schüttelte leicht benommen den Kopf.

»Alles in Ordnung?«

Ich fuhr zusammen. Dylan war nur Zentimeter von mir entfernt, seine meerblauen Augen waren vor Besorgnis geweitet. »Sweeney? Sie wirken ein bißchen... ich weiß nicht, als hätten Sie einen Sonnenstich. Vielleicht sollten wir besser wieder hineingehen...«

Behutsam strich er mir das Haar aus den Augen. Mir war, als würde ich jeden Moment ohnmächtig werden.

Ich verliere allmählich den Verstand, dachte ich. *Entweder ich oder dieser Junge.*

»Ja, klar«, stammelte ich. »Wir könnten dort Unterschlupf suchen...« Ich zeigte zum Museum für Amerikanische Geschichte. »... dort gibt es eine Klimaanlage, und wir könnten uns ein bißchen abkühlen und überlegen, was wir als nächstes unternehmen.«

»Ist gut. Warten Sie, lassen Sie mich die Tasche tragen...«

Er wollte meine Aktentasche nehmen, ich aber riß sie ihm aus der Hand. »Es geht schon, die ist nicht schwer...«

»Es macht mir aber wirklich nichts aus...«

»Nein, es...«

Ich umklammerte die Aktentasche, als wäre sie mein Rettungsanker. »Hier geht's rein«, plapperte ich und stürmte die Treppe hoch.

Im Innern des Museums schlenderten wir durch die Touristenscharen, die die Kleider der First Ladies begafften, alte Dampfmaschinen, Fonzis Lederjacke, das größte Garnknäuel der Nation. Wir gingen zu den Türen hinüber, die auf die Constitution Avenue hinausgingen, wo sich die Touristen um den Souvenirshop und die Springbrunnen drängten. Auf einmal bemerkte ich junge Mädchen – von der High-School, vom College, fünfundzwanzig-, siebenundzwanzig- und dreißigjährige Kinder. Allesamt so farbenfroh herausgeputzt wie Guppies.

Allesamt jünger als ich.

Überall diese sommerlichen Geschöpfe, und dieser arme Junge hing ausgerechnet bei *mir* fest, Elektra auf Kaffeepause.

Doch wie seine Mutter besaß auch Dylan die Fähigkeit, seine Begleiter unsichtbar werden zu lassen: ich wurde gar nicht erst bemerkt. Die Mädchen hatten nur für Dylan Augen. Er schenkte ihnen keine Beachtung und bemühte sich nach Kräften, eine ernsthafte Unterhaltung mit mir zu führen, was schwierig war, da wir uns gerade über das Material zu unterhalten versuchten, aus dem die Böden waren:

»Marmor, was meinen Sie?«

»Vielleicht auch bloß marmorfarbenes Linoleum.«

»Kongoleum?«

»Nein, nicht Linoleum, das ist …«

Es war haarsträubend. Wir verhielten uns wie Menschen, die nervös waren, weil sie daran dachten, miteinander ins Bett zu gehen, dabei hatte ich es mir zu Regel gemacht, mit niemandem zu schlafen, den ich nicht seit mindestens vierundzwanzig Stunden kannte. In Wahrheit hatte ich in den vergangenen zehn Jahren kaum Anlaß gehabt, nach dieser oder irgendeiner der anderen Regeln zu verfahren, die ich mir im Laufe der Jahre zu eigen gemacht hatte. Und dennoch stolperte ich hier neben einem Kerl her, der halb so alt war wie ich und der, das mußte man ihm lassen, ebenso ratlos wirkte wie ich.

Wahrscheinlich ist er bloß verlegen, dachte ich auf einmal. Das war ein ernüchternder Gedanke, aber so mußte es sein. Eigentlich wollte er Urlaub machen, sich mit ein paar Freunden treffen, neue Bekanntschaften schließen, mit netten jungen Leuten mit Tätowierungen und allerlei Piercing-Schmuck; und nicht mit einer Frau herumhängen, die ordentliche weiße Tennisschuhe und ein Donna-Karan-Kostüm trug.

»Hören Sie, Dylan, möchten Sie nicht auf eigene Faust etwas unternehmen?«

Wir befanden uns jetzt im Freien, balancierten auf dem Bordstein und fühlten, wie sich die letzten Atome kühler Luft aus unseren Körpern in den kochenden Beton hinein verflüchtigten. »Es gibt wirklich keinen Grund, warum wir heute noch ins Museum zurückgehen sollten, die Reparatur der Klimaanlage wird wohl noch bis zum Abend dauern, und ohne diese kann man nicht arbeiten. Sie haben doch bestimmt noch etwas zu erledigen…«

Dylan schaute auf den Gehsteig hinunter, das lange Haar fiel ihm über eine Seite des Gesichts. Als er im nächsten Moment wieder aufsah, wirkte er niedergeschmettert.

»Na ja, eigentlich nicht«, sagte er. »Ich meine, ich habe wirklich nichts vor. Ich kenne hier doch niemanden.« Er rieb sich die Nase und hüstelte verlegen. »Haben Sie vielleicht Lust, mit mir zu Abend zu essen?«

»Zu Abend? Es ist doch erst elf Uhr *vormittags*.«

»Dann eben zu Mittag, kann ich Sie zum Mittagessen einladen?«

»Äh …«

»Oder zum Kaffee, wir könnten doch irgendwo einen Espresso trinken?«

Ich wollte eigentlich ablehnen, aber da war dieses ernsthafte Gesicht – dieses ernsthafte, *wunderschöne* Gesicht – und der dazugehörige ernsthafte, wunderschöne Körper, der sich gerade ziemlich gefährlich vom Bordstein auf die Constitution Avenue hinauslehnte.

»Hören Sie, Sie brauchen nicht zu bezahlen«, sagte er, und ein Anflug von Verzweiflung mischte sich in seinen Ton. »Ich habe meine eigene Visa-Karte …«

Ich lachte. Das sah Angelica ähnlich, daß sie ihr einziges Kind mit eigener Visa-Karte in die große, böse Welt hinausschickte.

»Oder wir könnten …«

»Okay, okay! … gehen wir essen. Oder trinken wir einen Espresso oder was auch immer. Aber Sie *dürfen* nicht für mich bezahlen – auch wenn Sie Ihre eigene Visa-Karte haben. *Herrgott noch mal*, Dylan, gehen Sie doch von der Straße weg, sonst werden Sie noch überfahren!«

Ich packte ihn beim Arm, als gerade ein Strandsegler vorbeidonnerte. Einen Moment lang schwankten wir beide auf dem Bordstein, in eine Wolke aus Staub und Auspuffgasen gehüllt. Er war so groß, daß er auf mich hinuntersehen mußte, und er klammerte sich an meinem Arm fest, und ich hatte seine Hand noch immer nicht losgelassen. Ich hörte fernes Sitargesäusel, das im Verkehrslärm unterging. Dann zog Dylan mich näher an sich heran, und bevor ich mich losreißen konnte, hatte er auch schon den Kopf gesenkt und streifte mir mit den Lippen leicht über die Wange. Er roch nach Auspuffgasen und Schweiß und ganz schwach nach Sandelholz.

»Wow! Danke, Sweeney. Aber Sie bestimmen, wo wir hingehen.«

»Wo wir hingehen?« Ich schluckte, denn ich hatte einen trockenen Mund und solches Herzklopfen, als wäre ich eben eine Meile gerannt. »Ich denke … wir gehen … na ja, irgendwo *anders* hin.«

Ich blickte mich zum Museum um, riß mir den Ausweis ab und steckte ihn in die Tasche, dann nahm ich auch Dylan den Ausweis ab. »Wollen wir mal schauen. Äh, wir gehen ins …«

Mit gerunzelter Stirn starrte ich auf den Verkehr und die Touristen, die sich beeilten, noch bei Grün über die Straße zu kommen. Dann kam mir die Erleuchtung.

Natürlich! Wohin denn sonst?!

Ich lachte. »Wir gehen«, sagte ich, nahm ihn bei der Hand und zog ihn hinter mir her auf den Fußgängerübergang, »nach Dumbarton Oaks.«

Wir verbrachten den ganzen Nachmittag dort, bis die Tore um fünf geschlossen wurden. Wir schlenderten über den Rasen und durch das Buchsbaumlabyrinth; schauten in den flachen Teich mit dem Bacchus-Mosaik und den nahegelegenen Laubengang; schüttelten die Köpfe über die traurigen Überreste des Bambusgartens, der so viele Jahre über gediehen war, irgendwann zu blühen angefangen hatte, wie Bambus es alle hundert Jahre einmal tut, und dann eingegangen war. Unser Spaziergang endete am Trompe-l'oeil-Holztor, auf dem ein Springbrunnen dargestellt war, dessen Fontäne in kostbaren Steinen und Perlmutt ausgeführt war, dann gingen wir über einen schmalen, mit Steinplatten ausgelegten Weg wieder zurück. Eine Zeitlang schauten wir einem kleinen Mädchen zu, das in einem Gehölz kleiner Obstbäume umherflitzte, Kumquats pflückte und sie dann ihrer Mutter gab, einer ausgesprochen eleganten älteren Dame aus Georgetown, welche die Früchte prompt in ihrem Matchbeutel versteckte.

Schließlich landeten wir an der steinernen Brüstung, von der man Ausblick hatte auf den Teich. Dylan schaute sehnsüchtig in die Tiefe: eine Raute aus purem Türkis, durchsetzt mit funkelndem Gold, wie der Teich im Garten der Hesperiden, wie der Teich aus einem Traum.

»Ob da jemals jemand drin schwimmt?«

»Vielleicht Gartenbaustudenten von Harvard. Ich habe jedenfalls noch nie jemanden da drin gesehen.«

»Das ist wunderschön. Es erinnert mich an den Teich von Keftiu …«

Keftiu. Ich schaute zu den gegenüberliegenden hohen Steinmauern hinüber, die mit Glyzinen geschmückt waren. Wann hatte ich den Namen schon mal gehört?

»Keftiu?«

»Das Haus meiner Mutter auf Kreta. Sie sagt immer, das sei ihr der liebste Ort auf der ganzen Welt. Manchmal denke ich, daß sie Vater deswegen geheiratet hat«, setzte er leise hinzu. Er legte das Kinn gegen den Stein, seine blauen Augen blickten versonnen.

Keftiu. Auf einmal fiel mir der Schmetterling ein, den ich Maggie gezeigt hatte. Das Wort war Teil seines Namens gewesen.

»Was bedeutet das?«

»So nannten die Ägypter das alte Kreta. *Keftiu*, manchmal auch bloß *Kefti.*«

Ich schwieg. Dann fragte ich: »Wieso glauben Sie, Angelica habe Ihren Vater nur deshalb geheiratet?«

»Weil er immer meinte, sie liebe diesen Ort mehr, als sie ihn liebe. Und das glaube ich auch. Sie lernten sich auf einer Party auf einer Jacht kennen, die im Nordosten von Kreta festgemacht hatte. Am nächsten Tag nahm er sie zu seinem Haus mit – es liegt nicht weit von Knossos, und dort war sie noch nie gewesen. Sie wollte den restaurierten Palast sehen, und sie wollte Keftiu sehen.«

Mit rauher Stimme fuhr er fort: »Er… er hat mir einmal erzählt, so etwas wie den Ausdruck in ihrem Gesicht, als sie die Villa zum erstenmal erblickte, habe er noch nie gesehen. Sie ist wirklich wunderschön, sie liegt unmittelbar an der Küste, inmitten von Ruinen, und nachts kann man all diese Vögel und den Wind am Strand hören. Mein Vater aber meinte, er habe noch nie jemand so Wunderschönes gesehen wie meine Mutter, als sie Keftiu erblickte. Und von da an wollte er, daß sie wieder so aussähe, und sei es auch nur ein einziges Mal.«

Ich lächelte, doch als ich Dylan anschaute, sah ich, daß er traurig war.

»Und hat sie das getan?« fragte ich leise.

»Ich weiß nicht. Mein Vater hat es mir nie erzählt. Ihm hat es dort draußen weniger gefallen als ihr. Es gibt dort kein fließend Wasser und keine Klimaanlage, alles ist ziemlich einfach. Er wollte nie lange bleiben – er bevorzugte unsere Villa in Florenz oder die Wohnung in Mailand.

Aber Mom gefiel es dort. Sie wollte gar nicht mehr fort. Als er und ihr Vater allerdings gestorben waren… war sie nur noch ein paarmal dort.«

Wir wandten dem Teich den Rücken und gingen zu den Gartenanlagen hinunter, wo überall Schwalbenschwänze und kleine Dickkopffalter umherflatterten, so daß es aussah, als habe jemand sämtliche Blütenblätter der Rosen abgeschüttelt. Es lag ein süßer, staubiger Geruch in der Luft. Das Gras unter unseren Füßen war saftig und feucht von verborgenen Sprinklern. Eine Frau zeigte einem Säugling eine große Rose, und das Kind lachte. Eine Zeitlang schwiegen wir, und Dylan blieb hin und wieder stehen und schaute den Schmetterlingen auf den Rosen zu, oder er schnupperte an einer zarten Nelkenblüte, die an eine duftende rosa Spinne erinnerte.

Schließlich fragte ich: »Wie sind sie eigentlich gestorben? Oder … verzeihen Sie, ich wollte nicht …«

»Nein, ist schon gut. Es ist schon eine Weile her. Wir waren in Keftiu, mein Großvater wollte den Winter dort verbringen, und er war mit meinem Vater zusammen segeln. Eine seltsame Geschichte. Mein Großvater war ein großartiger Segler und mein Vater auch, er hatte nie irgendwelche Probleme auf dem Wasser. Er nahm uns nachts zum Segeln mit, mitten im Winter, jederzeit; dabei war er vorsichtig, er wäre nie rausgesegelt, wenn Gefahr bestanden hätte, wenn sich ein Unwetter zusammenbraute oder so. Und er nahm auch große Rücksicht auf meinen Großvater, denn Grandpa war schon sehr alt – fast neunzig.

Jedenfalls segelten sie los, nur für ein paar Stunden. Es war Morgen, ein wunderschöner, vollkommen klarer Tag, von einem Unwetter war weit und breit nichts zu sehen. Dann kam urplötzlich ein Sturm auf – es waren Leute auf dem Wasser, die mit ansahen, wie es passierte, sie meinten, die Wolken wären einfach über den Horizont hochgekocht und hätten sie überrannt, und das war's dann. Das Boot kenterte, sie kamen nicht mehr an die Rettungswesten heran, und …«

Er verstummte. Er betrachtete den geknickten Stengel einer gelben Taglilie, deren lange Blütenblätter in der Sonne welkten.

»Ach, Dylan«, flüsterte ich. »Es tut mir leid. Ich hätte nicht danach fragen sollen, verzeihen Sie …«

Er wandte sich zu mir um und schüttelte den Kopf. »Das macht mich bloß traurig, das ist alles. Die Leichen wurden nie gefunden. Manche Leute – Freunde meines Vaters, die meine Mutter eigentlich nicht mochten – meinten, es sei wie in *Rebecca* gewesen. Wie in diesem Hitchcock-Film …«

Ich schaute verblüfft weg und tat so, als betrachtete ich die geknickte Lilie. Es war nicht der Gedanke, Angelica könnte jemanden getötet haben. Das konnte ich mir vorstellen; ihr war beinahe alles zuzutrauen. Diesem leuchtenden, verruchten Geschöpf, das so wunderschön und amoralisch war wie ein Fuchs, das einen anderen Mann als Vater von Olivers Kind ausgab (und hatte ihr Mann das überhaupt gewußt; hatte er nie Argwohn geschöpft; oder Dylan?) und das in seinen millionenteuren Häusern wahnsinnige apokalyptische Träume träumte …

Aber ihren eigenen Vater töten? Einen *Benandanti?*

»Ich … ich …«

Plötzlich packte Dylan mich bei den Schultern, so fest, daß ich nach Luft schnappte.

»Rebecca? Ich habe Rebecca gehaßt!« fauchte er, dann lachte er abgehackt und ließ mich los, puterrot im Gesicht. »Vergessen Sie, daß ich das gesagt habe! Sie müssen mich deswegen verachten …«

»Nein – wieso denn! Es … ich hätte das Thema nicht ansprechen dürfen. Das geht mich nichts an, ich kenne Sie ja nicht einmal …«

»Aber ich *möchte,* daß Sie mich kennen«, sagte er mit dem nachdenklichen Ernst, der ihm zu eigen war. Er holte tief Luft, strich sich das Haar aus dem Gesicht und blickte auf seine Füße hinunter, ehe er wieder mich ansah. »Ich weiß, das klingt etwas seltsam. Ich weiß, wir haben uns gerade erst kennengelernt, und ich weiß, daß Sie … na ja, ich weiß, daß Sie älter sind, okay? Aber …

Aber das ist *wirklich seltsam,* Sweeney. Ich muß Ihnen einfach sagen, was für ein Gefühl ich bei Ihnen habe. Nämlich das unglaubliche Gefühl, daß ich Sie *kenne*. Ich meine, daß ich Sie richtig *gut* kenne.« Er zupfte an meinem Handgelenk und schaute mich mit großen Augen flehentlich an. »Finden Sie, das klingt lächerlich?«

Er seufzte und schaute auf den säuberlich gemähten Rasen, dann steckte er die Hände zerknirscht in die Hosentaschen. »Mist. Ich glaube, ich wäre doch besser nach Nantucket gefahren.«

Ich starrte ihn an: seinen schlaksigen Körper, von der leichten Hose und dem ordentlichen weißen T-Shirt wie von einer Gefängnisuniform umschlottert, die Spätnachmittagssonne, die das kleine Ensemble goldener und silberner Ringe in dem einen Ohr zum Funkeln brachte, das lange Haar, das aus dem Pferdeschwanz geglitten war und ihm über die Schultern fiel. In dem goldenen Licht wirkte er wie jemand, der jeden Augenblick schmelzen mochte, wie ein wilder Junge, den man sorgfältig in eine straffe Form gegossen hatte, der nun aber allmählich wieder zu seiner wahren Natur zurückfand. Nicht wie Angelicas braver Sohn, Museumspraktikant und Inhaber einer Visa-Karte, der über eine ganze Reihe wertvoller Kontakte verfügte, Leute, an die er sich wenden konnte; sondern wie ein wilder Junge, wie Oliver einer gewesen war. Vielleicht nicht ganz so verrückt wie Oliver, aber doch verrückt genug, um so mit mir zu reden. Verrückt genug, um die unheimliche Atmosphäre zu spüren, die unseren gemeinsamen Nachmittag durchdrang und die es mir so schwermachte, nach Hause zu gehen.

Es sei denn natürlich, ich bildete mir alles bloß ein. Es sei denn, er war so sehr Angelicas Kind, daß sie ihn dazu angestiftet hatte, als Teil eines wahnsinnigen Plans, den ich mir nicht einmal ansatzweise vorstellen konnte.

Dylan machte allerdings nicht den Eindruck, als spiele er eine vorgegebene Rolle. Er wirkte betroffen, hilflos und auch ein wenig zornig.

»Nein«, sagte ich schließlich. »Es ist gut, daß Sie hier sind, Dylan. Ich weiß nicht warum, aber ich fühle es. Sie … Sie erinnern mich an jemanden, mit dem ich einmal befreundet war, vor langer Zeit. An jemanden, den ich … den ich geliebt habe.«

»Oliver.« Das Wort war kaum mehr als ein Flüstern, doch der Ärger, der die ganze Zeit in ihm gebrodelt hatte, ergoß sich nun in seine Augen. »Sie sind nie über ihn hinweggekommen.«

»Ja«, gab ich beschämt zu. »Wie kommen Sie darauf?«

»Weil meine Mutter meinte, nachdem er sich das Leben genommen hatte, sei Ihr Leben zerstört gewesen. Außerdem sahen Sie eben so aus, als …«

»Mein Leben *zerstört?*«

»… als dächten Sie daran, wie es hätte sein können, wenn Sie Ihr Leben nicht fortgeworfen hätten.«

»*Mein* Leben? Sie hat gesagt, *mein Leben* sei zerstört?«

»Na ja, Sie haben nie geheiratet. Und Dr. Dvorkin hat erzählt, daß Sie seit fast zehn Jahren allein in seinem Gartenhaus leben …«

»Seit *acht* Jahren! Und ich *wollte* nie heiraten. Ich meine, ich hätte eine Menge Typen heiraten können …«

»Ach, wirklich? Ist das nicht ungesetzlich?«

Ich hielt inne, die Fäuste an den Seiten geballt, und bemerkte, daß ich wütend war; daß ich ihm beinahe eine gescheuert hätte. Als ich jedoch aufsah, lachte er.

»Empfindlich sind Sie aber nicht, wie?« Er schüttelte den Kopf. »Und ich dachte immer, *ich* wäre romantisch. Ich meine, *meinetwegen* hat sich noch niemand umgebracht.«

»Er hat sich nicht *meinetwegen* umgebracht, Dylan! Er war verrückt! Heute würde man bei ihm wahrscheinlich eine latente Schizophrenie diagnostizieren. Damals dachten wir alle, es käme von den vielen Drogen.«

»Trotzdem hat *mir* noch niemand zwanzig Jahre lang die Treue gehalten …«

»Neunzehn, mein Lieber. Und jetzt machen Sie mal halblang.« Ich seufzte erschöpft, doch gerade in diesem Augenblick kam eine Frau in einem weißen Kaftan an den Rabatten entlanggeschlendert und bimmelte mit einem Messingglöckchen.

»Wir schließen« rief sie leise. »Um fünf wird geschlossen.« Und ging weiter, kühle, klare Töne ins Laub entsendend.

Wie die im verborgenen Schwelgenden in einem Stück von Shakespeare tauchten auf einmal zwischen dem Fingerhut, unter dem mit Pfählen gestützten Rittersporn und den duftenden Rosenstauden Gestalten auf. Wir folgten ihnen zum Haupttor, um dann über den Kiesweg zur R-Street hinüberzugehen.

Am Tor stand die Frau mit der Glocke und lächelte uns an, als wir an ihr vorbeikamen. Als Dylan und ich schließlich ins Freie traten, rief sie uns ein letztes »Guten Abend!« nach. Dann zog sie das Tor zu. Ein einsamer Wachmann versperrte die großen, schmiedeeisernen Torflügel. Wir standen blinzelnd im goldenen Sonnenschein der Straße. Ich hatte das Gefühl, ich hätte den ganzen Nachmittag geträumt: das honigfarbene Licht, den Geruch der Rosen und des Geißblatts, sogar Dylan. Ich gähnte und rieb mir die Augen. Als ich mich umschaute, waren die anderen Besucher alle verschwunden. Wir waren wieder allein.

»Also, ich glaube, wir könnten jetzt allmählich ans Abendessen denken«, schlug ich vor. »Oder wie wär's mit Cocktails? Es ist fünf.«

»Ich bin noch nicht alt genug, um zu trinken.«

»Aber Sie tun es?«

Er grinste. »Bei besonderen Anlässen.«

»Nun, dann betrachten Sie das doch als einen ganz besonderen Anlaß ...«

Wir gingen zur Wisconsin Avenue hinunter und fuhren mit dem Taxi zum Mamma Desta's, einem netten kleinen Restaurant in einem etwas verrufenen Stadtteil, wo es das beste äthiopische Essen der ganzen Stadt gab. Das Restaurant war kaum mehr als eine Ladenfront mit einer Handvoll von Neonröhren erhellten Plastiktischen und zwei Ventilatoren, die rasend schnell an der Decke rotierten. Wir nahmen an einem Ecktisch Platz, und Mamma Desta persönlich nahm unsere Bestellung entgegen, eine kleine, fröhliche Frau mit krausem, ergrauendem Haar und einer blutbeschmierten Küchenschürze. Wir aßen mit den Fingern, und das Essen war so scharf, daß wir dabei zusehen konnten, wie uns die Schweißperlen auf die Wangen traten. *Tibs, zilzil wat,* gewürzte Fleischbrocken, Gemüse und in Soße eingeweichte, schwammige dicke Pfannkuchen, die wie der Schaumstoff aussahen, den man zum Isolieren verwendet. Wir tranken *tej,* süßen Honigwein, der in kugelförmigen Gläsern serviert wurde, die an Destillierkolben erinnerten. Ich hatte noch nie mehr als ein, zwei Gläser davon trinken können – er war zu süß, der Honiggeschmack zu ungewohnt –, doch an jenem Abend, nach all dem scharfen Essen und der verwirrenden Erfahrung, Dylan begegnet zu sein, ging er mir wie Wasser hinunter.

»Meine Mutter meint, im alten Kreta hätte man die Köpfe der Verstorbenen mit Honig einbalsamiert«, bemerkte er, ein Stück *injera* zwischen den Fingern rollend. »Die Leichen wurden zusammengeklappt, in große Tongefäße gesteckt und dann begraben.«

»Pfui. Nett, daß Sie's mir erzählen, Dylan.«

»Und wenn man einen Gefangenen foltern wollte, steckte man ihn in ein Faß mit Olivenöl und ließ ihn da drin, bis sich das Fleisch irgendwann auflöste. Außerdem züchteten sie Giftschlangen und verwendeten das Gift als Halluzinogen.«

»*Dylan*. Ich bin gerade beim *Essen*.«

»Ich dachte, Sie wären Anthropologin. Ich dachte, so etwas würde Sie interessieren.«

»Ich bin eine *Schreibtischanthropologin*. Ich schaue mir gern Fotos von interessanten Leuten an, ich esse gern in exotischen Restaurants, die ich mit dem Taxi erreichen kann, ich kaufe gern Voodoo-Masken von der Artifactory und trage Klamotten von Banana Republic.«

»Dann ist es wohl nichts mit dem Sonnenaufgang an der Cheopspyramide?«

»Dylan, ich besitze nicht mal einen Reisepaß. Ich hatte noch *nie* einen Paß. Ich meine, Ihre Mutter – sie führt das Leben, von dem ich immer geträumt habe. Sie war an all den Orten, sie hat auf Kreta, in Italien und weiß der Himmel wo überall sonst noch Grabungen durchgeführt. Ich hingegen habe morgens schon Mühe, meine Schuhe zu finden. Sie stellt all diese Kulturtheorien auf, und *ich* bin eine Beamtin.«

Ich hob mein Glas mit *tej* und lächelte verbittert. »Ich meine, ich wollte immer das tun, was sie tut, aber irgendwie ist es nie dazu gekommen. Manchmal komme ich mir vor wie der Prinz in einem dieser russischen Märchen – Sie wissen schon, der Typ, dessen Seele von einer Hexe geraubt wurde, und dann verbringt er sein Leben im Koma, während Baba Yaga bei der Cheopspyramide den Sonnenaufgang betrachtet.«

Dylan schwieg. Ich überlegte, ob ich ihn vielleicht dadurch, daß ich so von Angelica sprach, verärgert hatte; auf einmal war es mir jedoch egal. Ich war müde und betrunken und hatte wahrscheinlich einen Sonnenstich, ich war erschöpft von der Anstrengung, mit jemandem ein Gespräch zu führen, der sich nicht einmal an den Tag von Kennedys Ermordung erinnerte, der sich nicht einmal an den Tag erinnerte, an dem Sid Vicious gestorben war. »Ich glaube, es wird allmählich spät, mein Lieber«, sagte ich und verlangte die Rechnung.

Draußen dämmerte es, die Autos, Passanten und baufälligen Häuser waren alle in einen blau-schwarzen Dunst gehüllt. Der Himmel war wie auf einem dieser Samtgemälde, von einem gelb und rot gestreiften Violett, grell und weich zugleich, und die Gerüche von Kreuzkümmel, Cayennepfeffer und Koriander strömten mit uns auf die Straße und mischten sich mit dem widerlichen Gestank fauliger Ginkgofrüchte und abgestandenen Wassers.

»Wir werden Mühe haben, hier ein Taxi zu bekommen«, sagte ich und schaute die Straße entlang. »Das ist nicht gerade die beste Gegend hier …«

»*Ich* besorge Ihnen ein Taxi«, meinte Dylan. Er trat an die Bordsteinkante, wobei sein Versuch, sich als galant zu erweisen, durch seinen schwankenden Gang ein wenig beeinträchtigt wurde. Ich wollte gerade vorschlagen, doch ein paar Straßen weiterzugehen, da hob er auch schon den Arm.

Wie herbeigerufen aus der Unterwelt, kam ein Yellow Cab herangebraust und hielt so dicht am Bordstein, daß Dylan und ich zurücksprangen.

»Steigen Sie ein, steigen Sie ein«, rief eine grollende Stimme.

Dylan sah mich an und brach in Lachen aus. »Wow! Das muß ich irgendwann mal in Rom probieren …« Er riß die Tür des Taxis auf und forderte mich mit schwungvoller Geste zum Einsteigen auf. *»Après vous, mademoiselle.«*

Ich glitt ins Taxi, dessen Sitze so warm waren wie meine Haut und das nach Kiefernduft-Raumspray roch. Dylan quetschte sich so dicht neben mich, daß sich unsere Schenkel berührten. Eine breitschultrige Gestalt drehte sich zu uns um, ohne die Hände vom Steuer zu nehmen.

»Wo soll's denn hingehen, junger Mann?«

Ich schnappte nach Luft.

»Wohin, Sweeney?« fragte Dylan. Ich konnte nicht antworten, sondern starrte bloß den Fahrer an, dessen Führerschein vom Rückspiegel baumelte.

Yellow Cab Nummer 393, mit den ordentlich gestopften Rücksitzen und dem einen Spaltbreit geöffneten Handschuhfach, in dem man gerade eben den funkelnden Lauf der Pistole sah, die inmitten von vergilbten Zeitungsausschnitten mit den verschwommenen Bildern von Cassius Clay, Sugar Ray und einem jungen Schwarzen mit kantigem Kiefer lag, der so schön wie ein Filmstar war.

»Junger Mann?« wiederholte der Fahrer sanft.

Es war Handsome Brown.

»Äh – zum Hill, wir wollen zur Ninth Street Northeast, Nummer 19 …«

»*Nein …*« Dylan beugte sich auf einmal vor. »Bringen Sie uns zum Washington Monument. Fahren Sie einfach eine Weile herum; ich war hier noch nie.«

Handsome Brown sah mich mit fragend hochgezogenen Brauen an. »Ist die Lady einverstanden?« grollte er.

»Ja«, sagte Dylan, bevor ich protestieren konnte. Er nahm meine Hände und zog mich sanft, aber unnachgiebig zu sich heran. »Sie haben noch nie die Pyramiden gesehen«, sagte er. »Dann schauen wir uns eben einen Obelisken an.«

»Ist gut«, meinte ich mit rauher Stimme.

»Sehr schön, sehr schön. Dann muß ich aber eine andere Gebührenzone berechnen, junger Mann, wenn Sie so herumfahren wollen.«

»Wie Sie meinen«, sagte Dylan.

Handsome Brown chauffierte uns durch das Labyrinth von Nebenstraßen und schmalen Gassen, das keiner so gut kannte wie er, durch abgelegene Stadtteile, die ich vor Jahren gesehen hatte, im Schoß eine halbvolle Flasche Pernod und neben mir den dösenden Oliver. Vorbei an befestigten Mietskasernen hinter Maschendrahtzäunen; an schmucken kleinen Reihenhäusern, in denen alte Frauen im *Wachtturm* blätterten; durch Nebenstraßen, in denen es nach zermanschten Ginkgofrüchten roch.

Dann fuhren wir die Embassy Row entlang, vorbei an mit Brustwehren versehenen Villen, Minaretten und Türmen, nachgemachten Fassaden im Tudor-Stil, an maurischen Prachtbauten und Immergrün, das überall in verschwenderischer Pracht magentafarben und rosa blühte. Handsome Brown sagte nichts, sondern schaltete lediglich das Radio ein. Es war auf einen Sender eingestellt, der nur die betörendsten Balladen brachte, von Al Green, Teddy Pendergrass und Prince, die herzzerreißend klagten, als werde die Welt um Mitternacht untergehen. Wenn Handsome Brown hin und wieder ohne zu lächeln, dafür aber mit messerscharfem Blick zu uns nach hinten schaute, füllte sein Gesicht kurzzeitig den Rückspiegel aus.

Ich sah aus dem Fenster, biß mir auf die Lippen und bemühte mich nach Kräften, nicht zu Dylan hinzuschauen, obwohl ich ihn spürte und in den Musikpausen sein Schnarchen und sogar seinen Atem hörte. Da war ein Gespenst in der purpurfarbenen Dunkelheit, dem das lange Haar wie schwarzer Regen über die Schultern fiel und das den Kragen seines weißen Hemdes geöffnet hatte – eigentlich waren es *zwei* Gespenster, nämlich Oliver und ich, die wir auf ewig die Stadt umkreisten, während sich draußen die Nacht herabsenkte und aus dem Tidebecken fernes Gelächter erscholl …

The Beautiful Ones, they hurt you every time

Mir war, als müsse mir das Herz brechen, und meine Augen füllten sich mit Tränen, während ich bitter lächelte – so war das also, wenn man alt wurde, man fuhr in Taxis herum und weinte, wenn man Prince im Radio hörte …

»Sweeney«, hörte ich jemanden leise flüstern. *»Beim nächstenmal werde ich dich lieben. Das verspreche ich dir.«*

Ich weinte still vor mich hin. Denn ein nächstes Mal würde es nicht geben. Es hatte nicht einmal ein erstes Mal gegeben; und ich rückte näher ans Fenster, damit Dylan nicht merkte, daß ich weinte.

Nach einer Weile hörte ich damit auf. Ich trocknete mir die Tränen und hoffte, daß ich mir nicht das ganze Gesicht mit Wimperntusche verschmiert hatte. Wir waren im Geschäftsviertel. Das Taxi 393 glitt zwischen die anderen Taxis, die am Weißen Haus vorbeizogen wie Karavellen an einer königlichen Barkasse, dann schlug es den Weg zur Mall ein.

»Das ist wunderschön«, meinte Dylan leise. »Und es ist so *klein*. Selbst die schlimmsten Viertel reichen nur ein paar Blocks weit.«

»Heute ist es schlimmer als früher – jetzt gibt es diese Crack-Häuser und Gangs, ständig werden Leute erschossen. Die Stadt hat sich verändert.« Ich seufzte. »Wahrscheinlich hat sich alles verändert.«

Das Taxi glitt sanft am Monument vorbei, an den Museen in der Ferne, die alle vom Kapitol überragt wurden, der Stadt auf dem Hügel. Ich spürte Dylan an meiner Seite, seine Wärme und seinen mit Seifenduft vermischten Schweißgeruch. Ich blickte entschlossen aus dem Fenster und heuchelte Interesse an den Touristen vor dem Lincoln Memorial, betrachtete den darin eingeschlossenen traurigen Riesen.

»Vielleicht ist es gut, daß sich alles verändert hat«, flüsterte Dylan. »Vielleicht ist es besser so …«

Er legte mir die Hand auf die Schulter, und ich wandte mich langsam zu ihm um. Einen Moment lang wollte ich widerstehen, dann gab ich nach. Ich schaute in seine meerblauen Augen, sein braungebranntes Gesicht war von den Verkehrsampeln draußen grün und rot gesprenkelt. Er lächelte nicht, es lag nichts Spöttisches in seinem Blick, überhaupt nichts Spielerisches. Er schaute mich an, als sähe er mich jetzt zum ersten Mal; er schaute mich an, so wie Angelica vor langer Zeit Keftiu angeschaut haben mochte. Als erblickte er etwas in mir, von dem er lange geträumt hatte, etwas, das er kaum zu finden gehofft hatte. Ich spürte seine andere Hand auf meinem Schenkel, seine Finger, die auf dem rauhen Leinen brannten, die zitternd am straffgespannten Stoff zerrten, und dann zog er mich an sich, und um mich herum versank die Welt. Ich grub die Finger in sein langes Haar und spürte ihn überall an mir, während er mich an sich drückte, bis ich seinen dröhnenden Herzschlag hörte, als er mich küßte, und ich dachte nicht mehr an Oliver, ich dachte nicht daran, wie verschieden wir doch waren, wie jung er war oder wer seine Mutter gewesen war, ich dachte überhaupt nur noch Dylan, Dylan und daß ich weitere zwanzig, hundert oder tausend Jahre auf ihn gewartet hätte. Ewig würde ich auf ihn warten, jetzt, da ich wußte, daß es ihn gab.

18. Kapitel

Eine Begegnung

Baby Joe traf sich mit ihr in Manhattan, in einer Bar namens Chumley Peckerwood's, einem grell erleuchteten Stripteaselokal, in dem Geschäftsreisende mit Spesenkonto einen Hunderter für ein Steak, ein paar Margaritas und eine blonde Tänzerin hinblättern mußten.

»Hey, Annie«, murmelte Baby Joe und umarmte sie. »Mein Gott, fühlst du dich gut an.«

»Baby Joe ...« Sie wunderte sich, wie leicht ihr die Tränen kamen; ebenso rasch blinzelte sie sie wieder fort. »Es ... es tut mir leid, daß ich nicht auf Hasels Beerdigung war. Ich war gerade auf Tournee und konnte nicht weg – so berühmt bin ich nicht, daß ich da einfach absagen könnte ...«

Er winkte ab, zwängte sich in die Sitznische und kostete von ihrer Club Soda. »Bäh.« Er schnitt eine Grimasse und winkte die Kellnerin herbei. »Einen doppelten Wodka-Martini. Und bringen Sie ihr auch einen.«

Annie wollte protestieren, doch er winkte ab. »Davon wachsen dir wieder Haare auf dem Kopf. So. Angie hat dich also gefunden.«

Annie spürte eine Beklemmung in der Brust. »Woher weißt du das?« Sie ließ sich auf ihren Platz in der Sitznische niederfallen und versank wie Alice im burgunderfarbenen Lederpolster.

»Weil man dich nicht in einem solchen Lokal antreffen würde, wenn du nicht entweder betrunken oder verrückt wärst oder tief in der Scheiße sitzen würdest.« Er nahm seinen Drink von der Kellnerin entgegen, schenkte ihr einen bewundernden Blick und reichte Annie ihren Martini, dann stürzte er seinen mit zwei großen Schlucken hinunter. »Und ich weiß, daß du nicht trinkst, und verrückt bist du auch nicht. Bleibt nur noch die Riesenkacke. Und ich glaube, da steckt Angie dahinter.«

Baby Joe schob das leere Glas aufs Tablett und blickte zur Kellnerin. »Noch zwei.« Er wandte sich wieder Angie zu. »Ich warte.«

»Al-so.«

Sie holte tief Luft. Baby Joe telefonierte alle paar Monate mit ihr, hatte sich aber seit Jahren nicht mehr mit ihr getroffen. Er hatte sich zu einer eindrucksvollen Erscheinung entwickelt: groß und breitschultrig, mit einer Figur, die eigentlich zur Dickleibigkeit hätte neigen sollen, bislang aber schlank geblieben war. Das Haar fiel ihm bis auf die Schultern, glatt und sehr, sehr schwarz. Sein abgetragenes Jackett war bis auf die Stellen, wo das Futter durchschimmerte, ebenfalls schwarz, und seine Hose und das T-Shirt, auf dem in winzigen weißen Buchstaben JELLY BISHOPS stand, desgleichen. Er hatte sich eine billige Plastiksonnenbrille ins dichte Stirnhaar hochgeschoben. Er sah aus wie ein streitlustiger junger *capo* der philippinischen Mafia; wenngleich eine Müdigkeit in seinem Blick war, an die sie sich nicht erinnerte, eine Bedrückung, die sich auch in den Falten um seine dunklen Augen und seinen Mund eingeprägt hatte.

Das kommt von Hasel, dachte Annie und schämte sich auf einmal, nicht größere Trauer über den Tod ihres alten Freundes bekundet zu haben. Sie starrte den Drink an, den sie nicht angerührt hatte.

»Also, du hast recht«, sagte sie. »Ich *stecke* in Schwierigkeiten.«

Sie deutete auf die mit dunklem Holz verkleideten Wände, die dahinter befindliche blutrote Beleuchtung und auf die Bühne, wo sich gerade eine junge Frau mit Stöckelschuhen und einer Pfauenfeder zu den Klängen einer Syntho-Pop-Version der Filmmusik aus *Gigantor* wand. »Eine Bekannte hat mir von diesem Lokal erzählt, und ich hab mir gedacht, hier falle ich bestimmt nicht auf.«

Baby Joe zog die Brauen hoch. Er nippte nachdenklich an ihrem Martini. »Schwierigkeiten. Geht es um Angie?«

»Ich glaube, ja.«

»Hm.« Er trank Annies ersten Drink gerade in dem Moment aus, als die Kellnerin seinen zweiten brachte. Er verzog keine Miene, nur seine Augen verengten sich. »So. Dann hat unsere Lady des Ewigen Wandels also beschlossen, wieder mit ihren alten College-Freunden in Kontakt zu treten.«

Annie nickte.

Baby Joe holte eine Schachtel Zigaretten aus der Hosentasche und klopfte eine heraus. »Erzähl's mir.«

»Jemand wurde ermordet – vor zwei Tagen. In Provincetown …«

Baby Joe lächelte und entblößte dabei die Zähne. »Der Metzger. Ich hab die Polizeifotos gesehn.«

»Ich hab's mit eigenen Augen mit angesehen.«

»Du warst *dabei?*«

»So gut wie. Ich war auf dieser Party am Herring Cove Beach. Ein paar von Angelicas Anhängerinnen waren da und veranstalteten eine Art Ritual. Jemand muß mir irgendwas untergejubelt haben, denn ich hatte das Gefühl, ich befände mich an einem *anderen Ort*. Als hätte ich meinen Körper verlassen. Ich weiß, für euch von der Göttlichen wäre das ein Klacks gewesen, aber das darfst du mir glauben, ich war völlig von der Rolle …

Dann drehte ich mich um, und da sah ich ihn. Diesen Jungen, der wie eine geschlachtete Weihnachtsgans am Boden lag. Und diese Wahnsinnigen, die *ihn* getötet hatten, die wollten auf einmal auf mich losgehen, aber diese – also, jemand hat sie vertrieben.«

»Warst du schon bei der Polizei?«

»Nein.«

»Wieso nicht?«

Sie zuckte die Achseln und schaute sich unbehaglich um. »Ich weiß nicht.«

Baby Joe verdrehte die Augen. »Weißt du, in jedem Film, den ich sehe, gibt es so einen Zeugen für einen schrecklichen Mord, aber die gehen einfach nicht zur Polizei. Und ich frage mich: *Warum gehen die bloß nicht zur Polizei?* Also, warum gehst du nicht …«

Annie wollte wutentbrannt aufstehen. »Verdammt noch mal, das ist kein *Witz,* Baby Joe! Wenn du mich nicht …«

»Hey! *Hija,* setz dich wieder hin …« Er packte ihre Hand und zog Annie neben sich auf den Sitz zurück. »Das war eine rhetorische Frage. Du hast beobachtet, wie ein paar von Barbies Playmates diesen Typ zugerichtet haben, und glaubst, man könnte dir was anhängen. Okay, das kaufe ich dir ab. Hey, solange es um Angie geht, würde ich dir *alles* abkaufen. Und was nun?«

Annie funkelte ihn an, die Zacken ihres Kreissägenschnitts hingen ihr ins blasse Gesicht. Mehr noch als damals an der Göttlichen wirkte sie wie eine zornige Halbwüchsige. Zornig, aber verängstigt. Als sie keine Antwort gab, nickte er zum zweiten Martini hin.

»Trink das. Der kostet die Zeitung dreißig Piepen.«

Annie funkelte ihn streitlustig an. Auf einmal schoß ihre Hand vor; sie nahm das Glas und trank es aus, dann bedeutete sie der Kellnerin, ihr noch einen Drink zu bringen.

»Okay«, sagte sie mit tränenden Augen und wandte sich wieder Baby Joe zu. »Was weißt du über Olivers Tod?«

»Oliver?« fragte Baby Joe verdutzt. »Oliver Crawford?«

»Ja. Warst du bei seiner Beerdigung?«

»Nein.«

»Kennst du jemanden, der da war?«

Baby Joe starrte sie an und legte die Stirn in Falten. »Nein. Ich wollte damals mit Hasel hingehen, aber dann bekamen wir einen Anruf von Professor Warnick. Er meinte, die Crawfords wollten nur die engsten Familienangehörigen dabeihaben.«

»Hast du irgendwann mal jemanden von seiner Familie kennengelernt?«

Baby Joe runzelte die Stirn. »Willst du wissen, ob ich glaube, daß es sie überhaupt *gibt?* Das weiß ich genau, mein Bruder war …«

»Nein – ich meine, ob du *irgendwann mal* einem von denen begegnet bist. Nachdem Oliver im Krankenhaus aus dem Fenster gesprungen war.«

Baby Joe schwieg. Die Kellnerin brachte Annies Drink und verschwand wieder in einer rubinroten Lichterflut. Baby Joe schaute Annie an, die ihren doppelten Martini mit beiden Händen hielt, wie ein Kind ein Glas Milch umfaßt. »Glaubst du, Angelica hat ihn umgebracht?« fragte er schließlich.

»Ich weiß nicht, *was* ich glauben soll.« Annie nippte am Martini und verzog das Gesicht. »Kostet der wirklich dreißig Piepen?«

»Yeah.«

»Kein Wunder, daß deine Zeitung in Schwierigkeiten steckt.« Sie schauderte. »Jetzt hör mir mal zu. Ich möchte, daß du mir einen Gefallen tust.«

Baby Joe hob eine Braue.

»Labrys hat den Rest meiner Tournee abgesagt. Angelica hat mit ihnen gesprochen. Ich weiß nicht, wie sie das geschafft hat – vielleicht hat sie Fiona irgendwann mal aus einem brennenden Flugzeug geholt, und ich hab nichts davon gewußt. Jedenfalls rief

Fiona mich vor ein paar Tagen an und sagte ab. Angelica Furiano hat ihr mit einem Anwalt gedroht, irgendwie ging es darum, daß ich der Presse gegenüber behauptet hätte, Angelica sei in den Mord in P-town verwickelt. Dabei habe ich überhaupt nicht mit der Presse gesprochen! Außer mit Helen und mit dir habe ich mit niemandem geredet. Aber solange ich nicht klein beigebe, stellt Labrys mich kalt, setzt MTV mein Video ab, und die Bänder für mein nächstes Album verschwinden irgendwo auf dem Weg von hier zu den Ioana Studios.«

Baby Joe stieß einen Pfiff aus. »Sieht ganz so aus, als würdest du in der Klemme sitzen, *hija*.«

»Was du nicht sagst! Deshalb tauche ich ja für 'ne Weile unter.« Sie seufzte und lehnte sich zurück, die Wangen vom Martini trügerisch gerötet. »Weißt du, ich glaube, vielleicht wird Angelica mich ja vergessen. Vielleicht wollte sie mir auch nur einen Schrekken einjagen; und siehe da: ich bin erschreckt.« Annie schwenkte die Hände vor dem Gesicht, dann legte sie den Kopf schief. »Glaubst du, es könnte klappen?«

»Nein.« Baby Joe schaute versonnen zur leeren Bühne. Als die Musik wieder losplärrte und ein neues Mädchen auf die Bühne stolzierte, holte er etwas aus der Innentasche seines Jacketts. »Hier. Lies das.«

Es handelte sich um Hasels Brief und die zerknitterte Todesanzeige aus der Zeitung von Charlottesville. Annie überflog rasch die Seiten.

»Was *soll* das?« Sie war kalkweiß im Gesicht geworden. »Baby Joe …?«

»So ist es Hasel ergangen«, meinte er leise.

»Aber – stimmt das denn? Ich meine, das, was er da über Angelica geschrieben hat?«

»*Ich* glaube, es stimmt, *hija*.«

»A-aber … aber *warum?*« Annie versagte die Stimme, und sie sah weg. »Warum sollte sie Hasel umbringen wollen?«

»Warum sollte Angelica überhaupt jemanden umbringen wollen?« Bevor sie etwas einwenden konnte, steckte er sich eine Zigarette an, nahm einen Zug, beugte sich vor und nahm ihr die Blätter aus der Hand. »Weißt du, worum es dabei geht, *hija?*« Er schwenkte die Papiere und steckte sie dann wieder ein.

Annie schüttelte den Kopf, ohne ihn überhaupt richtig wahrzunehmen. »Sag schon.«

»Das steht alles irgendwie in Zusammenhang mit den *Benandanti.*«

»Mit den *Benandanti?* Aber Angelica hat sie *gehaßt*, das hat sie mir selbst gesagt! Diesen ganzen patriarchalischen Scheiß … die war doch vom ganz anderen Ufer«, sagte Annie und mußte unwillkürlich lächeln. »Sie würde niemals gemeinsame Sache mit den *Benandanti* machen.«

»Ich sage ja nicht, daß sie mit ihnen gemeinsame Sache macht. Ich sage, sie zahlt es ihnen heim. Hast du mal was von ihr gelesen? Nein?« Er wirkte überrascht. »Ich dachte, du stehst auf den Quatsch …«

»Warum? Weil ich eine Lesbe bin? Ich bitte dich.« Annies wütendes Funkeln machte Neugier Platz. »Also, was ist mit ihren Büchern?«

»Das ist ein Entwurf für eine beschissene neue Religion, nicht mehr und nicht weniger. *Dios ka naman!* Von hier bis Bombay lesen die Frauen dieses Zeug und gründen solche *círculos …*« Er malte einen Kreis in die Luft und machte ein Gesicht, als wollte er hineinspucken. »… diese *Hexensabbate. Talagang bruja!* Als ich ihre Sachen gelesen habe, konnte ich es einfach nicht glauben – ich meine, ich konnte nicht glauben, daß ihr jemand so was abkauft. Morden im Namen der Göttin! Wie in Witchcraft 101. Aber jetzt …«

Seine schwarzen Augen schauten blicklos ins Leere; sein Anblick jagte Annie ein Kribbeln über die Haut. Die *Benandanti*. Zum erstenmal kam ihr der Gedanke,

Baby Joe könnte einer von ihnen sein. Sie schluckte den bitteren Wermutgeschmack im Mund.

»Nicht mehr, *hija*«, meinte er leise, als ob er ihren Gedanken erraten hätte. »Ich bin nicht wie Angie: ich bin ausgestiegen. Aber das, was sie da macht – *Dios ko*, das ist verflucht ernst! Ich verfolge das schon eine ganze Weile bei der Zeitung mit. Bei uns rufen nämlich alle möglichen Verrückten an, weißt du. Männer, die ihre Frauen schlagen, Typen, die ihren Pimmel in kleine Mädchen stecken wollen, aber das ist noch viel verrückter. Diese Typen rufen bei uns an und erzählen uns, ihre Frauen oder Freundinnen wären einem Kult beigetreten, weißt du – daß sie sich einmal im Monat in der Upper East Side treffen würden oder wo auch immer und daß wir *darüber* schreiben sollten anstatt über die Handelssanktionen gegen Japan. Mädels, die bei Mondschein tanzen, die mit Schlangen rummachen, Dämonen beschwören, halt so Zeug. Diese Typen reden von Blut und meinen, die Frauen hätten irgendwas Seltsames vor. Aber du weißt ja – *solche* Typen, die trauen den Frauen immer alles mögliche zu. Also, wen juckt's?

Aber dann kommen mir andere Geschichten zu Ohren. Ein Bekannter, der über Tötungsdelikte schreibt, redet dauernd von Ritualmorden. Am Major Deegan Expressway werden Knochen gefunden; dann dieser Feuerkreis oben in den Cloisters. Ein Snuff-Video mit all diesen Frauen und irgendeinem Typ, der am Ende dranglauben muß, allerdings ohne daß er jemals als vermißt gemeldet wird. Lauter solches Zeug.

Und dann tauchen allmählich *Leichen* auf. *Verstümmelte* Leichen. Keine Einzelfälle oder Auftragsmorde, sondern im ganzen Land verteilt, allerdings sind viele der Opfer Obdachlose. Manchmal auch obdachlose Frauen. Und *eine Menge* Jugendlicher. Zum Beispiel Jungen, die von zu Hause abgehauen sind und auf den Strich gehen oder so. Man sagt, das habe mit dem *Santeria*-Kult zu tun, vielleicht sogar mit den Leuten von Anton LaVey. Aber dann sagen die *Santeria*-Leute, stimmt ja gar nicht, sie wären es nicht gewesen, und selbst die Satanisten sind sauer, weil man sie verdächtigt! Und da erwacht bei *mir* das professionelle Interesse.

Dann erfahre ich etwas aus dem Westen. Eine von Angelicas Bodyguards wurde ausgerechnet von *Killerameisen gefressen*! Auf Angelicas Ranch, während Angelica angeblich schlief. Dann sind da diese ganzen unaufgeklärten Morde an Ausreißern und Obdachlosen in Arizona, in L.A., in Seattle und bei deinem LSD-Fest in Provincetown, wo ein dummer Junge, der auf intelligente Designerdrogen abfuhr, am Ende seine Eingeweide um den Hals trägt. Jetzt schau mir in die Augen und sag mir, da ginge es noch mit rechten Dingen zu.«

Sie suchte seinen Blick, doch Baby Joe starrte zur Bühne, wo sich zwei Frauen umarmten und einen Orgasmus simulierten. Annie senkte den Kopf auf die Hände und fuhr sich mit den Fingern durchs kurze Haar.

»Und du glaubst wirklich, hinter alledem steckt Angelica?«

Baby Joe wandte sich wieder Annie zu. »Ja«, sagte er. »Das glaube ich.«

»Aber warum? Ich meine, ich weiß, daß sie *irgend etwas* damit zu tun hat – ich habe sie *gesehen*, auch wenn ich bloß halluziniert habe oder … na ja, was es auch war. Aber sie kann doch nicht an all diesen Orten gleichzeitig sein. Oder doch?« setzte Annie ein wenig hilflos hinzu.

»Laßt sie uns im voraus dadurch besänftigen, daß wir das kannibalistisch Schlimmste annehmen …«, zitierte Baby Joe mit leiser Stimme.

»Was?«

»Hab ich irgendwo mal gelesen. Hör mal, Annie…«

Er ergriff ihre Hand, ihre kleinen Finger verschwanden zwischen den seinen. »Es geht wirklich etwas Seltsames vor – ich meine, nicht nur mit dir oder mit mir oder mit Hasel, sondern überhaupt. Vielleicht mit der ganzen Welt.

Erinnerst du dich noch daran, wie Angie immer geredet hat – an dieses ganze Zeug über die Göttin, an die Bücher, die Warnick ihr gegeben hat? Also, ich hab ein paar davon gelesen – damals, meine ich. Und ich habe selbst gesehen, was in Orphic Lodge geschehen ist, in der Nacht, bevor – na ja, bevor Oliver aus dem Fenster gesprungen ist…«

»Und?«

»Und wenn nun *wirklich* etwas mit ihnen geschehen ist? Wenn Angie irgend etwas angestellt hat – wenn sie und Oliver in jener Nacht zusammen irgend etwas getan haben und… na ja, wenn sie irgend etwas aufgeweckt haben. Etwas, das sie besser hätten in Ruhe lassen sollen.«

»Zum Beispiel – was?« fragte Annie behutsam.

»Herrgott noch mal, Annie! Du warst doch auf der Göttlichen, du *weißt* doch, daß die Welt voller Dinge ist, über die nie jemand redet! Man soll nicht daran rühren, und ich hab ihnen den Rücken gekehrt, und vielleicht hat Oliver sich ja deswegen umgebracht – aber *existieren* tun sie trotzdem.«

Annie wollte ihm ihre Hand entziehen, doch Baby Joe umklammerte sie nur um so fester.

»All das existiert, Annie! Und das weißt du auch! Denk doch nur mal darüber nach, was sich seit jener Nacht an der Göttlichen alles getan hat – in nur neunzehn Jahren, wenn ich mich nicht irre. Man sagt ja immer, in der Vergangenheit sei alles besser gewesen – aber *Dios kio*, es ist *wirklich* schlimmer geworden! Da sind all diese schrecklichen kleinen Kriege, da ist diese furchtbare Seuche, die uns und jeden umbringt, der so tut, als wüßte er von nichts. Katastrophen wie Tschernobyl und Three Mile Island, und wir sollen einfach alles vergessen. Männer ziehen in der Gegend herum und machen Jagd auf Frauen und Kinder, als wären sie Freiwild, und Frauen fallen mit Messern über Männer her. Und um dem Ganzen die Krone aufzusetzen, liegt der gesamte beschissene Planet irgendwie im *Sterben*. Ich meine, wir haben Erdbeben, Feuersbrünste, Überschwemmungen, Dürre und Schneestürme und – na ja, einfach *alles*! Das ist wie das Vorspiel zur Apokalypse!«

Er hob die Stimme, während Annie ihn weiterhin mit versteinerter Miene ansah. »Begreifst du das denn nicht, Annie? Das *ist* es – und was immer es ist, Angelica ist nicht nur daran *beteiligt*. Angelica *steckt dahinter*. Ich meine, zweitausend Jahre lang haben die Christen von der Zweiten Heraufkunft geredet, von Jesus und den Heiligen und diesem ganzen Scheiß … aber was ist, wenn das nun eine *andere* Art von Zweiter Heraufkunft ist?«

»Aber warum sollte sie gerade *uns* umbringen wollen?« Annie bemühte sich, ihrer schwankenden Stimme Herr zu werden. »Wir waren doch ihre Freunde! Warum mußten Oliver und Hasel sterben? Hasel hätte nie jemandem etwas zuleide getan! Und mich, mich wollten sie auch umbringen …«

»Vielleicht bedeutet es für sie etwas anderes. Falls sich diese Göttin irgendwie in Angelica reinkarniert hat, meine ich.« Baby Joe lachte, ein leises, vielsagendes Kichern. »Vielleicht will sie uns ja *retten* – damit wir nicht miterleben, was als nächstes kommt. Vielleicht glaubt sie, sie täte ihren Freunden einen *Gefallen*.«

Eine Zeitlang saßen sie schweigend da. Tänzerinnen kamen hinter ihnen auf die Bühne und traten in einer silbrigen Wolke aus Schweiß und Flitter wieder ab. Schließlich fragte Annie: »Und was ist mit Sweeney? Du hast doch Kontakt mit ihr – weiß sie Bescheid?«

»Ich habe ihr von Hasel erzählt. Und sie weiß über Angelica Bescheid – ich meine, sie weiß, daß Angelica wieder da ist. Sie hat sie vor einer Woche oder so im Fernsehen gesehn, in irgendeiner Talkshow.«

»Und dieser andere Kram? Diese ...« Annie kratzte mit den Fingernägeln über die Tischplatte. »Du weißt schon«, schloß sie mit gebrochener Stimme.

Baby Joe ließ die Zigarette auf den Boden fallen und dort weiterbrennen. »Sie weiß einiges. Sie kennt Hasels Brief, und ich hab ihr auch noch ein paar andere Sachen gefaxt. Zeitungsartikel.« Flitter und graue Asche schwebten über ihm; er wedelte die Wolke weg und sagte: »Ich habe diese Woche versucht, sie im Museum anzurufen, aber sie ist nie da. Was seltsam ist, ich glaube nämlich, sie hat seit fünf Jahren keinen Urlaub mehr genommen. Wenn ich sie zu Hause anrufe, meldet sich nur der Anrufbeantworter.«

Er verstummte. Annie konnte ihm nicht in die Augen sehen: sie waren so schwarz, daß er wie bekifft oder sturzbetrunken wirkte und eine furchtbare Eindringlichkeit ausstrahlte. Statt dessen schaute sie zur Bühne, wo zwei Frauen sich gegenseitig mit leuchtenden violetten Krallen liebkosten. Der Spiegelboden unter ihnen war streifig von Schweiß und wer weiß was noch alles. Eine der Frauen lehnte sich zurück, bis ihre blonde Mähne über den Boden streifte. Sie durchbohrte eine Zwanzig-Dollar-Note mit dem Absatz ihres Stöckelschuhs und lachte.

»Scheißdreck«, fluchte Annie unterdrückt und sah weg. Die Vorstellung und der Lärm der zuschauenden Männer, deren betrunkene Stimmen einen gleichzeitig rauhen und jungenhaften Klang annahmen, widerten sie an. Und ihr Geruch, dieser kaum wahrnehmbare Geruch nach... ja, nach was eigentlich?

Nach Schweiß und Sperma und whiskeygetränkter Hoffnung, vermutete sie; dann auf einmal wurde ihr bewußt, daß es Baby Joe war, den sie da roch, der ölige Wodkadunst, den seine Haut ausdünstete, und sein Tabakatem. Unwillkürlich schreckte sie vor ihrem alten Freund zurück, der mit einer Erektion neben ihr saß und auf die Bühne starrte.

Fast könnte man meinen, sie bekämen nur, was sie verdienen …

Der Gedanke erschreckte sie.

»Was ist?« Baby Joe legte ihr die Hand auf die Schulter und erhob sich jäh, blickte sich mit plötzlicher Wachsamkeit um. »Hast du jemanden gesehen, *hija?*«

Unter seiner Berührung zuckte sie zusammen, und ihre Haut fing an zu prickeln. Aber das war doch nur Baby Joe! Der liebe, grobe Baby Joe mit seinem Peter-Lorre-Kichern und den nikotinfleckigen Fingern, der seinen wütenden Blick auf einen imaginären Feind irgendwo im Stripteaseclub richtete.

Er will mich doch bloß beschützen, dachte Annie mit überraschender Zärtlichkeit, ausgerechnet *mich!*

»Es … es ist nichts …« Sie schaute an ihm vorbei zu den Frauen auf der Bühne, deren Bewegungen nicht mehr grotesk oder unbeholfen, sondern nur noch pathetisch, sogar lächerlich wirkten. Auf einmal mußte sie lachen.

»Was ist?« wollte Baby Joe wissen, doch Annie konnte nur wortlos gestikulieren. »Was *hast* du?«

»Nur so ein Gedanke«, brachte sie schließlich keuchend hervor.

»Was für ein Gedanke?« Baby Joe musterte sie argwöhnisch.

»Daß Angelica sich die Welt unterwerfen könnte. Daß sie uns dazu bringen könnte, daß wir alle Angst voreinander haben … so viel Angst, daß …«

Sie nahm seine Hand; in diesem Moment fiel ein

Schatten auf den Tisch. Mit einem leisen Aufschrei sah Annie auf. Baby Joes Rücken versteifte sich gegen das Lederpolster, doch dann rief Annie erleichtert aus:

»Justine! Mann, hast du mir einen Schreck eingejagt.«

»An-niiie!« ertönte eine melodische Stimme. »Tut mir leid, daß ich mich verspätet habe!«

»Alles klar, Baby Joe.« Annie rutschte ein Stück weiter, um Platz zu machen. »Das ist Justine, eine Freundin von mir. Ich habe sie gebeten, sich hier mit uns zu treffen.«

Über ihnen ragte eine knapp zwei Meter große karibische Schönheit auf, das geölte, lange schwarze Haar zu Korkenzieherlocken gedreht, die vollen Lippen und hohen Wangenknochen mit Silberpuder bestäubt. Sie trug ein aufsehenerregendes pinkfarbenes, bis zu den Oberschenkeln geschlitztes Futteralkleid mit einem pinkfarbenen Gummigürtel und pinkfarbene Plateauschuhe aus Gummi, die mit kleinen silbernen Seesternen verziert waren. Einen ihrer sehr weißen Schneidezähne zierte eine Zirkoneinlage.

»Mr. Malabar. Es ist mir eine Freude. Ich *mag* Ihre Artikel im *Beacon*.« Ihre tiefe Stimme hatte einen französischen Akzent und war so köstlich wie edle Schokolade. Sie schüttelte Joe die Hand; ihre Hand war größer und kräftiger als die seine, mit Ringen geschmückt und roch nach dem Parfüm Obsession. »Obwohl Sie letzte Woche sehr *unfreundlich* zu Miss Hyde Park waren, *cette femme maudite!* Was haben Sie sich nur dabei gedacht? Ich habe ihre Sendung gesehen und war hinterher in Tränen aufgelöst. *Je pleurais.*«

Justine tippte sich mit einem rubinroten Fingernagel ans Auge, dann lächelte sie und versetzte Annie einen Klaps auf die Wange. »Und *du!* Seit Wigstock habe ich dich nur noch im Fernsehen gesehen. Und jetzt hast du Ärger mit *voudon?*«

Annie blickte von Baby Joe zu Justine, die sich gegenseitig mit höflicher Zurückhaltung beäugten.

»Äh, na ja…« Annie räusperte sich. Justine war eigentlich Helens Freundin. Annie war ihr bislang nur einmal begegnet; sie hatte ganz vergessen gehabt, wie eindrucksvoll sie war. »Justine, du mußt mir helfen, jemanden zu finden. Jemand Speziellen.«

»Hier?« Justine ließ ihre Blicke geringschätzig durchs Lokal schweifen. »*Chérie*, um hier jemand Speziellen zu finden, brauchst du einen Geigerzähler.«

»Nein, nicht hier. Ich weiß nicht genau wo.«

»O je.« Justine verdrehte die Augen. Sie nahm sich eine Zigarette aus Baby Joes Packung, dann zwängte sie sich neben Annie in die Nische. »Frauensachen, Annie?«

»Kann man so sagen.« Annie schaute Baby Joe an. »Also, ich weiß, das klingt vielleicht verrückt, aber…«

Sie erzählte Justine von der Party. Von ihrer Vision – falls man es so nennen wollte –, vom Ritualmord und dem überirdisch schönen Dämon im Bootsschuppen, von der Rolle, die Angelica dabei gespielt hatte, vom Mordversuch an ihr selbst und dann vom Telefonanruf am nächsten Morgen, als Annie erfahren hatte, daß Angelica ihr erfolgreich die Tournee vermasselt hatte. Schließlich erzählte sie auch von der Frau, die sie gerettet hatte.

»Und *das* hat mich ebenso aus der Fassung gebracht wie alles andere. Vielleicht sogar noch mehr.« Annie lehnte sich zurück und zupfte am Kragen ihres Smokinghemds. »Mein Gott, bin ich erschossen.« Sie wandte sich Justine zu, die sehr aufmerksam zugehört hatte, die dunklen Augen geweitet. »Und ich kann einfach nicht glauben, daß ich euch das alles erzähle. Ich würde glauben, ich hätte halluziniert, wenn ich nicht wüßte, daß der Junge tot ist. Und ich weiß auch, daß eine Fremde mir nach der Vorstellung Blumen gebracht hat, Patrick hat sie gesehen, und Helen hat die Blumen gesehen, und ich habe sie erkannt …«

Baby Joe schüttelte den Kopf. »Bist du dir da *sicher*, Annie?«

»Nein. Ich bin mir *nicht* sicher. Es war dunkel, ich hatte eine Heidenangst und war völlig erledigt – ich meine, die müssen mir irgendwelche Drogen verpaßt haben, sonst hätte ich den ganzen Quatsch nicht gesehen! Aber ich bin mir ziemlich sicher. Ich habe eine scharfe Beobachtungsgabe, und …«

Sie verstummte und sah kläglich zu Boden. »Vielleicht drehe ich auch bloß durch.«

Justine schüttelte den Kopf. »Tja. Also, *ich* glaube dir. So was passiert mir ständig. Abgesehen von dem schwarzen *gardon* mit dem Gesicht.« Sie schauderte, wischte sich den Mund mit einer Cocktailserviette ab und betrachtete den Lippenstiftfleck, als wäre er ein Omen. »Du hast gesagt, du hättest ein Foto für mich? Justine kennt zwar eine Menge Leute, aber sie ist nicht *psychique*.«

»Ah. Tut mir leid.« Annie holte einen Umschlag aus ihrem Rucksack, öffnete ihn behutsam und zog ein braungeflecktes, eselsohriges Schwarzweißfoto heraus. »Ist leider nur ein altes Polaroidfoto. Aber ein anderes habe ich nicht.«

»Mhmmm.« Justine kniff die Augen zusammen, während Baby Joe ihr über die Schulter blickte, wobei er so aussah, als wollte er ihr das Foto aus der Hand reißen. »Also, du hast recht, es ist nicht besonders gut. Aber …«

»Wer hat das Foto aufgenommen?« wollte Baby Joe wissen.

Annie wirkte verärgert. »Weiß ich nicht mehr. Wir waren auf einer Halloween-Party. Ich hab mich um meinen eigenen Kram gekümmert, weißt du.«

»Mes enfants!« Justine drohte Baby Joe mit dem Finger. Sie spitzte die Lippen und betrachtete das Foto noch eine Weile, dann steckte sie es in den kleinen Plastikbeutel an ihrer Hüfte. »*Tant pis:* leider niemand, den ich kenne, aber wir werden sehen. Also, ich habe noch eine Verabredung mit ein paar Freunden, daher müßt ihr mich entschuldigen.«

Sie erhob sich und richtete sich zu voller Größe auf. »Annie, du weißt doch, wie du mich erreichen kannst? Es wird aber eine Weile dauern ...«

»Wie lange?«

Justine beäugte die Mädchen auf der Bühne mit schiefgelegtem Kopf. »Lausige *Amateure*«, meinte sie abfällig. »Wie lange? Einen Monat ...«

»Einen Monat! Solange kann ich nicht warten ...«

»Du hast bis jetzt gewartet, da kannst du auch noch einen Monat warten. Aber ich werde mich mal nach deiner Freundin umhören. Gib Helen einen Kuß von mir. Und Sie ...«

Sie neigte sich zu Baby Joe hinunter, küßte ihn auf die Lippen und fuhr ihm mit den Fingernägeln über den Hals. »Mr. Malabar! Wenn Sie mal mit jemandem ausgehen möchten, rufen Sie mich an. Ihre Freundin hat meine Nummer.« Die Zirkoneinlage in ihrem Schneidezahn blitzte auf, als Justine lächelte, dann drehte sie sich um und ging davon.

»Diese *puto* ist nicht echt«, bemerkte Baby Joe.

»Helen kannte Justine schon, als sie noch Jerome hieß.« Annie seufzte. »Manchmal glaube ich, ich habe ein zu interessantes Leben geführt. Hör mal, Baby Joe – ich finde es zum Kotzen, durchzudrehen und wegzulaufen, aber ich bin so müde, daß mir ganz schlecht ist, und *das* ...«

Sie deutete auf den Rest ihres Wodka-Martini. »... das hat auch nicht geholfen.«

Baby Joe schaute sie an – die Ringe unter ihren Augen, die kein verschmiertes Make-up waren, die silbergrauen Reflexe in ihrem kurzgeschnittenen Haar. »Wo übernachtest du, *hija?*« fragte er und faßte sie bei der Hand.

»Bei Freunden.«

»Wo?«

Annie wandte sich ab. »Das kann ich dir nicht sagen. Ich will es wirklich nicht komplizierter machen, als es ist«, beharrte sie, als Baby Joe ein finsteres Gesicht machte. »Aber vor ein paar Tagen wollte mich jemand *umbringen*, und …«

»Und das ist ein verdammt guter Grund, mir zu sagen, wo du dich aufhältst! Oder übernachte bei mir …«

»Nein.« Annie schüttelte eigensinnig den Kopf. »Vergiß es, Baby Joe, und sag nichts – laß mich einfach machen, okay? Ich verspreche dir, daß ich dich anrufe, wenn ich etwas von Justine erfahre …«

»Zum Teufel damit! Ruf mich lieber gleich morgen an …«

»Am Freitag, okay? Ich rufe dich am Freitag an, ich versprech's dir – aber erzähl niemandem, daß du mich getroffen hast.«

»Was ist mit Sweeney?«

Annie stand auf. Sie holte eine Sonnenbrille und eine Baseballkappe aus dem Rucksack und trat aus der Nische. Mit der zurückgeschobenen Kappe und der Sonnenbrille auf der Stupsnase sah sie aus wie vierzehn. »Sweeney? Besser nicht. Hör mal, Baby Joe …«

Er trat ihr auf dem Gang entgegen, legte ihr den Arm um die Schulter und drückte sie an sich. »Nichts da! Wenn du mich fragst …«

»Pssst.« Annie stellte sich auf die Zehenspitzen und legte ihm einen Finger auf die Lippen. »Wahrscheinlich hätte ich nicht mal *dir* davon erzählen dürfen. Du wirst doch nicht darüber schreiben, oder?«

»Beleidige mich nicht.« Er geleitete sie zur Tür und

blieb davor stehen, während sie in die stickige Nachmittagshitze und das tosende Gewimmel des Stadtzentrums hinaustrat. »Aber vergiß nicht, mich anzurufen, *hija*.«

Annie lachte. »Beleidige *mich* nicht! Bis Freitag …«

»Ich werde warten.«

Er blieb noch in dem Striptease-Lokal und hörte von dort aus seinen Anrufbeantworter nach neuen Nachrichten ab, dann sagte er in der Redaktion Bescheid, daß er erst spät am Abend kommen werde. Er hatte noch einen Termin im Failté, einem kleinen Lokal, in dem nach Mitternacht eine neue Gruppe aus Irland spielen würde. Bis dahin war allerdings noch eine Menge Zeit. Draußen waren es über 35 Grad, und er hatte bereits eine offene Rechnung. Darum blieb er.

Baby Joe konnte Lokale wie dieses nicht ausstehen – sie waren zu steril, es gab zu viele Anzugtypen, und die Mädchen waren alle Pendler von Rutgers und SUNY Purchase, die ihre Studiendarlehen abbezahlen mußten. Ganz zu schweigen von dem Zehner für einen Drink an der Bühne und einem DJ, der die Top Ten einer Jukebox aus der Hölle spielte. Trotzdem suchte er sich einen Platz an der Bühne, schaute zu und dachte an Annie, an Sweeney und an Oliver Crawford, an Hasel, an dessen Witwe und an Angelica Furiano. Während einer Pause unterhielt er sich mit einer Tänzerin, die gerade an einer Dissertation über die Filme von Ed Wood schrieb. Baby Joe spendierte ihr ein Ginger Ale für sieben Dollar und nannte ihr den Namen eines Typs aus Atlantic City, der über *Glen or Glenda* gearbeitet hatte.

Anschließend verlor er jedes Zeitgefühl. Draußen nahm die Luft den bedrohlichen orangevioletten Farbton an, der nachts in der Stadt vorherrschte, während der Himmel zwischen den Wolkenkratzern wie blutiges Gedärm aussah. Im Innern des Lokals aber war nichts als regenbogenfarbenes Licht und Rauch, während die Klimaanlage auf vollen Touren arbeitete, so daß ihm die gänsehäutigen Tänzerinnen, die ihre billigen Seidenkimonos zusammenrafften, wenn sie von der Bühne gingen, bereits leid taten. In Träumereien verloren, nahm er die Mädchen eigentlich kaum noch wahr. Er sah wieder Annie vor sich und dachte an Oliver und die anderen – etwas, das er seit Hasels Tod viel zu häufig tat. Er senkte den Kopf, um sich noch eine Zigarette anzuzünden – er hatte zahllose Packungen in den Taschen stecken, wie ein großzügig mit Proviant ausgestatteter Wanderer –, warf das Streichholz auf den Boden und strich sich das lange Haar aus den Augen. Und stieß einen leisen Pfiff aus.

Am Rand der Bühne, in der Nähe des verspiegelten Laufstegs, der zu den Umkleideräumen führte, standen drei Mädchen und beobachteten ihn. Nicht die Art Mädchen, die man für gewöhnlich in solchen Lokalen sah. Sie waren viel zu jung und zu braungebrannt, schlank und rastlos wie Nerze, das lange, dunkle Haar hatten sie zu Knoten hochgesteckt, aus denen sich einzelne Strähnen wie Rauch hervorkräuselten. Sie erinnerten ihn an die Kinderprostituierten in Manila, die er dabei beobachtet hatte, wie sie sich im Abwasser der Hotelwäschereien gewaschen hatten. Diese hier wirkten erheblich zu jung, ihre Körper waren muskulös und schlank, kleinbrüstige Mädchenkörper, aber mit schwellenden Hüften. Sie waren barfuß und bis auf die Kupferreifen an den schmalen Handgelenken und Knöcheln und den silbernen Ketten, die ihnen auf die Brüste hinabhingen, nackt. Sie standen nebeneinander da, schauten Baby Joe mit ihren schmalen, schwarzen Augen an und lächelten.

»*Dios kio*«, murmelte er. »Die nächste Nummer.«

Er starrte zurück und trank seinen Drink aus. Sein Mund schmeckte verbrannt von zu vielen Zigaretten, und vom Wodka bekam er Kopfschmerzen. Er wußte, er sollte allmählich zahlen und sich zum Failté aufmachen, wollte aber noch sehen, was diese Mädchen vorhatten.

Er wußte nicht, wie lange er sie schon anschaute, doch nach einer Weile wurde ihm klar, daß sich die Musik verändert hatte, daß die typischen monotonen Rhythmen etwas anderem Platz gemacht hatten, das er nicht einzuordnen vermochte. Eine dieser Öko-Techno-Hymnen, nichts als sanftes Schlagzeug und gehauchter Gesang in einer Sprache, die niemand verstand. In dieser Musik war allerdings das rhythmische Pulsieren des Meeres wie ein leises Rauschen, so regelmäßig wie sein eigener Atem.

»Hey«, flüsterte Baby Joe. Die Mädchen rührten sich nicht. Nichts vom üblichen Geplapper unter Darstellern, bloß diese intensiven, dunklen Augen, die ihn durchbohrten. »Hübsch.«

Im nächsten Moment betraten die Mädchen die Bühne. Nicht in einer Neuauflage des langsamen, aufreizenden Tanzes, wie er ihn schon den ganzen Nachmittag über gesehen hatte, sondern wie in die Manege springende Zirkusakrobaten. So anmutig und sorglos wie Kinder hüpften sie inmitten des ganzen Zigarettenqualms auf die erhöhte Plattform, und ihre nackten Füße patschten über den Spiegelboden. Dort angekommen, wirkten sie überrascht; sie blickten kichernd auf ihre Spiegelbilder hinunter, zeigten darauf und versteckten die Gesichter hinter den schmalen braunen Händen. Baby Joe schaute sich um, ob das außer ihm noch jemandem seltsam vorkam, doch niemand schien es auch nur zu bemerken. Es war noch voller geworden, aber die meisten Gäste drängten sich an der Theke. Er wandte sich wieder der Bühne zu.

Eines der Mädchen lauschte auf etwas – vielleicht auf ein Stichwort –, mitten in der Bewegung erstarrt wie eine balinesische *Legong*-Tänzerin, die Hand ans Ohr gelegt wie ein gebogenes Blatt. Mit einem Aufschrei fuhr sie auf den Fersen herum, flitzte über die Bühne und verharrte wieder mit erhobenem Kopf. Begleitet von halblauten Ausrufen stürmten die anderen beiden ihr nach, schlugen Saltos und wirbelten umher, sprangen übereinander und spritzten wieder auseinander wie Quecksilberkügelchen, die über den Boden sausten.

Baby Joe sah ihnen atemlos und mit pochendem Herzen zu. Ihre Armbänder hüpften auf und ab, ihre Fußreifen klirrten, während sie tanzten, lachten, mit den Fingern über die mädchenhaften Brüste streiften und während ihnen das gelockte schwarze Haar über die Schultern fiel. Es war, als schaute man dem Hochzeitsflug der Eintagsfliegen über einem Bach zu, nichts als ineinandergeschlungene schlanke Beine inmitten von schwirrenden Flügeln. Vor und zurück, auf und nieder, bis ihre Schritte ein Muster annahmen, das Geräusch ihrer nackten Füße ein gedämpfter Fanfarenstoß, gleichzeitig Lockung und Warnung und vollkommen hypnotisierend.

Es ist Zeit. Es ist Zeit …

Baby Joe richtete sich ruckartig auf: Wo hatte er das schon mal gehört? Er schauderte und wühlte in seinem Jackett nach Zigaretten. Er hatte einen trockenen Mund; er brauchte noch einen Drink, doch bevor er der Kellnerin winken konnte, kam eines der Mädchen auf ihn zugerannt, schlug ihm kichernd unters Kinn und flitzte wieder davon.

»Dios mio.«

Baby Joe brach der Schweiß aus. Es war nicht nur die Berührung der kleinen Finger, die über den weiten Ausschnitt seines T-Shirts glitten, oder die Art, wie ihr Haar ihm kurzzeitig ins Gesicht fiel, warm und eigentümlich elastisch. Er blickte sich um, mit noch größerem Unbehagen als zuvor: als hätte er sich an einen Kindheitstraum in einer anderen Sprache erinnert, eine unverständliche Botschaft, die er erst in diesem Moment verstand.

Das Lokal sah noch genauso aus wie zuvor – die Beleuchtung war zu hell, die Männer an der Bar waren benommen vom Alkohol oder vor Erregung, die Kellnerinnen gähnten und schwatzten mit den Tänzerinnen. Doch als er sich wieder zur Bühne wandte, hatte er auf einmal das Gefühl, er befinde sich an einem anderen Ort. Der Spiegelboden zersplitterte in silberne und braune Stäubchen, während die Tänzerinnen umherwirbelten und in die Luft sprangen, Finten vortäuschten und sich vor einem unsichtbaren Gegner duckten. Anscheinend waren auch noch andere Wesen in der Luft – Fliegen vielleicht, oder waren es Schaben?

Nein. Es waren Schmetterlinge, große Schmetterlinge mit violetten Flügeln, die zwischen den Mädchen schwebten, als hätten die leisen Rufe der Tänzerinnen ihnen Gestalt verliehen. Hin und wieder sprang ein Mädchen hoch, als wollte es nach einem der wunderschönen Geschöpfe greifen, doch seine schlanken Finger faßten stets ins Leere. Dann auf einmal schien es so, als benutzten sie Seile, um die Schmetterlinge zu fangen: Baby Joe beobachtete mit verträumtem Staunen, wie dünne braune Stricke die Mädchenköpfe umpeitschten, während diese Pirouetten vollführten und nach den Schwalbenschwänzen schlugen. Doch selbst dieses bizarre Umhertollen war ihm irgendwie vertraut; ebenso wie der Geruch nach Verbranntem, süß und scharf wie *katol*-Räucherwerk, und das Echo der beharrlichen Stimme.

Es ist Zeit.

»Scheiße hoch drei, Mann.« Mit Anstrengung riß er die Augen von den Tänzerinnen los und versuchte aufzustehen, doch die Beine knickten ihm ein. Stöhnend sank er wieder auf den Stuhl nieder. Die Mädchen kamen lachend auf ihn zugerannt. Diesmal schlugen ihn alle drei, so fest, daß er nach Luft schnappte, dann liefen sie wieder fort und riefen einander etwas in einer unbekannten Sprache zu.

Zwar waren ihre Worte immer noch unverständlich, nicht jedoch ihre Gesten. Es war, als schaute er einem bizarren Schattenspiel zu: die drei Mädchen waren Schatten einer anderen Person, an die er sich eigentlich hätte erinnern sollen, jemand, den er kannte – es hätte ganz leicht sein müssen. Und warum konnte er eigentlich nicht aufstehen, sosehr er sich auch bemühte, warum konnte er sich ihnen nicht *entziehen?* Denn anstatt weiter nach den Schmetterlingen zu schlagen, schlugen sie nun nach *ihm*, ihre kleinen Hände waren viel kräftiger, als man eigentlich hätte meinen sollen, ihre Fingernägel bohrten sich wie kleine Schnäbel in seine Haut. Die Schnüre schwangen sie wie Peitschen und schlugen ihn damit – wenn auch sanft – auf Wangen und Schultern. Wenn er ihnen auszuweichen versuchte, lachten sie nur um so lauter mit ihren hohen, lieblichen Stimmen. Dann zupfte etwa die eine an seinem Jackett, während eine andere seine Hände nahm, sie küßte und mit der Zunge über den Handballen fuhr, bevor sie ihre scharfen Zähne in sein Fleisch grub, so daß er laut aufschrie.

Baby Joe schloß die Augen. Ihm pochte der Schädel, und das Herz hämmerte ihm in der Brust, als prügelte jemand gnadenlos auf ihn ein.

»Nein!«

Als er seinen eigenen Entsetzensschrei hörte, fiel ihm alles wieder ein. Das Feld und Angelica, die sich im Zickzack über das zertrampelte Gras bewegt hatte, die nackten Beine verschmiert von Erde und Schweiß. Er sah die kleinen Abdrücke ihrer Fersen im Boden und roch den süßen Geruch von verdorrten Platterbsen und Klee, den sie im Vorbeigehen zertreten hatte.

Ein paar Meter von ihr entfernt beobachtete sie der Stier, massig und ebenso reglos wie Baby Joe. Doch Baby Joe wußte nun alles und verstand es, und das hatte der Stier bestimmt nicht getan.

Es ist Zeit.

Ein Heulen, als er sich mühsam hochrappelte. Abermals lachten die Mädchen, doch diesmal lag kein Spott darin. Vielmehr waren sie sanft, liebevoll sogar, als wären sie des Spiels überdrüssig geworden und wollten sich nun einer ernsthafteren Beschäftigung zuwenden. Sie versammelten sich um ihn, packten ihn mit ihren erstaunlich kräftigen Armen und zerrten ihn nach vorn. Er versuchte sie abzuschütteln, aber es war zwecklos – sie waren zu stark, und er war zu betrunken und zu erschöpft, um zu kämpfen. Über seinem Kopf beschrieben die Schmetterlinge torkelnd Muster in der Luft. Ein würziger Geruch hüllte ihn ein, auch daran erinnerte er sich aus seiner Kindheit. Gemahlener Koriandersamen, Sandelholz und *katol*-Räucherwerk, in seinem Mund ein säuerlicher Geschmack nach dem Fruchtfleisch von Orangen. Er fühlte, wie man ihn auf den Boden legte, die Hände der Mädchen waren überall – auf Wangen, Stirn, Armen und Brust –, ihre Berührung war warm, sanft und trocken. Als er blinzelte, begann es zu schneien, doch dann sah er, daß es kein Schnee war, sondern ein farbiger Nebel wie Blütenstaub. Seine Hände waren damit bedeckt. Er führte einen Finger an die Lippen und kostete davon; als er zu Boden sah, bemerkte er, daß dieser übersät war mit abgefallenen Schmetterlingsflügeln, die nun grau und farblos waren. Ihre Schuppen erfüllten die Luft, rostrote und violette Atome, die sich wie Asche auf seinen Wangen absetzten.

Vor ihm knieten die Mädchen mit ausgestreckten Armen. Von ihren offenen Händen glitten raschelnd dunkle Schnüre zu Boden. Sie bewegten die Münder, ohne daß er etwas gehört hätte, doch darauf kam es nicht mehr an; er wußte, daß er starb. Und auf einmal fürchtete er sich nicht mehr: nicht mehr vor den Mädchen, vor gar nichts mehr, nicht einmal vor diesen dünnen braunen Seilen, die sich bewegten, wie er nun sah, die zwischen den Fingern der Mädchen hindurch- und seine Beine hinaufglitten. Der Anblick hätte Baby Joe angst machen sollen, doch er machte ihm nicht angst. Statt dessen empfand er ein seltsames Hochgefühl, eine beinahe sexuelle implodierende Spannung und Erleichterung. Er wußte, daß er halluzinierte.

Schlangen, wohin er auch sah, überall waren Schlangen, schlanke, braune Vipern mit dreieckigen Köpfen und Zungen, die wie gegabelte Zweige in die Luft vorstießen. Sie glitten unter seine Hosenbeine und wanden sich über seine nackten Beine, und ihre Berührung war wie die der Mädchen warm und trocken. Als schüttete jemand Wüstensand über ihm aus, ganz langsam und mit äußerster Behutsamkeit, als wäre er selbst eine Schlange, die eine leblose alte Haut abstreifte und sich durch den Staub schlängelte.

Die Mädchen waren immer noch da, er sah sie aus zusammengekniffenen Augen. Bloß sahen sie nicht mehr aus wie Stierkämpfer oder *Legong*-Tänzerinnen, sondern wie Leute, die er kannte. Angelica war da, was ihn nicht wunderte, doch er hegte keinen Groll gegen sie, daß sie Hasels Tod verschuldet hatte. Denn Hasel war ebenfalls da, sein Gesicht war gerötet, und als er Baby Joe sah, lachte er brüllend …

He, Mann! Wo hast du die ganze Zeit gesteckt?

… und umarmte ihn freudig. Und noch jemand war da – Oliver; Baby Joe wußte, daß das Oliver sein mußte, obwohl er sich irgendwie verändert hatte, doch was genau es war, konnte er nicht sagen, denn das alles war zuviel für ihn, diese wahnsinnige, exaltierte Freiheit, die schiere Freude und das unerwartete *Entzücken*, ganz anders als das, womit er gerechnet hatte!

Überall waren nun Hände, er sah sie nicht, sondern spürte sie nur noch, sie zogen ihm das Jackett aus und rissen sein T-Shirt entzwei. Irgend etwas biß ihn in die linke Brustwarze; er schauderte und stöhnte, denn es tat weh, und er wußte, daß es eine Viper sein mußte. Ihre Zähne bohrten sich in sein Fleisch, und dann breitete sich langsam das Gift aus unter der Haut, schwappte wie eine anschwellende Woge durch ihn hindurch. Der Schmerz in seiner linken Brust machte sich wieder bemerkbar, doch darüber war er längst hinaus. Er hatte schon alles hinter sich gelassen, alles außer Hasel und der Frau, die hinter ihm warteten, lächelnd und mit den Lippen seinen Namen formend, während sie seine Hand nahm, und jetzt auf einmal wußte er Bescheid und kannte das Geheimnis, das Schlangen, Stier und die Frau umgab, die er unsinnigerweise gefürchtet hatte; doch dann verlor er sich in IHRER Umarmung, IHRE Arme umfingen ihn, und ihm brach das Herz vor Freude, als SIE ihn zu sich nahm und er endlich eins mit IHR wurde, endlich eins.

19. KAPITEL

Feuer aus dem Mittleren Königreich

Angelica stand auf dem Patio in Huitaca. Ein Tag neigte sich dem Abend zu, der so heiß gewesen war, daß sich alle kleinen Geschöpfe der Wüste in ihren Bau zurückgezogen hatten: Klapperschlangen, Gilamonster und Skorpione lagen mit ihren schwarzglänzenden Panzern und ihren Juwelenaugen zusammengerollt wie verborgene Schätze unter sengendheißen Steinen. Über dem Devil's Clock spalteten Blitze die Dunkelheit. Die Blitze wirkten wie Risse im Wüstenhimmel, doch nur Angelica wußte, was dahinterlag.

Sie war jetzt allein. Kendra und Martin hatten sie zu Anfang der Woche verlassen, Martin war nach Kalifornien zurückgekehrt, und Kendra wollte sich aufs College vorbereiten, das im September begann. Kendra war über Clouds Tod nicht hinweggekommen. Das Verhältnis zu Martin kühlte sich ab, sie weinte oft, schlief zuviel und lehnte Angelicas Angebot ab, an einem Workshop zum Thema Trauer teilzunehmen. Schließlich bekam sie von Bennington Bescheid, daß sie endlich dort anfangen könne. Am nächsten Tag teilte sie Angelica mit, daß sie fortgehen werde, und wiederum einen Tag später war sie weg. Martin kündigte am darauffolgenden Nachmittag.

»Soll ich dir vielleicht jemanden empfehlen, der meinen Job übernehmen könnte?« Er stützte sich auf die Motorhaube seines Jeeps, das weißblonde Haar fiel ihm in die Augen. »Ich meine, es ist wahrscheinlich nicht so cool, wenn du hier draußen ganz allein bist, Angelica. Vielleicht treibt sich dieser Puma noch herum …«

Angelica lächelte. »Ich habe ja immer noch Sunday.«

»Sunday!« schnaubte Martin. »Als ob dir *Sunday* im Notfall eine Hilfe wäre …«

»Es passiert schon nichts, Martin«, meinte Angelica beschwichtigend. Sie zauste ihm das Haar und ließ ihre Hand auf seiner Schulter ruhen. Er war so schön, und schöne Dinge weckten in ihr stets das Verlangen, sie zu besitzen, außerdem wäre es so einfach gewesen, bloß ein paar Augenblicke allein, und dann …

Martin seufzte. Er nahm Angelicas Hand und drückte sie, dann auf einmal umarmte er sie. »Also, ich muß los. Du wirst mir fehlen, Angelica.«

Sie lachte, ihr Bronzehaar fiel über das seine. »Ach, du wirst mich schon wiedersehen, Martin. Keine Bange.«

Sie hatte ihn nicht gebeten zu bleiben. Sie wußte, daß er abgelehnt hätte. In Wirklichkeit aber brauchte sie keine Bodyguards mehr. Sie brauchte überhaupt niemanden mehr. Das Haus von Huitaca würde ab morgen geschlossen sein. Angelica hatte Martin zwar etwas anderes erzählt, aber Sunday würde nicht allein nach Huitaca kommen, daher hatte Angelica der Haushälterin einen Umschlag mit einem Monatsgehalt und das falsche Versprechen gegeben, sie anzurufen, wenn sie im Herbst zurückkehrte.

Und damit hatte es sich. Sie hatte bereits das Wasser abgestellt und Strom und Telefon gekündigt. Die orientalischen Lilien und die Fresien, die in der Waterford-Vase langsam vor sich hingemodert waren, hatte sie draußen in die Kerzensträucher geworfen. Bevor sie aufgebrochen war, hatte Sunday den Sand und die Kakteenstacheln zusammengefegt, Angelicas Leinengewand und die Morgenjäckchen aus honigfarbener Seide gefaltet und in die Schubladen zwischen kleine Musselinbeutel mit Sandelholz und getrockneter Orangenschale gelegt. Angelica hatte sich um die letzten Aufräumarbeiten gekümmert und die Notizbücher, die einen so großen Teil ihrer Arbeit enthielten, an die richtigen Plätze in den Regalen zurückgestellt. Übersetzungen der sybaritischen Tafeln mit ihren Anrufungen der Königin der Unterwelt, die sie im Nationalmuseum in Neapel angefertigt hatte. Die Kopie der *Demærischen Hymne an Othiym* aus Keftiu, über der sie viele Nächte am Schreibtisch gebrütet hatte, im Schein eines qualmenden Tonlämpchens, der Docht ein in Olivenöl schwimmender Blütenkelch des falschen Kretischen Diptams. Eine nach der anderen hatte sie die Tontafeln übersetzt und sie dann wieder in die Gräber unter dem Haus zurückgelegt. Handschriftliche Notizen und Fotokopien von Pergamenten, Zeichnungen, die sie nach Vasen, Trinkgefäßen und Fresken angefertigt hatte, in abgelegenen Tempeln im Regenwald und auf U-Bahnhöfen in der Nähe der großen Nekropole von Paris; dies alles würde nun sorgfältig in Huitaca verwahrt werden, um irgendwann auf die nächste Priesterin überzugehen, wer immer dies sein mochte. Angelica selbst hatte keine Verwendung mehr dafür.

Angelica ließ den Blick ein letztes Mal über ihre Besitztümer schweifen und seufzte. Seit neun Tagen fastete sie nun schon, wie das Ritual es verlangte. Sie war stark abgemagert, und ihre Haut war fast durchscheinend geworden: als wiche das Blut bereits aus ihrem Körper und als hätten die seltsamen Ekstasen, denen sie sich unterzogen hatte, ihr Fleisch von Farbe, Knochen und Sehnen gereinigt. Als sie in den Spiegel blickte, den ihr Onkel ihr vor so langer Zeit geschenkt hatte, war das Gesicht, das sie darin erblickte, nicht mehr ihr eigenes, sondern das einer Karyatide oder eines *kouros* – wunderschön, alterslos, nichtmenschlich. Lange Zeit schaute sie sich an, berührte die vollen Bronzelocken und suchte vergeblich nach einem grauen Haar. Als sie sich über die Wangen fuhr, war die Haut so glatt und kühl wie Fayence, falten- und makellos. Wer sie angeschaut hätte, wäre nie auf den Gedanken gekommen, sie sei eine Frau mit einem erwachsenen Sohn; andererseits erinnerte aber auch nichts mehr an das Mädchen, das irgendwann einmal die Freunde mit seinem ungestümen Lachen in Erstaunen versetzt hatte.

»Es ist so lange her«, flüsterte sie und legte den Spiegel wieder zwischen die sich wellenden Fotografien und die antiken Silberrahmen, den papierenen Nautilus, die Kaurimuscheln und den rosafarbenen Seeigel. Als sie die Hand zurückzog, fiel etwas herunter. Glas klirrte, und mit einem leisen Aufschrei hob sie ein Foto aus einem traurigen Haufen zersplitterten Kristalls hervor.

Das Foto zeigte sie, Baby Joe und Oliver. Baby Joe lächelte, was er vor der Kamera sonst nie getan hatte. Angelica stand in der Mitte, Oliver hatte ihr den Arm um die Schulter gelegt, und seine Augen waren so hell, als ob Kerzen dahinter brannten, wie bei einer Kürbislaterne.

»Oliver.« Sie biß sich auf die Lippen und blinzelte die Tränen fort. »Ach, Oliver …«

Sie dachte an das Gedicht, das Sweeney Cassidy damals an der Göttlichen bisweilen zitiert hatte, trunken von Bier und Gefühl …

Wenn plötzlich um Mitternacht
eine unsichtbare Truppe vorbeimarschiert kommt
mit erlesener Musik, mit Rufen –
klage nicht vergeblich um dein sinkendes Glück,
um dein gescheitertes Bemühen und um all die
Pläne,
die sich als Illusion erwiesen haben …

Verrückte, trunkene Sweeney, die das Ende bereits vorausgesehen hatte, aber ach, Sweeney, wenn du nur wüßtest!

Als wärst du längst vorbereitet, als wärst du tapfer,
wie es dir ansteht, einer solchen Stadt würdig zu sein:
tritt ans Fenster mit festem Schritt
und lausche mit Gefühl, aber nicht
mit Flehen und Zagen wie der Feigling,
gönne dir das letzte Vergnügen, den erlesenen Instrumenten
der mystischen Truppe zu lauschen,
und entbiete ihm dein Lebewohl, dem Alexandria, das du verlierst.

Angelica weinte. Sie senkte den Kopf und schluchzte, bis ihr die Brust weh tat, sie drückte sich die Fotos an den Busen und weinte um sie alle. Um Oliver und Sweeney, um Baby Joe, Hasel, Annie und Dylan, doch vor allem um sich selbst: um Angelica di Rienzi, die wie ihre armen toten Freunde für die Nacht bestimmt war.

Als sie sich schließlich wieder faßte, dämmerte es bereits. Sie durfte keine Zeit mehr verlieren. Sie trocknete die Tränen, kämmte sich das Haar, wandte sich ab von allem, was sie an jenes andere Leben hätte erinnern können, und trat zum Bett, auf dem sie ihre Sachen ausgebreitet hatte. Dort machte sie sich bereit für das, was da kommen sollte.

Als erstes trank sie den *kykeon*. Das Rezept lag im Regal, die Abschrift einer Tafel, die sie im Nationalmuseum in Athen entdeckt hatte. Gerste, Honig und die gemahlenen pupurfarbenen Deckblätter und rosafarbenen Blüten des Kretischen Diptams, vergoren in einem Gefäß aus gebranntem Ton; der gleiche Trank, den die Initianden vor Jahrtausenden in Eleusis getrunken hatten. Er hatte einen angenehmen Hefegeschmack, und die Süße des Honigs wurde ausgeglichen vom erdigen Aroma des Diptams. Als sie getrunken hatte, wischte sie sich den Mund mit einem Baumwolltuch ab. Sie salbte sich mit gemahlenem Koriander und Sandelholz und rieb sich mit einem faustgroßen Brocken Bernstein die Halsmulde, bis das moschusduftende Harz freigesetzt wurde. Dann streifte sie sich ein goldfadendurchwirktes schlichtes Leinenhemd über den Kopf und legte nacheinander die geheiligten Schmuckstücke an, die sie im Laufe der Jahre angehäuft hatte: Armreifen aus Elfenbein und Gold und duftendem roten Sandelholz, Ringe, die wie Schlangen geformt waren, die Kinder säugten, Halsketten mit schweren Steatitanhängern, die gebärende Frauen darstellten. Als letztes nahm sie die Lunula in die Hand. Sie wandte sich dem Fenster zu, hob den funkelnden Halbmond dem Osthimmel entgegen, wo der Mond wartete, und rief:

Nike Meteron! Nike Metros melaines!

Sieg den Müttern. Sieg der Dunklen Mutter. Sie streifte sich die Lunula über den Kopf und schaute sich um, ob sie auch nichts vergessen hatte.

Der Boden war gefegt, die Gazevorhänge waren über die anderen Fenster gezogen. Auf dem Bett lag ein Umschlag mit einem Flugticket zum Dulles Airport in Washington. Es war datiert auf den einunddreißigsten Juli, den Vortag des alten Lammas-Festes.

Das Fest hatte mehr Namen, als Angelica Haare auf dem Kopf hatte. In Indien wurde es von den Gläubigen des Tempels von Dakshinawarad und in Kalkutta, der Stadt, deren eigentlicher Name Kali-Ghatt lautete, ›die Stufen der Kali‹ genannt, Kalipuja. In Finnland hatte es Kalma geheißen, ›Leichengeruch‹;

auf den Antipoden-Inseln war der Tag nach Kalwadi benannt, die ihre eigenen Kinder verschlang und ihnen dann neues Leben schenkte. Auf dem Coatepec – dem Schlangenberg in Mexiko – versammelten sich die Anhänger der schlangengeschmückten Mondgöttin Coatlicue, die auf der Brust den Mond trug und von deren Gürtel abgeschnittene Hände und schlagende Herzen baumelten, Coatlicue, die, bekleidet mit der abgezogenen Haut ihres Sohnes, auf dessen Eingeweiden tanzte. Auf anderen Bergen und auf den von der Sonne vergoldeten Hügeln der Toskana schenkt die gutmütige Turanna den Kindern immer noch Luftballons, Glöckchen und Nintendo-Spiele, während ihre etruskische Gefährtin Zirna den Boden ihrer Schlafzimmer mit kleinen Halbmonden aus Zucker bestreut.

Doch wehe den Kindern, die ihre Fenster offenlassen, wenn der Sommer stirbt, denn dann kommt Lilith, schenkt ihnen angenehme Träume und erdrosselt sie dann, so daß sie lächelnd sterben; und wehe denen, die nicht den Halbmond auf ihrer Brust tragen, um Lamashtu zu besänftigen, deren Biß das Blut vergiftet!

Am zweiten Tag nach dem Tod des Sommers geht die stille Mohngöttin Spes umher. Die weißhäutige Spes, deren Mund so rot wie Mohnblumen und deren Kuß so kalt ist wie Alabaster. An diesem Tag wurde auch Ätna verehrt, die ihren Zorn auf die Stadt entlud, die sie an ihrer Brust nährte; und die Haidagöttin Dazalarhons, deren Zorn erwachte, als sie mit ansah, wie Männer den funkelnden Lachs in ihren Flüssen quälten, anstatt sich für all die Fülle zu bedanken. Im alten Griechenland markierte der Tag den Übergang zu den großen Festen der Frauen, die in den Thesmophoria gipfelten, dem größten und heiligsten aller Feste zu Ehren Demeters, die ihre geschändete Tochter dem Herrn der Unterwelt entrissen hatte. Überall, wo der Mond schien, überall, wo Menschen starben und klagten, überall, wo Kinder des Morgens nicht mehr erwachten und wo sich Korn unter der gnadenlosen Sonne in Staub verwandelte, wo Frauen bei der Entbindung starben und ihre Mütter und Schwestern vergeblich wehklagten: an all diesen Orten war die dunkle Göttin verehrt und vergessen worden.

Doch nun hatten Frauen nicht nur an diesen Orten ihren Namen von neuem gelernt. Nun nannten sie sie Othiym. Nun war ihre Stunde gekommen. Langsam öffnete sie die Tür, die auf den gefliesten Patio hinausführte, und trat hindurch.

Die Abenddämmerung umhüllte sie wie zerknitterter Samt, weich und warm und angefüllt mit dem Duft gemahlenen Salbeis. Angelica atmete tief ein. Ihr Herz raste; ein Schweißrinnsal rann ihr über den Brustkasten. Sie versuchte, sich in Erinnerung zu rufen, was Cloud ihr vom Einteilen der Kräfte bei einem Marathonlauf erzählt hatte: mit dem Zwerchfell atmen, die Augen schließen, sich entspannen.

Sie fing an auf dem Patio auf und ab zu gehen, und die Wärme sickerte aus den Fliesen in ihre Fußsohlen und Schenkel. Verglichen mit dem, was hinter ihr lag – fast zwei Jahrzehnte der Arbeit, des Lernens und der Aufopferung –, blieb nur noch sehr wenig zu tun. Das größte Opfer aber stand noch aus. Und nur Angelica vermochte die Aufgabe zu vollbringen.

Im vergangenen Jahr hatte sie Elspeth und die anderen Priesterinnen im letzten Ritual unterwiesen, bei dem es darum ging, die Mondgöttin zu erwecken. Diese wiederum hatten weitere Frauen um sich versammelt, so daß Kreis um Kreis von Angelica bis zu den fernsten Winkeln der Erde ausstrahlte. Jahrelange Geduld hatte es erfordert, um so weit zu kommen, Jahre der Arbeit, allein für sich und in kleinen Gruppen: erst hatte sie die Frauen persönlich erweckt, dann hatte sie sie ermutigt, ihre Freundinnen und Nachbarinnen zu unterweisen.

Doch Frauen gehen rasch zu Werke, wenn sie erst einmal aufgewacht sind. Das hatte Angelica aus den Fernsehprogrammen gelernt, in denen Frauen weinten, kämpften und umarmten; durch die Lektüre der Bücher, die amerikanische Frauen lasen, und der Zeitungen, in denen von der Rache die Rede war, die Frauen an denen übten, die ihnen Leid zugefügt hatten; bei ihren Besuchen der kleinen Dörfer in Orissa, Bangladesch und Uttar, wo Mädchen abgetrieben und Frauen um ihrer Mitgift willen ermordet wurden; bei der Besichtigung von Lagern draußen auf dem Land vor Gracanica und Glamoc, wo Frauen vergewaltigt und gezwungen wurden, ihre Kinder Ärzten und Soldaten zu überlassen; bei Initiationsriten in Afrika und New York, bei denen Mädchen verstümmelt wurden, und an den Massengräbern von Nonnen, die in Zentralamerika, und von Männern, Frauen und Kindern, die im Dschungel von Kambodscha abgeschlachtet worden waren. Überall, überall sah sie Schrecken, Tod und Brutalität; überall sah sie Verzeihen, Unwissenheit und den endlosen Kreislauf von Armut und Knechtschaft, Frauen, die sich vor ihren Herren duckten und von Liebe plapperten.

Und überall sah sie Zorn; Zorn, der so weit verbogen wurde, bis er sich gegen die Frauen selbst und ihre Kinder wandte. Einen Zorn, der sich wie die Tiere der Wüste unter der Oberfläche verbarg und geduldig wartete, bis die Nacht anbrach und der Mond aufging.

»Aber jetzt ist die Zeit gekommen«, flüsterte Angelica. Sie hob das Gesicht dem Devil's Clock entgegen. Amethystfarbenes Licht tanzte über ihre Stirn und setzte die Lunula in Brand. »Oh, Große Mutter: *es ist Zeit*!«

Sie hob die Arme und atmete noch einmal tief durch, dann ließ sie die Arme wieder sinken. Spangen aus Knochen, Kupfer und Gold rutschten ihr die Handgelenke hinunter, und das Leinenhemd glitt ihr von den Schultern und ergoß sich in weißen und goldenen Falten über Hüften und Schenkel, bis es zu ihren Füßen lag. Barbusig und nackt bis auf die Armreifen und die Lunula, schloß sie die Augen und sang.

Ich komme aus der Reinheit deiner verwüsteten
Länder, Reine Königin der Niederen,
Königin Hekates, Durgas und der anderen
unsterblichen Göttinnen.
Denn ich behaupte, daß auch ich deinem gesegneten
Geschlecht angehöre.
Ich bin entflohen dem sorgenbeladenen
Kreislauf.
Ich bin leichten Fußes in den ersehnten Kreis
getreten.
Ich bin eingedrungen in den Busen Despoinas,
Königin der Unterwelt.
Ich bin leichten Fußes aus dem ersehnten Kreis
getreten.
O Gesegnete Göttin, mach mich zur Göttin und
verleihe mir Unsterblichkeit!
Haïyo Othiym! Othiym Lunarsa.

Sie bewegte sich im Rhythmus des Gesangs, schwankte vor und zurück und stampfte mit den bloßen Füßen auf die Fliesen. Mit jedem Schritt wurden Staub und winzige Terrakottasplitter aufgewirbelt. Ihr Tanz beschrieb einen Kreis auf dem Boden, einen Ring aus Staub, verdorrtem Gras und den zerfledderten Flügeln von Motten. Ihre bloßen Füße patschten auf die Fliesen, ihre Fersen stampften sie, als löschten sie kleine Flammen aus.

Aus dem Reinen komme ich, Reine Königin der himmlischen Reinheit,
Königin Ashtaroths und Artemis' und der anderen Göttinnen und Dämonen.
Denn auch ich, die ich zu dir flehe, gehöre deinem gesegneten Geschlecht an.
Ich habe gebüßt für sündige Taten
Doch nun trete ich als Bittstellerin vor die göttliche Persephone
Auf daß sie mich gnädig aufnehmen möge in die Reihen der Unsterblichen.
Haïyo Othiym! Othiym Lunarsa.

Die Fliesen barsten unter ihren Fersen. Risse zogen sich bis zum unbewegten dunklen Wasser des Pools, und aus den Rissen floß rötliche Erde hervor, als koche unter ihr der Boden. Die Erde färbte ihre Füße und Knöchel, doch Angelica tanzte weiter, ohne sich daran zu stören, und stampfte den roten Erdboden, bis er brodelte wie Wein oder wie Blut, das ihr hinterhergegossen wurde.

Früher einmal war ich jung, ein Mädchen,
Ein Busch, ein Vogel und eine Schlange, deren Schuppen im Mondschein schimmerten.
Doch ich wandte mich ab von dir, o Große Mutter,
Wie ein Blitzstrahl stürzte ich hinab, Othiym.
Und in deinem Kummer wurdest du alt und hungrig,
In deinem Kummer wurdest du zornig und blaß.
In deinem Kummer verliehst du deinem Zorn Ausdruck.
Du erhobst dich und begannst den geheiligten Tanz
Und wo du hintratest, gingen Städte unter:
Knossos und Herakleion, die prächtige, Meereswogen verschlangen das Land,
Und Kalliste, das liebste all deiner Kinder,
Die geheiligte Insel wurde von Flammen verzehrt.

Ihre Stimme schwoll zu einem Heulen an, eine Klage um all die grünen Orte, die Othiyms Zorn verbrannt hatte, um die Tempel, die sie zerstört, und die Kinder, die verschüttet worden waren, als ihr Zorn Ströme flüssigen Feuers und geschmolzener Asche gebar. Sie klagte um Kalliste und um Keftiu, um Ätna, Sumbawa und Pompeji; doch vor allem klagte sie um Kalliste, die Insel, die ihr geheiligter Juwel gewesen war, ihr Smaragdauge, der Mittelpunkt all ihrer Verehrung. Kalliste, deren Name ›Die Schönste‹ bedeutete, die nach ihrer Zerstörung jedoch Thera genannt wurde: Angst.

Denn sie wandten sich von dir ab, Große Mutter,
Die Trinkgefäße trockneten aus, und du wurdest hungrig,
Dein Durst ward nicht mehr gelöscht.
Deine Priesterinnen wurden verführt und dann versklavt.
Deine Altäre waren trocken und bekamen kein Blut mehr,
Keine Vermählung fand mehr statt, es gab keine Söhne,
Deinen Durst zu stillen.
Für all dies bitte ich dich um Verzeihung.
Ich habe gebüßt für sündige Taten.
Ich habe dir Söhne und Töchter geschenkt.
Empfange nun den Panzer
Der Erinnerung.
Angelica, deine Tochter, durch geziemenden Ritus würdig geworden, eine Göttin zu sein.

Ihr Gesicht glänzte von Schweiß, der ihr in Strömen den Hals hinunterrann und die Lunula wärmte, bis Angelica das Gefühl hatte, eine erhitzte Klinge schmiege sich zwischen ihre Brüste. Noch immer tanzte sie, ihr Atem ging in rauhen Stößen und untermalte das Geräusch ihrer Schritte, und mit jedem Aufstampfen ihrer Fersen kam sie dem Rand des Pools ein Stück näher. Der ganze Erdboden hinter ihr war aufgewühlt, Fliesen und selbst Steine waren geborsten, so daß es aussah, als hätte eine kleine, aber kraftvolle Maschine ihren Patio zerstört. Als sie am Rand des Pools angelangt war, verharrte sie für einen Moment, leuchtend wie eine glasierte Figur, die noch vom Brennen abkühlte, dann tauchte sie lautlos ins Wasser.

Das Wasser war so warm wie frische Milch aus einer Mutter Brust, so warm, daß es aus ihren Adern hinauszuströmen schien und wieder hinein, daß es sich mit dem schweigenden Dunkel um sie herum verband. Siebenmal stieg sie wieder hinaus, und siebenmal kehrte sie in die Tiefen des Pools zurück; bis sie sich schließlich aufrichtete und auf dem zerstörten Patio stand, während das Wasser in bleichen Rinnsalen an ihr hinunterfloß.

Das Gewitter über dem Devil's Clock hatte sich gelegt. Hin und wieder vernahm man in der Ferne noch ein schwaches Grollen, doch ansonsten herrschte nächtliche Stille. Das Gewitter hatte die Abendhitze gemildert. Eine kühle Brise, die einen Geruch nach Regen und feuchtem Schiefer aus den Bergen weit im Norden mit sich führte, rührte in den stachligen Kerzensträuchern und in den klingenförmigen schweren Blättern der Agave, der erste Vorbote des Sommerendes. Angelica fröstelte ein wenig in ihrer Nacktheit, doch der starke *kykeon* brannte noch in ihr. Sie ging über die zerstörte Veranda und schob mit dem Fuß Terrakottascherben aus dem Weg. Als sie zu der Stelle gelangte, wo der Patio in einem Durcheinander von Erde und zerbrochenen Fliesen endete, lachte sie und schüttelte den Kopf, wobei ihre wirren Locken Tropfen in die Luft hinausschleuderten.

»Kommt her!« rief sie und breitete die Arme aus. »Ich bin bereit …«

Und sie kamen: aus allen Erdlöchern huschten, glitten und krochen sie hervor, hohle Beine und Panzer klapperten gegen Steine, Schuppen rieben sich aneinander mit dem Geräusch von Sand, der einem durch die Finger rieselte, schwerfällige Füße suchten auf Terrakottascherben nach Halt. Gilamonster und Zwergeidechsen, Klapperschlangen und Grubenottern und die der Innana geweihten kleinen Skorpione, die ohne das bernsteinfarbene Gift, das wie Retsina in einem Glas ihre gebogenen Schwänze durchströmte, farblos gewesen wären. Uralte Schildkröten schoben Erdwände beiseite und kletterten ins Freie, um die Frau zu betrachten. Netzbewohnende Spinnen und Käfer, welche in Dungkugeln hausen, Tausendfüßler, deren Beine über den Sand raschelten, und Hundertfüßer mit klickenden Mandibeln: sie alle kamen aus ihren verborgenen Burgen hervor, um sie willkommen zu heißen und ihr zu huldigen.

Vor allem aber waren da Schlangen. Fügsame rosige Boas, Schwarze Rennschlangen wie Stäbe aus gebürstetem Stahl, augenlose Wurmschlangen, die so klein waren, daß hundert von ihnen noch keine Teetasse füllen. Puffottern, Peitschenschlangen, winzige Schlangen mit farbigen Halsstreifen, die Kindern als prächtiger Schmuck hätten dienen können; Leierschlangen, nach deren Biß man Gongs erschallen hört, und Nachtschlangen, deren Fangzähne nicht mehr Gift enthalten als der Stachel einer Honigbiene. Als würden sie aus dem verborgenen Kern der Erde freigesetzt, als ergössen sich Magmaströme aus dem Erdinnern, die im Abkühlen die lebenden Windungen der Schlangen bildeten: wohin man auch sah, überall wimmelte der Boden von Schlangen.

»Meine Kinder«, murmelte Angelica. Die Luft war erfüllt von einem Geräusch, als ergriffe ein ganzer Wald aus verdorrten Blättern die Flucht. Dennoch wurden sie immer noch mehr, gespaltene Zungen schmeckten die Luft, und geschmeidige Bäuche tasteten den steinigen Erdboden ab, als streiften zahllose Finger über das Gesicht einer Geliebten. Die anderen Geschöpfe regten sich und erschauerten vor ihnen, wandten sich jedoch nicht zur Flucht.

Ganz zum Schluß erschienen die größten aller Wüstenschlangen. Diamantklapperschlangen und gewöhnliche Klapperschlangen, die riesigen und schrecklichen Sidewinder. Die Erde erbebte unter ihnen, und der Lärm ihrer Rasseln war wie das Geräusch von Sistren, Tamburinen und Steinen in einem hohlen Kürbis; das Geräusch des *krotalon*, der alten griechischen Rassel, von der sie ihren Namen hatten. Die violette Luft flirrte von der in ihren Körpern aufgespeicherten Hitze, als sie sich um Angelica versammelten und sich wie Kätzchen um ihre Beine und Knöcheln zusammenrollten. Und als wären es tatsächlich junge Kätzchen, bückte sich Angelica und hob die größten hoch, die so dick waren wie ein Männerarm und stark genug, ein junges Schwein zu fangen.

Angelica aber taten sie nichts zuleide. Sie krümmten sich bloß, wanden sich um ihre Handgelenke, wobei ihre dunkel gemusterten Schuppen beinahe unter dem klirrenden Geschmeide verschwanden, und bedeckten sie, bis sie umhüllt schien von einem schattenhaften, mit funkelnden Edelsteinen besetzten Umhang. Sie rissen das Maul auf und zeigten ihre blassen Gaumen, schwarzen Zungen und Fangzähne, die so lang und so gebogen waren wie die Krallen eines Falken. Hätten sie Angelica gebissen, so wäre ihr zartes Fleisch vom Gift angeschwollen und dann mit dem Einsetzen des Wundbrands abgestorben, sie hätte einen Blutsturz und einen Schock erlitten, und ihre Nieren hätten versagt.

Aber sie bissen nicht, und Angelica zuckte nicht vor ihrer Berührung zurück. Als vor vielen tausend

Jahren die erste Frau in der afrikanischen Savanne nach Maden und Knollen grub, hatte die Schlange mit ihr Freundschaft geschlossen, mit ihr ihre Eier geteilt, ihre Jungen und in Zeiten der Dürre ihr bißchen Fleisch. Von der Schlange lernte sie Geduld bei der Jagd, mit vollem Bauch zu schlafen und in der sengenden Mittagshitze im Schatten Schutz zu suchen. Von der Schlange lernte sie, daß wir unser Leben ebenso mühelos abstreifen können wie tote Haut und daß der Tod nicht erschreckender zu sein braucht als diese leere Hülle. Die Schlange warnte sie vor Erdbeben und dezimierte das Ungeziefer. Die Frau las Orakel aus ihren Spuren im Sand heraus und gewann aus ihrem Gift nicht nur subtile Visionen, sondern auch ein Mittel gegen Bisse. Die Schlange erneuerte sich wie der Mond; zusammen mit dem Mond wurde sie das erste heilige Wesen.

Und als das Volk der ersten Frau nach Norden wanderte, begleitete sie die Schlange. In der libyschen Wüste wurde sie als ein Avatar der Göttin verehrt. Später dann war sie der Uräus, die goldene Schlange, die in der Krone der ägyptischen Pharaonen Macht verlieh, und wand sich um den geheiligten Äskulapstab. Zahme Kobras schliefen in den Palästen der Königinnen am Indus und säugten die Lokalgottheiten der Ägäis, und auf Kreta hatte jedes Haus seine Schlangenröhren, in denen die geheiligten Ottern und die harmlosen Rebschlangen schliefen.

»Und nun werdet ihr mir dienen«, flüsterte Angelica. »Ihr alle …«

Sie hob die Arme. Über dem Devil's Clock erschien ein Halbmond, so mager und blaß wie ein Krokustrieb. *»Othiym haïyo!«* rief Angelica. Der Teppich kleiner Wesen zu ihren Füßen geriet in wogende Bewegung. »O Große Mutter, es hat begonnen.«

Und dann:

»Geht jetzt«, sagte sie und legte die großen Sidewinder wieder auf den Boden. »Wie Menat befehle ich euch, wie Feronia und Pele und alle jene, welche über die Steine herrschen: weckt auf die Erde, befreit eure darin eingekerkerten Kinder! Auf daß wir zerstören mögen die Städte der Menschen und zurückfordern, was unser ist.«

Sie schleuderte die großen Schlangen auf den aufgewühlten Boden, und die Sidewinder entfernten sich mit einem so lauten Rasseln, daß es von den Tafelbergen hohl widerhallte.

»Und jetzt ihr, Skorpione«, fuhr sie fort. »Wie Innana und Echidna und Walutahanga und alle jene, die Ehefrauen und Konkubinen bewachen, befehle ich euch. Geht fort und verbergt euch unter den Betten grausamer und untreuer Liebhaber und stecht sie mit euren Schwänzen!«

Und die kleinen Skorpione hoben ihre Zangen und klackten sie gegeneinander wie Steine, dann verteilten sie sich in großer Zahl in der Wüste.

»Und ihr, Schildkröten!« rief sie, und was wie eine Reihe von Findlingen ausgesehen hatte, näherte sich ihr schwankend, und die Köpfe nickten weise an schrumpligen Hälsen. »Im Namen der Nymphe Chelone rufe ich euch an! Im Namen derer, die gesteinigt wurde, als sie sich weigerte, Blumen zu Füßen des Zeus niederzulegen. Geht zu den Seen, Meeren und Flüssen und weckt dort eure schlafenden Schwestern, die Kraken und den Leviathan und Skylla von den knirschenden Wogen! Dies befehle ich euch im Namen Morochs und all derer, die allzulange keine Angst mehr kannten.«

Und so ging es weiter. Jedes Wesen rief sie mit Namen an, und im Namen ihrer jeweiligen Namenspatrone befahl sie ihnen: im Namen Melissas den Bienen, im Namen Arachnes den Spinnen, den geduldigen Ameisen und Skarabäen, die seit Nofretetes Tod darauf gewartet hatten, daß ihnen recht geschähe. Sämtliche Tiere nannte sie mit Namen, all jene, die auf den Bäuchen krochen und noch viele andere, die Wölfe und die Würger, die Eulen und Fledermäuse, ein jedes Geschöpf, dem die Männer Haß entgegenbrachten, weil es früher einmal IHR geweiht gewesen war. Und alle antworteten sie ihr, und alle kamen sie herbei; und zerstreuten sich in der Dunkelheit, um all den anderen Geschöpfen und Orten der Erde ihre Weisungen zu überbringen.

Schließlich schien sie ganz allein im Dunkeln. Über ihr war der Mond am sanften Sommerhimmel aufgegangen, die Mondsichel lächelte auf sie herunter, und die Lunula auf ihrer Brust lächelte zurück. Die Luft war erfüllt vom stechenden Geruch der Ameisen und Skorpione und des Giftes der Klapperschlangen, doch es war auch noch ein anderer Duft anwesend, süßer zwar, doch der Frau widerlicher. Inmitten der scharfen Speere der Kerzensträucher ertönte ein leises Geräusch, und die verdorrten Blätter der Akazien raschelten sachte.

»Wer ist da?« rief Angelica. Sie spähte mit funkelnden Augen in das Baumdickicht. »Wer hat mir noch nicht geantwortet?«

Sie bekam keine Antwort. Doch es schien, als rühre ein Wind in den Akazien, allerdings ein Wind, den Angelica nicht spürte; und dann schien es, als öffneten sich an den verdorrten Zweigen Blüten, wohlriechende Blüten, die blaß wirkten im Schein des Mondes. Angelica sog scharf den Atem ein: die Blüten erhoben sich von den Bäumen, kreisten flatternd über dem zerstörten Patio, bis sie von einem lautlosen Schwarm Schmetterlinge umgeben war.

»Nein!« schrie sie und stampfte mit bloßem Fuß auf die Erde, so fest, daß die Lunula auf ihrer Brust erbebte. »Ich habe dich nicht gerufen, es ist noch nicht soweit…«

»Doch, es ist soweit«, sagte hinter ihr jemand leise.

Angelica fuhr herum. »*Nein*«, zischte sie.

Im Schatten stand eine zweite Gestalt – eine hochgewachsene Frau mit dunklem Haar und tiefliegenden Augen. Schmetterlinge bildeten über ihr eine Art Heiligenschein und ließen sich für einen Moment auf ihrer Schulter nieder, ehe sie wieder davonschwebten. Sie war purpurn gewandet und schaute reserviert, sogar sorgenvoll, dennoch war ihr Gesicht wunderschön, ebenso schön wie das Angelicas.

»Gut, daß wir uns wiedersehen«, sagte die Frau. Sie schwenkte so bedächtig die Hand, daß ein Schmetterling, der wie ein Topasring auf einem ihrer Finger saß, nicht einmal davonflog. »Es ist so lange her.« Sie lächelte zwar nicht, dennoch war ein leicht spöttischer Ton in ihrer Stimme, sogar eine Art Lachen.

»Wir sind uns noch nicht begegnet«, sagte Angelica. Doch der Wind erschien ihr auf einmal kühl.

»Ach, nein?«

Die Gestalt rührte sich nicht, als Angelica einen Schritt zurücktrat, die Lunula mit den Fingern bedeckend. »Woher kommst du?« fragte sie.

Die Frau lachte leise, dann deklamierte sie:

»Jahrelang streifte ich umher, fern den Birkenhainen der Ida,
Bis ich mich im Treibeis und den gefrorenen Steppen verirrte.
Dort klagte ich in Höhlen, wo wilde Tiere ihre Heimstatt haben.«

Angelica umklammerte die Lunula. »Du lügst«, sagte sie mit schwankender Stimme. »Ich kenne dich nicht.«

»Nein?« entgegnete die Frau.

»Sag mir die Gestalt, die ich noch nicht hatte …«

»*Nein!*« schrie Angelica. »Wie kommst du *hierher*, das kann doch nicht sein …«

»Der Junge«, sagte die Frau einfach. Sie barg die Hände in den Falten ihres Gewands. »Du wirst ihm nichts tun.«

»Der Junge gehört mir!«

Die Frau schüttelte den Kopf, nur ein einziges Mal. Ihre Augen glitzerten. »Und mir.«

»Nein«, widersprach Angelica. »Dir nicht. Niemals, *niemals* wird er dein sein.«

»Ich warne dich, Angelica«, sagte die dunkelhaarige Frau mit leiser Stimme. »Tu ihm nichts zuleide.«

Angelica lachte rauh. »Hier hast du keine Macht, Schwester«, sagte sie. Sie hob die Arme gen Himmel und funkelte die Gestalt drohend an. »Geh weg, bevor meine Herrin die Geduld mit dir verliert!«

»Du solltest achtsamer sein, mit wem du dich einläßt, Angelica.« Die Frau sprach leise und drohend. »Nicht jeder möchte eine Natter an seinem Busen betten …«

»*Geh weg!*« schrie Angelica. Die Wut verwandelte ihr Gesicht in eine sibyllinische Maske, das Haar fiel ihr in wirren Locken über die Wangen. »Du …«

Doch die dunkelhaarige Frau war bereits verschwunden. Dort, wo ihre nackten Füße gestanden hatten, erbebte nur eine Blumengarbe und färbte die Wüstenluft mit Hyazinthenduft.

20. Kapitel

Threnodie und Zusammenbruch

Handsome Brown setzte uns vor Dr. Dvorkins Haus ab und nahm feierlich das Bündel Banknoten entgegen, das Dylan ihm in die Hand drückte.

»War nett, Sie kennengelernt zu haben, Mister«, sagte er mit seiner Baßstimme und prostete uns mit einem Pint Hennessy zu. »Geben Sie gut acht auf die Lady. Geben Sie *immer* gut acht auf die Lady.« Untermalt von den Klängen von Idris Mohammed entschwand das Taxi Nummer 393 in der Dunkelheit.

Die Ninth Street lag verlassen da, das Licht der Straßenlaternen fiel auf Myrtengrün, Magnolienbäume und die Blütenhaufen, die der Wind am Bordstein zusammengeweht hatte. Wir traten durch das schmiedeeiserne Tor in Dr. Dvorkins Vorgarten. Das kleine Rasenstück war überwachsen von Immergrün und Efeu und wurde beschattet von einer einzelnen großen Magnolie. Die Luft war so warm und süßduftend, daß man meinte, darin zu ertrinken, wenn man sie einatmete; dabei bekam ich sowieso schon keine Luft mehr, mein Herz raste, und mein Mund schien angefüllt mit etwas Dickflüssigem, Süßem, Kräftigem, mit Honigwein oder Handsome Browns Cognac. Vom Garten schallte der zwitschernde Gesang einer Spottdrossel herüber, so schmerzhaft schön, daß mir davon die Tränen kamen.

»Sweeney.« Dylan zog mich an sich, sein langes Haar lag warm an meiner Wange. »Was hast du, Sweeney? Du weinst ja...«

Er drückte mich sanft an seine Brust, und beide lehnten wir uns an die Magnolie. So sanft seine Worte auch waren, spürte ich doch, daß er ebenso starkes Herzklopfen hatte wie ich. »Nichts«, flüsterte ich. Ich lachte, wischte mir die Tränen ab. »Es ist bloß … ach, Gott, ich muß wohl betrunken sein, es ist alles so wunderschön, und …«

Mir brach die Stimme. Eine warme Brise bewegte die Blätter der Magnolie, von deren wächsernen Blüten sich der Duft wie Regen ergoß. »Ich bin … ich bin eben so glücklich«, sagte ich und brach in Tränen aus.

»Glücklich?« fragte Dylan verdutzt, und als ich hochschaute, funkelten seine von den Straßenlaternen goldgesprenkelten Augen. Ich verspürte jähe Panik: Was redete ich da eigentlich? Ich wollte mich ihm entziehen, doch Dylan packte mich um so fester bei der Hüfte. »Glücklich? Ich werde dir zeigen, was das heißt …«

Er küßte mich wieder, drängte mich gegen den Baum und streichelte mein Gesicht, während ich ihn packte und an mich zog. Es war mir gleichgültig, wo wir waren, gleichgültig, ob uns jemand hörte oder sah. Ich jedenfalls hörte nichts, abgesehen von seinem Herzschlag, seinem Atem und der Spottdrossel, die glückselig irgendwo in der grünen Dunkelheit sang. Ich glaubte schon, ich würde ohnmächtig werden: mir dröhnte der Schädel, aber ich fühlte und schmeckte bloß Dylans Mund und die süße, flüssige Hitze, die uns einhüllte.

»Sweeney«, flüsterte er. »Ach, Sweeney …«

Wir liebten uns an Ort und Stelle, an dem von Efeu umrankten Baum, dessen Ranken sich mit Dylans Haar und Fingern verhedderten, und mein Rock zerriß an der Rinde, als Dylan sich an mir bewegte, bis er aufschrie und wir beide keuchend niedersanken auf den Teppich aus Immergrün, der die Erde bedeckte.

Nichts hatte sich verändert. Die Nacht war mild,

dunkel und golden wie zuvor. An ihrem geheimen Unterschlupf sang immer noch die Spottdrossel. Der Himmel war sternenlos, doch die Stadt erwachte allmählich zum Leben, U-Bahn-Wagen waren zur Union Station unterwegs, und man vernahm das Rauschen ferner Räder.

»Wir sollten reingehen«, sagte ich schließlich. Ich glättete den zerrissenen Rock, versuchte aufzustehen und sank wieder hilflos nieder, denn meine Beine waren zu schwach. »O Mann! Wo hast du denn *das* gelernt?«

Dylan drückte mich grinsend an sich. »Hat's dir gefallen?«

Ich lachte und pflückte ihm eine Ranke aus dem Haar. »Es war okay«, antwortete ich, ließ mich von ihm hochziehen und wandte mich zum Gartenhaus.

»Bloß okay?« fragte er mit wehleidiger Stimme. »Dann sollten wir vielleicht noch ein bißchen üben...«

Und das taten wir auch.

Und so kam es, daß Dylan nicht nur das Abendessen mit Dr. Dvorkin verpaßte, sondern auch das Frühstück und alle anderen Einladungen zum Lunch, die sich sonst möglicherweise ergeben hätten. Am nächsten Morgen meldete ich mich krank, zum erstenmal seit fast zwei Jahren. Als Dylan überlegte, ob er sich ebenfalls krankmelden sollte, lachte ich bloß.

»Wen solltest du denn anrufen? *Ich* bin dein Boß, und ich finde, du solltest noch einen Tag im Bett bleiben...«

Wir liebten uns, bis mir alles weh tat, bis ich nicht mehr sagen konnte, wo mein Körper aufhörte und wo die feuchte Wärme der Laken, der Luft und der Haut meines Geliebten begann. Er war so schön, daß er mich zu Tränen rührte, als ich ihn spät am Morgen im Schlaf beobachtete, während sein Schnarchen mit dem leisen Brummen eines Rasenmähers in der Nachbarschaft wetteiferte. Ich lag neben ihm und konnte meine Hände immer noch nicht bei mir behalten: seine Haut war so warm und glatt, daß sie sich wie Marmor in meine hohle Hand schmiegte, ebenso der Schwung seiner schmalen Hüften, gegen die ich meinen Mund preßte, so daß ich den vorspringenden Knochen unter der Zunge spürte. Ich hätte ihn am liebsten verschlungen und gefühlt, daß seine weiche Haut wie die Schale einer Birne unter meinen Zähnen zerriß und sich mein Mund mit Saft füllte, süß und warm. Als ich ihn wieder in den Mund nahm, stöhnte er und zerrte an meinem Haar, und abermals schlangen wir uns ineinander, bis er kam und sich warm auf meine Brüste ergoß, mich an sich drückte und laut meinen Namen rief.

»Es muß wohl stimmen«, sagte ich, als wir endlich beide geschlafen hatten und voller blauer Flecken, schweißnaß und ineinander verschlungen wieder erwachten. Vor dem Fenster schwenkte träge ein Ventilator hin und her und sandte ein wenig Kühlung in den Raum.

»Was?« murmelte Dylan.

»Daß Männer mit neunzehn den Höhepunkt ihrer sexuellen Aktivität erreichen.«

»Ach, wirklich? Dann hast du was, worauf du dich freuen kannst.« Er wälzte sich herum und umarmte mich. »Mein Geburtstag ist nämlich erst am ersten August.«

»Du bist erst *achtzehn?*«

Er setzte sich grinsend auf. »Ja. Soll ich dir noch was verraten?«

Ich fächelte mir mit der Washington Post von gestern Kühlung zu. »Ich weiß nicht, ob mein Herz noch mehr verkraften könnte.«

»Das war das erste Mal, daß ich's gemacht habe.«

»Was gemacht?«

»Du weißt schon.« Er grinste mich dümmlich an, und auf einmal merkte ich, daß er errötete. *»Es.«*

»Es?« Ich ließ die Zeitung überrascht fallen. »Du meinst, du bist eine …«

»So was kommt häufiger vor«, sagte Dylan abwehrend. »Ich meine, bei Leuten *meines* Alters. Außerdem … na ja, eigentlich hab ich's bisher auch noch nie gewollt. Jedenfalls nicht besonders«, schloß er lahm und sah aus dem Fenster.

»Du meine Güte«, sagte ich und brach auf einem Kissenstapel zusammen. »Ich glaube, ich könnte jetzt einen Drink vertragen.«

Ich stand auf, ging barfuß nach unten und holte eine fast volle Flasche Chardonnay aus dem Kühlschrank. Ich fand zwei Weingläser und tat ein wenig Obst in einen Korb – ein paar blaue Weintrauben, eine schon recht verschrumpelte Orange und ein paar Feigen, die ich zu einem horrenden Preis vor einigen Tagen auf dem Eastern Market erstanden hatte.

»Da«, sagte ich, als ich wieder oben war. Ich stellte den Korb neben Dylan aufs Bett und schenkte uns Wein ein. »Der Nektar der Götter.«

Wir lagen beieinander, tranken und aßen. Der Sonnenschein fiel weniger durch die Fenster, als daß er hindurchströmte, beladen mit den Gartendüften von Glyzinen und Ginkgofrüchten, dem Geruch von brennender Holzkohle, Magnolienblüten und Auspuffgasen: der rußig-grüne Geruch des Sommers in D.C.

»Ich liebe Feigen«, sagte Dylan. Er biß in eine hinein, so daß das zarte rosafarbene Fruchtfleisch unter der dunklen Haut zum Vorschein kam. »In Keftiu hatten wir auch Feigenbäume. Mein Vater meinte immer, eigentlich sei diese Frucht in der Bibel gemeint gewesen – du weißt schon, bei Adam und Eva. Meine Mutter aber meinte, es seien Granatäpfel gewesen.«

»Hm«, machte ich und nippte am Wein. »So. Dann hattest du also noch nie eine Freundin, wie?«

Er aß seine Feige zu Ende und warf die abgenagten Überreste aus dem Fenster. »Eigentlich nicht. Ich war viel auf auswärtigen Schulen – auf Privatschulen, und da gab es kaum Gelegenheiten, Mädchen kennenzulernen. Zumindest für mich nicht, hier in den Staaten. Hier war ich so eine Art Eurotrash, und drüben war ich der häßliche Amerikaner. Und dann gab es ja immer noch meine Mutter, weißt du.« Er seufzte und blickte lange in sein Weinglas, bevor er fortfuhr. »Meine Mutter hat immer so ein Getue um diese Sache gemacht.«

»Sache? Du meinst ... äh ... Sex?« Ich faßte mich wieder. *Angelica* predigte Enthaltsamkeit? Die Wut wärmte mich zusammen mit dem Wein, doch ich biß mir auf die Zunge und nickte. »Sehr interessant.«

»Ja. Ich glaube, das kommt daher, daß ich ihr einziges Kind bin. Und dann natürlich wegen AIDS. Und in Italien ist sowieso alles ein bißchen anders als hier. Diese ganzen Katholiken ...«

Plötzlich durchzuckte es mich. Es war so lange hergewesen, und dann der *tej* und die Nacht – ich hatte überhaupt nicht an AIDS gedacht. Oder an Empfängnisverhütung. Oder an sonst etwas.

»Mein Gott, Dylan, hast du dich schon mal, äh ...«

Er schaute mich mit seinen leuchtenden, arglosen blauen Augen an. »Nein. Ich habe mich nie auf AIDS testen lassen. Das brauchte ich auch nicht.«

»Ich auch nicht.« Ich lachte und versuchte, meine Verlegenheit dadurch zu überspielen, daß ich mir eine Handvoll Weintrauben in den Mund steckte. »Das hat sich jetzt wohl geändert, hm?«

Dylan gähnte. »Kann schon sein. Aber meine Mutter hat immer soviel Aufhebens um meine Unschuld gemacht. Sie meinte immer, ich solle meine Unschuld *bewahren*. Für irgend so eine verrückte heilige Vermählung.« Er reckte sich. Sein aufgeschossener, schlanker Körper glänzte von Schweiß, seine unbehaarte Brust war straff von Muskeln. Ich bekam trotz der Weintrauben einen trockenen Mund und trank hastig einen Schluck Wein.

»Deine Unschuld bewahren«, wiederholte ich dümmlich. Das war eine absurde Vorstellung. Angelicas Sohn, der seine Unschuld für die Ehe bewahrte?

»Damit ist es ja jetzt vorbei.« Er beugte sich vor und küßte mich, dann vergrub er sein Gesicht an meinen Brüsten. »Mein Gott, wie gut du riechst …«

Wir küßten uns, in einem Zustand so seliger Erschöpfung, daß wir es dabei beließen, und dann richtete Dylan den Ventilator so aus, daß der schwache Luftstrom über uns hinwegstrich.

»Tut mir leid – wahrscheinlich bin ich der einzige Mensch in D.C., der keine Klimaanlage hat.«

Er schüttelte den Kopf. »Das macht mir nichts aus. Es erinnert mich an …«

Ich lachte. »Ich weiß schon – an Keftiu.«

»Ich wollte gerade Venedig sagen. Auf Kreta ist es viel heißer. Und trockener.« Er runzelte die Stirn und strich mir mit weitausholender Geste das Haar aus dem Gesicht – eine so unvermutete, herzzerreißende Bewegung, daß ich unwillkürlich an Oliver denken mußte. »Macht es dir etwas aus, über meine Mutter zu reden?«

»Nein.« In Wahrheit hatte ich es irgendwie fertiggebracht, so lange nicht an Angelica zu denken, bis er sie erwähnt hatte – und für Oliver galt das gleiche. Und das war seltsam, denn durch das Zusammensein mit Dylan war Oliver mir gleichzeitig lebendiger gegenwärtig und ferner denn je. »Nein, es macht mir nichts aus. Es kommt mir nur seltsam vor. Ich wäre nie auf den Gedanken gekommen, Angelica könnte … na ja, daß sie die Ehe als etwas Heiliges ansehen könnte.«

»Mein Mutter ist sehr eigenartig, Sweeney.« Ich wollte bereits wieder loslachen, doch Dylan schaute ganz ernst. »Ehrlich. Nicht deshalb, weil sie die Ehe für heilig halten würde – das tut sie gar nicht. Mir ist bloß immer noch nicht klar, warum sie meinen Vater geheiratet hat. Ich bin mir ziemlich sicher, daß sie ihn nicht geliebt hat. Jedenfalls nicht so, wie man jemanden lieben sollte. Nicht so wie …«

Er beugte sich über mich und streifte mit den Lippen über meinen Mund. Einen Moment lang fiel mir sein Haar in die Augen, und mir wurde ganz schwindlig, als ich seinen Geruch einatmete; doch dann zog er sich wieder zurück.

»Nicht so, wie ich für dich empfinde«, flüsterte er, und es kam mir gar nicht erst in den Sinn zu lachen. Er setzte sich seufzend wieder auf. »Aber diese heilige Vermählung ist so eine fixe Idee von ihr – hat irgendwas mit ihrem gottverdammten Kult zu tun. Mit diesen ganzen Frauen …«

»Du meinst, wie bei Sun Myoung Moon, der seine Anhänger im Madison Square Garden traut?«

»Ich weiß nicht. Das ist ein Geheimnis, zumindest für mich. Vielleicht werden sie sich alle gegenseitig heiraten. Aber das bezweifle ich.« Er nahm sein Weinglas und schaute hinein. »He, sieh mal – ein Tier.«

Er hielt das Glas schräg zum Fenster, und ich beobachtete, wie eine Honigbiene herauskroch. Dylan pustete darauf; die Biene purzelte auf das Fensterbrett, dann verschwand sie nach draußen.

»Ich weiß genau, wie sich das anfühlt«, sagte ich und schenkte ihm den Rest Wein ein. »Hör mal, du brauchst nicht über deine Mutter zu reden, wenn dir das … na ja, wenn dir das irgendwie unangenehm ist.«

»Es ist mir nicht unangenehm.« Seine Stimme bekam einen scharfen, reservierten Unterton, und einen Moment lang verspürte ich die gleiche jähe Panik wie gerade eben.

Denn so verrückt das alles auch war – *und verrückt*

war es! Schließlich war ich doppelt so alt wie dieser Junge, ich war mit seinen Eltern zur Uni gegangen, unter anderen Umständen hätte ich sogar seine Mutter sein können, und obendrein kannte ich ihn erst seit vierundzwanzig Stunden, in deren Verlauf wir sechsmal miteinander geschlafen hatten, und ich hatte mich auf der Arbeit *krankgemeldet!* –, so verrückt dies alles auch war, wußte ich doch, daß ich im Begriff war, mich in ihn zu verlieben. Daß ich mich bereits in ihn verliebt hatte. Ich. Katherine Sweeney Cassidy, die fast zwanzig Jahre in einem emotionalen Koma zugebracht hatte …

Ich. War. Verliebt.

»… verstehst du das?«

Ich zuckte zusammen. »Hä? Entschuldige, Dylan …«

Er spürte dem Umriß meiner Wade nach. »Ich wollte damit bloß sagen, daß es mir nicht unangenehm oder unheimlich ist, über meine Mutter zu reden. *Sie* ist unheimlich – richtig unheimlich. Ich liebe sie wirklich; aber eigentlich kenne ich sie nicht. Ich war immer auf irgendwelchen Internaten, und sie war ständig mit ihren Grabungen beschäftigt, und selbst wenn sie mich mitnahm, war immer jemand dabei, den sie dafür bezahlte, daß er sich um mich kümmerte – Privatlehrer und so. Sie war immer *nett* zu mir, es ist ja nicht so, daß sie gemein zu mir gewesen wäre oder so, aber …«

Er brach ab und seufzte. Ich wollte ihn umarmen, ich wollte ihm sagen, daß ich ihn verstand – daß ich wußte, wie Angelica war, daß alles gut war –, doch ich traute mich nicht. Ich hatte Angst, ihm allzu bereitwillig Trost zu spenden, Angst, ich könnte ihm zu *mütterlich* erscheinen. Daher saß ich einfach nur neben ihm auf dem Bett und wartete, daß er weiterredete.

»Sie ist einfach so verflucht *intensiv*«, meinte er schließlich. Die Augen in seinem braungebrannten

Gesicht leuchteten wie mitternachtsblaue Flammen. »Sie hat so verrückte Ideen und macht diese wilden Prophezeiungen; viele davon treffen allerdings auch ein.«

»Zum Beispiel?« fragte ich vorsichtig.

»Zum Beispiel Erdbeben. Erinnerst du dich an das große Erdbeben in L.A.? Also, zwei Tage vorher ruft sie mich aus heiterem Himmel auf der Schule an und meint, sie wolle für ein paar Tage mit mir nach Minneapolis fahren. Ausgerechnet Minneapolis! Aber ich dachte, okay, dann schau ich mir eben mal die dortige Musikszene an, und das hab ich dann auch getan. Und in der Zwischenzeit kommt es in L.A. zum großen Knall …«

Er schlug so fest aufs Bett, daß ich zusammenfuhr.

»Die Häuser unserer Nachbarn waren alle in den Cañon gerutscht, aber *unser* Haus – *Moms* Haus – hatte sich nicht mal *gerührt*. Eigentlich hätte man doch meinen sollen, meine Mutter würde sich wegen dieses Erdbebens aufregen, stimmt's? Daß sie mit dem ersten Flugzeug zurückfliegen würde, um nachzusehen, ob alles in Ordnung war. Aber nein – sie läßt sich Zeit, was in Anbetracht der schweren Nachbeben ja auch in Ordnung ist. Und als wir schließlich nach L.A. zurückkommen, hat sich im Haus nichts von der Stelle gerührt. Ich meine, buchstäblich *nichts*. All die wertvollen Terrakotten und Statuen, die sie von Kreta und Italien mitgebracht hat, die haben sich im Regal keinen Zentimeter vom Fleck bewegt. Die Bücher haben sich nicht bewegt. Das Geschirr hat sich nicht bewegt. *Nada*. Ich fragte sie danach, weil ich dachte, sie hätte vielleicht jemanden beauftragt, vor ihrer Rückkehr nachzuschauen und aufzuräumen, aber nein. Ein Erdbeben hat die ganze Westküste dem Erdboden gleichgemacht, bloß nicht das Haus meiner Mutter.«

Er verstummte und sah grimmig nach draußen, wo

die Glyzinenblätter schlaff von den verholzten Ranken hingen. Ich ließ mir Zeit mit einer Entgegnung. Ich hatte einen trockenen Mund, und trotz der sengenden Hitze war mir kalt; dennoch war ich wildentschlossen, Angelica und ihren Zauber nicht in mein Gartenhaus eindringen zu lassen.

»Dann hatte sie also eine Vorahnung«, sagte ich schließlich. »Zum Glück, denn sonst hätte dir ja etwas zustoßen können, hab ich recht?«

»Ja, klar«, meinte Dylan bitter. Er schüttelte sein Haar, das ihm über die Schultern fiel. »Eine Vorahnung! Meine Mutter hatte *immer* nur Vorahnungen! Der Hurrikan Andrew, der Pinatubo, irgendein Erdrutsch in Bangladesch – über Naturkatastrophen weiß sie *immer* schon vorher Bescheid. Eine Frau hat mir mal erzählt, meine Mutter hätte irgendwelchen Wissenschaftlern – weiblichen Wissenschaftlern – geraten, sie sollten Finnland verlassen, weil sich eine Katastrophe ereignen werde, und dann stellte sich heraus, daß sie recht gehabt hatte: es stellte sich heraus, daß sie Tschernobyl gemeint hatte. Sie und ihre Anhängerinnen verlassen die Stadt immer als erste, reichlich vierundzwanzig Stunden, bevor das Unwetter zuschlägt.«

Ich holte tief Luft. »Aber… was willst du damit sagen, Dylan? Glaubst du wirklich, Angelica hat im voraus über all diese Dinge Bescheid gewußt?«

Dylan richtete seine durchdringenden blauen Augen auf mich. Ich bemerkte eine Art Verzweiflung darin: Verzweiflung darüber, daß ich ihm nicht glauben, daß ich ihn für verrückt halten könnte. Zum ersten Mal ahnte ich, wie schwer es ihm – trotz seiner Schönheit, trotz der goldenen Ohrringe, der Doc Martens-Schuhe und all der anderen Attribute einer privilegierten Jugend – gefallen sein mußte, eine Freundin zu finden. Oder überhaupt irgendwelche Freunde.

»Ja«, sagte er, mich zum Widerspruch herausfordernd, »das hat sie.«

Ich wartete. Dann sagte ich leise: »Ich glaube dir, Dylan.« Ich berührte ihn an der Schulter, halb in der Erwartung, er werde zurückzucken oder sich von mir abwenden. Doch das tat er nicht. Er drehte sich zu mir herum und schloß mich in die Arme. Ich spürte, wie er zitterte, als er flüsterte: »Manchmal macht sie mir angst, Sweeney. Ich weiß, sie ist meine Mutter, aber sie macht mir angst ...«

»Mir auch«, murmelte ich und streichelte sein wirres Haar, während wir uns so fest umarmt hielten, daß nicht einmal die goldene Luft zwischen uns gleiten konnte.

»Die Art, wie sie redet«, fuhr er in gedämpftem Ton fort, wie ein Kind, das sich selbst zu trösten versucht. »Dieser ganze dämliche Göttinnenkult, aber so, wie sie in ihren Büchern und überhaupt drangeht, scheint fast etwas dran zu sein. Man kann schon nachvollziehen, warum die Frauen so darauf abfahren. Aber sie weiß nicht bloß über diese Dinge *Bescheid*. Das nehme ich ihr ab. Ich meine, Tiere merken es doch auch, wenn ein Erdbeben droht, stimmt's? Aber einige der Leute, die auf diesem New Age-Kram stehen, glauben wirklich, sie *bewirke das alles!* So wie sie in Hawaii glauben, es gebe eine Göttin Pele, die für die Vulkanausbrüche verantwortlich ist – diese Leute glauben, meine Mutter sei tatsächlich dazu imstande!«

Er massierte sich die Schläfen, als habe er Kopfschmerzen. »Manchmal habe ich den Eindruck, meine Mutter glaubt selbst daran.«

»Oh, das tut sie bestimmt«, flüsterte ich, doch er hörte mich nicht.

»Weißt du, wie sie ist?« fragte er schließlich. »Wie dieses Bild, das ich mal in Lawrenceville gesehen habe. Die Röntgenaufnahme des Innern einer Atomexplosion, aufgenommen in White Sands. Hast du die schon mal gesehen? Von außen sieht man nur diesen ganzen Rauch, diese riesige Pilzwolke und überall Flammen. Aber innen ist bloß dieses Feuer, und genau in der Mitte ein hohler schwarzer Kern. Außen nichts als Zerstörung, aber in der Mitte ist überhaupt nichts.«

Schaudernd griff ich nach meinem Glas. »Vielleicht sollten wir uns etwas zu essen besorgen«, schlug ich vor und trank den Wein aus. »Bist du hungrig?«

Dylan lachte unerwartet, als hätten wir über nichts Ernsteres als das Wetter geredet, dann wälzte er sich herum und schlang die Arme um meine Hüften. »Schon möglich«, sagte er, seinen Kopf an meinem Hals reibend. »Vielleicht. Wenn ich vorher noch etwas für meinen Appetit tun könnte ...«

Später gingen wir auswärts essen.

Als wir abends zurückkehrten, versuchte Dylan, Dr. Dvorkin anzurufen, weil er gern seine Sachen aus dem Haupthaus abgeholt hätte. Robert war jedoch ausgegangen und bestimmt damit beschäftigt, das neue Mitglied des Verwaltungsrats auszuwählen, oder aber er befaßte sich mit dem Indien-Festival oder der Feier des Unabhängigkeitstages der Mall oder einem anderen der zahllosen Dinge, denen er sein Leben widmete. Schließlich gab ich Dylan meinen Schlüssel, damit er seine Sachen aus dem Haus herüberholen konnte. Er kehrte mit einem mit Klamotten vollgestopften Rucksack, einem CD-Player, zwei Taschenbüchern, *Shampoo Planet* und *Pylon* und einem Buch über die Neandertaler zurück.

»Das ist alles?« Ich starrte den überquellenden Rucksack an. »Mehr hast du für den ganzen Sommer nicht mitgebracht?«

Dylan zuckte die Achseln. »Mom kommt mich zum Geburtstag besuchen. Dann bringt sie mir frische Klamotten mit.«

Wir meldeten uns am nächsten Tag krank und auch am übernächsten. Wir blieben im Schlafzimmer im Gartenhaus, durch dessen offenes Fenster sich Glyzinen rankten und dessen alter Ventilator summte wie ein Hornissennest. Nachts streiften wir auf dem Hill umher und wandelten wie in Trance in der blaugeäderten Luft, trunken vom Sex, von der Hitze und vom Wein, nicht wenig erstaunt darüber, daß die Stadt immer noch da war und daß irgendwo in der Ferne Feuerwerkskörper knatterten und Polizeisirenen heulten. Im Morgengrauen füllten sich die Straßencafés mit Regierungsangestellten, die sich um die kleinen runden Marmortische drängten. Straßenkids lärmten am südöstlichen Abschnitt der Pennsylvania Avenue und kickten verwelkte Blüten, McDonald's-Verpackungen und die geschwärzten Schwänze abgebrannter Knallfrösche umher. Gegen drei Uhr morgens füllten sich die Straßen mit den von den Bars heimkehrenden Nachtschwärmern, und ihr Gelächter wurde Teil unseres Schlafs und unserer Umarmungen, das Gelächter und das Klirren der am Bordstein zersplitternden Flaschen, ein Geräusch wie die Brandung einer weit entfernten Küste.

»Ich liebe dich, Sweeney«, flüsterte Dylan bisweilen, seine Hände warm an meiner Brust. Bevor ich einschlafen konnte, wartete ich, bis sein Atem ruhiger geworden war. Ich mußte solange warten, um sicher zu sein, daß er nicht wieder verschwand.

Als ich schließlich erwachte, hatte ich das Gefühl, ich befände mich in einer anderen Stadt. In der Stadt, die ich vor Jahren erblickt hatte und die Oliver mir gezeigt hatte, eine Stadt voller Gespenster, Transvestiten und Phantom-Taxifahrer. Manchmal hörten Dylan und ich Schüsse und ferne Schreie; häufiger aber das müde Geplänkel von Rechtsanwälten, Kindermädchen und College-Studenten, die um vier Uhr morgens von ihren Jobs als Barkeeper und Kellner vom Hill nach Hause gingen.

Das Größte aber war eine kleine Familie, die gerade von der Union Station kam: Mutter, kleiner Junge, Vater in Uniform, der frohlockende Junge zwischen den Eltern schaukelnd, bis er sich auf einmal losriß, auf den leeren, mit amerikanischen Flaggen geschmückten Kreisverkehr hinauslief, die Arme hob und aus vollem Hals rief:

»ICH LIEBE DIESE STADT!«

Dylan schüttete sich aus vor Lachen und ließ sich auf den Gehsteig fallen. Ich tat es ihm nach, und gemeinsam schauten wir zu, wie die Familie übermütig aufs Capitol zurannte.

»Sweeney, das ist ein wundervoller Ort«, sagte Dylan, wischte sich Lachtränen aus den Augen, drehte sich zu mir um und legte mir den Arm um die Schulter. »Ich liebe diese Stadt.«

Und so gab er mir auch dies zurück: die Stadt, in die ich mich einstmals verliebt und von der ich gemeint hatte, sie für immer verloren zu haben …

Stets wirst du in dieser Stadt eintreffen. Hoffe nicht auf eine andere …

Als wir schließlich wieder zur Arbeit gingen, spazierten wir Arm in Arm über die Pennsylvania Avenue und lösten uns erst voneinander, als wir die Mall erreichten, wo wir ein geschäftsmäßiges Gesicht aufsetzten, bevor wir das Museum betraten. Niemand schien sich darüber zu wundern, daß ich mir ein paar Tage freigenommen hatte. Jedesmal, wenn ich Dylan auf dem Korridor begegnete oder wenn er in mein Büro hineinschaute, meinte ich, über unseren Köpfen müßten Rauchwölkchen wie Pfingstflammen schweben. Doch niemandem fiel etwas auf – und falls doch, so scherte man sich nicht darum.

Trotzdem bemühten wir uns, unsere Beziehung geheimzuhalten; zumindest galt das für mich. Dylan wirkte hocherfreut, eine Affäre zu haben, und ich hatte das Gefühl, er warte bloß darauf, daß jemand ihn fragte, damit er alles ausplaudern konnte.

»Tu's nicht«, ermahnte ich ihn fast täglich. »Ich könnte dadurch Schwierigkeiten bekommen.«

»Wieso? Wir sind doch beide mündige Erwachsene.«

Na ja, zumindest einer *von uns*, dachte ich. Doch ich sagte bloß: »Dr. Dvorkin ist in dieser Beziehung sehr, sehr empfindlich, okay? Das hier sind Regierungsjobs, und die sexuelle Belästigung am Arbeitsplatz stellt in dieser Stadt ein großes Problem dar, daher sollten wir uns besser diskret verhalten, okay?«

Dylan verdrehte die Augen und steckte die Hände in die Taschen. »Natürlich. *Diskret*.«

Allerdings hatte ich Dr. Dvorkin seit Dylans Ankunft kaum zu Gesicht bekommen. Er hatte Dylan begrüßt, als wir endlich wieder im Museum aufgetaucht waren. Er wirkte erfreut, ihn zu sehen, und schien nicht einmal bemerkt zu haben, daß wir beide mehrere Tage nicht zur Arbeit erschienen waren, ganz zu schweigen davon, daß Dylan eigentlich in Dr. Dvorkins Gästezimmer hätte schlafen sollen anstatt in meinem Bett.

»Ihrer Mutter geht es gut?« fragte Dr. Dvorkin zerstreut. Er wirkte noch geistesabwesender als sonst. Ständig läutete das Telefon, und seine Antworten waren ungewöhnlich knapp. »Bitte grüßen Sie sie von mir, tun Sie das? Tja, dann …«

Er seufzte und tupfte sich die Stirn mit einem Taschentuch ab, und wir folgten ihm über den Korridor. »Katherine, ich bin den ganzen Tag weg. Wenn Sie mich brauchen, wenden Sie sich an Laurie …«

»Hat Dr. Dvorkin deine Mutter eigentlich jemals

kennengelernt?« fragte ich, als Dylan und ich ihm nachsahen.

»Keine Ahnung. Er und mein Großvater waren eng befreundet, das weiß ich.«

Ich sah Dylan von der Seite an. Er trug weite khakifarbene Hosen und ein weißes Oxfordhemd, die Ärmel hatte er lose hochgekrempelt, so daß man seine muskulösen Unterarme und knochigen Handgelenke sah, aus dem Pferdeschwanz hingen wirre Strähnen. Er stützte sich auf das geschwungene Treppengeländer und schaute ziemlich düster Dr. Dvorkins entschwindender Gestalt hinterher. Ich überlegte, ob Dylan wohl über die *Benandanti* Bescheid wußte – auf einmal kam mir der Gedanke, wenn überhaupt jemand, dann müsse er ihr Erbe sein. Das war eine düstere, geradezu erschreckende Vorstellung, die ich sogleich verdrängte.

»Hey«, sagte ich und wandte mich ab. »Du mußt arbeiten.«

»Sehen wir uns zum Mittagessen?«

Lächelnd nickte ich. »Klar. *Au revoir*, Kleiner.«

Trotz der alljährlichen Touristenschwemme gab es im Sommer für gewöhnlich nur wenig zu tun. Während ich mit Dylan die Arbeit geschwänzt hatte, waren nur ein paar Anrufe eingegangen – die üblichen Anfragen wegen Fotos und Videodiscs, eine Nachricht von Rogers, ein paar intelligent formulierte Anrufe von Baby Joe in New York.

»Äh, also, hija, *was, zum Teufel, treibst du eigentlich so? Ruf mich an.«*

»Jesses, hija, *es ist Dienstag. Wo, zum Teufel, steckst du?«*

Zu diesem Thema gab es noch weitere Variationen. Ich spulte sie grinsend zurück und überlegte, wie Baby Joe wohl reagieren würde, wenn er erfuhr, daß ich mich mit einem Praktikanten eingelassen hatte.

Die Vorstellung, ihm von Dylan und dessen Eltern zu erzählen, war im Moment ein bißchen viel für mich. Daher rief ich Baby Joe nicht gleich an. Ich nahm mir vor, damit noch ein paar Tage zu warten, bis ich mein Pensum nachgeholt hatte.

Es lag nicht bloß an mir: der Sommer, überhaupt alles war ein wenig aus dem Lot geraten. Das Wetter war seltsam – schon seit vielen Monaten, was Dylans Bemerkungen über seine Mutter noch beunruhigender machte. Auf einen langen, harten Winter mit Erdbeben, Schneestürmen und einem Kälterekord war ein furchtbarer Frühling gefolgt – Überschwemmungen und Erdrutsche, noch mehr Erdbeben an Orten mit unaussprechlichen Namen, unerwartete Vulkanausbrüche in Indonesien, die eine feine Ascheschicht in die Atmosphäre schleuderten. Das ließ für den kommenden Winter nichts Gutes erwarten, wenngleich die Wissenschaftler offenbar der Meinung waren, wir dürften einen kühleren Sommer erwarten.

Doch dann kam der Sommer und mit ihm ein neuer Hitzerekord in der zweiten Juliwoche – ein Rekord sogar für D.C., was schon etwas heißen will. Die Temperatur schwankte ständig um die vierzig Grad Celsius und nahm selbst gegen Abend kaum ab, wenn die Straßen und Gehsteige von riesigen Schaben und Wasserkäfern bedeckt waren, die wie jeder andere auch Linderung von der Hitze suchten. Zu Anfang wurde der Strom einmal wöchentlich abgeschaltet, dann alle paar Tage; schon bald gewöhnte ich mich an die gedämpften Flüche und Schreie aus irgendwelchen Winkeln des Museums, wenn der Strom ausfiel und das Computernetz zusammenbrach.

Anderswo war es noch schlimmer. Im Mittleren Westen verdorrte das Getreide. Eine Heuschreckenplage biblischen Ausmaßes suchte vom Missouri ausgehend die Dakota Badlands heim und ließ nichts als

Staub und haufenweise leere Insektenhüllen hinter sich zurück. Von Gewittern verursachte Brände verwüsteten die Westküste, wo die Menschen immer noch mit dem Wiederaufbau nach dem Erdbeben beschäftigt waren. Die Baja Peninsula wurde nach einem Ausbruch des von Nagetieren verbreiteten Hanta-Virus zeitweilig unter Quarantäne gestellt. Im Acadia Nationalpark brach am Mount Desert ein verheerendes Feuer aus, verursacht von der heißen Witterung und dem Streichholz eines leichtsinnigen Wanderers. Im Nordwesten kam es zu einem Krieg zwischen Baumfällern und Umweltschützern, in dessen Verlauf Waldarbeiter mit AK-47-Gewehren abgeknallt und Holztransporter mitten auf der Route 687 in die Luft gejagt wurden. Die Heuschrecken wurden für mindestens einen größeren Flugzeugabsturz verantwortlich gemacht; in D.C. wurde ein auf der Veranda schlafendes Kind von Schaben regelrecht erstickt.

»Mein Gott«, sagte ich, als diese Nachricht über NPR kam, und schaltete auf einen anderen Kanal.

Natürlich war auch wieder von Apokalypse die Rede, von der bevorstehenden Jahrtausendwende, dem Versagen der Schulen und den Vorgängen im Mittleren Osten. Gewiß, das alles war merkwürdig, beunruhigend und auch erschreckend, andererseits war es auch nichts Ungewöhnliches – Sie wissen schon: Texanische Sekte beansprucht ganze Stadt für sich allein. Busunglück in Neu Delhi, Tausende Tote.

Mir war das gleichgültig, ich wollte einfach nicht darüber nachdenken. Ich wollte nichts weiter als an Dylan denken. Ich kaufte mir bei Hechinger's etwas Borsäure und einen neuen Feuerlöscher, den ich in einer Kiste mit gutem Chardonnay vom Mayflower verstaute. Ich hörte auf, die Titelseite der *Post* zu lesen, hing statt dessen mit Dylan bei Tower Records herum und blätterte in der Musikzeitschrift *Pulse*.

Schwerer fiel es mir, darüber hinwegzusehen, daß im Museum etwas Seltsames vor sich ging, etwas, das einen Großteil von Dr. Dvorkins Zeit beanspruchte. Ich stellte fest, daß er zu ungewöhnlichen Zeiten mit angespannter Miene sein Büro verließ, häufig mit dicken Stapeln Papier, Aktenordnern und sogar Holzkästen beladen. Als ich zu Lauries Schreibtisch hinunterging und sie danach fragte, zuckte sie bloß die Achseln.

»Ich weiß es nicht, Katherine. Könnte was mit den amerikanischen Ureinwohnern zu tun haben …«

Ich stöhnte. Wie auch eine Reihe anderer Museen im ganzen Land waren wir unter Beschuß geraten, weil wir heilige Gegenstände in unseren Sammlungen hatten. Es hatte einige Prozesse gegeben, ein paar außergerichtliche Vergleiche, eine Menge unglücklicher Presseberichte, und eine unserer Indianerausstellungen hatte wegen Renovierung schließen müssen, als sich herausstellte, daß unsere Dauerausstellung von *Kachina*-Puppen keineswegs dauerhaft gewesen war. »Soll ich irgend etwas tun? Zum Beispiel: nicht mit der Presse reden? Oder mit der Presse reden?«

Laurie stach mit einer Büroklammer nach dem Computer. »Zu spät. Es war schon jemand von der *Post* da – aber da waren Sie krank, nicht wahr? Na ja, jedenfalls soll demnächst ein großer Bericht erscheinen.«

»Wegen der Indianer?«

»Keine Ahnung. Ich glaube nicht – ich glaube, es ist was Größeres. Hat vielleicht mit der Türkei zu tun.«

»Was für ein *Ei?*«

»Mit dem Land Türkei, Katherine.« Laurie schleuderte die Büroklammer in die Ecke und beäugte mich mißtrauisch. »Was ist eigentlich mit Ihnen los? Sie wirken irgendwie daneben …«

Ich vollführte eine vage Geste. »Es ist nichts. Ich hatte eine Erkältung. Was ist denn mit der Türkei?«

»Ich weiß nicht genau. Robert hat mir nichts erzählt, aber unten in der Paläo drehen alle durch. Ich glaube, Robert betreibt gerade so etwas wie Schadenbegrenzung.«

Ich klatschte mir einen Stapel Papiere gegen die flache Hand. »Hab mir wohl die falsche Woche zum Fehlen ausgesucht, was?«

»Oder gerade die richtige.« Das Telefon summte, und sie wandte sich ab. »Bis später, Katherine. Schön, daß es Ihnen wieder besser geht.«

Ich kehrte langsam zu meinem Büro zurück. Was immer da im Europäischen Paläolithikum vor sich gehen mochte, bereitete mir nur insofern Kopfzerbrechen, als es mich zwingen könnte, mich mit meiner Arbeit anstatt mit Dylan zu beschäftigen.

Aber was auch immer sich da zusammenbraute – bis das Unwetter losbrach, war es noch eine Weile hin. Der Rest der Woche verlief ruhig, ungewöhnlich ruhig selbst für den Verwaltungstrakt des Museums für Naturgeschichte mitten im Juli. Dylan und ich schwänzten die Arbeit, kamen zu spät und gingen zu früh – genau das Verhalten, auf dem sich der schlechte Ruf von Beamten gründet. Ich gab mir nicht viel Mühe, Arbeit vorzutäuschen. Statt dessen wandelte ich in einem Technicolor-Nebel umher und fühlte mich dabei, als sei ich aus der Welt, wie ich sie kannte, irgendwie in die von einer Filmgesellschaft aus Bombay verfilmte Version meines Lebens hineingeraten, als hätte sich die Mall draußen auf magische Weise in ein exotisches Festival verwandelt, komplett mit Feuerschluckern, mandeläugigen Jungen und Mädchen, indischem Puppentheater und kleinen Buden, an denen Vogelkäfige, Kampfdrachen und *puri* verkauft wurden. Solange man sich nicht zu bewegen brauchte, war die Hitze gar nicht so schlimm. Dylan und ich machten drei Stunden Mittagspause, und ich stellte fest, daß Jack Rogers sein Wort gehalten hatte: Pink Pelican Bier war mittlerweile an jeder Imbißbude erhältlich. Ich nahm mir ein paar von den etwa einer Million Urlaubstagen, die ich die vergangenen acht Jahre über angesammelt hatte, und tat vor allem das, was auch alle anderen in diesem Sommer in D.C. taten: nämlich überhaupt nichts.

Dylan allerdings war nicht untätig. Er katalogisierte Fotos für das Larkin-Archiv und fand sich allmählich im Museum zurecht. Stundenlang wanderte er ganz allein durch die anthropologische Abteilung, durchstöberte die entlegensten Winkel und Depots und schaute hin und wieder bei mir vorbei, um mir seinen neuesten Fund vorzustellen – die Erstausgabe von Darwins *Die Entstehung der Arten*, die hinter dem Bein eines alten Rollpults gesteckt hatte; eine Mappe mit originalen Photogravüren der berühmtesten Arbeiten von Edward Steichen, das Flatiron Building und der Central Park im Schnee sowie ein halbes Dutzend anderer Fotos, alle auf winzigen schmalen Papierstreifen, die ebenso zart und reizvoll waren wie getrocknete Veilchen; sogar eine von Maggies Riesenschaben, die in der Nähe der malayischen Marionetten in der indonesischen Ecke eine Heimstatt gefunden hatte.

»Schau dich nur weiter um«, meinte ich zu ihm, nachdem er einem verwirrten Ornithologen einen deutschen Stahlhelm aus dem Ersten Weltkrieg präsentiert hatte. »Irgendwo ist auch Jimmy Hoffa und der Typ, der das Buch *Der Kleine Prinz* geschrieben hat.«

Dylan grinste. »Und Elvis?«

»Elvis ist drüben in der Geschichte Amerikas.«

Einer Woche folgte die nächste. Ich stellte den Anruf bei Baby Joe ebenso zurück wie alles andere. Die Hitzewelle machte keine Anstalten, sich abzuschwächen. Vielleicht war das der Grund, warum der angedrohte Artikel der *Post* nicht erschien. Ich glaubte allmählich, daß ich vielleicht – bloß vielleicht – damit durchkommen könnte. Daß dies die Entschädigung sei für alle verlorenen Jahre, für meinen Verweis von der Göttlichen und die Trennung von den einzigen Menschen, die zu lieben ich mir je gestattet hatte. Daß ich endlich festen Boden unter den Füßen hatte; daß ich zu guter Letzt den Richtigen gefunden hatte. Und daß er mich liebte.

Dann platzte eines Morgens Laurie Driscoll mit der neuesten Ausgabe von *Archaeology* in mein Büro.

»Da«, sagte sie. Sie klatschte die Zeitschrift auf meinen Schreibtisch. »Das ist gerade reingekommen. Sehen Sie sich das mal an.«

»Worum dreht sich's denn?«

»Lesen Sie einfach.«

Zwei kurze Artikel teilten sich eine Seite mit Anzeigen für nach persönlichen Angaben angefertigte Kartuschen und eine Marmorreplik des Kopfes der Königin Hatschepsut mit Zertifikat. Der erste Artikel vermeldete, ein renommierter Kunsthändler von Manhattan habe sich bereit erklärt, eine Sammlung von goldenen Siegelringen, Elfenbeinschmuck, Halsketten und Fayence-Skulpturen mittelminoischer Zeit einschließlich zweier Bilder der sogenannten Kretischen Schlangengöttin an das Archäologische Nationalmuseum in Athen zurückzugeben. Die Sammlung war auf dem boomenden Antiquitätenmarkt über zwei Millionen Dollar wert, doch bevor sie nach Athen transferiert werden konnte, wurde das Nationalmuseum seinerseits von einer feministisch-spirituellen Gruppe namens Potnia verklagt, benannt nach der alten kretischen Herrin der Tiere.

»Na, *großartig*«, sagte ich halblaut. Ich schaute zu Laurie hoch. »Sie wollen doch wohl kaum mit mir über diese Anzeige für Urlaubsaufenthalte in Mayaland reden?« meinte ich versonnen.

»Lesen Sie.«

Ich las, daß Potnias Anwältin und Sprecherin, Rosanne Minerva, die Ansicht vertrete, die Sammlung gehöre weder in private Hände noch in ein Museum. Es handele sich dabei um ›das uralte spirituelle Vermächtnis der Frauen in aller Welt, das von einer geheiligten Stiftung im Namen aller Frauen verwaltet werden müsse‹. Anstatt einen kostspieligen Prozeß zu führen, willigten das Griechische Nationalmuseum und der Kunsthändler von Manhattan ein, die Sammlung unter den wachsamen Augen von Ms. Minerva Potnia zu stiften. Man ging davon aus, daß sowohl das Museum wie auch die Kunstgalerie erhebliche Steuervorteile aus dem Transfer ziehen würden.

Der zweite Artikel schloß sich nahtlos an den ersten an. Darin hieß es, der bekannte amerikanische Geschäftsmann Michael Haring habe sich bereit erklärt, seine Privatsammlung von neolithischen Artefakten einschließlich einer Mumie aus der keltischen Bronzezeit Potnia zu stiften. Diese Entscheidung hatte er anscheinend gerade noch rechtzeitig getroffen, da man sich offenbar fragte, wie er diese Artefakte überhaupt erworben hatte. Mehrere Regierungen, darunter die von Zypern, Dänemark und der Türkei, hatten ihm mit gerichtlichen Schritten gedroht, doch die respekteinflößende Ms. Minerva schien ihre Forderungen mit größerem Nachdruck zu vertreten, als mir so ohne weiteres einsichtig war.

Bis ich den letzten Satz des Artikels las, der da lautete:

> *Die Bemühungen von Potnia, ›heilige weibliche Kunstwerke‹ in ihren Besitz zu bringen, werden weitgehend unterstützt von Dr. Angelica Furiano, der bekannten Archäologin und Buchautorin, die durch ihre Bestseller über weibliche Spiritualität zu Ruhm gelangte.*

»Uff.« Ich klappte die Zeitschrift zu, schob sie weg und preßte mir die Finger gegen die pochende Stirn. »Michael Haring, woher kenne ich den bloß?«

Als ich aufsah, hatte Laurie die Arme vor der Brust verschränkt und musterte mich durchdringend.

»Angelica Furiano, woher kenne ich die bloß?« äffte sie mich nach.

Ich öffnete den Mund, klappte ihn wieder zu und wandte mich meinem Computer zu. »Ist mir da irgendwas entgangen, Laurie? Ganz im Ernst. Wer ist Haring? Ich meine, abgesehen davon, daß er Geld hat?«

Laurie seufzte und griff nach der Zeitschrift. »Na ja, beispielsweise gehört er dem Verwaltungsrat des Nationalmuseums für Naturgeschichte an.«

Ich riß die Augen auf. »Im Ernst?«

»Im Ernst.«

»Glauben Sie, das macht Robert Sorgen? Irgendeine radikale feministische Gruppe, die die Herausgabe unserer Artefakte verlangt? Kein Wunder, daß er so niedergeschlagen wirkt.«

Laurie stützte sich auf meinen Schreibtisch und streifte die Sandalen ab. »Wollen Sie damit etwa sagen, das sei neu für Sie, Katherine?«

»Eigentlich schon«, meinte ich bedächtig. »Das ist es. Davon höre ich jetzt zum ersten Mal. Ich meine – also, Laurie, jetzt machen Sie aber mal halblang, okay?« explodierte ich schließlich. »Ich hab in letzter Zeit nicht alles mitbekommen, das gebe ich zu! Aber dieser Mist …«

Ich deutete zornig auf die Zeitschrift. »Das ist nicht mein Gebiet, verstehen Sie? Und es scheint ja auch so, als würden diese Fälle alle außergerichtlich geklärt werden, also …«

Laurie sah mich an, als hätte ich ihr soeben vorgeschlagen, ein unschuldiges Häschen mit ihren bloßen Füßen zu Tode zu trampeln. »Pete Suthard hat gemeint, er habe gehört, daß möglicherweise sieben Galerien geschlossen werden müßten.«

»Sieben! Aber das ist doch lächerlich! Wir haben hier doch nicht mal *eine* Galerie mit wertvollem Göttinnenkram ...«

»Ich gebe ja bloß wieder, was ich gehört habe. Er meinte, die Leute von Potnia seien eine Allianz mit den Bürgerrechtsgruppen amerikanischer Ureinwohner, irgendwelchen afroamerikanischen Gruppen, den keltischen Schwulen und dem Lesbischen Nationalkongreß eingegangen ...«

Sie seufzte und streifte die Sandalen wieder über. »Also, jedenfalls dachte ich mir, Sie wüßten vielleicht Genaueres. Wegen ... na ja, wegen Dylan.«

»Dylan.« Ich versank noch ein Stück tiefer in meinem ergonomischen Bürostuhl. »Dylan?«

Laurie schnaubte. »Glauben Sie etwa, es hätte noch niemand bemerkt, daß Sie mit einem Praktikanten zusammenleben?«

Ich rubbelte mir die Nase, dann erwiderte ich leicht defensiv: »Also, das stimmt.«

»Ach, nicht doch. Mir ist das schließlich egal. Ich dachte bloß, na ja, wegen seiner Mutter – ich dachte, Sie wüßten vielleicht mehr über diese Angelegenheit.«

»Ich weiß nicht mehr.«

»Ich glaube Ihnen. Ich habe Robert bloß noch nie so fertig erlebt.« Laurie wirkte verlegen, sogar leicht sauer. »Wissen Sie, wenn erst mal der Ombudsmann eingeschaltet wird, um herauszufinden, was diese Leute überhaupt wollen, dann kriegen wir wirklich Zahnschmerzen. *Mindestens.*«

»Den Ombudsmann werden sie nicht einschalten«, sagte ich, darum bemüht, meiner Stimme einen zuversichtlichen Klang zu verleihen. Jetzt, da Robert Dvorkin so beschäftigt war und die übrigen Museumsdirektoren Urlaub machten, war ich sozusagen die Dienstälteste. Ich besaß genug Verantwortungsgefühl für die Abteilung, um zumindest den flüchtigen Versuch zu unternehmen, unsere Sekretärin dahingehend zu beruhigen, daß ihr Job einstweilen nicht in Gefahr sei. »Beruhigen Sie sich, Laurie, okay?«

»Ich *bin* ruhig. In ein paar Wochen gehe ich zu Hatteras«, meinte sie selbstgefällig und wandte sich zum Gehen. »Ich wollte bloß, daß *Sie* Bescheid wissen. Jetzt, da Robert kaum noch Zeit hat, werden *Sie* sich eben um alles kümmern müssen.«

»Danke.« Ich sah ihr nach. Ich überlegte, ob ich ihr nachlaufen und ihr die Zeitschrift abnehmen sollte.

Dann beschloß ich, einfach nicht mehr daran zu denken. Zum einen ging es mich nichts an. Ich wollte auch nicht, daß es mich etwas anging. Ich hatte fast mein ganzes Leben darauf verwandt, ein Drohnendasein als Beamtin in Washington zu führen, als Videodisc-Projektleiterin der Besoldungsklasse 9-4, und damit war ich auch zufrieden. Das Museum bezahlte mir nicht genug, daß ich mir den Kopf zerbrechen müßte – das war Dr. Dvorkins Aufgabe. Ich *wollte nicht* nachdenken, zumal jetzt nicht. Ich wollte glauben, dies alles sei nichts weiter als ein dummer Zufall. Ich wollte glauben, Angelica habe über ihre eigenen Karrierebelange hinaus – worin diese auch bestehen mochten – keinen Grund, an mich, ans Museum oder auch nur an ihren eigenen Sohn zu denken. Ich wollte Dylan, mehr nicht. Ich wollte Dylan und nicht an irgendwelche Absonderlichkeiten in meiner Vergangenheit erinnert werden, die dazu geführt haben mochten, daß er jetzt hier bei mir war.

Und Dylan wollte offenbar auch nicht darüber nachdenken. Was seine Mutter betraf, hatten wir eine Art stillschweigender Übereinkunft getroffen. Wenn er über Angelica reden wollte, hörte ich ihm zu; ich gewöhnte mir jedoch an, keine Fragen zu stellen.

»Findest du nicht, du solltest sie wenigstens mal

anrufen?« Das war, als wir schon einige Wochen zusammen waren. Ich wollte gerade zum Eastern Market gehen, um ein paar Rippchen fürs Abendessen zu kaufen. »Ich werde eine Weile weg sein, in der Zwischenzeit könntest du …«

»Ich habe sie schon angerufen«, meinte Dylan kurz angebunden. Er trug eine enge, ausgefranste, abgeschnittene Jeans und sonst nichts und fläzte sich auf dem alten Castro-Schlafsofa, wobei seine unglaublich langen Beine über den Rand des Sofas hinausragten. »Wenn sie mich braucht, weiß sie, wo sie mich finden kann.«

»Ist gut«, sagte ich und ging hinaus.

Ich bezweifelte das. Auf Dr. Dvorkins Bitte hin ging ich fast täglich nach der Arbeit zum Haupthaus hinüber, goß die Orchideen, fütterte die Katzen und sah nach der Post. An jenem Abend tat mein Herz einen Satz: unter dem Stapel Zeitschriften und Überseebriefen fand ich einen Umschlag mit Dylans Namen darauf, in Angelicas wunderschöner Handschrift und mit pfauenblauer Tinte geschrieben. Als ich mit zitternder Hand danach griff, fiel die übrige Post zu Boden.

»Du hast Post bekommen«, sagte ich in bemüht gleichgültigem Ton, als ich ihm den Brief reichte. Dylan warf einen Blick auf den Umschlag und legte ihn gleich wieder weg. Ich ging auf die Veranda hinaus, um nach dem Grill zu sehen. Als ich wieder ins Haus kam, war der Brief verschwunden – das weiß ich genau, denn während Dylan im Bad war, suchte ich danach. Schließlich tauchte der Brief ein paar Tage vor Dylans Geburtstag wieder auf; diesmal steckte er unter dem Webteppich, mit dem das Sofa abgedeckt war. Der Umschlag war noch immer ungeöffnet. Als ich ihn in die Hand nahm, roch ich Sandelholz, dessen Geruch wie Weihrauchduft am schweren Papier haftete – Sandelholz und Orangen und den Duft von gemahlenem Koriandersamen.

Annie Harmon besah sich die Reihen schwarzer und grauer Limousinen, die vor dem Javits Convention Center parkten. Hinter dem rußfarbenen Monolithen floß träge der Hudson, von der hinter der Skyline von Jersey versinkenden Sonne schwarz und orange gestreift. Wenn sie tief genug einatmete, roch sie den Fluß, den Gestank von Benzin und totem Fisch; aber Annie wollte ihn nicht riechen. Sie wollte auch nicht hier sein. Die Touristen widerten sie an, im Umkreis von zehn Blocks gab es kein vernünftiges Restaurant, und sie glaubte nicht, daß Justine im Wagen eines richtig reichen Knackers auftauchen würde.

So abwegig war das gar nicht; Annie wollte es bloß nicht glauben. Wenn sie sich die Fahrzeuge genauer anschaute, sah Annie in den meisten Köpfe in rhythmischer Bewegung; Transvestiten, Transsexuelle und ganz gewöhnliche Nutten, die sich der Touristen annahmen. Aber das wollte sie ebensowenig sehen, wie sie den vorbeitreibenden Müll mit seinen Schwärmen von Seemöwen und Schmeißfliegen riechen oder wie sie an die Nachricht denken wollte, die Justine auf dem Anrufbeantworter ihres Hotelzimmers hinterlassen hatte. Daher setzte sie sich auf die Stufen des Kongreßzentrums und versuchte, an nichts zu denken, auf den Knien die ungelesene aktuelle Ausgabe von *Voice*. Versuchte, überhaupt nicht zu denken.

Seit Baby Joes Tod waren drei Wochen vergangen. Lungenversagen, hatte im Bericht des Coroners gestanden. Gar nicht so ungewöhnlich, wie man meinen sollte, an einem Ort wie dem Chumley Peckerwood's; mit achtunddreißig war José Malabar immer noch recht jung gewesen, trotz seines Übergewichts, der Zigaretten und seiner chaotischen Schlafgewohnheiten. Trotzdem reichte es aus für eine schmutzige kleine Story, für eine kurze Zeitungsmeldung, die den Tod eines unbedeutenden New Yorker Originals in einem Stripteaseclub glorifizierte. Der übliche Aufreißer im Stil von *Kopflose Leiche in Oben-Ohne-Bar gefunden*, dazu ein paar halbherzige Versuche, der Sache auf den Grund zu gehen; dann übernahm jemand von *Newsday* Baby Joes Kolumne, und damit hatte es sich. Annie hatte sich nicht getraut, der Beerdigung in D.C. beizuwohnen oder auch nur die Familie anzurufen. Statt dessen hatte sie Helen Blumen und eine Karte mit ihrer beider Namen darauf schicken lassen. Später, nachdem sie sich um den ganzen anderen Kram gekümmert hatte, war ihr ein passenderes Gedenken an ihren ermordeten Freund eingefallen.

Denn wenn Angelica di Rienzi nicht mit Baby Joes Tod zu tun hatte, dann war sie, Anne Marie Jeanne Harmon, eine Karmeliterin. Und Karmeliterinnen trieben sich nicht am Flußufer von Manhattan herum und verabredeten sich an einem glühendheißen Juliabend mit transsexuellen Prostituierten.

»Annie! Ich bin hi-ier!«

Annie drehte sich um und mußte unwillkürlich lächeln. Justine war tatsächlich mit einer Limousine gekommen. Sie schaute zu, wie ihre langbeinige Freundin vom Rücksitz eines unglaublich langen silbrigen Wagens glitt, sittsam ihre kunstvoll arrangierte Frisur tätschelte und dann die Straße überquerte, wobei sie dampfenden Pfützen und müllgefüllten Schlaglöchern mit ihren Plateauschuhen Größe 45 sorgfältig auswich.

»Hi, Justine«, sagte Annie. »Hast du Lust, dir *Cats* anzuschauen?«

»Uh.« Justine tauchte neben ihr auf, blickte sich angewidert um und rückte sich die goldgerahmte Sonnenbrille auf ihrer Adlernase zurecht. »Ich finde es hier zum Kotzen – *c'est à cochons.*« Sie reckte das Kinn, als jemand auf der anderen Straßenseite ihren Namen und einen Kraftausdruck rief. »Du kannst mich mal, Arschloch! Meine Liebe, du siehst furchtbar aus«, setzte sie hinzu, auf Annie herunterblikkend.

Annie zuckte die Achseln. Eine Straßenlaterne schaltete sich klickend ein, überflutete die Treppenstufen mit violettem Licht und ließ Justines Sonnenbrille taxigelb aufleuchten. Annie sah sich in den Gläsern gespiegelt: aus ihrem Kreissägenschnitt ragten unordentliche Büschel hervor, sie hatte dunkle Ringe unter den Augen und Flecken im Gesicht. Niemand hätte den Bühnenknaller von vergangener Woche in ihr wiedererkannt. »Ja, ich weiß«, seufzte sie. »Ich seh aus wie Scheiße. Pardon – *merde*. Also kommen wir gleich zur Sache. Was hast du herausgefunden?«

»Ich habe deine Freundin gefunden.«

»Tatsächlich.« Annie atmete einmal tief durch, ohne an die verpestete Luft zu denken, und kniff die Augen ganz fest zusammen. »Also hatte ich doch recht. Du hast es wirklich geschafft.« Sie meinte, jeden Moment in Tränen ausbrechen zu müssen, vor Erleichterung, vor Erschöpfung oder vielleicht auch vor Freude.

»Sie ist in London ...« Justine wühlte in ihrer Day-Glo-Plastikhandtasche, aus der ein Bündel Geldscheine und bunte Kondome auf die Stufen fielen. »Hoppla, einen Augenblick noch ... da ist es ja ...«

Justine bückte sich und sammelte mit einer Hand das Geld auf, mit der anderen schwenkte sie triumphierend ein Blatt Papier. »Sie *war* in London. Ihre Mitbewohnerin hat gemeint, sie habe sie zuletzt vor ein paar Monaten gesehen. Das ist ihre damalige Adresse. Eine Nachsendeadresse gibt es leider nicht.«

Annie zog den Zettel zwischen Justines lackierten Fingernägeln hervor und starrte ihn an. Kein Name, bloß eine Adresse auf der Camden High Street. Lange Zeit schwieg sie. Justine stand neben ihr und rauchte eine Zigarette. Die Sonne versank hinter dem Westufer des Flusses, die Mietwagen vor dem Kongreßzentrum verschwanden allmählich, bis sich nur noch hin und wieder ein Yellow Cab oder ein Wagen mit Mietfahrer blicken ließ.

»Okay«, meinte Annie schließlich. Sie faltete das Blatt zusammen und steckte es sorgfältig in ihr Notizbuch. »Gab es … sonst noch etwas? Ich meine, weißt du, was sie die ganze Zeit über gemacht hat?«

Justine zog ein letztes Mal an der Zigarette und schleuderte sie fort. Sie atmete aus, dann sagte sie: »Sie war ziemlich lange in Südostasien. In Thailand, glaube ich. Nein, wart mal – oder war es Taiwan? Ich weiß nicht mehr. Ihre Mitbewohnerin meinte, sie habe wahrscheinlich eine Zeitlang Probleme mit Drogen gehabt, aber jetzt sei sie wieder clean. Ihr Arzt war dort, in Bangkok oder so, deshalb hat es so lange gedauert, etwas in Erfahrung zu bringen – jeder, den ich kenne, ist entweder hier oder in Stockholm in Behandlung. Aber nicht in Taiwan.«

»Bangkok gehört nicht zu Taiwan«, sagte Annie. »Das liegt in Thailand.«

Justine legte den Kopf schief und spähte über den Rand der Sonnenbrille. Annie hatte tiefschwarze Ringe um die Augen und dermaßen verengte Pupillen, daß man meinte, in die leeren Höhlen eines Totenschädels zu schauen. »Ich werd dir mal was sagen, *chérie*. Manchmal wollen Leute, die sich so verhalten, nicht gefunden werden …«

»Red keinen Scheiß«, fauchte Annie, doch Justine hob warnend die Hand.

»Ich wollte gerade sagen, *manchmal* wollen sie nicht gefunden werden; aber ich glaube, deine Freundin wird dich trotzdem finden, Annie. Sie hat dich schon einmal gefunden. Sie wird dich wieder finden …«

»Aber …«

»Aber jetzt muß ich los, *chérie*.« Justine streckte die Arme und gähnte laut. »Ich habe eine Verabredung.«

»Warte …« Annie erhob sich schwankend und

zerrte den Rucksack hinter sich her. »Hör mal, Justine. Ich weiß, daß du mit Helen befreundet bist und überhaupt, aber ich hab mir gedacht … also, ich habe ein mieses Gefühl, weil du dir die ganze Mühe gemacht hast. Kann ich dir vielleicht einen Scheck ausstellen oder so – um dich für die aufgewendete Zeit zu entschädigen?«

Justine ließ die Arme herabfallen, starrte Annie mit großen schwarzen Augen an und brach in Lachen aus. »Mich *bezahlen*! Kommt gar nicht in Frage, meine Liebe …«

»Äh, Justine, du hast doch diese ganzen Überseegespräche geführt! Ich *weiß*, daß das schwieriger war, als du zunächst dachtest …«

Justine faßte Annie beim Kinn. »*Chérie!* Du und Helen, ihr seid *beide* meine Freunde. Erinnere mich daran, wenn du einmal reich und berühmt bist – *richtig* reich und *richtig* berühmt. Außerdem«, sagte sie, ließ Annies Kinn los, beugte sich vor und gab ihr einen feuchten Schmatzer auf die Wange, »habe ich die Gespräche auf Rechnung eines Kunden geführt.« Sie lachte wieder und schwang ihr Plastikhandtasche durch die dunstige Luft. »Und meine Preise könntest du dir sowieso nicht leisten, Schätzchen.«

»Justine …« Annie drückte ihr die Hand. »Ich weiß gar nicht, wie ich dir danken soll. Wirklich.«

Justine nickte. »Ich weiß.« Sie klapperte die Stufen hinunter, blieb stehen und schaute sich um. »Traurige Sache, das mit José Malabar, hm? Ich werde seine Kolumnen im *Beacon* vermissen.«

»Ich auch«, seufzte Annie. »Und zwar sehr.«

Justine schlenderte davon, und Annie winkte ihr traurig zum Abschied hinterher. Als die hochgewachsene Gestalt in der Dunkelheit am Flußufer verschwand, schulterte Annie den Rucksack und ging los. An der Ecke hielt sie ein Taxi an.

»Penn Station«, sagte sie und ließ sich auf den Sitz

fallen. Während sich das Taxi durchs Verkehrsgewühl schlängelte, holte sie den Zettel hervor, den Justine ihr gegeben hatte, studierte ihn noch einmal, dann steckte sie ihn wieder ein und wühlte in den Restaurantquittungen und Kontrollabschnitten von Flugtickets, bis sie einen zerfledderten Fahrplan von Amtrak gefunden hatte.

TRAIN # 177 THE SENATOR TÄGLICH/AN WOCHENENDEN
ABFAHRT PENN STATION 21:45
ANKUNFT UNION STATION, D.C. 1:13

»Na schön«, murmelte sie vor sich hin. *Dann also heim zu den Erzengeln.*

Im Penn Station bezahlte sie das Ticket in bar – ihre Kreditkarten hatte Helen – und kaufte sich in einem Spirituosengeschäft eine Flasche Pernod, weil den ihre alten Freunde vom College immer getrunken hatten. Um 19 Uhr 45 stieg sie in den Zug und sank auf einen Sitz nieder. Sie holte ein schmales Bündel Zwanziger hervor – die Hälfte ihrer Barschaft – und steckte es in den rechten Turnschuh. Dann verbrachte sie, Annie Harmon, die nie, *niemals* Alkohol trank, die nächsten paar Stunden damit zu, Pernod in sich hineinzuschütten, bis sie irgendwo in der Gegend von Wilmington ohnmächtig wurde. Sie wachte erst wieder auf, als der Zug mit einstündiger Verspätung im Union Station einfuhr, viel zu spät für die U-Bahn. Die wenigen anderen Passagiere marschierten zum Parkplatz hinüber, wo sie von einer Handvoll BMWs, Audis und Volvos erwartet wurden. Annie stolperte hinterdrein.

Draußen angelangt, schaute sie sich benommen um. Ihr letzter Aufenthalt in D.C. lag zwar schon einige Jahre zurück, trotzdem war es wie bei einem Besuch an der Küste, wenn einem der erste schwache

Meeresgeruch in die Nase steigt: Bloß ein tiefer Atemzug, und alles stürzte wieder auf sie ein, die schwüle Hitze, Auspuffgase und der Geruch von Geißblatt, der Lärm der ein paar Blocks entfernten Verkehrsschneise und ein Krankenwagen, der die North Capitol Street entlangheulte.

»Na, großartig«, murmelte sie. Wenigstens war der Union Station mittlerweile gründlich gesäubert worden.

Ein einsames Taxi wartete vor dem Bahnhof.

»Ich glaube, ich muß irgendwas finden, was noch aufhat«, meinte Annie lallend zum Fahrer, als sie sich auf den Rücksitz gleiten ließ. »Ich meine, ein Hotel oder so. Gibt es hier in der Gegend vielleicht ein Day's Inn?«

Der Motor erwachte brüllend zum Leben. »Ich kümmere mich schon um Sie, junge Lady, keine Bange«, antwortete der Fahrer mit tiefer, eigentümlich tröstlicher Stimme. Annie zuckte zusammen. Bestimmt hörte sie sich an wie eine Provinzlerin. Wie eine *betrunkene* Provinzlerin; dieser Typ hätte ihr niemals abgenommen, daß sie früher einmal hier gelebt hatte. Sie starrte herausfordernd auf seinen Hinterkopf und versuchte, sich an den Namen irgendeines anderen Hotels zu erinnern, doch ihr Kopf war wie benebelt und leer. »Machen Sie sich bloß keine Sorgen.«

»Okay, schon gut.« Annie schaute auf seine Taxilizenz, bloß für den Fall, daß er ihr zuviel berechnen würde. Yellow Cab Nummer 393: leicht zu merken. »Dann vielleicht das Phoenix. Oder das Tiber Creek…«

Das Taxi schwenkte auf den leeren Kreisverkehr mit seinen sorgfältig angeordneten Kübeln voller roter, weißer und blauer Petunien ein. Annie bedauerte, daß sie versäumt hatte, Helen anzurufen und ihr ihren Besuch anzukündigen, doch dann hätte Helen sich bloß Sorgen gemacht. Scheiße, Helen würde sich auf jeden Fall Sorgen machen. Und Annies Liebste hatte schon recht: die Mantel-und-Degen-Nummer nutzte sich allmählich ab. Das Geld wurde knapp, die Leute fragten sich allmählich, wo sie eigentlich steckte; Labrys hatte schon herumtelefoniert, um sie wieder ins Studio zu bekommen.

Außerdem war es wirklich eine blöde Idee gewesen, nach D.C. zu kommen, zumal Annie weder Sweeneys Telefonnummer noch ihre Adresse hatte. Sie war sich nicht einmal sicher, ob Sweeney überhaupt noch hier lebte, wenngleich sie sich genau erinnerte, daß Baby Joe dies erwähnt hatte; und selbst wenn sie Sweeney fände, wäre es vielleicht schon zu spät, um Angelicas Spiel mit den zehn kleinen College-Freunden ein Ende zu setzen …

Irgendwo zwischen Union Station und dem Old Executive Office Building war Annie wohl eingeschlafen. Denn als nächstes merkte sie, wie ihr jemand vom Rücksitz des Taxis hochhalf und sie in die sanft erhellte Lobby des Hay-Adams geleitete, ein Hotel, das nicht gerade zu ihren bevorzugten Adressen zählte, ganz zu schweigen davon, daß weder sie noch Labrys Music es sich leisten konnten.

»Hey«, murmelte Annie. »Das ist … vielleicht sollte ich besser …«

Doch bevor sie noch etwas sagen oder auch nur richtig zu sich kommen konnte, befand sie sich schon im Aufzug und gleich darauf in einem mit dicken Teppichen ausgelegten Korridor und stolperte in ein Zimmer; und dann lag sie vollständig bekleidet auf einem Bett, die warme Decke zum Schutz vor der arktischen Klimaanlage bis ans Kinn hochgezogen, und irgendwo wurde geflüstert, und jemand sagte: »Natürlich, dafür haben wir Verständnis«, und dann wurde eine Tür geschlossen, und es herrschte wundervolle, erholsame Stille.

Als sie erwachte, war es spät am Vormittag. Das Telefon läutete, und jemand teilte ihr mit, daß sie bis Mittag auschecken müsse.

»Oder möchten Sie noch eine Nacht bleiben?« schlug die Stimme am anderen Ende der Leitung vor.

Annie schüttelte verwirrt den Kopf. »Hä? Äh – ich meine, ich glaube, da liegt ein Irrtum vor. Ich …«

»Ihre Rechnung wurde bereits beglichen. Hinterlegen Sie den Schlüssel einfach am Empfang, wenn Sie das Hotel verlassen.«

»Was?« Doch da hatte der Anrufer schon aufgelegt.

Sie hatte immer noch die Jeans und das ärmellose Flanellhemd an, die sie schon gestern abend getragen hatte; dieselben Klamotten, die sie schon seit mehreren Tagen trug, einschließlich der Turnschuhe. Sie war zu verwirrt und hatte einen zu schlimmen Kater, um jetzt schon in Panik zu geraten, aber sie machte sich wohl besser alsbald davon, bevor jemand merkte, daß es sich um einen Irrtum handelte.

Aber zum Duschen reicht die Zeit bestimmt noch, dachte sie und schaute versonnen zur Badezimmertür, die einen Spaltbreit offenstand. Sie wollte aufstehen, mußte aber einen Moment lang warten, bis das Karussell in ihrem Kopf zum Stillstand gekommen war. *Wieso betrinken sich die Leute bloß?*

Nach dem Duschen fühlte sie sich besser. Den Rucksack hatte jemand auf einen Mahagonitisch neben eine Messinglampe gelegt. Daneben war ein Notizblock, bedruckt mit einem hübschen Stahlstich des Hay-Adams Hotels Anno 1923. Sie betrachtete neugierig den Block, dann auf einmal hob sie ihn hoch.

»Nanu?«

Jemand hatte mit breitem schwarzen Marker eine Nachricht für sie hinterlassen. Beim Lesen begannen Annies Hände zu zittern.

KATHERINE CASSIDY
19A NINTH STREET NORTHEAST
547-8903

Mit besten Grüßen von einem Freund
und Handsome Brown

So verging der Sommer. Und trotz der furchtbaren Hitze, der Gerüchte über eine sich über dem Museum zusammenbrauende Katastrophe und der üblichen Bandengewalt, der gelegentlichen Schießereien, der Umweltkatastrophen und der Inflation war ich so glücklich wie noch nie.

Hätte man mich gefragt, wovor ich am meisten Angst hätte, so hätte ich keines dieser schrecklichen Dinge genannt. Vielmehr ängstigte mich am meisten die Vorstellung, Dylan könnte eines Morgens aufwachen und sich auf einmal daran erinnern, daß er erst achtzehn war und ich bereits achtunddreißig; daß es sein Vorrecht als Heranwachsender war, flatterhaft zu sein; daß noch sein ganzes Leben vor ihm lag, ein Leben an einem College voller Mädchen und was weiß ich noch alles und daß ich Schulden bei der Amex Bank hatte und jeden Tag der gleiche öde Job auf mich wartete. Eigentlich hätte meine Affäre mit Dylan für uns beide bedeutungslos sein sollen, nichts weiter als ein Sommerabenteuer. Daß ich es anders sah, war verrückt und im Grunde sogar unverantwortlich.

Und doch war es so. Dylan hatte nie ernsthaft über die Zukunft gesprochen. Das Herbstsemester an der UCLA begann vor dem Labor Day, und am ersten September sollte ich in Rochester eine Sammlung begutachten, die Kodak dem Museum zu schenken beabsichtigte. Es schien unmöglich, daß unsere Beziehung über den Sommer hinaus Bestand haben sollte; es war lächerlich von mir, auch nur davon zu träumen. Allein schon die Vorstellung, ohne Dylan weiterzuleben und jeden Tag allein in das Gartenhaus zurückzukehren, reichte aus, daß ich in Tränen ausbrach. Trotzdem wagte ich nicht, ihn zu bitten, bei mir zu bleiben.

Nachts lag ich bisweilen neben ihm und lauschte auf die Spottdrossel im Garten. Dylans wirres dunkles Haar war auf dem Laken ausgebreitet, der Mondschein warf Schatten auf seine Brust und seinen Hals, und ich war so erfüllt von Liebe und Verlangen, daß ich wie eine Pantherin über ihn herfiel, ihn sanft in den Hals biß, dort, wo die Haut ganz straff war und wie gesalzener Pfirsich schmeckte. Stöhnend wachte er dann auf, wir fielen auf den Boden, und Dylan packte mich, als ich mich rittlings auf ihn setzte, während draußen der Mond wie eine zweite Frucht am Himmel hing.

»Ach, Sweeney, Sweeney …«

Seine Stimme brach, er drückte mich an sich, und ich weinte, wir weinten beide, vor Lust oder Erschöpfung oder unausgesprochener Angst, oder vielleicht weil es so schön war, so schrecklich, so schrecklich schön, in dieser mondscheinerhellten Sommernacht mit dem Duft der Rosen und Glyzinen, die unsere Haut parfümierten.

Ein paar Tage vor seinem Geburtstag besuchten wir das Kelly's, die irische Bar neben dem Dubliner. Man kannte mich dort und sah mich nicht schief an, wenn Dylan mich begleitete, und es fragte ihn auch nie jemand nach seinem Ausweis. Die Deckenventilatoren drehten sich nur sporadisch, doch ansonsten schien sich niemand von der Hitze beeindrucken zu lassen. Maureen, die Barfrau, war nackt bis auf einen Wonderbra und buntkarierte Boxershorts; die Band trug das gleiche, bis auf den BH. Dylan trank *Black-and-tans,* und ich nippte Cognac. Die Bandmitglieder schütteten pintweise Guinness in sich hinein und kühlten sich ab, indem sie sich gegenseitig mit Mineralwasser bespritzten. Zur Sperrstunde hüpfte Maureen über den Tresen, versperrte die Tür und dämpfte die Beleuchtung, und der Betrieb ging weiter. Wir tranken, brüllten unsere Bestellungen, und die Band spielte alles mögliche, angefangen von der irischen Nationalhymne bis zu ›Purple Haze‹ und ›Ghost on the Highway‹. Dylan zog das Hemd aus, und wir tanzten zu den Songs der unverstärkt spielenden Band, warfen Flaschen und Biergläser um und rutschten in Bierlachen aus. Wenn das Licht in den Fenstern die Farbe eines Stahlpennys annahm, stand Dylan auf und gab Sean, dem Leadsänger, eine Zwanzig-Dollar-Note, und die Band spielte ihren letzten Song …

Noch nie war mir so seltsam zumute.
Noch nie sah ich einen Mond, der wußte um des
Meeres tiefere Bedeutung.
Noch nie hielt ich Gefühl in der hohlen Hand
Oder spürte die sanften Winde im Wipfel eines
Baums
Doch nun bist du da,
Meinen Nordhimmel zu erleuchten …

Wir erhoben uns von unseren Plätzen und torkelten vor die kleine Bühne, und Dylan schrie mir betrunken ins Ohr und deutete auf den schwankenden Sean am Mikrofon …

»Hör mal, Sweeney!«

… auf Sean, der mit seiner rauhen, vom Guinness umnebelten Tenorstimme sang.

Würdest du mich lieben für Geld?
Würdest du mich lieben für meinen Kopf?
Würdest du mich lieben den Winter lang?
Würdest du mich lieben bis an mein Lebensende?
Ach, würdest du und könntest du doch nur!
Komm, gib dir einen Ruck …

»Würdest du, Sweeney?« Dylan zog mich an sich, bis unsere Nasen zusammenstießen. Sein Atem war warm und süß und bierig, und er umschlang mich mit seinen Armen. »Würdest du?«

Ich schaute ihn verwirrt an. »Was würde ich?«

»Bei mir bleiben? Mich ... heiraten?«

»Dich *heiraten?*«

»Mich heiraten!« brüllte Dylan. Er wandte sich zur Band um und schrie betrunken: »Ich habe sie gerade gefragt, ob sie mich heiraten will!«

Hinter der Bar jubelten Maureen und ihre Freunde, und die wenigen anderen Gäste an den Tischen stimmten darin ein. Sean lachte und schrie ins Mikrofon: »Und was hat sie gesagt?«

Dylan schaute mich an. »Was hast du gesagt?«

Ich sah zu ihm auf, zu den grinsenden Gesichtern, die uns von der Bühne aus beobachteten, dann schaute ich zu Maureen und den erwartungsvollen Fremden hinter der Bar; dann breitete ich auf einmal lachend die Arme aus und schrie die einzige Antwort hinaus, die in dieser Situation angemessen schien.

»Ich habe ja gesagt ... ja, ich will! ... *Ja.*«

Und so beschloß ich zu heiraten. Am nächsten Morgen hatten wir es uns immer noch nicht anders überlegt, obwohl wir nicht gleich losrannten, um das Aufgebot zu bestellen. Es war der einunddreißigste Juli. Morgen würde Dylan neunzehn werden. Angelica wurde zwar immer noch zu seinem Geburtstag erwartet, doch ich hatte keine Ahnung, wann sie eintreffen würde oder welche Absprachen sie und Dylan getroffen hatten, falls sie sich überhaupt abgesprochen hatten. Der Gedanke an Angelica fiel mir jetzt noch schwerer – meine frühere Freundin und einmalige Geliebte sollte meine Schwiegermutter sein? Ich hatte keine engen Freunde, denen ich mich hätte anvertrauen können, jedenfalls keinen, der die seltsamen Verwicklungen verstanden hätte, die meine Beziehung zu Dylan mit sich brachte. Daher plante ich eine private Geburtstagsfeier nur für uns beide. Ein Festmahl zu Hause, sonst hätten wir keinen Champagner trinken können. Zum Kochen war es zu heiß, daher hielt ich es für das beste, von einem Restaurant am Hill ein paar Kartons Sushi zu holen. Ich deckte mich mit drei Flaschen Taitinger und einem halben Liter Ben & Jerry's ein. Falls Angelica doch noch auftauchen sollte, würde ich mich später darum kümmern.

Wenigstens einem Menschen aber wollte ich alles erzählen. Als ich ins Büro kam, wurde ich daher schwach und rief Baby Joe an. Nach dreimaligem Klingeln schaltete sich der Anrufbeantworter ein, und ich vernahm eine mir unbekannte Stimme.

»Sie haben die Nummer von Daniel Aquilante gewählt, Kulturredaktion des New Yorker Beacon. *Bitte hinterlassen Sie nach dem Signalton eine Nachricht oder rufen Sie unter 8407 die Zentrale an.«*

»Seltsam.« Ich runzelte die Stirn, wählte erneut und hörte noch einmal dieselbe Ansage. »Hm.«

Ich überprüfte die Nummer in meinem Computer, dann versuchte ich, Baby Joe zu Hause anzurufen.

»Kein Anschluß unter dieser Nummer.«

Ich wählte erneut, mit dem gleichen Ergebnis. Als ich den Hörer auflegte, lief mir ein kalter Schauder über den Rücken. Ich trat ans Fenster und schaute hinaus.

Das Indien-Festival war am vergangenen Wochenende zu Ende gegangen. Die Mall sah aus wie nach Woodstock oder etwas noch Schlimmerem – innerhalb der Umzäunung türmte sich der Müll, überall waren Parkpolizisten und orangegekleidete Aufsichtsbeamte, statt der gewohnten bunten Buden und Zelte blickte ich nun auf kahle Gerüste und verdorrtes Gras. Am Morgen hatte ich im Kaffeeraum jemanden eine Rattenplage erwähnen hören, die von den haufenweise in der Hitze verrottenden Speiseresten angezogen worden sei. In dem Moment hatte ich gelacht, doch nun verspürte ich heftiges Unbehagen. Ich wandte mich wieder zum Schreibtisch um und rief erst die Auskunft an, dann wählte ich die Hauptnummer des New Yorker *Beacon*.

»Ich habe versucht, José Malabar zu erreichen«, sagte ich, als jemand abhob.

Schweigen. »Wir kennen uns vom College her«, erklärte ich. »Ich war eine Zeitlang verreist, und als ich wiederkam, waren auf meinem Anrufbeantworter mehrere Nachrichten von ihm ...«

»Bitte warten Sie einen Moment.«

Nach einer Weile meldete sich eine Frau mit einer angenehmen, allerdings reserviert klingenden Stimme. »Wer spricht da, bitte?«

Ich atmete tief durch. »Mein Name ist Katherine Cassidy. Ich arbeite am Nationalmuseum in Washington und sollte mich bei José melden ...«

»Sie sagten, Sie seien mit ihm befreundet?«

»Ja.« Mit pochendem Herzen stammelte ich: »Wieso?«

Die Frau seufzte. »Eigentlich dürfte ich das gar nicht, aber ...« Sie zögerte. »José ist vor ein paar Wochen gestorben.«

Ich sackte auf dem Stuhl zusammen, und sie fuhr fort: »Er hatte einen Herzanfall ...«

»Einen Herzanfall! Aber das ist doch unmöglich – er war doch noch so jung!«

»Ich weiß. Es tut mir leid.« Die Stimme der Frau schwankte leicht. »Das tut es mir wirklich. Es war schrecklich und kam ganz unerwartet. Wir vermissen ihn hier sehr ...«

»Ja«, flüsterte ich. Ich hätte ihr gern ein paar Fragen gestellt, doch auf einmal war mir übel. »I-ich danke Ihnen, vielen herzlichen Dank. Ich muß jemanden anrufen – ich meine, ich muß einen Freund von uns anrufen …«

Ich legte auf. Einen Moment lang klammerte ich mich an der Schreibtischkante fest. Dann machten sich der Cognac und die fast schlaflos verbrachte Nacht bemerkbar, und es wurde mir alles zuviel. Ich stolperte aus dem Büro und flüchtete mich in die Damentoilette. Ich dachte, ich würde mich übergeben – ich *wollte* mich übergeben –, doch ich tat es nicht. Statt dessen begann ich so heftig zu schluchzen, daß Laurie aus ihrem Zimmerchen herbeigerannt kam.

»Katherine! Was haben Sie denn!«

Sie legte mir den Arm um die Schulter, und ich schüttelte den Kopf. »Hier«, meinte sie in leiserem Ton und drehte den Wasserhahn auf. »Erfrischen Sie sich ein wenig – Sie sind ja so erhitzt! Haben Sie vielleicht einen Hitzeschlag?«

»Es … es geht schon«, keuchte ich. »Ich habe gerade eine schlimme Nachricht bekommen … Ein Freund von mir … ein Freund von mir ist gestorben.«

»Ach, Katherine …«

»Es geht schon. Es kam bloß so … plötzlich«, sagte ich und unterdrückte einen Schluchzer.

Laurie nickte und schaute mich mitleidig an. »Es tut mir ja *so* leid. Soll ich Dylan holen?«

Ich schüttelte den Kopf. »N-nein. Es handelt sich um … um jemanden, den er nicht kennt, und morgen ist sein Geburtstag, und ich will nicht, daß er sich aufregt. Es geht schon, wirklich. Danke jedenfalls.«

Ich beugte mich über das Waschbecken mit dem fließenden kalten Wasser und hörte endlich auf zu schluchzen. Dann kehrte ich ins Büro zurück und hoffte, mich bis zur Mittagspause verstecken zu können.

Dylan war allerdings schon da. »Sweeney, es tut mir ja so leid«, murmelte er und umarmte mich. »Wer war es?«

»Bloß ein… na ja, ein alter Freund von mir. Wir kannten uns von der Uni her – von der Göttlichen, meine ich. Ich habe ihn seit etwa einem Jahr nicht mehr gesehen, aber wir haben ständig miteinander telefoniert, und Anfang des Monats hat er mir mehrere Nachrichten auf den Anrufbeantworter gesprochen, aber ich habe ihn nicht zurückgerufen. Und dann…«

Ich biß mir auf die Lippen, kämpfte gegen die Tränen an. »Heute morgen wollte ich anrufen. Um ihm von uns zu erzählen. Und jemand vom *Beacon* hat mir erzählt, er sei an einem Herzanfall gestorben.«

»Dein Freund Baby Joe?« Bestürzung flackerte in Dylans Gesicht auf, als er die Verbindung herstellte.

Ich nickte. »Ja. Ach, Gott. Ich weiß nicht mal, wen ich anrufen soll – ich meine, seine Familie war von hier, aber ich hab sie nie kennengelernt…«

»Ist ja gut, Sweeney. Alles wird wieder gut.« Dylan tröstete mich, streichelte mir über den Kopf. »Mach dir keine Sorgen…«

Ich mußte an mich halten, um nicht bitter aufzulachen. *Ja, der Tod ist ganz schön beschissen, Mann; aber was, zum Teufel, weiß ein junger Kerl wie du schon davon?*

Aber das wäre gemein gewesen. Als ich aufsah, bemerkte ich, wie verwirrt und auch besorgt er war: Machte er alles richtig, verhielt man sich so, wenn ein Freund der Freundin gestorben war?

»Es geht schon wieder«, sagte ich, bemüht, aufrichtig zu klingen. »Das kam bloß so… unerwartet. Und ich komme mir so beschissen schuldig vor. Er hat mir ständig Nachrichten aufgesprochen, und ich habe ihn einfach hängengelassen. Weil…«

Weil ich dich kennengelernt habe. Ich verdrängte den häßlichen Gedanken und schloß: »Weil ich… weil mir nicht nach Reden zumute war. Und jetzt… ist er *tot*.«

»Wie konnte er bloß an einem Herzanfall sterben? Ich meine, wenn er in deinem Alter war?«

Ich rückte von ihm ab. »Keine Ahnung. Ich ... also, ich weiß es einfach nicht.«

Zum erstenmal dachte ich an Hasel: Wie war *er* eigentlich ums Leben gekommen? Erst hatte er Baby Joe diesen verrückten Brief geschrieben, in dem er behauptete, er habe Angelica in einem Fluß in Virginia baden sehen; und dann war er ertrunken.

Wie mochte es wohl Baby Joe ergangen sein, als er gestorben war?

Ich stützte mich auf den Schreibtisch. »Weißt du«, sagte ich langsam, »ich glaube, ich nehme mir heute früher frei. Ich fühle mich ziemlich elend ...« Ich lächelte kläglich. »Nimm's mir nicht übel, aber ich bin irgendwie verkatert, und jetzt das.«

»Ist gut.« Dylan fuhr mir durchs Haar. Er hatte morgens nicht geduscht und sich hastig angekleidet, mit einer zerknitterten Khakihose und einem blauen Baumwollhemd, das schon bessere Tage gesehen hatte. In dem stickigen Zimmer roch er nach Qualm und Bier. »Ich käme ja gern mit, aber ich hab Laurie versprochen, ihr unten bei was zu helfen.«

»Okay.« Ich fühlte mich erleichtert. Ich wollte ein paar Stunden allein sein, und sei es bloß, um ein bißchen zu schlafen und kalt zu duschen. »Hey ...«

Ich verschränkte die Hände hinter seinem Hals und küßte ihn aufs Kinn. »Du hast es dir doch nicht etwa anders überlegt, oder? Ich meine, das von gestern abend?«

Er runzelte die Stirn. »Gestern abend? Gestern abend? ... Ach, *das* meinst du.« Er grinste. »Scheiße, nein. Du etwa?«

»Scheiße, nein.« Ich zog sein Gesicht an das meine und küßte ihn, seine vom Rasieren wunde, gerötete Haut. »Bestimmt nicht ...«

Dylan wandte sich halb um und zog die Tür zu

und schloß ab. Dann wandte er sich wieder zu mir um und schob mich sanft zurück, bis ich auf dem Schreibtisch saß. Wir liebten uns fast vollständig bekleidet, bis der ganze Raum nach Sex und Spelunke roch. Als er kam, biß er mich, um nicht zu schreien, in die Schulter, so fest, daß unter der Seide ein kleiner Bluterguß zurückblieb. Lange Zeit saßen wir aneinandergeschmiegt und mit pochendem Herzen auf dem Schreibtisch, und als ich mich von ihm löste, wußte ich, daß sich irgend etwas verändert hatte. Ich wußte, was es war: Jetzt gab es kein Zurück mehr, weder für mich noch für Dylan. Seine Haut, sein Blut und die Erinnerung an ihn hatten sich mir ebenso eingeprägt wie der kleine Bluterguß an der Schulter, doch ich wußte, daß diese, im Gegensatz zum Bluterguß, niemals verblassen würden. Jetzt war er mein, er war immer schon mein gewesen, und nichts auf der Welt konnte ihn mir wegnehmen.

»Sweeney«, flüsterte er, »ich liebe dich sosehr. Schon immer.«

»Ich weiß«, sagte ich und strich ihm zärtlich das lange schweißnasse Haar aus dem Gesicht. »Ich liebe dich auch, Dylan.«

Ich trat auf den Korridor und schritt unsicher die lange geschwungene Marmortreppe hinunter, ohne mich darum zu scheren, daß meine Bluse schweißnaß war; ohne mich darum zu scheren, daß ich benommen wirkte und vielleicht sogar ein wenig von Sinnen, wie jemand, der einen furchtbaren Verkehrsunfall überlebt hat; wie jemand, der gerade seinen gesamten Besitz in Flammen hat aufgehen sehen, mit Ausnahme dessen, was er am meisten liebte; wie jemand, der all das mit angesehen hatte und bloß mit ein paar Schrammen davongekommen war.

Ich ging nach Hause, duschte kalt und schlief hinterher bei eingeschaltetem Ventilator nackt auf dem Bett ein. Als ich erwachte, war es nach sechs – ich hörte, daß Dylan unten Lokalnachrichten schaute –, und ich fühlte mich wesentlich besser. Ich hatte mir vorgenommen, nächste Woche, nach Dylans Geburtstag, noch einmal beim *Beacon* anzurufen und mir die ganze Geschichte erzählen zu lassen. Ich konnte versuchen, Annie Harmon zu erreichen, doch das wäre nicht leicht. Sie war im Begriff, ein Star zu werden, und es war mir peinlich, mich nach so langer Zeit ausgerechnet jetzt bei ihr zu melden. Trotzdem konnte ich mir ihre Nummer von Baby Joes Nachfolger besorgen, wenn es mir wieder besser ging.

Und dann war da natürlich noch Angelica. Morgen war Dylans Geburtstag, und obwohl wir unsere eigenen Pläne hatten, schien er doch davon auszugehen, daß seine Mutter irgendwann auftauchen werde. Vielleicht kam sie aber auch erst in ein paar Tagen.

»Aber sie wird drüben bei Dvorkin anrufen«, versicherte er mir. »Sie steckt bestimmt bis über beide Ohren in Arbeit, aber sie wird anrufen.«

»Hoffentlich«, sagte ich. Er wollte sich noch immer nichts von mir kaufen lassen, und seine Garderobe wirkte mittlerweile ziemlich schäbig. »Du brauchst ein paar neue Kleider.«

Er verdrehte die Augen. »Kleider. Als ob du mich schon mal in *Kleidern* gesehen hättest.«

»Eins zu null für dich.« Ich ließ es dabei bewenden.

Jetzt hatte ich Hunger. Ich gähnte, streifte mir ein T-Shirt und eine von Dylans Shorts über und ging barfuß nach unten.

»Sweeney! Komm mal her!«

»Was ist?« Ich ging in die Küche, wo er auf einem Stuhl vor dem kleinen Sony saß, der auf der Theke stand. »Sind das *Nachrichten?*« fragte ich düster. »Du weißt doch, ich hasse Nachrichten …«

»Hör mal zu!«

Er drehte die Lautstärke hoch, und ich hörte, wie

ein Korrespondent in L.A. darüber sprach, daß bei einem der Frühjahrsbeben ein unbekannter Pilz aus dem Boden freigesetzt worden sei. Überall in Südkalifornien erkrankten Menschen, deren Symptome eine erschreckende Ähnlichkeit mit denen aufwiesen, die in den sechziger Jahren bei der biologischen Kriegführung in Südostasien beobachtet worden waren.

»Ist das nicht großartig? Erst Ratten, jetzt Pilze!« Dylan schüttelte den Kopf und griff nach einer offenen Tüte mit Tortilla-Chips. »Meine Mutter hat doch recht – feiernd geht die Welt zugrunde! Hier...« Er schob mir die Tüte hin. »Ich hab Salsa-Sauce.«

Ich verzog das Gesicht. Eine Aufzählung von Symptomen scrollte über den postkartengroßen Bildschirm, dann folgten die Informationsnummern des Zentrums für Seuchenbekämpfung und des Gesundheitsdienstes. »Danke, Dylan. Später vielleicht.«

»Warte – geh nicht weg, es soll noch was über den Mann kommen, der in Trenton seine Kinder gekocht hat...«

»Dylan!«

Ich wollte schon ins Wohnzimmer gehen, als auf einmal eine Frau auf dem Bildschirm erschien, die vor einem großen sandfarbenen Gebäude stand.

»Hey«, sagte ich. »Das kenne ich doch...«

»Heute morgen bestätigten die Vertreter der Universität der Erzengel und des Heiligen Johannes des Göttlichen in Washington, D.C., sie hätten vereinbart, eine Sammlung von über dreihundert alten Artefakten der radikal-feministischen Gruppe Potnia zu übereignen.«

»Das ist die Göttliche!« Ich packte Dylan bei der Schulter. »Da habe ich...«

»Pst – ich höre nichts.«

»... während die Untersuchungen in mehreren Museen in den Staaten und in Übersee weitergehen, vor dem Hintergrund von Gerüchten über eine Geheimgesellschaft, die Frauen verschlossen sei, und noch weitergehenden Behaup-

tungen, die von Potnia aufgestellt werden. Wir sprachen mit Professor Balthazar Warnick, einem emeritierten Professor des Thaddeus College.«

»Mein lieber Schwan«, flüsterte ich, »das *glaube* ich einfach nicht…«

Auf dem Bildschirm erschien ein schmächtiger Mann in einem dreiteiligen Anzug, der sich in einem höhlenartigen Raum befand. Er war so mager, daß er fast hinfällig wirkte, doch sein Haar war immer noch dunkel, und seine Augen blickten noch genauso durchdringend wie vor vielen Jahren in Orphic Lodge.

»Weder die Universität noch die ihr verbundenen Personen haben sich irgend etwas vorzuwerfen«, sagte er. Beim Klang seiner Stimme – die so ölig war wie eh und je, mit dem gleichen ironischen Unterton von Drohung und Spott darin – schlang ich die Arme um die Brust; es war, als hätte jemand ein Fenster geöffnet, und Eiseskälte würde hereinströmen. »Diese Gegenstände – und viele andere weitaus wertvollere Kunstwerke, möchte ich hinzufügen – befinden sich schon seit vielen, *vielen* Jahren in unserem Besitz. Manche sogar schon seit Jahrhunderten.« Er deutete zum hohen Kuppelgewölbe hinauf, und mir wurde klar, daß er sich irgendwo in den Tiefen des Schreins filmen ließ.

»*Niemand,* absolut *niemand* hat an der Universität jemals irgendwelche finanziellen Vorteile aus diesen Gegenständen gezogen«, fuhr er fort. Seine Augen funkelten auf. »Außerdem möchte ich erwähnen, daß die Universität angesichts des politischen Klimas in den Ursprungsländern dieser Artefakte einen ausgezeichneten Beitrag zu deren Erhalt geleistet hat…«

Unvermittelt wurde auf eine elegant gekleidete Frau umgeschnitten, die hinter einem imposanten Schreibtisch saß. Sie war noch kleiner als Professor Warnick und hatte glattes pechschwarzes Haar, weiße

Haut und schwarze Augen. Ihr Anzug, für den ich wahrscheinlich ein ganzes Monatsgehalt hätte hinblättern müssen, und die zarte Tätowierung auf der Wange standen in scharfem Gegensatz zu ihrer fast kindlichen Schönheit.

Die Sprecherin verkündete: *»Rosanne Minerva, Anwältin und Sprecherin von Potnia, ist da anderer Meinung.«*

»Einige der Statuetten, darunter die sogenannte Venus von Tahor, sind tatsächlich *Zehntausende* von Jahren alt«, sagte Rosanne Minerva. Sie klang vollkommen von sich überzeugt. »Jahrhundertelang hat diese verhältnismäßig kleine Gruppe von Männern – überwiegend amerikanische und europäische Geschäftsleute und Gelehrte – die Schätze versteckt, diese unersetzlichen religiösen Artefakte, die Frauen und Männern in aller Welt gleichermaßen gehören!«

Das Wort *Männer* artikulierte sie mit der Art Mitleid, wie man es normalerweise den unheilbar Kranken vorbehält. Die Kamera zoomte auf ihr gelassenes Raubvogelgesicht, und jetzt konnte ich die Tätowierung besser sehen. Unwillkürlich schnappte ich nach Luft.

»Was ist?« fragte Dylan.

Die sorgfältig ausgeführte kleine Zeichnung stellte einen perfekten Halbmond dar, der mit winzigen verschlungenen Linien und Schnörkeln gemustert war. Es war der gleiche Halbmond, den Angelica immer getragen hatte: eine Lunula.

»Was diese Männer getan haben, kommt einer Entweihung gleich«, sagte Rosanne Minerva. Ihre Hand ruhte leicht auf einem Stapel Papiere, doch ich merkte, daß ihre Finger angespannt waren. »Das ist eine Sünde und ein Verbrechen, und es … muß … aufhören.«

Auch als wieder ins Studio umgeschaltet wurde, starrte ich weiterhin ungläubig auf den Bildschirm.

»Das ist doch bloß eine Anwältin«, meinte Dylan und steckte sich noch eine Handvoll Chips in den Mund. »Ich weiß, wer sie ist.«

»Ach, wirklich?«

»Klar. Potnia – die gehören zu meiner Mutter.« Er sah mich an, und ein Vorhang dunklen Haars fiel ihm in die Augen. »Hast du denn nie von denen gehört?«

»Doch, schon. Ich habe was über sie gelesen. Was …«

In diesem Moment ertönte der Türsummer. Dylan hielt unvermittelt mit Kauen inne. Ich erstarrte, die eine Hand an die Wand gelegt. *Niemand* kingelte bei mir, abgesehen von den UPS-Leuten und den Adventisten des Siebten Tages.

»Meine Mutter!« flüsterte Dylan. Er blickte nervös auf sein Hemd hinunter, dann sah er mich an. »O je.«

»Du bleibst hier«, kommandierte ich.

»Warum?«

»Ich weiß nicht!« meinte ich gereizt. »Das ist meine Wohnung, deshalb werde *ich* aufmachen …«

»Ich wohne ebenfalls hier!« rief Dylan mir kläglich nach, blieb aber in der Küche.

Ich ging barfuß zur Tür, fuhr mir durchs Haar und verfluchte mich dafür, kein Make-up aufgelegt zu haben. Nach all den Jahren kreuzte sie auf einmal mit einem kleinen Fanfarenstoß passender Medienunterstützung bei mir auf und hatte es nicht einmal für nötig befunden, mich telefonisch vorzuwarnen. Verschwommen machte ich durch das Fenster eine Gestalt aus, die von den Glyzinen fast verdeckt wurde. Ich blieb vor der Tür stehen, holte tief Luft und öffnete sie.

»Überraschung«, krächzte jemand. Es war Annie Harmon.

Ich war dermaßen verdattert, daß ich den Mund nicht zubekam. Sie hatte noch das gleiche braune Haar wie damals, das sie jetzt allerdings als fransigen Bürstenschnitt trug; den gleichen widerspenstigen, mittlerweile angegrauten Wirbel; die gleichen braunen, violett getönten Augen und die gleiche kehlige Stimme. Sie war magerer geworden, und vor allem zeigte sich das im Gesicht – die koboldhafte Annie hatte jetzt Wangenknochen und eine kleine Kerbe im Kinn, die sie sich offenbar nicht eigens für ihr Musikvideo zugelegt hatte. Außerdem hatte sie Falten um Augen und Mund; die Arme waren dünn und muskulös, die Hände wirkten abgearbeitet und plump. Die kleinen Füße steckten in roten Tennisschuhen – in *teuren* roten Tennisschuhen. Sie trug Jeans, ein blaues Flanellhemd mit herausgetrennten Ärmeln und einen goldenen Ehering an der rechten Hand. Sie sah wunderschön aus.

»*Annie.*« Ich trat zurück, als sie sich an mir vorbeizwängte. »Ach ... mein Gott, ich, äh ... ich freue mich wahnsinnig, dich zu sehen.«

»Ich bin überwältigt«, sagte sie und umarmte mich. »Erinnerst du dich noch an mich? An das Mädchen mit den geringsten Aussichten auf eine dauerhafte heterosexuelle Beziehung?«

Ich lachte. »Ich weiß nicht, Annie. Ich glaube, ich war auch eine Weile mit im Rennen.«

Sie ließ ihren Rucksack auf den Boden fallen. »Kann ich das nun für bare Münze nehmen, oder tust du nur so?« Sie grinste, aber ihre Stimme klang auf einmal angespannt. Als spiele sie mir etwas vor, als gebe sie mir Gelegenheit zum Nachdenken, damit ich es mir anders überlegen und sie auf der Stelle wieder rausschmeißen konnte.

»Aber natürlich freue ich mich! Hier – setz dich, setz dich«, drängte ich sie und deutete aufs Sofa. »Kann ich dir was zu trinken anbieten? Ehrlich, Annie, es ist toll, dich wiederzusehen.«

Ich zögerte kurz, dann fuhr ich überstürzt fort:

»Das ist alles so seltsam. Gerade kam in den Nachrichten etwas über die Göttliche, und ich habe daran gedacht, dich anzurufen, wußte aber nicht, wie ich dich erreichen sollte. Hast du das mit Baby Joe gehört?«

Sie nickte, ohne sich eine Gefühlsregung anmerken zu lassen. »Ja. Eigentlich wollte ich dich anrufen, als es passiert ist.« Sie setzte sich auf das Sofa und zupfte an ihrem Wirbel. »Ich weiß, daß das total bescheuert von mir ist, einfach so aufzukreuzen …«

»Nein … Ich freue mich, Annie, wirklich, ich bin ja so froh, daß du …«

»Also, es wird deine Freude vielleicht etwas dämpfen, wenn du erfährst, warum ich gekommen bin.« Sie seufzte und lehnte sich zurück. »Mein Gott, bin ich erledigt! Kann ich heute nacht hier pennen?«

»Heute nacht? Klar, Annie, sicher …« Eine innere Stimme warnte mich, daß morgen Dylans Geburtstag sei: Bis dahin mußte ich mir etwas einfallen lassen, wie ich Annie wieder hinauskomplimentieren konnte. »Du wirkst erschöpft. Kann ich dir etwas anbieten? Ich glaube, es ist noch Orangensaft da …«

»Orangensaft wäre prima. Weißt du, gestern nacht im Zug hab ich mal das Zeug probiert, das du immer an der Uni getrunken hast, diesen Pernod.« Annie schüttelte den Kopf. »Jetzt weiß ich, warum du damals so daneben warst.«

Ich eilte in die Küche, um den Saft zu holen. Dylan verspeiste gerade die letzten Chips; bevor ich etwas sagen konnte, schickte er sich an, ins Wohnzimmer hinüberzugehen. Ich eilte ihm nach.

»Dylan … äh … wart mal eine Sekunde …«

Annie sah gerade in dem Moment auf, als wir beide durch die Tür traten. Das Blut wich ihr aus dem Gesicht. Sie sah aus, als werde sie jeden Moment einen Schreikrampf bekommen.

»Annie! Das ist Dylan – Dylan Furiano.« Ich deutete lahm mit dem Orangenglas auf Dylan. »Er ist … er ist Angelicas Sohn«, fuhr ich atemlos fort. »Annie ist eine alte Freundin von mir. Wir sind zusammen aufs College gegangen. Deine Mom, Annie und ich. Dylans Vater war in *Italien* mit Angelica verheiratet«, fügte ich hinzu, damit Annie nicht Olivers Namen erwähnte.

»Hallo«, meinte Dylan freundlich. Er lächelte Annie an. Sie nickte – zu schnell, als hätte sie gerade jemand auf einer finsteren Gasse um ihre Brieftasche gebeten.

»Ja«, flüsterte sie rauh. »Ich … Angelica? Angelica di Rienzi?«

»Sie ist meine Mutter.« Er betrachtete Annie eingehend. »Sie kommen mir von irgendwoher bekannt vor …«

Ich faßte mir an die Stirn: Das lief *überhaupt nicht gut*. »Dylan, das ist Annie Harmon – Annie Harmony, jetzt fällt's dir bestimmt wieder ein, nicht wahr?« Ich warf Annie einen besorgten Blick zu. Ich hatte das unangenehme Gefühl, jeder hier im Raum verheimliche etwas, bloß ich nicht. *Ich* stand ganz allein auf weiter Flur und wartete darauf, niedergemäht zu werden.

»Annie Harmony?« Dylan legte den Kopf schief und rief auf einmal aus: »Die Sängerin?«

»Dylan«, sagte sie mit sorgfältiger Betonung. »Angelicas Sohn Dylan. Und …«

Ich hustete laut; wäre sie mir ein bißchen näher gewesen, hätte ich sie getreten. Annie stieß einen Pfiff aus und sah mich von der Seite an, die dunklen Augen so schmal wie die eines Tiers, das man gerade mit einem Stock angestoßen hatte.

»Sweeney Cassidy und Angelicas Sohn Dylan«, sagte sie. »Dylan und Sweeney. Also, die Pilotsendung für diese Serie muß mir irgendwie entgangen sein, denn es überrascht mich doch *sehr* zu …«

Dylan machte einen Bogen um Annie und stellte

sich verlegen neben mich. »Ich wette, ihr habt allerlei zu bereden, daher werd ich mal was einkaufen gehen. Was meinst du, Sweeney?«

»Das wäre großartig, Dylan. Danke.«

Er hauchte mir einen Kuß auf die Wange. »Bis später, Sweeney. Annie …«

Annie rang sich ein dermaßen falsches Lächeln ab, daß ich froh war, daß Dylan aus der Tür war, bevor er es sah. Ich schaute ihm nach, dann wandte ich mich Annie zu und sagte: »Also, hey, hier ist dein Orangensaft.«

Annie starrte mich an. Abgesehen von zwei feuerroten Flecken auf den Wangen war sie kalkweiß im Gesicht. »Also, hey, wie wär's, wenn du mir mal erzählst, was hier eigentlich läuft.«

Ich biß mir auf die Lippen. »Also, eigentlich ist Dylan …«

»Ich weiß, wer er ist! Jeder, der seinen Grips auch nur halbwegs beisammen hat, sieht doch auf den ersten Blick, wer er ist! Zum Teufel mit Angie – das ist *Olivers* Sohn!«

Sie stapfte ruhelos im Zimmer auf und ab und stieß mit der Faust ins Leere. »Herrgott noch mal, Sweeney! Mir wär fast das Herz stehengeblieben – ich hab geglaubt, das wär *Oliver*. Was macht er hier? Was macht *ihr* hier?«

Ich steckte die Hände in die Taschen meiner Shorts und erwiderte ihren Blick. »Was *ich* hier mache? Ich lebe hier …«

»Und was macht *er* hier?«

»*Er* lebt ebenfalls hier! Und was machst *du* hier?«

Annie blieb stehen und sah auf den Tisch hinunter. Sie hob die Seeigellampe hoch und fuhr mit den Fingern über die winzigen Erhebungen, als wären sie Blindenschrift. Auf einmal veränderte sich ihr Ausdruck. »Daran erinnere ich mich«, meinte sie leise. »Die hat mal Angie gehört …«

Ich nickte. »Die ... die hat sie mir zu Weihnachten geschickt, im ersten Jahr ...«

»In jenem einzigartigen Jahr«, sagte Annie, doch es lag keine Bosheit in ihrer Stimme. »Von der Lampe hab ich immer eine Gänsehaut gekriegt. Aber hierher paßt sie ganz gut.« Sie seufzte, drehte sich um und lehnte sich an den Tisch. »Mann, ist es heiß hier drin. Wo bleibt der Orangensaft?«

Ich reichte ihr das Glas und holte anschließend gleich den ganzen Krug aus der Küche. »Hier ...« Ich schenkte ihr noch ein Glas ein. »Warum setzt du dich nicht, Annie? Es ist zu heiß, und wir haben keine Klimaanlage.«

Ich merkte, wie sie von dem *wir* zusammenzuckte, aber sie sagte nichts, sondern ließ sich einfach aufs Sofa plumpsen und kühlte sich mit dem Glas eine Weile die Stirn.

»Okay«, meinte sie schließlich. »Jetzt geht's mir schon wieder besser. Zumindest habe ich nicht mehr das Gefühl, ich müsse jeden Moment schreiend auf die Straße rennen und würde einen Anfall kriegen.«

Ich lachte. »Warum eigentlich nicht? Auf dem Capitol Hill kriegen alle ständig Anfälle.«

Annie seufzte. »Stimmt – Capitol Hill. Baby Joe hat gemeint, du wohnst auf dem Capitol Hill.«

Ich zögerte, dann fragte ich: »Bist du ... bist du deshalb hergekommen? Um mir das mit Baby Joe zu erzählen?«

Annie schüttelte den Kopf. »Nein. Eigentlich nicht. Ich meine, wenn ich dir von Baby Joe hätte erzählen wollen, hätte ich dich wahrscheinlich angerufen. Nein, da ... da hängt einiges mehr dran.« Sie fixierte mich scharf. »Und zwar eine ganze Menge.«

»Ach, ich weiß nicht, Annie.« Ich setzte mich neben ihr aufs Sofa und umarmte sie zaghaft. »Probier's einfach mal. Ich bin vielleicht aufgeschlossener, als du glaubst.«

Sie schnaubte. »Das soll wohl ein Witz sein. Die aufgeschlossene Sweeney Cassidy, das Mädchen mit dem Loch im Hirn. Tut mir leid ... es war halt ein ziemlicher Schock, weißt du? Ich habe dich jetzt seit ... wieviel Jahren nicht mehr gesehen? Neunzehn?«

»Fast zwanzig.«

»Zwanzig Jahre! Und da komme ich hier hereinspaziert und sehe dich und Oliver, als wär ich gerade 'ner Zeitmaschine entstiegen ...«

»Ja, aber stell dir mal vor, wie *mir* dabei zumute war ...«

Annie stützte die Ellbogen auf die Knie und betrachtete mich mit schiefgelegtem Kopf. »Also gut, meine Liebe. Schieß los. Erzähl mir, wie dir zumute war.«

Ich erzählte ihr von Dylan. Alles, was es über Dylan zu berichten gab, bis zum Vorabend im Kelly's, als er mich gefragt hatte, ob ich ihn heiraten wolle.

Annie schmiegte das Kinn in die hohle Hand. »Und du hast ihm versprochen, so lange zu warten, bis er groß ist, egal, wie lange es dauert. Wie romantisch.«

»Scheiße, Harmon! Ich hab auf der Stelle eingewilligt.«

»Wow.« Annie riß die Augen auf. »Wirklich? Du hast ja gesagt?«

»Natürlich hab ich ja gesagt! Ich *liebe* ihn, Annie.« Ich bemühte mich, meiner Stimme einen zuversichtlichen Klang zu verleihen. »Ich ... ich hätte nie gedacht, daß ich mal einen wie ihn kennenlernen würde. Er ist mein ein und alles«, meinte ich leise.

Ich sah auf in der Erwartung, Annies spöttischem oder zornigem Blick zu begegnen. Sie aber starrte mich bloß an, als wäre sie in das Gartenhaus einer Fremden geplatzt, was wahrscheinlich auch zutraf.

»Du sagst, du willst ihn heiraten. Das ist stark. Offenbar weiß er nicht mal, wer sein richtiger Vater ist«, meinte sie versonnen. »Was wahrscheinlich auch das beste ist ... Na schön. Er macht einen netten Eindruck«, sagte sie nach langem Schweigen. »Macht er wirklich. Ich schätze ... das ist was ähnlich Intensives wie die Sachen, die mir in den letzten paar Monaten passiert sind.«

»Zum Beispiel?«

Sie rutschte unbehaglich auf dem Sofa, kuschelte sich schließlich an das eine Ende und schaute mich an. »Na ja – damit sollte ich vielleicht noch ein bißchen warten. Ich muß das alles erst mal verkraften ...«

Sie deutete erst auf mich, dann auf das kleine Zimmer mit den alten Deckenbalken, dem Schieferboden, den Büchern und den überall verstreuten Rosenblüten.

»Das alles, dich und ihn.« Sie schwieg und blickte gedankenverloren aus dem Fenster; dann fragte sie mich leise: »Nimm's mir nicht übel, Sweeney, aber ... Na ja, bist du dir sicher, daß du in Dylan verliebt bist? Ich meine, das mit Oliver hat dir ja wirklich schwer zu schaffen gemacht ...«

»Ich bin mir sicher«, erwiderte ich kurz angebunden. »Ich habe seit Jahren nicht mehr an Oliver gedacht ...«

Was natürlich gelogen war. Annie schien mir zunächst auch nicht glauben zu wollen.

»Wirklich? Ich schon«, meinte sie fast träumerisch. »Ich habe ständig an ihn, an dich und an Angie gedacht. Die ganze Zeit. Besonders an Angie.«

Sie nahm ein Kissen auf den Schoß und fing an, es zu kneten, und zu meiner Bestürzung sah ich, daß ihre Augen gerötet waren. »Ich hab die ganze Zeit an Angie gedacht. Eine beschissen lange Zeit, das kannst du mir glauben. Hast du gewußt, daß wir miteinander geschlafen haben?«

Ich schüttelte den Kopf. »Nein«, meinte ich verlegen. »Aber ... na ja, wundern tut's mich nicht. Wahrscheinlich warst du da nicht die einzige.«

Das hätte ich nicht sagen sollen. Annies Gesicht zuckte, und sie umklammerte das Kissen so fest, daß ihre Knöchel ganz weiß wurden.

»Aber ich *wollte* die einzige sein! Ich war ihr völlig verfallen, ich war *verrückt* nach ihr. Als ich dich damals in unserem Zimmer fand – da hätte ich dich am liebsten umgebracht, Sweeney, ganz im Ernst. Das war wie damals, als ich erfahren habe, was meiner Cousine Lisa zugestoßen war ...«

»Aber du wußtest doch, daß es mir nichts bedeutet hat, Annie! Ich war betrunken, ich hatte eine furchtbare Nacht hinter mir, und sie ...«

»Ich weiß, was sie getan hat. Sie hat mit dir das gleiche gemacht wie mit mir, das gleiche, was sie mit allen gemacht hat. Sie hat dich *benutzt*, Sweeney. Sie hat uns alle benutzt.«

Annies Gesichtsausdruck war so leidenschaftlich und ihre Augen waren so dunkel vor Zorn, daß ich ein Stück weiter ans Sofaende rückte.

»Annie«, sagte ich sanft, meine Worte mit Bedacht wählend. »ich bin mir sicher, daß Angelica dich nicht verletzen wollte. Ich glaube nicht, daß sie überhaupt irgend jemanden verletzen wollte. Damals war alles anders, du weißt doch, wie es war – *eine Menge* Leute schlief mit ihren Freunden. Wir wußten es eben nicht besser.« Es war, als ließe ich etwas los, das lange Zeit in mir eingesperrt gewesen war. »Wir waren doch noch Kinder, Annie. Das war alles. Und außerdem ...«

Ich deutete auf den Ring an ihrer rechten Hand. »Du bist jetzt ein Star. Du lebst doch bestimmt nicht allein.«

»Das stimmt.« Annie straffte sich und reckte trotzig das Kinn. »Meine Liebste, Helen ... wir sind jetzt schon seit fast acht Jahren zusammen. Scheiße«, setzte sie leise hinzu, »ich glaube, demnächst ist Jahrestag, da muß ich dran denken. Aber das hab ich nicht gemeint.«

»Was hast du dann gemeint?«

»Ich meine, daß sie uns benutzt hat. Uns *richtig* benutzt hat – mich und dich, Baby Joe, Hasel und auch Oliver …«

Mir krampfte sich das Herz zusammen, und ich nickte. »Und Oliver.«

»Und wer weiß wen sonst noch im Laufe der Jahre.« Sie drückte sich das Kissen an die Brust. »Bist du über Angelica auf dem laufenden, Sweeney?«

»Du meinst, über ihre Karriere?« Ich schüttelte den Kopf. »Nein. Nach … nach dem, was passiert war, habe ich anschließend nichts mehr von ihr gehört. Genaugenommen erst wieder diesen Sommer. Vor etwa sechs Wochen hab ich sie im Fernsehen gesehen, ich glaube, das war, kurz bevor ich Dylan kennengelernt habe. Aber er hat mir von ihr erzählt, daher weiß ich so einiges. Warum?« fragte ich wachsam. »Hattest du Kontakt mit ihr?«

Annie atmete scharf aus. »Ich habe mich nach Kräften bemüht, jeden Kontakt mit ihr zu *meiden*.«

Sie stand auf, durchquerte das Zimmer und schaute auf die Seeigellampe hinunter. Als sie sich zu mir umdrehte, war sie blaß, aber auch ganz ruhig.

»Ich weiß nicht genau, *was* sie ist, Sweeney, aber Angelica ist gefährlich. *Lebensgefährlich*, meine ich. Sie hat Baby Joe getötet, und sie hat Hasel getötet; sie hat Menschen getötet, von denen wir nie erfahren werden, und zwar Hunderte – vielleicht sogar Tausende. Obdachlose, Ausreißer, Menschen, die nie jemand vermissen wird … Hast du schon mal die Statistik gesehen, wie viele Menschen einfach so verschwinden?«

Als sie mit den Fingern schnippte, zuckte ich zusammen. »Weißt du, ich kenne Leute, die Snuff-Videos gesehen haben – Filme, in denen Menschen regelrecht zu Tode gefickt werden, und irgend jemand steht hinter der Kamera und schaut dabei zu, und jemand anders vermarktet das Zeug, und wieder andere Leute kaufen es … Man sollte eigentlich meinen, so etwas Schreckliches gäbe es nicht, so etwas wäre nicht möglich; aber es ist möglich, Sweeney. Das gibt es.«

Ihre Augen weiteten sich, ihr Blick wurde unscharf. »Es ist, als brächten wir unser ganzes Leben damit zu, auf dieser dünnen Rinde umherzuspazieren, die die Erde bedeckt, auf dieser dünnen Kruste, auf der Blumen wachsen, auf der es Erde, Häuser und Familien gibt, und dann, eines Tages, bricht man ein, man fällt geradewegs hindurch und sieht, daß es noch etwas anderes gibt. Die *wirkliche* Welt, die Welt, wie sie vor einer Million Jahren war, die Welt, die man als Kind erblickt, wenn man allein im Dunkeln ist; die Welt, die in unseren schlimmsten Alpträumen vorkommt, aus denen man nicht einmal mehr schreiend erwacht, aus denen man überhaupt nicht mehr erwacht … Ich habe sie gesehen, Sweeney«, flüsterte sie. Ich schluckte und dachte an Balthazar Warnicks Zimmer in Orphic Lodge, an die gebückten Gestalten, die ekstatisch um ein Feuer herumgetanzt waren. »Ich habe sie gesehen, und du hast sie gesehen, Sweeney – diese Welt gibt es *wirklich*. Sie ist wirklich, und Angelica steht damit in Verbindung. Was immer sie ist, worin sie sich auch verwandelt haben mag – sie hat den Weg dorthin gefunden. Sie weiß, wie man diese Welt wieder erwecken kann …«

Ihre Hand peitschte durch den Schatten. »Wie man sie hier neu erschaffen kann. Und um das zu erreichen, saugt sie uns aus. Als hätte sie sich vorgenommen, eine verrückte Göttin der Liebe zu werden, Ischtar oder Maria Magdalena oder für wen sie sich auch halten mag – aber irgendwie hat sie es tatsächlich geschafft. Sie hat sich in eine Göttin verwandelt. Sie hat ihre eigene Bibel, ihren Kult, und sie hat irgendwelche beschissenen schwarzen Engel, die Halbwüchsige von hier nach Seattle verschleppen …«

»Annie!« Ich schüttelte heftig den Kopf. »*Nein* …«

»Hör mir zu, Sweeney!« Sie kniete vor mir, die Hände auf meinen Knien. »Sie hat sie *getötet!* Ich *weiß*, daß sie sie umgebracht hat, weil sie nämlich versucht hat, *mich* umzubringen …«

Und dann erzählte sie mir von den Mädchen mit den Mondtätowierungen, die bei ihren Konzerten auftauchten und unheimliche Gesänge anstimmten; vom Ritualmord am Herring Cove und dem monströsen, wunderschönen Wesen, das sie dort gesehen hatte; von den Blumen, die man bei Helen abgegeben hatte, und der Fremden, die sie davor bewahrt hatte, Othiyms nächstes Opfer zu werden. Sie erzählte mir, sie habe sich an dem Tag, als Baby Joe starb, mit ihm in einem Stripteaseclub getroffen. Doch dann versagte ihr die Stimme, und ich wußte, daß sie mir etwas verschwieg.

Was immer es war, ich konnte warten. Ich hatte rasendes Herzklopfen; mir war, als wäre es innerhalb von fünf Minuten um zehn Grad wärmer geworden.

»Aber warum?« flüsterte ich schließlich. »Wenn das alles stimmt …«

»Du glaubst mir nicht? Erzähl mir nichts, Sweeney! Ich weiß nicht, was damals mit Oliver in Orphic Lodge passiert ist, aber du hast es doch gesehen – du und Hasel und Baby Joe, *ihr habt es gesehen* …«

»Nein«, sagte ich und löste mich von ihr. »Ich … ich glaube dir. Baby Joe hat mir Hasels Brief und einen Artikel über Angelicas Bodyguard geschickt …«

Ich berichtete ihr, was ich vor einigen Wochen über Potnia gelesen hatte, und erwähnte auch die seltsame Nachrichtenmeldung, aus der hervorging, daß Professor Warnick und die *Benandanti* offenbar unter Beschuß geraten waren. Dann erzählte ich ihr, wenn auch mit ein wenig mehr Zurückhaltung, was mir Dylan über seine Mutter, das Erdbeben in Los Angeles und das merkwürdige Unwetter im Kretischen Meer mitgeteilt hatte, bei dem Rinaldo Furiano und Luciano di Rienzi ums Leben gekommen waren.

»Aber das war bloß ein … also, das *muß* einfach ein Zufall gewesen sein«, schloß ich meinen Bericht. »Ich meine, irgend etwas muß doch schließlich Zufall gewesen sein. Wir können doch nicht *alles* Angelica in die Schuhe schieben.«

Ich stand auf, ging zur Haustür und schaute nach draußen, die Arme vor der Brust verschränkt. Ich war überrascht und fast ein wenig beunruhigt, wie rasch es dunkel geworden war. »Es ist schon dunkel«, sagte ich mechanisch. Ich war jetzt ganz ruhig, als ob ich träumte.

»Ist immer noch nicht kühler geworden«, meinte Annie leise.

»Weißt du, das Wetter ist diesen Sommer in D.C. so furchtbar. Wäre die Stadt eine Fabrik, hätte das Gesundheitsamt sie schon längst geschlossen.«

Annie nickte. »Ja, aber es liegt nicht an der Hitze. Es ist die Feuchtigkeit.« Sie trat hinter mich und legte mir die Hand auf die Schulter. »Sweeney. Hör mal … Das mit Dylan freut mich. Du hast es verdient, glücklich zu sein, das hast du wirklich. Ich weiß, wir waren keine besonders engen Freunde, und es ist so lange her, aber du hast mir trotzdem was bedeutet. Und das tust du immer noch.«

»Obwohl ich mit Angelica geschlafen habe?«

Sie lächelte gequält. »Wahrscheinlich gerade deshalb, weil du mit Angelica geschlafen hast. Du hast mir etwas bedeutet, und Baby Joe und der arme Hasel natürlich auch. Sogar Oliver … Ich glaube, was mich wirklich an Oliver und an Angelica und diesem Francis, überhaupt an allen diesen Typen mit ihrer Geheimgesellschaft oder was auch immer gestört hat, das war, daß sie zwar so taten, als wären sie wie wir – du weißt schon, Kids auf einem College, die ab und zu mal einen durchziehen oder so –, es in Wirklichkeit aber nicht waren. Sie konnten sich alles erlauben, ohne dabei ertappt und dafür bestraft zu werden. Leute wie Lisa oder du – ihr wurdet einfach fallengelassen«, meinte sie bitter. »Aber die anderen, die arbeiteten immer mit Netz. Ganz egal, was sie auf dem Drahtseil auch anstellten, wären sie abgestürzt, hätte jemand sie aufgefangen.«

»Oliver ist abgestürzt, Annie«, flüsterte ich. »Oliver ist abgestürzt, und niemand hat ihn aufgefangen.«

Ein Schatten wanderte über ihr Gesicht, und zunächst meinte ich, sie wolle mir etwas erzählen, etwas über Oliver, doch der Moment ging vorüber.

»Tja, Dylan scheint mir ja ein richtiger Schatz zu sein. Ich schätze, in dem Alter sind sie noch formbar, was?«

Unwillkürlich mußte ich grinsen. »Kann gut sein.«

»Und wenn du ihn liebst – also, das ist großartig. Es ist schwer, jemanden zu finden, überhaupt irgend jemanden, und ich hoffe, es klappt. Wirklich.«

Dann nahm sie zu meiner Überraschung mein Kinn in die Hand. Sie drehte mir den Kopf herum, bis ich in ihre dunklen Augen hinunterschaute. »Aber, Sweeney, ich bin hergekommen, weil ich Angst hatte – um dich und um mich. Und um Baby Joe, auch wenn's für ihn schon zu spät ist ...«

Ich schluckte. »Und nun?« fragte ich.

Annie neigte den Kopf zu der sanften Dunkelheit des Gartens hin, zu dem samtigen Licht-und-Schatten-Muster der Blätter, Ziegelsteine und ersten Blitze, die wie Risse in einem wunderschönen alten Fresko waren. »Jetzt habe ich noch mehr Angst.«

»Um Dylan?«

Sie nickte. Sie schaute unverwandt auf den Himmel, doch ihre rauchige Stimme schwankte. »Und um dich, Sweeney. Besonders um dich … Denn wenn wirklich etwas mit Angelica geschehen ist – wenn das alles etwas *bedeutet* … wenn sie sich in eine Art Göttin oder einen Dämon oder was auch immer verwandelt hat –, was bedeutet das dann für Dylan?«

Sie drehte sich um und sah mich an, nichts als Angst in den Augen. »Sweeney? Was bedeutet das für *dich?*«

Kurz darauf kam Dylan nach Hause. Er wirkte stiller als gewöhnlich, aber ich war zu erschöpft, um dem irgendwelche Bedeutung beizumessen.

»Hey, Dylan, ich würd morgen gern mal was mit dir unternehmen. Vielleicht nach der Arbeit, okay?« krächzte Annie, als sie aus den Dusche kam. Pfützen auf dem Schieferboden hinterlassend, ging sie in ihrem nassen T-Shirt zum Sofa. »Im Moment bin ich zu erledigt, um dein gutes Aussehen noch angemessen würdigen zu können. Ich glaub, ich leg mich aufs Ohr. Was dagegen, Sweeney?«

»Mach nur.« Ich lehnte mich seufzend an Dylan an, und er massierte mir die Schultern. »Ich bin müde. Bereit fürs Bett, Kleiner?«

Er lächelte. »Klar.«

Wir sagten Annie gute Nacht, dann stiegen wir die knarrende Treppe zum winzigen Schlafzimmer hoch. Trotz der drückenden Hitze schliefen wir auf der Stelle ein. Kurz vor Tagesanbruch wachten wir ineinander verschlungen auf, die Laken unter uns so weich und feucht wie frische Blätter, und liebten uns lautlos, um Annie nicht zu stören.

»Alles Gute zum Geburtstag«, murmelte ich und steckte ihm die Finger ins wirre Haar. Ich küßte ihn ausgiebig, und meine Zunge verweilte auf seinem Mund, nichts als Schweiß und mein eigener salziger Honig. »Neunzehn: von nun an geht's bergab.«

Anschließend duschten wir und kleideten uns

rasch an. Ich hinterließ Annie eine Nachricht, worin ich sie bat, mich in der Arbeit anzurufen, damit wir uns für später verabreden könnten. Wir frühstückten unterwegs Bagel und Eiskaffee, dann schlenderten wir die Pennsylvania Avenue entlang. Rund ums Capitol waren schon erstaunlich viele Jogger unterwegs, die wie wir der Hitze ein Schnippchen schlagen wollten, doch es war aussichtslos. Um halb acht hatte der Himmel die Farbe von verdorbenem Eidotter. Eine zusammenhängende Wolkenmasse erstreckte sich vom Hill bis zum Tidebecken, bedrohliche dunkle Wolken, die so tief hingen, als wollten sie jeden Moment nach der graubraunen Klinge des Washington Monument schnappen. Ein widerlicher Geruch nach Benzin und Moder lag in der Luft. Im Innern des Museums war es auch nicht viel besser. Die Klimaanlage arbeitete immerhin sporadisch, daher war es kühler als draußen, aber selbst der höhergelegene Verwaltungstrakt stank nach einer Million schwitzenden Touristen und fettigem Fast-Food aus der Cafeteria.

»Hör mal«, sagte Dylan im Eingang meines Büros, »ich muß heute unbedingt das Kroeber-Projekt abschließen. Vielleicht könntest du dich mit deiner Freundin zum Mittagessen treffen, und wir beide nehmen uns dann früher frei.«

»Klingt gut.«

»Denkst du an den Champagner?«

»Ich hab an den Champagner gedacht.«

»Dann komme ich gegen vier bei dir vorbei, wie wär das?«

Ich stellte mich auf die Zehenspitzen und küßte ihn aufs Kinn. »Klingt großartig. Bis später.«

»*Ciao*, mein Schatz.«

Einige Minuten später rief Annie an.

»Ich glaub, ich bleib heute hier«, sagte sie. Ich hörte, wie sie ihren Kaffee hinunterschluckte. »Wenn du nichts dagegen hast. Es ist so heiß, und im Moment versuche ich sowieso, mich ein wenig bedeckt zu halten, wenn du verstehst, was ich meine. Ich hab mir gedacht, ich setz mich später in den Garten. Zumindest *wirkt* es dort draußen kühler.«

»Klar. Äh, hör mal, Annie – heute ist Dylans Geburtstag, und wir wollten den Abend zu zweit verbringen …«

»O je.« Ein Klacken, als die Kaffeetasse gegen den Hörer stieß. »Sag nichts. Ich denk mir schon was aus. Vielleicht geh ich ins Kino. Vielleicht läuft im Biograph *Die Erniedrigten und Beleidigten*.«

»Und das macht dir wirklich nichts aus?«

»Aber wieso denn?«

»Danke, Annie«, meinte ich erleichtert. »Ich hab ein mieses Gefühl deswegen, aber wir haben das alles längst geplant, und …«

»No problemo, Sweeney.«

»Okay. Wir kommen gegen halb fünf nach Hause. Ich gebe dir dann einen Schlüssel, damit du von allein reinkommst, und vielleicht können wir dann ja morgen …«

Annie fiel mir ins Wort. »Sweeney?«

»Ja?«

»Hast du eigentlich nichts zu tun?«

»Stimmt. Bis später, Annie.«

Das Problem dabei war, ich hatte gar nichts zu tun. Wegen des fürchterlichen Wetters und der Luftqualität drinnen wie draußen hatte das Museum die Arbeitsschutzbestimmungen in Kraft gesetzt; das Gebäude war fast leer. Jetzt, da das Indien-Festival beendet war, konnte ich die Zeit auch nicht mehr mit ein paar Pink Pelican totschlagen, und ich wußte, daß Dylan Schuldgefühle hatte, weil er das Kroeber-Projekt noch nicht abgeschlossen hatte.

Am liebsten wäre ich gleich wieder nach Hause gegangen. Aber dort war Annie, und Annies Erscheinen hatte mich nervös gemacht. *Alles* hatte mich nervös gemacht. Ich fühlte mich so, als hätte ich Acid geschluckt: die gleiche Übelkeit erregende Mischung aus Angst und Heiterkeit hatte ich damals mit Oliver immer verspürt, wenn die Droge zu wirken begann und allmählich alles an den Rändern unscharf wurde. Diesmal aber war es eine Kombination von Schlafmangel, zuviel Alkohol, zu großer Hitze und zu vielen Gespenstern, die um mich herum auftauchten. Wie gegen Ende einer Komödie aus der Zeit der Restauration, wenn alle gleichzeitig auf der Bühne erscheinen, Narren und Wahrsager, Soldaten, Liebende und Hahnreis, bis man sich fragt, wann die wacklige Plattform wohl unter ihnen zusammenbrechen wird.

Ich trat auf den Gang hinaus. Laurie saß nicht an ihrem Schreibtisch, wahrscheinlich war sie schon früher zu Hatteras hinübergegangen. Als ich an Robert Dvorkins Büro vorbeikam, wollte ich ihn wegen der letzten Neuigkeiten ausquetschen, aber natürlich war er nicht da.

»Okay«, sagte ich laut. Es gab niemanden, der mich hätte hören können. »Zeit für die Antike.«

Die klassische Abteilung bestand aus einer Reihe hellerleuchteter Büros an der an die Kuppel angrenzenden Museumsseite. Fritz Kincaid war der Chef der Griechischen Abteilung, ein rothaariger Fünfzigjähriger mit rosigen Wangen, der in der Mittagspause Squash spielte und auf einem Hausboot auf dem Potomac lebte. Ich wußte, daß er da war, denn Fritz war *immer* da. Er war die Art Museumsdirektor, wie man sie in alten Filmen sah und die von den lokalen Nachrichtensendern heiß und innig geliebt wurde: fotogen, mit einer Vorliebe für Krawatten mit Tüpfelmuster und exzentrische Kopfbedeckungen, vor allem aber von profunder Sachkenntnis, wenn es um seltsame, aber wahre (und häufig abstoßende) Fakten aus der Antike ging.

»Katherine Cassidy! Die Königin des interaktiven

Videos!« krähte er, als ich den Kopf zur Tür hineinstreckte. »Was führt Sie zu einem so alten Fossil wie mir?«

»Sie sind hier heute das einzige alte Fossil«, sagte ich. »Aber gestern abend habe ich Nachrichten geschaut, es ging gerade um diese ganzen Artefakte der Universität der Erzengel, und da habe ich an Sie gedacht.«

Fritz verdrehte die Augen. »Ach ja: Potnia. Das hat uns gerade noch gefehlt in diesen schweren Zeiten, ein Wiederaufleben der alten matriarchalischen Gesellschaften der Ägäis.« Er musterte mich seltsam. »Oh, das hatte ich ja ganz vergessen – Ihr junger Freund Tristan …«

»Dylan.«

»Ja, natürlich, verzeihen Sie – Dylan. Diese Schriftstellerin ist seine Mutter, nicht wahr? Diejenige, der wir diese ganze reizende Publicity zu verdanken haben.«

Er verzog das Gesicht, dann setzte er hinzu: »Bitte, Katherine – kommen Sie doch rein und nehmen Sie Platz. Möchten Sie Kaffee?«

»Nein, danke. Aber haben Sie nicht zu tun? Ich wollte eigentlich nur mal eben Ihr Gehirn anzapfen.«

Fritz schüttelte feierlich den Kopf. »Wenn es um hübsche junge Damen geht, bin ich nie beschäftigt. *Entrez* …«

Ich schlug einen Bogen um den langen Bibliothekstisch, der den größten Teil des Büros für sich beanspruchte. Darauf standen erlesene maßstabsgetreue Modelle der Akropolis und der Agora von Athen, konstruiert aus Papier, Karton und Balsaholz, mit Streichholztriremen in der Ferne, die sich funkelnd vom gemalten Meer abhoben. Das Modell war für eine vor einem Jahr abgebaute Ausstellung angefertigt worden, und Fritz hatte es nicht über sich gebracht, sich seiner zu entledigen. Wenn er Besuch von den Fernsehleuten bekam, gab es einen guten Hintergrund ab, besonders seitdem er die Akropolis mit mehreren Trollfiguren und Velociraptoren aus Plastik aufgemotzt hatte.

»Potnia«, sagte ich. »Ist das der Name einer Göttin?«

»Könnte man so sagen. Um ganz genau zu sein: es ist *ein* Name *der* Göttin.« Fritz legte den Kopf schief und hob aufmunternd die Brauen, so daß er auf einmal wie ein intelligenter Airedaleterrier aussah. »Haben Sie ... ein besonderes Interesse an dieser Gruppe, Katherine?«

Ich zuckte die Achseln und setzte eine unverbindliche Miene auf, obwohl ich in Wahrheit Herzklopfen hatte. »Eigentlich nicht. Na ja, ein bißchen interessiert sie mich schon.«

Er nickte verständnisvoll. »Wahrscheinlich weiß der junge Dylan eine ganze Menge darüber ...«

Ich lachte. »Ja – die heutige Jugend mit ihren verschrobenen matriarchalischen Kulten! Nein, ich war einfach bloß ... neugierig. Ich habe den Artikel in *Archaeology* gesehen, und wie es aussieht, muß das Museum wohl mit einem Verfahren rechnen ...«

Fritz schauderte. »Da sei Gott ... Verzeihung, die *Göttin* vor«, meinte er rasch und hob die Augen gen Himmel. Er nahm ein Blatt Papier vom Schreibtisch und hielt es zwischen Daumen und Zeigefinger, wobei er ein Gesicht machte, als verströme es einen üblen Geruch. »Haben Sie das schon gesehen? Nein? Das ist eine Presseerklärung von Potnia – die planen alle ihre kleinen Eskapaden nach dem alten heidnischen Kalender. Diese Erklärung trägt eigentlich das Datum von heute, wurde aber gestern schon freigegeben.«

»Heute? Was ist heute?«

Fritz blinzelte übertrieben, hielt die Presseerklärung auf Armeslänge vor sich und las laut vor: »›Der erste August ist Lammas, eines der bedeutendsten Erntefeste, geweiht der Blablabla.‹« Er schnitt eine Grimasse, knüllte die Seite zusammen und warf sie in den Papierkorb. »Soviel zu Potnia.«

Er wandte sich mir zu und schüttelte entschuldigend den Kopf. »Oh! Ich habe ja ganz vergessen, daß Sie etwas wissen wollten …

Also, Katherine, der Name Potnia taucht auf zahlreichen Linear A- und Linear B-Tafeln in Knossos und Mykene auf – kennen Sie sich damit aus?«

»Ein wenig.«

»Nun, die Tafeln gehören zu den frühesten Aufzeichnungen der sogenannten westlichen Zivilisation, und Potnia ist einer der ältesten darin vorkommenden Namen. Man hat ihn übersetzt als den Titel der Großen Mediterranen Göttin. *A-ta-na po-ti-ni-ja* wurde sie genannt – *Atana* wie Athene, verstehen Sie? Die meisten griechischen Gottheiten waren ursprünglich kretische Götter – mit kretisch meine ich das, was wir als minoische Kultur bezeichnen, nach unserem alten Freund, dem König Minos.«

»Der Typ mit dem Minotauros?«

»Der Typ mit dem Minotauros. Aber das sind sehr, *sehr* alte Götter, deren Ursprung Jahrtausende vor dem der wohlbekannten griechischen Gottheiten liegt. Viele Ortsnamen in diesem Teil des Mittelmeers sind in Wirklichkeit prähellenistischen Ursprungs, linguistisch vollkommen von der griechischen Sprache verschieden. Die Griechen waren jedoch so stark beeindruckt von dieser Kultur, daß sie viele dieser Namen und Worte der eigenen Sprache einverleibten. Daher stammen viele Worte wie *theos, hieros* oder *labyrinthos,* die wir für klassisches Griechisch halten, in Wahrheit aus einer viel früheren Epoche.«

Ich setzte mich neben dem Modell der Agora auf die Tischkante. »Tatsächlich? Das ist ja faszinierend.«

Fritz nickte erfreut. »Faszinierend, in der Tat. Denn

schauen Sie, die Griechen haben mit ihren Göttern dasselbe gemacht. Sie übernahmen diese viel älteren Gottheiten – Götter wie Hyakinthos, eine Art Vorläufer des Apoll, obwohl der auch mit dem Totenkult in Verbindung stand, den die Griechen später dem Adonis zuordneten; und Posedo, der dann zu Poseidon wurde, und …«

Er winkte erschöpft ab. »… ach, eine Menge untergeordneter Gottheiten, Sie wissen schon. *Aber* …«

Fritz stand auf und ging umher, wobei er mit seinem Monolog fortfuhr. »Ihre feministischen Freundinnen liegen da nicht ganz falsch. Denn die ganze minoische Zivilisation konzentrierte sich wahrscheinlich wirklich um die Verehrung von *Göttinnen*. Die Götter waren eine viel spätere Dreingabe und wurden wohl vor allem von Invasoren aus dem Norden eingeschleppt. Der Göttinnenkult stammte wahrscheinlich vom Festland – aus der Türkei, aus Anatolien, aus dem ganzen Hexenkessel südosteuropäischer Länder – und gelangte dann durch Kolonisten nach Kreta und auf die umliegenden Inseln, auf die Kykladen, nach Rhodos und Thera …

Diese Göttinnen nahmen schließlich die Gestalt der uns vertrauten griechischen Gottheiten an. Ursprünglich aber trugen sie Namen, die für uns sehr fremd klingen – das heißt, sie sind in linguistischer Hinsicht sehr ungewöhnlich, was die ganze Sache noch mysteriöser macht, finden Sie nicht?«

Ich nickte, war mir aber nicht sicher, wieviel Mysteriöses ich noch verkraften konnte. Fritz redete rasch weiter.

»*Wanasoi*«, sagte er, verträumt an die Decke blikkend. »Das waren die Zwillingsköniginnen, die später zu Demeter und deren Tochter Kore wurden. *Sitopotinija*, die Herrin des Getreides. *Erinu*, ebenfalls eine Vorläuferin von Demeter, wenngleich ihr Name ein wenig an die Erinnyen erinnert, an ›die Zornigen‹

oder Furien, die Orestes das Leben schwermachten. *Britomartis* oder *A-te-mi-to*, die wahrscheinlich identisch mit Artemis war. *Inachos*, benannt nach einem heiligen Fluß. Othiym und ihr Geliebter und Sohn *Pade*, das heilige Kind …«

Ich stutzte. »Dieser Name …«

Fritz sah mich von der Seite an. »Welcher?«

»Othiym …«

Er nickte lächelnd, als hätte ich da eine intelligente Frage gestellt. »Ah, ja: *Othiym Lunarsa*. Die Frau im Mond. Eine weitere Spielart der Mondgöttin, wenngleich manche Gelehrte ihren Namen als Zerstörerin übersetzen. Sie wissen schon, die Hindugöttin Kali.«

Ich schluckte. Mein Mund kam mir wie ausgedörrt vor, und ich krächzte: »Und diese Göttinnen … die stammen alle von Kreta?«

Fritz zuckte die Achseln. »Wer weiß das schon? Ursprünglich nicht; viele wurden aber dort verehrt. Kreta war das Zentrum der alten minoischen Zivilisation, selbst nach unseren Maßstäben eine unglaublich verfeinerte und weitentwickelte Kultur. Spültoiletten, fließendes warmes Wasser, und den überkommenen Fresken und Tongefäßen nach zu schließen, hatten sie ein absolut *phantastisches* Stilempfinden. Vielleicht hatten sie sogar optische Linsen für Fernrohre, Brillen und Naßzellenbatterien – und das vor vier-, fünftausend Jahren! Im Vergleich zu den Minoern waren die alten Griechen wirklich bloß ein Haufen pädophiler, frauenfeindlicher Raubmörder.«

»Und was ist dann aus ihnen geworden?«

Fritz schaute nachdenklich, sogar traurig drein. »Dieser Teil des Mittelmeers wurde durch einen gigantischen Vulkanausbruch auf Thera um 1450 vor Christus von der Landkarte gefegt. *Pffft* …« Er schnippte mit den Fingern. »Einfach so. Alles war hin, und das an einem einzigen Tag.«

»Aber Kreta wurde nicht zerstört«, warf ich ein.

»Das könnte durchaus der Fall gewesen sein. Die Insel Thera war für die Minoer von zentraler Bedeutung gewesen, und Thera wurde vollkommen verwüstet – genau wie Pompeji. Daher verloren die Minoer einen ihrer wichtigsten Häfen und mehrere Städte. Und ihre Religion erlitt ebenfalls einen schweren Schlag. Das sogenannte Labyrinth von Knossos und alle anderen Tempel auf Kreta waren bereits von anderen Erdbeben ernstlich beschädigt worden. Alle wurden wieder aufgebaut, doch der Ausbruch auf Thera war sozusagen das Totengeläut für die minoische Kultur.«

Fritz seufzte. »Soviel Schönheit! Kreta mag dem alten Ägypten durchaus ebenbürtig gewesen sein – bloß werden wir wahrscheinlich nie erfahren, was uns durch den Untergang jener Kultur alles entgangen ist.«

»Wie waren sie? Diese Göttinnenverehrer, meine ich?«

»Ha!« rief Fritz aus. »Sie haben gut aufgepaßt bei der Mutter Ihres jungen Freundes! Ja, Katherine, nach allem, was wir wissen, haben sie Göttinnen verehrt. Die Minoer haben nur unbedeutende schriftliche Aufzeichnungen hinterlassen, dafür aber wundervolle Kunstwerke: Fresken, Statuen, Tempel, das erstaunliche Labyrinth von Knossos; und fast alle religiösen Bilder scheinen Göttinnen oder Priesterinnen darzustellen.

Die Fresken zeigen, daß Frauen auf Kreta nicht nur verehrt wurden, sondern daß sie dort auch womöglich herrschten, auf jeden Fall aber eine große Rolle in der politischen Struktur der Stadtstaaten spielten. Offenbar gab es dort eine Art Stierkult, der in der alten Welt recht verbreitet war. Der Stierkult wie auch die Göttinnendarstellungen scheinen ursprünglich aus Zentraleuropa zu stammen, wo zahlreiche ähnliche Figuren und Bilder gefunden wurden.«

»Wie sah ihre Religion eigentlich aus – ich meine, was haben sie *gemacht?*«

Er runzelte die Stirn. »Was *gemacht?*«

»Sie wissen schon, haben sie ein goldenes Kalb verehrt, die Bundeslade, oder was?«

»Wer weiß? Die Fresken deuten darauf hin, daß sie ausgeprägte Naturalisten waren – es gibt wunderschöne Darstellungen von Meerestieren, von Blumen, Pflanzen und Bäumen. Sir Arthur Evans, der einen großen Beitrag zur Erforschung von Knossos geleistet hat, stellte sie sich gern als Blumenkinder vor. Sie wissen schon, sehr elfenhaft, sehr künstlerisch und verspielt, angetan mit schönen Kleidern und Schmuck, Röcke für Jungen und Mädchen und eine Menge Make-up. Eine, ich zitiere, ›feminine‹ Kultur: kunstvolle Frisuren, ritueller Transvestismus, junge, attraktive Menschen, die in einem Stadion Aerobic praktizieren.«

»Klingt ganz nach Dupont Circle.«

Fritz lächelte. »Nun, jedenfalls in diesem Punkt wurde Evans widerlegt. Wie sich nun herausstellt, waren die Minoer, zumindest einige von ihnen, blutrünstiger, als wir zunächst gedacht haben. Es gibt ein berühmtes Fresko, auf dem Frauen bei einem religiösen Ritual abgebildet sind – nur Frauen, was an sich schon interessant ist –, und einigen Tafeln in Linear B-Schrift zufolge, die wir entziffert haben, wurden an einem größeren Tempel binnen eines Jahres vierzehntausend Liter Wein verkonsumiert.«

»Nicht schlecht.«

»Um es milde auszudrücken. Es gibt auch Hinweise auf häufigen Opiumgebrauch. Manche Leuten meinen, das Labyrinth von Knossos – eigentlich ja ein Palast – sehe aus, als habe es ein Architekt im Drogenrausch entworfen.«

Fritz' Lachen klang ein wenig grimmig. »Ein paar

von ihnen konnten ein paar Drinks wahrscheinlich ganz gut gebrauchen…

Vor kurzem gelang es Archäologen, die Inschrift auf einer der Linear B-Tafeln zu entziffern, die aus der Zeit nach dem Vulkanausbruch auf Thera datieren. Es war ein Bericht über die *hieros gamos*, die sogenannte ›heilige Vermählung‹, welche die Große Göttin besänftigen sollte. Offenbar haben diese Überlebenden geglaubt, die Göttin habe sie mit dem Vulkanausbruch bestrafen wollen, weil sie sich den neuen jungen Himmelsgöttern aus dem Norden zugewandt hatten.

Aber bevor wir *das* herausfanden, gab es schon andere Hinweise auf dieses Ritual. Im Jahre 1979 entdeckte eine andere Gruppe von Archäologen südlich von Herakleion einen kleinen Tempel bei Anemospilia, auf dem Berg Juchtas, der durch ein Erdbeben zerstört wurde. Neben einer heiligen Felsspalte wurde unter den Trümmern ein Altar mit den Überresten eines ungefähr siebzehnjährigen Jünglings darauf entdeckt. Die Beine waren ans Kinn hochgezogen und ursprünglich vielleicht sogar gefesselt, aber das wissen wir natürlich nicht. Wir wissen bloß, daß er ermordet wurde – geopfert, denn neben dem Skelett wurde ein reichverzierter halbmondförmiger Dolch gefunden. Eine *Lunula*, so sagt man dazu.«

Ich schnappte nach Luft, doch Fritz war noch nicht fertig.

»Das ist noch nicht alles. Es scheint so, als sei dieses spezielle Opfer *exakt zu dem Zeitpunkt* dargebracht worden, als das furchtbare Erdbeben Knossos um 1700 vor Christus dem Erdboden gleichmachte. Als die Archäologen das Gebiet nämlich weiter absuchten, entdeckten sie die Leichen dreier weiterer Personen, die an dem Opfer teilgenommen hatten – die Skelette der Tempeldienerinnen. Eine von ihnen hielt ein zerbrochenes Trinkgefäß in Händen, das mit einem Stierkopf bemalt war. Auch ein Mann war dabei, wahrscheinlich ein Priester oder Priesterkönig – er trug einen geweihten Ring –, der vor dem Altar auf dem Rücken lag. Wahrscheinlich der Typ, der zugestochen hat. Und schließlich noch die Leiche einer Frau, einer Priesterin, die anscheinend anämisch war – möglicherweise war ihr ebenfalls Blut abgezapft worden. Das Erdbeben muß Minuten nach dem Tod des Jünglings eingesetzt haben – an dem Trinkgefäß waren noch Blutspuren, und wahrscheinlich war es voll, als der ganze Tempel einstürzte und alle unter sich begrub. Reizend, nicht wahr? Da sehnt man sich doch so richtig nach der guten alten Zeit zurück.«

Ich rutschte vom Tisch hinunter und wandte mich zur Tür. Dine Beine zitterten mir so sehr, daß ich kaum laufen konnte.

»Was haben Sie denn?« rief Fritz. »Katherine! Ist Ihnen nicht gut? Hier, setzen Sie sich doch, Sie sehen ja aus, als würden Sie jeden Moment ohnmächtig werden …«

»Ich kann nicht«, flüsterte ich. An der Tür drehte ich mich um und stammelte: »Danke, Fritz. Es … es tut mir leid, mir ist nicht gut, ich muß gehen …«

»Die Minoer waren eigentlich höchst kultivierte Leute!« rief er mir ein wenig enttäuscht hinterher, als ich mich zu meinem Büro flüchtete. »Caligulas Römer waren viel, *viel* schlimmer …«

Ich bog um eine Ecke, dann hörte ich ihn nicht mehr.

Die Gänge waren menschenleer, daher konnte sich niemand über mich wundern, als ich den Korridor entlangrannte, erst zu Dylans Arbeitszimmer, das leer war, und dann zu dem kleinen Raum hinter der Hauptbibliothek, wo er die Kroeber-Sammlung archivierte.

Er war nicht da. Ich stand eine Weile herum und starrte den Digitizer und die säuberlich gestapelten Fotos an, alle in Dylans akkurater europäischer Handschrift mit einer Nummer beschriftet. Ich atmete mehrmals tief durch und versuchte, mich zu beruhigen – wahrscheinlich war er gerade in *meinem* Büro und suchte nach mir, oder er war nach unten gegangen, um sich ein Mineralwasser zu holen, oder er war auf der Toilette …

Auf einem Stuhl lag seine abgewetzte Motorradjacke. Dort lag sie schon seit Wochen, seit Dylan sie einmal bei Regen getragen und dann vergessen hatte. Ich hob sie hoch, hielt sie mir ans Gesicht und sog den Geruch des rissigen Leders ein, dem immer noch Dylans Duft anhaftete. Nach einer Weile glitt mir die Jacke aus der Hand und fiel zu Boden.

Ich zwang mich, zu meinem Büro zurückzugehen, und klammerte mich an der Vorstellung fest, er stehe dort am Fenster, mit dem Rücken zu mir wie bei unserer ersten Begegnung, und ich würde hinter ihm auftauchen, ihm die Arme um die Hüfte legen, ihn an mich drücken und ihm flüsternd sagen, daß wir nicht bis um vier zu warten brauchten, es sei zu heiß und zu unheimlich, er habe schließlich Geburtstag, und wir würden jetzt *gleich* gehen …

In meinem Büro war niemand, die Bildschirme waren ebenso schwarz und tot wie vor ein paar Stunden, als ich fortgegangen war. Am ganzen Leib zitternd, näherte ich mich dem Schreibtisch und entdeckte die Nachricht. Eine aus irgendeiner anthropologischen Zeitschrift herausgerissene Seite, an einer Ecke, wo eine Kaffeetasse darauf gestanden hatte, noch ganz feucht, die Tinte so verschmiert, daß Dylans akkurate Handschrift flüchtig, ja beinahe unleserlich wirkte.

Liebe Sweeney,

Weißt du was? Meine Mutter ist endlich aufgetaucht. Sie erwartet mich unten an der Rezeption; eben kam der Anruf, ich gehe mal schnell runter und werde sie wohl zum Hotel begleiten. Ich habe ihr schon gesagt, wir beide hätten für heute abend etwas vor, und ich wollte mich gegen vier mit dir zu Hause treffen. Stell schon mal den Champagner kalt …

»Nein!«

Ich schlug mit der Faust auf den Schreibtisch und zerriß die Seite, damit niemand die letzten Zeilen lesen konnte.

Ich liebe Dich, Sweeney! Mach Dir keine Sorgen! Ich bin GLEICH WIEDER DA …

Dylan.

21. KAPITEL

Die Mondgöttin erwacht

Angelicas Mietwagen war ein Lincoln Town Car, innen wie außen reinweiß, mit vornehmen Samtbezügen und verchromten Armaturen. Es entging ihr nicht, daß Dylan den Wagen geschmacklos fand; er *war* geschmacklos, aber es war der einzige Wagen mit Klimaanlage gewesen.

»Mhm, ich freue mich ja so, dich wiederzusehen, Liebling«, sagte sie und umarmte ihn vor der Personenkontrolle.

»Ich mich auch, Mom«, sagte Dylan. Sie ließ den Kopf einen Moment auf seiner Schulter ruhen, dann trat sie zurück und musterte ihn.

»Was soll denn das heißen? Kannst du deine Mutter nicht häufiger als nur einmal pro Sommer anrufen?« fragte sie neckisch. »Ich hätte mir Sorgen machen können, weißt du.«

»Aber du hast dir keine Sorgen gemacht.« Dylan ließ sich von ihr den Arm um die Hüfte legen, und Arm in Arm gingen sie nach draußen. »Tut mir leid, Mom. Ich … ich war ziemlich beschäftigt.«

Angelica nickte. Sie hatte sich passend zum Wetter gekleidet und trug ein ärmelloses, mit einer Goldkordel gegürtetes Hemd aus elfenbeinfarbener zerknitterter Seide und schlichte, allerdings sehr teure italienische Schnürsandalen. Das Haar hatte sie im Nacken verknotet, und sie hatte schwere goldene Ohrringe und Armreifen aus Elfenbein und Sandelholz angelegt. Um den Hals trug sie die Lunula. Der silberne Halbmond hätte sich mit all dem Gold beißen sollen, fiel in Wahrheit aber kaum auf, wie der Mond bei Tag.

»Du siehst gut aus, Dylan«, meinte Angelica, als sie zum Wagen gingen. »Wußte ich's doch, daß dir D.C. gefallen würde.«

»Es war großartig.« Am Bordstein blieb er stehen und schaute zum Himmel hoch. »Abgesehen vom Wetter«, setzte er mißmutig hinzu.

Der Himmel war noch mehr eingedunkelt. Dicke bräunliche Gewitterwolken wälzten sich über die National Gallery, Regent's Castle und das Treasury Building. Alles hatte einen merkwürdigen Stich ins Grüne, als betrachte man die Welt durch schlieriges Glas. Ein Hurrikanhimmel, dachte er.

Am ersten August war es aber noch zu früh, um sich wegen Wirbelstürmen Sorgen zu machen. Außerdem war ja seine Mutter bei ihm.

»Rein mit dir!« meinte Angelica aufgekratzt und hielt ihm die hintere Wagentür auf. Kühle Luft strömte auf die Straße hinaus. »Dein Triumphwagen erwartet dich.«

Dylan schaute die Limousine an und schnitt eine Grimasse. »Sag mal, Mom, bezahlt dich etwa jemand dafür, daß du damit rumfährst?«

Angelica lachte. »Bis jetzt noch nicht. Komm schon, hab Nachsicht mit mir – einen anderen Wagen mit Klimaanlage konnte Elspeth nicht auftreiben.«

Dylan glitt auf den Rücksitz und verstaute seine langen Beine im Wagen. »Ist Elspeth auch hier?«

»Nein. Ich habe sie bloß gebeten, ein paar Dinge für mich zu erledigen – ich hatte *soviel* zu tun, und an deinem Geburtstag wollte ich den Kopf frei haben.«

»Schon gut.« Dylan nickte und blickte zum Museum hinüber, dessen Kuppel im bläulichgrünen Licht zu Grau verblaßt war. Er biß sich auf die Lippen, dann sagte er: »Ich weiß, daß du extra hergekommen bist, um mich zu sehen, aber ich muß um vier wieder zurück sein. Ich … ich habe heute abend schon etwas vor. Mit Freunden.«

Angelica glitt neben ihm auf den samtgepolsterten Rücksitz und gab dem Fahrer ein Zeichen. Der Wagen bog geräuschlos auf die Constitution Avenue ein und fuhr Richtung Tidebecken. »Du hast etwas vor? Was denn? Jemand, den ich kenne?«

Dylan öffnete den Mund, um zu antworten, dann besann er sich anders. Er schüttelte den Kopf. »Ach, Freunde eben.«

Angelica drehte sich zu ihm um und schaute ihn an. Sie zupfte ihm eine Haarlocke von der Stirn und strich sie beiseite. »Ich verstehe«, meinte sie leise. Ihr Tonfall war ruhig, der Blick ihrer smaragdgrünen Augen unergründlich. »Na, dann haben wir ja noch ausreichend Zeit, um miteinander zu Mittag zu essen, nicht wahr?«

»Klar.«

Sie beugte sich vor. »Hast du nicht etwas für mich?« fragte sie neckisch.

Dylan runzelte die Stirn. »Oh … ja, klar. Hier …«

Er reichte ihr das Fragment der Lunula, das er im Museum gefunden hatte. Als sie es nahm, hielt Dylan den Atem an. Er erwartete, daß sie etwas sagen würde, aber seine Mutter schien nicht bei der Sache zu sein. Sie sah aus dem Fenster zur vorbeigleitenden Mall hinaus, mit gespitzten Lippen und gerunzelter Stirn. Er hatte sie im Laufe des Sommers ein paarmal vom Museum aus angerufen, ihr aber nichts von Sweeney erzählt. Er hatte ihr überhaupt nichts erzählt; eigentlich hatte er gar nicht mit ihr sprechen wollen. Aber sie war nun mal seine Mutter, und heute war sein Geburtstag. Sie war die ganze Strecke von Huitaca hierhergeflogen, wenngleich er aus Erfahrung wußte, daß seine Mutter ihn normalerweise nur dann besuchte, wenn sie in einem Aufwasch auch noch andere Dinge erledigen konnte – Kleideranprobe in Mailand, ein Besuch bei Akademikerfreunden in Princeton. Diesmal waren es wahrscheinlich ein paar alte Freunde vom Kongreß und dem Diplomatischen Korps.

Aber da war sie nun, kühl und schön wie eh und je, und ließ sich gerade wohlig seufzend ins Polster zurücksinken. »Ist die Klimaanlage nicht wundervoll? Der Flug war ein Alptraum! Vielleicht sollten wir einfach eine Weile umherfahren und diese kostbare kühle Luft genießen.«

Sie lächelte Dylan an, doch ihrem Sohn war nicht entgangen, daß sie dem Fahrer keinerlei Anweisungen gegeben hatte: er steuerte bereits auf das Lincoln Memorial zu. Was immer sie geplant hatte und wo sie auch hinfahren mochten, es war schon festgelegt worden, bevor Dylan überhaupt in Erscheinung getreten war.

»Warum nicht. Aber denk dran – vier Uhr.«

»Natürlich: vier Uhr!« wiederholte Angelica lebhaft. »Stets Zeit zum Tee!«

Ich rannte die Treppe hinunter zur Personenkontrolle.

»Hat sich jemand nach Dylan Furiano erkundigt?« fragte ich atemlos.

Captain Wyatt, der Chef der Wachleute, lächelte. »Meinen Sie vielleicht so ein nettes junges Ding, das sich als seine Mutter ausgegeben hat?«

Ich knirschte mit den Zähnen. »Das könnte sie gewesen sein.«

»Also, die war hier, Katherine, aber angemeldet hat sie sich nicht. Er kam runter und ging mit ihr raus ...« Er deutete zum Ausgang, der auf die Constitution Avenue hinausführte, dann sah er mich mit hochgezogenen Brauen an. »Was, sind die etwa ohne Sie weg?«

»Ja – nein, ich weiß nicht!« rief ich und wandte mich ab. »Wenn Sie Dylan sehen, sagen Sie ihm, daß ich ihn suche. Sagen Sie ihm, er soll sich melden, sobald er da ist.«

Captain Wyatt nickte. Hinter meinem Rücken hörte ich ihn murmeln: »Ich hab doch gewußt, daß sie nicht seine Mama ist.«

Von meinem Büro aus rief ich zu Hause an. Die Leitung war besetzt. So blieb es auch die folgenden vierzig Minuten, während ich abwechselnd daran dachte, aus dem Fenster zu springen oder nach Hause zu rennen. Als ich endlich durchkam, schaltete sich bloß klickend der Anrufbeantworter ein.

»Verdammt noch mal, nimm doch endlich ab!« schrie ich, als die Ansage endete.

»Hey«, meldete sich Annie ein wenig eingeschnappt. »Tut mir leid, hast du versucht anzurufen? Ich hab gerade mit Helen geredet ...«

»Ist Dylan da?«

»Dylan? Nein. Wieso?«

»Bist du dir auch sicher?«

»Ich denk schon. Dylan?« Ich hörte, wie sie seinen Namen rief, während sie mit dem schnurlosen Telefon nach draußen ging. »Dylan? Fehlanzeige. Tut mir leid, Sweeney. Was ist denn los? Hattet ihr vielleicht einen Streit?«

»Einen Streit? Nein, wir hatten keinen *Streit* ...« Ich rang um Fassung, dann brach ich zusammen. »Er ... er ist *verschwunden*, Annie! Sie ist hergekommen, und er ist *verschwunden* ...«

»Verschwunden – was soll das heißen?«

Ich erzählte ihr von der Notiz und faßte zusammen, immer wieder von Schluchzern unterbrochen, was ich von Fritz Kincaids historischem Exkurs in Erinnerung behalten hatte. Als ich damit fertig war, saß ich da und preßte mir den Hörer so fest ans Ohr, daß ich das Gefühl hatte, jemand hätte mir einen Faustschlag versetzt.

»Oh, Mann. Sweeney, das ist wirklich schlimm.«

Ich konnte bloß nicken, zitternd wie Espenlaub. »Aber laß mich nachdenken, laß mich nachdenken…«

Ich hörte, wie sie raschelnd durch die verdorrten Lilien beim Eingang brach. Dann: »Okay. Du bist noch im Museum, und er hat geschrieben, er werde um vier zurück sein, stimmt's?«

»D-d-das stimmt.«

»Dann wird er vielleicht auch um vier wieder da sein.«

Ich atmete stockend ein. »Meinst du wirklich?«

»Nein. Aber ich glaube, wir sollten besser solange warten. Man kann nicht jemanden als vermißt melden, der gerade mal mit seiner Mutter zum Mittagessen gegangen ist.«

»Okay.« Annies Stimme zu hören, hatte mich wieder etwas beruhigt. »Okay – dann also bis um vier. Rufst du mich an, wenn er kommt? Oder wenn er anruft…«

»Aber natürlich, Sweeney«, meinte Annie sanft. »Natürlich.«

Ich hörte, wie sie über die Veranda ging und gegen die Liegestühle stieß. »Es wird alles wieder gut, Sweeney. Ihm passiert schon nichts…«

Genau wie deiner Kusine, Oliver, Hasel und Baby Joe, dachte ich und ballte die Hände. »Okay. Bis um vier…«, flüsterte ich.

Und wartete.

Im Mietwagen schaute Angelica Furiano auf ihren schlafenden Sohn hinunter, der auf dem makellosen Sitz lag. Die eine Hand ruhte an der Wange, die andere baumelte auf den Boden herab. Die Brust hob und senkte sich gleichmäßig; dort, wo die geballte Hand dagegendrückte, war der Mund einen Spaltbreit geöffnet. Genauso hatte er als Kind geschlafen, die Knöchel in die Höhlung der Wange gedrückt, das hübsche Gesicht so ruhig und verträumt wie das des Mondes.

Angelica saß – oder vielmehr hockte – ganz in der Ecke, so weit wie möglich von ihrem Sohn entfernt. Im Radio spielte leise Musik, die der Fahrer mitsummte. Sie fuhren an diesem Nachmittag bereits zum drittenmal die Pennsylvania Avenue entlang, der Wagen bewegte sich mühelos durch den schwachen Verkehr. Als sie diesmal wieder die Seventh Street erreichten, beugte Angelica sich jedoch vor und murmelte: »Das reicht, Bryant. Bitte bringen Sie uns jetzt zur Universität der Erzengel. Am besten fahren Sie über Edgewood ...«

Der Fahrer nickte und bog wortlos in die schmale Straße ein. Angelica wandte sich wieder Dylan zu. Auf dem Sitz neben ihm lagen zerdrückte kleine Samenkapseln verstreut – der getrocknete Samen von *Papaver somniferum*, der Mohnblume. Man sah noch die Stellen, wo Angelica die Kapseln vor einigen Tagen mit der Lunula angeritzt hatte, damit der Blumensaft heraussickern und an der Luft zu einer hellen Kruste trocknen konnte. Anschließend hatte sie die Opiumpaste sorgfältig abgekratzt und einen kleinen Klumpen daraus geformt. Diesen behutsam knetend, hatte sie Kretischen Diptam und gemahlene geröstete Gerste hinzugefügt; dann hatte sie statt der heiligen *Mentha pulegium*, einer aromatischen Minze, die Wahnzustände hervorruft, noch *Salvia divinorum* beigefügt, den Salbei der Wahrsager, den sie von der Sierra Mazateca eingeschmuggelt hatte und in Huitaca anbaute. Zu guter Letzt hatte sie den Geschmack noch mit Honig, getrockneter Orangenschale, Kardamom und Koriandersamen verbessert. Dann hatte sie den kleinen Brocken mit goldenem Seidenpapier und einem Stück weißem Raffiabast als Geschenk verpackt.

»Hier, mein Lieber.«

Dylan hatte den in Goldpapier verpackten Klumpen, den sie ihm auf der flachen Hand entgegenhielt, mißtrauisch beäugt.

»Doch nicht wieder irgendwelcher Schmuck?« Seine Mutter besaß eine Vorliebe für extravagante und untragbare Geschenke, für Ohrringe mit Rubinen und Smaragden oder Rolex-Uhren, die für einen Studienanfänger höchst unpassend waren.

»Aber nein, du Dummchen. Mach's auf«, drängte sie ihn und lehnte sich zurück. Er hatte einige Mühe, das Papier zu entfernen, den es pappte am klebrigen Kuchen fest.

»Na so was, Mom.« Dylan glotzte den sandigen kleinen Würfel an. Er sah aus wie Karamel, der auf den Boden gefallen war. »Das war aber wirklich nicht nötig.«

Angelica lachte kehlig. »Du Dummchen! Das ist ein besonderes Kräuterdingsbums, das ich vom Apotheker im Body Shop extra für dich habe zubereiten lassen. Es soll dir … na ja, du weißt schon, Kraft und ein langes Leben und alles mögliche andere Gute schenken. Zu deinem Geburtstag.« Sie küßte ihn und zauste ihm das Haar. »Und daß du es mir ja auch ißt, Dylan – es hat ein *Vermögen* gekostet.«

Dylan verdrehte die Augen. »Das glaube ich gern.« Er schnitt eine Grimasse, dann steckte er sich den Brocken in den Mund. »Bäh …«

»Na, mach schon, so schlimm kann es doch gar nicht sein. Es sind Honig und noch alle möglichen anderen guten Zutaten drin.«

»Es schmeckt nach *Dreck*«, murmelte Dylan undeutlich, folgsam kauend. »Bäh. Nach Dreck und nach Parfüm.« Nach einer Weile schluckte er, dann umarmte er Angelica und gab ihr einen Kuß. »Jedenfalls danke. Ich hoffe, es wirkt. Aber hör mal, Mom – schenk mir nächstes Mal einfach einen neuen Wagen, okay?«

Das war vor einer Stunde gewesen. Das Opium,

verstärkt durch die geröstete Gerste und die *Salva divinorum*, hatte nach wenigen Minuten zu wirken begonnen.

»Ich glaub, mir wird schlecht vom Fahren.« Dylan hatte sich vom Fenster abgewandt und schaute sie mit trüben Augen an, ganz blaß im Gesicht. Er wirkte stark benommen; seine Augen waren glasig, und das Sprechen bereitete ihm Mühe. »Mom …?«

»Pst. Leg dich hin, mein Schatz. Leg deinen Kopf aufs Polster und ruh dich aus, du bist bloß müde …«

Ihre Stimme beruhigte ihn; er legte sich auf den Sitz und war nach wenigen Minuten fest eingeschlafen. Seitdem hatte sich sein Atem in dem Maß, wie er in den Bann des Mohnsamens geriet, immer weiter beruhigt, obwohl sein Gesicht immer noch so weiß war wie frische Milch. Angelica saß neben ihm und streichelte sein Haar. Mit der anderen Hand fuhr sie gedankenverloren über die silberne Sichel auf ihrer Brust und flüsterte:

Meine Zeit ist abgelaufen. Nicht mehr Dienerin
Noch Novizin; wo Iakos auf der Schwelle wartet,
werde ich dich grüßen,
Da ich vollendet habe sein rotes und blutiges Fest.

Ich hielt die Bergflamme der Großen Mutter in
Händen.
Ich bin endlich frei. Ich habe dir Gewänder
Aus reinem Weiß gegeben, ein Speiseopfer aus
Honigkuchen, in Erwartung
Der Lust der hellroten Fontänen,
Hye kye! Geliebte!
Nun trete ich ein in den mir erlaubten Ort.

Dylan stöhnte. Angelicas Hand verweilte auf seiner Stirn; dann beugte sie sich vor und hauchte ihm einen Kuß auf die Lippen.

Du bist das unausgesprochene Wort:
Haïyo! Othiym Lunarsa.

Sie hob den Kopf und schaute nach draußen. Die Gewitterwolken hingen so tief, daß Blitze über ihre Bäuche zuckten, wie auf feuchtem Holz nach Halt suchende Flammen. Hinter den Schläfen spürte sie ein leichtes Pochen, doch Angelica empfand keinen Schmerz. Sie hatte auch einen Kuchen verzehrt, ähnlich dem, den sie Dylan gegeben hatte, jedoch zusätzlich mit *Mentha pulegium* darin. Seit mehreren Wochen hatte sie sich vorbereitet: jeden Abend hatte sie einen Teelöffel von der aromatischen Paste geschluckt, und obwohl sie das Opium durch ihren Körper strömen fühlte, umwölkte es ihre Gedanken doch nicht, sondern färbte sie eher, mit einer antiken Palette von Blau-, weichen Gold- und Rottönen, wie ein bröckelnder *skyphos* …

Der Wagen bog in flottem Tempo um eine Kurve. Angelica hielt sich an einem Messinggriff fest.

»Nicht viel los hier um diese Jahreszeit!« rief ihr der Fahrer zu, als der Wagen auf die North Capitol Street schoß. Hinter ihnen wurde das Capitol immer kleiner und kleiner, bis es im Dunst verschwand.

»Wir sind gleich da.« Angelica legte Dylan schützend die Hand auf die Brust. »Dylan …«

Und dann tauchten vor ihnen aus dem Qualm und dem Dreck der Stadt die Kuppeln und Minarette des Schreins der Erzengel und des Heiligen Johannes des Göttlichen auf. Ganz allmählich, wie eine Vielzahl von Farben, die in ein Stück Leinen einsickerten, Kobaltblau und Safrangelb, rötlicher Ocker und das blasse silbrige Gold, das sie bislang nur hier gesehen hatte, wo die vergoldeten Sterne seltsame Konstellationen auf der Kuppel aus Lapislazuli bildeten: so allmählich wie in einem Traum, wie vom Klang von Angelicas Stimme herbeigerufen aus dem dichten Nebel der Vergangenheit, wurde ihr alles wieder gegenwärtig. Welke Eichen und Ulmen, braunes Gras, das selbst die Scharen der Gärtner nicht vor der furchtbaren Hitze hatten retten können; die Gesimse und Türmchen all der verlassenen gotischen Gebäude, die im Spätnachmittagslicht zu Bläulichgrau und Bläulichgrün verblaßt waren.

Und über allem der Schrein mit den Buntglasfenstern, die wie Platten aus glühendem Kupfer waren, mit der Triade herausfordernder Engel, die mit erhobenen Händen über dem schweren Eichentor thronten. Auf jedem Türmchen und jedem Turm, auf jedem Gebäude Engel; überall Engel.

»*Ha!*« meinte Angelica triumphierend; ihren Sohn hatte sie vergessen. Mit angespannter Miene schaute sie zu dem monströsen Bauwerk und den wenigen kleinen Gestalten hinaus, die langsam über die Treppe zu den wartenden Touristenbussen hinunterschritten. »Endlich.«

»Verzeihung, Ma'am?« rief der Fahrer.

Angelica zuckte zusammen, sah ihn und lächelte. »Nichts, Bryant. Wenn Sie hier bitte anhalten würden…«

Sie neigte den Kopf in Richtung einer Tür, die an der Seite des Schreins offenstand.

»…gleich dort drüben, und einen Moment warten könnten.«

Der Fahrer hielt an der bezeichneten Stelle. »O Mann, daß es diesen Sommer soviel Ärger gäbe, hätte ich mir nie träumen lassen. Die ganzen Überfälle, das Wetter und überhaupt«, seufzte er und fuhr sich mit der Hand über die Stirn. »Und dabei wird es immer schlimmer, und niemand weiß ein Mittel dagegen.«

Angelica nickte. »*Quis iniquae tam patiens urbis, ut teneat se?*«

Bryant schüttelte den Kopf. »Was sagten Sie?«

Angelica lächelte. »Bloß irgend so ein alter Ausspruch…«

»Wer in dieser gottlosen Stadt brächte die Geduld auf, seinem Zorn Einhalt zu gebieten?«

»Das können Sie ruhig laut sagen«, stimmte ihr der Fahrer zu und stellte die Klimaanlage höher.

Ich glaubte, den Verstand zu verlieren. Ich hatte Angst, mein Büro zu verlassen, weil ich Dylan nicht verpassen wollte. Angst zu bleiben, denn mit jeder Minute, die verstrich, entfernte er sich womöglich immer weiter und weiter, er war schon so gut wie verschwunden, ich verlor ihn, er war verschwunden…

»Ach, Gott!« schrie ich und legte den Kopf auf die Schreibtischplatte. Ich starrte auf meine Armbanduhr, deren Ziffern vor meinen Augen verschwammen: 3:45, 3:54, 3:57…

Vier Uhr.

Kein Dylan.

Vier Uhr vierzehn; vier Uhr dreißig; vier Uhr fünfundvierzig. Ich rief Annie an.

»Er ist nicht hier«, sagte sie. Sie hörte sich an, als hätte sie geweint. »Sweeney. Ich glaube, du solltest besser nach Hause kommen.«

So etwas wie die Luft an jenem Nachmittag hatte ich noch nicht erlebt: es war so schwül und stickig, als wäre man mit einer heißen, feuchten Gipsschicht bedeckt. Der Himmel hatte die unheilkündende Farbe von Flechten oder Tamarakholz. So finster es auch war, blendete mich dennoch das Licht, als wäre in dem Dunst irgendein verborgenes Gift, irgend etwas, das einem die Lebenskraft raubte und allem die fahle Blässe eines Leichnams verlieh. Meine Nasenlöcher brannten; es roch nach beißendem Qualm und nach etwas Organischerem, nach Algen oder moderndem

Holz. Ich dachte an den legendären Sumpf, auf dem die Stadt angeblich erbaut war – an den unterirdischen Tiber und an die Gebeine der Menschen, deren Gräber jetzt mit Beton, Kalkstein und Marmor bedeckt waren.

Es waren kaum Autos auf den Straßen. Ich tigerte unruhig auf und ab, hielt Ausschau nach einem Taxi und hatte mich schon in Bewegung gesetzt, als es endlich auftauchte.

»Ich möchte zur Ninth Street, oben beim Eastern Market«, sagte ich und ließ mich auf den Sitz fallen.

»Sie wohnen im Nordosten?« fragte die Fahrerin. Sie war eine kleine grauhaarige Person mit einem Ring in der Nase. »Sie wissen doch, daß dort der Strom ausgefallen ist, oder?«

Ich schüttelte den Kopf. »Nein, das ist mir neu ...«

Sie nickte. »Kein Strom. Die Kongreßbibliothek und die Post wurden geschlossen. Ein paar Leute sind in Aufzügen eingeschlossen, und einer hatte einen Herzanfall. Muß wohl an der Hitze liegen. Yeah, im ganzen Nordosten gibt es keinen Strom. Die U-Bahn steht still, in Brookland, Teilen des Südostens und drüben in Maryland läuft nichts mehr ...«

Das Taxi hatte keine Klimaanlage, aber ich kurbelte trotzdem das Fenster runter. Es war so stickig, daß ich einfach keine Luft mehr bekam. Ich konnte der Fahrerin nicht folgen; alles war zuviel für mich.

»Yeah«, fuhr die Fahrerin fort und wischte sich mit einem Taschentuch das Gesicht ab. »Also, ich fahre nach Hause, Sie sind meine letzte Fuhre. Es heißt, es soll Unruhen geben, wußten Sie das schon? Der Strom fällt aus, alle Leute rennen auf die Straße, da kommt ganz schön was auf Sie zu, Schätzchen. Ehe man sich's versieht, wird die ganze Gegend in Flammen stehen. Haben Sie einen Freund?«

Ich wollte etwas sagen, bekam aber nur ein Krächzen heraus.

»Sie wissen ja, wir Frauen sollten besser nicht allein rausgehen, wenn es soweit kommt. Bei der Hitze drehen die Leute durch. Deshalb fahr ich jetzt auch nach Hause. Sie sind meine letzte Fuhre …«

Die Gehsteige lagen verlassen da. Niemand saß vor dem Haus, niemand stand an den Straßenecken herum. Ich sah keinen Menschen. In weiter Ferne hörte ich eine Sirene, sah aber keine Polizeiwagen. Ich sah überhaupt niemanden. Auf meiner Brust lastete ein schwerer Druck, als würde ich zermalmt zwischen der Angst um Dylan und diesem neuen Schrekken: War das überhaupt wirklich? Ein paar Wochen furchtbares Wetter, ein Unwetter braut sich zusammen; dann zieht jemand bei der Klimaanlage und der U-Bahn den Stecker, und die Stadt geht in Flammen auf?

»Also, ich hab gerade WMAL gehört, die müssen wohl ein Notstromaggregat oder so was haben. Die meinten, wir sollten alle *im Haus* bleiben. Als ob man *im Haus* bleiben wollte, wenn man keine Klimaanlage hat und es draußen vierzig Grad heiß ist …«

Die Frau lachte noch einmal abgehackt auf, dann verstummte sie.

Vor Dr. Dvorkins Haus drückte ich ihr ein paar Eindollarnoten in die Hand und taumelte aus dem Taxi. Als ich das wacklige Gartentor öffnete, klopfte mir das Herz so sehr, als gehöre es gar nicht mehr zu mir, sondern als begehre es von außen *Einlaß*. Dann rannte ich über den Innenhof und hatte das Gartenhaus erreicht.

Annie kam mir an der Tür entgegen. Ihr Gesicht war gerötet und naß, ob von Schweiß oder von Tränen, konnte ich nicht sagen. »Sweeney. Ich wollte dich anrufen, aber da warst du schon weg …«

»Dylan?« rief ich und zwängte mich an ihr vorbei. »*Dylan …*«

Auf der Couch, auf Annies zerwühlten Laken und

den Kissen, saßen zwei Männer. Sie trugen verwaschene Khakihosen und hatten sich die Ärmel hochgekrempelt und die Köpfe so tief gesenkt, daß ich sie zunächst nicht erkannte.

Dann sah der größere der beiden auf.

»Katherine«, sagte er und erhob sich. Der andere Mann schaute zögernd hoch; dann stand er ebenfalls auf.

»Er hat gemeint, er sei dein Vermieter«, sagte Annie, mit dem Daumen auf Robert Dvorkin deutend.

»Das stimmt«, sagte ich benommen, sah ihn aber kaum an. Statt dessen starrte ich Balthazar Warnick an.

»Sweeney«, sagte er, »die Zeit ist gekommen, da wir Sie um Hilfe bitten müssen.«

»Um Hilfe?« Ich schüttelte verdutzt den Kopf. »Sie wollen, daß *ich* Ihnen helfe? Wo ist Dylan? Was haben Sie hier überhaupt zu suchen?« Meine Verwirrung wandelte sich in Wut, und ich hob die Stimme. »Was, zum Teufel, geht hier eigentlich vor?«

»Bitte, Katherine«, sagte Dr. Dvorkin ruhig, aber mit einem gereizten Unterton. »Bitte haben Sie Verständnis. Wir brauchen Sie …«

Ich starrte ihn an: mager und abgerissen wirkte er in den verwaschenen Klamotten, aber seine Augen funkelten hell und verzweifelt.

»Nein. Robert – Sie sind doch kein …«

Aber natürlich war er doch einer. Das war nicht der Robert, den ich kannte und mit dem ich all die Jahre über zusammengearbeitet hatte, nicht mehr der Nachbar und Freund, mit dem ich im verschwiegenen Garten gesessen, Wein getrunken und mich über Gott und die Welt unterhalten hatte. Das war eine ganz andere Person. Das war ein *Benandanti.*

»Sie … Sie gehören dazu.«

Er nickte. »Ja. Aber das wußten Sie doch wohl.«

»Ich … ich habe es vermutet«, sagte ich langsam. »Vielleicht wollte ich es einfach nicht wahrhaben.« Ich wandte mich an Balthazar Warnick. »Warum sind Sie hier? Wo ist Dylan?«

Ich hatte die Fäuste geballt; als ich mich ihnen nähern wollte, hielt Annie mich auf. »Wenn Sie ihm etwas getan haben …«

»Wir haben ihm nichts getan«, entgegnete Balthazar Warnick ruhig. »Angelica hat ihren Sohn bei sich.«

»Warum?« platzte Annie heraus.

Balthazar schaute mich unverwandt an. »Sweeney. Sie will ihn töten …«

»Nein!«

»Doch. Sie ist nicht mehr die Angelica, die Sie einmal kannten, Sweeney. Schon lange nicht mehr.«

Zum erstenmal seit meinem Eintreffen nahm er Notiz von Annie. »Erzählen Sie es ihr, Annie«, bat er drängend. »Sie haben es mit eigenen Augen gesehen – Sie wissen, was mit den anderen geschehen ist …«

Annie sah ihn ungläubig an. »Das wußten Sie? Die ganze Zeit über wußten Sie Bescheid und haben nichts dagegen unternommen? Sie haben zugelassen, daß Baby Joe und Hasel umgebracht wurden – und daß sie beinahe auch *mich* erwischt hätte!« Sie sah aus, als wolle sie Balthazar an die Kehle gehen. »Warum haben Sie ihr nicht das Handwerk gelegt?«

Balthazar war nicht zu erschüttern. »Das war nicht möglich …«

Ich unterbrach ihn, außer mir vor Zorn. »Das *war* nicht möglich? *Warum* war es nicht möglich? Wo ist denn jetzt Ihre ganze *Benandanti*-Magie? Warum erledigen Sie sie nicht einfach mit einer Scheißpistole?«

Ungeachtet der möglichen Folgen stürzte ich mich auf Balthazar und packte ihn beim Kragen. »Was, auf einmal soll ich Ihnen helfen? Auf einmal brauchen Sie meine *Erlaubnis*, um jemanden zu töten? Als Sie Oliver umgebracht haben, haben Sie mich doch auch nicht um Erlaubnis gefragt!«

»Wir haben Oliver nicht umgebracht!« rief Balthazar. »Er ...«

»Sie haben ihn so weit gebracht! Sie haben ihn einsperren lassen, Sie wußten, daß er nicht stark genug war, Sie haben es gewußt! Ich habe geglaubt, Sie wollten ihm helfen, ich habe geglaubt, Sie verfolgten einen besonderen Plan ...«

»Wir hatten keinen Plan, Katherine«, meinte Robert Dvorkin leise. »Wir wußten bloß, daß Oliver und Angelica die Auserwählten waren. Aus irgendeinem Grund waren sie auserwählt. Erst jetzt wird uns klar, daß offenbar *Dylan* der Grund war, weshalb ...«

Ich schüttelte den Kopf. »Dylan?«

»Er *muß* es sein – warum hätten ihn Angelica und Oliver sonst gezeugt? Er ist das letzte große Opfer, das Angelica erbringen muß, um ihre Epiphanie zu vollenden. Dann wird sie wahrhaft Othiym sein ...«

»Dann wird alles wieder wie damals sein«, flüsterte Balthazar. »Erinnern Sie sich noch, Sweeney?«

Als Annie mich beim Arm packte, fuhr ich zusammen. »Wovon redet der eigentlich, Sweeney?«

»Erinnern Sie sich noch?« Balthazar trat einen Schritt zurück und riß die Arme hoch. »Dann erinnern Sie sich *jetzt!*«

Vor uns spaltete sich der Raum. Dort, wo eben noch Balthazar und Robert gestanden hatten, war auf einmal undurchdringliche Finsternis. Aus der Leere wehte ein eiskalter Wind hervor, dessen Tosen so ohrenbetäubend war, daß ich Annies Schreien nicht hörte, sondern nur ihr angstverzerrtes Gesicht sah. Meine schweißnassen Klamotten wurden steif von Rauhreif, während ich sie packte und an mich zog. Dann hockten wir uns hin, damit wir nicht in den Abgrund gerissen wurden.

Eine furchtbare Stimme ertönte. Balthazars Stimme.

»Seht, da ist SIE!«

Die Finsternis wurde aufgesaugt und wirbelte in einem riesigen Feuerstrudel davon, dessen Mittelpunkt ein gewaltiges Auge war. Ein Auge, das zwar geöffnet, aber dennoch ohne jedes Mitgefühl war, wie das Auge eines steinernen Götzen. Während die Dunkelheit in diesem riesigen Auge verschwand, sah ich, daß es Teil eines Gesichts war, eines so entsetzlichen und unvorstellbar großen Gesichts, daß ich vor Ehrfurcht und Entsetzen auf die Knie fiel.

»Schaut Othiym!«

Das war SIE – die gleiche monströse Gestalt, die ich vor so langer Zeit an jenem Abend mit Angelica erblickt hatte. Die schlafende Göttin, die Frau im Mond: Othiym Lunarsa. Sie trug die Lunula auf der Brust, doch diese war keine schmale, silberne Sichel mehr, sondern der Mond, der *wirkliche* Mond. Sie war schöner und furchtbarer anzusehen, als ich mir je hätte träumen lassen, der Mund leicht geöffnet wie bei einem schlafenden Kind – doch es war Angelicas Mund, so wie diese träumenden Augen Angelicas Augen waren und wie das Haar aus dem ureigensten Gewebe der Nacht Angelicas Haar war …

Ich schrie auf vor Entsetzen und schlug mir den Arm vors Gesicht. Denn der tödliche Wind, ein Wind, der alle Geräusche, alle Farbe und alles Leben in die Leere saugte – dieser Wind war ihr *Atem*. Alles Leben wurde von ihr aufgesogen, hinein in den leuchtenden Halbmond, der auf ihrer weißen Haut ruhte. Er leuchtete so stark, daß ich den Anblick nicht ertrug, er war so hell, daß er bestimmt jeden, der ihn anschaute, der es wagte, unter ihm zu wandeln, in Brand setzen würde …

»Sweeney!«

Balthazars Stimme hallte wie ein Gong durch die Ödnis. Ich hob den Kopf. Ebenso plötzlich, wie das Nachtland aufgetaucht war, war es auch wieder verschwunden. Ich kniete, zitternd vor Kälte, auf dem Schieferboden des Gartenhauses. Neben mir stöhnte Annie, dann stand sie mit einem Aufschrei auf.

»Sweeney – er wird uns noch umbringen!« Sie packte mich, ihre Augen waren vor Entsetzen geweitet. »Los, komm …«

Vor uns standen Balthazar Warnick und Robert Dvorkin, mit leerem Blick und schlaff herabhängenden Armen. Dann hob Balthazar die Hand und hielt sie mir hin.

»Es ist meine Schuld«, meinte er so leise, daß ich ihn kaum hörte. »Als Angelica die Lunula bekam, glaubte ich, sie sei zu jung. Ich glaubte, sie werde niemals mehr sein als Magda – gescheit, ehrgeizig und gerissen. Ich glaubte … ich glaubte, sie sei nur irgendein Mädchen. Nur eine Frau …

Selbst nach jenem Abend in Orphic Lodge hätte ich mir niemals träumen lassen, daß sie so mächtig werden könnte. Ich hätte mir niemals träumen lassen, daß sie sich von ihrem Vater und von uns allen so vollständig abwenden könnte …«

Er blickte Annie an. »Von Ihnen allen«, sagte er. »Von ihren Freunden. Und von ihrem eigenen Sohn.«

Er verstummte. In der Stille meinte ich, meinen eigenen Herzschlag zu hören und den von Annie, Balthazar und Robert noch dazu. Ich schaute weg von Balthazar, sah zu Boden und versuchte, irgendein Muster in den Schieferplatten zu erkennen. Oder eine Antwort zu finden; etwas, woran ich glauben konnte.

»Sweeney.« Als ich den Kopf hob, stand vor mir Balthazar, die Hand immer noch zu mir ausgestreckt. »Sie sind unsere einzige Hoffnung.«

»Sie sind Dylans einzige Hoffnung«, murmelte Robert.

Annie zerrte an meinem Handgelenk. »Nein, Sweeney, das ist *Wahnsinn* …«

Mit Anstrengung schüttelte ich sie ab. »Nein«, flüsterte ich. »Warte …«

Abgesehen vom erschöpften Summen einer Fliege am Fenster war es vollkommen still im Raum. Ich spürte ihre Blicke – Balthazars leuchtenden und dennoch zurückhaltenden Blick; Annies Zorn und Verwirrung; Dr. Dvorkins Flehen. Ich atmete tief durch. Dann ergriff ich Balthazars Hand.

»Ich helfe Ihnen«, sagte ich leise. »Nicht weil ich finde, daß Sie in irgendeiner Hinsicht besser als Angelica sind. Das glaube ich nicht. Sie haben Magda Kurtz ermordet, Oliver und weiß der Himmel wen noch alles. Sie haben tatenlos zugesehen, wie Angelica meine Freunde abgeschlachtet hat. Sie haben ihr Dylan überlassen und …«

Mir versagte die Stimme. »… Sie haben *mich* fallengelassen, als wäre ich ein Stück Dreck! Als hätte ich keinen Platz in Ihrer schönen, perfekten Welt, an Ihrer perfekten Göttlichen! Bloß weil ich keins Ihrer Glückskinder war, keiner Ihrer verdammten Gelehrten. Keiner Ihrer beschissenen *Auserwählten.*«

Ich versuchte, mich von Balthazar loszumachen, doch er hielt meine Hand unerbittlich fest.

»Nein«, sagte er. »Sie täuschen sich. All die Jahre über …«

Er deutete auf die Wände und die Decke des Gartenhauses, auf den draußenliegenden Garten. »Die ganze Zeit standen Sie unter unserem Schutz, Sweeney.«

Es lief mir kalt über den Rücken. »Nein …«

»Doch.« Robert Dvorkin nickte. »Wir haben auf Sie aufgepaßt, Sweeney …«

»Nein …«

»Wir haben auf Sie aufgepaßt. Sie beschützt …«

Das Blut summte mir in den Ohren, doch ich konnte nur den Kopf schütteln und *Nein, nein, nein!* sagen, während er fortfuhr.

»Damals an der Göttlichen, Sweeney – da haben wir uns geirrt. Oder zumindest lagen wir nur teilweise richtig. Wir wußten, daß Angelica und Oliver Teil der Gleichung waren; erst später wurde uns klar, daß auch Othiym mit im Spiel war.

Unklar war uns allerdings, daß es jemanden geben könnte, der Angelica und Oliver gleichermaßen liebte. Jemanden, der nicht bloß zwischen ihnen stand, sondern der sie irgendwie wieder zusammenbringen könnte.«

Ich stöhnte. »*Nein* …«

»Und was Dylan angeht … Wir wußten nicht, daß *er* geboren werden würde, daß *er* heranwachsen und sich vielleicht zum wahren Auserwählten entwickeln würde … Das haben wir nicht vorausgesehen, Sweeney. Und wir haben *Sie* nicht vorausgesehen.«

Stille. Ich bekam weiche Knie, doch Balthazar zog mich mit erstaunlich kräftigen Händen an sich.

»Begreifen Sie jetzt?« fragte er in verzweifeltem Ton. »Begreifen Sie, Sweeney? Das Muster war die ganze Zeit zu erkennen! Es ging nicht nur um Angelica und Oliver – es ging um *Sie* und um Angelica und Oliver –, *Sie* gehörten schon immer mit dazu …«

»Aber was kann ich tun?« schrie ich. Ich spürte Annie an meiner Seite, ihre kalten Hände an meinem einen Arm und Balthazars Hände am anderen.

»Sie können Dylan retten«, sagte Robert. »Falls wir nicht schon zu lange gewartet haben.«

»Aber wie … wo ist er?«

Ich machte mich von Balthazar los und schob Annie weg. »Wissen Sie das? Ist er verletzt? Denn wenn Sie ihm etwas getan haben – wenn irgend jemand ihm etwas tun sollte –, dann bringe ich Sie mit bloßen Händen um. Ich schwöre bei Gott und bei allem, was heilig ist, daß ich …«

Balthazar öffnete den Mund, doch bevor er etwas sagen konnte, brach Annie in Gelächter aus.

»Was?« rief ich und fuhr zu ihr herum. »Was ist denn so komisch?«

»N-nichts«, keuchte sie.

»Das ist nämlich mein voller Ernst, ich werde jeden umbringen, der ...«

»Genau das meine ich ja«, sagte Annie und wischte sich Lachtränen aus den Augen. »Darum geht's ja gerade, Sweeney ...«

Sie wandte sich um und schaute die beiden *Benandanti* an. Dann vollführte sie zu meinem Erstaunen eine leichte Verbeugung. Mit ihrer rauchigen Stimme verkündete sie: »Also gut, Leute – wer immer Ihr seid, und was, zum Teufel, Ihr eigentlich so treibt ... Ich *glaube,* Ihr habt die richtige Frau für den Job.« Ich schwieg; was hätte ich auch schon sagen sollen? Schließlich aber seufzte Robert Dvorkin und murmelte: »Wir haben keine Zeit mehr zu verlieren. Sind Sie bereit, Balthazar?«

Balthazar wandte sich mir zu. Ich hielt seinem Blick nicht stand, daher sah ich auf meine Füße hinunter und nickte. »Ich bin bereit. Aber wo ist er? Wie sollen wir ihn finden?«

Balthazar faßte mich bei der Hand. »Hier geht's lang, Sweeney«, meinte er und deutete zur Eingangstür des Gartenhauses. Plötzlich tauchte Annie zwischen uns auf und schüttelte heftig den Kopf.

»Hey! Wenn Sie glauben, Sie könnten sie einfach irgendwohinschleppen ...«

»Nicht, Annie«, sagte ich. Vom Adrenalin und vor lauter Furcht und Erschöpfung war ich so aufgedreht, daß ich kaum noch Angst hatte. »Hier geht es ... also, ich weiß nicht, *worum* es geht, aber du solltest besser nicht mitkommen.«

»Untersteh dich ...!«

»Annie!«

»Lassen Sie sie mitgehen.« Roberts ruhige Stimme glättete die Wogen. »Es macht so oder so keinen Unterschied.«

Annie wandte sich zu ihm herum. »Ja, klar, als ob es auf *mich* …«

Ich packte sie beim Arm. »Sei still, Annie! Balthazar, sagen Sie mir, was ich tun soll.«

Ich schaute ihm in die Augen: in diese halb barbarischen Augen, in denen stets Spott und Drohung lauerten, wie bei einem geduldigen Wolf. Jetzt aber erblickte ich weder Spott noch Drohung darin; allerdings auch keine Wärme. Bloß diesen kühlen, abschätzenden Blick, als schaue er durch erhitztes Glas und überlege, ob es wohl stark genug sei, nicht zu zerspringen.

Nach einer Weile nickte er. »Hier geht's lang.« Abermals deutete er zur Tür.

Ich schüttelte den Kopf. »Das ist meine Haustür.«

»Das stimmt, Sweeney.« Ein schwaches Lächeln glitt über sein Gesicht. »Los«, meinte er drängend und versetzte mir einen sanften Stoß.

»Aber …«

»Machen Sie schon.«

Aller Mut, den ich eben noch verspürt hatte, verflüchtigte sich auf einmal. Vor lauter Angst war mir übel, und ich fühlte mich ganz benommen; dann aber fiel mir Dylan ein. Irgendwo hatte Angelica Dylan in ihrer Gewalt – bloß wo? Jetzt mußte ich mich ganz auf Balthazar verlassen.

»Okay«, sagte ich. Ich ging auf die Tür zu und vergaß, daß Annie hinter mir herstolperte, vergaß Balthazar und Robert und selbst Angelica.

Dylan, Dylan, dachte ich und streckte den Arm aus, bis meine Hand gegen das Fliegengitter stieß. *Ach, Dylan.*

Die Tür beulte sich nach außen, die Unterkante blieb knirschend an der Türschwelle hängen, während ich dagegendrückte. *Dylan, Dylan.* Dann sprang die Tür auf, mit dem Geräusch von Wasser aus einem gebrochenen Damm. Mir bot sich ein verwirrender Ausblick, gold und scharlachrot und silbern, pures Licht, das so strahlend war, daß ich den Anblick nicht ertrug. Ich schloß die Augen und tat mit hilflos wedelnden Armen einen Satz nach vorn. Bevor ich erneut durchatmen konnte, stürzte ich kopfüber auf den Boden. Dort blieb ich einen Moment lang stöhnend liegen.

Ich war durch das Portal der *Benandanti* getreten und hatte das Gartenhaus hinter mir gelassen, und ich war immer noch am Leben. Noch. Ich atmete tief durch und schlug die Augen auf.

Ich befand mich in der Göttlichen.

»Sweeney …«

Als ich mich gerade mühsam aufrichtete, tauchte Annie schwankend neben mir auf. »Sweeney … wie habt ihr … sind wir …«

»Ja«, sagte ich und schaute zum Himmel hoch. »Ich glaube, wir sind.«

Wir befanden uns auf der Veranda von Garvey House. Wo ich auch hinsah, alles schien in Bewegung begriffen. Gewaltige Eichen bogen sich wie junge Schößlinge, die Blätter rissen ab und wurden hochgewirbelt. Die Luft war erfüllt vom Tosen des Windes, ein furchteinflößendes Brüllen wie von tausend rasenden Motoren. Ein Hochspannungskabel peitschte durch die Luft und wickelte sich schließlich um einen abgeknickten Mast. Auf dem schmalen Weg, der zum Gebäude führte, schwirrten Windhosen aus Staub und Erde herum. Ein Stuhl rutschte über die Veranda und krachte gegen das Geländer. Ich hielt mich an Annie fest, dann zerrte ich sie hinter mir her die Treppe hinunter.

»Ach, Annie«, keuchte ich, als die Treppe hinter uns lag, »das ist das Ende der Welt!«

Über uns toste ein wütender Mahlstrom ähnlich dem, den ich in meiner Vision von Othiym erblickt hatte. Nur daß dieser hier keine Einbildung war. Das war der *Himmel*. Wie ein unermeßliches Meer aus geschmolzenem Blei strömte er brodelnd dahin, eisenfarben, durchzogen von blaugrünen und violetten Wellen. Blitze zuckten durch die Wolken, und vor unseren Augen begann ein Baum mit blauer Flamme zu brennen und stürzte dann heulend wie ein verwundeter Leviathan zu Boden.

»Wir müssen hier weg!« rief Annie, auf den brennenden Baumstumpf deutend. »Runter vom Hügel!«

Mit einem ohrenbetäubenden Knall entzündete sich weiß die Luft. Ich schrie auf und duckte mich, fühlte, wie Annie mich hinter sich her den Weg entlangzerrte. Blätter und Zweige peitschten mir über die Wangen, während ich ihr nachstolperte, bis ich mit einem Aufschrei hochsah.

Die ganze Göttliche wurde von Blitzen erhellt. Vor dem Hintergrund dieser zerklüfteten Pracht gotischer Gebäude ragten unstet phosphoreszierend pechschwarze Türme und Brustwehren auf, die Wachengel helleuchtend. Kein Mensch war zu sehen, in keinem der Fenster schien Licht. Ich sah sprachlos und halb taub vom Donner mit an, wie eine der Steinfiguren zu Boden stürzte.

»Was sollen wir jetzt tun?« schrie Annie.

Ich schüttelte den Kopf und rief: »Ich weiß es nicht.«

Aber ich wußte es doch. Denn inmitten des wütenden Sturms blieb einzig der Schrein unberührt. Er überragte das Chaos aus Licht und Schatten, der unergründlichen Sphinx ähnlicher denn je: massig und schweigend, ein Behemoth in Erwartung der Niederkunft. Elmsfeuer flossen von den Brustwehren herab und sammelten sich wie zyanblauer Nebel um die Wendeltreppen und die leeren schwarzen Augen der

Buntglasfenster. Die goldenen Sterne glühten rotgolden auf der Kuppel aus Lapislazuli, auf der sich ein nahezu weißer Halbmond spiegelte, der aus den Vulkanwolken am östlichen Horizont aufstieg.

»Dort drüben.« Ich deutete zum Schrein. »Da drinnen ist er.« Annie nickte schweigend, als ich auch schon losrannte. »Los, komm …«

Das Gras entzündete sich unter unseren Füßen. Hinter uns wogten Rauchschwaden, und der Geruch nach verbranntem Laub verschlug mir den Atem. Beiderseits des Wegs erhoben sich die piranesischen Zitadellen, in denen die *Benandanti* seit zweihundert Jahren ihre Schätze und ihr Wissen verwahrten, mit den geflügelten Wächtern aus Granit davor. Ich fühlte jetzt, wie sie mich anschauten, mit den gleichen leeren Augen, die mich vor so langer Zeit an jenem ersten Nachmittag willkommen geheißen hatten; ich sah sie mit erhobenen Schwingen auf Balustraden und Säulen hocken, als wollten sie jeden Moment davonfliegen, die Hände wie zum Gebet erhoben. Ich rannte und rieb mir die vom Rauch und von der Hitze tränenden Augen, während vor mir der Schrein, beobachtet von den teilnahmslosen Engeln, noch ungeheuerlicher anzuschwellen schien.

Auf einmal schrie Annie auf. Als ich mich umdrehte, deutete sie heftig nach oben.

»Sweeney!«

Am Himmel waren lauter Engel: schwarze und scharlachrote Engel mit kupferfarbenen Flügeln. Von Türmen, Dächern und Spitztürmen flogen sie davon, schwangen sich mit ausgebreiteten Armen empor, das Haar in Flammen und die Flügel zu prachtvollen Bögen entfaltet, und die Luft hallte wider von ihren Rufen. Stimmen wie Glocken und Stimmen wie das Meer, Kinderstimmen und das Ächzen alter Männer, frohlockend, klagend und ihren Triumph hinausschreiend, als sie sich von ihren Podesten schwangen und flammende Feuerräder am Himmel beschrieben. Ich schaute sprachlos zu, zu überwältigt vom Staunen, um mich zu fürchten, bis einer so dicht über mir durch die Luft strich, daß er mir mit den Fingern über den Schädel strich und ich schreiend vor ihm zurückwich.

»Feuer …«

Ich bedeckte den Kopf, meine Handflächen brannten, und der Gestank von versengtem Haar stieg mir in die Nase.

»Sweeney! Alles in Ordnung?« Annie schüttelte mich. »Sweeney!«

Ich biß mir auf die Lippen und nickte. »Kannst du noch laufen, Annie?«

Ihr aschebestäubtes Gesicht verzog sich zu einem Grinsen. »Verdammt«, rief sie, »wenn ich *jetzt* nicht laufen kann …« Als ein weiterer Schatten über uns hinweghuschte, hob sie abwehrend die Arme.

Verfolgt von dieser kreischenden Horde, rannten wir im Zickzack zwischen den Bäumen entlang. Ob sie nun Engel oder Dämonen, Furien oder göttliche Eskorte waren, das erfuhr ich nie. Ob sie nun von den *Benandanti* gesandt waren, uns zu beschützen, oder von Angelica, uns zu jagen, jedenfalls folgten sie Annie und mir bis unmittelbar zum Schrein. Erst dort verstummten ihre Schlachtrufe. In Zweier- und Dreiergruppen flogen sie bis zum höchsten Gesims des Schreins hinauf und landeten dort mit ausgebreiteten Schwingen, bis sie einen Ring um die Kuppel bildeten.

Zu Füßen dieser wachsamen Armee hielten Annie und ich für einen Moment inne. Die Gewitterwolken am Himmel brodelten. Der Neumond war ein zusammengekniffenes Auge inmitten des Aufruhrs. Vor uns führte die breite Treppe, deren rosaroter Sandstein das Gewitter mit einem fahlen Schein übergoß, zum Schrein hinauf. Dort, wo der Wind ihn packte, bildete der Staub Strudel wie Rauch. Ich vergewisserte mich, daß Annie an meiner Seite war, dann stieg ich die Treppe hoch.

Nichts hielt unseren Aufstieg auf; nichts hinderte uns am Eintreten. Das Tosen des Windes wirkte hier gedämpft, wenngleich die Spuren seines Wirkens allgegenwärtig waren: hier eine umgestürzte Säule, dort eine große Urne aus Beton, die umgekippt und wie eine Eichel zerquetscht worden war. Bitterer Rauch hing in der Luft, und auch noch ein anderer Friedhofsgeruch nach Myrrhe und Sandelholz.

»Sieh mal!« flüsterte Annie.

Dort, wo früher die Statuen der drei Erzengel gestanden hatten, befand sich jetzt ein einziges gewaltiges Standbild aus Marmor, umrahmt von Rauch und Flammen. Eine riesige junge Frau mit durchdringenden Augen, den Oberkörper mit schweren Gewändern verhüllt, die sich über der Brust teilten. Statt zweier Brüste hatte sie jedoch Reihen um Reihen gewölbter Zitzen, Dutzende von Brüsten wie bei einer Hündin oder einer Sau, die wie gewaltige Augen auf uns herunterschauten.

Als ich mich dem Eingang näherte, versuchte ich mich mit Zuversicht zu wappnen, doch es gelang mir nicht. Allein der Gedanke an Dylan gab mir noch Kraft – doch es war ein ferner und eigentümlich losgelöster Gedanke, wie die Erinnerung an einen rasch verblassenden Traum. Ich hatte dumpfe Kopfschmerzen, und mein Mund fühlte sich trocken und kreidig an.

»Los, weiter!« Ich drückte gegen die Tür, und wir betraten den Schrein.

Der Wind legte sich. Die Buntglasfenster ließen von draußen kein Licht herein, und ein grauer Nebel hing in der Luft. Marmorbecken, die früher Weihwasser enthalten hatten, waren nun mit glühender Holzkohle gefüllt, von der dünne Rauchfahnen aufstiegen.

Ein Blütenteppich bedeckte den Marmorboden: zerquetschte Narzissen und purpurfarbene Hyazinthen, kleine weiße Rosenknospen, Anemonen und Alpenveilchen, verwelkte Mohnblüten und Jonquillen. Auch Feigen waren darunter, die schwarzen Herzen prallvoll mit rosafarbenem Saft; kleine harte Äpfel und kürbisgroße Granatäpfel, die zerteilt waren, so daß man die feuchten Kerne sah, die an weinfleckige Zähne erinnerten. Und Weizenähren, nicht größer als meine Hand, und Gerste und Mais; Weintrauben, aus denen roter und schwarzer Saft quoll, wenn wir darauf traten, und angeschwollene Mohnkapseln, deren Blütenblätter welk geworden waren. Wo wir auch hinsahen, überall prunkten Blüten und Früchte in dem verschwommenen Nebel.

Ich drehte mich um und sah, daß Annie einen Haufen Getreideähren anstarrte.

»Sieh mal«, flüsterte sie. Sie berührte ein einzelnes weißes Korn, das wie eine Perle schimmerte. »Das ist so … so vollkommen.«

Das aufgehäufte Getreide schimmerte wie Feenfrüchte. Mit Mühe wandte ich mich davon ab.

»Los, weiter, Annie! Wir können hier nicht bleiben.«

Ich zerrte sie hinter mir her. Sie folgte widerwillig und schaute sich immer wieder um, als wir uns vom Portal ins Hauptschiff des Schreins begaben.

»Oh!« entfuhr es mir, und ich blieb stehen.

Um uns herum waren Steine. Megalithe, dachte ich zunächst, oder Findlinge; doch dann sah ich, daß es gar keine Steine waren. Es waren gewaltige Idole – die ältesten und heiligsten aller Symbole, in Erwartung der bevorstehenden Epiphanie ins Riesenhafte vergrößert und gegenständlich geworden. Eine Frau mit schwellenden Formen, die aus geschmolzenem Honig hätte bestehen mögen, so benetzt mit Feuchtigkeit war sie – augenlos, mundlos, die Hände schützend auf den angeschwollenen Bauch gelegt, der in gewaltige, gewölbte Hinterbacken und säulenartige Schenkel überging. Da waren schlichte Basaltsäulen und Stalaktiten, aus grünem Serpentin und schimmerndem Onyx geformte Schwangere; zwanzigtausend Jahre alte Elfenbeinfiguren, deren glatte Gesichter mit Zickzacklinien und Schnörkeln geschmückt waren, das Haar säuberlich zu Zöpfen und Knoten geformt. Frauen mit gebogenen Ibisschnäbeln und Frauen mit Bienenköpfen; Schlangenfrauen, Bärenfrauen und Frauen mit Stoßzähnen und Schwänzen. Um den Hals trugen sie Blütenkränze, ihre Münder waren mit Honig und Wein beschmiert. Bienen krochen über ihre Wangen und nisteten zwischen den geteilten Schenkeln. Auf dem Boden erbebte der Blumenteppich von Schlangen, die sich einen Weg durch die Blüten bahnten. Dampf lag in der Luft, als wären die Pflanzen bereits in Verwesung übergegangen. Der Schweiß rann mir in Strömen den Körper hinunter, durchtränkte mein Hemd und benetzte mir die nackten Beine. In den berauschenden Duft von Sandelholz und Myrrhe mischte sich noch ein anderer Geruch, beißend, süß und malzig. Bier und der unverwechselbare Geruch von gemahlenem Koriandersamen, der Duft von Sandelholz und Orangen.

Als wir uns dem Altar näherten, wurden die Steinfiguren von Standbildern aus Gold, Silber und Bronze abgelöst. Königinnen in Triumphwagen, die von Greifen getragen wurden, aus Gold gegossene schmächtige Mädchen mit Augen aus Lapislazuli und federgeschmückten Kronen; das Standbild einer Monarchin mit zurückgeworfenem Kopf, flankiert von sitzenden Löwen. Eine Göttin auf einer Bergspitze, die aufs Meer hinausschaute. Schläfrige Mütter, ihre Kinder stillend. Eine marmorne Madonna, den geschundenen Leichnam ihres Sohnes in Armen haltend; die bemalte Gipsfigur einer Frau, gekrönt mit dem Mond und sieben

Sternen, eine Schlange schützend um die Fessel gewunden. Aus den Querschiffen erklang leise Musik. Flöten und Tamburine, ein klirrendes Sistrum.

Und auf einmal befand ich mich wieder in jenem heißen Vorlesungsraum – da waren die Gerüche von Kreide und gebohnertem Holz, und ein faunhafter Mann tanzte mit hocherhobenem Sistrum über den Boden, während ein Junge rezitierte …

Ein ägyptisches Musikinstrument, das bei der Verehrung der Isis Verwendung fand. Vierte Dynastie, glaube ich …

Hätte Annie mich nicht festgehalten, wäre ich gestürzt.

»Schon gut«, sagte ich mit heiserer Stimme. »Bloß ein bißchen benommen …«

Ein Chor von Stimmen stimmte in das Tönen von Knochen und Flöten ein. Frauenstimmen …

Heil Dir, Hekate, Nemesis, Athene, Anahita! Heil Dir, Anat, Lyssa, Al-Lat, Kalika. Große Gebärerin, Rächerin der Toten, Blinde Eule und Zornige Gerechtigkeit. Heil Dir, Mund der Welt, Heil Dir, Allschwester, Othiym Lunarsa, haïyo! Othiym.

Und dann fielen auch die lieblichen, durchdringenden Stimmen von Knaben oder *castrati* ein …

Othiym, Anat, Innana.
Heil Dir, Artemis, Britomartis,
Ischtar, Astarte, Ashtaroth,
Bellona, More, Kali,
Durga, Khon-Ma, Kore.
Othiym Lunarsa, Othiym haïyo!

Hoch über uns wölbte sich die Kuppel wie eine schützende Hand. Ich kannte das Mosaik der Halbedelsteine ebensogut wie das Linienmuster meiner Hand:

das traurige, melancholische Antlitz des Heilands mit dem Heiligenschein aus Gold und Jade, die Hände erhoben, so daß man die Wundmale sah.

Dieses Bild war verschwunden. Seine Stelle nahm nun das schlafende Gesicht Othiyms ein – ihre schwerlidrigen Augen, ihr wie die Mondsichel nach oben geschwungener Mund. In ihrem fließenden, strahlenden Haar hatte sich ein silberner Halbmond verfangen. Der Sandelholzduft wurde überwältigend, der süße Duft nach Orangen war so stark, daß mir der Speichel im Mund zusammenlief.

Doch ich konnte den Blick nicht von dieser träumenden Göttin abwenden. Auf einmal wurde mir klar, daß dies kein Mosaik war, kein auf die bröcklige Fassade gemaltes archaisches Fresko. Dies war Othiym, und die Sichel in ihrem Haar war der Mond. Hinter ihr entdeckte ich die qualmenden Wolkenkratzer und Gebäude der Stadt, den langgezogenen schimmernden Streifen aufgewühlten Wassers, der der Potomac war. Vor meinen Augen wurde der Mond größer und schwoll an wie eine milchige Blase, die jeden Moment bersten und uns alle mit bitterem Regen überschütten würde.

Und was käme dann? Wenn die Mondin sich verfinstert und kalt wird, wenn IHR Feuer gelöscht ist und IHR Hunger gestillt: was wird dann aus uns?

Eine eiskalte Hand ergriff die meine. Benommen drehte ich mich um und erblickte vor mir Annie. Sie wirkte ebenso weggetreten, wie ich mich fühlte, allerdings bemerkte ich, daß sie sich so fest in der Armbeuge zwickte, daß es blutete.

»S-sieh nur«, sagte sie mit zusammengebissenen Zähnen. Mit tränenden Augen legte sie den Kopf schief. »Ich glaube, wir haben sie gefunden.«

Vor uns lag der Altar. Der karminrote Teppich war unter den zerquetschten Schoten und Blütenkelchen wohlriechender Pflanzen verschwunden. Davor stand die lebensgroße Statue einer Frau. Sie trug einen mit Volants besetzten bunten Faltenrock. Ihre breiten Hüften verjüngten sich zu einer schmalen, von einem Mieder umschlossenen Taille, das sich über den Brüsten öffnete. Prall, rund und cremefarben wie reife Früchte, die Warzenhöfe und Nippel gerötet. Ihr Haar hatte die Farbe von Bernstein und fiel ihr in Locken lose über die Schultern. Auf der Stirn hatte sie einen silbernen Halbmond und auch einen auf der Brust. Mit erhobenen Händen hielt sie zwei sich windende Schlangen.

Das war keine Statue. Das war eine Frau, eine Priesterin. Das war Angelica.

»Haïyo!«

Ihre Stimme schallte durch den Schrein. Sogleich antworteten ihr die anderen Stimmen …

»Othiym haïyo! Othiym Lunarsa!«

Mit einem wortlosen Schrei führte Angelica beide Hände zusammen. Die Schlangen verknoteten sich ineinander und peitschten Angelicas Handgelenke. Und auf einmal waren es keine Schlangen mehr, sondern es war eine Axt, eine große zweischneidige Sichel aus getriebener Bronze; dann verschwand auch diese. Ihre Hände waren leer. Mit großer Ehrerbietung fuhr sie mit den Fingern über die Zacken der Lunula auf ihrer Brust. Dann trat sie vor und klatschte einmal in die Hände.

Gesegnet, gesegnet sind die, welche die Mysterien
der Göttin kennen.
Gesegnet ist die, die ihr Leben dem Dienst an der
Göttin weiht,
die, welche der Geist der Göttin erfüllt, die eins ist
mit denen, die dem heiligen Leib der Göttin
angehören.

Ihre Stimme schwoll an, während sie die Hände zum riesigen Gesicht erhob, das über uns schwebte.

Gesegnet ist der, der geläutert ist,
der sich in die heilige Obhut der Herrin begeben hat.
Gesegnet ist der, welcher die Krone des Efeugottes trägt.
Gesegnet, gesegnet ist er!

Ein klapperndes Geräusch. Aus dem Ostschiff trat eine unförmige Gestalt, deren Hufe die Blumen teilten und gegen den darunter befindlichen Marmor schlugen. Ein Stier. Er war mit Efeu und welken Blüten bekränzt und schritt unsicher aus, als wäre er erschöpft oder stünde unter Drogen; der dunkle Kopf hing ihm zwischen die Beine. Mit leiser Stimme rief Angelica ihn an, in einer Sprache, die ich nicht verstand. Der Stier ächzte leise, dann ging er auf sie zu. Untermalt vom trockenen Rasseln eines Tamburins, hoben die verborgenen Stimmen abermals zu singen an.

Mit Ehrerbietung heißen wir dich willkommen
Voller Zärtlichkeit liebkosen wir
die gewaltige Rute des Gottes!
Möge der wirbelnde Tanz beginnen!

Angelica lachte leise auf und schlug dem Bullen auf die Schnauze. Er schüttelte benommen den Kopf, als wäre ihre Hand nichts weiter als eine Fliege. Abermals schlug sie zu, kräftiger diesmal, und noch einmal, mit solcher Kraft, daß ich die Schläge hören konnte; als hätte sie eine Trommel geschlagen. Der Stier schnaubte, dann brüllte er auf.

»Los, kommt!« rief Angelica. Noch einmal schlug sie den Bullen, dann trat sie in den Schatten zurück. »Kinder!«

Der Gesang wurde lauter. Aus der Dunkelheit des Westschiffs traten Gestalten hervor, eine gemächliche Prozession von Männern und Frauen – eigentlich eher Knaben und Mädchen, kaum mehr als Kinder. Ein Junge mit sandfarbenem Haar und einer, der so blond war wie die Sonne; ein Mädchen mit kahlgeschorenem Kopf und einem ausgefransten Pferdeschwanz, der ihm auf den Rücken hinunterhing. Zweimal sieben; und auf einmal fiel mir die alte Geschichte von Theseus ein, dem aufgetragen worden war, den Minotauros zu töten, das Ungeheuer, dem alle hundert Monde die schönsten Kinder Athens als Tribut dargebracht worden waren. Sieben Knaben und sieben Mädchen, dem Stier geopfert …

Doch dieser Legende lag noch eine ältere Geschichte zugrunde: aus einer Zeit, als es noch keine Götter gab, nur Männer, Kinder und Stiere, und SIE, die ihnen allen das Leben geschenkt hatte. SIE, die verehrt und genährt werden wollte, SIE, die besänftigt werden mußte. Vielleicht die älteste Geschichte überhaupt, und hier spielte sie sich nun vor meinen Augen ab.

Strabloe hathaneatidas druei tanous kolabreusomena
Kirkotokous athroize te mani Grogopa Gnathoi ruseis itoa

Ihre Stimmen vermischten sich, ungeübte Stimmen, und dennoch lieblich und ergreifend.

Versammle deine unsterblichen Söhne, bereite sie vor auf deinen leidenschaftlichen Tanz
Läutere die Kinder Kirkes unter dem bindenden Mond
Enthülle ihnen dein furchtbares Antlitz, unverletzliche Göttin, deine unerbittlichen Zähne.

Sie näherten sich unerschrocken dem Stier, und ich sah, daß sie Efeuranken und dünne Stricke in Händen hielten.

Alles, was Du geliebt hast,
Alles, was vortrefflich ist,
Ist Dein, o Du Schöne.

Sie sangen und peitschten den Bullen mit Efeu und Stricken, ihre Stimmen schwangen sich empor und wieder herab im Rhythmus meines Bluts, bis ich die Worte in meinem Innern spürte und bis das klatschende Geräusch der Efeuranken eins geworden war mit meinem Herzschlag. Ich war verzaubert und ebenso unfähig, zu fliehen oder zu denken, wie ein Stein …

Alles, was heilig ist, ist Dein,
Alles, was Fleisch ist,
Alles, was blüht und Leben schenkt,
Alles, was fruchtbar ist.

Die Dunkelheit ist Dein,
Die Heimlichkeit des Jägers,
Der unverhofft zuschlägt …

Wie auf Kommando wandten sie sich vom Bullen ab, die Augen zum schlafenden Mond erhoben. Jetzt sah ich, wie todesblaß sie waren, die Gesichter und Leiber, aus denen sich Blut und Leben verflüchtigt hatten. Auf einmal wußte ich, daß dies die Auserwählten waren, die man Othiym geopfert hatte …

»Nein!«

Ich zuckte zusammen, wandte mich um und sah Annie schreien.

»Joe! *Baby Joe …*«

Sie zeigte auf die letzten beiden in der Reihe der

Toten. Ihre Haut hatte die Farbe von geöltem Pergament angenommen, das Haar war mit weißem Band zusammengebunden.

»Baby Joe!« heulte Annie. »Hasel! … *Hierher …*«

Ich hielt verzweifelt Ausschau nach Dylan, suchte nach seinem Gesicht, nach seinen wunderschönen Augen, bar jeden Feuers; aber er war nicht dabei.

»Hasel!« kreischte Annie. »O nein …«

Sie hörten sie nicht, sondern wandten sich mit den anderen um und schritten ebenso langsam, wie sie den Schrein betreten hatten, wieder hinaus, mit schlaff herabbaumelnden Armen, die Efeupeitschen hinter sich herschleifend.

»Mein Gott, bring mich hier raus!« schluchzte Annie. »Bitte, ach, bitte, laß uns gehen …«

Ich drückte sie an mich. Ich war jetzt hellwach – beim Anblick dieser wandelnden Leichen hatte ich wieder gespürt, daß immer noch Blut in meinen Adern pulste, hatte ich das Salz der Wut auf den Lippen geschmeckt.

»Angelica!« rief ich und entfernte mich von Annie, bis ich mitten im Hauptschiff stand. »Angelica! Dein Sohn Dylan – wo steckt er?«

Sie gönnte mir nicht einmal einen Blick. Meine Stimme hallte wider in der leeren Luft; ich hätte ebensogut eine der Basaltsäulen sein können.

»Angelica!« rief ich abermals. Doch diesmal lagen Verzweiflung und wirkliche Angst in meiner Stimme.

Angelica stand am Altar neben dem Stier. Sie streichelte ihm besänftigend über den Rücken. Sie zupfte an dem Kranz verwelkter Blüten, den er um den Hals trug, atmete ihm in die Nüstern und streichelte die Höhlung unter seinem Kinn. Ihr Bronzehaar fiel ihm über die Schnauze, als sie sich vorbeugte und ihn zwischen die feuchten Augen küßte. Mit einem leisen Muhen kniete der Stier vor ihr nieder, bewegte den Kopf vor und zurück, dann wälzte er sich auf die Seite.

Mit einem dumpfen, widerhallenden Laut traf er auf dem Boden auf und blieb dort liegen. Einen Moment lang verharrte Angelica über ihm. Das Haar fiel ihr lose über die Schultern, ihre bloßen Brüste glänzten von Schweiß. Über ihr regte sich das Spiegelbild Othiyms, der Mund teilte sich und entblößte Zahnreihen wie Wände, die blutrote Zungenspitze.

Dann kniete Angelica, die Falten ihres Volantrocks glättend, neben dem Bullen nieder. Sie wirkte schöner denn je und ebenso heiter und gelassen wie jene Fayencen, die das Abbild der Göttin zeigen. Ihre Augen leuchteten, von den Brüsten breitete sich ein roter Fleck bis zum Hals und zu den Wangen. Mit sicherer Hand streichelte sie die Flanke des Bullen, während sie die ganze Zeit halblaut auf ihn einsprach; dann ließ sie ganz langsam eine Hand zu seinem Geschlecht hinabsinken, das inmitten eines Gewirrs von schwarzem Haar verborgen war.

Ich hielt den Atem an. Eines seiner Hinterbeine zuckte; ich sah dunkel einen Huf aufblitzen, groß genug, um einem Mann den Schädel zu zerquetschen, als wäre er nichts weiter als ein Ballen Heu. Angelica murmelte in einem fort vor sich hin. Der Bulle erschauerte am ganzen Leib.

Angelica ließ nun mit einem zufriedenen Lächeln die andere Hand zwischen seine Beine gleiten. Ich sog scharf den Atem ein: sie hielt den Phallus in Händen, eine dicke dunkle Säule, die so groß war, daß es den Anschein hatte, als hätte ein Kind die Hände um einen Baumstamm gelegt.

»Äh … ich glaube, mir wird übel …«

Annie barg den Kopf in Händen. Ich schaute wieder zum Altar, gleichzeitig angewidert und fasziniert. Es war weniger die Vorstellung, daß Angelica sich mit diesem gewaltigen Wesen paarte – mittlerweile traute ich Angelica *alles* zu. Aber sie wirkte so zerbrechlich und unirdisch, wie eine aus Licht und Blumen gewirkte Frau; ihre funkelnden Augen waren so grün wie unreife Holunderbeeren, ihr wunderschöner Mund spiegelte das unaufhörliche verträumte Lächeln der schlafenden Othiym wider. Wenn der Bulle sich plötzlich bewegte, würde er sie zerquetschen; seine Hufe würden sie achtlos zertrampeln, als wäre sie wirklich bloß eine dieser verstreuten Blüten…

Erhebe dich zum Himmel und erwecke das Verlangen
meines Sohnes
nach seiner königlichen Mutter
Erhebe dich zum Abgrund und erwecke das Herz
dieses Stiers;
erwecke das Verlangen Osiris' nach Isis;
erwecke das Verlangen Othiyms nach dem Licht;

erwecke das Herz dessen, den ich geboren habe…

Er würde ihr nichts tun. Ich schaute ungläubig zu, wie Angelica sich erhob, die Hände noch immer fest um das Glied des Tiers gelegt. Um uns herum wurde die Luft warm und süß, eine widerliche Süße, wie der Geruch von Narzissen oder blutgetränktem Stoff. Der leise Hintergrundgesang und das untermalende Pfeifen hörten auf. Hoch, hoch über uns wellte sich Othiyms Gesicht, als betrachtete man es durch einen Rauchvorhang; dann auf einmal flatterten IHRE Augenlider. Ich erspähte einen Blick auf eine so tiefe Schwärze, daß das höhlenartige Innere des Schreins im Vergleich dazu taghell erschien. Ihr Mund öffnete sich zu einem Gähnen, weiter, weiter, immer weiter; und mir drehte sich der Kopf, als ich diese Leere in IHR sah, diesen stets hungrigen Schlund, bereit, uns alle zu verschlingen.

Ein Säuseln, als schleife eine seidene Schleppe über den Boden. Ich erblickte eine große Klapperschlange, die sich gemächlich über den Boden schlängelte. Angelica wandte sich lächelnd um und schaute darauf hinunter; dann löste sie langsam die Finger vom Phallus des Bullen. Sie zog die Röcke über die Hüfte hoch, ihre langen schlanken Beine honiggolden, ihre Hüften vorwärtsdrängend, als wollten sie sich auf den Bullen hinabsenken.

Ich schaute entsetzt zu. Sie würde sich pfählen, sie würde zerquetscht und zu blutigem Matsch zertrampelt werden …

Dann aber bemerkte ich, daß sie sich die Lunula abgestreift hatte. Ihre Röcke ergossen sich hinter ihr in ockerfarbenen, safrangelben und blauen Falten über den Boden, die Muskeln ihrer Schenkel strafften sich, während sie vollkommen reglos verharrte. Sie packte den Anhänger mit beiden Händen, zielte mit der rasiermesserscharfen geschwungenen Klinge auf die Kehle des Bullen. Ein Grollen ließ den Boden unter mir erzittern. Ich sah Othiym am Himmel über uns, IHRE mittlerweile geöffneten Augen – Angelicas Augen, so grün wie der Sommer, jedoch ohne Begreifen und noch schwer vom Schlaf, so groß, daß sie mit einer einzigen Träne ganze Städte hinweggeschwemmt hätte. IHR Gesichtsausdruck glich dem Angelicas, verzückt vor Verlangen, aber auch gierig, ausgehungert.

Einen Moment lang war alles zu einem grotesken Tableau erstarrt. Das stumme Tier mit der zum Opfer dargebotenen Kehle; die über ihm verharrende Priesterin mit der funkelnden Klinge; und über uns allen der wartende Mond …

Dann stürzte Angelica mit einem Aufschrei auf den Bullen nieder. Blut vernebelte die Luft und spritzte ihr ins Gesicht; es roch nach Kot und Innereien. Aufheulend reckte der Stier noch einmal den Kopf, dann fiel er mit hilflos schlagenden Beinen zurück. Angelica lächelte nur. Sie hob das Gesicht und sang.

Alles, was Schönheit ist,
Alles, was Knochen ist,
Ist Dein, Wütende Mutter,
Alles, was Du geliebt hast,
Alles, was vortrefflich ist,
Ist Dein, o Du Schöne.
Haïyo! Othiym!
Othiym Lunarsa.

Der Stier zuckte krampfhaft. Aus den Seitenschiffen erscholl das Echo triumphierender Stimmen. Neben mir hockte Annie und weigerte sich aufzusehen. Ich aber *mußte* hinschauen, wenngleich es mir Schmerzen am ganzen Körper bereitete, mit anzusehen, wie Angelica die Lunula fester packte. Mit einer einzigen raschen Bewegung schlitzte sie dem Bullen die Kehle auf.

»*Ne Othiym anahta, Ne Othiym* – praetorne!«

Ein Schrei gellte durch das Sanktuarium. Eine Frauenstimme, befehlend, so laut, daß die Steine erzitterten. Als habe sich im Nachtland ein Wind erhoben, erschauerte das gierende Gesicht über uns. Mit einem Aufschrei taumelte Angelica zurück.

»*Wer wagt es, diesen Ort zu entweihen?*«

Die andere Stimme rief: »*Ne Othiym anahta, Ne Othiym* – praetorne!«

Annie sah mich mit wildem Blick an.

»Das ist *Oliver!*«

Ich zog die Hände an die Brust. »Oliver ist *tot* …«

»*Angelica!*« kommandierte die Stimme. Angelica erstarrte. »Hör mir zu: Du wirst ihn nicht töten!«

Es war Olivers Stimme. Ich fuhr herum, versuchte, ihn in der Dunkelheit auszumachen, doch da war bloß eine Frau, hochgewachsen, mit rabenschwarzem Haar. Sie war mit einem weiten purpurroten Gewand bekleidet, ihre Füße waren nackt. Um sie herum flatterten träge Schmetterlinge, die sich auf ihren Schultern niederließen, als fänden sie dort Nahrung.

»Geh weg von hier!« fauchte Angelica.

Die andere Frau schüttelte den Kopf. »Noch nicht. Du hast etwas, das mir gehört, Angelica.« Die Frau trat aus dem Schatten und streckte die Hand aus.

Einen Moment lang meinte ich, sie wolle Angelica die Lunula entreißen. Statt dessen aber deutete sie auf den Bullen. Dieser schnaubte und stieß ein eigentümlich hohes Winseln aus; dann schien es so, als schmelze er und löse sich in das gestörte Blumenmuster auf dem Boden auf. Vor Entsetzen und Staunen schrie ich auf.

Dort, wo eben noch der Bulle gewesen war, lag nun Dylan auf dem Rücken, nackt, die Arme abwehrend erhoben. Er ballte die Fäuste, während sein Kopf vor und zurück schwankte. An der Seite und auf der Brust hatte er schwarze und rote Streifen, und das Haar fiel ihm in dicken öligen Locken über die Schultern.

»Dylan!«

Er schüttelte benommen den Kopf.

»Dylan!« rief ich und rannte auf ihn zu. *»Dylan ...«*

»Verschwinde!«

Ich schrie auf: Mir war, als stünde ich auf einmal in Flammen. Mein Gesicht und meine Gliedmaßen brannten, in meinen Knochen wütete ein unbekannter Schmerz. Ich fiel auf die Knie und schaute hilflos hoch.

»Mein Sohn gehört *mir*!« kreischte Angelica. Sie sah aus wie eine Wahnsinnige – das Haar hing ihr in Strähnen ins blutbeschmierte Gesicht, das Mieder war zerrissen, und die Röcke schleiften ihr nach. *»Mir!«*

Wie von einem brennenden Streichholz die Flamme auf Papier sprang Angelicas Wut auf den Titanenkopf am Himmel über. Die gewaltigen Augen verengten sich, der Mund klappte auf. Auf Othiyms Stirn begann der Mond mit kräftiger schwarzer Flamme zu brennen.

»Und mir«, sagte die dunkelhaarige Frau. Als wiche sie einem verschlammten Bordstein aus, schlug sie einen Bogen um die aufgehäuften Früchte und näherte sich Dylan. *»Mir«*, wiederholte sie.

Es *war* Oliver – das gleiche üppige Haar, die gleichen zarten Wangenknochen und das gleiche energische Kinn, die gleichen kräftigen, langfingrigen Hände. Doch es – sie, er – war auch eine Frau, mit rundlichen Formen und schwellendem Mund, Brüste und Haut glatt und weiß wie Eierschale.

Eine *Frau*. Mir dröhnte der Schädel. Ich hörte Baby Joes Stimme, ganz leise, wie bei einer fehlerhaften Tonbandaufnahme, sagen: *Die Verehrer deiner Göttin … die Priester haben sich früher in die gleiche Ekstase hineingesteigert und sich dann eigenhändig kastriert, und dann lebten sie wie Frauen, wie Priesterinnen …*

»Oliver?« flüsterte ich.

Oliver aber hörte mich nicht. Oliver war gar nicht anwesend. Bloß diese dunkelhaarige Frau, die nun zum erstenmal auf ihren Sohn hinunterschaute, mit einer solch intensiven Sehnsucht, wie ich es noch nie gesehen hatte; mit solch unverstellter Liebe und soviel Stolz und Bedauern, daß mir heiße Tränen in die Augen schossen.

»Dylan«, sagte die Frau. Sie beugte sich hinab und berührte die Stelle, wo die Lunula ihn verletzt hatte. »Dylan, Sohn der Welle. Los, steh auf.«

Mir wollte das Herz schier bersten. Denn die Geste, mit der sie sich das lange schwarze Haar aus dem Gesicht strich, und das durchtriebene, wölfische Lächeln, mit der sie Dylan beim Aufstehen zusah, stammten von Oliver. Und da standen sie nun und schauten sich gegenseitig an, die dunkelhaarige Frau voller Gier, Dylan völlig fassungslos.

»Was … was geht hier vor?« fragte er mit schwerer Zunge. Er betrachtete die einen betäubenden Duft verströmenden Haufen welker Blüten und Früchte, die Reihen schweigender Standbilder. Er hob flehentlich die Hände. »Wo bin ich?«

»Dylan!« Ich stürzte auf ihn zu; doch ehe ich ihn bei der Hand fassen konnte, schritt Angelica dazwischen.

»Nein! Er gehört mir. Du bedeutest ihm *nichts, gar nichts!*« Ihre Stimme schraubte sich zu einem Kreischen hoch. »Ich werde euch *alle* vernichten …«

Sie hob die Lunula über den Kopf. Ihre Augen schlossen sich, als sie den Kopf zurückfallen ließ, ihr Mund verzerrte sich, als sie sich der wartenden Göttin öffnete und schrie:

> *Strabloe hathaneatidas druei tanous kolabreusomena*
> *Kirkotokous athroize te mani Grogopa Gnathoi ruseis itoa!*

Aus der Leere über uns ertönte ein Grollen, das Geräusch der letzten Woge, welche die Küste überrollt. Das Geräusch wurde lauter und immer noch lauter, ein ohrenbetäubendes Getöse; bis überall um uns herum die riesigen Statuen zersprangen, ein Erdrutsch aus Elfenbein, Granit, Marmor und Bronze; und das Geräusch ihrer Vernichtung war das von tausend zu Staub zerfallenden Gefängnissen. Das Gesicht Othiyms dehnte sich aus, bis es nichts mehr gab auf der Welt außer IHR. SIE war die Welt, SIE *war* der Mond, IHRE riesigen Augen waren nicht mehr grün, sondern irisierend, und versprühten sämtliche Farben des Spektrums, um IHRE Lippen spielte ein unermeßliches, geheimnisvolles Lächeln, IHR Haar war ein Strom von Licht, das sich über den Himmel ergoß, die Sterne wie Silberstaub auf IHREN Wangen. Die Arme hatte SIE erhoben, nur daß es keine

Arme mehr waren, sondern mächtige Säulen, welche die Nacht zurückhielten. IHRE unvorstellbar gewaltigen Beine ragten beiderseits von uns auf. Wenn SIE sich bewegte, erbebte der Boden. Auf IHRER Stirn war ein silberner Halbmond, die hungrige Sichel des Neumonds, ein gieriger Mund. Unter IHR lag die Erde in Schatten. Doch es war eine bewegliche Dunkelheit, eine Dunkelheit, die hin und her wogte und wild um sich schlug, ein Schatten, der erst ein kontinentgroßes Bein hochwarf und dann ein anderes.

Die Dunkelheit war ein Stier. Sie war *der* Stier, das große und ewige Opfer, so wie sie auch *die* Frau war, die sich unsicher erhob und den riesigen schwarzen Kopf schüttelte, die Hörner der Schatten der flammenden Mondsichel. Die Frau im Mond schaute auf uns herunter, IHR Mund verzog sich zu einem Lächeln.

Und ich kannte SIE. IHR Mund der eisige Schlund des Abgrunds, die Zähne wie klirrende Messer, die Zunge die Flamme, die im Nachtland brannte. Othiym, die Verschlingerin, Othiym, der Mund der Welt …

Othiym Lunarsa! rief eine Million Stimmen. Es roch verbrannt, nach Hyazinthen, Anemonen und Rosen, nach Sandelholz und Orangen. Es roch nach Meer. Der Chor der Stimmen wurde lauter. Der Halbmond in Othiyms Händen brannte noch heller, während der Stier mit einem erstickten Brüllen zurücktaumelte und den Kopf hin und her warf, so daß sich seine Hörner scharf abhoben vom flammenden Licht …

Und auf einmal war die Vision der Göttin und des Stiers verschwunden. Auf einmal sah ich nur noch Dylan und vor ihm seine Mutter, ihre Augen wie ausgebrannte Löcher, ihr Gesicht eine verzerrte Fratze, die Lunula in ihren Händen eine Sichel. Hinter ihr lag die dunkelhaarige Frau auf dem Boden und regte sich schwach. Neben ihr hockte Annie.

»Oliver! Bist du verletzt – *oh!*«

»*Jetzt!*« schrie Angelica.

Ohne zu wissen, wie mir geschah, stürzte ich mich auf sie. Ein stechender Schmerz, als ich ihr die Lunula aus den erhobenen Händen riß; dann ein Schrei, ob es nun mein Schrei oder der Angelicas war, wußte ich nicht. Dann nur noch Licht, Licht und Lärm, ein gewaltiger, widerhallender Tumult. Ich umklammerte einen flammenden Halbmond.

»Nein, Sweeney! … Bitte, du begreifst das nicht, du kannst doch nicht …«

Ein letztes Mal noch vernahm ich Angelicas Stimme, so leise wie im Wind ersterbender Regen. Mit beiden Händen hob ich die Lunula hoch. Verschwommen nahm ich Augen und Münder wahr, flehentlich gereckte weiße Hälse und weinende Frauen. Mit aller Kraft zerbrach ich die Lunula auf meinem Knie.

Hoch über mir warf Othiym den Kopf zurück und heulte auf; dann neigte SIE sich stöhnend herab. IHRE monströse Hand schloß sich um etwas, das auf dem Boden lag – um Angelicas puppenhafte Gestalt. Othiym hob sie hoch. Sie öffnete den Mund, ein klaffendes Tor zum Abgrund, und der Mond auf IHRER Stirn flackerte, als die winzige sich wehrende Gestalt von dieser allumfassenden Dunkelheit verschluckt wurde. Mit einem letzten Aufheulen der Wut und der Gier verschwand SIE – und mit IHR Angelica.

All meine Sinne waren zum Zerreißen gespannt. Aus sehr weiter Ferne vernahm ich ein leises hohes *Ping!*, ein Geräusch wie das kaum wahrnehmbare Knacken, das dem Zerspringen einer kostbaren Vase vorausgeht. Eben noch war ich benommen gewesen; dann auf einmal blickte ich mich blinzelnd um.

»Sweeney? Sweeney, ich bin's …«

Ich stöhnte. In einigen Metern Entfernung hockte Annie immer noch neben der dunkelhaarigen Frau.

Neben mir kniete Dylan. Er war mit Blut bedeckt, doch das Blut bildete bereits Risse und trocknete, der Schnitt quer über sein Schlüsselbein verschorfte bereits.

»Dylan?« Ich packte ihn und brach in Tränen aus. »Ach, Dylan …«

»Schon gut, Sweeney«, murmelte er. »Alles wird wieder gut …« Er half mir auf die Beine.

»Hat es … was ist passiert?«

»Pst. Nicht jetzt, Sweeney.« Er legte mir den Arm um die Schulter, und wir kehrten zum Eingang des Schreins zurück. »Vielleicht überhaupt niemals …«

Die endlose Reihe von Göttinnen war verschwunden. An ihrer Stelle befanden sich wieder die gleichen Holzbänke wie zuvor, Reihe um Reihe, die gleichen Weihwasserbecken und Meßbücher. Und überall war verdorrtes Laub und Schlamm …

Schlamm!

»Regnet es?« fragte ich mit schwerer Zunge.

Dylan nickte und grinste unerwartet. »Warte nur …«

Wir gingen langsam weiter, bis wir zur breiten Treppe des Schreins gelangten. Regen ergoß sich vom Himmel, ein so kalter Regen, daß ich im Nu zitterte.

»Es ist vorbei!« rief jemand. Ich drehte mich um und sah, wie Annie in eine Pfütze sprang. »Die Hitzewelle ist vorbei …«

Als es donnerte, zuckte ich zusammen, dann lachte ich.

Überall auf dem Campus der Göttlichen gingen flackernd Lichter an, eins nach dem anderen. Lichter in Türmen und in mit Rolläden verriegelten Studierzimmern, Straßenlaternen und die Innenbeleuchtung von Autos …

Zumindest in *einem* Wagen: dem Yellow Cab Nummer 393, das vor dem Schrein wartete.

»Wartet das auf uns?« krächzte ich.

»Diesmal nicht.« Eine kleine Gestalt tauchte hinter Dylan auf, in der Hand einen Kleiderpacken. »Hier, ziehen Sie das an.« Er zog Dylan von mir weg.

»Professor Warnick.« Ich faßte mir an die Stirn. »Angelica – wo ist sie? Was ist passiert?«

»Pst«, machte er und hörte sich genauso an wie Dylan. »Später. Sweeney, ich möchte, daß Sie und die anderen Robert und mich begleiten.«

»Aber Oliver!« rief ich. »Wo ist Oliver?«

In diesem Moment sah ich, daß jemand am Taxi stand. Ein großer Schwarzer mit Tonnenbrust und einem Regenschirm in der Hand. Er hielt einer Frau in einem purpurroten Kleid die Tür auf, einer Frau mit langem schwarzen Haar, das ihr triefendnaß und glänzend über die Schultern fiel.

»Oliver!« rief ich. »Oliver …«

Handsome Brown hob den Regenschirm, damit die Frau hinten einsteigen konnte.

»Oliver!«

Die dunkelhaarige Frau verharrte, beschattete die Augen mit der Hand und blickte die Treppe des Schreins hoch.

»Sweeney«, sagte sie; wie kam es nur, daß ich sie aus dieser Entfernung überhaupt hörte? Sie lächelte, jenes wunderschöne, durchtriebene Lächeln, und ihre Stimme überwand die Entfernung der Jahre und Jahrzehnte und vielleicht sogar Jahrhunderte …

»Ich habe dir doch gesagt, ich würde wiederkommen.«

Dann vernahm man das gedämpfte Zuschlagen der Wagentür. Mit einem leisen Grollen bog das Taxi vom Parkplatz auf die North Capitol Street ein. Bald darauf war es verschwunden.

»Professor Warnick, ich kann jetzt übernehmen.«

Balthazar Warnick lächelte leicht, als Dylan ihn beiseite drängte. »Alles okay, Sweeney?« fragte Dylan zärtlich und zog mich an sich. »Alles okay?«

Ich starrte ihn verdutzt an. Er trug ein sauberes,

wenn auch feuchtes weißes Oxfordhemd, Chinos und schwarze Schnabelschuhe ohne Socken. Auf dem Umschlag des einen Ärmels sah man noch das verwischte, mit blauer Kugelschreibertinte gemalte Zifferblatt, dessen Zeiger auf vier Uhr zeigten. Stets Zeit zum Tee.

»Wo-woher hast du denn die Klamotten?« stammelte ich.

»Von Professor Warnick.« Dylan deutete zu der Stelle, wo das Taxi gewartet hatte. »Er hat gemeint, diese Frau hätte sie ihm gegeben.«

»Diese ... diese Frau.« Ich fuhr mir über die Augen und nickte. Mit zugeschnürter Kehle flüsterte ich: »Sie ... sie passen ziemlich gut.«

Dylan lächelte mich traurig an. »Ich weiß. Seltsam, nicht wahr? Warnick hat gemeint, sie sei eine alte Freundin meiner ... meiner Mutter.« Er zupfte am Hemd. »Er hat gemeint, sie habe die Klamotten eine Zeitlang für mich aufbewahrt. Und für dich hatte sie auch etwas ...«

Hinter uns standen Balthazar Warnick, Robert Dvorkin und Annie Harmon und schauten uns zu.

»Was denn?« flüsterte ich.

»Das«, meinte Dylan. Er küßte mich auf die Wange, sein warmer Atem roch nach Honig und Koriander. »Und das ...«

Er reichte mir eine Blume: eine kleine Blume mit blauvioletten Blüten und leuchtendgelben Staubgefäßen, deren Duft ebenso zart wie der des Regens und unvorstellbar lieblich war.

Hyakinthos. Die Blume des Adonis. Eine Waldhyazinthe.

Bei unserer Rückkehr brannte im Gartenhaus Licht. Balthazar und Robert Dvorkin standen auf dem Weg und warteten, daß wir hineingingen.

»Ich möchte Sie erst in ein paar Tagen wieder in Ihrem Büro sehen«, sagte Robert.

Annie verdrehte die Augen. »Ui, was für ein Schatz.«

»Auf Wiedersehen, Sweeney«, sagte Balthazar. Wieder spielte um seine Lippen die allerschwächste Andeutung eines Lächelns. Unvermutet drohte er mir mit dem Finger, so wie er es am ersten Abend in Garvey House getan hatte. »Wir bleiben in Verbindung.«

Annie sah den beiden *Benandanti* nach, als sie zum Haupthaus zurückgingen. »Du meine Güte. Warum nehmt ihr beim nächsten Mal nicht einfach eine Neutronenbombe?« murmelte sie. Dann ging sie ins Haus.

Annie blieb über Nacht, und Dylan selbstverständlich auch – ich hielt ihn so fest, daß er mehr als einmal aufwachte, und ich biß mir auf die Lippen, um nicht laut aufzuschreien, als er mich an die Brust drückte. Irgendwann schlief ich ein und träumte von blauen Wellen im Sonnenschein, vom warmen, frischen Wind, der von einer felsigen Bergkuppe herunterwehte, und von Hyazinthenduft in der Luft.

Annie reiste am nächsten Morgen ab, nach einem *äußerst* langen Telefongespräch mit ihrer Liebsten. »Tut mir leid, Sweeney. Helen ist völlig außer sich und im Begriff, mir mit flammendem Schwert nachzueilen, daher ist es besser, ich breche auf. Aber wir bleiben in Verbindung«, fügte sie grinsend hinzu. »Wie alle anderen auch. Jetzt weiß ich ja, wo ich dich finden kann.«

Sie betrachtete mich eine Weile ernst, dann sagte sie: »Ich habe eine Idee, die ich später mit dir besprechen möchte – wenn sich alles wieder beruhigt hat. Ich glaube, ich sollte mit einem Teil des Geldes, das ich mit diesem blöden Song verdient habe, ein Stipendium an der Göttlichen stiften. In Baby Joes und Hasels Namen. Etwas für normale Leute, weißt du? Für ganz gewöhnliche Hänger wie dich und mich ...«

Ich lachte und umarmte sie, wobei ich mich bemühte, meine Tränen zurückzuhalten. »Ich finde, das ist eine großartige Idee, Annie. Ruf mich an ...«

»Oh, das werd ich tun.« An der Tür hielt sie inne und nahm den Rucksack auf die andere Schulter. Schließlich sagte sie: »Also, dann. Bye, Dylan.«

Dylan lächelte. »Bye, Annie.«

»*Ciao*, Sweeney.« Und weg war sie.

Blieben nur noch Dylan und ich.

»Wirst ... wirst du wieder auf die Uni gehen?« fragte ich leise, spät in der Nacht. Dylan lag neben mir in der aufgeheizten Dunkelheit, sein Atem ging so langsam und regelmäßig, daß ich schon meinte, er sei eingeschlafen.

»Nein«, antwortete er schließlich. Er wälzte sich auf die Seite und sah mich an. »Wie könnte ich nach alldem wieder dorthin zurückgehen? Ich werde hierbleiben. In D.C. Und dich heiraten, wenn du immer noch möchtest.«

»Natürlich möchte ich«, flüsterte ich und küßte ihn. »Das ist mein sehnlichster Wunsch. Aber was willst du hier machen?«

»Mein Vater hat mir ein Treuhandvermögen hinterlassen. Falls meine ... falls Angelica je wieder auftauchen sollte, also, dann werde ich mich eben mit ihr auseinandersetzen müssen.«

Er schwieg. Dann sagte er: »Heute morgen habe ich mit Dr. Dvorkin gesprochen.«

»Tatsächlich?« Ich war überrascht und ein wenig beschämt; ich hatte ihn weder angerufen noch bei sich zu Hause aufgesucht.

»Er hat gemeint, er wolle versuchen, mich an der Göttlichen unterzubringen, falls ich das möchte. Ich könnte im September dort anfangen und mir meine Zeugniskopien von der UCLA nachschicken lassen. Er hat gemeint, ich würde problemlos aufgenommen werden – schließlich sei ich ein Doppelerbe, was immer das nun wieder ist. Ich glaube, wegen meiner Mutter und Großvater di Rienzi.«

Ich sagte nichts, dachte an Oliver und die Hyazinthe, die nun auf dem Tischchen im Wohnzimmer verwelkte.

»Also, wenn es dir recht ist, würde ich das wohl machen. Bis zum Beginn des Herbstsemesters hätten wir dann immer noch ein paar Wochen für uns.«

»Und es würde dir nichts ausmachen, mit jemandem zusammenzuleben, der älter ist als die meisten deiner Professoren?« neckte ich ihn.

Er schüttelte den Kopf. »Nein. Dr. Dvorkin hat gemeint, das gehe sowieso niemanden etwas an …«

»Womit er wohl recht hat.«

»… und außerdem scheint er zu glauben, ich käme hier ganz gut zurecht. Er hat gemeint, ich sei sozusagen der ideale Student für sie, was immer das heißen mag. Er meinte, sie hätten lange auf jemanden wie mich gewartet.«

»Oh, das haben sie, Dylan«, murmelte ich und zog ihn an mich. »Und ich auch.«

Es gibt eine Frau im Mond.

Dylan und ich sehen sie Nacht für Nacht, ihr Gesicht, das an uns heranrückt, bis es das Fenster ausfüllt, groß und rund und weiß, und wir hören sie singen mit Angelicas Stimme. Sie hat auch Angelicas Gesicht, jedoch bar aller Farbe. Angelicas smaragdgrüne Augen sind zu Grau verblaßt, Angelicas Haar fließt von ihrem Gesicht wie Wolken, Angelicas Hände sind die Zweige der Weide, die an das Fenster klopfen. Sie ruft nach uns, sie weckt uns auf; sie möchte, daß wir ihr folgen. Ihre Hände greifen durch das Fenster; das Glas zersplittert, wenn der Mond das Zimmer überflutet, und dann hüllt sie uns von allen Seiten ein, die Farbe der Nacht, die Farbe von Milch, die Farbe von Knochen.

Wir erwachen engumschlungen. Wir liegen im Bett, Dylan und ich, im Gartenhaus, das Dr. Dvorkin und die *Benandanti* uns geschenkt haben. Draußen summt der Nachtverkehr vom Capitol Hill vorbei. Ein einsames Taxi hält Ausschau nach Fahrgästen, zwei betrunkene College-Mädchen rufen sich auf der fernen Straße etwas zu.

Stöhnend wendet Dylan sich zum Fenster um. Es ist Vollmond. Der Mond hat nicht mehr das Gesicht seiner Mutter, denn nun ist Dylan wach und erinnert sich, daß seine Mutter verschwunden ist. Doch irgend etwas im Wind, der an das Fenster klopft, erinnert ihn an Angelica, das merke ich, irgend etwas in seinem leisen Ächzen veranlaßt ihn, sich umzudrehen und mich an sich zu drücken, die Arme fest um meinen Bauch geschlungen, die Finger in rastloser Bewegung, um zu fühlen, ob schon etwas da ist, obwohl ich ihm gesagt habe, es sei noch viel zu früh, es werde noch Wochen oder sogar Monate dauern, bis wir würden fühlen können, wie das Kind sich bewegt.

Aber Dylan weiß, daß sie da ist – seine Tochter, ebensosehr Olivers und Angelicas Kind wie seines und meines –, so wie er ebenfalls weiß, daß Othiym da ist, irgendwo jenseits des Rands des Himmels und des jagenden Rands der Wolken, irgendwo, wo der Himmel schwarz wird und die Sterne die Himmelsschüssel hinunterfließen wie Blut in einen Kessel.

Sie ist jetzt da. Sie wird da sein für den Rest unseres Lebens und das unserer Tochter und vielleicht noch darüber hinaus. Jene gewaltige träumende Gestalt – Schwester, Mutter, Tochter, Weib –, das ewige Geheimnis, Liebende und Zerstörerin. Othiym Lunarsa.

Die Frau im Mond.

Als ich diesen Roman schrieb, zog ich häufig die Arbeiten zahlreicher Leute zu Rate, vor allem die von Carlo Ginzburg (dessen Studien über die ehrwürdigen und höchst realen *Benandanti* die fiktiven *Benandanti* inspiriert haben), Paul Faure, Marija Gimbutas, Camille Paglia, Riane Eisler, Robert Graves, Anne Baring und Jules Cashford, Yves Bonnefoy, Rodney Castleden, Charles Pellegrino, Clifford Geertz, Patricia Monaghan, Karl Kerényi, Merlin Stone, Christos Doumas, Sir Arthur Evans und Jane Harrison wie auch zahlreiche Primärquellen aus der alten Welt. Wann immer es möglich war, habe ich mich bemüht, mich nicht zu weit von dem zu entfernen, was gegenwärtig über die verschiedenen Göttinnenkulte des Alten Europa und des Mittelmeerraums bekannt ist oder worüber spekuliert wird; eine Ausnahme habe ich bei den Linear A-Schriften aus den minoisch-mykenischen Kulturkreisen gemacht, die, soviel ich weiß, den Übersetzern auch weiterhin Kopfzerbrechen bereiten. Jedenfalls ist dies ein *fiktives* Werk, das der Unterhaltung dient und einige klassische Themen variiert. Wie der Religionshistoriker M. P. Nilsson einmal schrieb: ›Götter haben ihre eigene Geschichte und sind dem Wandel unterworfen.‹ Keinesfalls sollte mein Buch als Kritik, Reflexion oder Interpretation der Arbeiten der oben erwähnten Autoren aufgefaßt werden. Sämtliche darin enthaltenen Fehler unterliegen einzig und allein meiner Verantwortung.

Besonderer Dank gilt meiner Agentin Martha Millard. Danken möchte ich auch meinen amerikanischen und englischen Lektoren, Christopher Schelling und Jane Johnson; Ellen Datlow, die das vorläufige Manuskript gelesen hat; Jennifer Hershey, deren Verständnis von unschätzbarem Wert für dieses Buch war; und Jose Padua, der meinen Kopf seit 1975 mit Poesie und Musik gefüttert hat.

Alles Liebe an Richard Grant, der mich mit George Crumbs Streichquartett *Black Angels; Thirteen Images from the Dark Land* bekannt gemacht hat, dem einige Titelüberschriften dieses Buches entnommen sind; und der sich in den Jahren, die ich brauchte, um dieses Buch zu schreiben, als vorbildlicher ›Neuer Mann‹ erwiesen hat, indem er sich um unsere Kinder und den Haushalt kümmerte.

Schließlich möchte ich all meinen alten Freunden von der CUA, der NASM und der Hamline in D.C. danken. Ihr wart einfach phantastisch.

HEYNE BÜCHER

DAVID WINGROVE

Die Chronik des Chung Kuo
Nach dem Untergang der westlichen Zivilisation der Aufstieg Chinas zur Weltherrschaft

Im 22. Jahrhundert ist die Welt der Hung Mao, der »Westmenschen«, vergangen. Das große Reich der Han, der Chinesen, ist wiedererstanden. Chung Kuo, das Reich der Mitte, umspannt die ganze Erde. Sieben gewaltige Städte, Hunderte von Ebenen hoch, überwölben die Kontinente, um die riesigen Bevölkerungsmassen zu beherbergen. Sieben T'ang, Kaiser von gottgleicher Macht, herrschen über sie.

Das Reich der Mitte
06/5251

Die Domäne
06/5252

Die Kunst des Krieges
06/5253

Schutt und Asche
06/5254

Wilhelm Heyne Verlag
München